天香

王安憶

新版代序／

神遊歸來，情何以堪

——獲紅樓夢獎感言

王安憶

今年七月，去溫州，沿南溪江而至岩頭古村。古村的歷史可追溯到初唐，明嘉靖年間可稱全盛，最為瞻目的建設是一套完整的水利循環系統。從北邊高地接源南溪江，向南邊低地貫通，中間以涵洞與水碓分流，三池五湖蓄水，供灌溉和生活，注流六公里河道及二十畝水面，最終再入南溪江。大功告成於嘉靖三十五年，正是在《天香》開篇時候的三年前。倘若我之前到過這個地方，那麼天香園裡就可能會有獨立的水系，蓮池的供水與出水都會複雜和精緻，要有水碓，涵洞，溪流，景致當豐富一籌。更要緊的是，建園子的大師傅要多一位，何方人氏，姓甚名誰，哪樣的相貌脾性，又會引出多少造化人工的高論！說起來是遺憾，其實是機緣不夠，造一個園子，哪怕在紙上，也是需要天時地利人和，諸項成因。即需要耐心等待條件成熟，且又不能錯過心動一刻，這就像開花時節，錯過了就不再來了。我們所做的，其實相當盲目，準備了的不定能用著，頂用的又恰恰沒有準備。古語裡說的「有意栽花花不發，無心插柳柳成蔭」，什麼是「花」，什麼又是「柳」，「有意」與「無心」之間，有沒有關聯呢？就是說多少次「有意」才能促成一次「無心」？或者無論多少次「有意」也未必能夠邂逅一回「無心」。

在上海最早的城區南市，遺留著一些舊地名，比如露香園路，青蓮街，萬竹街，九畝地……從這些地名綽約可見當年園子的規制以及變遷，那露香園就是我的天香園的摹本，要重建一個幾百年前的園子，無論文史知識還是想像力，都是挑戰，這些舊地名無疑為天香園制定了方位以及內容。我沒有考證癖，也不具備復原歷史的野心，只是一種寫作的笨拙，事物如若缺乏具體性質，我就無法構築小說世界。我的人物必得在一個具象的環境中才可活動起來，演繹他們的命運，可是，對於那個年代，我沒有一點感性的認識，偏又不巧，我要寫的故事就發生在那個年代。市政建設改變了城市的地貌，那些舊街道已經消失，連南市這個行政區域也從上海重新編制中合併取締，露香園上不知道覆蓋上多少考古層，我的天香園究竟在哪裡生根，才能開出花來呢？

二〇〇八年底，我一邊排列年表，一邊勾畫地圖。年表從嘉靖三十八年開始，從各路正野紀表得來的零星片段，依序寫下；地圖是在南市老城廂地圖基礎上，新舊地名參照。然後將我的人物嵌入其中，為他們制定前生今世。當人物來到這已然消失的時間和空間裡，模糊的景物漸漸變得清晰起來，就好像被激活了似的。所以，事情有時候是反著來的，我原先以為環境必須是肯定的，人物才可生活其中，不期然間，人物卻驅散環境的模糊氤氳，使之水落石出。

這就是想像的傳奇性，可能是此決定彼，也可能彼決定此，還可能是共生共長。究竟是何種情形，大約就要回溯寫作的初衷了。

事情要從上海的風物「顧繡」說起，在這現代城市淺近的歷史上，「顧繡」幾可稱上古蹟了，在地方誌和掌故上留下隻言片語，說是顧氏女眷善繡，家道中落之後，且以女紅維持生計，並設帳傳授，藝滿天下。等到我們生活的時代，當年盛景殆盡無餘，連傳說都已風過耳。歷史但凡到上海，節奏立即加速，時間疊加著過去，許多東西都留在了褶縫裡，不知什麼時候遺漏出來一點，這就是機緣的意思了。多少年裡，有時候會想一想，舊式的大家裡，女眷供養族人，還是以閨中針黹，覺得很有幾分意趣。即便到了近代，「五四」以後的新女性，講的是獨立，度量和能量也未必有此境界。〈傷逝〉裡的子君，要依憑涓生得衣食；〈傾城之戀〉的白流蘇，爭取是在婚娶，好依憑范柳原得衣食；《寒夜》裡的樹生，有供養汪文宣的意志，可到底拗不過時局，最後落敗；上海名伶阮玲玉，經濟自立還有餘裕，結果是男人劫色又劫財，香魂隕落……顧氏女眷究竟是何等人物？她們所供養的又是什麼樣的男人？那個家族又有著什麼樣的秉性？似乎，幾下裡都氣定神閒，並沒有經歷革命的激烈和動盪。每一回想起，那一幅畫面便會生動幾許，疑惑也增添幾重，問題接踵而至，越來越呈密集之狀，就有一種催迫加緊，再也等不得了。這些人，已經在等待我了，等在某一個未可知的地方，所以，說是歷史，其實更是未來，是將來未來之時，對於存在的現在時來說，都是渺茫和虛空。

然而小說是這樣一種模擬的東西，沒有具體性，就無依無憑。所以，還是要回到史實裡去。史料，上海的史料，都不那麼靠實，更接近坊間閒話，說道是，顧繡是顧家一名妾所帶來，名已遺失，只存姓，繆氏，於是就有了「閔女兒」；史料又說，「顧繡」的至高期在於「韓希孟」，至今收藏於故宮與上海博物館的繡品，多有韓希孟的款，這就是「沈希昭」的真身；史料還說，顧繡流傳世間是因「顧玉蘭」，她早年守寡，以設帳授教撫養婆母與幼子，「蕙蘭」就此出場。有了人，就有了前因後果，那「閔女兒」是如何進到申家——也就是顧家，以名諱之忌，改「顧」為「申」，並非有為上海立傳的野心，只是就便，上海的大戶就用上海的名，僅此而已——閔如何進來申家，境遇如何？正房妻室如何人品？就有小綢；天降大任於希昭，希昭又是如何來歷？就要細說從頭；蕙蘭是要設帳，當是在市井，接觸的人事必要繁雜許多，就有了戥子，李大，范小，北京人叫「胡同串子」，也就是小市民……就這麼一生二，二生三，不敢說三生萬物，總之越生越多。為人物寫結局其實是非常傷感的時刻，活潑潑的一個個離你而去，留下自己，真是寂寞得很。來時是晚明，去已是明亡，就又有一種蒼茫。誰讓都是明朝的人，明朝的事呢？所以，造一個嘉靖的園子也是事不得已。

寫作就像一個神遊，神遊回來，如夢初醒，情何以堪。能夠得到知音，得到褒獎，實是意外之喜，喜出望外，謝謝「紅樓夢長篇小說獎」的評委。而我絕不會因這「紅樓夢」的獎名以為已經接近了《紅樓夢》，《紅樓夢》是一本天書，中國的小說因有了它而有了永不可實現的神聖，寫作者們也因此有了小說的理想。

二〇一二年八月二十八日　上海

虛構與紀實
——王安憶的《天香》

王德威

從一九八一年出版《雨，沙沙沙》到現在，王安憶的創作已經超過三十年。這三十年來中國文壇變化巨大，與她同時崛起的同輩作家有的轉行歇業，有的一再重複，真正堅持寫作的寥寥無幾。像王安憶這樣孜孜矻矻不時推出新作，而且品質保證，簡直就是「勞動模範」。骨子裡王安憶也可能的確視寫作為一項勞動——既是古典主義式勞其心志、精益求精的功夫，也是社會主義式兢兢業業、實事求是的習慣。

早期的王安憶以書寫知青題材起家，之後她的眼界愈放愈寬，四十年代的上海風華、五六十年代的新社會蛻變、文革運動、上山下鄉、改革開放、乃至於後社會主義的種種聲色，無一不是下筆的對象。她的敘事綿密豐瞻，眼光獨到，有意無意間已經為人民共和國寫下了另一種歷史。王安憶又對她生長於斯的上海長期投注觀照，儼然成為上海敘事的代言人。而她歷經風格試驗，終究在現實主義裏發現歷久彌新的法則。

王安憶這些特色在新作《天香》裏有了更進一步的發揮。《天香》寫的還是上海，但這一回王安憶不再勾勒這座城市的現代或當代風貌，而是回到了上海的「史前」時代。她的故事始自嘉靖三十八年（一五五九），終於康熙六年（一六六七），講述上海仕紳家族的興衰命運，園林文化的窮奢極侈，還有這百年間一項由女性主導的工藝——刺繡——如何形成地方傳統。

王安憶是當代文壇的重量級作家，憑她的文名，多寫幾部招牌作《長恨歌》式的小說不是難事。但她陡然將創作背景拉到她並不熟悉的晚明，挑戰不可謂不大。也正因如此，她的用心值得我們注目。以下關於《天香》的介紹將著重三個層面：王安憶的個人上海「考古學」；她對現實主義的辯證；還有她所懷抱的小說創作美學。

王安憶對上海一往情深，九十年代中她開始鑽研這座城市的不同面貌，一部《長恨歌》寫盡上海從四十年代到八十年代的浮華滄桑，也將自己推向海派文學傳人的位置。但王安憶顯然不願意只與韓邦慶、張愛玲呼應而已。她生長的時代讓她見識上海進入共和國後的起落；另一方面，她對上海浮出「現代」地表以前的身世也有無限好奇。她近年的作品，從《富萍》到《遍地梟雄》，從《啟蒙時代》到《月色撩人》，寫上海外來戶、小市民的浮沉經驗，也寫菁英分子、有產階級的啼笑因緣。這些作品未必每本都擊中要害，但合而觀之，不能不令人感覺一種巴爾扎克式的城市拼圖已經逐漸形成。

而一座偉大深邃的城市不能沒有過往的傳奇。有關上海在鴉片戰爭後崛起的種種我們已經耳熟能詳，王安憶要探問的是：再以前呢？上海在宋代設鎮（一二六七），元代設縣（一二九〇），歷經蛻變，到了有明一代已經成為中國棉紡重鎮，所在的松江地區甚至有了稅賦甲天下之說。

這是《天香》取材的大背景。王安憶著墨的是明代盛極而衰的那一刻。滬上子弟就算在科舉有所斬獲而致仕，也都早早辭官歸里。江南的聲色如此撩人，退出官場不為別的，只為了享受家鄉的一晌風流。小說裏的申家兄弟就是這樣的例子。他們打造天香園、種桃、製墨、養竹、疊石，四時節慶，忙得有聲有色。他們錦衣玉食，不事生產，因為消費——或浪費——就是生產。小說中段描寫申家老少「富」極無聊，刻意擺設店面，玩起買賣的遊戲，因此充滿諷刺。坐吃山空的日子畢竟有時而盡。等到家產敗光、無以為繼之時，當年女眷們藉以消磨時間的刺繡居然成為最後的營生手段。

王安憶記述申家園林始末，當然有更大的企圖。上海原是春申故里，《天香》以申為名，一開場就透露城市寓言的意義。如王所言，江南的城市裏，杭州歷史悠久，蘇州人文薈萃，比起來上海瞠乎其後。但這所都會另有獨特的精神面貌，在「器與道、物與我、動與止之間，無時不有現世的樂趣出現，填補著玄思冥想的空無」。上海雅俗兼備，魚龍混雜，什麼時候都能湊出一個「興興轟轟的小世界」。這個世界遠離北方政治紛擾，自有它消長的韻律。

從一般眼光來看，申家由絢爛而落魄，很可以作為一則警世寓言，坐實持盈保泰的教訓。如此王安憶似乎有意將明末的上海與當代的上海作對比，提醒我們這座城市前世與今生的微妙輪迴。但我以為王安憶的用心不僅止於此，她要寫出上海之所以為上海的潛規則。當申家繁華散盡，後人流落到尋常百姓家後，他們所曾經浸潤其中的世故和機巧也同時滲入上海日常生活的肌理，千迴百轉，為下一輪的「太平盛世」作準備。

持盈保泰不是上海的本色。頹靡無罪，浮華有理，沒有了世世代代敗家散財的豪情壯舉，怎麼能造就日後五光十色？上海從來不按牌理出牌，並在矛盾中形成以現世為基準的時間觀。上海的歷史同時是反歷史。

這樣的讀法帶領我們進入《天香》的第二層意義，即王安憶的現實主義辯證。《天香》對申氏家族的描寫，舉凡園林遊冶，服裝器物，人情糾葛，都細膩得令人嘆為觀止。據此，讀者很難不以《金瓶梅》、《紅樓夢》以降的世情小說作對比。尤其《紅樓夢》有關簪纓世家樓起了、樓塌了的敘述，彷彿就是王安憶效法的對象。

但如果我們抱著悲金悼玉的期待來看《天香》，可能要失望了。因為整部小說雖然不乏癡嗔悲歡的情節，敘事者的口吻卻顯得矜持而有距離。小說裏的人物橫跨四代，來來去去，彷彿與我們無親。如果《紅樓夢》動人來自於曹雪芹懺情與啟悟的力量，王安憶則另有所圖。她更關心的是一項名為江南家族的「物種」起滅，或更進一步，一種由此生出的「物質文化」——

從園林到刺繡——的社會史意義。

由這個觀點來看，王安憶獨特的現實主義就呼之欲出。我們都記得《長恨歌》的主人翁王琦瑤一生與上海的命運相始終，多麼令人心有戚戚焉。但我們可能忽略了那樣的寫法其實是王安憶向以往風格的告別演出。《長恨歌》以後的作品抒情和感傷的氛圍淡去，代之以更多對個人和群體社會互動的白描和反思。中篇《富萍》應該是重要的轉捩點；王安憶返璞歸真，以謙卑的姿態觀察上海基層的生命作息。當中國文壇被後社會主義風潮吹得進退兩難之際，王安憶反其道而行。她重新審視現實主義所曾經示範的觀物知人的方法，還有更重要的，社會主義現實主義所投射的那種素樸清平的、物我相親／相忘的史觀。

《天香》的寫作是這一基礎的延伸。如王安憶自謂，她之寫作《天香》緣起於她對「顧繡」——上海地方繡藝的極致表現——歷史的好奇與追蹤。[1]她對這項手工藝的「考古學」讓她得以敷衍出一則傳奇。就此，她的關懷落在傳統婦女勞作與創造互為因果的可能，刺繡作為一種物質工藝的發生與流傳，閨閣消閒文化轉型為平民生產文化的過程。

《天香》其實是反寫了《紅樓夢》以降世情小說的寫實觀。《天香》的結局沒有《紅樓夢》般的大痛苦、大悲憫；有的是大家閨秀洗盡鉛華後的安穩與平凡。傳奇不奇，過日子纔是硬道

1 〈王安憶：天香園裏夢紅樓〉http://www.chinawriter.com.cn/news/2011/2011-01-26/93673.html

理。這是王安憶努力的目標了。

然而《天香》是否也有另外一種寫實觀點呢？如上所述，王安憶的寫實又是以「興興轟轟」的上海浮世經驗為坐標，她因此不能不碰觸社會主義唯物理想的對立面，就是上海城市物質史裏戀物、玩物——乃至於物化——的無窮誘惑。她在《天香》裏也不斷暗示，上海如果失去了踵事增華，標新立異的底蘊，也難以形成那樣豐富多變的庶民文化。名滿天下的「天香園繡」雖然起自市井，最後又歸向民間，但如果沒有上流社會女子的介入，以她們的蘭心慧手化俗為雅，就不足以形成日後的傳統。

寫作《天香》的王安憶似乎不能完全決定她的現實主義前提。她在後社會主義時代裏寫著前資本主義時代的故事，同時又投射著社會主義的緲緲鄉愁。循此我們要問，現實主義到底是作家還原所要描寫的世界，還是抽離出來，追溯現實的本質？是冷眼旁觀，還是物色緣情？是唯物論，還是微物論？更進一步，我們也要問上海的「真實」何嘗不來自它在「興興轟轟」中所哄抬出的，海市蜃樓般的，「不真實」或「超真實」？這是古老的問題，但它所呈現的兩難在《天香》裏顯得無比真切。

歸根結柢，寫實與寓言，紀實與虛構之間繁複對話關係從來就是王安憶創作關心的主題。這也是《天香》所可注意的第三個層面：這是一本關於創作的創作。早在一九九三年，王安憶就以小說《紀實與虛構》和盤托出她對小說創作的看法。小說誠為虛構，但卻能以虛擊實，甚至滋生比現實更深刻的東西。

王安憶的說法也許是老生常談，要緊的是她如何落實她的信念。《紀實與虛構》的敘事兵分兩路，一路講女作家立足上海的寫作經驗，一路講女作家深入歷史、追蹤母系家族來龍去脈的過程。對王而言，每一次下筆都是與「虛構」亦步亦趨的糾纏，也是與「真實」短兵相接的踫撞。兩者之間互為表裏，最終形成的虛構也就是紀實。

寫《紀實與虛構》時期的王安憶仍然在意流行趨勢，不能免俗的採用後設小說模式。到了《天香》，她回歸嚴謹的古典現實主義敘事，切切實實的講述明代上海申家「天香園繡」從無到有的過程。但她其實要讓這現實主義筆法自行彰顯它的寓言面向。小說最重要的主題當然是刺繡，而刺繡最重要實踐者是女性。「天香園繡」起自偶然，終成營生需要；原是閨閣的寄託，卻被視為時尚的表徵；是高妙自足的藝術，也引出有形無形的身價。

就此王安憶筆鋒一轉，暗示女性與創作的關係，不也可以作如是觀？她於是不動聲色地重新編織出《紀實與虛構》裏的綫索。小說如是寫道：

> 天香園繡可是以針線比筆墨，其實，與書畫同為一理。一是筆鋒，一是針尖，說到究竟，就是一個「描」字。筆以墨描，針以線描，有過之而無有不及。（頁二九八）

技藝這一樁事，可說「如履薄冰，如臨深淵，稍有不及，便無能無為；略有過，則入

「雕蟲」末流……天香園繡與一般針黹有別，是因有詩書畫作底，所以……不讀書者不得繡！（頁五〇七）

這幾乎是王安憶的現身說法了。

王安憶佩服的同輩作家中有信仰伊斯蘭教的張承志。張曾經苦於無法表達他對宗教最誠摯熱切的感受，幾經折磨，他寫出了《心靈史》，竟是以最冷靜的筆觸描寫伊斯蘭教的一支如何在極度困苦中保持高尚的志節，而且代代繁衍至今。王安憶指出，心靈是個極其抽象的概念，而「張承志卻找到了這樣一種方法，這種方法就是絕對的紀實。」「以最極端真實的材料去描寫最極端虛無的東西。」[2]

王安憶在《紀實與虛構》的階段已經在思索張承志的心靈與形式的問題。但彼時她有話要說的衝動仍然太強，一直要到《天香》，她似乎才寫出了她的心靈史。「以最極端真實的材料去描寫最極端虛無的東西」：對她而言，「心靈」無他，就是思考她所謂藉虛構「創造世界的方法」。

《天香》意圖提供海派精神的原初歷史造像，以及上海物質文明二律悖反的道理。這兩個層面最終必須納入作者個人的價值體系，成為她紀實與虛構的環節。在她寫作出版跨過三十年門檻的時刻，王安憶向三百年前天香園裏那些一針一線，埋首繡工的女性們致意。她明白寫作就像刺繡，就是一門手藝，但最精緻的手藝是可以巧奪天工的。從唯物寫唯心，從紀實寫虛構，王安憶一字一句參詳創作的真諦。是在這樣的勞作裏，《天香》在王安憶的小說譜系裏有了獨特意義。

2 王安憶〈我們在做什麼——中國當代小說透視〉，《獨語》（台北：麥田出版公司，二〇〇〇），頁二三四—三六。

目次

第二卷 繡畫

第三卷　設幔

第一卷　造園

一、桃林

嘉靖三十八年，上海有好幾處破土動工，造園子。

本朝開始，此地就起了造園的風氣。中了進士，出去做官，或者本來在外面做官，如今卸任回家，都要興土木造園子。近二百年裡，蘇松一帶，大大小小的園子，無以計數。

自洪武三年，復又開科取士，士子如同久旱逢雨露。尤其江南地方，多有殷實富庶人家，卻不大有來歷，讀了書無非用作憤世嫉俗，抑或吟風頌月，總之自家消遣。一旦洞開天地，前程在望，無不躍躍欲試。於是，學校林立，人才輩出，到此時，可說鼎盛。那些大小園子，就是證明。每到春暖，這邊草長，那邊鶯飛，遍地都是花開，景象十分繁榮。

此地臨海，江水攜泥沙衝擊而下，逐成陸地平原，因之而稱上海。南北東西河網密布，多少年多少代，總苦於淤塞，無數溝渠成了平地，舟船斷路，又有無數平地犁成溝渠，人家淹澇。每逢潮汛，泥澤交織，再倒灌進海水，好比在鹽鹵中漿一遍。歷朝歷代，無不忙於開河與疏浚。及至本朝，拓寬一條范家浜，與舊河黃浦，南蹌浦合成申江，直向海口去。又疏浚咸塘港、虯江、北沙港、蒲匯塘、吳淞江、顧浦、大瓦浦……一併歸向申江，奔騰入海，一個混沌世界終分出經緯來。嘉靖年，申江兩岸設了六處官渡，天塹便有了通途。

嘉靖年還有一樁德政，就是築城。三十二這一年，四至六月之間，就有五次倭寇從海上來犯，燒、殺、掠、搶，無惡不作。官紳上奏朝廷，懇請築城，得允之後，知府立即下令，募捐集資，畫界製圖。一時間，拆屋獻田，傾家助役。十月動工，十二月便拔地而起城池。說及時真及時，僅一個月過後，倭寇就來，碰了個釘子，悻悻然而去。三十五年，捲土重來，足足圍城十七日，到底也沒有得手。三十七年，崇福道院重修，立碑記抗倭事蹟。自此，上海平靖。

總之，嘉靖三十八年是個好光景，應得天時、地利、人和的吉言。在造的幾處園子，有兩處稱得上奇觀，一為彭姓人家，長子當年正科會試落第，其父則上任刑部，官至尚書。一上一下，是在運勢，就要造園子以振旗鼓。將宅西邊足百畝菜畦子圈下，請的一名造園大師，專會疊石。所以，這園子就以石為主旨：異峰突起，危如累卵，重巒疊嶂，穿流漏雨，自是無須說了，只謂尋常文章。另有緊要，稱得上詩眼的，是幾具奇石，不知從哪裡得來，全是可遇不可求：有一具「玉玲瓏」，遍體七十二孔，以水灌頂，孔孔泉流，石底燃一爐香，竅竅煙出；又一具「三生石」，色隨時變，立春由蒼而翠，到立夏幾如碧綠，然後漸深，轉向煙灰，到冬至黑盡，又漸透青，立春時又及翠，如同還魂；還一具名「含情」，梅雨時分淚如雨下；再有一塊石，看似平淡無奇，卻是從菜畦中掘出，上刻一個字「愉」，無落款，字體頗古，似有些前緣，立於園中，就作了園名……古人說「仁者樂山，智者樂水」，造園大師其實從石中取山，隱一個「仁」字。這是奇觀之一，奇觀之二在申家。

申家次子申明世中進士而造園。申家不像彭家有淵源，只在此輩中才與經濟仕途有涉。長子申儒世在道州做太守，數年前卸任回家，造園子名「萬竹村」，以竹子為題。做兄長的本意是新園子取「菊」或「梅」，但內心也覺寒素了些，因兄弟不像他，是歸隱，相反，正在待發之勢，就想到白玉蘭。白玉蘭樹幹碩壯，花朵豐腴，堪載敦厚之德。申明世卻有些遲疑，說白玉蘭開花時確實盛大美好，但謝落也是大塊大塊地凋敝，觸目驚心。申儒世一想也是，又提議紫藤。申明世沉吟一時間，抬頭笑道：桂花如何？申儒世也笑了，「桂花」擺明了「折桂」的意思，淺顯了不說，又是可食的香味，調羹煮湯的，幾乎可下炊了，曉得兄弟是在搪塞，表示紫藤也不合意。便把話題放下，先擇地再說。

這一回申儒世主意已定，不容兄弟反駁，就在他的萬竹村東鄰。那裡有數十畝地，原就是造萬竹村時一併圈下，用去不足一半，租給附近農戶栽桃。於是，兄弟二人結伴往萬竹村東看地，遠遠就見一片紅雲懸浮，原來是桃花盛開，花朵叢中，穿行飛舞成千上萬粉蝶，如同花蕊從天而降；地下則碧綠纏繞，是間種的蠶豆，豆莢子在風中響著鈴鐺。申明世手一指：就是它了，桃花。申儒世並不十分贊同，覺著顏色太過嬌嫩，難免有脂粉氣。但再想落花結果，到底與稼穡有關，所以要把園名應在果實上，或者就叫「桃露」，還是覺得俗媚，或者「蟠桃林」，也不對，總是入偏鋒。苦心琢磨，又有一名：沁芳。意境雖豔麗了些，字面卻還有幾分文雅，明世聽了，默念幾遍，斷然道：叫「天香」。「天香」得自「沁芳」，卻要高古，儒世不禁服氣了。如此，多少離桃林的立意遠開去，但不論怎麼稱呼，園子還是以桃林取勝景。

由造園子引起，周邊鄉鎮，多有以土木園藝為生計的。鑿池子，燒磚瓦窯，開山取石，篩土運沙，經營苗圃……也就是依著這些營生，鎮市擴大繁榮，房屋鱗次櫛比，商鋪成行，酒旗林立，到入夜時分，換成紅燈籠，簡直滿天流螢，又有一路營生出場了。造園的工藝裡，木匠為最大。愉園裡的奇石，天香園的桃林，是主旨無疑，山、水、樹、徑可稱辭藻，可再是神來之筆，終不成章句，必要依憑於亭台樓閣，方能連綿成賦詠曲唱。就是說，木匠的活計關係到園子的結構，畫園子的圖是要經他們的眼睛，略有不是，便被挑出來，無論什麼造園大師，心裡都忧幾分，所以人稱大木匠。

大木匠多不住在市鎮，他們住哪裡呢？西門外，大約七八里，就是熱鬧的七寶鎮，向北行二三里，剎那間便清靜下來，一條細水，綿延於蘆花之間，古時棲息過白鶴，於是，水叫白鶴江，村叫白鶴村。白鶴村的村落十分規整，村道貫東西向，巷道則南北通，形成一個連一個「井」字。院落一般大小，屋脊一齊高低，門和窗是普通白木，匠作卻精到，木面光潔，推拉輕巧。迎門的案上，供的多是魯祖師，這就是大木匠的家。不知誰是頭一個，師傅帶徒弟，徒子帶徒孫，一輩連一輩往這裡遷，所以，雖然是雜姓，但人們還又稱大木匠為白木匠。如今，人煙漸漸稠密，白鶴的蹤跡就稀了，難得飛來一隻兩隻，在水上起落，許是尋舊巢穴，沒尋著，又飛走了。

為請白木匠造園子，申家兄弟專程去一趟白鶴村。換了別家，斷不作此舉，怕失身分，可這就是申家作派與人不同，一是待人心誠，無論尊卑長幼；二也是愛玩樂。白鶴村聽來有幾分仙名，白鶴江中又特有一種四腮鱸，而他們，雅興俗興皆備，因此，選一個日子，興沖沖地去了。行一段水路，乘一程轎車，再涉水。此地水網交織，這些年疏浚有成，暢通許多，舟楫折幾回頭，帆篷轉幾向，便入了白鶴江。兩邊蘆葦高而且密，偶爾破開一線，就有水綠的秧田掠過，隨即彌合，隔斷視野，卻有無數線的光透進。蘆叢稀薄一些，綽約可見後邊的房舍，皮影樣走過，又像走馬燈上的景物。然後就聽小孩子們嚷：新進士來了，新進士來了！

其年，申明世三十五歲，儒世長十二歲，正好一輪，都肖羊。自古就有男羊命貴的說法，走遍天下有吃喝，在兄弟二人，很是應驗。祖產極豐，經營鹽業，就很可觀，又有大片田地，蘇州地方上頃的棉田，松江則是稻麥，浙一帶又有桑林與竹山，朱元璋修明長城，到江南募銀子，他家也饒上一份，稱得上是名紳。他們兄弟一輩，世道平定，天無大災，國無大亂，田產增了一倍多，可說過著錦衣玉食的生活。兄弟倆都是高身量，猿臂，蜂腰，長臉型，膚色白皙。儒世去到西南地方做太守，很吃了苦，勉強做了三年，父親去世，丁憂卸任，一旦回家就再不去了。離家的三年，已染了些風霜，面上就有蒼色。明世要年輕一輪，天性也輕快一些，不知人世的罪過，新中了進士，意氣風發，神情飛揚，臉龐一層玉白，光彩照人。兩人都著湖綢便服，頭頂圓帽，披儒巾。儒世的一身是皂色隱回字紋，明世是一種暗青，藏紫色團花。兩人都繫靛藍絲棉腰帶，青色布靴。蘆葦盡頭，露一具小碼頭，棄舟登岸。前前後後跑著小孩子，穿著布衣布褲，染漿都還平整乾淨，一路嚷著：新進士來了，進了村。前面已有人來接，正是一名白木匠，個頭不高，極精悍，紮青布頭巾，著青布袍，蹬一雙朱紅布靴，看起來爽目得很。

白木匠本姓章，在白鶴村算得有輩分的，祖師爺給明太祖洪武帝造過皇宮和花園。走進院中，與普通農家無異，案几簡要，但色澤極沉，近葶薺色，又泛紅，看不出紋理，又不著漆，因沒有浮光，知道不是平凡材質。章師傅喊上茶，就有一個村婦端托盤來，茶盅有吃飯的碗大，一色的白，瓷不細，卻潤厚結實。又不知什麼名目的土茶，葉闊梗粗，塞了滿滿半盅，無香無嗅，喝進口極為青澀，好比食草，不時就覺腹空，飢腸轆轆，似有清脂去膻的功用。一看天，也到了正午，該是用膳的鐘點。送茶的村婦又帶了幾名村姑，往往返返，八仙桌中央便浮屠樣地架起漆盒，最底下八個，各色菜蔬；疊六個冷葷；再疊四個熱菜，如此疊上去，至高一個大盒，正是傳聞中的四腮鱸魚。那進出的女人，都著布衣布裙，但織法與染法都與本鄉不同，顯見並不是自家機上的土布，而是布肆中買來。女人大約是章師傅的妻女，那最小的十二三歲，髮黑黑的，頰紅紅的，笑眼彎彎，露出闊而平的牙，一定是小女兒了。酒菜布好，人就都不見了。

菜系總是外一路的，冷葷用的鹵很特別，味很重，又有一股凜冽的藥味；熱菜裡多用十三香，與本地作派不同，也是味重，尤其一道豆腐，小半塊磚樣大，一口咬進去，芯子裡滾燙，舌頭去一層皮；那四腮鱸魚有半臂長，七八條埋在寸二長的野韭菜裡，用豆醬燉，香氣撲鼻。申家兄弟這就知道，章師傅家的菜講的不是「鮮」，而是「香」。主食不是米飯，而是高樁饅頭，章師傅那樣做活的手合抱起來，才有饅頭大，也不是精白，是蜜色，麥香騰地上了房梁。喝的簡直就是酒母，斟在大碗裡，酒意蕩漾，就是不醉呢！醺然中，主客雙方話都稠起來。

明世問，章師傅的師爺造過太祖的御花園，能不能講幾件軼事聽聽？章師傅一笑——他的長相是小窄臉，眉眼很疏，唇薄，齒細，說起來有些鼠相，但神氣閒定，毫不畏瑟，手藝人一技在身，哪朝哪代都有飯吃，所以牌位上供著魯師祖，是真正的衣食父母。章師傅一笑，竟有幾分嫵媚，他用手攏著口，說：今天除二位進士，沒有雜人，告訴一句話，師爺傳下來的話，連枕邊人都不曾說過的。兩位進士將頭湊過去，小聲問：什麼話？章師傅的聲音更輕了，近乎耳語：應天府不能定都！新進士說：不是北遷了嗎？這話說得直楞楞的，章師傅又笑。儒世說：自古南朝多是流寓，所以不吉祥。章師傅搖頭道：歸根結柢，氣候不宜。然後就說了一樁故事。

進士知道，造宮殿的石料如何運送？從冰上走！順天府紫禁城內院裡的石料有多大？你撒開腿跑吧！一口氣跑下去，跑不到接縫處。應天府造皇宮，山上採了一方石料，等冬季來臨，路上結成厚冰，開始往回運，運到中途，天就轉暖開凍，石材陷進泥濘，再動不了分寸，等二年入冬，那石材已夯實在地底下。二位什麼時候去南京，不妨看一看，楊山腳下，麥地裡，立著一堵峭壁，就是它。一個地方，造不起來大殿，就是王氣不足，必衰！永樂年間遷都北上，著實英明之舉，否則，哪裡來得這國泰民安，風調雨順？

乘了酒興，儒世也說了一樁奇聞。在他做太守的西南地方，有巫術，專從各種蛇蠍中採汁，調製成蠱，劇毒。調法各有不同，調蠱者自配解藥，無人可替代。服蠱之後，當時無恙，但過三月或半年，甚至數載，自會發作，或瘋或顛，失魂落魄，糾纏一段斃命。有用來訛詐錢財，有用來報宿仇，還有使行旅者如期歸，總之是轄制人的意圖。明世一邊悚然，一邊又好奇，盤問諸種細節，蛇蠍是野生還是家養，配方是家傳還是自創？儒世就說：你問這些做什麼？本都不該讀書人知道的，化外之地，無德無教。章師傅也說：沒有規矩，萬事皆不成方圓。

酒飯已畢，日頭西移，天光稀薄了，申氏兄弟囑人將幾隻大豬頭，幾罈黃酒，幾疋麻布送上，算作見面禮。章師傅回敬的是幾筐果蔬，方從田裡架上摘下，用章師傅的話：魂還沒跑走呢！關於工程的事項早已由專人與章師傅交代，申氏兄弟其實是不管事的。這時上得船，夕照將白鶴江灌成一溪金湯，船一張篷，離岸了。

這廂園子開工，那邊廂明世準備離家上任，要去的地方在江西道清江縣，路遠迢迢，在官之身且不由己，沒個三年兩載別想回來。明世並不懼怕，對外面的世界他很有嚮往，只是想從家鄉帶個女眷同去，好有個照應，聊解寂寞。其時，他已有一妻一妾，長子柯海十七，次子鎮海十五，均為正房所出，妾生有一個女兒，方才五歲，家裡都叫妹妹。妻要侍奉婆母，妾要哺育黃口小兒，都是有牽扯的人，走不開，所以就想納個小妾。明世心中有些屬意章師傅家那個小的，一派天籟的模樣，著人去打聽，才知道那小的並不是章師傅的女兒，而是章師傅的小妾，名叫蕎麥，冷不防吃一驚。再想，章師傅為什麼不能納妾？在他們行中，亦有貴賤上下之分，不是說「行行出狀元」嗎？章師傅就是那一行的狀元！不由要笑自己。眼前卻浮起那村姑嬌憨的面容，難免猜測是誰家女兒，多少生出憐惜的心情，自此就決意要覓一個鄉下丫頭，沒怎麼見過世面的。有人來傳話，原本儒世建萬竹村買下菜地的那一家，也有個女兒，十五歲。於是，召那家的女人帶女兒來送一趟蔬菜，讓明世從旁搭一搭眼。那丫頭特特地穿了好衣服，遮掉些村氣，人要比章師傅家的單薄細巧，也還天真，明世就要了。雖然菜園子家再再申明不是賣女兒，只為欽仰申氏幾代風氣端正純良，為女兒謀個好歸宿，申家當然是不會虧待，重重給了筆銀子，不日就娶進門，帶著上路去。

天香園的桃樹掛果了，果實沉重，只二三個就足一斤，皮薄肉厚，汁水飽滿，可貴的是口味裡有一種奇香，近似梨，近似杏，又近似甜瓜，可回味數度，還是桃，不知先前人家如何栽培嫁接的。因此，明世給新妾取了個名，叫小桃。

二、喜盈門

三年後，明世調往京師做官，上任前回家省親，小桃已經結子。這回省親，還為一件大喜事，就是長子柯海娶妻。

這年柯海二十歲。十三歲那年入童試，取生員，小小的人，戴了方巾，著藍衫進縣學讀書。歲考名列第一等，於是進秋闈，脫穎而出，中正榜舉人，年僅十六。本地人稱神童，又道是魁星下凡。背地裡也有閒雜人說，開蒙早，閉蒙就也早，反過來，不是有「大器晚成」的說法嗎？倒不是應驗開蒙閉蒙的箴言，而是父親去清江上任，缺了人管束，家中又有新園子，玩心大增，讀書的精神自然就鬆弛下來。造園子的二年裡，他就好像監工一樣，日日到工地上點卯，看勞役挖池子，堆山石，栽花種苗，建堂築閣，章師傅都不如他到得勤。眼看著平地起來一幅園子圖，先是水墨，然後著顏色，鮮亮起來。一日清早，柯海一人走進園子，薄霧中，樓閣迤邐，窗扇門扉後頭，彷彿有笑語聲，聽見人來，剎那間悄然而止，分明是活潑潑另一個世界。柯海等不及完工的一日，邀來他的學中友好遊園。他的同伴多出身富庶人家，天智也都聰慧，不比那些老童生，死死地啃書，過著枯索的人生。他們可不同，除讀書外，還有許多餘裕，難免會有點荒唐，卻是有趣的。他們隨柯海冶遊一番，到底挑剔不了什麼來，只道出一件略微的可惜，就是池中無蓮。此時已過了栽蓮的季節，別人家的蓮花正盛開著，急什麼呢？明年這時候，也是一樣的繁花似錦。可是柯海卻等不得，當下許諾，明日再來便是一池蓮花。人們怎麼相信？愈不相信，柯海愈堅持第二日的約請，同伴們也不讓了，問是否當真？柯海道：一諾千金，於是，定好時辰，離此刻正好一個晝夜。少年人的熱情是可怕的，一步逼一步，簡直像火拚一樣，完全不顧及現實，只是一股腦地上。誇下這麼大的海口，柯海怎麼辦？他一點辦法也沒有，可是，章師傅有辦法啊！

章師傅已經成了柯海的老師，玩意兒的老師。木頭疙瘩都能雕出花來，還有什麼不能的呢？章師傅聽了柯海的請求，沉吟著，有一時不說話。柯海不以為章師傅在作難，一點不著急，踏實等著。果然，章師傅說話了，章師傅說：唯有一個辦法，募集。募集？柯海不明白。章師傅再說：讓家中大小僕傭一併出發，分頭向東西南北方圓數里人家徵買，不計銀子，連泥帶水盛在木盆裡，端回來，放在水中，浮舟一般，鋪排開來。這一日連一夜，車載人拉，不曉得忙到幾更。柯海萬事不管，只管次日一早，帶昨日那一撥人進園子，連他自己都驚呆了。天香園「一夜蓮花」的奇事不脛而走，滿城盡傳，有道是人間仙境，也有道是申家子弟會胡鬧。他母親專去找章師傅說話，讓他別一味順著孩子，縱得沒分寸，老爺回家要怪罪。章師傅只是笑，笑過之後，說出一句：該給爺娶媳婦了。

早兩年，申明世在家的時候，就給柯海說定一門親，七寶徐家的女兒。徐家本是北方隴西人，祖上在宋時有封地，隨康王南渡，在南宋做官，屢次兵亂中，子孫逐漸前往蘇松一帶，終於定居七寶，修了宗祠，生活起居，已和本地人無異。近幾代就與申家有往來，或在同一個學校，或赴同一場縣試，甚而榜上齊名。申家沒什麼淵源，所以就特別對世家起敬意。雖然徐家的來歷早已隨宋室湮滅而消跡，宗祠也並不闊大軒朗，日子多少還有些拮据，可代代相繼，卻沒有中斷，回溯過去，都有蹤可循，是正統人家。徐家女兒比柯海年少一歲，在家讀了些書，這一點也叫申家喜歡。讀過書，又有身世，可不就是知書達禮？柯海自己倒無所謂這些，對娶親也沒有特別的關心，他自小就知道要娶親，之後也許還會納妾，然後有一群兒女，接下來就輪到替兒女嫁娶了。所以女人於他，就代表著一種賴不脫的人生，並無多大興味。章師傅向母親提建議，柯海難免有怨言，覺得多管閒事了，章師傅說：怪我嗎？怪你鬧得凶了！柯海說：難道娶了媳婦就不能鬧了？章師傅說：不是不能鬧，是不想鬧！柯海問：為什麼？章師傅說：還不是有大樂子了！柯海再問：什麼大樂子？章師傅不肯說了。柯海就追著問，章師傅則快快地逃。讀書人到底追不上做活人的腿腳，不過章師傅的村話倒勾起了一點憧憬。這是對娶親，至於要娶的那個人，徐家的女兒，終是遙遠而且模糊的，還不如章師傅的那個鄉下丫頭蕎麥來得生動活潑。

手藝人家規矩輕，那丫頭有時跟章師傅進園子玩，人們隨章師傅叫她乳名：蕎麥。蕎麥，過來這邊，蕎麥，過去那邊。她便夾緊了懷裡的嬰兒一溜煙地過去和過來，看不出來，她已經做了母親。叫她最多的是妹妹，小蕎麥好幾歲，因沒人作伴，就纏上了蕎麥。有時柯海看見，一大一小兩個丫頭在園子裡，頭抵頭蹲著，用水和了泥，捏成小餃子，排在琵琶樹葉上。嬰兒呢，就躺在樹底下，身上蓋的是芭蕉葉。柯海不由佇足看著，人影子遮了她們，抬頭看看是誰，又低下去忙自己的，神情很嚴肅。那庶出的妹妹，平日裡吃母親和姨娘的教訓，小小年紀總是苦著一張臉，看上去要比實際年齡老成許多，幾乎和蕎麥差不多，此時也變得有趣了。柯海走開去，等他走回來時，嬰兒已經睡醒，豎在兩個大人中間，面前擺著一枇杷葉泥餃子，一枇杷葉泥包子，還有一條泥捏的魚，很隆重地擱在一爿瓦上。三個人正襟危坐，並不說話，坐大席的樣子。柯海幾乎要笑出聲來，心想：這會不會就是章師傅說的「大樂子」呢？緊接又想：徐家那女兒不知是什麼樣子的？想到此，臉上的笑收起來，換上羞澀的表情，心裡漸起來一種寧馨，真有些像要娶親的人了。

申明世回來的日子近了，家裡忙著收拾屋子，要把回家省親人的屋子收拾出來，又要把新人的屋子收拾出來。

申家的宅子在萬竹村和天香園的南邊，之間隔一條方浜，臨北門，門前有一具小碼頭，供鄉下送糧送柴的船停泊。門有四扇，硬木的龍骨，分上下兩部，上部為竹籤，一律削成筷子粗細，排緊插齊；腰間橫一條實木板，板上刻團花和蔓草，漆大紅與大綠，墨色描線；下半部是細篾編成席簟，縱橫數排錫釘，布滿天星。風火牆高足有丈八，刷得雪白，牆頭頂灰瓦簷。沿風火牆向東，再南轉，牆上開一道單扇小門，漆成黑，才是平日裡進出用的。從這側門進宅邸，橫穿過幾重庭院，幾處廳堂，再有幾層過廊，幾條甬道，都是在宅子的腹背之地，忽然腳下傳來汩汩水聲，就看見有一條細流在兩面山牆之間穿行而來，廊道下豁開一面圍欄，下去幾級台階，原是一個極小的碼頭，可進手划舢板，直接將肉菜酒醬送至廚房。廚房分幾進，一進是磨盤，日夜轟隆作響，磨麥磨豆；二進是湯灶，一列半人高的燉罐，不熄火地煨著各味高湯；再一進裡，幾條長案上置滿了菜式……

儒世與明世各占宅子一半，儒世在東，明世在西，老太太居中——前堂，中庭，正院。儒世的一半都是平房院落，明世的一半則在後堂加添了樓層，樓以楠木建設，地坪鋪青色釉面磚。儒世譴責兄弟太奢華，弄不好要惹是非，朝中已經對江南富豪風氣有成見。明世說，朝廷的開銷還不都仗了蘇松地區的賦稅，並沒有偷漏的。如此，明世的房間與書齋就都做在了楠木樓上。書齋關了三年，這時要打開掃塵，房間也空了三年，大太太不願住，嫌上下樓不方便，二姨娘是不敢住。現在，小桃隨明世回來，大太太很慷慨地說：小孩子家喜歡新鮮，腿腳又利索，讓她住，也好照料爺們。於是，房間也啟開，結幔掛帳。底下人嘴碎，稱小桃「一步登天」。

柯海的新房做在花廳旁的一個小套院，三間平房，十來步深的庭院，鋪著細白石子，面上用暗紅暗綠卵石嵌成圖案，一孔月洞門隔成內外兩進。外院僅兩步，兩面牆爬了長春藤。內院中央一棵香樟樹，樹下安一具石桌，四具石鼓凳。正屋檐下是趙孟頫字的橫額，堂上掛了古人的楹聯，月洞門上鑿了兩個字：蕉風。多少是為迎合世家的風範，生怕受新媳婦的挑眼。從後窗望出去，白牆前立一具湖石，形狀好似披盔戴甲的兵將，就算作將軍石，邊上再有幾株美人蕉，這一幅小景是申家自己的趣味，有點孩子氣，又有點娟閣氣。

申明世到家是在秋分之時，喜期就定於立冬。這一段，柯海不得不安靜下來，或者讀書，或者同兄弟鎮海作伴到天香園走走。鎮海不像柯海早慧，書讀得苦，這年剛過了童試，進縣學。身體較為羸弱，行為舉止便遲滯一些，亦步亦趨都隨哥哥的主意。天香園的荷花開著，這回是真栽的荷花，雖是晚季，卻極盛，池邊垂柳蕩漾，桃林裡果實熟透，香氣撲鼻。這院子長了年歲，變得貞嫻了。妹妹和蕎麥帶著小毛毛玩，小毛毛都會走道了。遠遠站了一高一矮兩名看客，小桃和小桃的毛毛，柯海鎮海的小兄弟，取名奎海，乳名阿奎。小桃自覺身分位置不同，拿著架子，不跟那幾個玩，冷著臉牽了阿奎的小手，不讓他過去。小桃的身形纖長許多，有些亭亭的意思，怎麼說？像個姨娘了。而蕎麥，因為是被章師傅當女兒養的，所以還像個孩子。

今日的玩意兒極新鮮，什麼呢？羊套車。那一具小車想必出自章師傅的手，只有通常車體的十之三分，長、高、寬，比差全對，車輪的轂、輻一無偏倚，牙抱得緊緊的，車門圍了柵欄，安了板凳。不上漆，上的是桐油，露著原木的紋理與顏色，木脂的氣味還沒散去。車轅上套的不是馬和牛，是羊，大約是蕎麥餵的，所以聽得懂蕎麥的話。蕎麥只說一個字：住！停的時候是開走的意思，走時是跑，跑時則為停。蕎麥坐前座雙手牽繩駕轅，妹妹抱著小毛毛坐後座，三個人的表情都很肅穆，讓柯海覺著好玩，又隱約有一種羨慕，羨慕她們會玩耍。那羊車篤篤地在池子邊繞行，三圈兩圈之後，再經過柯海鎮海兄弟，車上就添了人，到底沒抵住乘羊車的有趣，小桃帶阿奎也上了車，與妹妹面對面，各坐一側，臉色也一併肅然著。

這一年的大事情還有許多，歸起來有這麼幾樁：彭家長子己未年會試落第後，奮發苦讀三年，終在壬戌年春闈中進士二甲三名，授任刑部主事。此時，彭老太爺正在刑部尚書位上，為避嫌告老還鄉。他家園子，趁時機又擴了二十畝，專修一座樓閣。樓閣本身平淡無奇，無非是雕梁畫棟，朱紅雀綠，不平凡的是在樓閣背後，造山大師築了一排山巒。石頭的形制翻捲攪纏，包裹中有數條通道交錯，猶如迷津，行於其間，但聞其聲，不見其人，正茫然，忽一回頭，鏤空中兩相面對。這是在山石裡，外面呢，退步遠望，只看見亂雲飛渡，樓閣卻在九霄之上，方才明白這一景的立意。這是一樁大事。再一樁是松江北門艾家橋艾氏門中，有一學子也在春闈中進士，授太常博士。這艾氏在蘇松也算是老戶，但家業凋零，祖墳在偏僻的江東岸，多少代沒沒無聞，不料這一刻赫然彰顯，淵源竟可一逕追溯到春秋。據稱艾氏本姓孔，是山東曲阜孔丘族中一支，亂世中離故地，有一回途中遇險，藏身蒿艾叢中，躲過一劫，從此改姓艾。家世傳遞間有過幾度發跡的徵候，例如本朝初年，艾家有一人隨大將軍在南京任虎賁衛，然而，成祖遷都北京，南京的虎賁衛被遣散，這一復興的兆象就又泯滅了。如今，運勢又一次抬頭。許是閱世久了，歷經沉浮，已煉就寵辱不驚，這一回舉中春闈，並沒有太聲張，悄悄地租了船上任去了。除這兩樁大事，還有兩件瑣屑，一是城內有一戶徐姓人家弄璋之喜，取名徐光啟。二是城西南董家宅的柱頰山莊一名九齡學童初露穎慧，凡詩書人家都在議論，這名神童後起名號香光居士。這兩件瑣屑目下不過是坊間的短長，但將在日後漸顯端倪，不知什麼時間成大氣候。

申明世到家，先安頓休息，不日，就到了八月十五。申明世在路上就已計算好日子，設宴賞月，邀請城裡城外各路賢達。在這片地方，社會上流人物多是退官還鄉，或者丁憂守孝，總之是一個「閒」字。江南富庶之地，山高皇帝遠，就像是世外，又像偏安。三天兩頭，這家邀，那家請，遍地的園子，總有一處笙歌管弦。這一回，就輪到天香園了。自打天香園落成，還不曾正經開宴，迎接賓客，人們單是聽說那裡的桃子，還有「一夜蓮花」，聲名十分絢麗，但少有人目睹，因此便十分期待。為了不辜負人們的耳目，早幾個月，申明世未曾上路，這邊就依著傳回來的圖樣，開始著手準備。

申明世的圖樣，著重在一個「亮」字，但不要燈亮，要的是燭亮。就是說全不用琉璃燈盞，也不用絹製燈籠，無論是琉璃，還是絹紗，蒙著光都會起一層氤氳，光就變糊了。申明世要澄明的亮，即便弱一些，豆大的一點，千點萬點，還怕不亮？難處在燭的蠟味，千萬不能擾了花草的清香，「天香」這兩個字是夜宴的題額。不要琉璃和絹紗，也是提防這兩種物件烤熱後散發的異味。器物愈簡，氣息就愈純。所以，這燭蠟就必用上好。申明世專從江西境內廣信購來一批燭蠟，廣信是煉皮油造燭的源起地，聲名久遠。但當燭蠟千辛萬苦，東西橫貫江西，來到清江，申明世卻頗為失望。那燭蠟果然白純無雜質，形制卻粗拙得很。因是以廣信苦竹做模子，粗矮敦實，其實這就是古雅，可申明世生性華麗，喜歡精緻。於是，這批燭蠟全作廢，棄在清江，重新著人去廣信購買烏桕子，再尋覓一塊採自廣信深山的磨石，一併攜回，自製燭蠟。這邊蒸、煮、碾、壓、去殼，那邊章師傅帶人做模子。章師傅什麼不會做？四分長兩個半圓柱，合起來略比筷子粗，脫出的蠟燭形狀便十分纖巧可愛。最不同尋常的是，每一枝燭內都嵌入一株花蕊，如此，燭光一亮，花香飄然而出。

枝上，葉下，石頭眼裡，回字形的窗欞上；美人靠隔幾步一盞，隔幾步一盞；亭台的翹檐，順了瓦行一路又一路；水榭和畫舫，是沿了牆廓勾了一遍；桌上與案上的燭有碗口大，盈尺高，外面刻著桃花，裡面嵌的是桃葉。天將黑未黑之時，賓客已入座，吃著西瓜，就見水面綠幢幢的荷葉間，慢慢駛進一艘小船，船上人舉一枝火撚，朝荷花芯子裡一點，亮起一朵荷花。火撚子左右前後點著花芯，左右前後的荷花一朵一朵亮起來，花瓣透明，映出花蕊絲絲，香霧瀰漫而起。天黑下來，遠處的花也亮了，原來，是有十來艘小船，四面八方駛過來，火撚子四面八方點過來，不一時，一池子的燭光，何止千點萬點，萬萬點都有。天上的星星也出來了，不曉得天是水的倒影，還是水是天的倒影。座上客斂聲屏息，生怕稍一動靜，驚醒一個夢。

賓客分三處就坐，主賓由申儒世申明世陪，宴席設在碧漪堂前，碧漪堂背積翠崗向蓮池，相隔有闊大地坪，鋪青白方石，地坪周邊是石燈籠，籠內如今亦是一枝燭，團團圍繞中，擺開十二圓桌，全是地方上的人物名流。第二處由老母親領著，在畫舫中，只一大圓桌，凡家中女眷攜幼兒女全在桌上，足有二十座。第三處是積翠崗陽面的阜春山館裡，擠擠挨挨十數張案子，全是小輩及學友玩伴，最為熱鬧喧譁，然而，當池中蓮花點亮的那一霎，不由自主肅靜下來。尤其是柯海，被眼前一幕震懾，香雲繚繞，難免會想起自己的「一夜蓮花」，暗中羞紅了臉，真是不上品啊！要跟上爹爹的境界，還有得讀書和歷練呢！

碧漪堂裡的儒世心中先是叫一聲「好」，繼而不安起來，眼前景象何等嬌媚，流光溢彩，多少偏離讀書人之道。想這兄弟自小就愛好華服美食，長大些，讀書求科，漸漸改了心性，然後有了仕途，自然就端肅起來。不料，正應了老話：江山易改，本性難移，這本性收斂多時，如今厚積薄發，可鬧大發了！從造園子的初始起，就已有流露，定了桃花，起了「天香」的名，又照章師傅家蕎麥的樣，納了小桃——本以為是取這些鄉下丫頭的樸拙，其實是小女兒家的嬌憨，無一不透出風流的習氣，其中一半天性，一半是被老母慣出來的。

此刻，老母親就在畫舫裡，臉上沒什麼，心裡卻高興得很，因為小兒子有出息。全家上下，多有怪她寵小兒子的，極小的年紀，就會操一雙銀筷子，挑那魚腮幫上的櫻桃肉吃，還曉得剝出蓮子裡的嫩蓮心，放進茉莉花茶。她就曉得，好孩子是寵不壞的，壞孩子不寵也壞，可不是？如今誰還能不服氣！老太太兀自得意著，忽覺腳頭軟軟地偎上一隻貓，低頭一看，不是貓，是小孩，仰頭朝了她一笑，齜出兩顆小白牙。老太太有些不認識，旁邊有人就告訴，是二老爺的三小子，阿奎，剛從江西回家，所以面生了。老人都喜歡小孩子笑，有福氣，又是小兒子跟前人生的，就讓阿奎坐身邊。於是，小桃也移上來，挨著大太太坐，二姨娘則挪了下去。

不知覺中，月亮升起來，先是在稠密的星光和燭火裡，小和黯淡的，漸漸就大起來，直到大成銀盤一個，分外的白和亮。星星疏了，燭也燃到頭，明滅一陣，湮息了，卻從地上、水上、石上、樹上，遍地升起花香，是燭的心在吐蕊呢！為了這花香，中秋的月餅，藕粉，蓮子粥，都不放桂花，生怕被那甜膩氣玷染了。

等池裡的蓮花謝去，殘荷收拾乾淨，園子變得蕭條，人都不大去了，柯海的喜期就到了。

新人是從方浜上過來，船篷蓋了繡幔，靠在申家宅子門前的碼頭，四扇門敞開，等船篷裡抬出一頂粉紅綢大轎，轎頂上四角挑著大紅繡球，搖曳送進門來。

三、蠶娘

徐家女兒的妝奩中，有一箱書畫，另有一箱紙和墨錠，不愧是世家，有文章的脈傳。章木匠早就與柯海取笑，趕緊讀些詩文去，到時候新媳婦給出對子，對不上不讓進被窩！柯海紅著臉快快走開，章師傅的村話他是又怕聽又愛聽。暗中柯海真去查了些楹聯對句，大多陳詞濫調，倒在一本野史雜文中讀到一副頗有意趣，上句為：點點楊花入硯池，近朱者赤，近墨者黑；下句是：雙雙燕子飛簾幕，同聲相應，同氣相求。很合洞房花燭的情景。然而事實上，全和預期不同。一晚上，新人們都拘謹得可怕，大氣不敢出。燈影裡，只看見帳幔被褥一團一團金紅銀綠，直到燈熄火滅，才摸索著解衣上床。黑暗中不提防碰著手腳，立時閃開，再碰著，再閃開。待到行夫妻之事，也是萬般為難，不是別手別腳，就是無從左右，互相都不知怎麼辦才好。不過，身體的廝纏終讓人親近起來，雖還矜持著，心裡卻不再那麼緊張。後半夜時，下弦月起來了，小院子裡就像汪了一潭水。新人的屋子裡滿是錦緞綾羅，壅塞熱鬧，此時也清泠下來，薄光中，柯海看見新嫁娘臉龐的側影，柔和嬌好，心裡這才生出一股興奮。他往近處湊湊，問：怎麼叫你？新嫁娘被他說話聲嚇了似地一動，沒回答。柯海就又問：怎麼叫你？還是沒回答。柯海就換一種問法：你娘怎麼叫你？柯海以為還是不答，不料那邊的人臉一埋，被窩裡發出甕甕的聲音：你娘怎麼叫你！那聲腔有些耿。柯海不由一樂，將臉追過去說：是我問你！那邊人又不說話了，柯海就曉得脾氣也是耿的。兩人這麼問來問去，其實問的是對方的乳名，誰都不肯先說，必要對方的拿來換。這一鬧就鬧乏了，都睡過去。拂曉時柯海醒了一回，發現身邊睡了個人，模糊間想起章師傅說的「樂子」，繼而又想，並沒有對對子的事，那副在當時油然生趣的對子早已忘到九霄雲外。

下一夜，他們彼此都說出了各自兄弟的乳名，自己的卻沒有一點透露。柯海領教了新媳婦的倔，也領教了女人的有趣，他思忖，女人原來是這麼不同的一種人，真是以前不知道的。他恐嚇說要向媒人告她不貞嫻，她就說也要找媒人，告他不讀書，不拘禮，專會鑽偏鋒小道。再下一夜，他們改逼供為猜謎，新娘子指了指床上的帳子，上面繡了各色花鳥，柯海將每一色花鳥都猜遍了，也沒猜中。最後一氣之下，說出個「綢」字，賭氣道：無論她娘叫她什麼，反正他是叫定她「綢」了，就叫「小綢」。新娘子用被蓋了臉吃吃地笑。也許是看柯海急了，又或許怕柯海真以為她不貞嫻，藏在被子裡，嘴對耳朵，還是說了，她乳名叫「蠶娘」，因是蠶上山的時節生的她。柯海這才坦言，不是不告訴，而是他確實沒有乳名，他娘就叫他大名「柯海」，倒是有個字，「伯英」，現在，你也有字了！柯海嘴對了耳朵：你的字是「小綢」。新娘子說：我要字做什麼？又不出去應酬，也不作文章。柯海就說：我好叫你呀！然後，俯在耳畔，徐徐地說：你看，《禮記．曲禮上》說，「男子二十，冠而字……女子許嫁，笄而字」，可不是該由我給你個字？那邊，久久不作聲，認了。

小綢的長相很端莊，方正的額頭，高鼻梁，雙眼皮，嘴形也是方正的，有一點像觀音。外人看不出她的嬌媚，那只有柯海才能看見的。人們還看出新嫁娘的針線不怎麼樣，因少時喪母，姨娘們沒有用心教她，但新嫁娘會寫字。有人從新人的小院落經過，看見新嫁娘正襟危坐案前，一管筆在手中握得筆直，從上到下，柯海做什麼呢？磨墨！事情反過來了。學給他母親聽，母親就知道兒子有人管了。勿論怎麼個管法，管住了就是婦德。柯海不止替新嫁娘磨墨，還親手裝裱，裝裱的漿糊，也是他自製。囑人轉到院內燒一個柴爐，坐一大鍋花椒水煎煮，引得兄弟妹妹都來觀瞻。天冷，園子封了，大人孩子只能悶在家裡。這邊煙升水滾，開了作坊，整幢宅子都熱鬧起來。花椒湯沸騰一時，柯海喊著要篩子，就有人去廚房取來嶄新的羅面的篩子，兩個人端著，柯海自己掌勺，一勺一勺往上澆。濾去花椒，又喊著要乾淨瓦盆，齊打夥一併找來上釉不上釉，畫彩不畫彩，精燒和粗燒數十個，從中挑出一具藍白瓷荷花缸，倒進去放在陰地裡晾。大人小孩並不散去，坐在太陽地等水涼。

蕎麥和小桃也在人堆裡，加上柯海的妹妹，是三人黨。章師傅的活計完成，蕎麥還時常被叫來作伴，三人中間，小桃和蕎麥更好些，因為是差不多的年齡身分境遇，又都是做了母親，兩個小的也好一起玩。此時，每人有一枚錢，阿奎一枚白，阿毛一枚黃，都含在嘴裡，迎著日頭一照，亮閃閃的，一個好像鑲了金牙，一個好像鑲了銀牙。含著含著，不知覺間，阿奎嘴裡的成了黃錢，阿毛的則成白錢。黃錢和白錢本來一樣，但小孩子多喜歡黃錢，因是像金，尤其是新錢，黃燦燦的，不知道有多麼富足似的！阿毛對自己的錢很有記憶，忽然間黃變白，想不明白，怔一時放聲哭了。大人剝一顆桂圓塞進嘴裡，含住，止了哭。陰地裡的花椒湯涼了，早有人去灶房取來上好的白麵，七八雙手抓了白麵往裡撒，如何撒得勻？一片厚，一片薄。柯海不要了，重起爐灶，再煮一鍋，這一盆就給小桃她們糊鞋靠子去了。第二鍋煮沸，太陽已經西下，熄了火，陡地冷起來，人們熬不住凍，散去各回各的屋，由那濾淨的花椒水晾在院子裡。

柯海回進屋內，小綢一個人坐在床沿上，就像方才嫁過來的模樣。問她為什麼不出去，多熱鬧開心啊！回答說自己是新來的，不曉得怎樣合規矩，又沒有人教她。話裡帶著委屈，是怪柯海不管她的意思。柯海趕緊說：我們家不拘禮，所以就沒顧上。想她孤零零一個人在屋裡躲了一上午帶一下午，很是受冷落，上去拉她的手，不料冷手將熱手冰了一下，要抽回，卻被握住了。兩人就手拉手，頭並頭地看早上寫下的字。

柯海說：小綢的字有一股香呢！小綢不說話，咬著嘴笑。柯海將臉湊到字上，嗅了一陣，說：是墨香。小綢收起笑，正色道：歪打正著，讓你說對了，這墨不是街上市裡買的雜墨，是祖上傳下來，家裡收著的，有來歷呢！柯海恍然道：人們傳說七寶徐家是從康王宗室過來，果然不假。小綢說：是不是康王那一宗倒不敢混說，大人關照我們不許在外亂嚼舌，怕人家以為攀附，再則，成王敗寇，宋室到了南邊就是個偏安，苟且著，弄不巧，還讓人把咱家滅門。柯海也說：隨他們成和敗，是龍鳳還是土鼈，與咱們何干！小綢又說：不過，家中有一間藏書樓專放家譜，從來也沒有上去過。柯海說：我們也有家譜，開頭只管是三皇五帝夏商周，其實從曾祖才有名有姓，還是伯父做了官，才往上追溯的，也不曉得準不準。小綢又笑了：不必有家譜，自有口傳。傳什麼？柯海問。小綢賣關子，不說。柯海威嚇道：我也來個口傳！傳什麼？小綢問。柯海重重說出兩個字：蠶娘！小綢立馬變臉。這一大家子人多嘴雜，卯時說的話，寅時就可上下傳遍。這一下，莫說要告訴給柯海聽人們傳什麼，連理都不再理他。

這不理就是一頓飯加一晚上，真是個犟性人，不止是犟性，還認真。柯海追著她說了幾遍：嘴上說說而已，難道真對人傳了嗎？她依然不理睬，直到入夜，柯海悻悻然一個人在院子裡，往花椒湯裡撒白麵，冷不防窗戶裡頭傳出這麼一句：篩子篩不就勻得很？柯海曉得是理他了，心頭大喜，轉臉迎著聲音說：篩羅非二人不可。停一時，門裡走出人來，不情願地扶住羅的一頭，兩人一送一遞地篩起來。白麵從細得看不見的羅眼裡篩下來，月光下成一片霧。江南天，要晚一個節令，雖是過了小雪，卻不頂冷，又在活動著，額上都出一層薄汗，一羅麵也篩完了。先是罩在水上，然後慢慢沉，沉，沉下去，停住。

還是要等鑽進帳子，蓋上被窩，嘴湊著耳朵，再三再四問：傳我們家什麼了？小綢這才說出口：傳你們家造孽！柯海就曉得是說自己的「一夜蓮花」，還有父親的「香雲海」，不服道：怎麼造孽了？分明是積德！四鄉八里都造園子，不過是爭奇鬥豔，附庸風雅罷了，見我們出些新意，他們就誹謗，這就是世人的可恨。小綢冷笑說：所謂新意其實就是靠銀子堆砌！這話有些說到柯海的痛處，他不怕說自己沒根基，卻最怕說自己暴富，翻一個身，背對了小綢，也冷笑一聲：知道你們家古得很，淵源深。小綢自知犯了忌諱，有意道個歉。小綢的道歉是這樣的，伸手從背後扯住柯海的耳朵，不輕不重地提一下，再提一下。柯海就知道這新嫁娘雖然犟性，卻不是不饒人。於是，翻回身來，又好了。

小綢對著柯海的耳朵，絮絮地說：古不古干我們什麼事，也沾不著他們的一點光！她告訴柯海，出閣時，父親要給她幾錠墨做嫁妝，姨娘們還都攛掇不給，是父親非要給才沒讓得逞，這些墨藏在專門一間庫房裡，也是平常人進不去的。小綢說：方才你說我的字香，這點香算什麼？我用來寫字的不過是時墨，七八年之間的，取松煙調成而已；如我們家庫房裡密藏的，則是取桐油、清油、豬油製，五六十年算短近，百年勉強稱得古墨。一個說得興起，一個聽得興起，重新上了燈，從被窩裡爬起來。小綢僅穿一件粉底繡小花的貼身紗衫，赤腳踩著枕頭，取床頭疊櫃頂上的小箱子，用力踮起腳，露出腳心窩，柯海忍不住伸手搔了搔。小綢腿一軟，一下子坐倒了，懷裡緊緊抱著小箱子，一點沒撒手，可見箱子裡有著多麼寶貴的物件。

箱蓋略一掀開，果然異香撲鼻。不是花香，亦不是果實的香，這一種莫名的香，十分輕盈飄逸的，剎那間，無處不在。小綢取出一錠，舉到與眼睛平齊，襯著紗燈的光，說：看見不？有一層藍，叫孔雀藍，知道怎麼來的？用靛草搗汁子浸染燈芯，點火薰煙，墨就凝藍煙而成。兩人靜靜地看那墨，看一時，小綢放回去，再取一錠。這一錠泛朱色，是以紫草浸成的燈芯。第三錠，是岩灰色，鋼亮鋼亮，內有鐵質，一旦落紙，千年不變。可是，這香從哪裡來？柯海還是不解。小綢再絮絮地告訴：其間有珍料，麝香、冰片、真珠、犀角、雞白、藤黃、膽礬是說得出來的，還有多少說不出名目，早已經失傳的！據說，東海裡有爪哇國，人都是披獸皮，圍草葉，那裡有無數奇花異草，都是上千年成了精的，有不怕死的商賈，乘船去採集，也不知採來的是瓊漿還是玉液，都是祕不示人，再加鍛煉，方才製成各種香熏！那些商船去的多，回的少，等最後一艘一去不回，那些珍料便斷了路徑。柯海聽得入神，心中漸起一個念頭，那就是製墨。可是裱字的糊還沒有調好呢，製墨的事只能暫時擱置起來。

次日起來，柯海就到院子裡攪那盆沉了面的花椒水，小綢替他扶盆。正奮力攪著，人又來了，都要看那盆糊怎樣了。小綢也不好躲回屋，一一招呼了，氣氛總歸有些拘謹。妹妹是庶出，已經養成一副瑟縮的脾性，小桃姨娘受了老太太的寵，都要欺她三分。這一回，老爺去京城上任，帶的是二姨娘。因老太太要阿奎留下，阿奎留下了，小桃也要留下照看。妹妹大了，脫得開身，於是二姨娘隨去。老爺離開，大太太就讓小桃從楠木樓上挪下來。小桃心中就有百般的不服氣，比平日更乖戾一些，幸好有個蕎麥作伴。一樣是偏房，可那是章師傅的偏房，不在這家的倫理裡面，就不必受約範。再說，無論是章師傅的正和偏，都是鄉下丫頭，自知身分，受得委屈，不與她們爭什麼，沒有芥蒂，反顯得極坦然。這蕎麥本是一派天籟，生成的通人情，和誰都相處得來。所以，這邊的兩個，隔三岔五召她過來。和她倆是沒什麼，但對了小綢，蕎麥還是有些怵，因是柯海大少爺的新人。小桃的心思就沒這麼簡單，為的人家是正房奶奶，而且身分有來頭，畏懼裡帶幾分負氣。小桃與蕎麥到底處境不同，大家裡的人和事都是龐雜的，但生性裡蕎麥的器量要大得多。

這會兒，就只有鎮海與柯海說著話，其餘人都收斂著，不出動靜。柯海鎮海都是申家人的長臉白面，大體上差不到哪裡去，但柯海氣韻更要生動，就顯得漆眉星目，十分的俊朗。相比之下，鎮海不免平淡了，卻有一種篤誠，是柯海不備的。也因此，兩人看上去比眉眼長相不同的兄弟更不相像。柯海娶過之後，鎮海也定了親，是南翔泰康橋計家的人。計家不算世家，但洪武以來，朝廷仿宋代折衷法，計家領了鹽引，自此便發起來，造堂建所，也有一個園子，計家園。申明世造園子時，四處參照看園子，與計家通了來往，於是定下兒女親。柯海有時與鎮海玩笑，說讓計家送個捐例做嫁妝罷了。鎮海當面不與哥哥急，暗裡卻發狠苦讀，鐵定心赴下一年的鄉試，然後入乙丑會試，中個進士。倒不止是怕哥哥說嘴，柯海自己也不曾入會試。鎮海是一個單純的人，一門心思全在讀書上，因書裡的世界也是單純的。前一日，他才從安亭回來，到安亭是去聽震川先生講學。柯海就說：那個老童生，食古不化的，說些什麼呢？鎮海辯駁：其實正相反，震川先生正是不主張牽強附會，而推崇採各家之長，比如「六經」之本質，司馬遷之文理……柯海聽見鎮海講學問就怕了，告饒道：這裡不是縣學書院，是居家住戶。眾人都笑了，鎮海頗有些不好意思，不再說話，低頭看柯海攪糊。攪勻了，停放著，明早再要攪一遍，如此三番，才入下一道工序。蕎麥一吐舌頭：乖乖，好不麻煩！柯海笑道：你以為是糊鞋靠子！小桃冷笑道：除了糊鞋靠子，她還知道糊什麼！蕎麥說：糊窗戶紙！話方才落音，小綢先笑出一聲。柯海原以為她不愛聽這樣村俗的逗趣，見她笑了，放心下來，越發貧嘴，說道：其實，裱字和糊靠子大體上差不多，都是要將兩頁合一葉，要合得平整貼切，不起皺，一個是糊紙，一個是糊綢子——這「綢」字一出口，就見小綢回眸看他一眼，這一眼如同電閃，柯海嚇一跳，想這雖不是乳名，卻是夫妻的房中戲，亦不可外漏。就此，又多一重禁忌，加上一道箍。

這盆糊攪了三日，停了三日，麵過了性，復又沉下，水麵分離。將花椒水濾去，添新水，加白礬末和乳香。調勻了，就可坐鍋，用大攪棍朝一個方向攪，這活兒就不是柯海做得了。待要去叫個壯大的雜役來，蕎麥卻說她可以。人們正遲疑，就看她將阿毛送到妹妹手裡牽著，袖子一逕捲到腋下，掖在腰裡，然後站一個板凳，抱住大攪棍，轉磨一樣攪起來。那大攪棍是春節裡做年糕拌米粉用的，比她人高，因為用力，身體一推一拉，十分的活潑。受蕎麥的激發，小綢自告會燒火，並說這火還必須由她燒，因只有她才知道裱字的糊是需慢火，萬萬急不得。就這樣，小綢與眾人們稔熟起來，女兒隊裡又多一個玩伴。

立春過後，天漸漸暖起來，草木開始泛青，園子開封了。由柯海起頭，在園子裡設市，做買賣玩。柯海占了碧漪堂，開的是布肆。早幾日遣人去購了十疋絹，十疋綾，十疋紗，還向四邊農戶買了數十疋家織土布，將案子在堂中央拼接成櫃檯，上頭鋪排開各種貨色，再擺上尺子，算盤，賬本，還有一副西洋眼鏡，是父親從一個皮貨商手中買來，那皮貨商從關外過來，攏有無數稀奇古怪的東西，西洋眼鏡就是其中一件，花了有四五兩銀子。本來看東西是清楚的，可一戴上全糊了，而且頭暈腦脹，所以不是買來當用物，而是當玩意兒。柯海將西洋眼鏡架在額頭上，穿一件藍布絲棉袍，繫布腰帶，袖口翻起，露出襯裡的白竹布，作夥計的裝扮，站在案子後頭，等人來買布。鎮海的書鋪設在積翠岡上的阜春山館裡，將他的書全搬來，排在書案。書案長，書少，顯得寂寥，不興旺，於是又搬來哥哥的，再向母親要了些父親閒置的書，其中有幾冊是珍本，用絹子包著，裝了函套。鎮海還是著綢袍，但也配了算盤和賬本筆硯。小綢並不與柯海合夥，而是單開一間，在水榭，什麼鋪子？藥鋪。柯海專讓章師傅著徒弟給打了一口盛藥的櫃子，一面牆高和寬，無數格小抽屜。抽屜裡各放著柴胡、半夏、茯苓、菊花、當歸、兔絲子……足有幾十味。一半是家中原有的，一半是從市裡藥鋪中現買的。櫃面上除去筆硯算盤，多了寫方子的紙箋，稱藥的小戥子，包藥的黃裱紙，又有一本《神農本草經》。店主穿平常衣裙，只在頭上戴一頂藍布帽，腦後垂四角方巾，作先生的模樣，顯得很俏皮。蕎麥帶了小桃、妹妹，依然組成三人黨，就在荷花池邊，倚一具山石，豎一面幡，幡上寫一個「酒」字，其實呢，賣的是饅頭。就地砌一眼柴灶，從廚房裡搬來麵案、鐵鍋、籠屜、籠布和面盆，三個人是這麼分工的：蕎麥揉麵、上籠、生火，蒸出了由妹妹用胭脂點上紅，再撿出來，排在籮裡，端到小板凳上，小桃專司買賣。阿奎阿毛洗淨的臉，擦了粉，額上也點了胭脂，好像兩個大饅頭，並排坐在幡下，充阿福娃娃，求開市大吉。柯海巡視一遍，覺得還是市井氣不足，繁榮不夠，他籌畫著擺成一幅〈清明上河圖〉。於是，又遣幾個僕傭擺出一個肉攤，其中一個名叫鴨四的雜役，十四五歲，正在愛玩的年紀，異常得意，穿一身短打，頭上紮了白布巾，提拳站在肉案後頭，頭頂懸著上好的肋條肉，外加整一爿豬腿，案面上排了一列刀：斬，剔，刮，剁，全磨得雪亮，看了令人膽寒。要說這一家上下，有誰見過賣肉的架式，遠遠近近往這邊跑來看。那鴨四躊躇滿志，手扶著胯，目光炯炯，四下裡掃一圈，左右移步，再掃一圈，立定。

這邊燕騰著，隔牆萬竹村裡的人坐不住了，申儒世覺著侄兒們鬧得有些過頭。去年八月十五一景，舉城議論，眾聲喧譁「香雲海」，剛消停下來，倏忽又來一景。前一出是雅，後一出是俗，可謂天上人間，卻都是驚人的別致。兄弟奢靡成性，侄兒們也是不拿錢當錢，再大的基業也經不起這般揮霍。單是糟蹋銀兩倒還在其次，就怕危及身家性命。據傳，當今翰林院大學士叫張居正，很有些威勢，最憎厭蘇松一帶的富戶，極力主張重課稅，風聲鶴唳，多少應當含蓄些好。愈思忖愈不安，便去老太太的房間，將園子裡的情景作一番描述。本意是讓老太太去轄制，不料適得其反，老太太聽得興起，立時要去親眼瞧一瞧。早說過，老太太很慣小兒子，連帶著慣小兒子的兒子，這會兒來到天香園，只見一派熱火朝天，情不自禁地歡喜起來。園子裡的人也很高興，因為迎來了第一個主顧。老太太依次看了店，也買了東西。布店裡買的是綾子，一吊錢就買了一疋；書鋪裡買了一本舊書，買過來就還回去的，也是一吊錢；然後就來到藥鋪買藥，小綢還真給切了脈，開出一服養生方子，一味一味配齊，還是一吊錢——老太太的眼睛從孫媳婦的後背身打量過去，看出跡象來，心裡盤算一下，荷花滿塘的時分就要進人口，一高興，又給了一吊錢；饅頭店裡買了十個大饅頭，阿奎阿毛一人給了一吊錢；鴨四那裡也停了停，老人怕膻氣，沒買，只是看鴨四劈裡啪啦將一段後腿骨斬成一堆碎渣，囑他揮刀時看清楚四下有沒有人，別闖禍了。一周看畢，老太太吩咐叫大家盡興玩，但是園門得守緊，不能讓外人混進來，自家親朋就另當別論了。說是親朋，那親朋的親朋呢？總是一視同仁。所以，一帶二，二帶三，園子裡絡繹不絕地來人，真成了集市。先是鎮海讓人拿了書，收攤不賣了；再是饅頭店的灶火險些兒燃了草木；鴨四又忘形，村話俚語連連，小孩子都學嘴了……終於關門大吉，園子裡已經讓糟踐遍了。

等園子裡的草木修整好，池水放清，亭台樓閣補一遍漆，桃花綻開，小綢的身子一日一日顯出來，就不願出門了。

四、蓮庵

上海縣城有一個瘋和尚，不知從什麼時候，又從什麼地方來，南門邊牆根下，草席支了個小棚住下，白日裡就披髮跣足穿街走巷，搖一個小鈴化緣，聲稱要造座廟。討來的錢，一枚兩枚穿起來，掛在脖子上，日積月累，也有數百枚，可在頸上繞兩周，但距離造廟，卻何止十萬八千里。有時出城討要，便蹤跡消失，二三天，七八天後，再又現身。終於，有一回，一去而久不來，便以為死在外頭。直過了有一年大半載的一個冷天，陰霾中飄起了小雪，肇嘉浜龍德橋上躺了一具無名屍，哪個過路的好心人在屍身上罩了一張蘆席，轉眼間積了一厚席的雪。然後，就有人看見那一席雪拱起來，拱起來，拱翻了，原來底下是個活人，伸腿坐著，手裡舉著小鈴，頸上繞幾圈錢，腰裡也纏幾圈錢，瘋和尚回來了！那一年正是申家喜事盈門的一年，有人將瘋和尚送到申家門上，吃素念佛的老太太便留下了，讓他住在天香園。蓮池北邊，有一小閣，就作了香堂，可算是完了和尚的心願。自此，和尚再不到街裡亂走，只在香堂供奉。因衣衫整潔，三餐飽食，形象日趨端正，竟然很清俊的一條壯漢，半點也不瘋，行為舉止十分得體，只是言語極少，從不與人交談。凡園內有事，一概閉關，足不出戶。漸漸的，人們都忘了有他這麼個人。

這年春上，就是園裡做開市的玩耍不久，老太太就有些不適，吃不下東西，胃氣脹。請先生來診脈，配了幾服去濕的草藥，服下去胃口略開些，卻又犯了心口痛。再請先生診脈，再開方子配藥吃藥，心口痛好些，卻覺得身上乏力，臥床了。申儒世寫信與申明世商量，商定在天香園那間香堂上擴充，加蓋正殿與兩翼側殿，配成一座正經廟堂，取名蓮庵，為老太太積善積德，求佛保佑。於是，還是請章師傅。這邊興起土木，老太太果然長了精神，正殿完工時，還讓人扶著過來，親手燃了香。大家方才安下心，顧得上別的。而就在此時，小綢生了，娩下一個女兒。多少有點兒失望，但生養總是高興的事，老太太做太婆了。所以，滿月還是操辦了一桌酒。前陣子因老太太生病布下的愁雲一掃而淨，重又開晴。這家人的性子多是容易高興的，一點點由頭，就要製造大熱鬧。恰如老太太事前推算的季候，分娩時的滿塘荷花，此時結了蓮蓬蓮藕，風清月明。酒席擺在碧漪堂裡，已經是收斂著，還是有十數桌。堂上張著各色紗燈，投到水裡，滿池子姹紫嫣紅。舉座歡喜，只有小桃不樂意，因為阿奎方才過的三歲生日，並沒有操辦，闔家都在忙老太太的病，小桃以為是託辭，實是看輕他們母子，席中間便扯了阿奎退出來，又喊了蕎麥，一同到對面水榭裡說話。

蕎麥隨身攜一個紅泥爐，盛了幾片炭，烤荸薺給兩個孩子吃，一邊聽小桃發牢騷。小桃這一年又豐腴一些，更加標緻，也更加像一個姨娘，眉眼間有一種怨艾的風情。她拔下髮髻裡一柄銀簪子，在石頭桌面上亂畫一氣：不過是個丫頭片子，說到底為他人做嫁衣裳，這麼大動靜不怕人笑掉牙！裡巷間早都在傳這家人少規矩，如今不是送給人說嘴的。蕎麥就勸道：不論怎麼說，阿奎是阿叔，長一輩的人，不與侄兒們計較。小桃聽到「阿叔」的稱謂，更不平了：阿奎做不做阿叔干我何事，又不能沾什麼光，他是叫大太太媽的，倒叫我三媽！總之，我是要讓他改口的。蕎麥說：叫什麼不是叫，小孩子全是有奶便是娘，總是和你最親！聽這話，蕎麥也是長大了，通了世故。形狀上呢，好像突然拔了個頭，身子長了，臉也長了，有了個杏仁般的下巴核，可神情卻是孩子氣不減。鄉下人家規矩不那麼森嚴，就放任了她，阿毛是叫她阿媽的。這會兒，看見兩個孩子吃荸薺吃了一嘴黑炭，乾脆用炭灰替兩人畫上鬍鬚和王字紋，成了兩隻花狸貓，十分可笑。小桃則是愈說愈氣：勿論怎樣，我是老爺跟前的人，住過楠木樓，她們誰住過啊？蕎麥趁了話說：那你還氣什麼呀？大太太待你不薄，心裡並沒有分先後高低，要說倫理，大少爺是你的晚輩，他添了女兒，你也當奶奶了。小桃發作一通，心裡到底寬敞了些，再看見兩個花狸貓，不禁笑一下，這場氣就如同先前無數場氣，過去了。不過，已經離席，就不方便再回去，兩對母子就在水榭裡坐著，對了荷影波光，吃著炭烤的荸薺，說些女兒家的心裡話。一艘採菱船悄沒聲息過來，貼近水榭時，忽將一大串菱角連泥帶水拋上來，水榭裡人嚇一大跳，接著就開始剝菱角吃了。

中途離席的還有一人，就是鎮海。日裡讀書讀乏了，坐在席上就犯了睏，趁人不備溜出來，回宅子睡覺。不料月光下荷風吹拂，忽然無比清醒。這園子裡常是歡聲笑語，花團錦簇，少見如此靜謐，鎮海一時倒不想回去了。一個人信步走著，也不辨方向，彷彿走在另一個園子裡，陌生而且新鮮。走過山石，又走過桃林，聽見有熟透的果實掛不住枝，落在地上，沉甸甸的聲響，一落一個坑。再又回到池子，沿池畔走一截，也看見了那艘採菱船，從荷葉底下穿過。池面上像是罩了紗，腳下的青石板則鋪了水銀，晶亮晶亮，其實是露水。走在青石板，不知怎麼上了台階，新鑿的白石頭，鑿痕歷歷在目。正驚奇來到什麼地方，眼前便讓兩扇黑漆門擋住，抬頭向上，門楣上橫了一塊匾，寫著兩個字：「蓮庵」。恍然悟過來，這就是近日內修起的新廟，據說裡面住著一個瘋和尚。靜夜裡，鎮海變得很膽大，伸手推了推門，那門只是虛掩，一推即開。撲入眼瞼的先是一潭月光，潭水中有一個人，在打一套拳。那人光頭，短衣，褲腿紮起，底下一雙赤腳。看不出是哪一門的拳路，只覺得分外流利貫穿，四肢身體綿軟無骨，任意曲折，卻藕斷絲連。轉移騰挪只在三步之內，送去收來，周而復始，無窮無盡。鎮海看得出神，身心似乎隨之而動，就看出那線路分明是在空冥中畫出一個一個圓，環環相扣，扣扣相連，不知覺中，做了一個收勢，原地站住，正在圓心之中，那清水月光如同落潮一般落到了底。

兩道炯炯的目光，看著鎮海，並不吃驚，反像是意料中。兩人隔幾十步遠，相對而望，停一時，那人做了個請的手勢，鎮海便迎上前去。和尚引鎮海穿過東一翼側殿，殿後有一方天井，坐北一間極小的屋舍，即原先的香堂，和尚便在此起居。屋舍的後窗下有一條河，人稱白蓮涇。名叫白蓮涇，其實並沒有蓮，而是白蘆葦，葦花盛開，一岸數里的銀流蘇。屋舍裡只一張竹床和一個草蒲團，和尚盤腿上床，鎮海就坐蒲團。壁龕裡點一盞清油燈，豆大的火苗，一動不動，結了燈花，自行脫落，搖曳一下，又止住。鎮海想起和尚的傳聞，此時並不覺怪誕，反是順理成章，也是氣氛使然。寧靜的夜晚，明鏡一般澄澈，人跡遠隔，唯有一僧一俗。和尚不說話，看著鎮海，臉上露出喜歡的樣子，似乎就有一種款曲通來。鎮海不由發問：師父從何方來？本來不指望有回答，因人們都說和尚是個啞巴，不料卻聽見有聲音響起：從永樂來。鎮海一愣怔，以為聽錯了，又問一遍：何方來？再回答「永樂」。鎮海接著問：「永樂」又在何方？就聽和尚冷笑一聲：讀書人連成祖的年號都不知道，書讀進狗肚子裡了？鎮海又是一愣怔。聽和尚言語粗魯，猶如市井裡的潑皮，但想出家人行的另一路規矩，不能繩以世俗成見，繼而則發現回答的有趣。從「永樂」來，是什麼意思？不禁一陣悚然，背上都起了雞皮疙瘩，可卻有一種妙處，令人欲罷不能。鎮海顫著聲音問：師父難道是永樂年間的人？和尚露出不耐來：不是告訴過你了嗎！鎮海不敢再多嘴，按捺住心中的好奇與不安。兩人一上一下端坐著，聽得見白蓮涇裡魚蝦跳出水面，那「噗」的一聲。

月光如湧，澎湃灌進屋舍，那清油燈的一苗火，就成了一枚黃釘子。方才的驚悚漸漸從後背上褪下，鎮海靜著，不作聲，和尚自己說話了：知不知道三保太監？鎮海點頭。永樂三年，三保下西洋，六十二艘寶船，官兵水手二萬七千八百餘人，世人不知道，此外還有二百童子，和尚我就是其中一個。鎮海不敢生疑，永樂年距今足有百多年，難道和尚有一百多歲，真的成仙了？和尚雙手按在膝上，目光變得深邃，於是幽暗下來，似乎從時間狹道穿過，進入另一世界：聽說過「煮海」嗎？三保的船便是從萬頃煮海上蹚過，如同釜中的滾湯；食人樹是灌木樣的一叢叢，一旦接近，枝杈立時伸開，哼都不及哼一聲，就掠進去了；食人花是舔蟲子一般舔進人去，花瓣是巨大肥厚的舌，布著鮮紅的刺，是花的舌苔；還有人，穿草葉和樹皮，每一部都有為首的，稱作「甲比丹」，由人抬著往來，擔架由藤條編成，鋪花和草，那花草離了土還在長，從青藤架上淌下來，泥漿一般……鎮海已經入神，顧不上分辨真假虛實，也顧不得生疑不生疑，只由和尚一逕往下說。

學生！和尚喚一聲，鎮海答應道：聽著呢！學生，知不知道三保下西洋是為什麼？同好，和藩！鎮海答。和尚搖頭。尋惠帝下落。和尚又是一聲輕笑：世人之見！鎮海不服道：那麼師父又如何以為？是找皇帝，不過是另一個，宋朝小皇帝趙昺，世人都說陸忠烈背著投了海，可誰是親眼見的？活要見人，死要見屍，分明一樁無頭案！鎮海說：趙昺在瓊崖投的海，如何往麻六甲尋去了！和尚大笑幾聲：學生不知道海海相連？還不知道山不轉水轉？那南洋地方的甲比丹中，不知哪一個就是宋室裡的人，有朝一日聽說蒙古人走了，江山回歸大漢，不定會如何千趕萬趕地趕來，終究是個禍根子！鎮海如入夢中，竟也覺著很有理，更談不上要去辯駁什麼，於是和尚更加滔滔不絕。白蓮涇上忽飛起一隻鶴，盤旋幾周復又落入棲草中。園子那邊的宴席大約已經散了，四下裡沒有半點人聲，只聽和尚的聲音，黃鐘大呂一般轟鳴：萬幸的是，三保在南洋和西洋都留下咱們的人，做眼線和接應。聽到此處，鎮海略醒來些，發問說：一百多年，只怕已與土著雜配混淆。和尚又笑了，這一回笑得很真摯：學生又犯糊塗，漢人自有識別。什麼識別？鎮海追問。字！和尚說。

漢字！和尚眨眨眼睛，這是漢人的祕記。鎮海哦一聲，和尚接著說：不論是留下的人，還是走散的人，就憑這個，無論多少年多少代，無論怎樣混雜，都能找尋出來，最後聚攏——說到此，昂起頭，嘆道：我們走散多少人啊！怎麼散的？鎮海問，他按捺不下，不再怕和尚發怒。事情變得愈來愈詭異，簡直不可思議。而且，顯然是，和尚打開話匣子，關也關不上了。和尚回答：怎麼散的？輕易就散了，煮海裡藏著一種獸，像龜，但沒有殼；像牛，無犄角；像蛇，則有四足；大小如成年的馬，特巨的有一間屋的長和高，潛在船底，一拱背，船上人飛沫般濺出去無數，有溺死的，有讓魚吞肚裡的，逃出一條命的，或復又上船，或上岸自取生路，這只是走散中的一種。說到此，和尚停住，凝神片刻，眼神變得迷離：好比一場夢，又好比洞中一日，世上千年，倏忽間，洪熙、宣德、正統、景泰、正德，歷歷而過，已到嘉靖！朝廷中不曉得有多少弒父弒君，草莽間又有多少英雄豪傑……鎮海看他神志恍惚，喚一聲師父，停一停，又喚一聲。和尚夢醒了，四下裡看看，看見鎮海，自問道：身在何處？鎮海提示道：蓮庵，庵後面是白蓮涇，庵前是荷池，我們家的天香園。和尚漸漸回過神：一直在找咱們的人，寶船起錨的碼頭，叫劉家港，泊了無數大船小船，就是沒有當年的寶船，人也不是當年的人，與他們說話，都聽不懂。和尚對著鎮海，點點頭：這位學生，是不是我們永樂的人？鎮海這時看出，和尚確是瘋了，是個瘋和尚。從蒲團上爬起，諾諾著退出屋舍，再又退出天井，穿過側殿，來到正殿面前。跑過一片空地，拉開黑漆門，下了台階，迎面看見甬道上燈籠絡繹蜿蜒，縱橫交錯，紅火火一座城池。原來宴席才散，並沒有太晚。鎮海緊走幾步，追上哥哥。柯海問去了哪裡，鎮海只說隨處走走，一起出園子，過方浜，回宅子了。

滿月酒過後，老太太精神又差下來，先生換了幾回藥，並不見好，後來，連先生都換了。換來換去，無非是氣虛，濕滯，熱或者寒，說到底是上了年紀，壽數有限。儒世做主，讓鎮海速娶，是為沖喜。明世不及回家，信中託長兄全權操持。於是，距柯海娶親只一年多，鎮海就娶了。多少是倉促的，就在鎮海原先的屋子，又清出兩間偏廈，比柯海少了院子，房間也窄了些。不過鎮海生性素樸，並不以為簡陋，柯海卻不願意了。因泰康橋計家是富戶，嫁妝一定極豐厚，中家不能顯單薄，所以極力主張將楠木樓給鎮海做新房。儒世本來就覺楠木樓招搖，再讓小輩住，就忒過分，都要折壽。無奈侄兒執意，他們的母親呢，又怕虧待了小兒子，再說，那楠木樓閒置著也是閒置著。老太太鎮日躺著，聽話都嫌傷神，也沒法主張什麼，儒世就只好隨他們去了。所以，鎮海的新房做在了楠木樓上，還有一個人心下反對，就是小桃。本來呢，老爺回來，她還想著住回楠木樓，如今一來，再不能了。難免又生一場氣，再讓蕎麥勸好。那邊意見牢騷著，這邊忙著辦各樣事：祭祖，辭歲，過年，入正月，初一初二，緊接著到了初六，就是迎娶的日子。

果然，嫁妝擺了一條街。那領轎子，也是粉紅色綢，鳳與霞的華蓋，底下繡了三面的桃紅大花朵，嵌了綠葉，轎簾則是一幅粉綠粉黃滿天星，一路叮噹盈耳，原來星星上綴了琉璃。家中人無不咂舌，慶幸新房安在楠木樓，連小桃都服氣不作聲了。老太太勉強起來，受過新人的叩拜，又躺回去。禮儀宴席照常，一項一項走過。楠木樓貼了雙喜，結了紅綢，張起紅紗燈，碗口粗的紅蠟燭，蠟油滾滾淌下來。夜裡竟下起瑞雪，牆頭、瓦行、窗檯，鋪一層白絨，映著屋內的滿堂紅，明麗鮮豔又吉祥。

老太太卻一逕弱下去。先生說過了立春就有起色，於是過了立春；先生又說過了雨水就轉輕，又熬過雨水；先生再說過春分，春分過了，不好也不壞，以為要有起色，不料三天之後突然犯了痰症，急喘了一日，到天黑睜眼看看。床跟前圍了一周人，密密匝匝，就缺一個申明世。眼睛找了找，不等眾人告訴，自己先說了：他趕不來了！說罷便閉了眼。這一家，辦了一串紅事，到底輪到辦白的了。

宅子裡無須說，天香園內如同梨花開一般，枝頭草尖全繫了白綾子。桃花又紛紛開了，恰有一種是白花，也像是白綾子，粉色的那種，間在其中，應出喜喪的意思。燈罩，桌圍，椅套，屏風，換成一色的白，蠟燭改成白蠟燭。傳出去，坊間又當是天香園裡一景，題名「三月雪」。守靈，垂吊，入殮，蓋棺，停靈在蓮庵，等申明世回家後再定日子出殯。先請一班和尚道士，進庵內念經，鐘磬聲聲，香煙陣陣。人都說老太太有籌畫，早在事前修了庵子，正用上了。三七這一日，申明世到家了，不顧車馬勞頓，直接進了蓮庵，重重青布幔子，掩了一具棺槨。想起母親一貫的寵愛，將自己當個寶，做什麼都是天下第一，要拿來誇嘴。雖然沒有做過讓母親打嘴的事，也是心心意意要爭體面，母子可說是心連心，可最後沒能守在跟前，讓老母親安心，反是添了牽掛，究竟不能算作完孝。心裡十分的愧疚，淚流滿面。旁人一逕地拉和勸，說老太太沒等他回家再走，實在是因為疼兒子，不想拖延了，怕借了晚輩的壽數。要是一味的傷心，哭壞了身子反辜負老人的意願。明世聽了更加傷感，越發啼哭不止，引得柯海鎮海一行人也跟著哭成一片。

擇日子大殮過後，七七也過了，申儒世申明世兄弟倆方才能夠安寧地說話。先是議論京師裡的事，明世壓低聲告訴，當朝皇帝只顧煉丹成仙，那些年大事小事都由首輔嚴嵩說了算，後來皇上對他的心漸漸淡下去，終而至於免職，可嚴黨裡還有人呢！內閣裡的人都不是吃素的，向來與嚴首輔犯頂，何況還有那夥武將：曾銑將領、總督張經、兵部員外郎楊繼盛，都吃了大虧，或斬或殺，可是各自也有人！嚴嵩是從禮部出來的，於是都以為他們禮部是嚴的人，真是百口莫辯。這一年來，可謂如履薄冰，如臨深淵，簡直苦不堪言。而且北京地方水土粗糲，景色荒涼，內心常是抑鬱的，這回一接到喪報，立刻遞上回籍丁憂的急請。儒世告誡說：朝中事故萬不可與外人道，有人要問，說些花絮敷衍則可，江南這地方，向來超脫，可張士誠起兵割據，本朝方一開元，太祖就不信賴，必夾著尾巴做人。明世道：要說花絮真沒什麼可說的，做官是百業中最無味的一種，官中又數京官無味，地方上做官還有些風土可以見聞，那京師與蒙古人地方只隔一道長城，實已到邊塞了！想想少時苦讀，一心求功名，不曾想功名是用來做如此無滋無味的事，可不無聊得很。聽到這裡，儒世就不能苟同了：讀書倒不全為仕途，自有一番人生的樂趣。明世嘻笑道：書中自有黃金屋，書中自有顏如玉？儒世正色說：這種話正是對不讀書人說的，不讀書人哪裡曉得這世上草草木木，風風雲雲皆有情義呢！明世同意了：不讀書人即便張眼望萬物亦不過山是山，水是水，讀過書了，便看山不是山，看水不是水。儒世點頭：這才是書裡乾坤！於是兄弟倆又說了一陣讀書。

從讀書說到寄居於安亭的震川先生，年已五十多，屢試屢敗，又屢敗屢試，不僅意志堅韌，讀書不輟，還開講堂授學，又寫許多文章。有一篇〈秦國公石記〉，寫的是有一回在陸家浜上，看見岸邊墳地蒿草中，藏有一塊石頭，竟是秦國公的學宮石。秦國公為本鄉人，南宋淳熙十一年進士第一人，也有個園子，後來頹圮，園中太湖石流散四處，壘雞窩墊茅坑，唯有這塊學宮石，埋在草叢間，風餐露宿，一點沒染污穢，終有一日，為震川先生識得，就寫了這篇〈石記〉，顯然是抒發心志。由震川先生的話頭起，歷數蘇松世家名門，明世便問徐家女兒，如今是自家的兒媳，人品與文品。儒世笑道：還是個小孩子！就說起上年開春時節，在園子裡開市買賣的情形。明世聽得入神，又追問些細節，很嚮往的樣子。但當儒世說到新媳婦開的是藥鋪，老太太又果真號了脈，開下一方，說的和聽的不禁共同想到：可不像是個兆頭？神情都黯然下來。靜默著，多日以來，儒世的一樁心事便浮起了。這樁事他早在思量著，一直等候契機才好說出口，如今老太太歿了，兄弟回來，正敘家常，確是說的時候了，卻仍然難以啟齒，似有許多阻礙。而儒世也知道，必說不可了，此一時過去就是彼一時，又不知要等候怎樣的天時地利。明世看見哥哥面上有躊躇的神情，就問有什麼事情為難？儒世不由一陣臉紅，回答並沒有。明世信了，又扯出另一件話題，就是擴建宅子。鎮海住了楠木樓，他就打算向西延伸數丈，造一院一閣，用作起居和讀書。儒世一聽這話，知道不說不行了，只得說出存在心裡許久的心事，就是分家。

五、丁憂

儒世早已在方浜南，肇嘉浜北，四牌樓路段，梅家巷裡覓了一片廢園。業主姓陸，祖上在洪武年中進士，做過官，後人與儒世交好，因將廢園的一角闢出贈予。儒世與明世談妥，將宅子東側他那一半折價讓出，原先居中的老太太那幾進裡，他該得的一份也作了價，萬竹村他不要了，白送給兄弟。一來新宅子離萬竹村路遠；二來是，看見陸家的廢園不由心生感慨，想當年也是興旺繁榮，知名的勝景，如今已是斷壁殘垣，兄弟的天香園正在興頭上，烈火烹油，他身處於一頭一尾的中間，得以縱觀全局。這年儒世五十一歲，已是人生的遲暮，就想過安靜的日子。所以，和兄弟分家，除去忌憚兄弟一家的揮霍張揚，考慮到實際的財政，還是出於心境。這一處宅基是從廢園的西北角切下，已進入密集的民居，山牆相連，門庭並立。儒世又刻意建造樸素，一色黑瓦粉牆，淺淺的庭院，依牆栽幾竿竹，應合「萬竹村」的境界，再無別的花木。真有些「隱於市」的意思了。

上海城裡，多是居著賦閒的官宦人家，或懸車，或隱退，或丁內外憂。說起來也奇怪，此地士風興盛，薰染之下，學子們紛紛應試，絡絡繹繹，一旦中式做官，興興頭地去了，不過三五年，又悻悻然而歸，就算完成了功業，餘下的便是遊冶玩樂，久而久之，釀成一股南朝風氣。也有幾個志向大的，涉入宦海太深，便一去不回。總體來說，上海的士子，都不太適於做官。鶯飛草長的江南，格外滋養閒情逸致。稻熟麥香，豐饒的氣象讓人感受人生的飽足。即便是儒世那樣的秋暮之歲，低沉是低沉了些，但也另有一番自省的況味。這一番自省，因是在入世的江南地方，所以不至於陷入虛枉，而是於器與道、物與我、動與止之間，無時不有現世的樂趣生出，填補著玄思冥想的空無。

梅家巷裡申儒世的宅子破土興作了，申明世蒙朝廷恩准丁憂，也開始籌畫如何翻修擴建。經幾番推倒重來，最終定在東側與西側相對處，再造一座楠木樓，讓柯海一家住，明世自己占了原先老太太居所的位置，向南拓進開闊，築三重院。這三重院，不是直統統地一重套一重，而是獨立又貫通，之間相連以迴廊，九曲十八折，最終九九歸一，合抱成套院。明世去一趟京師，還是有所心得，北方庭院軒暢朗闊，使他領略了質樸的格調，再說，年紀長上去，趣味多少有變化，不像年輕時一味喜愛新奇古怪，到底要蘊藏深些，氣派卻也宏大許多。所以，院子都寬大正直，只是在迴廊上依然保留著旖旎的南地情致。

對新宅院，全家都很嚮往，只有小桃，在枕邊傾吐了不滿，因為沒有阿奎的院子。明世笑道：阿奎才有幾歲？等他娶新娘子，再蓋一座楠木樓！小桃知道遠水解不了近渴，心中無法釋然，但她小心眼裡也知道，申明世哄她就這麼個來回，沒有太長的耐心。他們不是少年夫妻，就像柯海那一對，嘔氣和調笑，盡可作小兒女的把戲。她這個姨娘，是倉促之間娶進房，申明世並談不上有多麼喜歡和寵愛。倘若任性太過，連那麼一點因愉悅而得的溫存也要喪失了。好在，小桃有兩顆定心丸，一是生了兒子阿奎，二是明世顯然不想再納。因此，小桃有時候就也要鬧一鬧，耍一點小性子，其間的進退轉折自有調度。雖然農戶出身，沒受過什麼教養，可在她的境遇，凡眼裡看見，耳裡聽見，都要從小心裡過一遍，漸漸地，便有了分寸。

申儒世的新宅在立夏後破土，年底竣工落成，年後正準備搬遷入住，大東門外忽然吃緊，有倭寇騷擾，企圖闖入城來。自上海築城牆，倭寇幾次來犯都碰壁而回，已安靜了十年整。這時候又來，其實不過是些流寇，小打小鬧而已，但也攪得人心惶惶。儒世的新宅離大東門近，東北城牆的三座樓台：萬軍台、制勝台、鎮武台上，海防道加緊瞭望，箭台上增了兵，城下則層層防守，氣氛肅然，街市蕭條許多。儒世搬家的事便擱置下來。到了隔年春上，流寇聚集有數百人，從浦東攻過來。這邊等候多時，此時一鼓作氣，沿海直追到崇明，全部殲滅。班師回城的一日，三座樓台掛了繡球，商賈自行集資，從萬軍台向南，沿三牌樓街，搭了彩棚，各家店鋪挑起燈籠，夜市至午時。過年都沒有這樣熱鬧紅火。數日之後，儒世一家便遷到新居。儒世遷走，擇個日子，明世就動工了。

這時候，鎮海的媳婦也生了，是個小子，取名昉，闔家都很歡喜。新媳婦出身殷實，開門紅生了兒子，都有些捧著。本來住著楠木樓，就占居高臨下之勢，再加這多般長處，其實是高處不勝寒了。鎮海的媳婦，不像柯海的媳婦活潑聰明，鎮海的生性也略嫌枯索，夫妻相處沒有兄嫂他們生動有趣，而是有幾分悶。鎮海娶媳婦，過日子和心緒都與之前無大異，依然是讀書。身邊的這個人，總是靜悄著。當然也體察到女性的暖意，但並不足以吸引他改變什麼。有時夜半醒來，忽想到自己已是個有家室的人，可這不是頂自然的，於他有什麼特別的地方呢？有兒子了，他明顯覺得父母對他的器重加甚，超過了哥哥，他反是感到不安。住楠木樓也叫他不安。幸好，哥哥的楠木樓正在拔起。一日，他看見媳婦將阿昉頸上的金鎖取下——那是外婆家給的，取下金的，換上銀的，心頭就有一動。再端詳，媳婦頭上身上，並無一點貴重華麗的飾物，衣裙也是素樸的青布，便知道原來這個人也有著同樣的顧忌，這才是同心同德。

柯海倒不在意這些，還很喜歡逗侄兒玩，小綢就沒那麼豁達了。每每柯海去楠木樓上，其實並不都為了看侄子，有時也是和鎮海說話。還沒喝一碗茶，小綢就著人來叫了。一般都是隨叫隨回，但柯海也有犯性子的時候，愈叫愈不回。等終於不叫了，悻悻然起身往回去，房門卻插上了。柯海一賭氣，去了母親的房裡，照樣有暖被窩，是用湯婆子暖的，還有特意為兒子做的宵夜：鹵雞爪、糟魚、滾燙的酒和粥。一覺睡到天明，再走回自家院子，這一回，連院門都拴上了。柯海真生氣了，返身便走，沒走回母親房裡，而是到朋友家去了。男人家少不了三朋四友的，尤其是柯海這樣胸襟開闊，性情隨和的，幾乎是五湖四海了。許多朋友是娶親之後斷了來往，如今正好續上了。熱烈的夫妻往往最容易生罅隙，因為太過率性。小綢一個人躺在綢被窩裡，帳幔上的絲繡還是新鮮的顏色，枕上人已經不回房了，眼淚流個不停。追根溯源，事情都是由鎮海的媳婦引起。比較自己的娘家，說是世家，其實不過是個虛名，基業早已單薄得很，吃喝用度都緊湊了，其中頗有些辛酸。這一些，好的時候全說給他聽，連乳名都被套了去，連鍋端的，就沒法讓他看得起了。此時，許多甜言蜜語卻不期而至，湧起在耳畔，想恨他也不能了。於是，小綢斷定，鎮海媳婦是最可惡的人，再也不想理她了。等過一日，柯海趁她不備，溜進房裡，千磕頭萬作揖，將她哄好，可是，對鎮海媳婦的仇卻解不開了。

小綢對自己氣恨，鎮海媳婦隱約覺得出。她是個口訥的人，平日與這家的媳婦女兒沒有閒話交道，心裡一清二楚。她看上去遲緩，其實是個明白人，何止是聰明，還能夠設身處地。她家是富戶不錯，卻是依尋常人家規矩教導長成的。小綢的乳名叫蠶娘，未必真涉及過桑蠶，她卻真進過蠶室。她娘領了蠶娘們切桑葉，她人小力薄，使不動刀，就用剪子，將桑葉剪成一條條。略大些以後，她就會使一雙小竹筷，將一條一條蠶寶提到乾淨籮筐裡。挑繭時分，她手臉洗得清清潔潔，手指尖就像長了眼睛，單將圓圓正正的獨繭擇出來。她喜歡聽蠶食桑葉沙沙的聲響，響得那麼勻，不像蠶發出的，倒像天地間自生。蠶上山了，大人們不許看，也是天地間的祕密。她娘從不穿綢，只穿棉，說是「罪過」，一根絲就是一條蠶命。就這樣，富歸富，可一點不糟蹋，別人家看了會說慳吝，其實是惜物。因是女孩兒，自小讀書不多，不過是《三字經》《百家姓》《女兒經》，認些字，從人情裡學了處世道理。十五歲，家裡定了這門親，從此沒人在她跟前提半個「申」字。關於申家的議論傳不進她耳朵，那些荒唐事也都不知道。但她人沒下花轎，已經知道一二分，申家的大門富麗堂皇，楠木樓更是聞所未聞，勿論男女，都是花團錦簇，滿眼絲光流溢。這是在喜日子，接著不久，老太太發喪，且又是另一番天地。白綾子遍地開花！俗話說，若要俏，常帶三分孝，就是這般「俏」。這還是在辦事的時候，排場大些無妨，平常日子自然就消停下來，不會那麼鋪張，鎮海媳婦對自己說。緊接著，老爺回家，祭拜，出殯，又接風洗塵，然後又是造新房子，添人口……總之是一波未平，一波又起。這一家就沒什麼平常的光景，日日都在辦事情，轟轟烈烈。她也不是不喜歡熱鬧，只是跟不上趟似的，不能添什麼樂子，反而會掃大家的興，所以就更顯木訥了。人們背地裡都說鎮海媳婦頇顢，不太合這一家的脾性，但也覺得她敦厚，比柯海那一個好說話。

不多幾日，小綢對鎮海媳婦的不高興就都看出來了。生性本就是喜怒形於色，更何況有意地要擺出來氣人家。這段日子，宅子東邊直到中堂的地方動土木，怕傷了人，臨時起牆封了，大人小孩只能在西邊走動，逼仄得很，天好，就都去園子裡玩。鎮海媳婦熬了飴糖，切成寸方丁，分給孩子們吃。小綢的丫頭已經會走，搖搖擺擺湊過去，鎮海媳婦就往小嘴裡送了一塊。她娘看見，立即叫她回來，要看她嘴裡的東西，丫頭張開嘴，小綢往裡看一眼，伸手就把飴糖掏出來，扔了。鎮海媳婦都不敢近她身邊了。心裡盼著東邊的工程快點完成，兄嫂搬進楠木樓，就公平自在了。但東邊的工程可不像大老爺的宅子簡單，是精雕細做，聽蕎麥說，好比在錦緞上織花，剔透剔透。漸漸地，工程顯出端倪來，原來三重院的最後一重，坐北向南起了一幢樓閣，樓體日日升高，高過東西兩幢楠木樓。

仲夏時節，天香園裡又辦了一場宴席，是為震川先生餞行。去年秋闈，震川先生中了；今年春闈，也中了；殿試中三甲，賜同進士出身，授長興知縣。這一年，震川先生五十八歲。震川先生原籍昆山，所居安亭是岳丈的家，屢屢應試禮部，總也不中，人稱「老童生」。如今中了，回頭一望，分明是臥薪嚐膽，不可小覷。明世即刻改戲謔為折服，說起來是有勢利心，但卻是天真的勢利心。明世向來不愛與倒運的人交道，因不想讓自己沮喪，相交往來都是撐順風篷的人。震川先生是一個例外，可是，好花不怕遲開，如今不是得意了嗎？正應了梅花香自苦寒來的古話，加倍可喜可賀。明世籌畫大大地慶祝一番，一來真心為震川先生高興，二來聊補一向疏於往來的歉意。

恰是桃樹結果的時節，於是，慶宴便以「蟠桃會」為題。青細篾條編成的籃子裡是大紅桃子；琉璃盤裡是大紅桃子；鵝黃的絡子將大紅桃一個一個網起來，連成串，底下垂著嫩綠流蘇；舢板外面描著仙草，裡面裝的是大紅桃；樹上的果子貼了魁字——就這樣桃山桃谷還嫌不夠，廳堂、水榭、畫舫、樓閣，四壁都豎了鏡子，又折出一個蟠桃會。天香園變成一座果倉，桃香瀰漫，真是嬌豔啊！震川先生坐於上座，鏡裡鏡外的桃紅，沒有給他染顏色，反而更顯出肅殺。他穿一件黑色隱花緞袍，藍色綾帶束腰，烏紗帽，皂色靴，上下沒有一點鑲滾與織繡。四下裡的熱烈其實因他而起，卻似乎又與他最無關，在其中，雖有一種寂寥，卻安之若素，且應對從容大度，並無乖戾氣，所以也不礙事，人們只管自己高興就是了。

鎮海特特地前去拜見，說曾經赴安亭震川先生講堂聆聽學問，受益匪淺。震川先生就問鎮海讀過什麼書，喜愛什麼樣的文章，諸如此類往返幾句，鎮海便退下，回到同輩人中間。柯海問他為什麼不多討教一時，好得些真傳。鎮海不由苦笑，說：學問之人，只有遠敬，沒有近情。柯海就問：為什麼？鎮海答不出。柯海說：還是自己的學問不夠！受柯海的奚落，在鎮海已是常事。哥哥居長，人才比他出色，自然跋扈了，鎮海不計較。他自謙是不如哥哥，不能像哥哥那樣，小小年紀就取了生員。如今他年過二十，入童試卻無所成。但是，在內心裡，他其實並不把學業功名看得多麼重要。此時，遠遠看著新中的震川先生，總覺得隱約有一種戚色。周遭如湧如瀉的桃蜜芬芳，當然是新鮮的，卻又嫌浮麗了。鎮海不由感到茫然，不曉得如何才是好，而他心中的彷徨與失措，是哥哥柯海所不能涉足的一方禁地。

有二三年之久，柯海在婚娶的纏綿中，荒廢了交際，欠下人情，於是，這一段便要補救過來。又認舊識，又結新知，趁父親為震川先生送行，柯海邀來的，熙熙攘攘有一亭軒，其中有自己的朋友，還有朋友的朋友，朋友都是這麼一生二，二生三，三生萬物地生出來。賓客裡面有個稀客，是從維揚過來。在那二十四橋、四百八十寺的眼睛裡，上海再怎麼著的勝景，也不過是些雕蟲小技。柯海以為他會覺得無趣，不想他卻很愛桃子，吃了無數枚，稱道：極鮮！聽他用「鮮」來讚美，就知是個吃客，心裡擔著的石頭放下了。看那維揚客又拈起碩大的一枚，便說：要不要扦幾枝去，也栽在園子裡？維揚客搖頭：扦得了枝，遷不了土，物隨土生，土隨水生，就只有你家的園子，養得了你家的桃林。柯海受此激賞，不禁忘形，專要陪維揚客在園子裡走一走，看一看。維揚客不忍拂他好意，跟隨走出亭軒，來到池子邊，站住了，說聲「對了」。柯海趕緊問什麼「對了」？維揚客向池子揚揚頭：就是它！蓮藕和菱，養得池水豐而不腴，甜而不膩，出污泥而不染，所以才有那樣的桃林。柯海「哦」一聲，不說話了。片刻的靜謐中，暗香浮動。

柯海和維揚客交上朋友。維揚客姓阮，朋友們都稱阮郎，是揚州城的鹽商。阮郎比柯海長八歲，彼此間卻並無歲月和興趣的隔閡，而是很談得來。阮郎與本縣錢氏通家之好，兩家的祖父一同賣過鹽，父親們則在一地做過官，阮郎和人稱「錢先生」的兒子已是第三代的交誼。「錢先生」是謔稱，一沒有開館教書，二也算不上學品兼優，可說是頑童差不多，從小就慣在學中鬧館。因是他家開的館，真正的先生並不好太過訓責，有一回，先生苦極了，告饒道：我稱你先生好不好？「錢先生」的稱呼便傳開了。事實上，錢先生已逐漸脫去淘氣，大約是昔日鬧夠了，如今便安穩下來，反是同學淘裡最有禮的一個，成了真正的錢先生。但稱呼起來，依然有調侃的意思，錢先生呢？依然是個有趣的人。阮郎在錢先生家住，柯海頻繁上錢府去找阮郎，於是，連同錢先生也走近了。

錢家是個大家，五世同堂，每晚的一餐飯必在正廳共進。八仙桌擺開有十數張，如同辦宴。老太爺出身浦東農戶，是創業的一代，一生勤力，沒什麼閒情，那些造園子之類的雅興，在他看來，都是吃飽了撐的，他只造宅子。錢家的宅子上海城第一壯闊，沒什麼蹊蹺的構制，只是大和間數多，占了整整一片街面。遠遠看見，屋瓦連綿起伏，屋脊鱗次櫛比。申明世擴宅子，暗中也有與錢家一比的意思，但申明世究竟喜歡奇麗，不甘只在「大」上作文章，就別開一路，作在高上。再說錢家的宅子，還有一處優長，就是人多。除去自己家五代數十房的人，又有近一半的客人。客人中有寄居的親朋，一幫子清客，還有阮郎這樣臨時走訪的。數量如此眾多的人，每日一聚餐，不說煮和燒，單是採買，就是巨大的工程。所以錢家專辦食材的就有七八個壯丁，分頭往四鄉八野定購定制。每日天不亮，薄霧裡看得見東西南北的河道裡走了船，吃水很深，走不快，只見魚蝦亂跳，雞鳴羊叫，蔬筍瓜果尖起著，就知道是錢家的船，待到先後集攏在錢宅後門碼頭，天已經大亮。錢宅裡，自開一間豆腐坊，老太爺每日必要的一道菜，就是豬油渣清炒豆腐渣。因此，豆腐坊日夜都在煮豆，磨豆，熱氣蒸騰。這就是老太爺的理想：屋大，人多，鍋開鼎沸。

柯海在錢府上留了幾回飯，領略到另一派風範，大開大闔。錢家的餐具都是在江西景德鎮特製，不求式樣新奇，質地細膩，只為大和深。每一件盛器都鑲有提攀，可見內中菜餚的實足——一整隻肥鵝，肚裡藏著魚肉的丁、乾鮮菇子、糯米、紅棗、蓮子；馬鮫魚剁成段，蓋上一厚層蔥薑、芫荽、豬油、豆醬，旺火上蒸；湯盛在醬缸般的瓦罐裡，熱油底下臥著一隻全雞！柯海吃了幾餐，就覺身上長肉。再看這家老小，全是敦實的體魄，膚色紅亮，十分興旺的氣象。唯錢先生食量窄小些，口味也促狹，向柯海抱怨自家的食風太粗獷，是鄉下人的灶火，不如申府上的精緻細巧有講究，所謂「隔鍋飯香」就是指這個。柯海吃過錢家的飯食，為表示謝意，著人摘了數十筐桃，挑過去。街上人沒見過如此大、紅、香氣淋漓的蜜桃，都尾隨著看和聞，鬧嚷嚷來到錢宅。老太爺喜歡桃子，也喜歡如此轟動的陣勢，晚飯特特將柯海、阮郎，還有孫子「錢先生」叫到桌上。老太爺的飯菜是單做的，其中就有一道先前說的豬油渣炒豆腐渣，以此也能看出老太爺的飯食是什麼路數，多是鄉野草莽的一脈：草頭餅，糙得拉舌頭，就是有咬勁和嚼頭；裹著麵糊油裡炸的小蝦，捲上半餽的豆腐皮，小蝦也是扎嘴，豆腐還酸，但就是不同凡響，還可見識老太爺的健碩，牙口真結實！

老太爺的飯桌自然擺在上首，坐北向南，眼面前是攢動的人頭，筷箸搖得山響。陪在老太爺桌上的本是幾名常客，今日裡則換上清一色的孫輩小子。看著一幫少年人，個個都是才俊模樣，老樹上發的新嫩枝，十分得意，打開了話匣子。年輕時候，錢老太爺販過私鹽——說實話，哪一個富豪不是從盜賊起家？日裡睡覺，夜裡起身，避過鹽關，繞小徑而往，一路上遭遇奇人奇事，如今想想，後脊梁上都發寒。有一日，天矇矇亮，他們找到一間破祠堂歇腳，推門進去，正有一人要出來，晨曦中，可見出那人的身形輪廓。身量不高，黑衣黑纏頭，束得極緊，顯出蜂腰，細長腿，手裡握一管竹竿，丈二長。那人眼睛並不朝來人看，逕直邁出門檻，竹竿在身後一橫，順著竿子，從門後又出來兩人，卻是著白衣，纏白頭，亦是全身束緊，出得門來，下了坡，沿草中路徑去了。方才說過，晨曦初起，四下裡尚在混沌中，看不清這一行人的眉目，恍惚間總覺著怪異，不知這一處還是那一處，不同于常，不由回頭一望。此刻，天亮了一成，霧氣發白，人和物浮現出來，就見不遠處的崗上，齊腰的雜草間，一黑二白三個身形從西往東移去。這一眼不得了！看出了端倪，那黑衣人還好，是走著，那兩個白衣，卻是在跳，一縱一跳地移著，身子直挺挺不打一點彎——剎那間明白過來，遇上趕屍的了！以往只是聽說，專有一種營生，將歿在客地的人送回老家落葬，但不明白如何運送，這回是親眼目睹。傳說中趕屍都是夜間行路，不知這一路為什麼天亮啟程，或許是聽見動靜，有意避開的。

四座悚然，錢老太爺就讓喝一巡酒壓驚。酒是專到崇明一家鹽戶定制的「十月白」，釀法來自宮傳，不可與外人道，每年釀幾缸屯在酒窖裡自己家用，因和錢家生意往來，有了交情，就多釀一些，只供錢老太爺。這十月白喝起來清津可口，既甜且酸，卻暗藏殺機，有一股子後勁。年輕人無戒心，一喝就是一碗。一巡喝過，老太爺講第二件傳奇，人面豆。說的是山東某地——說到山東，老太爺又想起一件風物，就是茶乾！漆黑錚亮，硬得像銅皮，幾乎擲地有聲，是用山茶將老豆腐醃漬風乾，再醃漬，再風乾，如此千錘百鍊，你就想那個嚼頭吧！說完茶乾，再將話頭重新拾起，回到人面豆上。至元年，蒙古人追殺白蓮教，一村一鄉全蹚平了，數百戶死絕，來年方圓十里大豆豐收，掛了飽飽的豆莢，豆莢裡的豆全是人面，男女老幼，眉眼畢肖，栩栩如生。三百年過去，還有藏著的，老太爺就親眼見過。就在那請他吃茶乾的人家，濟寧城裡開商鋪的，姓朱。

再喝一巡十月白，第三件傳奇，在長江燕子磯。燕子磯，知道嗎？臨江一塊崖，形狀酷似燕子，兩翼展開，燕子頭凌空探出，距江面幾千丈高。古來多少失意的人，攀上磯石，從燕首縱身一跳，落入江中，屍骨都無從尋覓。有一年，船走青弋江，忽見從上游飄下一片五彩雲霞，定睛看，卻是羽衣霓裳，一名女子，闔目向天，睡著一般，從船幫下緩緩過去。看她面色妍麗，猶如凌波仙子，眉目間彷彿傳情，有無限的哀戚。船上人揣測是一名烈女，從燕子磯順流而下……等錢老太爺一件一件傳奇說來，再一巡一巡十月白喝過，末了，柯海阮郎全躺到桌子底下了。此時方見出錢先生的歷練，到底是這家的人，還站得住。老太爺哈哈一笑，著人來抬和搬，太師椅一推，拂袖而去。

不日，申明世的新宅大功告成。新楠木樓全照西邊舊制建造，各居一翼，正中是一重重廳堂、院落，迴廊串連，後樓拔起三層閣，所以三重院又稱三重閣。大門擴到八扇，依然是上端竹篾豎插，下端錫釘滿天星，中間橫板刻大花卉，全面漆成朱紅。這裡，柯海和錢先生也已經受阮郎邀請，分別得家人准許，收拾收拾去揚州玩了。時節在霜降，但江南地方還是秋高氣爽，天上走著南遷的雁行，花事雖凋敝，草木卻興盛，水暖著，江上桅帆林立，擠擠挨挨，槳櫓聲一片響。

六、閔氏

柯海走的前晚，與小綢繾綣，說：捨不得你呢！小綢冷笑：這是嘴上說的，心裡頭高興都來不及，不必到這裡來點卯了。柯海說：怎麼叫點卯，一身一心都在你這裡。小綢就說：身子在這裡，心早飛出去了！柯海辯駁：就算身子飛出去，心也是一直在這裡！小綢就撇嘴，不相信的意思。柯海扳過小綢的身子，認真說道：我今晚在這裡說下的每句話，都是真得不能再真，信也得信，不信也得信。小綢說：我要不信呢？柯海爬起來，下床去找什麼。小綢在身後逼他：找剪子割心給我吃？剪子在三屜桌正中那一格裡。柯海找來的並不是剪子，而是紙和筆，嚷著要寫字。小綢拉也拉不住，只得也起來，替他鋪紙磨墨，又點了一盞紗燈。柯海提起筆，蘸飽墨，卻不知該寫什麼。小綢就笑了：裝佯吧！這麼一激，柯海不由靈機一動，寫下兩行字：點點楊花入硯池，近朱者赤，近墨者黑；雙雙燕子飛簾幕，同聲相應，同氣相求。這對楹聯本是準備洞房花燭時用的，沒用著，便忘了，一忘就是三年，此時卻想起來，依然應時應景。兩人看著字，是燈照的，還是墨色裡本來就有，字跡透出殷紅，水盈盈的，就像汪著淚，兩人都忘了身上只穿了薄紗單衣，赤足站在地上，不約而同一起打了個噴嚏，方才覺出冷。丟下筆，轉身進了被窩，相擁著，柯海都不想去了。小綢反倒要勸他，說些「大丈夫志在四方」「讀萬卷書，行萬里路」一類的話，半天半天，埋在被子裡的那顆頭，才不情願地點了一下。

柯海走時，新宅子剛造好，還在晾漆。一月過去，漆乾了，院裡閣裡重新分派了住所。安頓妥了，申夫人讓小綢母女搬東楠木樓住去，小綢卻要等柯海回來一起搬。讓她去看看，好支使人放東西，擺家什，也不去，怕人以為她急著住新樓，就做出淡漠的樣子。有時候不得已走過，抬頭看一眼，覺出高大和華麗，但也覺出冷和空，似乎不是給人住的。可能因為新的緣故，鎮海他們的樓，一式的樣子，位置也是對稱的，可就是個住宅無疑。小綢想，等住進去，過上日子，興許就認它了。可是，柯海什麼時候回來呢？阮郎貨棧上的船捎回過幾次柯海的信，都是寫給父親的。第一封信是在蘇州，第二封到了揚州，第三封說要回來，可又來了第四封，說耽擱了，因為有許多人要見，許多地點要遊冶。看起來，他過得很得意，但是並沒有忘記每每要附一筆，請父親母親照應妻女，這就讓小綢安心了。

天漸漸冷下來，園子封了。宅子完工，章師傅帶了蕎麥阿毛回家，申府上冷清下來。小綢就帶著丫頭在屋裡，生一個炭盆，炭灰裡埋了花生、核桃、紅棗、白果，烤熟了，用長筷子搛在碗裡吃。時間在炭火的暖和糧食的香裡消磨著，往柯海回家的日子挨近。有時候，小桃和鎮海媳婦相邀來串門，帶了各自的孩子。阿奎五歲，阿昉只半歲，丫頭很是高興，要阿奎替她砸核桃，又要看嬸娘餵阿昉吃乳。與丫頭相反，小綢冷冷的，小桃以為嫌自己是姨娘，鎮海媳婦卻知道其實是對她。免不了的，要算計柯海的行程，鎮海媳婦說，無論如何，總是要回家過年。小桃說：倒不見得，維揚那種地方，處處留人！鎮海媳婦想攔沒攔住，小綢已經變臉：他愛回不回，我和丫頭兩個人就很好，我們向來喜歡清靜煩人多。話裡是嫌她們打擾的意思，這兩個走也不好，留也不好。只得另起話頭，議論妹妹的嫁娶，因正有新場的杜姓人家，託媒過來。杜家祖上中過進士，做過漕運監司的官，很慕申家的名聲。小綢就說：申家有什麼名聲？不過是顯富罷了，就是這一點叫人家看中，所以不顧正出庶出，只要嫁妝。話一出口冒犯兩頭，小桃是姨娘，阿奎便是庶出的身分；鎮海媳婦的嫁妝是出了名的，如此彷彿就只剩嫁妝，沒有人品，倒成了話病。橫豎談不攏，串門的就要告辭。可丫頭正拉著阿昉的手，要將攥緊的拳頭攤開，看裡面藏著什麼。拳頭攤開，什麼也沒有，兩人都很意外，再將手翻過來看背面，還是沒有。大人們就靜靜地看孩子玩。

下雪了，小綢終究憂鬱下來。柯海臨走那一夜寫的字，小綢收起來，又展開，等他回來親手裱。不由想起柯海調製漿糊的情景，那麼有興致，那麼有耐心。夜裡睡不著，打開妝奩，看那一塊塊的墨，看著看著，忽然嗅到了柯海的鼻息，呵在鬢邊，一驚。回頭看，房裡只有丫頭，伏在枕上酣睡。滿屋子的綾羅帳幔，都寫著柯海給起的字：綢！小綢念著自己的字，忽覺出一絲不祥，這「綢」可不是那「愁」？雪打在窗戶上，沙沙地響，響的都是「愁」字。早上起來，鴨四進套院裡鏟雪，說門前方浜成了一條雪溝，船走在溝裡，就好像在犁地。小綢不指望柯海回來了，可柯海偏就在這天夜裡回來。船走在太湖，天下起雪，船家再也不肯走，也雇不到車，都不捨得用馬。錢先生留下了，柯海一意要回家，結果乘了八抬大轎，幾倍的轎錢，一路還要好酒好話哄著轎夫，走一程換一程地過來。黑天白地，只見一乘雪轎停在方浜申家碼頭，轎夫們齊聲大吼叫門。門叫開了，出來一串燈籠，映得雪地像著了火一般。轎裡面沒有一絲動靜，揭開雙重轎簾，裡面是一堆紅花綠葉的鄉下被窩，幾雙手上前去刨出一個人，睡得暖和和的，不知做什麼夢，睜開眼就叫了聲：小綢！

夜裡，相擁著，小綢說：何苦呢？又是冰又是雪，一步不巧，滑到河裡餵魚！柯海就朝小綢身上拱一拱：吃吧，吃吧，你就是那條吃我的魚！小綢躲著他：哪個人要吃你！哪裡躲得開，柯海就像藤纏樹樣死纏著。小綢就說：既是如此，何不早幾日動身？柯海訴苦道：如何走得脫！阮郎的朋友多，都要見我們，一日恨不能排七餐宴。小綢不信：你們有那麼大面子！柯海道：並不是我們面子大，是阮郎面子大！小綢哼一聲，沒話了。柯海就將吃過的宴席在耳邊細數一遍，不外乎山珍海味，其中有兩樣稀奇是特別要說的。一是湯包，小碗大的一個，筷子夾起來，滿滿一兜湯在晃，一滴不漏，吃起來卻要十分在意，一不留神就燙了嘴；另一件說起來很普通，就是雞蛋，可要告訴端底，準得嚇一跳！小綢問怎麼了？一兩銀子一枚！柯海嚇人地說道，你知道為什麼？小綢愕然搖頭。那下蛋的母雞是用人參餵養的，所以雞蛋就有一股參的香，大補！小綢說：不如直接吃人參罷了，九曲十八彎，到頭還是一個參味。柯海只得解釋給她聽：好比你帶過來的墨，那一款紫草汁浸燈芯薰煙凝成的，泛朱紅的暗光，怎麼不說直接用紫草汁寫成字呢？小綢被他比得有些糊塗，轉不過來，又不服氣，翻個身說：千山萬水，抛家棄口去了數月，就長了吃的見識。柯海說：吃的見識也是見識，總比沒有的好。小綢說：好當然好，躲了清閒，不過，躲得了初一躲不了十五，不見得讓我和丫頭兩個搬屋子，等著你來住！柯海就說：我這麼苦趕，不就為了搬楠木樓，咱們住新樓，也好把院子騰出來！說了半夜的話，兩人都睏了，吹燈睡覺。燈滅的那一霎，滿屋子櫥櫃桌案、簾幕被蓋在眼瞼裡活潑潑地一動，小綢忽然覺得不安，一個字跳進心裡，就是那個「騰」字。「騰」這邊的院子給誰住呢？柯海急慌慌趕回來，是為搬新樓，還是為騰舊院子？

接下來的幾天，就是忙著搬住處和過年。過年的事輪不上他們小倆口操心，他們只管初二去岳丈家的年禮。半擔年糕，半擔上好的新米，兩疋姑絨，兩疋雷州葛布，兩斤佘山茶，兩斤燕窩菜，一斤檀香，一匣心紅標朱，十二刀荊川太史連竹紙。年禮備定了，新房間也安置妥了。燃了幾束松枝熏過，驅散了潮氣，又用茉莉花乾燃了熏幾日，滿屋生香。柯海走前寫的字，這會兒裱好了，掛在楠木樓的迎門地方，底下是新案子，擺了兩個官窯瓶子。臘月二十八，就要移床遷居，不料，這天一早就來客人，是錢先生。

柯海乘轎上路的第三天，雪稍下得緩了，錢先生就搭上一條船。船主是皮貨商，北邊進了貨，一萬里趕了九千九，阻在錫山太湖裡，急著回家過年，說什麼也不肯等了。雪下一陣停一陣，船走一程停一程，終於到了上海。錢先生到家頭一件事就是來申家府上，拜見申老爺。柯海得著消息的時候，正幫小綢收拾那些墨盒筆錠什麼的，因是小綢的嫁妝，特別上心，要親自動手，生怕底下人碰壞了。聽到錢先生來，柯海手一鬆，東西落下來，幸好小綢接住，嗔怪說：聽到虎朋狗黨的名字，魂魄就出竅！柯海辯解說：並沒有。小綢趕他：去吧去吧，別砸了東西，大過年的。柯海偏不走，臉卻紅起來。小綢就不讓他碰東西。當地站一會兒，百般無聊的，說了聲「去看看」，慢慢轉過身去走了。小綢停下手，看他走出院子的背影，心一陣亂跳，覺得事情不好。這不好彷彿是她等著的，這會兒等來了，很奇怪的，反倒踏實了。

錢先生是替柯海牽線做媒的，那一頭是蘇州胥口一戶織工家的女兒，姓閔，今年十五，形狀十分乖巧，尤其難得的，有一手好繡活。看這毛頭小子正經八百地說著媒妁之言，申明世覺著挺荒唐，但礙著錢先生的家世不好流露，只說：柯海娶妻不過三年，夫婦正在熱頭上，恐怕無意納娶。錢先生就笑了：我和伯父說句實話，閔女兒是柯海自己看下的。申明世當然知道是柯海在背地搗鬼，本來是搪塞，卻被錢先生說破，倒有些發窘，訕訕地說：既是他看下的，就讓他自己做主好了。錢先生就說：納妾也須是父母之命啊！申明世看這錢先生，幾乎是逼他，就覺得從小的劣根還在，不過學著面上端莊而已，好笑又好氣。沉吟一時，不說好也不說不好，只讓他向家中大人問候。曉得是逐客的意思，錢先生只得站起身來了。出三重院迎頭碰上柯海，兩人走到無人處，錢先生將方才的話一一說了，柯海一臉臊色，退縮道：那就罷了！錢先生不願意了：你要是罷了，我成什麼了？專來搗蛋的嗎？又說：我看伯父並沒有大不願的，正經地納進門，又不是尋花問柳。柯海這又稍稍心定，決定去和他娘說。送錢先生到大門口，再轉身去找他娘。

沒到中午飯的時辰，宅子裡上上下下都知道柯海要納妾了。小綢那邊，是小桃來告訴的，明顯帶著慶幸的意思。小綢向來心氣高傲，又說過輕視庶出的話，最讓小桃羨妒的，是她與柯海少年夫妻的親昵，是小桃從來，也永遠得不到的。現在，終於釋然了。看著神神祕祕的小桃，小綢說，她早就知道，不用她費心來傳話。小桃討個沒趣，支吾幾句，走了。這時，小綢已經平靜下來，她將收拾出來的東西一件一件放回去，著人將搬去楠木樓的家什也一件一件搬回來。好在，錢先生早來一步，要不，床就移到樓上去了。重新掛好帳幔，展平鋪蓋，柯海的大枕頭，換上丫頭的小枕頭。等柯海從母親房裡出來，張張惶惶回到套院，屋子裡已和先前無異。小綢著人將飯菜用攢盒送到屋裡來，正餵丫頭吃飯。柯海張了幾下口沒說出話，眼淚卻下來了。自此，小綢再不與他說話。

柯海與錢先生，隨阮郎去揚州，不是在蘇州住了幾日嗎？閔氏就是在那時認識的。

這一日，風和日麗，船在胥口停靠，岸上已有三乘小轎候著，專來接他們的。上了轎，顛顛地沿岸走一段，下了路，走入一片桑林，桑林後是魚市，接了米行，再是醬園，然後皮草、綢緞、酒肆，又有一座小廟，雖不是萬分的繁華，卻也殷實熱鬧。小小的街鎮，巷道縱橫，一旦進了巷道，倏地靜下來，聽得見雞啄食的篤篤聲。巷內台門相連，其中有一扇洞開著，走出人來，到地方了。

閔家世代織工，從蘇州織造局領活計，供宮內所用。四邊商賈亦來訂製，阮郎便是其中一家，也是有幾代的交道了。閔師傅是花本師傅，織工中最精密的一道工序。畫師的繪本送來，由花本師傅照了圖案顏色，分配組織絲線，穿結在花樓。花樓密密緊緊排開一千二百竹棍，行話為「衢腳」，每腳穿一絲。一千二百衢腳以六百對六百錯開相交疊，梭子穿行其間形成經緯。絲色調排，花樣便現於經緯。柯海與錢先生路上就聽阮郎形容，頗覺得神奇，進門不坐，就要看花機。閔師傅著人帶去機房，自己陪阮郎吃茶。這台門並不寬，裡面卻很深，有六七進平房院子。因絲織忌油煙膻氣，後三進機房與前三進住宅所隔的一進，庭院就格外的敞蕩。石板地上排有幾行大水缸，養一種小小的睡蓮，花事已盡，還剩最後一二朵，浮在殘葉上。庭院兩端都垂掛竹篾簟，機房內鋪的是一種青磚，本是用於臨河房屋，隔水吸潮，用在機房也是取同樣性能。三進機房中前後兩進，分置著各色大小腰機，正中一進單停一架，置放於離地面二尺高的木架平台。長有一丈六尺，好似一艘船，中間桅帆般聳起一座樓，足有丈餘，這就是花機，確實巍峨壯觀。柯海與錢先生仰頭看去，花樓上正有一雙眼睛往下看著來人，原來那裡立著一名小廝，年不過十一二，專司提花、理絲、觀察。據阮郎說，閔師傅就是從提花小廝做起，直做到花本師傅。兩人嘆一時，走出來，太陽正當頭頂，眼目一眩。金光四濺中，忽見檐廊底下，坐一個小人兒，伏身專注，不知在做什麼。定睛一看，是個十四五的丫頭，穿得很好，綾子的衣裙，白底上一朵朵粉花。一雙細白的手拈著針，憑著花繃一送一遞，繡的也是小朵小朵粉色的花。因是伏著頭，看不見臉，只看見黑亮亮的鬢髮後粉紅色的耳輪，柯海不由駐步，微微一笑。閔師傅正走過來招呼吃飯，此一瞬神情被看在了眼裡。

本來吃過飯就走的，可閔師傅百般留客，只得不走。飯後，又著人引這兩個去靈岩山，閔師傅依然陪阮郎說話。靈岩山傳說是吳越春秋時，陸大夫找了民女西施，在此開館教習琴棋書畫，舉手投足，稱作吳娃館。如今看不見半間屋，連路都不大好走，又在深秋，景色有些蕭瑟。倒是在山腳有一家茶館，蓬壁草蓋，竹椅竹案，沏的是山裡的無名的茶，入口亦是無名的香，醇淡清新。坐在窗前，看有人車過往，車上坐著小小的女子，均是小鵝蛋臉，不由想起閔師傅家的繡花丫頭，再又想起身後的吳娃館，早已湮滅於草莽之中，生出千古悠悠的感慨。喝了幾道茶，起身返回去，到閔師傅家。閔師傅大約去了機房，阮郎已在臥房內打鼾，睡得很熟。晚上的一餐，又比中午更豐盛和別緻，無數的盤碟盅碗，看都不及看就撤下去，再上來新的。全是閔師傅的女人親下廚烹製。因中午已經飽食，不覺有半點肚飢，卻擋不住美味誘惑，百般為難，直到胃脹。可最後偏偏又上來一道，讓人無法釋懷，薄如綿紙的面皮子，裹一點嫩紅，加上青蔥、蛋皮、蝦米、昆布絲，好一碗餛飩湯！席間，閔師傅的殷勤也比中午更甚，不停地斟酒勸菜，無限地奉承，柯海陶陶然中，看見幾次阮郎送過來的眼色，不知道是什麼意思。酒足飯飽，接著是一夜黑甜，直睡到天光大亮，就要上路了。閔師傅送了一罎家釀酒與幾攢盒的肉菜，讓在路上飲用，然後看著他們的船漸行漸遠，閔師傅則變成一個光斑，愈來愈小，終至不見。

風鼓著帆，有些涼，可太陽大好，眼看著金紅金紅地掠過岸邊的柳樹林，一點一點上樹梢，一躍到了中天。船上多了兩名伙計，稱阮郎大爺，分明就是阮家的僕役，原來已經換船。這一艘是專從揚州來接人的，艙裡的地板漆得通紅油亮，窗欞打著小方格，格裡鑲嵌琉璃，艙蓋上也覆著琉璃瓦。伙計點著一具小紅泥爐，將閔師傅的菜熱了，又溫了閔師傅的酒，擺上矮几，供主客三人消磨。

喝了一盅，阮郎問二位，對閔師傅什麼印象？錢先生說花機很好，道理明白，可真要做起來，千頭萬緒，不知從何著手，可見閔師傅是高人。柯海呢？阮郎問道。柯海說不僅花機好，機房院裡的幾缸睡蓮也好，還看見廊檐下一個繡花的女子，活脫是樂府詩的意境。阮郎笑起來：閔師傅果然是高人，一眼看出端倪，本來不相信，說他是多心，不想真有幾分道理！柯海很納悶，癡癡地問：什麼道理？錢先生也問什麼道理。阮郎拍著手說：這不明擺著？柯海喜歡上人家女兒了。柯海急擺著手，臉臊得通紅：不敢，不敢，怎麼敢初次上門就打人家女兒的主意！阮郎說：並沒有說你打主意，是心儀！柯海辯解道：更不得了了，只見了一眼，如何心儀！阮郎說：你看一眼，人家錢先生一眼都沒看。錢先生還糊塗著：哪裡有繡花的女子？我怎麼沒看見！阮郎用手指著道：你聽，你聽！柯海百口莫辯，又覺好笑，只是笑。阮郎就說：承認了吧，罰酒！柯海只得喝酒。

喝罷酒，阮郎伏著柯海的耳朵：閔師傅想將女兒給你呢！柯海坐不住了：這玩笑開大了！阮郎按住他：不是玩笑，正經的呢！那女兒是閔師傅的心頭肉，倘不是十分器重的人，萬不肯給。柯海說：那就給錢先生好了！錢先生說：我倒是想要，可閔師傅不給我。阮郎說：再講錢先生也沒看見過人家。柯海急得不得了，推開面前的酒菜，嚷道：不喝了，不喝了！這兩人一併拖住他的手，說：賭什麼氣啊！不怕褻瀆了好好的閨女。柯海動彈不得，只能做出不當真的表情，由阮郎慢慢述說：千萬別以為人家女兒嫁不出去賴上身來，閔師傅一直捨不得說親，反正年紀還小，留幾年不怕，可近來蘇州城裡風傳朝廷來江南選妃，凡生得整齊的女孩兒，沒說親的說親，說了親的過門，你們沒見街上，迎娶一個勁兒的。柯海與錢先生想起昨日下午走過里巷，看見有不少幾扇門上貼了紅紙，寫「于歸」二字。柯海此時安靜下來，不再掙扎，阮郎繼續說：閔師傅這才知道留女兒留出禍了！要真給挑進宮裡，豈不是骨肉分離，更害了孩子一生一世，你們知道，三宮六院裡多少白頭宮女！於是閔師傅託人帶話給先前提過親的人家，不料家家都已說好媳婦，幾乎是拉郎配！雖然情急，到底也不捨得隨便拉一個人嫁過去！那孩子柯海你是見過的，多少乖巧。柯海眼前出現了廊下花繃前的小女子，耳輪紅紅的，轉過臉來會是如何嬌好！阮郎見出柯海心動，加倍勸說，說閔師傅雖只是個手藝人，但世代與織造局交道，是見過世面的，看上去一點不畏縮，不卑不亢，倒要比上海那些小家子人有度量；要論養姑娘，不是深宅大院，卻是清門淨戶，就像貝裡的珠子，一點俗不染的，不像大家子，人事交雜，那女兒們面上莊嚴，內裡可稱得上潑辣！……就這樣好說歹說，阮郎這張嘴，說什麼都義正辭嚴。錢先生又一味敲邊鼓，自告奮勇保媒。柯海其實沒什麼不願意，只是怕得罪小綢。小綢又無權阻止他納妾，她自己也有理虧的地方，頭胎生了丫頭，脾性那麼不饒人，可他就是怵她呢！一邊怵她，另一邊又想她。所以，那大雪天，日夜兼程地趕回家，一是為與小綢團聚，二是為了早些過了小綢這一關，好娶閔女兒。

七、楠木樓上

楠木樓向門的對子，「點點楊花入泥池，近朱者赤，近墨者黑；雙雙燕子飛簾幕，同聲相應，同氣相求」，結果迎來的是新人。

柯海幾次回院子，央求小綢搬楠木樓，小綢都插著門，將自己和丫頭關在屋裡。任憑窗戶外頭那個人怎麼說，連一句回話都沒有。柯海真是不想娶那閔女兒了，無奈阮郎和錢先生的攛掇，早已經定下日子，悔也悔不得了。鎮海也過套院去了一回，小綢照樣不開門，鎮海本來就訥言，又從來未遇到過這般尷尬局面，只是啞口站在窗外。這幾日倒春寒，窗台上地磚上都結了青霜，牆腳根卵石圍起的小花圃裡，卻依然縱出幾枝迎春花，一星一星的黃亮，有一股小小的活潑勁。鎮海想起在這院子裡，大家一併動手調糊的情景，不禁悵然。他不怪哥哥行事欠考慮，他們兄弟從小挨著肩長大，鎮海早已習慣生活在柯海的聲色之下。柯海的英氣勃發令他羨慕，無論心力和體力，他都是不及的，此時，這股子勁頭卻傷自己，又傷別人。鎮海忘記自己站了多久，也不覺得手腳都凍麻了。底下僕傭看了不忍，催促他回去，他怔怔對窗望一眼，窗裡靜悄悄的，沒有一點聲音，他卻覺得，小綢在哭。

娶閔女兒的一日，柯海又到院子來，院子門也拴上了。柯海伏在院門上，對了門縫哀哀地喊「喂」。隔了內外三扇門兩重院，裡面哪裡聽得到，聽到了也不會理他，讓人覺得又好笑又傷心。送親的船已經從方浜上來了，因是納妾，花轎不從大門進，轉過烽火牆，走東邊門。那一領小小的藍布轎，轎頂的四角綴著粉色四朵小繡球，轎簾上也綴了寥寥幾朵，就像裡面的人一般可憐。不知走過多少進院子，多少重迴廊，就覺得路途無盡的遠和深。出了花轎，被人攙著上樓，前後都是咚咚的腳步聲，然後就坐到了床沿。

柯海讓錢先生一夥灌了個稀醉，幾乎是抬上樓來，醉裡聽他喊著「小綢」，都不知「小綢」是誰。喊的人也不知是誰，只知道那人離這遠極遠極，遠到不能企及之處。喊著喊著進了溶溶一洞紅光中，就沒了知覺。等到睜開眼睛，四下已是一團黑，酒意過去大半，周身無力，卻有一股寧靜，想：這是什麼地方呢？什麼都看不見，只覺有肉桂般的氣息漸漸沁來。左右轉動頭，尋著氣味的來源，身邊忽然窸窣動起，一個小東西從身上爬過，幾乎沒有一點重量。接著，漆黑裡穿出一豆光亮，洇染開來。光暈中，一襲綢衫速速拂過，就有一盅茶到了嘴邊。柯海欠起身子，就著茶盅喝一口，方才覺出口中的苦和乾。餘光裡一雙小手，牢牢扶著茶盅，那肉桂的氣息就近在了身邊。柯海睡回枕上，茶盅撤走了，又有一方綢帕湊在臉面前，擦了擦臉。然後，燈熄了，細細的足從被上過去，進到床裡側，臥下不動了。肉桂的氣味蟄伏下來，一時間聲息全無。

柯海每日與這小東西同床共枕，卻並不曾好好打量過，滿心裡都是小綢。柯海少年得意，生性又樂天，從沒經歷過失意的心情，這一次，他嘗到了人生的哀戚。有幾回，受這哀戚的逼迫，憎恨起小綢，是她這種非此即彼的個性才使人那麼難過。回想起屢次生罅隙起爭端，都是堅執不從，非是他柯海退讓，委屈求全。然而，兩個人重歸於好的情景又湧上心頭，手牽手，頭挨頭，更比往日親密。小綢的性情太過激烈，柯海其實不是對手，但唯是這，才讓他離不開，被囚住了似的。夜裡，那小東西窸窣忙碌著，從他被上攀過去攀過來，一會兒倒茶，一會兒送水，一會兒點燈，一會兒吹燈，百般的殷勤求好，柯海心裡嘆息：這麼個小不點兒，你小綢較個什麼勁呢！一伸手，將偎在牆根的人攬過來，裹得緊緊的，覺得出溫軟裡的小骨架子，纖細卻挺結實，是一個人呢！心裡生出憐惜，卻不知對哪一個的，身邊這一個，還是另一個？柯海畢竟是結了親的人，章師傅說的「大樂子」早有領會，不像初娶小綢時那般懵懂，可是，與小綢的那般繾綣也不再有了。放開手，那個人就又依到牆根，聲氣悄然，柯海則轉眼間睡熟。夜半醒來，要喝茶，稍一動，那頭便窸窣地起身。依柯海的本性，是會不忍的，可他如今全在小綢給的苦惱中，騰不出心來。

小綢的決絕，讓家中大人都著惱了。雖也知道柯海納閔女兒太急，但並不違背常理。柯海如此伏小，給足了面子，還不依不饒，就有失婦德了。所以，人們漸漸都不搭理她，由她們母女自己去。就此，小綢不止是與柯海斷了交情，與全家人都不來往了，平時連一日三餐都著人送到院子裡娘倆自己吃。本來這就是一處獨院子，與外頭可分可合。好奇心重的，走過院子，伸頭探一探，看得見母女倆在太陽地裡坐著，丫頭的臉貼在母親膝上，讓做娘的掏耳朵。兩人都是安怡的表情，不是人們想的孤苦。清明祭祖，小綢帶丫頭去堂上磕頭。這是柯海納閔女兒後，第一次看見小綢和丫頭。小綢還是舊模樣，丫頭卻長高了，臉龐圓圓的，柯海幾乎掌不住要落下淚來。小綢不看他，卻看見人叢中的閔女兒，細細的一個人，腰身這裡圓起來，曉得是懷上了。

這一次見到小綢母女，使柯海非常感傷，簡直對人生都灰心了。不幾日，就又離家，再一次去揚州找阮郎。船過胥口，並沒有停留，煌煌的日頭下，那一彎河岸徐徐留在身後，竟好像有千年萬年過去。就在此時，閔女兒在廊檐下繡花的一幕出現眼前，那粉紅的耳輪，細手拈著的針，繡綳上的花朵，被光照得透亮。人家的模樣都未及看清楚，就被他拋下，拋在那楠木樓上。楠木樓的高大朗闊，更顯得人的小和可憐。岸上的稻田碧玉般的綠，油菜花黃亮黃亮，景色的明麗更加襯托出寂寞。好在究竟不是甘於消沉的人，於是對自己說：見到阮郎就好了！

這一日，小綢吩咐將被褥和冬衣取出來在院子裡曬，箱籠抽屜也搬出來打開，還有一些書攤開著，布屑、紙屑和皮毛的屑泛起來，空氣中滿是看不見的飛絮，叫人冷不防就打個噴嚏。小綢往樹杈上掛一根粗麻繩，兩頭拉得平齊，繫住板凳兩邊橫梁，離地三尺高，讓丫頭坐上面，就成了一架鞦韆。丫頭兩隻手握緊繩，小綢一推，丫頭一聲尖叫，鞦韆盪到半天高。母女倆正玩，月洞門走進一個人來，小綢的弟媳，丫頭的二嬸。小綢冷著臉，不理睬，鎮海媳婦進退兩難地站一會兒，方才開口：我來提醒大嫂，皮毛和書裡慣藏蠹蟲，又是節令，小孩子最易發喘。果然，丫頭一直在咳，還以為是笑得咳起來的。小綢住了手，將丫頭抱下鞦韆，送進房去，鎮海媳婦來不及將一隻套了絲線絡的大鴨蛋送進丫頭懷裡，門已經碰上了。丫頭猝然間被揪下鞦韆，眼看見大鴨蛋又阻在了門外，一眨眼的工夫，什麼都沒了，不禁哭起來。鎮海媳婦也生氣了：大人間再有什麼樣的過節，莫在小孩子身上撒氣！小綢沒料想悶嘴葫蘆似的弟媳會發怒，但只一瞬間的怔忡，即刻反唇相識：大人間有什麼過節？沒有這一家上下老小，妻妾婦孺和睦的了，你倒敢說有過節！鎮海媳婦氣急道：你也忒刁蠻了，還講不講理啊？小綢冷笑：你找上門來與我對嘴，反變成我刁蠻了，這算什麼道理！鎮海媳婦怎麼說得過小綢，不再接話茬，只喊丫頭：丫頭，跟二嬸去園子裡玩，小孩們都在乘羊車呢！門裡沒聲音。這鎮海媳婦雖憨實，卻也是個耿脾氣，就是站著不走，僵持一會兒，又說：出來，別怕你媽！小綢又說了：你攛掇人家母女不和什麼居心？鎮海媳婦不搭她的腔，只是一聲一聲喚「丫頭」。停了一會兒，門開出一條縫，擠出丫頭，攙住二嬸的手，兩人返身出了院子。

就此，丫頭可自由在小孩子淘裡玩了，由鎮海媳婦照應著，因小綢還是一個人，誰也不搭理。沒有丫頭伴在身邊，一個人做什麼呢？也有人探頭瞅見了，她寫字。將紙鋪在院子裡的石桌上，研了磨，潤了筆，往紙上一個字一個字寫。看見的人卻有些奇怪，寫的分明是字，卻橫豎不成行，倒像是織錦似的，排為菱格形，或為蓮花狀，還有回字紋，彷彿是一幅圖，可圖上卻又只有字。人多口雜，傳來傳去，都以為大奶奶生氣，迷了心竅。鎮海聽了有幾分明白，猜嫂子在作璇璣圖。璇璣圖源自前秦時候的才女蘇惠，丈夫竇將軍別戀歌女趙陽台，久不歸家，蘇惠寂寞中寫下詩文，寄託心意，織在錦上傳去給竇將軍。為將詩句排成花形圖案，專設製讀和解的規則，就看竇將軍懂不懂她的心。以蘇惠的話說，便是：「徘徊宛轉，自為語言，非我佳人，莫之能解」。勿管竇將軍看懂看不懂，璇璣圖兀自流傳於世，上千年來，專成一種格式體裁，尤為書香閨中人喜歡。鎮海原就知道小綢情深，一旦猜她作璇璣圖，加倍嘆息。柯海並不是情薄，只是稟賦不如小綢厚重，所以不能相稱，兩人都苦。不止是兩人，還有第三個，楠木樓上的那人，也苦。倒是像自己和媳婦，恬淡地相處，細水長流，或可長久也說不定。

現在，丫頭睜眼就要二嬸，跟了二嬸可四處去耍。小孩子全都有奶便是娘，和誰有趣就跟誰。小綢不免生妒意，二嬸送丫頭回來就不接，說送你吧，哪個稀罕！鎮海媳婦說：我真要了！小綢立馬關門：走你們的去！丫頭仰頭看二嬸的臉，像是怕二嬸不要她。小綢「呼」地又開門，將丫頭一把扯過去：想得好！丫頭拉著二嬸的手沒鬆，兩個人一同栽進去了。鎮海媳婦果然看見案上鋪了紙，上面是排成羅盤面的字：外面一大圈，字頭向外，字尾向裡；中心一小圈，字頭向裡，字尾向外；大圈與小圈之間，均勻排一周小小圈，團花似的，花瓣和花蕊卻是字。鎮海媳婦雖識字，但不怎麼通詩書，那字又不成順序，就不知從何讀起，只認出單個的，有「心」、「情」、「秋」、「君」和「妾」，猜度是關於相思，感到淒然，停一停說：我是真喜歡丫頭！小綢冷笑一聲：別得便宜賣乖，知道你命好，下一個還是生小子！鎮海媳婦曉得小綢看出她又有身子，不覺臉脹得通紅，半天掙出一句：生小子生丫頭，嫂子知道啊！小綢說：天知道！鎮海媳婦說：老天給嫂子信了？小綢說：老天給你信了！鎮海媳婦叫小綢一句一句堵上來，再沒話了。

小綢看弟媳婦受窘，多少有些愧疚，人家並沒虧待自己，一大家子，獨獨這個人還理她，便和緩了聲氣：聽我娘說，生小子左腳先跨門檻，生丫頭是右腳，方才是左腳還是右腳？鎮海媳婦說：一頭栽進來，記不得了。小綢道：我娘又說，生小子，做夢看見馬，生丫頭，夢見的都是花，仔細想想，做的什麼夢？鎮海媳婦想一時，說出一個字：驢！妯娌兩人都笑起來。鎮海媳婦臨出門，回過頭認真地說一句：要是小子，就給你，你把丫頭給我！小綢搡她一把，將門關上了。

有鎮海媳婦和小綢說話，人們對小綢也少了成見。本來，除去驕傲任性這一項，小綢並沒有要不得之處，為人還是大方端正。漸漸的，小綢與周遭人就又互往起來。天氣十分暖和了，園子裡桃紅柳綠，一池春水，清可見底，大人孩子都愛上那裡去。阿奎已叫名六歲，還沒開蒙，一味地貪玩，也有許多名堂：剪貓咪的鬍鬚，看牠們頭撞牆；將螞蚱捉來繫狗尾巴上，讓狗轉圈跑，總之是蹂躪些不會說話的畜類。申明世教子向來不嚴，柯海與鎮海全由母親督促，小桃自覺得受了多種委屈，要找補回來，非但不會管教阿奎，反會攛掇淘氣生事。柯海不在家，阿奎倒是懼鎮海，鎮海與他並不多話，一旦開口就有幾份威懾，可鎮海難得上園子裡來，所以，一時上就由他稱霸作主。章師傅給做的小羊車，玩了這些年，還很結實，木頭上像鍍了一層釉，羊卻已換了幾代。孩子呢，長大了，又多了，於是就再添幾頭羊，乘客分幾撥，路途也分幾程，做成驛站。坐一程，人和羊都下來，在樹蔭裡歇著，等下一趟車到。玩得好好的，阿奎又出新花樣，他要騎羊，又不好好騎，是離遠了緊著跑幾步，一躍，羊立即趴下了，只怕是傷了腰脊骨。只有小綢敢說話，斥道：你別欺負牠，下一輪轉世投胎，未必做得成一頭羊！小桃知道小綢厲害，不敢當面回嘴，背後卻說了不少話，無非是奚落小綢作了棄婦，倒有七八張嘴將她頂回去。因此，小綢其實掙回了不少人緣。

在這鶯飛草長的季節裡，蚯蚓一團一團地拱土；漫池子撒下的魚籽，眨眼工夫變成針樣的小魚，將水面都遮暗了；總有幾十種鳥同時啁啾，吵得人耳朵疼，一日還飛來一對白鶴。申明世特特來園子裡看鶴。想到造園子的章師傅的家，就在白鶴江邊的白鶴村，就覺得這鶴有淵源。請章師傅一日的情景浮現眼前，也是這等風和日麗，卻此時非彼時。老母病殤，他離家又回家，都添了孫輩。嬉鬧的人裡面，他認出了蕎麥，比年少時倍添豐滿鮮豔，孕育和哺乳使人熟透，漿汁迸流，香氣四溢。鄉下丫頭就是地力厚，種什麼長什麼，愈種愈肥。小桃多少要差一籌，羸弱一些，器量也小一些，好在有了一個阿奎，掛了果，水土勻調，生出幾許嬌媚。眼面前，真是一派良辰美景，賞心悅目，不由志得意滿。申明世左右顧盼，覺得少了一個人，就是柯海，不知道他雲遊到何時才歸家。從柯海又聯想起一個人，模糊綽約，形貌難定，那就是閔女兒。

那新起的楠木樓上，住著閔女兒。她新來乍到，家中人都不及認熟，也沒有人教她。臨過門前，娘叮囑她好好服侍枕上人，她服侍了。那人不像是歡喜也不像是著惱，與她說的話至多三兩個字，忽然間就走了，連他的長相都沒看清楚。但是，記住了他的氣味，什麼氣味？不是花草的香，也不是藥香，家中年節時用的銀筷子，貼在唇上，涼涼的一股味，有點兒像。他的枕頭、被子、衣衫，都有這氣味。夜裡，閔女兒一個人，就將臉埋在枕和被裡，嗅著這氣味，是楠木樓上唯有的一點人氣。一日三餐，她下樓去，和小桃幾個姨娘坐一桌，低著頭快快地扒碗裡的米粒，眼瞼裡滿是綢衫拖曳，釵環並搖。姨娘中，小桃專愛找她說話，聽得出，說的專是大奶奶的壞話，是挑撥，又是嚇唬。她不敢聽，裝聽不見。小桃罵她木頭人，從此不再理她。就這，她已經知道大奶奶生她的氣。她不知道一宅子的娟娥中，哪一個是大奶奶，就覺得個個是大奶奶，人人不喜歡她。於是，越發的瑟縮，都不敢下樓去吃飯，更不敢不去，怕人以為她任性。一宿三餐是這樣，其餘的時間裡，她做什麼呢？帶來的妝奩一件件打開，都是娘親手一件件放進去的：一箱籠白綾，一箱籠藕色綾，一箱籠天青色的絹，再有一箱籠各色的絲，還有一個扁匣，裝的是一疊花樣，一個最小的花梨木匣子放的是繡花針。好像娘知道女兒出閣要過什麼樣的日子，兩個人時候少，一個人時候多，早就做了安排。閔女兒抽出一塊白綾，支起繡花繃。花繃也是娘給裝上的，摺起來對插上，裝一個柳條箱。閔女兒挑出一張睡蓮圖，鋪在案上，覆上綾子，取一枝炭筆。炭筆是枕上人留在筆筒裡的，取出來，貼到唇上，嗅了嗅，涼涼的。依著綾面上映出的花瓣葉條，一筆筆描下來。

這一幅睡蓮圖是漫天地撒開，閔女兒好像看見了自家庭院裡那幾口大缸裡的花，停在水面，機房裡傳出走梭和提花的聲響，軸在樞機中咬合，嘰一聲，嘰一聲。因隔了幾重院和門，灶屋裡的柴煙蒸汽一絲絲走不到這邊院裡來，那浮蓮的淡香便滲透盈滿。身上，髮上，拈針的手指尖上都是，人就像花心中的一株蕊。漸漸地，缸裡的睡蓮移到了面前的綾上，沒有顏色，只有炭筆的黑和綾面的白，很像睡蓮在月色中的影。機房裡趕活計的時候，月光灌了一庭一院。房裡點了無數盞青油燈，怕油氣熏了織物，搬進一盆盆的蔓草，沿牆根排起來，綠森森的，機上的金縷銀線暗光滾動。閔女兒的閨閣又清靜，又富麗。好了，睡蓮的影鋪滿白綾，從花樣上揭起，雙手張開，對光看，不是影，是花魂。簡直要對閔女兒說話了，說的是花語，唯女兒家才懂，就像閨閣裡的私心話。

白綾覆上花綳，在家裡，是娘手把手教著上，如今沒了娘的手，娘的手隔山隔水再也觸不到了。不過，那一招一式全到了閔女兒的手上。不能鬆了，也不能過緊，不是下蠻力，而是使巧勁。一索索扣住，絞住，綾面展平了，就像無風無浪的水面。月亮底下的水，波光上浮著花，紋絲不動。接下來，閔女兒要辟絲了。那一根線，在旁人眼裡，蛛絲一般，看都看不真切。在閔女兒眼裡，卻是幾股合一股，擰成的繩，針尖一點，就離開了。平素娘教的是一辟二，可小心裡還覺得不夠細巧，再要辟一辟，辟成三或者四，織得成蟬衣。這雙手，花瓣似的，擎著針，引上線，舉在光裡瞧一瞧，一絲亮，是花心裡的晨露。埋頭往綾面一送針，底下的手接住，遞回去，繡了一針。來回幾番，綾面上波瀾不驚，再有幾番，綽綽約約，一朵花出來了。等柯海雲遊結束，回到房中，看見的是半幅睡蓮，淺粉的紅，小小地凸起。睡蓮前的小人兒，低著頭，露出一個耳輪，也是淺粉的紅。柯海想起了那一個正午天，胥口閔師傅機房外，簷廊底下的一幕。如今，這小人兒坐在了楠木樓，腰腹處隆起著，裡面有一個不知多麼小的人。

柯海到家後一個月，閔女兒就生了，不是一個，是兩個，全是女孩兒。柯海不由心生傷感，不是人們以為的，無子的悲哀，而是，覺得這一對小東西可憐。經歷這一年，又納閔女兒，又與小綢絕交，柯海對女人生出無限同情，深感女人是一樣特別可憐的東西。至於自己的尷尬處境，倒釋然了。楠木樓迎門堂上的對子，那一句「雙雙燕子飛簾幕，同聲相應，同氣相求」，其實是指的這一對雙生女兒啊！於是，柯海用《詩經》中「燕燕於飛」的典，一個取名「頡之」，一個取名「頏之」。

八、墨廠

這一年裡，阿奎到底在錢先生家塾中開蒙。因吃得好，個頭就胖大，又要比初入學的孩童長一二歲，讀起《三字經》，聲氣十分粗壯。行動有力莽撞，小孩子都躲不及，大孩子呢，嫌他鄙陋無知，不屑於理睬。其實，只要老實讀書，勿管其他人事，討得先生喜歡固然好，討不得，回家還有父母兄弟，也不怕的。可小孩子未成人，就和畜類差不多，喜歡成群結夥，唯恐落單。加上阿奎生性懦弱，尤其遭不得冷淡，就百般作法，博眾人的歡心。也曉得大同學都是強人，需要巴結，可阿奎的巴結十分奇怪，是以欺凌弱小為主，就好像助紂為虐的意思，結果更讓大同學反感，幾乎厭極了他。於是只得回頭取悅小同學，此時，如何屈就也不抵事了。就這樣，嫌的愈嫌，畏的愈畏，總起來是一個字，「惡」。先生是錢家一個落魄的遠親，也受過申家的好處，所以還罩著他，實在看不過了，會私下裡訓導，多少約束點。否則，真要被趕出去了。如此讀書，談不上有怎樣的樂趣，於是三天打魚，兩天曬網，大多的時候，依然在園子裡混。園子裡的玩伴已經改朝換代，章師傅接了新活，往金山衛蓋衛城樓，蕎麥帶了阿毛隨去，再沒有回來園子。

丫頭雖然還小，又是女子，倒被她娘轄制著認字寫字，除非嬸娘來領，輕易不出自家的小套院。丫頭腦子很靈，又受小綢調教。小綢上來就讓背《詩經》，那些古字在大人念來都拗嘴，在她卻如珠璣出口。柯海曾有意從套院門前經過，好聽丫頭的讀書聲。可是聽不得，一聽就要淚下，於是速速地走開。他還沒見過丫頭寫字的樣呢！小小的手握一桿大筆，眼珠子全擠到鼻梁上，筆尖垂直落到紙面，一撇就下來了，原來是個「人」字。人都可惜是個丫頭，不然，又是一個神童，和她父親一樣。小綢聽了說：幸虧是個丫頭，否則不知學得多麼壞，害人害己！這樣，蕎麥的阿毛和小綢的丫頭各有去處，平時到園子裡逛的就只有鎮海家兩歲的阿昉，怎能與阿奎玩到一處？不過是受他作弄。所以，阿奎回到家中也是孤家寡人。春陽裡的下半天，人人都在打午覺，難得從園子裡走過，曬白的地上，滿是日頭穿過樹葉晶亮的小金錢，一摞疊一摞。驚蟄過後，地裡的小蟲子都在往外出，聽得見嘰嘰噥噥的聒噪。山石後面忽然閃出個人影，臉通紅著，眼睛灼亮，像個白日鬼，那就是阿奎。

柯海回家，帶來了新花樣，什麼花樣？製墨。

這一回出遊，柯海還是隨阮郎的行動，走的路線可謂曲折漫長。自瓜州登船，從大運河入長江，下龍潭、江浦，再入徽水，進青弋江，至歙港。沿途不論繁華鎮市，還是幽靜鄉野，也不問何地方何地名，一旦興起，必下船一遊。而不論何地方何地名，都有阮郎的相熟，線人似的。先遣方至，立刻前來招呼接應，或打理吃喝，或引領玩耍，有預計的樂趣，也有意外之筆。例如，某集日上，熙攘中忽圍攏一團人，中間立一條壯漢，手持丈二竹竿，梢頭挑一盞燈，向人群裡問，有誰能徒手摘下燈來？若能夠，就輸與他一千錢。只見人愈團愈多，密匝匝的人頭上兀自矗著竹竿，梢上的燈盞一搖一搖，頗為得意的樣子。不提防間，人叢中伸出一隻手，奪過竹竿，突出人圍就跑，人群呼嘯追趕。那奪竿子的人不回頭地跑，跑，跑到一眼井邊，一手將竹竿往井中插下去，燈盞轉眼間就到了另一隻手。回頭看時，是一張白臉，氣定神閒，將燈盞往壯漢跟前一送：錢拿來！再例如，船行江上，忽躍上一尾魚，幾雙手忙忙地捉住，就見魚眼裡滴下大顆淚珠，分明是在求告，於是放回水中。那魚卻尾著船游來，足有二里水道，最後，高高地一躍，游開了。就在此處，船換了水道，改青弋江到漸江，原來是為送君一路。一程程下去，過了歙港，上黃山，見多少奇石珍木，雲海霧陣，然後就到了歙州。

其時，天已擦黑，懵懂中上了一領轎，透過轎簾，綽約看見道兩邊如豆的燈火，稠稠密密，近近遠遠，隨即有一股異香飄來。這股香非花非草，極是輕盈，方才並不注意，此時發覺，竟然處處都是。隱隱中，柯海有似曾相識之感，只是想不出來在哪裡遭遇過，越發恍惚。阮郎又不在身邊，一個人不知身在何處。漸漸，耳畔譁然起來市聲，吆喝、叫賣、管吹、弦唱……轎停了，簾子打開，有手進來扶柯海下來，又看見了阮郎，站在不遠處，笑微微向他點頭。地上停了一片車轎，頭頂是大紅燈籠。趕緊跑過去，在轎車間繞行，一會兒看見阮郎，一會兒看不見，腳底且軟軟的，好像走在夢裡。終於到得阮郎跟前，兩人並肩走入一座紅樓，早有一桌宴擺在鏤花窗下，四周一併立起人來，抱拳高喊：阮郎！柯海驚訝阮郎世面廣，真是五湖四海皆兄弟。怔忡時，阮郎已將他一一介紹給在座，座上紛紛稱他海兄弟。這餐宴上，吃的就無須說了，要緊的，是聽聞。整晚上，舉座所談，全是一件東西：墨！

此地的製墨，源於後唐時一個奚姓墨工。奚墨工本是易水人，朱溫作亂時南下，船走江中，過歙港時，眼望丘陵起伏，松林如海。憑藉多年製墨的經驗，看出這松林和易水的松林類屬相同，可出好煙。於是停船上岸，從此定居下來，歙州墨業即興，不過十來年時間，聲名遠揚，天下皆知。南唐宮中，祕閣帖專用奚家墨，而後賜姓「李」，奚墨工就叫了李超。子一代全是墨官，卻只有長子李廷圭得真傳，人稱「廷圭墨為天下第一品」。也是因為世間再難見得「歙州李超造」，到如今，廷圭墨也成珍稀了。世人稱歙州墨都，其實都是廷圭墨之下不知多少等的了。墨製頹敗，一是李家祕法失傳，二是古松漸盡。那幾百年前，奚墨工，就是李超順流而下時，所望見的片片松林，幾是上古以來，千秋萬代，只憑風霜，不見人跡。棵棵都是極品，色澤肥膩，性質沉重，更莫要說極品中的極品。那一種松，松根上生出茯苓，茯苓穿過山石，汲取金木水火土於一身，終又還回松根，滋養全身。一歲不可得一株，一山亦不可得一株，可遇不可求，好比天地間的仙緣。除去這兩項，還有一項即算不上原委，卻又是原委中的原委，那就是土！此地以墨製為業，代代取土造窯，自然就薄瘠了，只怕是連一般的松林也養不成了。哪怕有祕法，也無從製起，俗話不是說，巧媳婦難為無米之炊？總之，天地人一併枯竭，可謂一代不如一代。聽到此，柯海不禁要請教，如何稱得好墨？這話一問出口，桌上便開了鍋似的，十來張嘴同時間說話，各抒己見，柯海的耳朵都不夠用了。

上等墨與次等墨的差別，簡單舉一例，抄《華嚴經》半部，廷圭墨只消去一寸，另半部使承晏墨——承晏即廷圭的侄子，得的也是家傳，已經夠可以，但就是它，卻也磨去二寸。雖是相差無多，可高手過招，便錙銖必較。有人補道：廷圭墨磨研無聲，如春雨潤物；又有人說：好墨質地堅硬，與金石無異，稜可裁紙，甚而至於削木；再說道：好墨就是黑玉，需用豹皮磨砂，貼身攜帶，人氣浸淫胞漿……說了半天廷圭墨，在座其實無人親眼見過。唯有一人祖上的同好，京師做官，在某世家府上看見極小的一枚，面上刻有疏落的幾條柳枝，藏一個極小的「香」字。如此九曲十八彎，輾輾轉轉，虛實已無從查考。

次日起程，敞了轎簾，行走市中，青石板上白牆，白牆上黑瓦，瓦頂鱗次櫛比，襯著蒼翠山巒，山巒上是高朗的天空。疏闊寬廣的天地間，但見有無數柱青煙，騰騰地上升，是熬煙的窯在生火。忽然靈機一動，想起來了，那浮動的暗香確實有過一次際遇，就是小綢的妝奩。那一個小梓木匣子，收著各式墨錠。真是近在眼前，遠在天邊，如今要想再見一回都是不能了！

柯海是攜半船松段松枝回的家。他恨不能也載半船土回來，但被人勸阻了，說土隨水走，這邊的土到了那邊，就是變了性的，帶也白帶。再講，吳淞江的水與新安江的水實是一江之分流，多少有同質之處，說不定土也是呢。最後還有一條，吉人自有天佑。天地之大，海兄弟偏是來歙州一遊，就是有墨緣，不定能撞上大運，製出上品！阮郎的朋友說話都有江湖氣，豪爽且油滑，這也正是有趣的地方。兩下裡哈哈笑著分手，等柯海到家，一身都染了松脂的氣味，十天半月才散盡。

柯海決意起窯製墨，專查了墨譜。古人一條條說得再明白不過，可終是隔膜，百聞不如一見，非要親眼見一見好墨，方才心中有底。於是便去求兄弟鎮海，讓弟媳出面找小綢要墨來看。到家這些日，他也看出，小綢和弟媳交好。柯海並不知道其中細節，只以為弟媳是個有辦法對付小綢的人。鎮海向來對柯海馴服，說什麼聽什麼，然而這一回卻遲疑了。停好一時，垂下頭，不忍看柯海巴巴的眼睛，到底吐出一口氣，開口道：我勸哥哥還是讓嫂嫂安靜好，方才消停，能和眾人有往來說話，再惹毛了，不知鬧怎樣的風波。柯海不服道：我究竟怎麼了，不還是她男人，看看她的東西都不成？鎮海說：哥哥豈不知道嫂嫂用情深不可自拔？隨後告訴了小綢作璇璣圖的事。柯海不禁黯然，眼圈兒紅紅的。鎮海又勸：已經傷一個，提防別傷另一個，閔家的人也是嬌生慣養的女兒，進我們家一年，倒有十個月守空房，人家悄沒聲息的，如今一胎生兩女，大家都該善待一些。柯海低頭無語，鎮海再添一句，阿昉他娘身子很重，早過了足月，隨時會娩，也下不得樓了。就此，徹底打消柯海聯絡小綢的念頭。

鎮海媳婦懷胎已有十個月還多，遲遲不臨盆，請先生來瞧，讓開幾劑催生的藥。先生診脈後卻說再等等，從脈象上看，還需有幾日。常言道，瓜熟蒂落，凡事都是自然而然的好。至於孕期超出尋常，其實也不算什麼，人和人各不同，事和事也各不同，都不能一概而論。最後先生調侃說：胎裡人說不定是天賦異秉，不可同日而語！人們都笑了，略放下心來。這日下午，西楠木樓上，來了個稀客，就是小綢。這楠木樓，人人可上得，就小綢上不得，為的是柯海的新人娶上了楠木樓。雖然這樓不是那樓，可小綢卻和楠木樓結下了仇，哪個樓都不上！這回不請自來，真是破天荒。鎮海媳婦半臥著，一挺身起來了，站在地上，小綢忍不住要笑：你看你像什麼？兩頭尖，中間大。鎮海媳婦也笑，手背過去撐住腰，虧她還能站得住。小綢曲起手指，叩西瓜似地叩那肚子：什麼事啊，賴著不出來，真是個驢脾氣！兩人一同想起前回說的胎夢的話，都笑起來。小綢又在那肚子上撳了撳，說：這條老蠶一肚子的絲，就是不肯上山！鎮海媳婦一聽這話曉得小綢家中是養過蠶的，又是一笑，拉小綢坐下，小綢就是不坐，也不讓鎮海媳婦坐，拉著她來回地走，說這樣才能快生。走了幾圈，小綢又說了：你知道這像什麼？像什麼？鎮海媳婦站住腳問。像老母雞找窩下蛋！小綢說罷，兩人又是笑。這麼說說笑笑，就似乎動了胎氣，只隔一天，就有動靜了。闔家上下都鬆下一口氣，一邊去請產婆，一邊準備湯水。申明世與申夫人得了報告，就等著抱二孫子了。

眾人都以為是二胎，無大礙的，不幾個時辰的事情。可是從午時起有陣痛，痛一歇停一歇，挨到子時，卻舒緩下來，直到寅時方又緊湊，當是要生，忙碌了一陣，到天亮還生不下來。產婦精神疲頓，喝了參湯稍恢復些，到此已經一天一夜過去。幾起幾落，又折騰半日，終在子夜誕下一個小子，足有十斤二兩重，長手長腳，十分可喜，只是苦了做母親的。那鎮海家的，自胎兒落地，流血就不曾止過。請先生來，下了幾味收斂的藥，煎湯服下，似無大用。流血也不見洶湧，就是不止，人漸漸軟弱。先生又開出一味白藥，指定要雲南原生原長的，派人四處藥鋪去尋，都說沒有。後來還是柯海去錢先生家索得幾服散劑，和水服下，稍稍安穩了。

這天夜裡，小綢又上樓來，昏沉的人陡地睜開眼睛，拉住小綢的手。十月的天，屋裡已經生了火盆，那手卻冰涼。小綢握住了低頭看，見指甲全枯白了，曉得不好，心亂跳著。那鎮海家的，眼睛直直地看著小綢，像有無限的話要說，小綢又怕聽又不敢不聽。鎮海家的看著小綢，眼光逐漸溫和下來，微微一笑。小綢不由鼻酸，想都到這地步，身上不知有多麼難受，竟然還自持不失態，安靜端莊，自己真是不及她的！這時，鎮海媳婦吐出一句話：吐絲作繭，老蠶就成蛾子了。小綢一聽這話不祥，要去掩她的口，卻抽不出手來，不曾想她有那樣的力道。鎮海媳婦又接著說：我從沒對人說過，從小的乳名就叫小蛾。小綢哽咽說：我的乳名與你差不多，叫蠶娘。心裡難過地想，她不能像鎮海媳婦那樣，將乳名只告訴她一個，因已經告訴過柯海了，多麼不值啊！鎮海媳婦將眼睛移開，移到床內側一個包裹捲上：先前說給你的東西，這會兒真給你了！原來那就是新產下的嬰兒。小綢的眼淚直流下來：我不要他，要你！鎮海媳婦也哭了，躺回到枕上，手也鬆開了，就像放下了千斤的心事。侍產的女人過來看看身下的褥子，竟是乾淨的，曉得這一陣沒流血。小綢又坐一時，看枕上的人已起來輕輕的鼾聲，便離去了。

　　下半夜時，一宅子的燈都點上了，只聽見雜遝的腳步，進來出去。還有壓低的人聲，漏出的幾個字，似是說要去南翔泰康橋接計家的人。小綢忽從夢中醒來，擁被坐起，怔忡著，想「南翔泰康橋計家」幾個字是什麼意思。猛然想起，那就是鎮海媳婦的娘家，去她娘家接人？可不是要出事！小綢騰地起身，胡亂挽一挽頭髮，披了衣服就出院子，直奔西邊的楠木樓。樓裡都是人，卻肅靜無聲息。小綢撥開人進去，鎮海家的闔眼躺著，薄被下就像沒這個人，平平的，枕上一張臉，又白又小，幾可聽見身子底下汩汩的流血聲。小綢張嘴喊沒喊出聲，復又轉身下樓，跑過半個宅子，回進自己小院裡。推開門，登上床，伸臂夠到床櫃高處，取下那一個梓木匣子，抱在懷裡，軲轆滑下地。打開盒蓋，略檢一下，揀出泛紫的那一錠，放在案上。先用裁紙刀切，切不動。又用剪刀戳，連個刀印都沒有。小綢急得要用牙咬，哪裡咬得進。最後，舉起來朝桌案的稜上狠勁劈下去，花梨木的案子都白了一下，方才劈下核桃大的一角墨。拾起來，就往外跑。折騰到這般，丫頭方才動彈，閉著眼睛喊一聲「娘」，娘已經閃出門去。

再回到楠木樓上，鎮海帶了阿昉已經在哭。小綢顧不上勸慰，彎腰將火盆拉到中央，火鉗撥旺了，將那一角墨核投入火焰，只聽裂帛般地一聲脆響，再又嗶嗶剝剝輕下去，直至無聲。那一角墨已燃透，通紅通亮，火鉗撿出，放入桌上茶盅內，命人注酒，用銀箸攪，攪，攪化攪勻。小綢端了上床去，蹲在枕邊，一手扶了那人的臉，將一盅墨對嘴慢慢傾進。小綢一路做來，自始至終鎮靜自若，手不抖，心不跳，先前的急躁任性一掃而空。只在最近處，看得見她牙關緊咬，眼光灼亮，臉色鐵青，叫人害怕，也因此沒人敢攔她。

這時，窗外已經薄亮，將屋裡的燈襯得暗了。一張張人臉都從燈的氤氳裡浮起來，浮到天光下。小綢看見其中有柯海的臉，蓄了鬚，容貌有些改變，又無眠與焦愁，依然掩不住神采，還是個美男子。可是，與她有什麼關係？枕上那人沒醒，氣息卻和順了，分明是在酣睡。身下的血漸漸止了，臉蒼白著，眉眼則有了輪廓，緩過來了！小綢這一急智，其實出於耳濡目染，製良墨必用藥材，多是珍物，百益而無一害。家中姨娘們爭墨，常聽說是為備產，不想真的奏效了。

這邊鎮海家的將息著，那邊，天香園裡，專闢出一角，柯海預備製墨了。地場掃清，窯土運到，柯海將帶回的煙窯圖樣研習得熟透，閉眼就能看見。不日內，阮郎朋友找的墨工也登岸了。那墨工不是來自歙州，而是黟縣。前者是山的東南，後者是西南；前者是新安江上游，後者為下游。兩地在山和水的兩端，地脈、水土、風物、生計，如出一轍。那墨工姓趙，家中世代製墨，五族兄弟，子孫不下百家，難免有爭窯爭地的訟事。眼見得松林日漸稀疏，煙窯則密密麻麻，滿山遍坡，墨業其實已是收梢之勢。於是，趙墨工便生出擇地另起爐灶的念頭。正巧得了這機會，二話不說，便上了路。從新安江入蘭江，東北繞過杭州灣，入江南運河，自澱山湖進上海。這一路，但見地勢趨向和緩，水道愈密，氣候濕潤，土質肥沃。只是樹木不佳，多是新綠，滿目蔥蘢，少有蒼色。倘要就地製墨，必另闢蹊徑。

趙墨工一路思忖，不知不覺已到吳淞江，申家車轎接上岸，直奔府上去。先歇下，第二日即往園子裡墨工廠看。看到煙窯不禁笑起來，說，好一個玩意兒！柯海紅了臉，也不敢惱，請教到底哪裡做得不妥。趙墨工說，海老爺依葫蘆畫瓢，果然沒錯，有一筆是一筆，可立窯不是畫畫供來看，而是要用，所以，向背形勢都必因地制宜。柯海就令人推倒重來，趙墨工卻說隨它去吧！先蓋屋再論其他。說著取出一卷圖，展開，上面是橫豎直線相交錯雜。由趙墨工指點，方看出原來是一間大棚，棚內有層層木架，大棚側有一小棚。大棚為工坊，小棚則供起居住宿。柯海不解，難道要將煙窯立在棚下。趙墨工說，不立煙窯了，燃油取煙。至於居住，是按墨業慣例，無論熏煙還是燃油，都不可以離開人，得時時守著，不如安營紮寨，圖個心裡踏實。於是，略動土木，不幾日就起來一排三間板壁房，安置了床椅桌案。又派鴨四侍候著，園子和宅子兩邊跑動，互通消息。

墨廠的位置，放在西北角上，挨著儒世留下的萬竹村，將天香園和萬竹村連接上，兩園合一園。與東北角上的蓮庵遙遙相對，於是，一青一黑，再有東南角桃林的粉紅粉白。西南角暫時空擱，等著有朝一日，新顏色進來補。

蓋大棚的時間，柯海請趙墨工喝酒，詢問油煙的事。趙墨工慢慢告訴道，自古就有取油煙製墨法，可說是先有油煙，從清油或豬油煉取，即便熏燃松柏，亦是取其汁液，再冶製成墨料。後人一是因運油之苦之難；二是熏煉松柏中漸漸得術——莫不如直接從松柏中取煙，更比油煙細黑，而且快捷，松木又更在柏木之上，遂成松煙製法，日趨替代油煙。到如今，油煙之與松煙，大約只占百之一二。柯海聽了，沉吟一時，說道：看起來，古製所以消泯，全因為偷懶，能少一道工序就少一道工序，一道一道少下去，終至全無，大約周禮就是這樣潰散的！趙墨工哈哈大笑：海老爺是讀書人，有思古之心，我們手藝人，想的是眼下的事，只管製出好墨，因是此地松木無足，受了轄制，不得不回去古法，所以，依我看，天地玄黃，無一不是周而復始，循環往復，今就是古，古就是今！柯海一怔，隨即點頭。

大棚造就，木架子打成，鋪一方方白紙，每方白紙上一盞油燈，點著了。時辰過去，但見紙上漸漸有染，那就是墨煙了。總起來，至少有數百上千盞燈，夜裡，望過去，就像螢火蟲，又像長生堂，數數點點，為天香園又一勝景。

九、妯娌

鎮海媳婦漸漸下得床，又下得樓。冬至時，請先生開一劑膏方，阿膠、當歸、黃芪，再和紅棗、桂圓、核桃煎煮，熬成一鍋，冷卻了，倒扣下來，放入大瓷缸。每日切三分見方的一塊，摻黃酒隔水蒸了吃，臉上就有了紅潤。這段日子，都是小綢陪她。將新生的嬰兒抱到她眼前，讓她看。這也才顧得上起名，叫作「潛」。小綢本是不願抱阿潛的，因他差點兒要他母親的命，給他另起個名，叫「討債鬼」。無奈鎮海媳婦想他，生病的人難免嬌縱，小綢什麼都依了她。丫頭呢，在一邊帶阿昉玩，兩大三小十分安靜。開始在楠木樓，後來在小綢套院，等過了冬，開春了，便去園子裡。這時，阿潛卻離不得小綢了，以為這才是他的娘。鎮海媳婦笑道：說好給你的，不要也得要！小綢又不能將他一丟了之，只得繼續與他糾纏。這阿潛落地就有十斤二兩，但因母親體弱，奶水稀薄，又不肯找乳母。阿昉是吃自己奶的，要讓阿潛吃人家的奶，偏心似的，長大後會與她生隙。所以就一頓奶，一頓糊地將就著養。米糊、麵糊、蛋糊、菜糊、肉絞成糜，魚剔了刺也剁成糜，還有雞鴨蝦蟹，抽骨剝殼，結果，一張小嘴，還不會說話，一條舌頭已經嘗遍天下滋味，能辨出好吃歹吃。鹽放多放少，肉裡有米粒大的筋，魚裡有針尖一點骨刺，舌頭一推就推出來了，可謂食不厭精，膾不厭細。小綢說慣不得了，鎮海媳婦卻說，縱使是山珍海味，也抵不得母乳，只是些雜碎，到底是可憐的，眼看著瘦下來，還不如阿昉小的時候，恨不能剜下自己的肉餵他。小綢只得由她。

自從這一場病，妯娌兩人就好像換了個兒，鎮海媳婦變得任性而且執拗；小綢呢，很是溫順服從。可是，也只是在她們倆之間，在別人，鎮海媳婦還是鎮海媳婦，小綢還是小綢。一日，鴨四的新媳婦——鴨四十九了，在浦東鄉下老家娶了個媳婦，新媳婦來園子裡玩，送給丫頭和阿昉一張蠶紙，兩人寶貝似地，一人一輪藏在身上孵。兩人的母親說是白搭力，而且造孽。因園子裡的墨廠又是油又是煙，是蠶最忌諱。丫頭和阿昉便跑得遠遠的，到園子那一角——那一角也不行，有青蓮庵，庵裡面也點油燈。再掉過頭，最後跑在蓮池東南角桃林裡。吃飯時大人們去找，只見兩人掩在桃樹枝葉下坐著，也不敢動，木呆呆的，就像一對抱窩雞，眾人都覺好笑。清明之後幾日，蠶蛉真出來了，極小極白，米粒兒似的。小綢給他們一隻粉盒子，鋪了綿紙，將蠶蛉移在紙上，兩人輪番捧在懷裡，十分虔誠，又讓大人氣笑。又過兩日，粉盒子不夠盛了，換一個荸薺籃。桑葉也供得緊起來，只聽得籃子裡沙沙的食葉聲。小綢和鎮海媳婦不由眼睛對眼睛，莞爾一笑，隨即又默然了。

她們想起那臨危時的一幕，兩人互訴自己的乳名，好比是換帖子的結拜兄弟。自後，再沒有重提過，是害羞，也是辛酸。二人的乳名都與桑蠶有關，是江南一帶人家的生計。當女兒的日子已經久遠了，二人都做了母親，各遭遇了情殤與生死。有時候，她們瞻前顧後照應三個孩子，就覺得像是一家人。小綢對柯海已經氣平，不是說姑息他負義，而是恩情盡了，眼看著鎮海媳婦死去又活過，有什麼能比命更大？鎮海媳婦本來與鎮海就是恬淡的夫妻，鎮海也不會溫存，倒是與小綢相處，體嘗許多不曾有過的心情。起先，小綢刁蠻橫霸，又有無限委屈，她對她就像母親；然後小綢又將她當孩子，便也學會了嬌嗔。

女子相處，無論有沒有婚姻與生育，總歸有閨閣的氣息。一些綿密的心事，和爹娘都不能開口的，就能在彼此間說。到底又和未出閣是不同，是毋須說就懂的。所以，你看她們倆在一起，盡是說些無關乎痛癢的閒話：小兒生了幾顆乳牙，糖漬的梅子幾時可以開甕嚐，要添條裙子如何裁……她們同進同出，也盡是做些不打緊的事：丫頭和阿昉的蠶裝不下一個荸薺籃，移到竹床上，桑葉鋪上去，鋪一層，食一層，於是，兩個母親攜了籃筐，在園子裡採桑；桃子熟了，兩人商議著給阿潛製桃醬，桃子剝皮去核，上籠屜蒸熟，和上自家熬的飴糖，攪勻了上鍋煮，煮透涼透，不止阿潛愛吃，阿昉和丫頭愛吃，主僕大人都愛吃；乾脆命人去碗鋪購來幾百個瓦罐，日夜在灶房裡蒸煮熬煉……其時，一家上下，除必要的日用雜使，其餘分作兩撥，一撥在墨廠裡熏油，掃煙；另一撥忙於製醬。做好的桃醬盛入瓦罐，罐口蒙上油紙，紙繩繫緊，再打上蠟封。這邊數百罐桃醬製成，那邊卻要等十月天才可煉膠製墨。數百罐桃醬，一小半留給自家食用，一多半分送親朋好友，頓時滬上風傳「天香桃釀」，聲名鵲起，都有人上門來訂購的。那妯娌哪裡會沽售，只做這一回，就此罷手，小孩子也吃厭了。流出去的那些個，就此成絕品，二三年後還有人藏著，據稱拳頭大一罐可值銀子一錢。

這一年，申府上又要辦一件事，就是嫁女。申家女兒，男女長幼都稱「妹妹」的，過年十六。婆家是新場姓杜人家，家世不錯，小子人才也不錯，就是年歲較長，已經二十，所以就急著娶，一年內來說了幾回。人們背地都說妹妹有福氣，本來是好話，可妹妹卻聽出不屑的意思來，認定是指她庶出的身分，高攀了，於是格外自持。一次催嫁，她哭著鬧著不依，二次催嫁，還是不依，三番四番，她娘心裡著急，罵她也不頂用，後來還是父親說話了，才不得不依。那杜姓人家，祖上顯赫過，如今多少式微，申家這樣的殷實富戶，若不是庶出的女兒，也不敢聘娶，並不敢有半點小視。申明世這邊，愈是姨娘生的愈要鄭重發送，才顯得一視同仁。二姨娘又是個賢明的女子，身處在大與小之間，日子好不到哪裡去，申明世也趁此慰藉她一番。也是讓小桃看，免得她一味抱屈。出於種種原因，妹妹出閣就十分隆重。妝奩是早已備好的，數十個箱籠，金銀玉翠、綾羅綢緞不必說了，又有蘇州鄉下百十畝水田，比鎮海家裡的也差不到哪裡去。這妹妹，從來在家中悄沒聲息的，人品又不出眾，人們眼裡就不大有她。如今，卻成了一等人物，裡外都在為她忙。本來說她福氣好的，改口說她福淺承不了。雖然沒人在跟前傳話，可憑妹妹自小到大養成的猜忌心，不聽也知道人們怎麼說她。因此終日足不出戶，也不見人。

小綢和鎮海媳婦是過來人，想得到臨近出閣的心思，再要設身處地，不由生出憐惜，兩人就相約著去看妹妹。二姨娘住三重閣下左翼一重院，與小桃所住右翼相對，不偏不倚。雖然不如臨閣正院軒敞高大，但牆高壁直，也十分堂正。妯娌倆嫁過來數年，從未進過二姨娘的居處，也未和二姨娘多言語，兩輩人的緣故，又向來與妹妹疏離。聽見聲音，二姨娘即刻出門來迎，院裡青石鋪地，沒有一株雜草，也不栽花，窗櫺門框全是漆黑，襯得牆白瓦青。廳房裡有一堂紫荊木桌椅，鋪了繡墊，以青色為主，只淺淺幾束紫蘇。再進臥房，帳幃被褥，都是淡泊的顏色，於是榻上那一領鳳冠霞帔就格外鮮豔奪目。可是卻並沒有添熱鬧，反增了幾分寂寞。

妯娌倆不曾料到二姨娘的房裡如此簡素，幾和庵堂相近。一整座院落裡，唯有的一點耆心大約就是一隻黑枕黃鸝鳥了。金黃發亮的羽色，頭上一道黑穿過眼周，翼和尾中間也各有一條黑，就如鑲了黑緞。停著不動，忽一轉眸，啼一聲，清麗入耳，卻又讓人想起「打起黃鶯兒，莫教枝上啼。啼時驚妾夢，不得到遼西」。兩位客人心中不由悽然。二姨娘一笑，說：鳥兒不知道有多少喜歡你們，平時怎麼哄都不肯開口的。說著話就進到裡一間，妹妹的閨房。

女兒家的屋子，多少有一些嬌媚。帳上垂下一串香包，是用五色的碎綾子縫成；枕頭上繡的是鳳仙花；盛香粉的瓷缸是景德鎮的官窯，上面描著胖丫頭抱鯉魚；針線匣子是黑底刻金的福建漆盒；又有一個黃楊木小八扇屏，每一扇上是八仙中的一仙，正面是陽刻，背面是陰刻……都是當官的爹爹給買的，單有銀子還不行，還有要有走南闖北的世面。東西是不少，可也見不出多少寵愛的心意，而是敷衍似的，因為顯得雜。款式和款式不相稱，顏色和顏色也不怎麼配。就像那坐在屋裡的妹妹，馬上要做新人了，臉上卻沒什麼喜氣。從小就是萎黃的面色，神情瑟縮，大了以後，這委頓變成了乖戾，倒有幾分像小桃。可小桃在農戶長大，自有一些天然的嫵媚，妹妹卻是一落地便屈抑著，天長日久，再也舒展不開了。這一家上下，都嫌棄她，是看她生母的面子，才和她應付著。再挑剔的人，都挑不出二姨娘一個「不」字，也正是這婦德，拘束了妹妹的性子。如今，要去別人家裡，難免再拘束一層，都無所措手足。所以，妹妹不願嫁也不全是使性子，至少有一半是懼怕。小綢和鎮海媳婦進去時，她正坐在桌子前做針線，針腳都是亂的，做不好，一氣，拿起剪子就鉸。剪子鈍了，鉸不透，就用手扯，扯又扯不斷，咬牙瞪眼。小綢上去就將剪子和衣料奪下來，說：這要是個人，你與它鬥氣還鬥得過，可只是個物件，不白白生氣了嘛！妹妹鬆了手，全身的勁都洩了似的，臉上要哭出來的樣子。二姨娘嘆氣道：轉眼間就是人家的人了，這脾氣還不改，怎麼不吃虧呢？鎮海媳婦說：二娘別嚇唬她了，誰能任意欺負誰？妹妹又不是沒有娘家的人！妹妹聽了這話，兩包眼淚就下來了：我還能有脾氣？我連氣都快沒了，都是讓她嚇唬的，從小到大，這最後的兩天，更加緊了嚇唬，嚇死我才好！鎮海媳婦趕緊上前掩住嘔氣人的嘴：喜期就要到了，不可以胡說！二姨娘說：這些話我都聽慣了，愈不能說的她愈要說！鎮海媳婦勸道：你做娘的，是她第一個可放縱的人。小綢在旁補一句：新姑爺是她第二個可放縱的人！這話說得挺俏皮，妹妹的哭泣停了一下，再續上，就有點佯裝的意思了。小綢的話，讓臨出閣的人對婚姻生出些微的嚮往。

吵過了，哭過了，妹妹安靜下來。二姨娘扯出一段新綾子，兩個嫂嫂幫著裁了新樣子，穿上針線，姑嫂三人一起縫起來。二姨娘出去讓人做點心待客，屋子裡有一時的岑寂，聽那黃鸝在外屋又宛轉一聲。這兩個和那一個本來是無話的，如今也想不出可說的，但有一種同情漸漸生出，使這沉默不那麼難堪了。偶爾的，她們會交換幾句針線的經驗，說說天氣。這兩個談論阿昉和丫頭的蠶事，阿潛的刁鑽舌頭，妹妹只是聽，一個沒出閣的人，還沒有積攢起自己的生活。做女兒其實和作客人差不多，夫家才是真正的家，所以叫「于歸」嘛！撫慰過妹妹，嚐了二姨娘的蒸糕和豆子羹，妯娌倆告辭出來。三重閣背後，遠遠的九峰並立，巍峨壯麗，閣向東西伸展開，左右翼上，兩座楠木樓顯得小巧而精緻。兩人的目光不禁在東樓的瓦頂流連一時，不約而同想到：那樓裡的人在做什麼呢？

園子裡，小綢看見過閔女兒，一左一右擁著兩個花團錦簇的包裹，曉得裡面是她的雙胞胎，心裡冷笑：嫌我不生兒子，如今不還是女兒？再去娶呀！這會兒，兩個花包裹就又浮現出來，攏包裹的人，細細的身子，花蕊似的一株，卻已經做母親了。

人們礙小綢的面子，不好太與閔女兒搭腔。小綢現在與鎮海媳婦好，這裡就還有鎮海媳婦的面子。那閔女兒一個人坐在柳蔭裡，將花包裹各放一個籃子，籃子和籃子並排在腳跟前，舉一束柳條在上方搧著，趕蠅子和小咬。有一回，小綢進園子，見人們在樹底下圍成一團，不知在看什麼，其中也有鎮海家的。小綢走過去說：看什麼稀奇呢！人們沒防備小綢也來，唬一跳似的，鎮海媳婦都有點窘，但還鎮定著，說：真有個稀奇，趕緊來看！原來，圍繞著看雙胞胎繈褓上的繡花。小綢瞥一眼，只見繈褓上各繡一隻小鴨子，浮在水上，旁邊有一株蓮蓬。鴨子和蓮蓬突起在大紅緞面上，就像是活的，水呢，竟有波光，一閃。小綢回過頭，拉著丫頭說：背書去！轉眼間走遠。人們只得悻悻地散開了，留下閔女兒自己，守著兩個柳條籃。

事實上，閔女兒的繡藝已經在申府上不脛而走，獨小綢不知道罷了。妹妹的嫁妝裡就有她的一幅帳屏，鴛鴦戲水。那對對夫妻鳥，突起在緞面，不像按圖繡上去，而是活生生嵌進去。仔細地看，看出來，那羽翎尾翼，無論紅黃藍綠青紫，每一色裡都有深淺疊加過渡，因此栩栩如生。尤其是鴛鴦的眼睛，居然熠熠而有神氣。就這樣，妹妹將閔女兒的繡品帶到夫家，申府外頭也有了名聲。

柯海雖然回家，但一頭扎在墨廠，忙著熏煙，與那趙墨工有無窮的話要說。閔女兒從早到晚與他不得照面，雖然有雙胞胎，但只知吃和睡，閔女兒還是一個人，依然是與繡繃作伴。一線線辟分，一針針上下，看著一片片葉，一朵朵花，浮出綾子的面，就像閔女兒要說未說的話。無論這家的主還是僕，凡開口央她繡的活計，她全應承，妹妹的帳屏就是二姨娘的託咐。也因此，閔女兒在申家漸漸有了人緣，是一針一針繡出來的。這些，都需避著小綢。小綢不知道，鎮海媳婦全知道。她知道小綢傷得有多重，也知道閔女兒是無辜；她親眼見過小綢的璇璣圖，又目睹柯海建墨廠，那墨廠其實是與小綢通款曲，因小綢有墨，所以柯海也可憐！這三個可憐人，各和各都是咫尺天涯，都孤寂得慌。鎮海媳婦想：要小綢理柯海萬萬不能了，那麼小綢與閔女兒呢？小綢決意不理柯海，閔女兒或許就無礙了。鎮海媳婦就此生出一個念頭，讓閔女兒替小綢繡一件東西。

背了小綢，鎮海媳婦就上了東楠木樓。閔女兒見是鎮海媳婦來，不由慌了神，站起來帶倒椅子，倒茶失手澆了客人的裙子，抹桌子又將茶盅掃到地上碎個八瓣。她不知道自己做錯了什麼，二奶奶替大奶奶來向她問罪了。鎮海媳婦按住她的手，讓她領去看雙胞娃娃，娃娃倆正睡著，臉通紅，頸項裡全是汗。鎮海媳婦一看，六月的天，還捂著兩床被，趕緊揭去一層，又推開半扇窗。閔女兒疑惑道：會不會受寒？鎮海媳婦就教她：熱也能傷風呢！看她自己還是個孩子，就要當兩個孩子的娘。看了雙胞胎又去繃上看繡活，湖藍色的綾面，繡的黃和白的雛菊，一問，原來是給小桃姨娘繡的裙子，鎮海媳婦就說：怎麼不替你姊姊繡一條？閔女兒霎時間紅了臉，停一時，說：不敢。鎮海媳婦說：有什麼不敢的？繡成了，我代你交到她手上。閔女兒低頭說了聲「好」，再不出聲。鎮海媳婦說：大家子裡人多嘴雜，千萬不要聽信人家攛掇！你姊姊生氣，是在理上，當然你並沒有錯，可你年紀小，又是晚到，就要敬在前面。看閔女兒的頭髮，黑亮厚密裡埋著半截銀簪子，簪子頂上墜一顆小圓珠，不由嘆了口氣：大伯不是在外訪山問水，就是忙於製墨，終究還是你們姊妹作伴！說罷起身告辭，廳堂裡駐了腳步，將向門的那副對子念了兩遍，覺著有些意思。回去念給鎮海聽，鎮海沉吟一會，說，那上句「點點楊花入硯池，近朱者赤，近墨者黑」，寫的就是大哥與大嫂，可惜下句「雙雙燕子飛簾幕，同聲相應，同氣相求」，卻不是他倆了。

二三個月的光景，閔女兒果真將一件繡活兒交到鎮海媳婦手中，展開看，是丫頭穿的棉袍，繡著各色鳥雀，黃的，翠的，金紅的，雪青的，鳥雀和鳥雀間是絲蘿，捲曲的鬚沿斜門襟攀到領口，正好左右分開，各頂一個小紅果子，綴在領上，十分喜人。鎮海媳婦說：單是描一遍也要這些天工夫，難道沒睡覺嗎？閔女兒說：睡是睡了，只是把桃姨娘的活兒耽擱了。鎮海媳婦看出閔女兒向小綢求好的心，小綢會如何對閔女兒，心中卻沒有底。她說：我先代你姊姊謝過你，回去吧！閔女兒轉身走了，睡在帳子裡的阿潛卻看見繡袍，爬過來一把抓起，要往裡鑽。阿潛已過周歲，本來是愛好吃的，如今又從中生出另一件愛好，就是好看，凡穿著鮮麗，就一定湊上身去，親熱一番。鎮海媳婦趕緊將繡袍挪開，他卻緊纏著，不得已，往身上比了比，算是穿過了，這才罷休。然後，鎮海媳婦便攜了阿昉與阿潛，往小綢那裡去了。

丫頭正在寫字，寫的是歐陽詢體的楷書，身子坐得直直的，目不旁視。聽見有人來，並不回頭，兀自運筆，分外嫻雅。那兩個小的，一邊一個看姊姊寫字，鎮海媳婦便將繡袍展開在小綢面前。小綢眼睛一亮，剛要伸手來接，陡地又收回，眼睛移開了。鎮海媳婦將繡袍跟著移過去，她伸手攔開，說：你別和稀泥！鎮海媳婦說：我和稀泥，你呢，非要弄個清濁兩分，分得成嗎？小綢負氣說：分不成就分不成，又不是盤古，要開天地！鎮海媳婦說：這不結了？小綢說：結什麼結了？鎮海媳婦說：結了一盤醬！鎮海媳婦原本不是個胡攪蠻纏的人，可對小綢就不同了，就使得上性子，小綢也唯獨奈何她不得，只好笑起來：什麼呀，亂七八糟的！鎮海媳婦勝這一個回合，緩下來：就糊塗裡說吧，都是自家姊妹。小綢回敬道：那就讓鎮海也替你納個姊妹來，加倍的人多勢眾！鎮海媳婦略有些變臉，卻還撐著：我倒願意他納一個！小綢就說：人家心裡只有你一個，怎麼肯？鎮海媳婦沉了一沉，說：我只告訴你一個，可別往外傳！小綢見她正色，就收起調笑：有話快說，什麼時候瞎傳過什麼了？鎮海媳婦瞥一眼案子上寫字看字的孩子們，放低了聲氣。

你難道看不出來？他如今凡事都淡泊得很。小綢說：鎮海從來與他哥哥不同，不喜歡熱鬧，一心只在讀書。鎮海媳婦說：可是，你到底有沒有見他入秋闈？小綢扳指頭算了算：甲子年老太太歿了，自然沒有心思；丁卯年你生阿潛，鬧出偌大的動靜，叫人家怎麼去應考？鎮海媳婦說：那你等庚午年吧，看他去不去！小綢說：考不考也算不上什麼，他哥哥倒是少年舉人，如何呢？再說咱們公公，都中了狀元，在京師做官，回來後再也不想去！鎮海又更比他們脫俗——鎮海媳婦截住她話頭：我要說的就是這個！什麼呢？小綢還是納悶。鎮海媳婦再壓低點聲：他如今極愛往一個去處。什麼去處？小綢問。蓮庵！鎮海媳婦說出這兩個字來。蓮庵？小綢更納悶。她想起老太太生病那年修的青蓮庵，權住了一個瘋和尚。只進去過一回，是做老太太的水陸道場，還以為早就廢了呢！鎮海媳婦告訴小綢，那鎮海也不知何時何事何機緣，與瘋和尚結識了，起先還只是偶爾去一趟，這一二年裡，愈來愈走得勤，近日，竟開始吃花齋，就是隔三岔五地吃素，要知道——鎮海媳婦說，咱們家並不是認真信佛，那庵子也不過是老太太得病，一時興起修的，和尚呢，其實是半個乞討，所以留他差不多就是行善——小綢只是點頭，鎮海媳婦接著說：念經拜菩薩，大多是愚癡，有口無心的，倘若正經讀過書的人，或者不信，一旦信上了就不是小事，移性也未可知！小綢不禁也發起愁來：這才叫信邪呢！鎮海媳婦趕緊掩住小綢的嘴：不能說，一語成讖！小綢往自己嘴上掌了兩下，恨聲道：這兄弟兩個打散了勻一下才好，一個太俗，一個太清。鎮海媳婦惘然道：還是俗些好啊，看得見，摸得著，即便結仇，也是身邊人！小綢也感到一陣悽楚。兩人不說話，低頭看了那百鳥朝鳳的小繡袍，滿眼的熱鬧，幾乎聽得見聲聲啁啾。

十、疏浚

震川先生寓居安亭的時候，讀書授學之餘，常愛觀察地理與民生，籌畫方策，然後上書。在這水網密布的江南城域，淤塞和淹澇是常事。歷年來，開鑿無數新河，又貫通無數舊渠，事實上都不過是頭痛醫頭，腳痛醫腳，將地貌改得面目全非，還不如原先，尚可聽其自然，卻也改不回去了。震川先生早就窺出癥結，癥結就在一條中江，即吳淞江。在他的《與縣令書》中這樣寫道：「吳淞江為太湖出水大道，水之徑流也。江之南北岸二百五十里間，支流數百，引以灌溉」……然後歷數分辨水道的經緯脈絡，得出結論：「非開吳淞江不可」！不知他的《與縣令書》有無向上提交，一個老童生的建言獻策，能得多少注意呢？震川先生離開足五年之後，應天巡撫海瑞下令疏浚吳淞江，與震川先生治水的理勢不謀而合，證明先生格物致知，不可小視。

上年夏季，海瑞任命南直隸巡撫，駐紮蘇州。海瑞的剛直廉正坊間多有傳聞，最著名的是背一口棺材上朝，然後奏疏，指稱皇上種種罪名，罵得個狗頭噴血。皇上還算自持，到底沒有當廷發作，翻過年頭就讓錦衣衛將他拘到東廠大獄，刑部判了絞刑。海瑞自忖沒有活路，只是等死，一等等了十個月，等到有一日，獄卒為他設酒菜，便知到了上路的時刻。不料，獄卒拱手道喜說：換了新皇上，稱他為「忠臣」，海瑞這才知道年號已為「隆慶」。丁卯年出獄，已巳年便是正四品官，三年內歷任尚寶書丞、大理寺右寺丞、左寺丞、南京通政司右通政，直至應天巡撫。天下頌揚的清名，一旦到了眼面前，卻是令人著慌的。如此的耿介，多少有些不通人情，甚而至於乖僻。據傳替母親做大壽，只買兩斤肉。話說到此處，已不像褒獎，倒近似詆毀了。也因此，蘇松一帶的富戶頗為不安。不知由誰起頭，紛紛將朱門漆黑，笙歌夜宴全偃息了。果然，海大人到任後，先就拿華亭徐家作伐。論起來，華亭徐對海瑞有恩，當年刑部判他絞刑，遲遲不執行斬首，全憑徐大人壓著，換過代來，才有他今天。其時卻全不論這些，逼著徐家退田。這一著是殺雞給猴看，凡有產有業人家無一不膽寒。就在這一年，都察院左副都御史方廉告老還鄉，從南京回新城，途經上海。嘉靖三十二年，方大人曾在松江做知府，率眾築上海城，抵禦倭寇侵擾，保衛海上安寧，就是他！知道方大人將從任上回家鄉，幾家大戶便商議作迎送。前面說過，上海著名的園子，一是彭家的愉園；二是申家天香園。論資排輩，當是彭家，彭老太爺從刑部尚書任上退身，長子彭應瑞因主持漕糧儲運有功，升任四川右布政史；但論園子的意境，天香園卻要勝一籌。愉園於老太爺還鄉時修葺，距今已七八年過去，那幾具奇石雖有古拙名聲，可是城中風氣卻是日新月異，彭老太爺難免就守舊了，而天香園則旖旎得多。於是，眾人議定，請彭老太爺出面，申家天香園設宴。此時，時未開春，園子裡還肅殺著，申明世遣人遍城收集冬蘭。冬蘭花期在秋蘭之後，革蘭之前，但芬香漫長，自秋蘭之前，至革蘭之後，均綿綿不絕，可應「天香」二字。冬蘭產於兩湖，本地極少見，倘有的話，價格也極昂貴。到這時就不計較銀子了，能有就屬不易。與此同時，闔家上下不論主僕，女眷們一併動手，用各色綾羅紮花朵，綴在枝頭。正忙得熱火朝天，卻有新消息，方大人不經上海過了，從大運河直接下新城。想必聽說了這邊在大張旗鼓，生怕惹出事端，於是趁早避開。這一頭撲了個空，也算是得一個警示，從此收斂許多。

開春季節，疏浚吳淞江的政令張布了。先是募資，大戶人家全都十分踴躍。一是飽受水道淤塞之苦，其實歷年零打碎敲治理所募的銀子集起來已相當可觀，卻也不知道什麼時候是個頭，倒不如爽性動個大干戈；二也是為消除新巡撫的成見，結好的用心。所以，募資這一項很快完成。再接著募工，凡大戶人家都應承了勞役，這就畫去一半，另一半由各家各戶分攤，可說是全城出動，人心所向。開工第一日，海大人親自上陣，挖了第一鍬土。人山人海中，不曉得哪一個才是應天巡撫，有人說是長條身子，有人說是矮瘦個子，有說是白臉，有說是黑臉，爭執中，已悄然退場，到底不知是怎麼樣的。

工程著實浩大，顯見得下了大決心。沿江數十里全是挖泥抬泥的人，把個吳淞江兜底地通了一遍，清出的泥沙足夠堆壘兩岸堤壩。就這麼一邊通一邊壘，直到入黃浦的江口，就地造一座閘橋，退潮時開閘放水，漲潮江水倒灌時閉閘攔沙。閘橋南岸又造一座金龍四大王廟。金龍四大王俗身是南宋錢塘金龍山人，排行第四，蒙古人進江南，金龍老四率兵抗擊，終不抵事，宋室滅亡時投水殉節。一百年後，朱元璋起兵，在黃河邊被圍，忽然天降一員大將，河水立刻倒流，元兵潰散四逃，天將自報家門為錢塘金龍老四，於是，朱元璋便追封為水神。自此，從吳淞江進上海的船隻必要等退潮開閘才可通行，萬舸雲集，金龍四大王廟周邊形成集市，人們稱大王集，十分的繁榮壯觀，又成一處勝景。相映之下，各家的園子都偃了聲色，岑寂下來。

這一日的夜裡，月亮大好，申明世興起，想去園子裡走走。沒怎麼驚動，只著一人掌燈，出門過橋，來到天香園。園子裡靜謐著，卻又像什麼都在出聲說話。池子明晃晃的，連荷葉的影都透亮，猶如蟬翼；柳條裡藏著晶片，一閃一閃；水榭、畫舫、亭台、樓閣，凸起在天幕前，一拱一檐都鍍了銀。那積翠崗竟是墨綠的，樹和草不像長在崗上，倒像是湧出地皮，再淌下來。四面都有香氣撲來，是桃子熟透的沁甜，荷花的清新，各種草的無名的氣味，還有一絲綽約的苦澀，就像藥草，但不是藥草那樣一味的苦，而是有回甘——原來是數月前覓來的冬蘭，早已經花謝葉殘，卻餘香未消。

這園子活生生的，無論草木磚石都動靜起伏，氣息湧動。眼下雖是沉寂著，但不過是暫時收斂起來，不定什麼時候，再會噴薄而出。申明世回想造園子的時候，十二年過去，他已臨中年。這期間，母親歿了，卻添了兒孫，就像這園子，一季花草接一季花草。那吳淞江疏浚後，淹和淤即可遏制，好比上古時候，大禹治水，水陸分野，天地清明，稱得上堯舜之德。只是那海大人的秉性偏頗了些，仇富心忒重，倘沒有富戶，疏浚的資財從哪裡出，年年的稅賦從哪裡出？據說，如今南直隸衙門內，公文紙不僅正反面都用，還必須頂格書寫，不可有半行空格。

已經不是清簡，而是慳吝。

明世走在園子裡，月光如水，命人滅了燈，因那螢火蟲似的一豆，反襯出四周的暗。由海巡撫的行事想起許多做官時的同僚，形貌各色。人說京官難做，果不其然，那奏摺上去，皇上的批奏只三個字：知道了。可這「知道」不是那「知道」，寬嚴鬆緊各不相同，情形事理，此是此，彼是彼。因此，批和沒批一個樣。眼見得同僚中人形容枯槁萎縮，全是讓「知道了」三個字給煎熬的。又應了一句話：高處不勝寒！還是在家自在啊！

申明世走過桃林，再折頭向西北去，那園子眼看要到盡頭，不料繞石屏一轉，竹林分開兩爿，留出一條小徑，就知道進了原先儒世的園子。沿小徑走去，漸漸開闊，露出萬竹村齋的輪廓。樓閣已經頹圮，竹根蔓延，將地基拱起，屋傾牆歪，碎磚瓦一片。廢墟旁卻有一座新嶄的竹棚，就是柯海的墨廠。申明世聽人說起過，目睹還是第一回，只見棚裡有百盞千盞的油燈，百縷千縷青煙。氤氳中，有一人向他走來，滿臉堆笑。原來是長子柯海，著一身短衣，猛一看，以為是僕役。

柯海將父親引入一間小棚，四壁竹篾，沒有留窗，地坪以竹爿作龍骨，再橫鋪一排竹爿，正中間以葦桿紮成三層擱架，架上覆極厚一層麥糠。柯海伸手從麥糠底下一抽，抽出一錠墨，是上年十一月所製，在此陰乾著。申明世曲指叩叩墨錠，聲音清脆，如同彈弦；再看顏色，有潤光。但形狀略微粗笨，長寬厚不知何處失比，印紋也嫌草率。就說：該請章師傅來製模。再可是章師傅在什麼地方呢？還有那個蕎麥。申明世不由感覺到時間的流逝，心中悵然。再看墨銘，為「桃夭」二字，自然來自《詩經》，其中隱「于歸」意思。難免想到那長媳婦娘家有些淵源，妝奩裡就有幾錠古墨。柯海納閔女兒，媳婦從此不理他，前後事鬧得紛紛揚揚，上下皆知，心中明白柯海是以墨寄心，覺得可笑又可憐。停了會說：這「桃」是我替阿奎他娘起的字，雖說是個姨娘，但倫理輩分，還是要避諱一下。柯海這才發現不妥，頗有些羞臊，說：請爹爹定個墨銘。申明世說：太直了失之粗淺；太曲折又走偏鋒，刁鑽了；用典本來不錯，但不過就是一錠墨，又不是名家，就嫌賣弄了；無由來且不易記，即便市井人家起名，阿大阿二也有個由頭——這墨廠是你親手開，墨也是你親手製，就叫個「柯海墨」如何？「柯」字裡有木，「海」字裡有水，「墨」裡有土，算是個名副其實！有一層意思，申明世沒說，就是長一長柯海的志氣。柯海未必明白，只是趕緊地取來筆墨紙硯，請父親寫下這三個字。申明世又囑咐不可太張揚之類的話，隨後離開了園子。

這些時，斂聲屏息地過日子，世誼之間多淡泊了交往，交往也不便太奢華，市面上大宗銀兩的交易明顯少了。但吳淞江暢通，水上往來頻繁，小買賣興隆，人氣大增。就好比化整為零，總量大約並不少，反而因為進出多，更加熱鬧繁榮。尤其是那大王集，愈擴愈大，遂將北門外的一塊疏落地帶變成鬧市，於是，就有城外城。

申府裡，忽興起一陣風，刺繡風。無論主僕、長幼，凡女子都紮起花綳，架子上垂下七色絲線，流蘇一般，底下是繡花人，埋著頭，拈著針，一針送，一針遞，大氣不敢出，生怕哈了漿平的綾面起皺。小綢也在套院的屋裡紮了個花綳，與丫頭面對面地繡。紮綳、上漿、打粉本、辟絲、分色配色，是由鎮海媳婦教給，鎮海媳婦呢，是由閔女兒教給。都是聰明人，聽三遍，看三遍，再試三遍，就可正經動手了。所以，東楠木樓就十分熱鬧，丫頭姨娘都往上去。柯海白天黑夜在墨廠，閔女兒為人且十分的隨和溫順，眾人們都無所顧忌。有時柯海回來得早，就看見房間裡團團的釵環玉佩，中間是小小的閔女兒，低著頭，抿著嘴，上下走針，不一時，一小片花瓣就從綾面上突起了。

夜裡，掌了燈，柯海就要看閔女兒的針和線。閔女兒便打開匣子，一匣一匣給他看。柯海問是從哪裡購來的，閔女兒回答是自家做的，店肆裡買來的只能用作日常縫補連綴。她家世代替宮內織造，所用器具材料全是專製。柯海問是如何製，閔女兒一項一項說給他聽：治絲是先從蠶房定下上等綿，以湖綿為最佳；專人送去繅房，必是親眼目睹繅絲，柴灶、炭盒、絲車，事前都要一一檢驗嘗試；然後就是繞絲。說到此，閔女兒笑了，說小時候就跟母親學著繞，龍骨隔成木格子，木格子架空在地上，插四根竹，竹上方的高處，安一個竹掛勾，絲從勾上掛下來——她呢，右手執繞絲棒，就是一個小輪，左手撚絲，一邊撚，一邊框在四根柱。我繞得可好了！閔女兒得意道，隨即卻又赧顏，之後她就不能了：沃濕、溜眼、過糊、漿染，過糊用的小粉是母親親手洗的；染料則由父親調配，配方是祕傳，所用紅花、茶藍、黃檗，都在自家園裡種植，決不可施人糞與河泥，只用一種肥，就是豆餅，好比拜佛的人不可吃葷，只茹素；這是線，針，尤其是繡花針，很有講究，既要細，又要剛——她家是織工，不用針，但她母親娘家是繡娘。去外婆家，到針坊見過，那針起先竟是線似的，一團一團繞著；剪刀剪成寸長，一頭銼尖，一頭敲扁，鋼錐子鑿了眼，然後你瞧怎麼著？放入鍋裡，和了料，又炒又煮；那埋針的料也是特製，不可外傳告人！因此她的針其實是母親的妝奩，又給她做妝奩。提到妝奩兩個字，閔女兒的笑容淡下去，方才的活潑也止住了，因聯想到出閣，其中的倉促與淒清，令人難堪。柯海看著匣子裡一綹一綹排齊著的線，悃然想到，他娶的這兩個，前一個是「綢」，後一個是「絲」，不知道之間是什麼樣的緣。

柯海命閔女兒繡個隨便什麼活計，他要送給阮郎。閔女兒說繡件是閨中之物，送給個男人多不合適。柯海說是我送的，又與你無干！閔女兒低頭不語，柯海曉得她是不肯，想要是小綢，這當口有如何厲害調侃的話等著他，這一個卻是個木頭人。柯海想起小綢的有趣，卻也覺得眼前的這個可憐，又說：你給我繡一個，總可以吧？閔女兒曉得給他就等於給阮郎，可又不能不給他繡，就問柯海要個什麼？柯海想了想，繡個隨身帶的物件，香囊之類的。閔女兒又問什麼花樣？柯海就反問道她有什麼花樣？閔女兒只得取出樣本，一頁頁翻給他看，由他挑。與閔女兒並肩看著花樣，就好像與小綢一齊看字，情景相仿，此人卻非彼人。柯海闔上樣本，翻身向裡，躺下了。閔女兒不知道他為什麼忽然不高興，但早已經慣了他不理不睬，為他蓋上一床薄被，不再管他，自己在燈下翻著花樣。身後卻伸來一隻手，將她拉近身邊。燈光下，閔女兒看見柯海臉上有淚痕，覺得他有傷心事，又無從問起，只是由他，百般順從。燈裡的油燃盡，兀自滅了，柯海漸漸有了鼾聲，將閔女兒一個人留在暗黑中。

來到申家，閔女兒添幾歲年齡，為人妻母，又不很順遂，就懂得許多人事。她曉得姊姊一直生她的氣，因為姊姊生氣，柯海便也生她的氣，她就是在這氣惱中過日子。她倒是高興雙胞胎全是女孩，她要生了兒子，姊姊會更生氣。柯海呢，自然火上加油。她也看出，柯海本身又不著意生不生兒子，他對兒子的心不如對姊姊的心重。看他對姊姊的心，就知道這是個難得的人，可惜自己沒福分。其實她才不在乎柯海，閔女兒多少是負氣地想，和雙胞胎作伴，很好。不過，她是在乎姊姊的，大約因為姊姊和她是一樣的人。不是說她能和姊姊比，無論家世、身分、人品、才智，她自知都及不上，但隱約中有一樁相彷彿，那就是命。男人納妾，總歸有薄倖的意思，閔女兒雖然是那個被納的人，但從來沒有得到柯海半顆真心。所以，她們其實是一樣的。還有，她們都生了女兒。姊姊那丫頭，穿了她繡的袍子——她並不情願繡的，是二奶奶硬逼著，可丫頭穿上一看，就好像是雙胞胎中長大了的一個。假如姊姊要來和自己好，她就和姊姊好！閔女兒最後想了這麼一句，似乎主意已定，安心入眠了。

小綢自然不會來和閔女兒好的，但鎮海媳婦每回來問什麼，都說你姊姊問的。所問無非是針法、辟線、花樣的事，閔女兒就知道姊姊也在習繡。她總是賣力地做給鎮海媳婦看，還將自己嫁妝裡的針線分出一些給兩位姊姊。鎮海媳婦呢，就將自己得的那一份也一併給了小綢，讓閔女兒的饋贈變得更加慷慨。有一回，鎮海媳婦還要閔女兒隨她去姊姊的院子裡，免得她兩頭傳話傳不明白。閔女兒跨不出這一步，沒答應，但很快就後悔了，心想下一次就去。可下一次，鎮海媳婦卻把這事忘了，沒再提起。閔女兒又一次對自己說：姊姊來和我好，我就和姊姊好！心裡藏著與姊姊好不好的事，難免把別的事耽誤了。柯海回來向她要香囊，不禁嚇一跳，原來早已把香囊忘到了九霄雲外。來不及新繡，就將正繡著的綾子鉸一塊下來，縫成香囊。繡的是一株靈芝，長在石頭縫裡。靈芝有一朵大的，幾朵小的，大的在香囊的肚腹上，小的在邊上一圈。繩線一繫，爹開來，就好像專為香囊繡的，就這麼混過去了。可是這一向，鎮海媳婦都不來，是姊姊那邊沒什麼要問的，還是索性不學了，或者鎮海媳婦對自己生了氣？正愁煩著，傳來消息，鎮海媳婦病了。閔女兒方才鬆一口氣，心裡落下一塊石頭。

自從生阿潛，到底傷了元氣，鎮海媳婦就得了弱症。逢到節氣，總有那麼三兩日不合適，下不來樓。鎮海媳婦下不來樓，小綢就上樓了，從早到晚陪她在床跟前。閔女兒決心要去看鎮海媳婦，她想：我又不是去看姊姊你，我看的是二奶奶。她又想：姊姊可以去看，我也可以看！再想：姊姊要與我說話，我就與姊姊說話。這麼給自己打氣，閔女兒一手牽一個剛會走的，下東樓，往西邊樓去了。娘三個都換過衣服，雙胞胎一人穿一身花，閔女兒自忖是做母親的人，需端莊些，只穿一身藕色衣裙，裙襬上繡一棵芍藥。人略豐腴了些，也像一棵芍藥。上得鎮海的楠木樓，窗戶遮起來，病人多忌諱風和光，從亮裡走進暗，稍停一停，才看得見。床上的人擁被而坐，床沿上也坐一個人，兩人低頭看一本冊子，正是閔女兒的花樣本。聽見動靜，一起抬頭看她，便知道自己是這裡的外人。

鎮海媳婦讓人領走雙胞胎，去另間屋與丫頭他們一處，這家的規矩，小孩子不該與病人太近了。那雙胞胎一走一回頭，從來沒離過娘的樣子。閔女兒向床跟前才邁上一步，小綢便立起來，走開了，閔女兒只得又停住。鎮海媳婦想笑忍住了，說：咱們正看閔的花樣呢！如今人們都叫閔女兒「閔」，叫快了，就叫成了「米」。閔不及答應，小綢已經說出一句：誰和你「咱們」！鎮海媳婦這回笑出聲來了。小綢臉一沉，轉身要下樓，鎮海媳婦趕緊止住她：走什麼？你還沒替我端藥呢！小綢都走到樓梯口了，丟過來一句：讓那個人替你端！鎮海媳婦說：那個人是什麼人？小綢抬腳就要下去，鎮海媳婦發急道：要我拽你嗎？說著，真從床上起來，赤了腳跑過去，小綢就不好意思硬掙了。這邊的閔，伸手扶住鎮海媳婦，三個人一行走回屋裡，上床的上床，端藥的端藥。隔壁傳來孩子們的笑聲，已經玩作一堆了。

鎮海媳婦說：閔你要多出來串串，那一對雙生，老不見人，怯怯的，你呢，也要豁辣些，有什麼好怕的？誰能吃你！小綢冷笑道：說得很對，吃了我也不會吃你。鎮海媳婦就問：這個「你」是誰？小綢曉得失言，無意中對閔說話了，又氣又窘又不好怪別人，將臉擰在一邊，不說話了。鎮海媳婦索性不理睬她，倚在枕上，兀自翻花樣本子看，又問閔如何繡這一種或那一種。閔就用繡花箍繃了塊碎綾，遞在跟前做給她看，小綢不免也回眸瞅幾眼。屋子裡靜靜的，這半日就過去了。

不過，事情也算是開了個頭。自此，漸漸地，小綢和閔這兩個冤家，就可以坐到一處了。當然，鎮海媳婦是必在場的，在場做傳話筒，那兩人要交代給彼此的事，都是對了鎮海媳婦說的。比如，閔告訴鎮海媳婦：這一處要用順滾針，就是後針落在前針腰裡，一針一針逼過去。此時，鎮海媳婦並沒有繡什麼，倒是小綢，伏在繡繃上做活呢！也有些時候則反過來，明明是對鎮海媳婦說的話，鎮海媳婦卻將它傳給了她們中間的另一個人。比如小綢遞給鎮海媳婦一塊芡實糕，讓她嚐嚐，她接過來一掰二，分送到雙胞胎嘴裡，閔只好說「謝謝姊姊」。三個人在一起，再有五個孩子夾纏著，很難劃清你我他。就這麼混成一片，亂中兩人面對面說了話，遞了東西，也是會有的。在外人看起來，她們已經好了，大奶奶不再記恨姨奶奶，先前避諱著對閔的熱絡，便公開了。柯海不免生出妄想，用錦盒裝了一方墨——是墨銘為「桃夭」的那一錠，申明世說過後就再沒有新製，所以就有限得很，由柯海自己收著，這時就央鎮海交媳婦帶給小綢。鎮海還是勸住了，說她們三個本來好好的，橫裡這麼一打岔，難免會生枝節。柯海不相信，心裡還存著僥倖，將這墨隨時揣在身上，宅子裡園子裡，總會有碰巧了撞上的時候，當面交給小綢，她會不接？果然有幾回遇上，或是單獨，或是夥著那幾個，都是對柯海視而不見。有一回，柯海還尾隨著跟一段，人家頭也不回，當沒有他這麼個人，只得悻悻然作罷，從此死了這顆心。

再說閔的香囊到了阮郎手裡，阮郎十分稱讚，說比官製的更多一番風流，真是錦心慧手。又問海兄弟能不能再多給一件，好送他的朋友。柯海向閔索討，閔說：本來是給你的，你卻給了阮郎，阮郎是你的朋友，終還說得過去，他的朋友是誰呢？拿了我們家女人的東西，再去顯擺，再引來朋友的朋友！閔說了這一氣，柯海倒有些不認識似的，想她大約是向小綢學的，說話像，性子也有些像了。柯海為難住了，閔的話不謂不有理，可他已經答應阮郎，一急之下，顧不得有理無理，蠻橫道：阮郎與我不是一般的交誼，送我多少東西和見識，論起來，連你都是阮郎給的呢！頓時，進來申家的遭際，柯海的冷淡，姊姊的倨傲，和眾人們的勢利，一下子全湧起來，閔出口道：還不如不給呢！柯海惱羞成怒，抬手在閔的臉頰上批了一下。他天生不會打人，自己也被自己嚇一跳，閔的眼淚立時下來，柯海以為闖了大禍，也不好低頭認輸，自己去床裡睡了。夜裡醒來要水喝，閔即刻起身倒了茶來。柯海心裡嘆息：到底不像小綢！要是小綢，不知如何收場。像這麼一吵一打，兩人倒真有些做夫妻的情義似的，但閔卻不願與柯海人好，覺得會對不起姊姊。她寧願和姊姊近些，再說，姊姊那邊還有鎮海媳婦呢！婦道人家一口結黨，就死心塌地。過後，柯海到底想出一個兩全的法子，就是問阮郎討些銀子，算作訂購。這樣，閔也不能不答應了。

十一、繡閣

說是一陣風地習繡，認真上心的就小綢一個。鎮海媳婦精神頭差了許多，略用多了眼便發暈。小桃及一幫僕傭，多是浮躁的性子，不過是湊熱鬧地繡些粗使的活計。丫頭呢，到底還小，是當玩意兒。小綢的繡工自然遠不及閔，但她讀過書，還臨過元人的幾筆畫，比如趙孟頫夫人管道昇的竹，所以她針下的繡活就流露幾分畫意，自有一種雅緻。有時候，小綢還脫離樣本，自繪一幅圖案，連閔都要借來摹仿的，當然是求鎮海媳婦去索討。雖然這些日子混在一處，但畢竟她們並沒有正式地交道，還要靠鎮海媳婦。小綢的繡活混在閔的一起，柯海一眼便可識出哪一件不是閔的，而是小綢的。看見小綢的東西，柯海黯然神傷，他眼睜睜看著，不敢出手去碰，怕把它驚動了似的。停一會兒，嘆息一聲，走開了。

如今她們幾個相聚繡活，多是在天香園西南角上的白鶴樓。那白鶴樓的名字來源造園子的章師傅家，不是在白鶴江邊白鶴村？當年老爺去請章師傅時親眼見過江上的白鶴，十分的吉祥。白鶴樓臨蓮池而起，底下是一片荷田，曾經來過一隻白鶴，卻沒有棲下，盤旋一陣就飛走了。但不知從何時起，又從哪條水道，游來野鴨，野鴨中雜著一對鴛鴦，晝出夜伏，同飛同宿，這邊的氣象便活躍起來。樓的規制並不大，僅一楹，但有三疊。第二、第三疊全是杉木鋪地，就隔潮，四面環窗，雖小卻敞亮，翹檐長長地伸出，繫著琉璃鈴鐺，風一吹，叮呤噹啷。她們將繡綳安在二疊中，立幾道屏風，遮擋午前與午後過劇的日光，案上燃幾盒香，祛除樓下漫上來的水腥氣。在樓上繡活，於幾方面都便利，小綢是斷不會去閔處的，閔也不敢向小綢的院內涉足，有一段是在鎮海媳婦樓上，可她那房裡終年藥味不散，染在繡活上，她們玩笑說：還以為家裡開了藥鋪。天好的時候，就在園子裡，樹底下，廊裡面，可總歸免不了下雨颳風，又得回到鎮海媳婦的「藥罐子」裡。後來是鎮海想起這麼個地方，著人去收拾打掃，竟再恰當不過。有要看繡活的，不必四處去找，就往這裡來。漸漸地，就有人稱它為「繡樓」，柯海以為不雅，兀自改作「繡閣」。到六七月，紅蓮開了，映得池水好像一匹紅綢，綢上是繡閣，何其旖旎！

繡閣上穿行往來的人不少，連申夫人都來過幾回，看了花樣，又看繡工，最後用小綢自繪的一幅梅，令閔繡一頂紗帳。因費工甚糜，閔手上的活全放下，專繡這一件。妹妹回門幾日，也在閣中設一架綳，她哪能常住，不過由二姨娘抽空做上幾針。再則還有大伯申儒世家的女眷，時不時來瞧幾眼。真正坐定在此，算得上閣主的，其實就是那三個！天入冬了，隔著屏風，生兩個炭盆，因怕炭氣熏了繡活，四周擺放了常綠的藤蔓植物。鎮海媳婦畏寒，手籠在羊羔皮的袖筒裡，看那兩個做活計。看一會兒，嘆息道：小小一條蠶，吐出絲，經幾道繅製，治成線，再染與漿，合絡又分辟，穿進針裡，千絲萬縷，終成光華麗色，天知道是誰造物？小綢說：這還是可見的，是人力可為，那看不見的，才是神功！鎮海媳婦問：比如哪些？小綢說：比如盤古開天，女媧補天，混沌中分出上下黑白；再比如后羿射日，大禹治水，方才水陸分明，有了個清明世界！鎮海媳婦問：那盤古，女媧，后羿，大禹，是人還是神呢？小綢說：無形之人，有形之神。鎮海媳婦沉吟一時：我說是神人一體，就論從桑蠶到織紡，再到羅繡，都是神假借人手！所以，養蠶人家正月要祀嫘祖；蠶初出，要敬馬頭娘；收完蠶繭，再要去廟裡謝一謝。閔早已停針，聽得入神，只是插不進嘴，此刻，卻不禁冒出一句：我爹爹的織機房裡，供的也是嫘祖呢！鎮海媳婦說：養蠶治紗，方才有羅綢織緞，本是一個祖先。見兩個大的沒有怪她多嘴的意思，閔又斗膽多說了幾句：我娘說嫘祖是黃帝的正宮妃子，這麼說來，從黃帝時候，就有絲業的，那蠶和桑算得上古物了！小綢冷笑：什麼不是古物？咱們吃的用的，哪一件不是從古到今，不過就是愈製愈精！就說稻米，最初是鳥耕，風吹來些野種子，然後就人力替代，將地做成田畈，選種，育苗，再選苗，育種，循環往復……鎮海媳婦向閔解釋道：姊妹的意思，每一件東西都是有來歷的，不會憑空生出。既已開頭，閔便不肯甘休，緊著追問：那麼頭一件是從哪裡來的呢？這一句有些把兩個問倒了，怔忡一下，小綢道：天工造物！話說到天，就不好再往下追了，三個人心裡都有些悵然，因感到了天地的久遠。此時，天又沉暗下來，暮色湧進樓內，結成一團團的氤氳。炭盆的火也弱了，寒氣沁浸，三個人收拾收拾下樓去了。

這一冬，園子一反慣例，沒有封門。因墨廠要製墨，繡閣上亦趕著活。池子裡的殘荷收拾乾淨，池面變得格外廣大。草木落了葉，枝條疏朗，展露出天宇，十分遼闊。瓦上，地上，石上，台階上結了薄霜，顯出清潔爽俐，但也不是冷寂，因人跡頻繁。為減免往返，園子裡專闢一處作膳房，柴火炊煙，鍋開鼎沸，將冬日的寒素驅散，換來又一種熱鬧。碧漪堂裡生一個無比大的大炭盆，供人圍坐歇息。炭盆外圈著銅護欄，就不怕小孩子灼傷，所燒全是上好精炭，有專人隨時添加，無一絲煙氣，不致中炭毒。於是，宅中人沒事也過來取暖說話，小孩子往炭盆扔栗子白果，爆得劈劈啪啪響，彷彿年節一般。這二年，申家約束著過日子，不敢有什麼大舉措，以免太招搖。家中沒擺過大宴席，園子裡也沒添什麼景物，只在春去秋來換季之際稍事清掃，大人孩子都有些憋悶。如今，借了墨廠和繡閣的由頭，聚在園子裡，申明世只作看不見，於是，漸漸地便放縱起來。

先是柯海請了錢先生一幫子朋友看墨廠，看過了自然要留飯。在阜春山莊擺桌，什麼都沒有，只一具大火鍋，涮羊肉。羊肉是湖羊肉，著人去湖州買，專挑膘肥體壯的，買下後不乘船不上車，而是趕著走一路。走到上海，身上的膘都落了，餘下夾精夾肥的貼骨肉，嫩而緊實。宰了，掏去內臟，放露天凍了，片成削薄的片，裝盤端上。倘若單是涮羊肉，就不是申家，而是錢先生家了。申家自有一路冶麗的作派，將長蘿蔔截成段，圓蘿蔔就整個兒地取來，胡蘿蔔只留粗大的根，芯子一律掏空，嵌入蠟燭，點上。桌上，案上，几上，總有上百盞蘿蔔燈。是為驅走羊肉的膻味，也為點綴。後來，愈雕愈精細，將蘿蔔雕出鏤空的花，一根燭在裡面，真是晶瑩剔透。

這夥朋友聚在一處，自然不能安於吃暖鍋，總要興出些花樣，有人央柯海領繡閣上去看看。柯海怵小綢，不敢答應，只能令閔取些繡件來給大家賞。閔也不頂願意，嫌那些油手髒了繡件，但到底強不過柯海。自從閔學了些小綢的脾氣，柯海卻不是像對小綢那樣伏就，而是變得蠻霸。這世上，柯海只受得一個人的委屈，就是小綢。柯海將閔的活計展示給人們看，一片咋舌聲，就有人出銀子訂製。這一回，倒不是敢不敢的，柯海自己就不願意了。他的妻妾鬻女紅，於申家的臉面有傷。像阮郎則另當別論，不是一般的情誼，本來是饋贈，收銀子只是個意思。連錢先生，柯海都沒有應呢！可是不久，就是這幫人裡面，卻有購得申家繡品的。柯海不相信，讓他拿來看。下一日，那人果然帶來了，是一只荷包，面上繡一串紫葡萄，也是圓鼓鼓地突起著，鮮豔可愛。柯海不禁迷惑了，心想這荷包並沒有經他的手，是誰在園子內外私通？但等拿到閔跟前，閔只瞥一眼，便說，是園外面的人仿的。仿得確乎十分精心，到底卻不一樣。葡萄的針法她們都是用套針，就是長短針參差，一批批相嵌疊加，轉折方便自然，顏色也好由淺入深，或者由深入淺，於是顯出果實的圓潤飽滿。這荷包上的葡萄是用接針描的，世人們所謂繡，大凡指的就是接針，花卉鳥獸，只一針接著一針，總能描成。也難為這荷包的繡主有耐心，描得仔細，一層又一層。閔又拿來她繡的葡萄比照了看，柯海才看出那贗品針跡冗繁累贅，多少臃腫，而閔繡的則顏色瑩潤，絲路單純，雖是看著有立面，事實卻細膩平滑，柔美得多。柯海將假貨擲還給那人，卻平添一重擔心。申家的繡活漸得名聲，難免有市井無賴招搖撞騙，壞了繡活的品格還在其次，最怕的是申家的女人受輕薄。柯海與阮郎通了番書信，阮郎與他出主意，起個號，繡在活計上，好比落款。如此這般，倘若有人斗膽將名號一併仿上，等於有意冒假，一旦發現，都可告官。至於起什麼號，就由柯海自己定奪。柯海想這繡閣就設在天香園，直接叫作「天香園繡」，好比「柯海墨」的由來。「天香」二字，一有天工之意，又有一派嫵媚風流。想好了，卻不敢去說，因知道繡閣裡的事都是小綢主張，不會讓他插手。只得從鎮海那裡走，從鎮海到鎮海媳婦，再到小綢。小綢聽這名就知道出自柯海，但並不點穿，錯就錯，全當是鎮海的意思，認了。自此，凡申府上的繡件，必繡上「天香園繡」幾個字，外邊的人想仿也不敢仿了。

就這麼一日過一日，到了冬至。將祖宗牌位從蓮庵移到碧漪堂上，點了百十盞蘿蔔燈，又從地窖搬出夏天收著的冬瓜，同樣掏空鏤刻，做成十二座大燭杯，熊熊燃燒著，氣象十分興盛。雖是華麗糜費，但是祭奠，所以名正言順，並不出大規。

其時，阿昉阿潛，還有那一對雙生分別是六歲、五歲、四歲，規規矩矩磕了頭，申明世與夫人看了很歡喜。尤其是阿潛，生得唇紅齒白，神清氣爽，不像是鎮海的兒子，倒像柯海的。向鎮海一問，知道已經在家中讀書。問是誰教的，回答竟是柯海的媳婦。申明世心中暗說一聲：怪不得！鎮海媳婦是個預顢人，教不出這樣清俊的小子。柯海的媳婦只生了個丫頭，早已與柯海勢不兩立，命中大約無子，將聰明才智用於侄兒阿潛，倒是兩相得宜。碧漪堂前池子上，落了一層薄雪，月色與燭光裡，只見熒熒點點。古人有道是：晴湖不如雨湖，雨湖不如雪湖，雪湖不如月湖。如此，今晚天香園蓮池四景中占了兩景，稱得上良宵。

冬至是大祭，供的是一隻全羊；以下是豬頭；再下是整隻鵝、整條魚——魚是申明世做官時的朋友，從松花江捕捉的一條馬哈魚，冰桶裝著，千里迢迢送來，就有一隻全羊的大小。

因蓮庵是申家的家廟，所以凡家中祭祀，申儒世一家亦過來叩拜。申明世趁此與儒世商議，開春應將蓮庵再擴一擴，如今說是有一座正殿兩翼側殿，其實只是一個套院，僅夠供奉長生牌位，凡大祭日都需移動，終不是長法。海瑞已被吏部參了一本，回家賦閒，新首輔張居正也不喜歡海瑞，對他的申訴一味敷衍。看起來，蘇松滬地方興許會改政，風氣已然輕鬆許多，所以，擴家廟正當其時。申儒世卻勸明世暫緩，張居正不喜歡海瑞，可對江南地方的奢靡風氣，其厭惡只怕有過之無不及。新皇上是個孩子，還不都聽張居正？洪武皇帝創建本朝，向以儉樸為根本，只「正本清源」四個字就可判是非，不如收斂著大家太平。申明世不服氣，說兄長總是謹小慎微，凡事往壞處想，據說張居正自己作派就很豪華，所乘官轎都分內室和客室，那花費不都是咱們的稅銀？擴家廟並不是玩樂上的事，是祭祀祖宗。申儒世回答八個字：爾愛其羊，吾愛其禮。這場商議告一終結，擴建家廟的事暫且擱下了。

江南氣候濕重，身上不覺冷，潮氣卻已浸入，一般人沒什麼，鎮海媳婦就不行了。六月天手腳都是涼的，先生說並非受寒，而是血脈不和，經絡欠通。勿管和不和，通不通，總之，她就是一個「冷」字。園子裡的繡閣上，炭盆裡的火都烤得臉生疼，依然暖不了她，撐到冬至以後，就又躺下了。屋內不敢開窗，又怕中炭毒，最後只得學了北邊人，用棉褥子做成帷簾，將個房間裹成個被窩卷，床上再鋪蓋幾條狗皮褥羊毛氈，滾水沖了銅湯婆子，腳下一個，手上一個。屋子裡黑黑的，白日也得掌燈，只見錦被底下的人，愈來愈小，臉愈來愈白，雖然在說話談笑，卻覺得愈來愈遠和虛緲。人們私下都說，鎮海家的這回病得不祥，傳到小綢耳朵，小綢卻不信邪，心想，我有墨呢！

現在，常坐繡閣裡的人，就只有小綢和閔了。缺席不到的那一個，是這兩個之間的傳話和通事，沒了她，餘下的人都無法交道。兩人默然無語地埋頭各自的活計。小桃和二姨娘已多日沒有過來，忙著各自房裡的事。幸好有丫頭帶了頡之、頏之玩，玩的也是繡活。閔專門為她們支一架花繃，描了花樣，一幅燕子歸巢圖。原本丫頭是隨她母親繡的，現在則是另打頭，兩個妹妹並排坐下首，面對面。三個姑娘全穿了鑲毛領子毛袖口的緞面襖，像昭君出塞的裝束。那丫頭，分明已是個淑女的模樣，她父母都是人裡的龍鳳，俊男倩女。她呢，花裡採蜜，採來的都是花裡的瓊漿。凡看見的人，不由的就想，不曉得誰個人家有福份娶她呢？雙胞胎還小，不過五歲光景，模樣沒長出來，但也綽約有一股嫻靜，穿針引線很是心細手巧。這三人在一處自然要說些話，或者姊姊教導妹妹，或者妹妹央告姊姊，繡閣中這才算有了動靜，不至太沉悶了。可總是難捱！冬季天短，沒幾個時辰日照，這些日子又常是陰霾天，沉暗得很。手裡的針線不是為了活計，倒是打發時間，就像是沙漏，一針一針，一個白晝過去了。每到暮色降臨，繡閣上不掌燈就看不見什麼，掌了燈又好像夜深，只得下樓來。園內亭台樓閣失了顏色，餘下輪廓，倒變得清晰，心裡似也澄明了，略鬆快一些。然而下一日，依然是，甚至更沉重的陰霾天，患病的人亦無起色。

這日，申夫人忽來到園裡，上了繡閣。閔以為是來催那繡帳，趕緊說快了，快了，再有一個月就成！申夫人卻讓她慢慢繡，並不著急，逕直去看那三個小的繡活。走過臨窗一架無人的花繃，略微注目，離開了。那是鎮海媳婦的花繃，繡的是一幅海棠，茜紅的花朵，繡了幾瓣，另幾瓣還是線描的花樣，看起來就有一種凋敝。丫頭在繡一隻燕子，就用齊針，黑是黑，白是白，自有童稚的樸拙。那雙胞胎一人繡一片葉子，也是齊針，繡得很平整。申夫人看得出神，那巢裡的雛燕，張著紅嘴，嗷嗷待哺，嬌憨可人。抬眼環顧，周圍麗人繡羅，想這園子從名字起，就有娟秀氣息，桃林、蓮池，如今又有繡閣，樣樣件件，繁衍生息，漸成巾幗天地。眼睛又一次停在海棠花的繡繃上，曉得那繡主是再難來了，方才想起此行的事由，不禁感到一陣悽然。停了停，讓人將三個孩子領開，從隨身的女人手中取過一段綾羅，梅紅色隱羅紋。閔的娘家幾代織工，做姑娘時見過織物不計其數，看得出這不是一般的綾羅，而是上等嘉湖絲料，花機提線織成，顯見得是宮中用物，大約是老爺做京官時得到又存下的。

申夫人將梅紅綾羅遞到小綢手上，小綢警覺地一收手，綾羅險些兒落地。隨身女人要接，被申夫人撣開手，再將綾羅遞給閔。閔不敢不接，直瞪瞪看著綾羅，那梅紅豔麗得逼人，叫人駭怕。申夫人左右看看這妻妾二人，原本是不共戴天，如此這般，到底坐在了一處，覺著欣慰。但不免又要想起那通好的中間人，眼中就要有淚了。定了定神，申夫人說話了：你們姊妹情誼好，無論替她繡樣什麼，究竟只有二十三、四，裝裹太素淨了，讓人更難受。小綢睜著一雙圓眼，朗聲說：母親在說誰呢！申夫人並不責怪她衝撞，也不接她的話，只按自己的意思往下說：這匹綾子是忒華貴了些，只是想到那孩子性情那麼仁厚，生了兩個兒子，就一心想要好好地發送，別的也顧不上了。小綢還是問：母親說什麼發送不發送的，咱們家不都好好的！申夫人看見大媳婦滿臉慍色，以為「生兩個兒子」的話傷了她，卻也沒心思補救，嘆息一聲，立起來，轉身下樓了。這兩個都忘了起身送行，只坐著，那一匹梅紅無比的搶眼，簡直叫人心驚。

閔的眼淚落下來，「啪」的一聲。小綢卻笑起來：說什麼呀？青天白日，信口胡謅！閔哭著叫了聲「姊姊」，小綢厲聲道：誰是你姊姊！閔再不敢出聲，低頭飲泣。小綢笑道：我才不怕呢！上回不是都說不行了，結果如何？我有墨呢！墨裡的寶，通常人家哪裡曉得，別看他們申家富，造得起園子，娶得起三妻六妾，其實沒多少見識的！上人不過才中個進士，那也還是沒根基。閔害怕了，止住淚看小綢，小綢臉上浮著紅暈，笑得越發厲害：像真的似地開墨廠，那製出來的墨不過是供市井店肆記流水賬罷了！他們見過什麼好墨？好墨裡有真珠、麝香、岑木、雞白、醋石榴皮、水犀角屑、膽礬、皂角、馬鞭草、藤黃、巴豆，只怕他聽都沒聽說過——閔多少聽出來了，小綢並沒有糊塗，她是將一肚子的傷心事都傾在了柯海身上。小綢向閔轉過臉，她從來沒有正眼看過閔，這會兒看了，可閔知道她不是看的自己。你知道嗎——小綢對了閔說，閔也知道這個「你」並不是指她——我娘家那幾個姨娘為了爭墨，都鬧起了訴訟，姨娘們又不讀書不寫字，她們爭什麼墨啊？那豈止是墨，是珍藥！別說一般的病症，都能起死回生！不是我瞎吹吧，上回，生阿潛時，闔家老小都親眼見的，是不是？小綢直對了閔問，閔只有點頭的份。還不快點將那勞什子丟開！小綢去奪閔手裡的綾羅料子，閔抱緊在懷裡不肯鬆手，兩人就撕搶著，一來一去，其實並不是撕搶那料子，那料子有什麼呢？一個笑著，一個哭著，看起來就好像姊姊在欺負妹妹。最後，料子被扯散，淌在地上，一地的梅紅。閔哆嗦著手從地上摟著料子，像是要把地上的水摟起來，摟起來又滑下去，徒勞無益的樣子。小綢袖手看著，看著，看著，不出聲地哭了。

最終，是在梅紅上繡粉色的西施牡丹，一長串小荷包似的花朵，銀色細長的蕊。其實是一味藥，藥名叫作當歸。小綢和閔面對面地繡，每每到更深人靜。下人們也不敢勸她們歇息，只在一旁伺候茶水，打點炭盆。掌起十數盞琉璃燈，將個繡閣照得通明。園子裡的聲息都偃止了，野鴨群夾著鴛鴦回巢睡了，只這繡閣醒著，那窗戶格子，就像是淚眼，盈而不瀉。一長串西施牡丹停在壽衣的前襟，從腳面升到頸項，就在闔棺的一霎，一併吐蕊開花，芬芳瀰漫。

十二、歸去來

鎮海媳婦走後，有兩個人最傷心。一個是小綢，一夕間將眼淚流乾，就不再哭。她不上繡閣去繡活，也不寫字讀書，只呆坐著。凡勸她的，她都聽不見。柯海心中著急，禁不住要去安慰，她看著柯海，好像看著一件奇怪的東西，這眼光就將柯海逼回去了。閔伴在她身邊，一是不敢說什麼，二也是不知怎麼說，就像個木頭人，有她無她一個樣。丫頭牽了阿昉阿潛，身後跟了雙胞胎，一夥孩子站在小綢面前，齊齊地仰臉看她。她低頭看了一圈，專揀出阿潛攬在懷裡。自此，阿潛就不能離她懷。本來是一個人呆坐，現在變成抱了阿潛呆坐。但畢竟阿潛是個活物，不能一味安分不動，總要生出些事來，一會兒要吃喝，一會兒要尿，還要找他母親。於是，小綢不想動也得動，不僅要伺候，更反過來要哄阿潛，人們這才舒一口氣。

小綢與鎮海媳婦有情意，人人知道。小綢不易與人結好，一旦結上，便割頭不換。就像男人間的交情，義膽忠腸。鎮海媳婦這一走，她自然是最傷心。但還有一個傷心欲絕人，卻是出乎意料，那就是鎮海。這一對夫婦，從來平淡，兩人的性情都是端莊持重，彼此間不會親膩，相敬如賓主的那一類夫婦。於是，未曾料到鎮海會如此大慟。他撫棺哀泣，然後親自執紼相送。媳婦娘家人只得嘆息女兒沒有福份。之後，鎮海就如同小綢一樣，向隅而坐，周遭人事全視而不見。人們也像對小綢那樣，牽了阿昉阿潛去喚他，這招對鎮海卻不靈了。他茫茫然看兒子們一眼，不認識似地，又轉回臉去，那兩個小的便怯怯地退回來，再不敢近前了。

這一番動亂中，冬去春來。出得城門，便可看見河畔上一方一方的油菜花，黃亮黃亮，飛著白色的粉蝶。西南處的龍華寺，自嘉靖三十二年，倭寇進犯，摧殘蹂躪，只餘下一片斷垣。歷年來，相繼有十數位高僧，在廢墟上修復重建，雖然不能盡還永樂年鼎盛時期的原貌，但一殿一堂，一台一閣，依稀可見規模輪廓。香火也漸漸興旺起來。這一年，皇上為皇太后賀歲，將藏經頒發給天下各名山名寺，龍華寺方丈達果禪師正在京師學法，聞訊即刻請降恩頒賜，於是，得佛經七百一十八函，又得賜匾額「大興國慈華禪寺」。三月初三，是彌勒菩薩圓寂日，龍華寺便舉行一連三天的大法事。柯海知道鎮海這些年在讀經，將科舉的事都淡了，趁此機會就要拉他去散心。

鎮海的行貌舉止有些嚇著柯海了。雖然沒有任何過激之處，但恰就是這讓人不安。在格外沉寂的外表下面，醞釀著什麼樣的事故，又將如何發作？事實上，柯海自小不怎麼把鎮海放在眼裡，由外及裡，鎮海都是個孱弱的人。不止在柯海，在他們的父母，心中難免也是忽略鎮海的。後來，有了兒子，人們又是更多地歸功於他的媳婦。時日長久，鎮海的喜樂與哀苦無意間變得不足輕重。鎮海家的歿了，柯海曾經去勸慰，開口第一句就是：真沒想到，你和弟媳這般情深！這話多少有些佻㒓，可見出柯海對兄弟的不介意。鎮海搖一下頭，回答：我是情淺之人。就再不說話，柯海倒發怵了，這話聽起來似是有移性的徵兆。之後，柯海再沒有勸過鎮海，卻認真地替他擔憂了。

柯海拉鎮海去龍華寺，鎮海自然不肯，柯海竟請動父母親，一併說服，鎮海只得起身了。兄弟二人換了出門的衣服，出側門到方浜碼頭，上一條船，慢慢划走了。這情景有些類似多年前，申儒世申明世去白鶴村找章師傅的那一日。當然這一對兄弟要比那一對年輕，且不像那一對年齡相隔，但兩人的氣質秉性亦同樣有一種差異，卻是倒過來，弟弟像當年的哥哥申儒世篤實沉著，哥哥則像當年的弟弟申明世，神采飛揚，意氣風發。但這只是表面，事實上，他們的人生都與父輩不同了，離開求科進仕漸行漸遠，各有各的去向。究竟是兩代人了。

船向西走，轉入穿心河，折過頭，行駛一段，便到了肇嘉浜。出了城門，過萬生橋，眼前豁然開朗許多。柯海不免會想起冶遊的光景，隨著阮郎，順流或溯水，兩岸的風光撲面而來，再擦肩而去，不復回返，如同聖人所言：「逝者如斯夫。」可是，畢竟，留下了一些原委，造成事端，比如閔。柯海的無窮煩惱也因此生起。要不是閔，柯海大約一輩子不會懂得一個「愁」字。再有，墨廠，也是從那逝川中所得來，繼而才有了柯海墨。這是柯海，凡事總意在那個「得」字，而鎮海顯然不，他盡是「失」。開花時他想到花謝時；起高樓他想到樓塌了；娶親了，枕邊人能否長相守？如此居安思危，他還是沒想到媳婦會真的一撒手，從此天人兩隔。人們拉著孩子勸他，他想的是孩子長大，不知道會有怎樣的遭際命運，就覺得生他們到世上，簡

直是造孽。是性子孱弱所至，更是冥思的結果。所以，船下的流水倒是合乎他的心境，漸漸的就生出一種平靜

但凡是兄弟，大約總是有一種背反相成，和而不同的情形，一個是陰面，一個是陽面，就好比大塊自然中的小世界。不止是面貌、秉性，還在命運和遭際。在這萬曆元年三月三的出遊中，很快還會生出另一種說法，形容柯海和鎮海之間的情形。此時，船方進入龍華蕩，看得見高聳的龍華塔，百步橋上人和車絡繹不絕。過百步橋，就入了市鎮。寺周邊的街巷幾成市廛，店肆都已開張，酒幡如林，四鄉八野的村民各攜田地作坊生產的果實與器物，沿街設攤，擠擠挨挨，間雜有猴戲雜耍，測字相面，其中，香燭紙紮最為興隆。香客們熙來攘往，有從陸路來，亦有從水路走，岸上是車，岸下是船。龍華寺內香煙升騰，遠望過去猶如一片祥雲。頌經聲的營營中，時會響起鐘磬，清音穿行繚繞，漸趨消散，營營聲又貼地升起。鴨四引柯海鎮海上了岸，擠進人叢，簡直是身不由己，就被一路推著，走去又走來。幾個折返，到底走到寺廟跟前。人潮更加洶湧，力量亦更加強勁，如同江水過閘，「呼」的一下進去了。

龍華寺尚未恢復到永樂年間的規制，但鐘樓、寶塔、韋陀殿、大雄寶殿、羅漢堂、經閣，再有幾處山房與禪房已立起來，形勢相當可觀。此時，灌水似地灌進人來，幾乎要將幾處院落台閣淹起來，到底是人氣更旺。龍華寺自古供奉彌勒佛，法像來自明州奉化布袋和尚，笑口常開，肚腹肥大，是世間佛，所以與人親。隨人潮湧來湧去，柯海鎮海不免覺得無趣，只有鴨四很開心。無論彌勒佛還是韋陀都能讓他找出相像的熟人來，不外是鄰里街坊；四下的人裡面，

又被他尋出幾個菩薩的化身，指給兩個主子看。有他在其間打岔，雖然多少有些冒犯，倒添出幾分興味。

然後走過一處側院，院內是幾間禪房，有一間極狹窄，近似夾牆，勉強擱得下一張榻，壁上卻鑲有一方石屏，刻了幾行字，原是一位法號「拙猊」的和尚，圓寂時留下的一則歌偈：「去得乾淨，莫負山僧忙報信。懸崖撒手踏虛空，那有塵緣些子剩。來得好，來得好，前日是前生。今日是今生。大地一輪紅日曉。和尚們，吃飽飯，休論閒是閒非，卻把光陰錯過了。」柯海讀了一遍，好笑地說：世外人四大皆空，又何須生怕「光陰錯過了」，還是惜生啊！鎮海這時說話了：四大皆空的「空」並非虛空的「空」，反是「有」，因都是「有」，所以才能「撒手」，才是「前日是前生」「今日是今生」，說是惜生也沒錯，其實是悲天憫人，俗話說的苦海慈航，就是這個意思。

這是自喪妻後，鎮海說話最多的一次，柯海愣怔著，鴨四卻插上嘴來：二爺說得極是，前生和今生只隔著一道陰陽界，界河上有座橋，橋上坐一個老婆婆，專給人喝迷魂湯，喝了湯就把前生的事都忘了；三林塘曾經出過一件奇事，一小孩生下地就會說話，聲稱自己本姓劉，天順年中過舉人，果然會背四書五經，原就是錯過了，漏喝迷魂湯！柯海說：那不是沒喝湯，而是妖孽，不是祥兆，趕緊溺死了算！鴨四趕忙搖手：不能溺，不能溺！接著又講了一樁怪事：嘉靖元年東鄉一戶人家，添一小子，頭上有肉角，眼睛生在額頂，如同大爺所說，一下子就溺在了溝裡，結果怎麼著？七月朔風，百年的大樹連根拔起，無數間屋坍塌，瓦片滿天飛，壩破了口子，海水倒灌，幾千頃田地受淹……柯海喝止道：愈說愈過，這些怪力亂神的言語，菩薩跟前說得說不得？鴨四不服，囁嚅一聲：還不是爺們先起的頭！說話間，鎮海已挪步出院落，柯海便跟上，鴨四殿後，一僕二主繼續往前逛去。

出得龍華寺，時間就到午前，集市正達鼎沸之勢。所有的攤販都在吆喝，牛羊也在叫，雜耍的都在翻騰，只見人頭攢動上方，不時有人飛上來，空中打幾個筋斗，再落下。也是像來時那樣，順人流而去，三折兩回，卻擠進一家茶樓，耳根刷地靜下來。這茶樓窗明几淨，案椅一色的柳木，漆黑了，擺得也很寬朗。茶房穿著整齊，青布衫，前襟紮起，袖口挽上，翻出雪白的貼邊布，皂色鞋，白布襪，走路悄沒聲地，引著上了二樓。樓板、扶手、廊柱，一應漆紅，牆刷得粉白。因此，眼睛陡地一亮。茶是明前茶，杯盞是青花，幾色茶點亦很精細：糖棗、松仁、鹵豆干、蜜漬青梅。茶房又問要不要用膳，有麵和湯包。柯海問是葷是素，茶房笑答：雖是在寺廟腳下，但那布袋和尚其實不拘泥規矩，不是有一句話，酒肉穿腸過，佛祖心中留？所以是葷的。鴨四將爺們安頓下來，自去龍華蕩邊找船老大喝酒，就剩了柯海鎮海兩人。

方才寺裡說那一番話後，鎮海又沉寂下來。柯海搜索一遍，也搜索不出話題，又加上走累了，於是便都默著，靜靜地喝茶。心裡逐漸安穩，也不再焦渴，這才覺得肚飢，正好，麵和湯包上來了。柯海便又憶起揚州的湯包，再作一番對比，對比的結果是，維揚湯包個大汁多，更飽滿些，但肉餡中有醬油，味就重了；此地的則清淡些，不是說有上下，而是風範不同。對柯海的評說，鎮海只應著，說的人多少要掃興，可也慣了，知道這是個興味淡泊的人，又在喪妻的境遇裡。吃過麵和湯包，茶房又換上新茶。明前茶總是嫩，二道過後便無味了。換茶的時候，茶房說那邊有個先生，問二位要不要相面。柯海說，他們讀書人並不信這些。茶房走開一會，轉回來，說：先生的意思並不是算命，只是對二位客人作一番說解。茶房又道：俗話說，窮算命，富燒香，一看就是貴人，怎麼敢算命呢！後一句顯見得是茶房自己添的，在這大吉日子裡，極想促成一筆生意。柯海鎮海就不好堅辭，反正鴨四也還沒來，枯坐也是枯坐，答應了。不一時，茶房便引來一個人。

來人著一身皂，原來是個道士。柯海與鎮海憑窗相對坐，他便在向窗的椅上坐下。迎光一看，瞳仁竟是碧色，開口說話則流露北音。問是哪裡來？回說隴坂，柯海戲謔道：遠來的和尚好燒香啊！道士說：並非和尚，是小道一名。柯海就說：釋道一家！說笑一會，道士問：二位客人是兄弟不是？柯海說：你是仙家，何需問，就當一目了然。道士嘆一聲，說：仙道的名聲全是讓些江湖術士糟踐了，簡直就像賣狗皮膏藥的，和欺詐差不多了。柯海不服：難道不是先知先覺嗎？道士又嘆一聲：萬事萬物的命行都是天機，所謂天機不可破，哪個人敢先知先覺？能後知後覺就頂頂了得不過的了。這時，鎮海說話了：師父後知了什麼，又後覺了什麼呢？原來鎮海一直在仔細聽著，柯海倒有些意外，看兄弟一眼，本是淡泊的表情，現在變得凝注起來。道士也看鎮海一眼：方才從窗下無意間仰頭一望，見二位客人，頗覺意趣。何種意趣？鎮海問。此時，柯海成了聽客，由鎮海與道士問答。怎麼說呢？道士面露微笑，說出四個字：相得益彰。柯海與鎮海不由面面相覷：相得益彰？

是的，相得益彰，一正一反，一動一靜，一行一止，一出一進，天生一對！柯海說：師父不還是看出我兩人是兄弟了？道士說：你們兄弟在先，我知道在後。柯海認輸：不與你爭，接著說吧！道士便繼續說：因是同根生，方才能如此相對，說是同根，不僅指同父母，還是同運命，都是好命人，然而一是苦果，一是樂果。柯海禁不住追問：誰是苦果？誰是樂果？道士又笑：這不用問，你們自己知道，小道說過不算命。鎮海也發問了：既是好命，又為何有苦樂之分？道士看著鎮海，答道：這苦不是那苦！鎮海似有所悟，微微點頭。而且苦樂相生——道士又說。鎮海不再問，柯海也覺沒什麼可說的，寂然片刻，柯海取出二十枚嘉錢，鎮海趕緊去攔，生怕褻瀆了仙家，不想道士將嘉錢一擼，得啷啷進了錢袋，說：道行不夠，因此不敢不收錢。謝過後起身離座，下樓去了。待俯窗看，窗下人潮依然，那人在其中，一湧二湧，不見了。

不一會，鴨四也來了，報告說，蕩裡的船擠得了不得，進的進，出的出，屏住了，一鍋粥似的，好不容易靠岸上來找爺們，是不是該回了？於是叫來茶房算茶錢飯錢，又另給二枚小錢，千謝萬謝中出得茶樓。柯海見鎮海怔怔的，曉得還在想道士的話，就說：你也看見了，話裡暗藏機鋒，雖是不落卜卦的俗套，結果還不是一樣要錢，可不能信那個邪。鎮海不說什麼，跟了柯海，在人叢中擠著，往龍華蕩過去。

去龍華寺回來，鎮海似乎好了些，在房中不止是呆坐，間或讀書寫字，偶爾還會下樓到園子裡走走。要是遇到阿昉和阿潛，看他們的眼光亦不嚇人了。摸摸阿昉的頭，再將阿潛抱在懷裡。只是兩個孩子都不怎麼要他，在懷裡只一時便掙著下來，要找伯娘。伯娘就是小綢，這一向，都是伯娘帶他們。將他們領在她的院子裡，同丫頭一併起居玩耍。阿昉已入學讀書，也是在錢府上的家塾，與小叔阿奎一同。兩人相差五歲，讀的書卻是一樣，是阿奎遲笨，也是阿昉聰明，而且懂事。有侄兒在身邊，做叔叔的多少要放尊重，作出長輩的樣子，所以就不那麼淘氣了。只是讀書無論如何上不了心，權且當個消遣。每日叔侄倆相跟著去和來，彼此都有了照應。阿潛其實也到了開蒙的時候，小綢卻不讓。原本她怪鎮海媳婦溺愛，如今她的溺愛更甚。阿潛早就養得極嬌嫩，膚色分外白皙，眉眼像畫上去一般，猛一看，就像是個女孩兒。如今，隨了丫頭寫字描花，性情越發細緻纖巧。小綢的房裡，一年四季熏著花香：春天是蘭，夏日蓮，秋天海棠，冬是臘梅。從此，阿潛就聞不得別的。他從父親懷裡掙出，急急地趕回伯娘的院子，問他怎麼一眨眼就來了，他說爹爹房裡有氣味；問什麼氣味？說是書的味。小綢不覺笑道：那是「書香」！阿潛偏說是「書臭」，其實是舊書中蠹蟲的氣味。打上幾個噴嚏，才將氣味清乾淨，安靜下來。這麼一個繡人兒，怎麼去得塾學？塾學就是個草莽世界，什麼樣的人沒有？單是那氣味就能將阿潛熏死。

不止是嗅覺，大約還是小孩子的慧眼，阿潛最先發覺，他爹爹起了出家的心，只是說不明白。總是說爹爹身上有「木」的氣味，又說是「藥」的氣味。問香還是臭？回說不香也不臭。再問味甜還是味苦？不甜也不苦。究竟是什麼味？回答還是「木」味。等事發之後，人們才想到，那是鎮海在抄《華嚴經》。抄經的紙是特製，以沉香木培種楮樹而作漿，阿潛說的「木」味就是沉香的氣味。

鎮海喪妻的次年春上，這一日，下西楠木樓來，先到三重院內給父母親磕了頭，再到嫂子處託了阿昉阿潛，最後上了西楠木樓見哥哥柯海。柯海察覺這一段鎮海神色異常，上下又有許多傳言，並不意外，只是心中黯然，明知不能挽回還是問一句：非如此不可了嗎？鎮海不回答，伏下身去也要磕頭，被柯海拉住。忽憶起自小二人手牽手地玩耍、讀書，每一回的淘氣，都是他起事，弟弟隨從，因不如他伶俐乖巧，反代他受過，錯受許多責備。繼而又想到兄弟的憨實忠良，偏偏命運多舛，寒窗苦讀不得功名，心不生二，卻不能從一而終。要說種瓜得瓜，種豆得豆，在這兄弟身上卻不靈驗，怨不得他要避世。雖然並不遠遁，父母親只允他在蓮庵守志，但總歸是世外與世內，這才叫咫尺天涯！柯海不由落下淚來，說道：咱們家是怎麼了？一會兒死人，一會兒去做和尚，還過不過日子了！鎮海悽然之外又覺好笑，想這才是哥哥說的話，就好像興頭上被人澆了冷水，老大地不高興。柯海拭了把淚，說：都怪三月三去龍華寺，遇見那個不知哪裡冶遊來的，僧不僧，道不道；仙不仙，俗不俗，引得人移了性情。鎮海說：全不是一事一人的緣故，其實我生來與哥哥是兩種人；哥哥做什麼都得心應手，我卻不能，只一個人諸事不管，方才自在。柯海悶聲說：這樣說來，你都不該娶親生子，如今身為人父能諸事不管嗎？鎮海低頭道：豈止不該娶親生子？我都是不該出生的人，留下一堆累贅，只有靠哥哥去收拾，也是成全我。這一回，是鎮海眼裡有了淚光，柯海反倒不忍了，揮手道：罷了罷了，你只管念經吃素去！總算生了兩個兒子，為申家續了香火，我雖是個俗透的人，卻無子，倒是大不孝。鎮海說：哥哥又不是年邁的人，說這話忒早了吧！柯海苦笑：那還不是定式？你嫂嫂已和我絕斷，不瞞你說，閔如今也不大理我，她們姊妹成一黨了。看柯海苦惱，鎮海又要發笑，心想各人都有世事糾纏，哥哥的糾纏，便是閨閣中事，這也才是哥哥！

鎮海要進庵修行，申明世擴建蓮庵勢在必行。鎮海試圖勸止：修行在心，不在廟大廟小。申明世便冷笑：既在心性，又何必入庵？在家做居士不也可成正果！鎮海回說：道行不夠，心不靜，才必要進庵堂。申明世又冷笑：我知你是小隱隱於野，中隱隱於市，大隱隱於朝的意思，你即是小隱，就必得給你修個「野」！鎮海知道父親氣自己遁世，無所安慰，也幸好有奢華的喜好，權當給個由頭興一番土木，家廟寒素原又是父親長久的心病。就這樣，轉眼間，天香園裡又堆起條石木材磚瓦，進來工匠。沉寂幾年，這時候又有了大動靜。

蓮庵的格局因地制宜不能鋪陳太廣，新建一進天王殿，一進觀音堂，一進讀經閣，閣後種一片柳林。這一殿、一堂、一閣、一林，是在舊庵正殿的位置再拓深，原先的兩翼側殿便作了禪房。那條白蓮涇本是從側殿邊流過，如今卻是在柳林下繞個彎，圈起個半島，那蓮庵彷彿從天香園東北伸出一隅，兩下裡若即若離，可分可合。那瘋和尚還在，因吃好住好，倒不那麼瘋，愈來愈成個常人。燒香點燈之餘，就在白蓮涇邊栽花種草，到了春夏，姹紫嫣紅開成一片。新庵子初有規制，申明世囑柯海過去看了，竟覺得是個人間仙境，鎮海出家帶來的淒涼哀戚一掃而空，想出家人自有一番生趣。來回左右走了幾遍，柯海終看出還有一樁建設未有計畫，那就是缺一尊好佛像。回來與父親說了，申明世讓柯海自去籌措，於是就找阮郎討主意。

其時，阮郎在上海收鹽。嘉定龔家有士子要入春闈，因與阮郎有世交，便商量以舊園為抵押，借一筆盤纏。阮郎說，若能中舉，園子還你，錢也不要了！不知是不是受激勵的緣故，龔秀才真中了，阮郎也不食言，將園子還了龔家。就此，人們都稱這園子「還你園」，蓋過原先的名字，正鬧得轟轟烈烈。阮郎聽柯海說家廟中少一尊佛，思忖道：金鑲玉的佛太奢，不合菩薩的本意；木胎泥塑呢，又過簾了，與府上的家道，園子的風尚不符，我倒是想——柯海催他快說，阮郎讓他莫急，慢慢說道：浙江青田，山上產出一種石，名凍石，顧名思義，就是凝脂的意思，品貌可以想見；那地方又都善刻石，倘用凍石刻一尊佛，不需太大，亦不能過小，六七尺，與常人同比的一尊，謙遜虔敬，即有玉之德，又有石之質，不是皆大歡喜？柯海一聽，來不及問價，只是緊著要知道，如何才能得來。阮郎笑道：海兄弟總是急性子！柯海一勁地催，阮郎就說：俗話百聞不如一見，還是要到實地察考一番再作定議。於是，三天之後，柯海隨阮郎又一次出遊去了。

十二、新納

自鎮海媳婦去世，小綢第一次來到繡閣。滿窗綠色，臨水的屋簷下，新築了一個燕巢。三寸長的樹枝，一根根地壘起，用泥糊住，都是一口口用嘴銜來的。又精巧又結實，簡直是化功神造。上一年，和鎮海媳婦一同說話，不就是說這個來著？竟然好像隔一世了。巢沿上探出兩隻乳燕的小腦袋，顯然得著了音訊，果然不一時，兩隻成年的燕子就飛來了，嘴對嘴地餵蟲子吃。呢喃一陣，大燕子再飛出去，乳燕也縮回腦袋，安靜下來，好一片祥和！池裡新栽的藕節，發出了嫩葉，一片覆一片，隔水可見桃林，開了花，如同紅雲漂浮。園子裡欣欣向榮，萬物勃發，可是鎮海媳婦她在哪裡呢？閣裡面，鎮海媳婦的花繃已經收起，重新排了疏密，就好像從來也沒有過這一架花繃，可又好像處處都是那一架！上面是未繡完的海棠花，一半開，一半謝。小綢的眼睛走到哪裡，哪裡就是一個空，針裡缺了那一枚，線裡少了那一綹，燈暗了一盞，影滅了一幢。

閔伏在繡活上，不敢抬頭正眼看，餘光裡是姊姊呆坐的身子。曉得姊姊舊的傷心沒過去，新的又來了。本來，她們三人一處，日日在這閣上繡活說話，閔和姊姊混得沒了芥蒂。如今，鎮海媳婦走了，她們的芥蒂就又回來了。事實上，這兩人還沒有正經說過話呢！都是鎮海媳婦兩頭傳。不錯，她和姊姊是一同替鎮海媳婦繡的壽衣，可那不還是鎮海媳婦？是鎮海媳婦的壽衣，棺槨闔上，就再也沒了。她們又是各在一邊，姊姊是姊姊，閔是閔。閔自知不能和鎮海媳婦比，配不上和姊姊好，中間又有了柯海橫著，是邁不過去的檻。可要是閔不能和姊姊好，那麼就更沒人與姊姊作伴，姊姊就孤零零一個人了。因此，閔對小綢，又是怕又是可憐。

兩個人分坐兩端，各自傷心，忽然聽見一陣雜遝的腳步，不由一驚。樓梯口已上來人，隔著珠簾看，彷彿穿一身短打，纏包頭。服侍的女人趕緊攔住，問他做什麼？那人說話莽撞，嗓音還帶著些乳腔，分明是個孩子。言語往來幾句，被逐下樓去，方才沉寂的氣氛倒活動起來。原來是庵堂工地上的雜役，看見這邊有個樓，心生好奇，過來張一眼。女人們怪督工的不管好自己的人，前幾日還有人捉池子裡的鴛鴦，以為是麻鴨，要燉來吃，幸虧被鴨四看見奪下了。小綢嘆口氣道：不怪人家沒規矩，本就是個自由世界，不論怎樣的事由，最終都是熱火朝天，趕集似的！一個人要出家，一宅子都動起來，起廟的起廟，請佛的請佛。女人們笑道：這是福氣，難得的好興致。然後又勸說：這樣好的天氣，大奶奶不如下樓去園子裡逛逛，庵裡那個瘋和尚種了一畦花，蜂蝶亂舞，王母娘娘的百花園大約也不過如此。小綢搖頭道：罷了，一個人有什麼可逛的！「一個人」的說法明擺是不將閔算作一起的。女人們曉得大奶奶還是放不下二奶奶，又想勸又怕勸得太過反而更傷心，不敢再說什麼，退到珠簾外去了。小綢無心拿針線，兀自坐著出神。簷下的燕子巢聒噪起來，大燕子又飛回了，立在巢沿上，尾翼東一剪，西一剪。小綢心裡則是一陣明，一陣暗。方才女人們說到王母娘娘的百花園，她便想：鎮海媳婦已經在王母娘娘那裡登了仙籍；緊接著又一想：鎮海媳婦入仙籍與我何干？我與她總歸是天人兩隔。可是，三生石的故事卻湧上心間，或有一天，再度聚首也說不定的！這樣，小綢就努力去想，她們平日裡說話有沒有相約一類的，似乎沒有，又似乎有！彼此交換乳名這一節算得算不得？可是自己的乳名事先已經說給柯海知道了，這個密約就破了。再則，曾有一次戲言道，用阿潛換丫頭這一句又算得算不得？如今，阿潛是交給了小綢，可丫頭呢？要丫頭的人卻自顧自走了，分明是爽約！望著簷下的燕巢，這大塊自然神來之筆，小綢黯然神傷：女媧可補天，誰來補我心裡的這塊缺呢？

小綢一味沉浸在傷逝的痛惜中，不可自拔，冷不防聽見有人說話。回頭一看，說話的人竟是閔。閔低著頭，眼睛看著花繃上的繡面，就好像對了繡活說話。閔說：我恨不能替二姊姊死，讓二姊姊和姊姊作伴，可我又替不了，只好眼睜睜看姊姊難過。小綢發怒了：這是什麼話？難道我如此歹毒，盼著你死！你死了能救活她嗎？人各有命，誰替得了誰！閔被罵得不能出聲，只是流淚。小綢還是不饒她，接著說：我難過我的，干你什麼事？我們妯娌之間好和不好，有旁邊人什麼事？你倒說說看！閔低頭流淚，小綢不放過，追著問：你說呀！閔實在被逼急了，抬頭說：我知道姊姊恨我，我可說一句實話，我與大爺已經沒什麼干係，天地知道，信不信隨姊姊！小綢聽了這話，禁不住又羞又惱，氣急之下，反笑起來：你和大爺的干係，是要對我說的嗎？我倒要告訴你一句，我與那人是沒有干係的，也不會因此恨你，我平白恨你做什麼？我與你又有什麼干係？別以為幾件繡活就可以籠絡我，那還不是看我弟媳的面子？提到故去的人，小綢戛然語止，閔的淚也不流了。一隻蜜蜂飛進窗裡，嗡嗡營營，在花繃上站下，又飛起，再站下，以為那是真花。盤旋一陣，又飛出去，閣裡再無一點聲音。兩人憂愁地想：以後的日子怎麼過呀？

事實上，這一場當鑼面鼓的對嘴，倒是破了一個戒，兩人不搭腔的戒。現在她們可以說話了，雖然小綢沒什麼好聲氣，閔的臉也是繃著，可那也是說話呀！不說又怎麼辦？傳話的人沒有了。愈來愈多的蜂飛進閣裡，女人們說都是從瘋和尚種的花畦那邊飛來的。也不敢驅趕，聽憑牠們在花繃上打旋，尾刺掃起一股子小風，帶著太陽光的金絲銀絲，晃得人目眩。小綢將繡花針一撂，說一聲「走」！起身下樓，閔跟著，一前一後出了閣。沿池子走一段，再上甬道，就看得見「蓮庵」兩個字的匾額了。新殿堂已經造起，還未上漆，就是原木的新鮮的黃白，日頭底下十分醒目。領路的女人引她們繞院牆而行，好避過做活的工匠雜役，從院牆外折上一條泥路小徑。

小徑在柳林裡穿行，路面曬軟了，腳底心暖暖的。透過婆娑柳絲，一邊是新木的樓閣，一邊是亮閃閃的白蓮涇。走出柳林，一片爛漫撲面過來。碗口大的紅花，開在白和粉的小花之中；喇叭筒狀的紫色花突兀而立，底下是無數倒掛的小金鐘；複瓣的黃花，一層層疊壘著，四周是細長蕊的藍花；無色透明薄如蟬翼的黛色花，映著絨球般翠綠的蕾。花和花之間是各樣的草，鋸齒的、裂瓣的、鑲邊的、掛絮的、雙色的、嵌拼的、捲曲的、垂懸的……走過去，忽然騰空而起一幅錦緞，原來是採花的蝶，覆在花叢，錦緞揭開，花與草的顏色更深一成，形制輪廓也鮮明凸起。小綢和閔都屏住了氣，幾乎忘記天上還是人間。這一片花田，向河畔漫去，漫去，與白蘆葦接住，於是，那婆娑娑的葦葉，便為這圃仙苑劃了一道界。太陽從白蓮涇上射過來，金光熠熠中，只見一個人揮著長柄的水舀，奮力一揚，撒開一幅水簾，晶亮的水粒子布在空中，再落下。就知道是那瘋和尚。天地間全讓顏色和光線填滿了，還有一種無聲的聲音，充盈於光和色之中。辨不出是怎樣的靜與響，就覺得光和色都在顫動，人則不禁微悸，輕輕打著顫。有濕漉沁涼的齏粉撒了一頭一身，天地全都搖曳一下。瘋和尚的水舀子正向她們近來，背著亮，只看得見和尚長大的身形，攔了一片蔭涼，四周暗一暗，從她們身邊過去了。

小綢和閔都不敢走動，怕驚醒了什麼似的。蝶群又回來了，還有落在她們衣裙的繡花上的。蜂也來了，嗡嗡地從耳邊一陣陣掠過，那天地裡的響就是牠們攪的，就知道有多少野物在飛舞。腳下的地彷彿也在動，又是什麼活物在拱，拱，拱出土，長成不知什麼樣的東西。這些光色動止全鋪排開來，織成類似氤氳的虛靜，人處在其中有一種茫然和悵然，不知何時何地，又是何人。要說是會駭怕的，可卻又長了膽子，無所畏懼。小綢和閔漸漸地移步走入花蹊，有一些極細的刺扎著手，勾起衣裙上的絲，緊接著，又被花和葉撫平了。那些蕊，長短不一，將無數的粉蜜點在身上臉上。一種盤旋的莖纏在髮間的簪上，扯也扯不開，倒把簪子搖落了。往裡去，花叢愈密，幾乎無從插足，站立不穩，蜂蝶又擾著視線，真是迷亂。兩人只得攏起手，一步一步地掙著走。花事何等繁榮！縱深處各樣的花擠成一團，嘁嘁喳喳，說著花語。一球球的花，錘子似地敲打著她們的臂和肩，似乎是著惱了，因為攪擾了它們暗藏的心事。閔說：姊姊，出去吧！小綢也惱了，執意再向前走，可到底是人家的世界，擠也擠不進去，只得退回了。那和尚卻自有路徑，信步在花畦裡行走，左右揮動水舀子，嘴張闔著，彷彿在唱，唱什麼呢？被那天籟的靜聲吞沒了，所以聽不見。轉眼看見她們，低頭拾起什麼，一左一右朝她們扔過來。兩件東西在空中打著旋，落在跟前，竟然是兩隻草編的僧履。小綢罵一聲「瘋和尚」，閔也跟著罵一聲「瘋和尚」。出了氣，這才轉身回去，誰都沒覺得，兩人的手還攥在一起。

花事向晚的時節，柯海回來了，隨船載回一尊石佛。正如阮郎所說，青田湅石質地如玉。青田人又善刻，法像十分端麗。形狀略比常人長大一些，盤坐蓮花之上，作施無畏手勢。看上去，並非一味的莊嚴，而是可親。其時，殿閣漆工已完畢，大功告成，是一座玲瓏的廟庵，天香園裡再添一景。只是柯海吃了苦，要看石頭，又要監工，再是來回趕路，車馬勞頓。到底年過三十，步入中年，不再是年輕時候的精神力氣，所以回來就病了一場，煎湯熬藥十數日，方才恢復起來。這十數日柯海是養息在他娘這裡，因閔那裡有雙胞胎女兒牽扯著，不能全心全意照料，索性就在三重閣下二重院左翼，獨闢了幾間房，讓柯海住著，申夫人親自監督醫藥湯水，專去買了個小丫頭伺候著。小丫頭名叫落蘇，原來是母親在茄子地裡做活時落地的，就叫了這名，因本地話茄子也叫落蘇。

落蘇不是個機靈人，不曉得吃了申夫人多少責打，方才一點一點學會如何服侍病人。一旦學會了，就再忘不了，等柯海病好了，還當個病人一樣服侍，讓人氣極之後反好笑起來。柯海在母親這裡，一住就是兩月，清靜不說，還茶水周到。更要緊的是，有人陪伴說話。母親自是不必說了，那個落蘇談吐行事亦十分可樂。年少時，與小綢鬧彆扭，被鎖在院子外邊，柯海就是投奔母親來的，這時，無意間又住過來，方才發現自己已受閔冷落很久。閔當然不敢像小綢那麼對他，可卻另有一種拒絕的辦法，不知不覺地，與他疏遠成陌路人。

落蘇生得頗像過年時坊間捏的泥人，粗疏中有一股開朗，憨態可掬，無論身子還是性子，都很皮實，經得起磨折。柯海一是趁著生病，可以任性，二也是落蘇是這樣的人，所以徹底怠惰下來。也才發現，多年來，自己都是提著精神過的，小綢，甚而至於閔，都是絹做的人物，簡直是如履薄冰。這會兒，就幾乎有些耍賴似的，本來可以自己做的事，也要差遣落蘇；本來不至於發火動氣的差池，非要呵斥一通才出得氣。有一回，喊落蘇倒茶，因叫得急，落蘇將一盅滾水翻在自己手上，柯海張口就要罵她笨，卻見這丫頭捧著手，原地跳了幾個高，樣子十分滑稽，不由笑起來。笑過之後想到，落蘇是個人，也是知痛癢的，方才感到不忍。柯海本性不會欺負人，對落蘇的殘忍裡多少有著玩笑的意思，漸漸地，就收斂起來。偶爾地，也與她正經對答幾句，知道她家與小桃一樣，是菜農，不過要更遠些，在浦東地方，也不如小桃家富庶。因兒女多，總共有九個，地又薄瘠，多是沙土，度日相當艱難。落蘇在姊妹兄弟裡排正中，她由四姊揹大，然後又由她揹六弟，她家孩子都是這麼一個負一個地長大。而背負弟妹只是人生第一件勞役，接著就要燒水做飯，到田地摘菜點豆——說到此，落蘇不無得意地說道，什麼時候讓她回家看父母，她定帶幾個好瓜給大爺嚐，沙地最適宜種瓜，今年又少雨，準保甜得像蜜！柯海忽就生出一個念頭，納娶落蘇作妾。其實呢，申夫人為兒子買下落蘇，心裡也存著這個意思。柯海說是有一妻一妾，可家室一直沒有和諧過，先是妻妾不共戴天，後是妻妾串連一氣不理他，到如今是孤家寡人。無論是柯海，還是申夫人，都是將落蘇當個貼身丫頭。柯海已不是少年，兒女情長事輕，要緊的是該有個倒茶送水的人。再有，柯海難道真的命中無子？落蘇看上去卻是個能生養的人。

柯海要收落蘇作房裡人，很快傳開，小綢和閔自然聽說了。小綢是沒什麼，所有的恩愛情仇在納閔的日子裡就已經塵埃落定，偶爾想起當時直恨得咬牙，還覺得挺可笑，自己對自己說：何苦呢？一筆一劃寫下的璇璣圖也不知塞到哪裡去，大約是冬天裡點了生炭爐子了。閔呢，很奇怪的，興奮著。有人當著她揶揄落蘇的形貌舉止，她抬起頭，對著說話人的眼睛：他娶他的，干我們何事！「我們」兩個字自然是指她和姊姊。這一回，小綢並沒有反駁，只作聽不見。說話人討了個沒趣，退走了。小綢方才轉臉對閔斥道：哪裡來這麼多廢話！男人討姨娘，輪得上另一個姨娘說話？閔就回嘴：所以我說不干我們的事！小綢冷笑：什麼時候嘴硬起來了，以前可不敢！閔吐一吐舌頭，笑了。自打進申家的門，閔從未露過這樣俏皮的面容，小綢只好說：這姨娘瘋了！閔收起笑容，正色道：我想讓姊姊知道我的心。小綢強笑道：我要知道你的心做什麼？閔的臉色更加嚴整：這個家裡，什麼人閔都不在乎，只在乎姊姊！小綢笑不出來了：我又何需你在乎不在乎的。閔說：二姊姊走了，姊姊沒了伴，我知道我連二姊姊的一小點兒都比不上，可我也想和姊姊作伴呢！小綢不想閔看見自己的眼淚，硬著臉說一聲：你又提她！站起身，撂下繡花針，下樓去了。

走在園子裡，小綢忽然想起許多年前擺店肆作買賣的情景，柯海賣布，她賣藥，鎮海賣書——鎮海媳婦還沒過門，在南翔泰康橋的娘家，替她娘剪桑葉呢！那一日，老太太也來逛，在她藥鋪裡抓了一服藥。如今，老太太走了，卻來了丫頭、雙生子、阿昉、阿潛一串，鎮海媳婦是來了又走了。許多人影在小綢眼前往互交替，將個園子擠得熙熙攘攘，轉眼間，那些人又沒了，原來十來個春秋過去了。不知不覺，眼裡的淚乾了，心裡一片空明。聽見有人喊大嫂，抬頭左右四顧，看不見人。那人又喊一聲，聲音從池面上來，循聲過去，看見了，是妹妹。懷裡坐著個小子，乘在一艘小船裡，鴨四划著槳，穿行於荷葉蓮蓬中，時顯時隱。小綢不由恍惚起來，似乎身處虛實之間。又忽然肩上被人拍一下，原來妹妹上岸了，一手牽小子，另一手拉著嫂嫂，去蓮庵看石佛了。

立秋之後，落蘇就收房了。給她爹媽一些銀兩，再替她做幾身衣服，打幾副釵鐶，梳了頭。柯海將息的幾間屋，原就是一個偏院，這時候也不另收拾了，新換了帳幔被褥，安頓下來。從此，柯海飲食起居，一應事務都由落蘇照料。許多東西是她沒經過和看過的，但她自有一股鄉下人的耿勁，螞蟻啃骨頭一般啃下來。中間不知出過多少又氣又笑的事故，倒也添一番樂趣。柯海對落蘇，頗有些類似當年申明世對蕎麥，兩人都是鄉間野地裡無拘束地長成，屬《詩》裡面「國風」一派的。落蘇不如蕎麥嬌媚，更要憨實幾分，多少有些呆愣，可伶俐又如何？小綢與閔都稱得上人裡的尖子，柯海對付得身心俱疲，到頭來連個閒話的人都沒有。對落蘇，卻是想怎麼就怎麼的。何況，落蘇也並非一味的呆愣，那就叫蠢了。方才不是說她耿嗎？耿出來的一點心機，也頗為可歎。

比如落蘇不識字，阮郎來訪，未遇，落蘇怕記不住客人姓什麼，就在紙上畫一個扁圓，過後卻又忘了當初的用意。待柯海回家問起，她看了就說「蛋」，難道是「蛋」先生不成？正急出一頭汗，柯海自己猜到了，原來是「卵」，阮先生！柯海思量著教她認字，笨人用笨辦法，每個字寫一行。似乎並不怎麼奏效，落蘇依然寫過即忘。有一日，柯海撞見落蘇寫字，方才明白端倪。原來落蘇寫字好比農人作稼穡，今日耪地，明日挖坑，後日下種。她先寫一行撇，再寫一行橫，後是一行豎，就出來一行「千字文」的「千」。柯海只得作罷，徹底斷了教她的念想，卻又見她在紙上寫下一些自創的文字——一個圓，是日頭的意思；一個半圓，則為月亮；一堆墨點，圍在圈裡，是米；水是橫下來的「川」字；最為形象，並且接近倉頡造字本意的是「雨」字，落蘇是畫一扇窗，每一格窗櫺裡一點。所以，柯海就不能說落蘇不識字了。

柯海納了落蘇，日子逐漸安樂，人也見胖了。一日秋雨過後，到園子裡去。池水漲得滿滿的，蓮藕豐腴，有小魚兒在其間穿梭。岸邊的柳絲綴著雨珠子，風一吹，叮呤噹啷落了一頭一身。柯海一時興起，拾了根柳枝撥開水面，於是波紋蕩漾，如同炸了鍋似的，魚兒四處亂竄，激起無數小漩渦。正怡然自得，忽抬頭看見，池對岸石頭上，一坐一立有兩個人，一起看他，是小綢和閔。水波投在她們臉上身上，顯得影影綽綽，好比水中月，鏡中花。柯海怔忡著，移不開眼睛。那兩人並不說話，只是笑，像是得意，又像是譏誚。總之，使柯海覺到了慚愧。兩岸相望一陣，到底還是柯海撐不住，直起身子，撂下柳枝，拔腿跑了，身後傳來碎銀子般的笑聲。柯海心裡說：我怕你們還不行嗎？一路跑出園子，過方浜，進了宅子。屋內，落蘇伏在案上，又造了一個字。一個圈，圈裡正經是個字：「子」，是柯海把著手教會的，其實就是個「囝」。柯海明白，落蘇有孕了。

下一年的夏四月，柯海得一子，取名「暁」。因落地那一時日再旦，所以就用一個「日」旁，又是在阿昉的「昉」字後面加個「也」，意即阿昉雖是年最長，阿暁卻是長房之子，也是長。「暁」的字意則是繼「昉」曙光初起之後，日徐行移，就有一層西斜的情景，暗指柯海中年得子。從取名的面面俱到，就可見出舉家上下多麼欣喜。自鎮海媳婦去世，鎮海出家，多少是有些消沉了。雖然造廟請佛，幾番復興，終也抵不上添人丁讓人振作。依著申家人本性，是要大慶大賀，但申明世說了，不可太過彰顯，不就是個孩子，還是庶出，有多少大功德？其實是怕折了小東西的命，於是，便壓抑著。滿月時，只略請幾位不可少的親戚，吃了一場酒。

來赴滿月酒的親戚，多是外家的人，外公外婆，姨姨舅舅。少不了要看孩子，一溜人中間，數丫頭最出挑，人人驚歎。丫頭這年十三歲，已是亭亭玉立，不僅會書畫，還繡了一手好活計。回去不幾日，就有申家的知交上門做媒聘，所說的那一家正是南翔泰康橋計家，殷實自不必說，風氣又十分端正，那孩子是阿昉阿潛舅家的兒子，比丫頭長兩歲，已入泮讀書。小綢一旦聽說，即刻想起鎮海媳婦用阿潛換丫頭的戲言，竟是一語成讖，不由悲喜交集。她遣人與柯海帶話：不論他應不應，反正她這邊是應了！這是自柯海納閔之後十多年，小綢傳過去的第一句話。柯海回話道：你應了，我有什麼不應的？小綢再無回話。

十四、擴建

萬曆五年，上海造園子再興起高潮。到處圈地、鑿池、疊山壘石，平地而起多少樓台亭閣，仙林玉苑，卻都抵不上一處舊翻新，那就是彭家擴建愉園。

在四川任布政使的彭家長子告病辭官回鄉。這一年，老父母都年過八旬，做兒女的實不能遠遊在外，當養親盡孝了。在這之前，大學士張居正父喪，本應停職回原籍丁憂，可是萬曆爺年輕，方才登基幾年，又向來依賴張居正，就不允准，留他在職居喪，其中有一半還是皇太后的懿旨。就這樣，翰林院都不高興，參奏違反倫常，念戀祿位，事情鬧得挺大。其實，朝上朝下全知道，翰林院與張居正有夙怨，因他左右皇上，權柄在握，不過是藉忠孝之名清黨，從中可見出官僚間的傾軋劇烈。所以，彭家長子告辭還是權宜之計。

彭家的園子最初是與申家同時造的，占地並不大，以石取勝。三年後，彭家長子中進士，去刑部做官，彭老太爺還鄉，對園子小修過一回，擴了二十畝地，築一排山巒，起一座樓閣，此後十餘年裡便沒什麼作為。好比逆水行舟，不進則退，難免頹圮下來。此時，趁彭大老爺歸隱，又擴出數十畝，鑿池十餘處，疊山，築閣，起樓，植奇花異草，刻楹聯匾額，不勝其數，一舉追上申家的天香園，為園中第一。但也有人說，彭家愉園雖然繁華富貴，但不如天香園有出品：水蜜桃、天香記桃醬、柯海墨、還有天香園繡，到底是多年經營，逐漸養成品性，絕非一蹴而就可得。所以，究竟誰為第一，也還得看愉園今後的積累。然而，愉園土木的規模確是十分壯觀，十數頃畝地盤，東西南北中，一併沖天而起來，幾同海市蜃樓。

不過是上年秋季動工，春日便在園內宴了賓客。方一走入，好比陷了迷宮陣，只見眼前樓閣連綿，碧水環繞，層巒疊嶂，四面八方撲面而來，不知該何去何從。然而，腳下卻有路徑，山不轉水轉似的，不由自主沿了走去。過門楹，向西，折北，上崗，復又下崗，順廊去，復又廊盡；然後自北向南，度無數長短橋，高低路，竹林，葡萄架，紫藤園，自然而然，路徑向東延去；穿巨石洞，遇大土庵，穿奇峰陣，正不知天南地北，眼前忽然軒闊敞朗，呈現廣庭一片。原來，方才所經各景，其實全圍廣庭所設。此時，立於庭中央，此情此景，銜銜相接，徐徐迴旋，最終收於一身。稍息片刻，再上返途，分明是從原路而入，卻不料愈離愈遠，景色迥異，完全另開一路。閣不是那閣，崗不是那崗，水不是那水，花卉樹石不是那花卉樹石。這才知道，園中格式是為八卦圖。

終於出得八卦陣，到出園口，巋然而立一座樓宇，雕刻鏤空，鑲嵌鍍錙，高有三丈，寬有五楹，每楹一題，順序為——有親可事；有子可教；有田可耕；有山可樵；有澤可漁。眾人情不自禁都笑，如此瑰麗的漁樵生涯，絕非漁人樵夫能擔得了！看起來是退官歸隱，可誰知道呢？說不定還是伺機待發。總是太張揚，缺一點平常心，不是隱退的真意。喊喊喳喳各抒已見，出得愉園，各向各處去了。

申明世與柯海看了園子回來，父子倆議論：彭家兒子到底做官久了，修的園子自然就有了官氣，無限的排場——天上人間，君臣父子，儒釋道，風雅頌，面面俱到，氣勢凌然，讓人覺得屈抑得很。申明世又說：園子本意是為怡人性情，山水不過取個意境，要來真的也來不了，何苦殫精竭慮，費時耗力，倒是糟踐人財，暴殄天物。柯海也說：可不是，造園子就是個「仿」字，仿天地自然，仿人物精華，做得再刻意，也就是個盆景，至多是大盆景，難得的是有趣味。父子倆唱和著，或多或少是不服氣。因這新園子顯見得是壯觀，雖然是忒端著了，但並不乏理趣。總而言之，彭家擴建舊園頗掀起了波瀾，許多剛造好，或正在造的園子，不免都有些沮喪。亦有正著手準備動工的業主，推翻了原先的規畫圖樣，重新來起。之後的數年內，城內外又生出多少別緻的園子：後樂園、秀甲園、省園、古倪園、涿錦園、檀園、橫雲山莊、南園、北園、東園、西園，等等，等等。原本就繁華似錦，如今則錦上添花。與此同時，街市也日益興隆，原先東西兩側兩條南北幹道，一條三牌樓街與一條四牌樓街之間，逐次開出新衙街、康衢巷、新路巷、薛巷、梅家巷、觀瀾巷、宋家灣、馬家巷、卜家巷，十條街巷。街巷與街巷之間，增設十五坊：長生橋北永安坊、泳飛橋北聯桂坊、第一橋東登津坊、縣署南阜民坊、縣署東宣化坊、縣署北崇禮坊、縣署西澤民坊……於是，道與街，街與巷，巷與坊，織成了網。網眼裡，不知不覺之間，生長出短里長里，高屋矮屋，連起來，這張網便愈來愈細密。

哪怕是最小的那個結子，走進去，頓時都像是開了鍋，店鋪門臉挨門臉，招牌擠招牌，船帆遮船帆。大吆喝，小吆喝，騾嘶馬叫，車輪轆轆，腳步沓沓，槳櫓的打水聲，船幫的互撞聲，打鐵聲，淬火聲，裂竹聲，鋸木聲，還有撥弦吹管唱曲——上海的清雅就是雜在這俗世裡面，沸反盈天的。老莊也好，魏晉也罷，到此全作了話本傳奇。

阿暆會說話了，因母親落蘇的緣故，說的多是村話，做的玩耍遊戲也是村俗。比如拔了母親的簪子在父親的印泥裡「榜地」，手指頭揿著書上的字，揿一字說一聲：捉白虱！再有，就是在嘴裡念叨著浦東地方的鄉音「潮到泖，出閣老」！他父親自然是沒聽說過的，問落蘇，落蘇說，凡海潮漲起，湧入三泖河，本地必定要出狀元公，百試不爽，不相信，等著看。柯海想與她說，即便「潮到泖，出閣老」，閣老也不是狀元公，而是內閣首輔。可平素裡凡事落蘇都沒什麼見地，所以也不固執，此時卻是十分堅定的表情，誰都不得有異議，柯海又覺驚異又覺好笑，便止言了。人到中年，不像年輕時喜歡新奇，而是戀起平常的居家生活。落蘇和阿暆，這一妾一子，在他跟前，時不時鬧出笑話來，令他想到彭家愉園樓閣上五楹中的前二楹，倒是與他對路：有親可事，有子可教。他也不嫌他們村氣，倒是這村氣，才使他輕鬆，與他們混得來。如今，丫頭自不必說了，是個待嫁的小姐，就是頡之、頏之，都長得花骨朵兒似的，也已經是淑女的端莊賢麗樣子。柯海反是怕她們的。有時候，宅子裡，或者園子裡，看見那幾個裊裊婷婷地走來，簡直要找個地洞鑽下去才好。不是說有愧什麼的，而是覺得自己配不上她們。這幾個當然還是要喊他爹，敬重地聽他作教誨，那珠貝般的膚色，目如點漆，柯海什麼都說不上來。最後，是含著兩包熱淚走了過去。他不敢做她們的爹，可又不免想到她們終會一個一個離開他，去到另一個不知怎麼樣的家，不知怎麼樣的人。他給她們起的名字就好像預先知道這一點，雙生女的頡之、頏之，是指飛燕的行狀；丫頭的大名叫「采萍」，取自《詩》裡的〈召南篇〉，直接就是嫁女的意思。離開她們，逃竄似地回到三重院內的偏院，看見落蘇和阿暆，心裡才踏實下來。

阿暆生的像落蘇，團臉，面龐上覆著細密的胎毛，兩道平眉底下，是單瞼的眼睛，眼梢卻很長，短鼻梁，闊嘴，唇形有幾分像觀音，稜角分明。這張臉雖不是粗拙，卻也談不上秀氣，和申家人的俊朗長相為兩路，但有一種歡喜的表情，時刻很開心的樣子，也是隨落蘇的。落蘇有力氣，常常讓阿暆騎在頸項，握住兩隻腳，阿暆的手箍在母親額上，然後一陣疾走，想來是在家帶弟妹時的玩耍。就這樣，可跑遍整幢宅子和園子。阿潛七歲了，已經隨哥哥阿昉在塾中讀書，看了阿暆騎在母親頸上，跑得顛顛的，十分眼饞。落蘇看出他的心思，就卸下阿暆，負阿潛上身。阿潛身量雖長些，卻細瘦單薄，並不比阿暆沉重。其實鴨四也揹過他，可似乎很不同，鴨四是赳赳武夫，落蘇再力氣大，也是個女子，負在身上，就有一股溫軟親熱。阿潛沒了母親，由小綢率先，眾人都疼惜他，性子養得格外嬌。也是可憐，凡女子，無論大小長幼，都貼著黏著。讓他隨阿昉去讀書，不曉得有多少不樂意，多少言語哄著去了，又哭了回來。礙著小綢，也礙著故去的鎮海媳婦，誰也不忍心去祖父跟前告狀，由他去罷了。落蘇負了阿潛，疾行疾走，還可騰出手採花折柳，遞給頸上人玩。只是阿暆不服，見自己的母親被人占了，就要哭喊幾聲，落蘇卻並不理睬。為了這，小綢就和落蘇說話了。

一旦搭上話，小綢也覺出了落蘇的有趣。落蘇多少讓人想起蕎麥，不知道蕎麥跟章師傅去到什麼地方蓋宮殿。落蘇比蕎麥更直率，有許多令人發噱的行為。阿暆也是，冷不防地吐出一個字，讓眾人吃驚不已，小綢就稱之為「警世恆言」。比如，他揿著書上的字叫「捉白虱」，然而，看見一隻蟬卻說是「字」。那一對雙生子總是讓人迷糊，不知誰是誰，他卻極清醒，說是「鏡子」。看見燈說「亮」，亮，則說「看見」。蝶叫做「花」，花呢，是「姊姊」，指的是姊姊身上繡的，頭上戴的。人們團團圍了他，指這個問叫什麼，那個又叫什麼。他態度沉著，既不矜，亦不卑，知道就說，不知道就不說，一旦說出，全是聞所未聞，又合情合理。落蘇則面帶微笑，流露出母親的得意和謙遜。無論是母和子，都無屈抑之色，這也是像蕎麥的。屈指數來蕎麥也年近三十，那阿毛，比阿奎長一歲，鄉下人婚嫁早，大約都在議親了。章師傅給做的那架羊車上的羊，繁衍了好幾代。時光真是稍縱即逝，不留神間，已有多少人和事湮滅其中。

小綢和閔，開始給丫頭繡嫁衣了。想到丫頭將去的是鎮海媳婦的娘家，小綢的心就有寄託似的，安定下來。泰康橋計家，小綢從來未曾涉足過，但從鎮海媳婦的乳名「小蛾」，可見出是耕讀人家。互告乳名的情景回到眼前。那回她們互告了乳名，如今，她們互相託附了人，丫頭和阿潛。小綢真覺得是將丫頭送回了家，如《詩》裡說的「于歸」。丫頭的嫁衣上繡什麼花呢？小綢眼前是白蓮涇邊上的百花園。她在案上鋪了紙，磨了墨，描出各種花的形制。如許大小各異式樣不同的花全要集於一幅，卻不知怎麼安排才能妥貼。閔就拿來她的花本冊子，打開著，將小綢筆下的花與樣本上的圖反覆比照，規畫出布局位置，將小綢的那些無名的花一朵一朵移進去，再描出各種蔓草作連綴與添補。小配大，短配長，繁配簡，麗配質。沒有兩朵是重樣的，但因配置得當，銜接流利，看起來是無比的合適。其實是各自為陣，分而治之，成百幅小圖穿插錯落，密中有疏，疏中有密，遠近呼應，前後瞻顧。所以，繽紛撩亂中秩序井然，張弛有度，收放自由，可稱天衣無縫！再是配色，已有的顏色都不夠用了，要將細得不能細的絲辟了又辟，然後再重合，青藍黃併一股，藍綠紫併一股，紫赤橙併一股，橙絳朱併一股，於是又繁生出無數顏色。單是一種白，就有泛銀、泛金、泛乳黃、泛水清多少色！千絲萬縷垂掛花綳上，無風而蕩漾，掀起一披虹，一披霞，一披遠黛，一披岫煙，一重霧，一疊雲，一幕春雨，一泓潭水，水裡映著萬紫千紅。

因是自己的嫁衣，丫頭不好過問，連繡閣都不上來了。每日裡，就在套院，陪阿潛一起讀書寫字。阿潛已不記得親爹親媽，只當小綢是他娘，丫頭則是他的親姊姊。哥哥阿昉總是要叫他一同去塾上讀書，他就躲得遠遠的，漸漸地，也不以為是自己的親哥哥。而他的長相，也愈像丫頭，其實是像大伯柯海，眉眼十分清麗。丫頭自小一個人，雖有同父異母的雙胞胎妹妹，但礙著母親，也不好太熱絡。那兩個妹妹，也是怕她，從不敢走近。要論年齡，她應該與阿昉更合得來，但阿昉的秉性很像他父親，謹嚴得很，小大人一個，與女孩兒就不大會交道。所以這兩個自小一起乘羊車的姊弟，彼此倒是生分的。而阿潛呢，都有耐心替姊姊辟絲線！

自阿昉會說話，人們都愛逗弄他，招他吐「警世恆言」。別人怎麼樣，阿潛全不放心上，只有一個人讓他不安，就是丫頭。丫頭分明也喜歡阿暆，有一日還將他抱在手上，阿潛再按捺不下了。晚上，丫頭替他洗腳，他一雙腳垂在盆裡，低著頭，忽然有淚珠子滴落水中。丫頭發覺他在哭，不由一驚，問他因什麼事不高興？阿潛索性抽噎起來，泣道：姊姊喜歡阿暆，不再喜歡我了！丫頭笑起來：阿暆是三姨娘屋的人，阿潛是咱們屋裡的，怎麼好比呢？阿潛還是止不住淚：可是阿暆說話有趣呀！丫頭說：阿暆是有趣，可阿潛不止是有趣，還有本事，寫字、背書、擺圍棋子、辟絲線……阿潛還是不放心：要是阿潛不會寫字、背書、下棋，也不會辟絲，姊姊就會去喜歡阿暆了！丫頭再勸：阿潛縱然什麼都不會，姊姊也是喜歡的，因為阿潛和姊姊在一起長久呀！不是日久生情嗎？阿暆來得晚，再怎麼趕也趕不過阿潛的。聽了這話，阿潛略微放心，可又不服：姊姊今天抱阿暆了。丫頭又要笑了：阿潛不是還騎人家娘的脖子上兜風了？阿潛不響了，過一時，說：那姊姊也要抱我。丫頭只得坐到床沿，將阿潛扶在膝上坐了，阿潛這才安靜下來。兩人這麼坐著，一會兒，丫頭說：將來還會有一個人喜歡阿潛，阿潛也會喜歡她。阿潛說：誰？丫頭說：阿潛的新媳婦！阿潛發誓說：誰要做阿潛的新媳婦必要和姊姊一模一樣。丫頭問：什麼樣？阿潛想了想：會繡花。丫頭忽想起繡閣上母親和閔姨娘正繡著的裙袍，是與她的終身有關的，一陣羞怯，將膝上的人緊了緊，阿潛趁勢往懷裡鑽了鑽。兩人不再說話，感到一種悵然的滿足。

這一年裡，地方上忽又興起捐橋。一條黃浦江繁衍出多少大小河流，在城外到城內縱橫穿越，與街巷交會，車船互相接駁。要緊處有幾座大橋：南邊跨橫浜的通津橋；北邊練祁河上的登龍橋；東邊過呂巷塘的壽帶橋，西邊的萬安橋——是歷朝歷代，或官或民，或僧或俗所建。到今日，不知由誰帶的頭，只見四處在修橋。先是南邊和尚塘上三孔石拱的繼芳橋；再是西邊練塘的瑞龍橋；然後，北邊練祁河上再修兩座：西水關、東水關；東邊朱涇市河上又起了濟眾橋。這些是在上海城外，接著，城裡也開始了。還鄉奉親的彭老爺先捐了一頂橋，落在肇嘉浜；錢先生家老太爺捐的是薛家浜上的一頂；申府的兒女親家計姓，是陸家浜上的一頂；申家自然不能落後，一下子在方浜東西兩頭各捐一頂。再下去，侯家浜，穿心河，中心河，縣署河，塌水，渡水……一頂頂的橋，好比從水中升上來的，轉眼間順流都是。那河道，本來殘留著些蠻荒氣，因是從野地裡淌過來，這時就經了教化似的，斯文賢雅，聽聽它們的名字：龍德橋，阜民橋，曼笠橋，學士橋，館驛橋，萬寧橋，安仁橋，福佑橋，青龍金帶橋……再看款式，有單孔，有多孔，有平，有拱，有青石，有紫石，有橋頭石方柱雕石獅，有橫梁出挑兩端雕蓮花，有橋堍高達二十九級，有橋面兩側各十五塊條石護欄板，有橋欄加抱鼓，有各置石板長凳，有內外兩層拱卷、中間開水門，有墩頂置金絲楠木梁……橋身上有寫「行道有福」；有寫：「化險境為坦途千秋發心遂意，賴博施以濟眾一路平安順利」；有寫：「月印川流，水天一色」；有寫：「九峰列翠、重鎮桃源早發，三泖行帆、鶴蕩漁歌晚唱」；有寫：「十字河分兩縣界，百廛市聚四方人」；有寫：「遙望瑤池降王母，東來紫氣滿函關」，等等，等等！連年疏浚河道，幾番重開天地，極少再有淤塞淹澇。除萬曆三年發一場大水，五年下一場六月凍雨，偌大一片灘地，海口江邊，大體可稱得風調雨順。朝廷沒有大工程，徭役賦稅略輕簡些，民生得以將養生息，百業興旺。凡大戶人家都有增田開肆，於是捐資造橋，是造福感恩，也是積德於子孫。自此，船在水上走，人在橋上行，無有到不得的地方，再是多麼的偏狹背隅之處，霎時間都繁榮熱鬧起來，真成了個轟轟烈烈的小世界。

第二卷　繡畫

十五、希昭

要說杭州這個城，離不開南宋。相隔一整個朝代，幾百年時間，萬松嶺的皇宮只剩殘垣斷壁。那一條一萬三千五百尺長的御街，三萬五千三百塊石板至少碎了有一半。環城十三門塞了六七門。紫禁城內，吏、戶、禮、兵、刑、工，六部二十司所在，如今已是坊巷民居。皇帝郊天必經的輦路，泥地覆上石板，車走人行。鹽茶榷場成了菜地。騏驥院教駿營，馴馬之地徒留一片空場。皇帝的潛邸則成鬧市。御花園成了木作坊，取名板兒街。忠將岳飛成仁之地行人如織。昔日府學今朝遍地垂柳。整個杭州城的規制已經大改樣，當年的嶺夷為平地，平地起了坡，鬧市變荒郊，荒郊街巷縱橫。

然而有一樁事卻自南宋沿襲下來，至今依舊，那就是杭州路名均稱坊稱巷。清河坊、里仁坊、高士坊、太平坊、保佑坊、弼教坊、同春坊、流福坊、報恩坊、百井坊，壽安坊、積善坊……；更有不計其數的巷：嚴官巷、白馬廟巷、太廟巷、丁衙巷、四賢祠巷、十五奎巷、箭道巷、祥義巷、四條巷、獅子巷、竹椅子巷、牛羊司巷、扒蠟子巷、柳翠井巷、蔡官巷……在這坊巷名裡就能尋到南朝的蹤跡。比如清河坊，名自清河郡王張俊，與岳飛韓世忠，並稱三大將，後附逆秦檜而害岳飛，就住清河坊西太平巷；比如壽安坊，通花市，各雜色名花具備，像似西京的壽安山，因此得名；比如弼教坊，曾經設宗子肄業之學校；再比如，太平坊裡設的是行用庫，專收破爛錢鈔，是應「天下太平，錢法井然」，所以得名；比如，孝宗得痢疾，嚴先生治好了，賜金加祿，所住的里巷便稱嚴官巷；白馬廟巷內的白馬廟，祭的就是南渡時載康王的白馬；太廟巷裡曾是皇帝家廟；扒蠟子巷本來該叫八作司巷，生生讓市井俚俗叫跑了音，那裡是京師內外營造修理的泥作、赤石作、桐油作、石作、磚作、瓦作、竹作、井作，共八作；柳翠井巷得名於其時名妓柳翠，居住巷內，特鑿一井；牛羊司巷內專為御用祭祀，飼養牲畜……諸如此類，不一而足。這是一宗南宋遺痕，再一宗是語音。那「兒」字音，分明是北來的，從此，市井中便操這半官半俗的言語。三是民俗，立秋採楸葉插鬢，鬼節放燈湖上，冬至大如年，亦是宋室所傳遺風。第四宗是花事。

候潮門外，望仙橋東至望江門的輦路邊，有一條打繩巷，巷後有木槿牆。夏秋之際，紫紅和玉白開成一籬，一望如錦；望仙橋以北，薦橋以西，湧金門以南，有天桃巷，實則是櫻桃園，掛果時節漫天殷紅；桃花所在則稱「紅門局」，相隔不過幾條坊巷；再北有大方池，種植荷花；往南石榴園；薦橋以東，清泰門以南，板兒巷裡有百花池；西出板兒巷，是茉莉園；癸巷裡的向日葵；白衙巷內的白葭；五柳巷中五棵柳；花園弄的八株桂；金家蕩的山茶；吳衙莊裡有海棠……北出薦橋，有義井巷，巷內四眼井，井水特宜染紫，是花汛所至；南出薦橋有香餅子園，專事採花蜜製香料開香肆……爛漫濃豔，全是那時候繁衍至今。再有一樁遺蹤，是聲色動靜——琵琶街的管弦；水溝巷裡石板底下，雨後水流的汩汩；木履巷裡木屐響；沙皮巷的響器；鐵線巷的鋦缸；毛竹弄內破竹；高銀巷珠璣落盤……全是那一朝的遺音，去蕪存菁，滴水穿岩般穿越過來，作了市聲。宮牆柳成行人蔭，王謝燕飛尋常百姓家。

方才說過，在候潮門直街，有一條打繩巷，據說名自「從繩則正」的意思，巷內西邊有一座蕭太傅廟，祀的是西漢大臣蕭望之，廟址原是南宋綱房。不幾步遠處有無極宮，所在也是南宋遺址，從官宅邸。背後那一片木槿籬牆，據稱是從南宋繁衍下來。雖說是口傳，但這三處地方相互佐證，大體上差不離，就很可信了。無論信不信，那南宋都是飄渺的。在這市井里巷，煙火濡染，懷古幽情早化作茶餘飯後的閒話。歲月流逝，朝代更迭，許多閒話又都是以訛傳訛，卻有誰會去計較？要緊的還是目下，讀書人的功名，勞作者的生計，發送老的，拉拔小的。其實，從南宋過來，就是如此這般，還將繼續如此這般地過下去。凡歷代史官修撰，都是本朝記前朝；這日復一日，月復一月，年復一年，則是本朝記本朝。

打繩巷以條石鋪地，兩邊民宅，多是白牆、青磚、黑瓦，幾座宅院闊大，台門高於左右，顯見得是有身份有家世。其中一戶姓沈，祖上在南宋做過鹽茶鈔合同引押的官。忽必烈坐天下時候，子孫都隱居蟄伏。直到明成化年，有一人中進士，才又走上仕途，授浙江建德知縣。為政期間，修了一部縣誌，然後退官。看起來，沈氏是以詩書傳家，並不重官祿，也是從世事中得來的人生感悟，遂養成淡泊的性情。或就因為此，家道逐漸中落，在這時間裡，沈氏定居到了打繩巷內。要論起來，打繩巷內的所謂大台門裡，都有淵源，但又都式微了，所以才會與柴米人家雜居於側巷。到這時，沈家人口也甚為單薄，僅一子一女，女兒出嫁，作了外姓人；兒子成婚後，生有一女，之後三年再無動靜。第三年納了妾，又生一女，隔一年，才生下一子。是年，長女希昭七歲。

希昭生於隆慶二年二月十九，觀世音的誕辰。依杭城舊俗，要生的那月的初一，頭一個上門的客，無論遠近親疏，是男賓，就是生男，女賓即生女。二月初一這日，天剛薄亮，就有人敲門。開門請進，是個外鄉人，去無極宮燒頭炷香。外鄉人哪裡見過杭州阡陌縱橫的街巷，不禁走迷了，立在巷子中間，進不得，退不得，抬腳上了這家台門，不知台門裡有個待產婆，更不知有此杭俗。聽到敲門人說話聲，隔了窗戶只見來人站在天井裡，背對門，長身玉立，包頭，布履，著一襲青衫，有一股俊逸，分明是個書生！問明了路，復又退出去，轉身時，腰胯間那一折，才看出是女身，原來是個姑子。不多日，果然娩下一個女嬰，沈老太爺並無大沮喪，那朔日清晨叩門的姑子，留下印象十分雅麗，且是去無極宮，生產的那日恰巧逢觀音誕辰——幾處跡象一碰頭，便是吉兆。

所以，希昭是當男孩養的。三朝洗浴；彌月剃頭；百日齋王母壽星；周歲戴百家鎖——向左右鄰舍討來錢幣，其中必要有勞、顧、萬、年、陳五姓，取諧音「牢過萬年城」，然後熔了打鎖。希昭學步時，也做「斬腳筋」。所謂「斬腳筋」，是用稻草接成兩行，小腳一左一右踩過去，後面緊跟一人，將稻草斬斷，意思是將來路途平坦，不會有磕絆阻礙。七歲那一年，希昭有了弟弟，家中的器重並不減，反因她出落得清秀可人，而且穎慧，寵愛更在弟弟之上。依然請了蒙師破蒙。

前一日，就備下一盆活魚，一隻活公雞，前者為龍，後者為鳳。外婆家送來一盤粽子一盤糕，求「高中」的吉辭，隨後洗浴更衣。到了當日，早晨起來，吃一碗糖水蛋。堂上已點起一對紅蠟燭，先生坐在左側。先朝上拜孔夫子，磕三個頭；爬起來掉轉身，再朝側座拜先生，磕三個頭。活魚和公雞自有人擱了去放生，這邊則正襟危坐，由先生教幾句書，先生念一句，學生跟一句。再又把了手寫一張紅朱字，才算完成。

先生姓吳，住候潮門直街北頭的雀兒營地方。雀兒營的名字亦來自南宋，掌管皇帝車駕出行的鸞儀司曾設在此，之後往南遷移麗正門外，原址就歸了高宗後嗣吳太后所有。據傳這吳太后煞是神奇，文通經史，寫一筆瘦金體，可與徽宗混真；武能劍騎，金兵臨杭州城下，高宗從海上遁走，就是這個吳太后，快馬疾弓，射無虛發，追兵紛紛落地。如此這般，關於吳太后的文功武略，杭城遍地皆是佳話。吳太后宅邸在更向北的彩霞嶺下，緊靠城根，如今名為五福弄，所以那裡應是吳太后嫡傳，而雀兒營這裡則為旁系。經幾百年繁衍，枝節蔓生，實已旁到不能再旁，難免會有牽強附會。但無論是五福弄裡的吳姓，還是雀兒營的，都保持著宋室皇家脈統，以詩書為生業，元朝時無一人從仕做官。到大明天下，洪武三年開科取士，次年就有人中舉；成化二十年，出了狀元公；還有中武舉的，正應了吳太后風概。但到底功名平平，興許是南宋偏安時久，繼而外族人統天下，便養成避世的性格，逍遙自在。杭州這地方又不難討生活，只要頭上有一爿瓦遮風雨，哪裡都找得來些嚼吃。因此，吳先生的家稱得上清貧，開了一家塾學，收街坊十數個孩子讀書，憑束脩做生計。沈老太爺請吳先生為希昭開蒙，是看在吳太后的名份。吳太后身為女流，卻毫不讓鬚眉，這是老太爺對希昭的祈願。

開蒙過後，希昭就在家中讀書，並不去吳先生那個塾學。如今，雀兒營地方，多已是雜院，院中套院，或者院連院。來塾中就讀的，也不外平常人家子弟，或開作坊，或為行販，不過是學幾個字將來記個流水賬。坊間就有詩文譏嘲：「一陣烏鴉噪晚風，大家齊唱好喉嚨，趙錢孫李周吳鄭，天地玄黃宇宙洪」——吳先生多少是個落魄的讀書人了。而希昭，終究是個女孩兒。

實際上，希昭由老太爺自家教。每天上午，早飯過後，老太爺面前的案子上，一杯清茶，一本《千家詩》，一根戒尺——只是作樣子，哪裡捨得往寶貝孫女手上挨。希昭坐在小矮凳，面前是一張矮几，几上也是一本《千家詩》。先念書，再寫字。寫影本，倒是吳先生的字，寫在礬紙上，覆一層白紙，透出筆跡，讓希昭描。吳先生寫了一筆好字，工整的柳體。讀完寫完，已到午時。中飯過後，希昭便是跟了母親學女紅。對此，老太爺不說是也不說不是，他內心裡期望希昭成才女，不宜沾染閨中習氣，還怕累著她；但也看出希昭天生是個女孩兒，一派女兒家情致。喜歡花，喜歡魚缸裡的金魚，喜歡綾子綢子。看她小小年紀，掌剪子裁布的手勢已經十分秀氣。曉得本性難易，也隨她去了。暗中卻思忖加重功課，提前讀《論語》和《孟子》，可到底覺著太過整肅，最後定於《詩經》。因此，半年之後，希昭讀過大半本《千家詩》，直接就讀《詩經》。寫字呢，越過寫跳格，開始臨帖，臨的是歐陽詢。

吳先生有時會來看他的女弟子讀書。吳先生雖然寒素，但儀表清潔安靜，漸漸也成了沈家台門裡的座上客。他對希昭臨歐體有些顧慮，以為險厲了，小孩兒家筆力不達，反走偏鋒學些皮毛。沈老太爺悄聲告訴吳先生，他本意是想去希昭些閨閣氣，或者臨趙孟頫，委婉些如何？吳先生答道：人品即見書品，分明宋宗室人，卻為元朝廷做官，幾可稱逆倫！趙某的字並非委婉，而是一股諂媚妖嬈。說著話，面上便露慨然之色。老太爺這才明白問錯了人，趕緊收住，重新問道：吳先生覺得臨誰家帖好？吳先生笑道：依我說，還是柳公權，雖也是從王羲之、歐陽詢一脈相傳，但取其精華，樸而力，且又工，最為大方，有了它作底，再是變體都入不了旁門左道。沈老太爺也笑：我就知道吳先生是柳黨！吳先生不覺紅了臉：我倒是想與他同黨，不知人家要還是不要。說罷這席話，吳先生也不肯留自己的字給學生臨了，而是提議臨柳公權《送梨帖題跋》。

吳先生也會畫幾筆，書法崇古，畫上卻是競近。特推崇本朝唐寅，對同輩人董其昌亦頗關注，以為不可小覷。卻不屑於徐謂，鄙夷此人沒骨氣，做嚴黨胡宗憲門下客，不惜濃墨重彩寫捉筆文章〈進白鹿表〉，真要是精忠赤誠倒也無話可說，可主子一陷囹圄，竟嚇得發狂，唯恐受連累，又戳耳，又搗腎，還將妻子殺了。但凡懦怯的人又都陰狠，下得了手，徐謂就是明證。好比人品見於書品，同樣也見於畫品。無論人們怎麼說徐謂好，吳先生總是不接腔的。吳先生是一個正直的讀書人。他喜歡唐寅，多少因為唐子畏信義上沒有詬病，也喜歡他的人性，風流倜儻。吳先生自己是個謹嚴的人，可那是言表，內心呢？也是有豪放不羈的一面。倘若他早些年生，興許會和唐寅做朋友。當然，最喜歡的還是他的畫意。怎麼說？有趣。可能是說淺了。但在吳先生看來，書和畫不同，書是道，畫是意趣，有點類似詩和詞的區別，詩言志，詞言情。唐寅的畫，人物、舟車、樓觀，無所不工，有人間情！吳先生說的「有趣」，就是指這個。杭城是個俗世，街巷阡陌，不是人家便是店肆，四處是鬧嚷嚷的生計，不是清靜致遠的境界。吳先生身在其中，總歸要溽染做人的興頭。如此說來，吳先生喜歡的畫，是要有人，空山深谷，是會讓他悵然若失。南宋過來的人，一是忠義，二是入世。

吳先生有時會和沈老太爺論史，不是正統史家那一派的，而是瓜田豆棚的風氣。比如，他們論到杭州的舊名「武林」來自於何？固然西南有武林山，《漢書》、《晉書》地志上都如此說，武林山和武林水。可是，不還有更古的武林嗎？就是江西鄱陽湖東岸武陵山下，亦有一個武林。司馬遷《東越列傳》中記載，漢武帝元鼎六年，東越王余善與漢水軍樓船將軍楊僕交戰，屢戰屢敗，退入武陵山。漢武帝決意滅余善，除後患，四軍合圍，樓船將軍從武林出兵；中尉王溫舒從梅嶺出；下瀨將軍從白沙出；橫海將軍韓說就是從句章出，句章不就是會稽！兩個武林同屬越地，這武林或許出自那武林也莫可說！那武林史有記載，更有名目。可是，吳先生又說出第三個「武林」，即三國中吳國所築虎林城，於是，時間拉回來一百年。秋浦河下游，石城縣西，長江東。其時三足鼎立，長江中下游為孫權一統，此地與彼地同聲相應，同氣相求，似也脫不了干係！

正說得熱烈，冷不防，矮几上臨帖的希昭忽然插言道：阿爺你忘了，還有晉太元中，桃花源的武陵呢！兩個大人都一驚，停了停，想起希昭已背過《千家詩》，其中就有陶淵明〈桃花源詩〉。沈老太爺說：東晉要晚幾個世代，那武陵又在沅江，蠻夷之地，故有武陵蠻之稱，應是與其他武林無關。希昭卻不服：阿爺，不論如何，我就是當我是那個地方的武陵人！這年她八歲，已有主見，說話的樣子極認真，老太爺很覺有趣，說：隨你！吳先生也說：索性起個號，武陵女史。此時，沈老太爺倒不安起來，桃花源其實是個冥想之處，純屬子虛烏有，聯想起生希昭那月的朔日，大清早來叩門問路的姑子——不禁生出悔意，讓希昭讀書太早，又太多，心性還未長全，會不會失了常情，一逕往刁鑽古怪上走？因此，讀到《詩經》，再不往深處教，臨帖也隨她高興。這樣，希昭就餘出好些玩耍的時間。

希昭玩耍什麼呢？穿珠子！母親攜她到高銀巷珠子市場買珠子穿珠花。路兩邊全是珠子鋪，琉璃珠子盛在扁桶裡，顏色形制各異。赤、橙、紅、綠、青、藍、紫、雜色、合色、無色；長、方、扁、正圓、橢圓、圓鼓、腰鼓、契形、錐形、水滴形、蓮花形；金銀片、雲母片、琥珀片、翡翠片、螺片、貝片、牙片……希昭的眼睛都來不及看。珠市上多是女子，擦肩摩踵，間雜穿行著敞蓋轎，四個轎夫抬一領。轎中人多是年輕貌美，衣著新穎，臉上的脂粉很鮮豔。一旦看見想買的珠子，便停下轎來，欠出身子，店家忙不迭地端了上前，任她挑揀。有一回，一領轎正停在希昭身邊，只覺一股茉莉花香襲來，接著便看見一隻手伸過來，拈起一顆珠子。這隻手，有些像男人的，碩而長，顏色卻是玉白。食指與拇指拈著珠子，對了光慢慢轉動，珠子一閃一閃，轉到了孔眼，便有一束針似的光穿透出來，沒有缺損，也沒有死眼。就這麼挑著，一顆接一顆。那小二捧著珠盆，一動不敢動。待挑齊了，再要比較大小顏色勻不勻，略有差池便撿出來，重新再挑。終於完了，交給店主打包結繩，兩隻手相互輕拍幾下，彷彿剛才挑的是糧食，於是要撣去手上的浮塵。一低頭，看見希昭，笑一笑，眸子亮閃閃的。額頭遮眉勒上，嵌一塊紫玉。希昭從沒見過如此明麗又大膽灑脫的女人，也像個男人，而且是見過世面的男人，不由看呆了。女人笑得更高興了，從袖籠裡摸出一個單耳墜子，也是珠子穿的，小紅豆珠子糾成一球，吊一滴透明珠，就像果子上的露水。希昭木呆著，忘了伸手接，女人一低頭，將耳墜子掛在希昭頸項上的盤花紐上，接過店主裹好的珠子，偏身重又上了轎，走了。母親亦是木瞪瞪地看著這一幕，待那領轎走得看不見，女人的背影也看不見，才回過頭，就要摘希昭紐攀上的墜子，無奈一雙小手捂得牢牢的，不讓摘。只得小聲囑咐，切不能讓阿爺看見。可第二日，阿爺還是看見了，在希昭的墨盒裡，紅亮亮的一小朵，甚是醒目。沈老太爺年輕時也荒唐過，認得出是什麼人的東西，如此妖嬈而又可愛，看了一會兒，終於沒有收走。那姑子的頎長身影又出現在眼前，心想，但讓希昭俗豔些無妨。

有時候，沈老太爺自己也帶希昭逛去，乘了轎上環翠樓。環翠樓不是樓，原是坊，宋徽宗時有道士徐奭居住此地，舊名就叫做大隱坊。房屋漸漸頹圮，夷為平地，然後又夾道植樹，依山坡盤旋而上，足幾里長，於是更名環翠。沿綠樹蜿蜒，不知覺中，就上了城隍山。山上有亭，亭中是茶榭，賣茶葉。茶客先品嚐後沽價，買賣不成也不要緊，說聲：下次來！便道別了。那賣茶的就是種茶的，其中一戶姓朱，與沈老太爺熟稔，每年開春明前茶都是朱老大送去的。沈老太爺下了轎，坐在小竹椅上，等紅泥爐上的水沸，沖進陶土壺中，第一潽專洗茶盅茶碗，第二潽方才進口，然後便談一些年景和茶事。先說到北地人愛喝茉莉花茶，其實是北地水硬，龍井毛尖猴魁是清味，全被壓住，只有花茶這樣的濃香，雖俗卻剛勁，泡得出來。又說東海上有一個台灣島，極高的山頂上，覆著千年的雪，那茶好不容易生長，剛出尖子，來不及摘下，就凍傷，搶下來的那一些，卻有異香，微妙難以形容，但未免太刁鑽了。沈老太爺就問，如朱老大這樣，幾輩子種茶為生計，慣愛喝哪一味呢？朱老大說，茶是吸精氣的，要不喝了怎麼能提神醒睏，種茶人靠什麼補氣？野茶！那野茶在老太爺這般錦衣玉食的福氣人看來，和燒灶的柴差不多，根本想不到用來煎茶！可我們終年身在茶裡，不是茶田茶山就是茶房茶灶，倘不是特別的有蠻力的，舌頭就辨不出。沈老太爺說：這就叫久入蘭芝之室而不知其香。朱老大笑道：單從茶說，野茶卻也有格外的好處。什麼好處？沈老太爺問。好比大塊吃肉，大碗喝酒；再好比，肉裡的肥肉，酒裡的酒頭。沈老太爺說：老大的意思是茶裡的膏腴？朱老大說：這就說不上來了，總歸是勁足，殺饞，只不過這饞不是饞肉的那個饞。說得老太爺大生好奇，非也要嚐上一嚐，於是，朱老大就將一粗瓷大海碗裡，填了足有大半碗褐色的葉梗。沈老太爺說：難道是烏干菜？朱老大只是笑，將爐上的滾水直直沖下，頓時碗沿起了一圈沫，猶如肉裡的油。停了半刻，沫消下去些，朱老大說：可以喝了！正待沈老太爺要端碗，斜刺裡穿出一個小人兒，伏下頭湊在碗沿，朱老大只來得及說一聲：喝不得！希昭已經吸了一小口，頓時跳起腳來，因是又苦又澀還又辛辣。朱老大趕緊遞過舀子，冰冰涼的山泉水，喝了兩大口，再又漱了嘴，才好些。沈老太爺更捺不下了，端起來也是一口，當然不會像希昭那麼不能忍，卻也覺得極難下嚥，勉強品了品，說了句：好有一比，就是菸葉！朱老大簡直樂不可支。就在這時，希昭已經睡過去，怎麼也叫不醒。朱老大說：小伢兒醉了，不是醉酒，是醉茶。沈老太爺不覺也有了醺然之意。

朱老大一邊種茶，炒茶，賣茶，一邊還做些篾器。兒子媳婦都會劈竹，削篾，編筐織席。小老大將青篾破成絲，紮了一個蚱蜢，小竹竿挑著，送給希昭，只是希昭不醒，便插在轎座邊上。那蚱蜢綠殷殷的，隨了轎夫的步子一彈一跳。就這樣，一老一小，闔著眼，做著夢，下山去了。日頭在道旁綠樹林裡伴他們走一段，便下到西邊的湖裡，樹林子變得一片金紅，各色鳥兒回了窩，炸了營似地叫，蟲子也跟進來，一同鬧起來。

十六、議婚

希昭五歲那年，家裡來過一個客，從上海去青田，訂製佛像的，來回都從家中過，各住了二三天。返程時還帶給希昭一枚小小的凍石印章，頂端雕一個麒麟，難為半寸見方大小，竟然鱗爪俱全，神態逼真。也是湊沈老太爺歡喜。誰都看出來，希昭為老太爺心頭肉。客人的父親與老太爺有些交情，曾在江西清江做官，來去途中就在沈家台門過，稱得上是世交。但從請佛像客人的形貌衣著看，並不在仕途，卻可見得相當殷富。聽母親說，客人家在上海有個大園子，園子裡有各種出產，單只這些出產，就夠全家人的日常花銷，更莫說田地和店鋪。希昭將這枚印石收在她的攢錦盒裡，那是她的百寶箱，陸續添進玩意兒：手繡的補花；一具太巷廟買的陳媽媽泥面具，孫尚香，頭上插著玉簪金釵；一個成窯小瓷盤，畫二位勇士作戰，奔馬拉弓，背後是浮雲遠山，雖只三寸大小，氣勢卻磅礴得很；高銀巷珠市上美夫人給的紅豆單耳墜，也收在了裡面，總之，都是小女孩子的心愛之物。

客人就是柯海，為鎮海出家居蓮庵修行，去青田找石頭。與阮郎從上海出發，又同行一段，到錢塘江分手。阮郎渡海去舟山，柯海走浦陽江，就在杭州停幾日，一是歇腳，二也是父親讓去沈府請安。柯海在沈府吃住，頗覺自在。宅第雖然逼仄，可是人口簡單，日子清靜。這是門裡，門外呢？則是街巷縱橫，商肆人家。市井中的生活就是這樣，鬧中取靜，靜中有鬧。這家人性情都極淳樸，又不失風雅。住宿的當晚，床鋪早已經鋪就，案上筆墨紙硯全備齊，臉盆架搭了清潔的洗臉巾，矮几上是茶壺茶碗。用物器具都不是新，而是乾淨。臨就寢，沈老太爺領著小孫女兒叩門，小孫女兒手裡挑著一盞南瓜燈。拳頭大的南瓜紐子，切一半，邊緣修成鋸齒，裡邊是一截小白蠟燭，從瓜瓤裡透出嫩黃的光。老太爺說這是小孫女兒送給客人照亮的。小姑娘的眼睛在額髮下亮亮的，右頰上有個笑靨。第二日晨起，從板壁邊木樓梯下來，客堂裡案上燃了一炷香，老太爺在讀書，小孫女兒提個小籃，摘天井裡的鳳仙花瓣。柯海早飯後出門，去西湖看了景，近中午回來，女孩兒的母親已經在用鳳仙花汁給女兒染指甲了。一頓午飯，小姑娘都是奓著十個小手指頭，由女傭人一口口送進嘴，那樣子十分嬌憨。柯海心想，倘若他有兒子，就央媒人說親，娶進沈家孫女兒。可惜，沒這個福氣。從青田回來，他便替小女孩兒帶了一方凍石印章，是用那佛像鑿下的碎料切成的。

客人走後，家中人議論至少三日。在沈家平靜的生活裡，有客來訪無疑是件大事，何況來自上海，談吐又那麼有趣。四方遊冶，見過偌大世面，竟然還十分隨和。如客人那樣的閱歷和家資，什麼沒吃過，可對杭州的菜食卻大加稱讚。其實不過是些鄉下菜，醃菜梗炒南瓜，烏干菜蒸河鰻，臭豆腐燉黃豆芽，甚至只是南瓜藤剝了皮清炒。尤其是希昭母親親自下廚做的魚羹和豆腐衣，還有將各色蔬菜拌了乾麵上籠蒸。再就是客人從青田回來時，積勞成疾，終將體力不支，躺倒在樓上客房內，希昭母親用青筍醃筍合燉的一瓦罐雞湯，其中用細夏布紮了一包龍井舊茶，喝下去頓時頭腳輕鬆。當然，是病還要靠藥治，食補只是提神醒氣，好叫客人早上歸途，走完下一段路程，平安到家。那客人形神已和去時大不同，黃瘦枯槁，就像老了十歲。可就這樣，還有許多見聞要說，有許多事物要作評介。沈家人既是憐惜，又覺得好笑，看出這是一個天真的人。議論客人之餘，當然就要談說談說上海，那是個什麼樣的地場呢？

要論淵源——沈老太爺說，那是不能同杭州比的，唐堯虞舜，共工、歡兜、三苗、鯀，大夏開朝，大禹八年，南巡便來到杭州，所以古稱「餘杭」，那時候，上海還在汪洋之中，遠沒有成陸呢；秦漢時置了餘杭縣，上海呢？直到唐天寶年間，才有華亭縣，上海只不過是華亭東北角上一個「浦」；北宋時，上海方才縣治，南宋則已在杭州立朝廷，建綱常；這邊一個世代過去，到元初年，總算有了上海縣，幾可說是荒蠻之地！然而，上海卻有天機，這天機不是別的，就是黃浦江。這一條江可是有來歷，從太湖來，入長江，歸東海去，這個天象不曉得有多大的氣勢！所以，不要嫌它興起的晚，後來者居上，前景不可限量。無論是鎮是縣，人都稱「上海灘」，「灘」是什麼？就是地場大，氣象大。

希昭問：阿爺有沒有去過上海？沈老太爺不禁赧顏，搖頭道：沒有是沒有，可書上有記載，說那地場「人煙浩穰，海舶輻輳」，十分壯觀！希昭就說：我要去上海！阿爺撫撫孫女兒的頭頂，道：青蔥一棵人芽兒，到那粗蠻地方，無論如何捨不得的！希昭一搖頭，一跺腳：我就是要去上海！阿爺知道孫女在撒蠻，哄道：去上海，去上海！希昭一扭身子，跑了。跑幾步，又回頭，笑靨如花：騙騙你的！這是爺孫倆慣常的遊戲，無數遍重複也無厭足。自此，希昭嘴上的歌謠：「知了兒叫，石板兒跳，倒灶郎中坐八轎」，就改了幾個字，變成：「知了兒叫，石板兒跳，上海人客坐八轎」。雙手搬一個小板凳，一步一搖，在天井裡來回走，唱著歌，上海客人的印象漸漸淡去，最終全消。

待到柯海下一回來杭州，已是萬曆十年。嘉興知府龔勉重修澱湖上的煙雨樓，增高了石台，取名「釣鰲磯」。當然是給讀書人的祈福，「獨占鰲頭」的意思。釣鰲磯後面是棲鳳軒，也是吉名。又添設「文昌」「武安」兩祠；「凝碧」「浮玉」兩亭；「禪定」「觀空」兩室。有古有新，有清有奇，臨了天然的湖光山色，蒹葭楊柳，菱葉荷花，一望無際。然而，從遙不可見的湖心，卻傳來悠揚的漁歌，既是野唱，又是仙樂。到夜晚，煙雲退盡，湖岸上升起萬家燈火，岸下是幾船漁火，繼而滿天星斗，一輪皓月，競相輝映。盛大壯麗，天籟人工一氣呵成，不是私家園林可比擬，所以引來四方遊人觀瞻。柯海也來了，夥著錢先生幾個朋友。少年玩伴如今都是有兒孫的人，自然不敢再無聊輕薄，性子穩重許多。只是頑心未滅，一旦聽說哪裡有稀奇有趣，立刻按捺不住，乘船乘車疾趕了去。看過煙雨樓，果然百聞不如一見，遠看水中一閣，如海市蜃樓；到跟前桃李林蔭，飛簷翹脊，分明蓬萊仙境；登高樓，煙波浩淼，水天一色。下樓來，在茶肆品茗，吃菱角豆干，一行人再往杭州來了。

這一回因是和錢先生們同行，所以不方便住沈府，而是在熱鬧的上後市街住了店。街上有著名的歌館茶樓，一到夜間，熙熙攘攘，燈紅酒綠，有無數的場子要跑，曲子要聽，顧不上探親訪友。直到第三天上，柯海才想起到沈府問安。出來時，特地為沈家孫女兒帶一個小針線荷包，荷包上繡一隻黃茸茸的小鴨，浮在水上。但當看見希昭，柯海不由一愣怔，頓覺得所帶繡物太輕亦太稚氣。記憶中，覆著額髮，梳兩個小抓鬏，爹著十個染紅的小手指頭，張開口等飯菜送進嘴，像待哺的小雀，如今形跡全消。柯海幾乎都不敢認。希昭長身玉立，漆眉星眸，只是莞爾間，右頰上的笑靨，依稀還有幼時的模樣。再屈指一算，距那年青田之行，竟有九個年頭過去，希昭已是十四歲。沈老太爺也有龍鍾之態，不曉得他們看自己又是如何。不由感慨時光急驟，令人不及措手足，同時，又造化神奇，白駒過隙，活脫脫一個女兒長成，待字閨中。柯海第一個念頭就是阿暆，即刻笑自己荒唐，阿暆方才八歲，跟了落蘇這樣的娘，怎能不落得幾分呆氣？切莫玷辱了人家閨女！繼而想到阿昉，阿昉卻已在年前定親。於是乎，阿潛跳到眼前，心頭便是一亮。

阿潛比希昭長一歲，這年十五。自小在小綢房裡長大，起先與姊姊采萍作伴，後來采萍出閣，他便落單。開蒙之初，隨哥哥阿昉去了幾日塾學，流了許多眼淚，鬧了幾場病，到底賴下了，留在家中，由小綢教。小綢教他的，就是教采萍的一套。阿潛是個男孩，將來總是要處世立身，所以每月有幾日，就到大伯柯海處，讀一部《大學》，外加一部《左傳》。柯海中年方才得子，從未和這等少年應對過，起初竟不知所措，又似乎有一種羞怯。為掩飾窘狀，他格外做出威嚴，令阿潛感到膽寒。教與學就在這尷尬中開始。然而，學問的樂趣吸引了彼此雙方，柯海看出阿潛可謂冰雪聰明，也看出阿潛的聰明裡處處有小綢的調教。阿潛呢，從小沒受過父親的疼愛，雖然外表如女孩子家清秀溫雅，內心裡其實渴念有成年男子的注意。因此，一長一幼就都揣著求好的心，雖還是生分著，但到底經不得日復一日，漸漸地稔熟，相處也自如起來。

有時，阿潛會提些怪異的問題，免不了旁門左道的嫌疑，可也令柯海十分驚訝他有見地。比如，阿潛排了五帝的族譜，對大伯說：黃帝生了玄囂與昌意，帝位一直在兄弟兩系間來回互往，彼此都很有禮，行的是禪讓；到了殷商就大不同，有了爭奪；直至春秋，天下分立，亂作一團，分明是一代不如一代，是不是人心不古的意思？柯海一時竟不好作答，思忖過後說出一個故事，就是公孫鞅和秦孝公。公孫鞅有謀才，但無人能識，四處碰壁，卻聽說秦國下令求賢，便找上門去，五次三番之後，秦孝公終於見他。第一次，公孫鞅與秦孝公講帝道，秦孝公從頭至尾打瞌睡，公孫鞅只得退出；第二次，公孫鞅以王道論之，秦孝公沒有瞌睡，注意聽了，聽完就遣他出去；第三次，公孫鞅講的是霸道，秦孝公與其暢談三天三夜！為什麼？秦孝公坦言道：帝王之道要數代方能立業，我等不得！阿潛聽完，說：都是霸道作的怪。柯海見他說得老氣橫秋，不覺好笑，抬手撫撫他的頭，就有一種親情生出。難免遺憾阿暆晚生了多年，無法如此父子兄弟。

阿潛在柯海那裡讀書，與他大伯日漸親近，小綢難免有些不悅，有時會離間幾句，但也說不上什麼，讀書總歸是正途。然而，一旦聽說柯海要與阿潛擇親，還沒細問是怎樣的人家，立時將傳話人駁了回去。她說，四處遊冶來的野人家，會有什麼好的！這話傷了閔女兒，因她也是在柯海遊冶途中得來。有多事人傳到公公申明世那裡，也是不中聽，沈家是申家的世交，怎麼是野人家？但上下都知道小綢的性子，又知道她多年盡心盡力撫育阿潛，比得過親娘。所以，都只是惱在心裡，沒人敢與她辯駁。這一回擇親，便中途而廢了。

杭城裡，其實有無數人家向希昭提親，都因老人家捨不得，婉拒了。這是老太爺親手調教，看著在跟前一點一點長起來的人，誰家的伢兒能有福份配她？多少呢，年紀大了，就像小孩子，缺一竅似的，看不見希昭正往大裡長。做父母的暗中著急，又不好違老人的意志。有幾次，湊得時機提起，剛開口便讓堵回去：你們是多她了還是怎的？這一次，來議親的是希昭的蒙師吳先生，所說人家也姓吳，論起來是吳先生本家。早說過，吳先生是南宋吳太后的後裔，雀兒營居住大多是她的族人，而嫡親一脈則住彩霞嶺下五福弄，那一家就是五福弄內的老戶，洪武年間，祖上中過進士，做了官。後世雖然功業平平，家境亦很一般，但操守謹嚴，子孫均賢孝，人丁也興旺，是個大家，住個大宅。所以，他家的台門是五福弄內最高而闊的。到了如今，這家小子倏忽間顯出異質，小小年紀應童試，縣試、府試、院試均上榜，取生員入泮。吳文童出生隆慶三年，長希昭兩歲，生相清俊，性情溫和。且和希昭同樣，也是大人捧在手心，好比珠在貝殼裡，一點一點渥大的。吳家和沈家相互都有聽聞，多年前，希昭還是個小伢兒，沈老太爺曾攜孫女兒去牛羊司巷的蔣苑喝茶，還與吳家的老太爺見面寒暄。大約就是那時，吳家老太爺看見的希昭。當時存心不存心不知道，但到了孫子論婚娶的年齡，很自然的，就想起了沈家小女。

這一樁親，無論家世、門風、人品，都無比合適，與希昭可說天地之配。希昭的父母親再按捺不下了，生恐老太爺拒絕，在背底與吳先生商議，請先生務必耐心，一次不行，說二次，二次不行三次。然而一次，二次，三次，老太爺均是一個謝辭。吳先生也沒辦法了，勸了句：眾人都知道老太爺格外疼希昭，正因為此，才不敢耽誤了！老太爺聽此話，並不作聲。吳先生又跟了一句：坊間有俗話道，籮裡挑花，愈挑愈花，我看老太爺是挑花眼了！老太爺不禁笑了，放下手裡的茶盅，說道：你們這些人，婆婆媽媽的，我怎能將希昭的終身大事交付出去？這樁事由我作主，其餘一個人也莫插嘴。吳先生就問：老太爺心中是不是已經有了中意的人？老太爺沉吟一時，慢慢地說道：有一個人——誰呢？大家都向老太爺傾過身去。你們記不記得曾經造訪過的上海客人？第一回來，希昭還小，那客人就看見過；上年嘉興修葺煙雨樓之後，多少人前去觀瞻，上海客人順道來了杭州，是第二回。人們自然都記得，不敢插嘴，噤聲聽老太爺接著往下說——這一回，客人與我說，他有一個侄兒，比希昭長一歲，從小死了娘，爹爹又進庵念經修行，就是由大伯、大伯母帶大，因不是親生，所以倒比親生的更用心，吃的用的是他大伯母調理，他大伯自己教書授業，簡直就是玉琢的。聽的人無一不在點頭，吳先生忍不住開口添一句：那一家可是殷實大戶！老太爺打斷道：大不大戶算得了什麼？並不想高攀，只是十分喜歡這家人的性情，看那客人就可看出，有天籟，與我孫女兒相合！客人他自己向我提起兒女親事，可回去之後卻再沒有音信，我們是女家，萬不可先開這個口，否則希昭不是太委屈了？人們再沒想到一年來老太爺心中擱了這麼件事，聽起來是很不錯，可畢竟曠日已久，又隔得遠，誰也保不住境遇有變。老太爺嘆息一聲：我只是心不甘，總覺著兩個孩子有緣，就想，再等等，再等等！

眾人都止了聲息，默了一陣，希昭的父親忽然說：我曾記得爹爹說過，上海客人與我們家祖輩就有交誼，尋尋看有沒有什麼互通的親友，囑人打聽一下，應無不妥。老太爺說：這就要仔細理一理了，說是世交，只是說說而已，並沒有認真追究過根柢。此時，靜坐一邊的希昭娘開口了，說她聽客人提過一句，他的父親做官時，往返途中在家住過。老太爺「哦」了一聲，漸漸記起，隱約中，那父親雖是在家中住過，但並不是直接的交情，而是由人介紹，還有手書一封，似乎是那人的兄長？對了，那位兄長也是做官的，在西南地方做太守，和沈老太爺家過去的一位清客是朋友——那位清客原是行商，專往川蜀地方販去一種絲料，織天鵝絨所用，再將黑白胡椒販回交易——因都是江南人，可算作大同鄉，在那蠻夷之地，人不親土還親呢！這位清客在沈家住有一年半，離去後便不知所蹤。如此溯本清源，竟是愈來愈遠，最後遁入虛枉。吳先生試圖另闢蹊徑，重新來起，問那清客與沈家又是如何干係，沈老太爺答：無親無故！人們再無話可說。

停一時，吳先生又生一計。他說，吳家在上海倒有一位真正的世交，姓張，原先頗有些往來，後來，那家太爺官至杭嘉湖道，為免攀附和弊私的嫌疑，雙方都疏遠下來，久不通信息，只聽說如今漸趨中落，卻還居於上海。同是一地鄉賢，張與申必是相互知道，何不請張老爺來說話呢？沈家人說，多年不走動，平白忽剌剌上門，怎麼不莽撞？吳先生又說，四月十四，為呂洞賓誕日，早聽說上海建道觀紫霞殿，別稱「小武當」，正是那一日開殿，就說是去看熱鬧，順途探訪，也是說得過去。人們也說：能看那小子一眼最好，說不定只是家中人自己吹噓，其實並不怎麼樣的，那提都不值得提了！沈老太爺想了想，說了聲：也好。

說來又不巧又巧，吳先生來到上海，已是四月十六，紫霞殿的開殿已過，集市也到收尾之時，可卻趕上另一樁盛事。

這天，吳先生在肇嘉浜虹橋下船，雇一領藍布轎，尋到四牌樓梅家弄，敲了張老爺的門。初始，有一陣愕然，但等吳先生報出杭州雀兒營吳家的來歷，立即悟過來，迎進門，廳堂裡坐下，喚人斟茶。喝茶時，吳先生略打量四壁，多少有些逼仄侷促。前面的天井只有三四步進退，磚平瓦齊，卻也十分規整。貼牆立幾株芭蕉，還有幾縷青藤爬上屋簷。屋內壁上有幾張字畫，其中有倪瓚一幅山水小品，方才透露家世淵源。吳先生說明來意，本是為趕新道觀開張的熱鬧，結果風順水不順，船遲了半日，錯過了，就想來試著尋訪故舊，沒料到真尋著了！張老爺說，其實通家上下都知道杭城雀兒營吳姓是舊交，可歷來無緣謀面，這回能來真是太好了，必定要住幾日。兩人細排了班輩，才發現彼此年紀雖差不多，但張老爺要比吳先生長兩輩，吳先生即改稱張太爺，張老爺不讓稱，吳先生執意，推讓一番，到底還是稱張太爺。慢慢敘來，又知道，張家和吳家一樣，族人都已分散，這裡只是其中一支，略旁開些的。說過往昔，又論今朝，兩地都有無窮的雜聞博見。杭城是個老地方，上海是個新天地，各一路的道行與風氣，卻都有奇致，情味盎然，是人世間的別境。不知覺中，就到掌燈時刻，飯桌擺開，張太爺囑僕傭到吳先生的客店取來行李，當晚住下了。

要說上海逸事，總也繞不開那幾家富戶和園子，說到天香園，吳先生不由豎起耳朵，只聽張太爺拍案道：巧了，收到申府的喜帖，後日他家孫子娶親，大宴賓客，正好一同去耍，每回天香園裡擺席，都有出奇制勝，可說是驚豔！吳先生心中一跳，想自己來晚了！又聽張太爺接著說道：申家有兄弟二人，申儒世和申明世，儒世天性素樸，就住梅家巷裡隔三兩院的一處宅子，深居簡出，與尋常人家無異；明世卻相反，崇尚繁華富麗，宅子巍峨堂皇，天香園就是他的；申明世正房裡也有兩個兒子，恰好是反一反，大的入世，二的出世，直出到做和尚。當然，申家的人都是錦衣玉食養大，縱然做和尚也是在自家廟裡，雕梁畫樓，玉佛琉璃燈；然而再反一反，俗世中的那個，娶一房妻納兩房妾，年屆四十方才得一子，那世外人則早早生了兩個兒子，也算作還孽債吧！娶親的是那個長子，名叫阿昉；小的叫阿潛，尚未聽說提親。吳先生這才安下心來，問道：這兄弟倆是否再反一反呢？張太爺笑說：還看不出，據人說兩兄弟都極聰慧，品貌出眾，不像出家的爹爹，卻像他們的大伯；喪母時，大的五歲，略懂事，小的不滿三歲，眾人都憐惜他，不免溺愛，尤其是大伯母，因與他母親交好，既是當故人的遺物，又當自己的兒子，鍾愛無比，養成個女孩兒般，倒也不跋扈，只是過於精緻了，都說不知哪裡有更精緻的女孩兒能配他。

吳先生說：這也是他的福氣！張太爺說：誰知道呢？常言道，小時有福大時苦。吳先生又說：聽起來，這叫潛的孩子小時倒也不盡是福，也有苦，那麼小小年紀就沒了娘。張太爺道：這話也是，或說是不幸中的大幸。吳先生說：其實是他母親為他積的德，不是與大伯母好嗎？這好就全還在他身上，算得上蔭庇。張太爺點頭稱是，忽想起道：他母親娘家是泰康橋計姓，侄兒子娶的正是大伯母的女兒，是親上作親！吳先生問：這計家又是什麼樣的門戶呢？好人家！張太爺說，殷實、敦厚、直正，論起來，我們與他們還有些拐彎抹角的親故，不外是姑婆叔公，舅表姨表，或是多年前，上輩人在一處做官經商共事交道，要細敘也敘不清；同居一城，大約都能勾連得著，如同是一張大網。吳先生「哦」了一聲。

下一日，張太爺攜吳先生去逛，龍華寺、水仙宮、大王廟、閘橋……這些寺廟宮觀加起來抵不上靈隱寺一個大雄寶殿，其實無味得很。地貌呢，沒有山，這是一個大缺憾，水倒是有，橫一條豎一條，都是泥沙河塘，哪裡有西子湖的明秀清靈！但就正因為此，吳先生才覺得不凡，一股野氣，四下裡皆是，蓬蓬勃勃，無可限量。似乎天地初開，一團混沌遠沒有散乾淨，萬事萬物尚在將起未起之間。別的不說，單看河埠碼頭的桅林，簡直密不透風，走近去，立到帆底下，仰頭望去，那桅杆直入青天，篷帆的漿水味，江水的腥氣，海的鹽鹹，撲面而來。水手下錨的鐵鍊子鐺鐺地撞著河岸的條石，還有縴歌，悍拔得很，像地聲般，陣陣傳來……凡此種種，如箭在弦上，伺機待發，不知要發生什麼樣的大事情！吳先生是沒大出門的，但從來不自以為眼界窄，在杭城這地方，有南宋的底子，雖是偏安，也是個大朝代，前有古人，後有來者，足矣！但來到上海，吳先生忽覺著，那南宋的遺韻變得縹緲不實，愈來愈輕和弱，早已衰微了。

再一日的晚上，吳先生隨張太爺去了申家的天香園。奇光異色自不必說，吳先生的眼睛就在波光燈影中尋那個叫「潛」的孩子。隔了兩桌，有七八個女眷圍坐，間或來一個少年，穿一身翠藍底織金縷的袍衫，繫一條絳紅綾子腰帶，戴一頂六瓣窄沿圓帽，帽上沒有鑲玉，而是綴一窄圈鹿皮。只見他走到一位婦人跟前，很奇怪地，在婦人膝上坐一時，旁人多不見怪，只當常態。起身離去時，吳先生看見了他的臉，左頰上顯出一個笑靨。吳先生不由額手稱慶：正是此人，千真萬確，希昭的笑靨是在右頰，可不是天配！

十七、蕙蘭

隔年的秋冬之際，阿昉的媳婦生了頭胎，是個女兒。臨盆時，園子裡忽開了幾株蘭花，此蘭花名「冬蘭」。那年都察院左副都御史方廉告老還鄉，說要路經上海，賢達們議在天香園宴請，因是冬日，園中花事蕭條，申明世遣人遍城搜集冬蘭，栽於各處。後來方大人顧及海瑞剛上任南直隸巡撫，正在殺豪門富戶的威風，不想添麻煩，於是繞道而行。那冬蘭原不是本地籍的物種，極難養，被撂在園子裡，無人理它，一次花都未開過，人們已經全部將它忘記。不料想，就在墨廠邊一叢箭竹內，開了出來。開始還以為是秋蘭，但秋蘭已經開過，草蘭又未到花時，看葉子近似劍蘭，卻短小些，況且那幾種蘭都不是這樣的香氣，近處嗅不見什麼，遠遠的，四下裡全是。正猜著，鴨四想起來了，因是他帶了人各家各戶去問尋，又是他一株株栽下。甚而至於記得，那冬蘭唯有大老爺在西南做官時親眼見過，聽了形容方才去搜來。又自告去大老爺處跑一趟問明白，回答說果然是，還特特告訴，這冬蘭花期雖短，但其香卻悠長，開之前就已暗吐芬芳，至凋謝仍可縈迴，所以也叫「四季蘭」。這樣一說，方才想起，久已有清新之氣浮動，還以為是柯海的墨所致。如今看來，花事早就萌動。因此，就將阿昉的新生女取名蕙蘭。

阿昉的婚房就在西楠木樓上。自母親去世，父親出家住到蓮庵，阿昉與阿潛被大伯母帶去她的院內，這楠木樓便空置著。沒有人氣頂，房子頹圮下來，牆角結著蛛網，有老鼠做窩，遮窗的幔子脆了，一碰即碎成片。被吩咐去取阿昉阿潛衣物的人，脊背上冒著冷汗，趕緊提了箱籠包裹，三步併兩步地下樓，方才吁出一口氣。漸漸地，連這稀少的人跡都沒了，越發的荒蕪下來。夜間，樓閣黑幢幢地兀自矗在東邊，更聲一作，檐下撲刺刺飛起一陣野鴿子。人們心裡都發怵，不止是覺陰慘，還有傷心，本來熱哄哄的一房人家，如今作鳥獸散。其間，阿奎定親結親，小桃向老爺提，讓阿奎在東楠木樓迎娶。在桃姨娘心裡，總是對楠木樓不甘，因最早是她住過的，就覺得最後也該歸她。阿奎自己倒並不對楠木樓有什麼興趣，還替它自編些怪力亂神的故事嚇唬下人，無非是風聲鶴唳而已，沒什麼別致的創見。申明世早看出這庶子德才平庸，不出大格就好，並不指望有何造就。在外人眼裡，亦常常忽略有這麼個人，比方，張太爺與吳先生說申家的短長，就只說申明世有兩個兒子，柯海與鎮海，這第三子奎海，提都沒提。所以，阿奎的媳婦就只是普通市井人家，品貌也很一般，只求秉性老實。他生母自然不高興，就想在婚事操辦上扳回一些臉面。可申明世自從鎮海出家，便逐漸消沉下來，隨後雖有柯海生阿昉，又嫁采萍這兩樁喜事，卻也不能回到先前的心境。何況，年過半百，步入人生的暮年，心情總歸是灰暗的，就提不大起勁。最終，阿奎的喜宴還是只在宅子裡擺，至於東楠木樓，申明世說：還有阿昉和阿潛呢。意思是怎麼也輪不到阿奎的。阿奎的新房就做在宅子裡另一處偏院，位置與他長嫂小綢的套院相對，也並沒有虧待他到哪裡去。小桃縱然一百個不滿意，也無話可說了。

小綢帶了人替阿昉收拾楠木樓，推開門，滿目蒼涼。可在小綢，卻是紅光溶溶中，笑盈盈的人臉，卻又轉瞬即逝，眼前是幾線光裡，飛捲的塵埃。小綢走上前，抬手將床架上的幔子一扯，撲落落堆在地上。再將窗幔一扯，又是一堆。房裡陡然敞亮起來，塵埃則擴充到整個屋子，翻捲得更速。小綢索性推開窗戶，木插銷脫落，歪在一邊。霎時間，一陣目眩，眼睛都睜不開。慢慢睜開了，定睛看去，青天白日，極淡的雲絲，鎮海媳婦的笑臉就在那雲絲間，很遠，很遠，直至消失。楠木樓裡的東西全扔了出去，鎮海的舊書早叫蠹蟲咬噬得體無全膚，幾成齏粉，鎮海媳婦的舊物亦多在喪事中燒了。倒還有些阿昉阿潛小時的衣帽鞋襪，那麼丁點大的，都不相信是這兩人穿過用過，這才知道，有多少歲月時間流淌過去。此時，小綢禁不住流下淚來，但不盡是酸楚，還有幾分歡喜。阿昉就要娶媳婦了，阿潛呢，當然也快了。

阿昉這孩子，沒怎麼讓人操心，自個兒長大似的。他母親懷他弟弟阿潛時，他不滿周歲，尚未斷乳，母親不能餵他，就從浦東三林塘雇了一個乳母繼續哺乳。他母親說起來是生阿潛種下的病根，其實是胎裡帶來的弱症，一向單薄。所以，那乳母的奶水倒要比生母的豐盈醇厚，阿昉就是那時候身子長結實的。小孩子有奶便是娘，自然與乳母親近起來，等斷了乳，母親一是病，二是被阿潛拴住，他依然跟了乳母。那乳母呢，本是生了個丫頭，才滿月就過來替阿昉哺乳，丫頭剛會走路時，掉到溝裡溺死了。三林塘那地方，水道縱橫，出門就是河，丫頭的死多少與無人照管有關。做母親的極傷心，當了東家不敢怎麼著，只能晚上，在自己屋裡啼泣。阿昉跟她睡，看她哭，就用小手替她抹淚。乳母將阿昉摟在懷裡，好像是摟著丫頭，一樣柔軟的小身子，卻是要比丫頭金貴千百倍。後來，母親去世了，阿昉與阿潛由大伯母照管。大伯母對阿潛更上心，因為阿潛年幼；也是生阿潛時，大伯母救了母親的命，從此就覺得阿潛也是她生的。因此，阿昉還是由乳母帶，兼顧著替大伯母做些雜活。父親出家的第二年，農曆七月十四，浦東起大風，三林塘一帶，房屋颳倒無數，百年的大樹連根拔起。海潮驟漲，突破堤壩十數處，農田悉數被淹。乳母一家投奔過來，男人在園子裡植樹種草，一個十六歲的大兒子在宅裡打雜，阿昉去塾裡讀書，就由他跟著。就此，這一家都在申府上討衣食。阿昉已經不需要專人服侍，可還是繞在乳母身前身後，上學前下學後都要看見一眼，叫一聲：阿媽，走了！阿媽，回來了！

阿昉與阿奎差一個輩份，卻只小四歲。但阿奎開蒙晚，入了塾學又不長進，背不下書，字寫得像蟹爬。等一年後阿昉開蒙，阿奎還在讀《三字經》。所以叔侄倆是讀一般書。有了阿昉在身邊，阿奎不得不放尊重些，別人呢，也不好再一味地排擠，倒安靜下來，讀了些書進去。但到底秉賦不夠，阿昉讀到《詩品》了，他才開始《千家詩》。至此，他也在塾中混了有二年半，結交幾個朋友，塾學就成消遣的地方。阿昉年紀雖然小，但頭腦極聰明，已看得懂些世事。他看出那幾個所謂朋友，不過是貪饞叔叔的錢和東西，常是攛掇著上街逛。叔叔又好稱英雄，一激二激，就將錢花出去了，或者請酒，或者請飯。到七八月，天香園桃樹結果，每日都讓阿媽的兒子揹一筐去，哪裡吃得了！就擲來玩，落到地上爛成泥和水。阿昉又看出，這些朋友其實是看不起叔叔的，連叔叔的東西也看不起，所以才會這般糟踐。下一日，他就不讓阿媽的兒子，他稱福哥的揹桃子去塾學。叔叔對福哥說：聽我的還是聽他的？過年滿二十，正經娶了媳婦的福哥，看看大的，再看看小的，滿臉為難。那小的神色十分堅定，回說：聽有理的！阿奎哼一聲：豈有此理！在前邊走了，福哥趁勢放下背筐，曉得是大的怕小的。

就這樣，小的還得護著大的。那些不正經的人和心思，在阿昉跟前都有些畏縮，不止因為他正氣，還因為他明白。所以就避著他，趁他不注意，裹脅著阿奎就走了。塾裡面多有市井平民子弟，俚俗得很，有幾分小聰明，都用在看人眼色，占人便宜上頭。有阿奎這麼個倒賠賬的寶貨，哪裡捨得放過他？千方百計要榨油水。阿昉有兩次忽略，讓叔叔給他們劫跑，第三次就警覺了。這一回，他緊跟著那一夥，穿過無數不知叫什麼名的巷子，是他聽也沒有聽說過的，就像陷了迷陣。但阿昉十分沉著，一邊盯著前面要跟的人，一邊留心走過的路，以防不認得回去。這幫人走走停停，說說笑笑，將阿奎擁在中間。走過鬧市，又走過寂寥的背街，最後上了一條船，阿昉就在岸上跟，船走得沒他快。就這樣，橫穿上海城，到了東南朝陽門下永興河邊一處街市，進一家酒樓。已到掌燈時分，夜市將起，稠密的燈籠間酒旗林立。阿昉聽阿媽說過幾則唐宋傳奇，就彷彿這情景什麼時候見過，心中並沒有好奇，只是為叔叔擔心，不曉得那些人會將他怎麼著。

阿昉跟進酒樓，人卻不見了，猜想是上二樓，就要跟上。被人攔下，說：學生郎別處耍去！阿昉很鎮靜，說是找他叔叔，那堂倌才放他上去。上二樓後不禁茫然了，一條新漆木地板走廊，左手邊是一行窗戶，閉著，窗櫺鏤成海棠花樣，窗下護壁板陰刻八仙；右手邊是門，也閉著，門上也是八仙，卻是陽刻，一律垂掛珍珠簾子。阿昉不曉得叔叔他們進的哪一扇，試著叩一扇看看，叩錯了也不礙的。正巧有兩名堂倌送茶，一個打起珠簾，推開正中一屏四扇描金綠漆門，另一個端茶邁進。阿昉緊隨身後蹬入一步，迎面看見叔叔阿奎。

一張極大的紅漆大圓桌，團團圍坐十數人，座上有幾個女的，身著綾羅，頭戴金玉，頓時，阿昉目眩起來。尷尬間，阿奎已經看見阿昉，暗叫不好，立起身走過來，拉阿昉出去，壓住聲斥道：你怎麼來了？阿昉說：跟叔叔來的。阿奎說：趕緊回去！阿昉道：叔叔也回去！相執著，裡面出來一個人，也是塾中同學，打圓場讓阿昉一同入座吃喝玩樂。阿昉看都不看那人，只是要叔叔跟他回家，那人再要勸，阿昉就提了聲音道：我們叔侄說話，外人不要插嘴。聲腔是孩子的，語氣卻十分凜然，那人方才想起申府在城裡的聲名地位，掂出輕重，不好和他惱，又不服氣，悻悻然退了進去。隔了門和珠簾，覺得出裡面鴉雀無聲。原來是從秦淮河過來幾個歌女，好不容易邀了來夜宴，當然是用阿奎的銀錢，不想半路殺出這麼個程咬金，不知如何收場。阿昉才不管這些，拉扯住阿奎的衣袖，拔河似的，不容他進去，一邊大聲喊堂倌，雇一領轎車，去方浜申家。堂倌看這孩子氣度不凡，這才知道是申家的少爺，不敢怠慢，即刻著人去雇轎車。這邊呢，阿奎抽自己的袖子，抽不動，掰阿昉的手又掰不開，兩人扭作一團。阿昉是個孩子，至多是個淘氣，阿奎看上去就滑稽得很，衣衫凌亂，手足無措，樣子十分狼狽。阿昉一步一拖，生生將個叔叔拖下樓，拖出大門，上了轎子。阿奎央他鬆手，都這樣了還能跑哪裡去？阿昉就是不聽，兩隻手滿滿地拽了兩團袍袖，就這麼從夜市的燈紅酒綠中走過。路人看了以為是小的無賴，又以為大的無能，指指點點，一路恥笑。進家門天已全黑，都過了吃飯時間，闔家上下都在詢問叔侄二人去了哪裡。只見阿奎和阿昉都虎著臉，問什麼都不答，各回各的院裡去了。

自後，阿奎就不與阿昉說話，阿昉也不與他說話，只是緊跟著。阿奎到哪裡，阿昉就到哪裡，一步也甩不下。如此，下了學，阿奎也沒辦法夥同人去玩，叔侄倆早早回家。有幾回，阿奎到了家，再悄悄地出門會朋友，還沒出院子，就見阿昉一溜煙地向這邊跑來，趕緊返身回進去。就知道，不僅在塾學，還在家裡，都受侄兒的盯梢。也有一二次甩脫尾巴，偷跑去痛快了，但第二日的情形更難堪。阿昉直接找那夥人中為首的一個，與他說，再不可引他叔叔入夥。那人家中開一爿布肆，送來讀書原也是有所期望，但無奈耳濡目染多是市儈行徑，結果還不如不讀。本來不過是個粗人，現在學來表面文章，反變得油滑。他足要比阿昉高一頭，乜斜著眼半笑不笑：並不是我們引他，是他引我們，不信問你阿叔，奎海兄，是不是啊？阿奎臊得臉通紅，不敢答話，只低頭作聽不見。阿昉說：你們人多，他才一個人，如何引得了？那人說：你阿叔只一個人不假，可他有銀錢呀，有錢能使鬼推磨，聽沒聽說過？阿昉曉得入了他的套，更斷定此人無賴，棄下他不再理睬，逕直去和先生說，塾中風氣輕薄，非讀書人之道，他和叔叔明日就不來了！先生本是錢家人的遠親，早知道申家和錢家交好，也因為這，才縱容阿奎多年。那幾個浮浪子弟，他素來看不順眼，趁機會索性退了他們，從此安寧許多。這年，阿奎十五，阿昉十一，已然一介書生的風範。下年二月，阿昉應童試，取生員，戴上方巾，入泮讀書，比他大伯當年還早一歲。阿奎學到此時，也已竭盡全力，再也無甚可學，鳴金收兵，用家中人話說，不必再「現世」了。

壬午年，阿昉十七歲，少年氣盛，一意要赴秋闈，硬被攔下了。起先還不服，後來祖父說了話，才作罷，卻好不甘心的。他大伯母說：單是那個擠和熱，就要你小命半條，還寫八股文呢！乳母也說，等身子骨長結實些再去也不遲，如今大明天下，讀書人進仕是正途，不差那幾個時辰。這時，大伯在教阿潛讀書，阿昉有時也跟了去學。但因從小與大伯生分，總是隔了一層，所以並不發問，只是聽。就是那一回，大伯與阿潛說公孫鞅與秦孝公論帝業、王業、霸業，阿昉似有所動，不禁插言道：為什麼帝王之道需經好幾代方才功成呢？柯海沒曾想這大的會說話，略一怔，繼而又感嘆自己兄弟沒有俗世的福份，白白有兩個好兒子。思忖一時，柯海答道：帝王之道是與天地通，霸道只是與人事通，塾裡的先生有沒有說過大禹治水？「治水」是什麼，是與山河通款曲，使其心悅誠服，非幾代之工不見成效，這也就是聖德，命脈延數百年，所以宰我需求教孔子：「請問黃帝者人耶？何以至三百年？」他老師如何回答？這兩人就一齊背誦：「勞勤心力耳目，節用水火材物，生而民得其利百年，死而民畏其神百年，亡而民用其教百年，故曰三百年也。」聽那琅琅的誦讀聲，柯海好似也回到少年求學時節，心想阿暆不知什麼時候也可這樣吟誦？但總覺阿䗚是另一路的，不可謂不好，只是難以料及，摸不透。

阿昉的心終於安靜下來，不再急躁，因看見功名之上，尚有無窮的境界，絕不在一朝一夕。這少年可說集父親與伯父之合，既有父親的謹嚴，又有伯父的敏慧，小小年紀就好學而多思，於是便養成一副肅穆端凝的神色。他不是像弟弟阿潛那樣的美少年，眉眼要平淡一些，但略加注意，會發現其間有一種蘊含，深切醇厚，這都是得自他的母親——記憶裡早已經模糊的形神，潛移默化於骨肉之中。因此，在阿昉本性裡，是誠篤敦仁，那些外表上的鋒芒多是出於孩子氣，還和超人的聰敏有關，如今又有了超乎年齡的穩健。在學中，結交往來的常常是比他年長的學人，就更獲益於對方的學識與品格。

學友中有一位彭萱，正是上海名園「愉園」的彭家子弟，祖父便是萬曆五年從四川布政使任上退官歸隱的彭大人。彭萱僅比阿昉長一歲，與阿昉同一年入泮。兩人因年齡相近，家世相仿，就總在一處進出，互相到對方家的園子裡玩耍，也拜見過彼此的大人。也許是兩人感情投契，形貌儀表就變得相像，兩邊的大人都說親兄弟也不過如此。到底也還是孩子，聽大人們這樣說，更加往親兄弟上行事，穿衣戴帽都是同色同款。阿昉自己的兄弟阿潛，生性與他完全不同，大伯母的殊寵又將他們隔開了一層，所以哥倆兒就有點生分，體會不到太多的同胞情義，阿昉其實常覺得孤單。而現在，有了一個彭萱，真好比雪中送炭。兩人心裡都想過，交換金蘭譜，又覺得俗氣，就都不好意思說出口。但還是憾憾的，不曉得應當如何做成真正的兄弟。然而，峰迴路轉，很快就有了一個想不到的機會。

那日，阿昉帶彭萱來天香園，專上繡閣看繡活。其時，采萍已出閣，雙生女頡之頏之也定了親，來年要嫁，不便見生人，終日就在自己的楠木樓上。所以，繡閣裡只有小綢和閔。小綢和彭萱問答幾句，無非是家中父母兄弟的短長。兩個孩子看過繡活下樓去別處玩了，小綢卻動了心思，因為聽到彭萱說家中有一個同胞妹妹，還未定親。隔幾日，吃飯時，小綢問阿昉見沒見過彭萱家人，阿昉說見過他母親，兄弟，還有一個妹妹。又補了一句，彭萱的妹妹也繡花，但繡得很呆，和家中的姊姊不可比。小綢不由一笑，眼前彷彿出現一個傻氣的小女兒。主意即定，下一日，小綢便去拜見婆婆，提議為阿昉說親。彭家的門第、淵源、聲譽，毋庸置疑，只怕還略勝申家一籌。從彭萱的儀容態度來看，家風亦很正直軒朗，歲數上，彭家女兒比阿昉少三歲，也合適，只是不知本人品貌如何——至於這，小綢也有辦法。什麼辦法？彭家不是有個園子嗎，早就想看看了。小綢讓婆婆央公公去和彭家說，定了日子，申家的女眷一併去逛逛。申夫人其實也想去，都說愉園比天香園繁榮，她倒要親自比一比，評一評。所以就催促申明世盡快傳話過去，彭家聽了很高興，他家女眷早已膜拜申家的繡藝，正可趁機會相交相識。於是，就將日子定在七月七的乞巧節。

提前幾日，小綢就遣人去泰康橋親家接回采萍。申夫人專門過來檢看送禮的十二件繡品，柯海又挑出十二錠墨。福哥帶人摘了新桃，筐底鋪桃葉，壘十二個，再鋪一層桃葉，就是一滿筐，總共十二挑二十四筐。再有成船的蓮藕、蓮蓬、菱角。還有一種仿宮製的藕粉，是阮郎給的配方，說是宮裡專造，名字卻叫「法國藕粉」。耗數十節新藕，才得粉匣大小的一盒，也是十二盒。到此時，已不單是為看彭萱的妹妹，倒是玩耍交際，如同過節一般。

到這一天，天不亮就闔家起動，梳洗更衣，忙了有一個時辰，方才停當。載東西的船先行水路，由福哥押著。岸上呢，鴨四率前，如今，他亦是抱孫子的人了，沉穩下來，穿一身簇新的青布短袍，領著申夫人的錦緞大轎。後面是小綢和采萍的轎，也是錦緞簾幕，只是規制略小一分。然後依次二姨娘，桃姨娘，閔攜了雙胞胎頡之頏之，一律的紗轎，轎簾上繡著各色圖案。花團錦簇，搖搖曳曳，往彭家愉園過來。

愉園裡也不知經過多少日的忙亂，凡有景的地方都置有桌案椅凳，桌案上備了時鮮瓜果，旁側立了丫環僕傭。竹園裡，葡萄架下，奇石，洞穴，水邊，峰下，一路迎客。申夫人早就下了轎，後邊人也紛紛下地，一時滿目新奇。短橋接甬道，甬道接迴廊，迴廊接花徑，花徑再接短橋，重重疊疊撲面而來。折過去又折過來，卻並沒有一處重樣。最後，來到一個廣庭，庭中央擺了海棠木大圓桌，桌圍椅墊全是綾羅堆疊，流蘇覆垂，立著一片人。猛一看還以為是一面無限大的鏡子，其中也有一位老夫人，媳婦姑娘，釧環叮噹，衣袂飄飄。定定神，方才看見是彭家的女眷，已迎候多時。兩邊的人一一見過，初時有些害羞拘謹，因都沒怎麼見過外人的，盡是兩位夫人應酬寒暄，說些天時地理，家務人情，引出各方的兒媳婦，又再出來拜見一回。不免就要提起早逝的那個，唏噓一番。彭夫人道：早聽說那媳婦賢良，娘家也有好風評。申夫人說：好在大孫女兒許配給了她娘家，算是將這門親續了下去。然後又再引見采萍，還專挑出所贈繡品中，采萍繡的那一件，給大家傳看。話說到繡活，底下即刻活潑起來。彭家女眷終於按捺不住，有無數問題求教；中家的女眷呢，何曾見過這許多人，又是與自己身分品貌甚為般配的，極想與之交道。於是也不等兩家老太太點頭，自將十數件繡品一一展開，逐件評品。看到一個手帕，月黃色滾綠牙邊的綾子上，繡一個松鼠，大尾巴蓬蓬鬆鬆，眼睛烏豆一般，抬頭瞅著一串水盈盈的紫葡萄。人們都笑起來，說那松鼠繡出一個「饞」字！小綢低頭擺排著，好讓人看清。忽聽人叢中有嘀咕聲，抬眼看見對面有個小姑娘，已經梳髻，就知是及笄的年紀，但形容卻還是孩子，伏在她娘耳邊說話。眼睛瞅著那手帕，就像手帕上的松鼠瞅葡萄。只聽她娘說：待些時候。她說：就現在！她娘說：待會兒。她執意說：現在！小綢就曉得是想要這塊帕子。見那女孩兒嬌憨天真，便將帕子一疊二摺，遞過去：小妹妹喜歡，拿去吧！他娘羞紅了臉，女兒卻一伸手要接。小綢將帕子中途收住，問：給你東西，你怎麼說？女孩兒憋了笑，說道：謝謝！小綢還是不給：謝哪個？女孩兒咬住唇，眼圈和腮上，紅紅的，更顯得是個孩子，看看母親，母親說：謝大娘！於是跟一句：謝大娘！小綢這才鬆手。她早看出來，這就是彭萱的妹妹無疑了！嬌養是嬌養了，可喜歡笑，就配古板的阿昉，兩人過日子，不至於悶死。

回來後，請了個中人去彭家提親，一提就中。阿昉也無話，倒不是對彭萱的妹妹有什麼特別的好感，只是從此他與彭萱作了姑舅，也就圓了兄弟的緣份。

十八、希昭初嫁了

阿昉已為人父，阿潛的親事還沒著落。小綢將阿潛看成天上的金童，於是誰都不入她眼。方圓數十里的有名有姓的人家都挑遍了，也挑不出一個能配阿潛的玉女。止不住犯愁，問阿潛要個什麼樣的媳婦？阿潛一樂，左頰上的笑靨一顯，一頭栽在小綢身後，將臉埋在錦被裡，極害羞的樣子。小綢就歎氣，想這阿潛並不是自己要長成人，而是讓歲月逼上來不得不為之。正在這為難的時刻，四牌樓梅家弄的張太爺上門拜訪。人稱張太爺，其實與柯海同輩，同一年入泮，也是同窗。當年柯海在天香園裡上演的「一夜蓮花」，看客中就有張太爺。以後各自成家的成家，立業的立業，往來自然稀疏了，不過是婚喪嫁娶，紅白喜事，方才過一下禮，照一個面。所以，這一回張太爺特特來訪，柯海就知道必定有什麼事情。坐下後，喝一盅茶，張太爺並不拖延，說明了來意，給阿潛提親。那頭是杭州城的姑娘沈希昭，如今雖是坊間人戶，但要細細追溯，卻稱得上南宋世家——話剛說到此，不料柯海又擺手，又苦笑。張太爺就問：有何不妥嗎？柯海說：妥得很，妥得很，只是事不由我！張太爺道：你兄弟已是世外人，兒女婚事自然由伯父定奪，就該申大爺作主才對！柯海不由面露窘色，低頭喝了陣茶，方才說道：其實，張太爺說的沈希昭，可說是看著長大，無疑是個好姑娘，阿潛未必配得上！家道亦是中正平和，本是一門上上親事，可你不知道嗎？阿潛從小由他大伯母養育，一切要聽大伯母調遣。張太爺說：那也很好，大伯大伯母一同作主！柯海更覺難堪：你還是不知道，他大伯母向來與我對頭，凡我說東，她偏西，我說好，就必不好！張太爺自告道：由我去向嫂夫人提不就成了？柯海愧道：可是，我已經同她提過，被她一口回絕，再無商量餘地。張太爺這才「哦」一聲，明白了。

兩個老同學怔怔地坐了一時，面面相覷。張太爺想的是，為了負氣，耽誤兩個少年人豈不太可惜了！柯海則暗叫苦，與小綢的芥蒂不能與外人道，有誰知道箇中實情？但二位老爺卻有一個同心，就是不甘心！停一會兒，柯海說：除非是他大伯母最信服的人說話——張太爺問：那又是誰呢？柯海說：有一個，可惜如今已不在了，就是阿潛的親生母親，妯娌倆好得一個人似的，所以，一個才會將阿潛交割於另一個，而另一個則把阿潛當自己骨肉。張太爺心頭一明：阿潛的外婆家可不是泰康橋計？與我們尚有些親故，雖不免牽強，可仔細續是續得上的，或者去請他舅家人來提？柯海卻還遲疑：提親的人是有了，可提的這一家，是先前被拒過的，一旦對上茬，依然是個不允！還當是我設的局，越發看我不上眼了。這時，張太爺看柯海一眼，覺得老同學是真懼內，其中不知有什麼緣故，嘴裡只說：這就要看舅家人的臉面了，不妨試一下。柯海雖不抱指望，但覺試比不試好，最不濟也就是個不成，可是，誰知道呢，萬一試成了也未可知！就由張太爺去調停，自己不敢插半句嘴，只等著聽消息。

也不知張太爺透過什麼樣的途徑，真的請來一位計家舅。來的那日，為避免與柯海私議的嫌疑，不敢往柯海那裡去，直接進了小綢的院子。院裡新栽的一棵石榴樹正開花，無數金鐘般紅亮亮的花朵，好像白晝裡點起的一樹燈籠。牆邊芭蕉葉肥肥的，油綠油綠，地坪的石磚縫裡開出一種極小的無名的黃花，婆婆娑娑，毛茸茸的。槐蔭底下的石桌上擱了幾顆黑白子，下過棋後忘了拾乾淨。走到門前，門開著，垂著青蔑簾，簾上錯行錯排地綴著粉紫和鵝黃的小繡球，彷彿撒上一簾花蕊。兩個爺們誰也不敢碰那簾子，生怕犯忌諱似的。裡面人已經看見綽約的影，伸出一隻戴鐲子的手，掀起半邊簾子，兩人這才側身進屋。臨窗的案前，一個少年人正寫字，見有生客，執著筆就站起來，轉頭向裡喊了聲「大娘」。裡屋這才走出一個婦人，寬庭朗目，氣定神閒，有一時驚詫，略駐步，緊接著讓座，又吩咐送茶。來人便知道這就是柯海的大太太，少年人阿潛的大伯母。坐定下來，雙方道了寒暄，又敘一回故舊。原來這個計家舅早已出了三表和五服，可不論怎樣，阿潛也要喊一聲「舅」，小綢呢，也得認親家。小綢心裡疑惑，這八竿子打不著的親戚來做什麼？隨同來的張太爺又似陌生又似面熟，不知在什麼時候什麼地方見過？面上卻不露一點，依然說話添茶。二位客人呢，心裡有話不知從何說起，那大伯母雖然溫文有禮，卻透出一股凜然，叫人不可小視，怪不得柯海要怕她！兩邊就這麼應付著。那阿潛院裡院外兀自玩耍，有幾回進屋來，倚著大伯母身邊站一會兒，雙手扶著大伯母的肩，就曉得母侄二人有多麼親。終於捱到午時，該吃飯了，小綢只是不明白為什麼這兩人還不走，一邊起身吩咐專在院內擺桌，留客人用餐，又著人去東楠木樓喊阿昉來陪座。這兩人連辭謝都不會了，怔忡著，好比兩個呆子。小綢心裡好氣又好笑，只一味應酬。那阿潛則高高興興隨了乳母阿媽去廚房辦菜，趁待客的時機為自己點一道拔絲蘋果。

一餐飯用罷，阿昉告辭回自己房裡去，客人卻還沒開出口來。倒是小綢看不下去了，為他們難堪，心想你們不說只得我來說了，因此道：說是親戚，卻也極少走動，如不是有事，萬萬不會屈尊到這不成樣子的地方來，不如說出來聽聽，議過了，也好各忙各的去。那兩個羞紅了臉，自覺鬚眉不抵巾幗，期艾一會，計家舅開口說了提親的事由。小綢先是不解提親有什麼不好開口的，如此遮遮掩掩，再聽所提那戶人家，怎麼有些耳熟？愈聽愈覺有來歷。最後，計家舅說完，張太爺又添一句：論起來，沈家還是申家的世交，老太爺在清江做官時候就從他家來去。這一句話提醒了小綢，原來就是柯海曾經提過，被她斷然回絕的那份親。隨即，張太爺這人也一同想起來了，還能是誰？柯海的狐朋狗友罷了，和錢先生、阮郎一流的。不禁從鼻子裡嗤一下，那兩個即刻噤聲，大氣不出。停了一會，小綢說：他大伯父提過這門親，又何必繞那麼大彎子？計家舅已不敢再說話，張太爺又不好說是吳先生託，連累沈家人更被瞧不起，只是堅執一辭，就是那沈姑娘沈希昭實在很好，生怕錯失，就試著再說一回。小綢冷笑道：天下有那麼好的人，怎麼沒被早早地挑走？張太爺見把話說開了，反而大膽起來，回說：人家不也在挑嗎？那邊也是金枝玉葉般養大，不捨得隨便給人，要說，真和阿潛是一對呢！說到此，屋裡的阿潛聽見提他名字，探出頭問：說我嗎？小綢說：沒你的事！將他打發進屋去。客人們卻見他有趣，不禁都笑了。

這一笑，到底緩和些，小綢歎口氣道：我沒見過那沈希昭，並不知道好不好，可他大伯都是和誰混跡一處，會遇見什麼好人家？那兩人被罵進去了，還不自知，一味地賠笑，交替說：沈希昭確是好的。小綢看他們受窘的樣子，多少於心不忍，說：看二位的面子，又無端耽擱大半天的工夫，怎麼也不能回你們不是，不過，事關孩子的終身，也要容我想一想，再說，還得問問阿潛呢！聽到這話，張太爺、計家舅、連同小綢，都笑了，想到阿潛是那樣的孩子，明擺就是託辭了。張太爺知道事情多半不會成，索性豁出去，說了一句放肆的話：知道申大爺和嫂夫人有過節，卻不能因此賠進去孩子的大事情！小綢收了笑臉問：我倒不知道有沒有過節？請大爺說說明白。張太爺一不做二不休：我也不明白，只知道柯海兄很怕嫂夫人，其實心裡極想作成這門親，可是不敢違抗，只得讓我們來豁命！小綢氣極了，反倒笑起來：這麼說來，就不敢多留二位，丟了命是擔不起的。說罷就將人往外請，這兩位幾乎是落荒而逃，出了院子。

當晚，阿潛洗了手腳，偎在被窩裡，纏著小綢說話。問今天的來人是誰，為什麼坐這麼久，說話還提到自己的名字。小綢看看他的手是大人的手，腳是大人的腳，卻是一臉的孩子氣。那張太爺說話雖然很魯莽，可是那一句卻讓人吃心，就是「賠進孩子的大事情」。停了停，答道：給阿潛說媳婦呢。

阿潛先還撒嬌打岔，後見大伯母認真，便安靜下來，仔細聽了。有幾處還專門地問一問，比如杭城這地方，是樂府詩中那位蘇小小所住的？又問李清照的居處還在不在？再比如，為什麼那沈希昭寫字臨的是歐體，既是宋人後裔，當寫宋徽宗體才對！還半道中插進幾句吟誦：「望海樓明照曙霞，護江堤白踏晴沙。濤聲夜入伍員廟，柳色春藏蘇小家」……這樣磨纏著，小綢終於把話說完，看著阿潛，等他回話。阿潛不說，臉卻漸漸紅上來，然後道出一句：大老遠的說個媳婦，羞不羞？小綢不禁也笑了，問道：要，還是不要？阿潛早縮進被子底下，遮住臉，再不肯出聲了。

下一日，到大伯處讀書。大伯先不問書讀得怎樣，而是問日前客人來，大伯母有沒有生氣？阿潛說沒有，還留飯呢！繼而想到客人們所來的緣由，就又紅了臉低下頭。大伯曉得他心裡明白，直言說：那個沈希昭幾可說是看著長大！就從第一眼見她，手提一盞小南瓜燈上樓來說起，說到手指甲上染的鳳仙花汁，再到最近一回，亭亭玉立之狀。柯海歎息道：莫看是市井人家的女兒，可這市井不是那市井，這人家不是那人家，這女兒又不是那女兒！阿潛聽出來，客人其實是按大伯的意思來的，不由得心跳，想這事情可就是當真的了。大伯又說：世人都以為市井俚俗，其實哪裡是啊！有沒有讀過李太白「結客少年場行」？「笑盡一杯酒，殺人都市中」——如此蠻霸無理，可是有力氣！再有，看沒看過宋人張擇瑞的《清明上河圖》，幾乎是遍地風流！販夫走卒，引車賣漿，以一己之力而衣食，何有貴賤之分？千萬莫以為那都是芸芸眾生，不明道義，不是讀過太史公的〈刺客列傳〉？燕趙皆亡於秦，那高漸離去了哪裡？在一家酒肆中做小二，有一日，店堂裡有客人擊筑，高漸離聽見燕趙之音，百感交集，懇請店主准他出場演奏，店主首肯；他換燕時衣，妝燕時容，取深藏多年的自家筑，儼然上堂，四座皆驚——

這便是市井中人！你以為市井中的凡夫俗子從哪裡來？不就是一代代盛世王朝的遺子遺孫？有為王的前身，有為臣的前身，亦有為僕為奴的前身，能延續到今日，必是有極深的根基，無論是孽是緣，都不可小視！市井是在朝野之間，人多以為既無王者亦無奇者，依我看，則又有王氣又有奇氣，因是上通下達貫穿形成。至此，說的和聽的都已忘了本意，阿潛疑惑道：大伯說的是哪一家，儒還是道？柯海哈哈一笑：儒道其實一家，聖人所說，三人行必有我師，師為何人？就是庚桑楚！阿潛問：哪個庚桑楚？替老子做雜役的那個人嗎？柯海不回答，撫一下阿潛的頭。

不幾日，阿昉的頭生女蕙蘭滿百日，家中擺酒，小綢不免再要歎息阿潛的婚事，不曉得那媳婦養在誰家裡。阿潛抬頭看了大伯母，驚詫道：不是杭城的沈希昭嗎？小綢一怔，知道阿潛意有所屬。雖然心中還是有成見，但到底經不住那麼多人來說，如今，連阿潛都有了主意。小綢只得認了。

杭城那邊，直至張太爺專程來到，登門求聘，沈希昭方才知道，遠遠蘇松地方，上海城裡有一個人，要與她執手的。那人名叫申潛之，就是上海客人的侄兒。難免想起極小的時候，吵著要去上海，還唱童謠：「知了兒叫，石板兒跳，上海人客坐八轎！」如今要坐八轎的竟是自己，不禁羞得要笑出來。這年，希昭已交十七，早是論嫁的年齡，一直卻沒什麼動靜。她當然不能著急，只是好奇，不曉得家裡會拿她怎麼辦！耳邊也吹過幾句，說她的事爺爺作主。爺爺總是為她好的，只不過，近一二年，爺爺有些老糊塗。別人看不出來，希昭卻很清楚，也是被她攪的。「爾愛其羊，我愛其禮」，她有意說成「爾愛其禮，我愛其羊」，爺爺就跟著「我愛其羊」起來。希昭再去糾正，應是「我愛其禮」，爺爺以為自己是不會錯的，非要說「我愛其羊」，想不到是真錯了。這是祖孫倆一貫的遊戲，但在過去，無論希昭怎麼攪，也攪不混爺爺的。所以，希昭還是有一些些不安。從前年起，她就學著臨倪瓚的山水，先是小品，然後大幅——《雅宜山圖》。吳先生以為太難，有言道：「宋人易摹，元人難摹；元人猶可學，獨雲林不可學」，只怕是筆力受阻，而入偏鋒。爺爺默然不言語，知道他想什麼？想希昭出生那月的朔日，清晨薄霧中，台門上立著的姑師，細緻而寂寥的身影，好似前生今世都在一身。希昭臨什麼人的畫不可，偏去臨散淡人倪雲林，不知命在何方！就在這時候，終於來了個張太爺，爺爺心中的石頭落地，卻又有一種悲戚生起——他的手心裡沃大的碧玉似的希昭，這會兒要離家了。

春天下聘，秋日便發奩。沈老太爺作主，這個丫頭是要厚嫁的，無奈心有餘而力不足。鄉下田地已無富裕，交上的租子只夠一家全年嚼吃的，再分不出多的作嫁妝，這是沈老太爺的大憾。人們都勸解，申家是上海大戶，且是讀書進仕人家，絕不會眼窩淺，嫌貧愛富；如此渡海渡水到杭州娶媳婦，不曉得有多珍惜！老太爺這麼顧慮，反倒小氣了。老太爺略開解了些，但依然竭力，恐有不足。所備的妝奩為十六箱八櫥四桌，用料為一般硬木，講究是在漆工。杭城南邊嘉興斜塘，有一戶楊姓人家，世代漆匠，祖上在宋時就為內宮用物治色，專會戧金細鉤填漆。希昭嫁奩，一應為楊師傅親手髹飾。那十六箱共分四種，一種單色朱漆，一種彩繪描金，第三種為雕漆，第四是楊師傅看家活，填漆描金——黑色為底，以細鐵絲或刻或刷，如同作畫中的勾法與皴法，然後戧上金銀粉，所調配方來自宮中祕藏，不可示人。完工之後，黑漆底上呈現紋飾：風起，雲湧，水漫，霧罩，連在一起，竟是一整幅長卷，像似《淮南子．天文訓》——「天之偏氣，怒者為風；天地之氣，和者為雨」。八具櫃櫥，式樣且不去論它，漆技全是傳自倭國的嵌螺鈿漆。四具厚螺鈿，四具薄螺鈿。那厚螺鈿為玉白，嵌於綠漆上；薄螺鈿深青閃藍光，嵌於紫漆。圖式一律花和鳥，花中以牡丹為魁，鳥中則首推鳳凰。四桌一為四仙桌，一為梳妝桌，再是琴桌與畫桌，桌上各有一對燭台，一對風燈。四仙桌上有果盒、暖碗、茶酒杯盅各一套、銀筷四副；梳妝桌上擺黃楊梳盒、琉璃鏡台、玫瑰胭脂、茉莉花粉；琴桌上是一具新琴，綠沉漆琴嵌螺鈿徵；畫桌上是五彩龍鳳紋瓷管羊毫筆一管、歙硯一方、紫檀木筆架一座、白玉墨洗一具、龍腦香一盒，再有各色紙箋：貴州箋、蜀箋、蘇箋、廣都紙、薛濤箋、謝師厚十色箋、等等、等等。與十六箱八櫥四桌所配，又有衣架、臉盆架、琴凳、春凳、杌凳、手爐腳爐、熨斗升斗、大小浴盆、各色提桶、什錦攢盒……總之，老太爺不遺餘力，傾其所有，裝了滿滿六條大船，順風順水地往上海去了。這時方才覺得路途的迢遠。

母親強笑道：自小學使筷子，就愛遠遠捏在梢上，如何教也教不好，今日可不就應在了遠嫁這一說！全家上下便都悽然起來。晚上，爺爺召希昭到房裡，教誨道：古人言，男有份，女有歸，《詩》中的女子，無一不往「于歸」，所以，希昭並非遠行，而是歸去！希昭說：無論怎麼說，希昭都是爺爺的骨血不是？將去的那家人，終還是生人。爺爺聽了這話，心中多少有些喜歡，面上卻作不悅，斥道：真是孩子氣的話，怎麼是生人？以後希昭就是申家的媳婦，姓也要改了，這就叫名至實歸！希昭不服道：我偏就姓沈！爺爺這會兒真著急了：可不許任性胡來，這「沈」姓不過是借希昭的，早晚要還來。希昭就說：還你就還你，連名也一併還回，我自取個名！什麼名？爺爺望著孫女兒，想不通時間這東西怎麼如此無理，不管願意不願意，硬是拉著人往大裡去，天真未泯，卻眼看著要為人妻母。希昭說：我早就有名了，爺爺不記得了？爺爺很納悶，希昭就說：武陵女史呀！爺爺「哦」一聲：那不過是渾叫叫的，哪能當真。希昭正色道：我是十二分的當真！爺爺想丫頭是快走的人了，自有夫家做規矩，便不與理論，作罷了。

希昭的婚事，全按杭俗操辦。花轎出發接新娘的前一日，就停在了男家廳堂。這一領花轎，內有三步深，第一步有梳粧台，台上擱洗手盆，漱盂，脂粉；第二步是一具矮几，几上放乾鮮果和點心；新娘坐第三步的榻上。轎兩側和背面環有窄廊，沿窄廊一周層層燭台，說是百燭，其實不計其數。停轎的一日，入夜時分，百燭齊燃，將那三疊院的正堂照得個裡外通明。待天色微明，晨曦漸起，轎裡燭光熄滅，罩上轎簾，出門往碼頭去，乘船接新娘了。

自雙胞胎出閣，閔就搬下樓，在小綢的套院不遠處，收拾出兩間向南的房屋，移了進去，意思是與小綢親而和柯海遠。這樣，阿潛的新房就做在了東楠木樓上。先前發送的妝奩鋪排開來，裡三層，外三層，裝得個滿滿當當。唯有一張床必是男家所備，也是鋪的鋪，蓋的蓋，垂帳結屏，滿滿當當。杭俗的規矩，接親後便不能空床，而且必睡兩人。睡哪兩個呢？家中來回商量幾番，先是讓落蘇帶阿暆，又覺輩份不合；再是讓阿昉媳婦帶蕙蘭，輩份是對了，卻怕小孩子骯髒了新人的床。最後，還是定下了阿昉和阿潛，兄弟倆去睡這一夜。

當晚，小綢帶兄弟倆上了樓。小綢頭一回上東楠木樓，追根溯源，這還是她的樓，因柯海納閔，便發誓不上去。如今，許多歲月過去，不曉得多少人和事發生，又結束，當年的恩怨早已平息。倒是阿昉和阿潛，腳步頗為遲疑。兩人長大後就沒這麼親近過，要在一張床上睡一晚上。彼此都有些靦腆，扭扭捏捏的，看起來，是被大伯母押來的。阿昉臨上床前掙著說一句：大伯子睡弟媳婦的床合適嗎？小綢劈頭道：你弟媳婦在哪裡？又轉過臉問：阿潛，你什麼時候娶媳婦？阿潛已經睡到了床裡，從被窩裡答一句：明天！小綢心裡好笑，嘴上兇著：這不結了！看著床上並排躺著的兩個人，頭腳都抵到了床檔，便想起他們的母親。母親走時，這大的站在地上，頭頂剛過桌面，牽著小的，穿了重孝，眼神惶惶的，都忘了哭他們的娘。好，很好！小綢在心裡說，眼睛蒙上了淚，不敢多待，一扭頭，走了。

阿昉躺到枕上，環顧左右，幾枝玉白大燭燃著，映著家什上的新漆，融融的紅光一團，不禁歎道：一個杭州城差不多都搬來了！阿潛說：就算一個杭州城，亦不過是市井坊間，哪比得上嫂嫂的官宦人家，深門大戶。阿昉說：不論這些，單說人，本鄉千家萬戶，何苦大老遠地去說一個媳婦，耗神費力的，不知能好成什麼樣！阿潛就辯了一句：其實是大伯看下的。阿昉卻不以為然：一定是大伯受了人家的恩，所以才說人家女兒好。阿潛不高興了：要照這樣說，該是反過來，人家受了大伯的恩，才將女兒送咱們家，只怕我們對不住他們呢！阿昉就笑了，伸過手在阿潛鼻梁上重重刮一下：還沒見過呢，就喜歡成這樣了。阿潛翻過身，對了哥哥，無比嚴正道：人家離鄉離土路遠迢迢地過來，咱們並不動彈，所以是他們吃虧吃大了。阿昉忍住笑：怎麼補人家的虧呢？阿潛被子一蒙頭：不知道！阿昉就想起自小拌嘴，說不過了，就是一聲，「不知道」。這兄弟被大伯母慣著，漸漸與哥哥隔了心，可這會兒，就又回到了小時候。阿昉也認真起來，說：勿論遠近，都是一個「緣」字。阿潛從被子裡伸出頭：阿哥說的是三生石嗎？這一回輪到阿昉嚴正聲色了：「三生石」不過是傳奇，並不是正史，所謂「緣」是指人和人的聲氣相通，情性相投，雖本人未曾相逢，但周邊人卻都有所感悟，才會四方撮合，成其一宗好事，要一味往不可知處推，就成了怪力亂神，下道了。阿潛就說：那麼爹爹呢？爹爹是哪一種「緣」？兩人都默了一下。兄弟間，幾乎不提爹爹，雖然青蓮庵近在咫尺，可除去祭祖，他們從不輕易踏入。爹爹於他們完全是陌生人，並且有一種可畏。良久，阿昉說：爹爹是世外人，另一路的道行，也是有正途的。蠟燭燃到了底，房內的紅光漸滅，沉入暗處，兄弟二人也都入眠了。

再過幾個時辰，就有船靠肇嘉浜，一領花轎登岸，揭去罩簾，轎內燭光螢螢，十二名轎夫齊著腳步，穩穩上了石板街。薄霧中，早起人只見一幢光明行來。上海人沒見過這個的，都駐足觀望，前迎後送。行過縣署，過如意橋，再從三牌樓與四牌樓間，過武廟，經城隍，折頭向南，沿方浜西去，來到申府泱泱八扇排門前。

十九、金枝玉葉

洞房花燭夜，阿潛翻檢希昭貼身攜帶的攢錦盒——朱色堆漆細雕山水房屋車船及船上的小人兒，盒裡收著希昭自小到大心愛的物件，並沒什麼值錢的，卻十分可愛，連阿潛看了都很喜歡，向希昭要了幾樣。一面螺絲捲邊的西洋鏡；一張南宋德壽宮梅花碑拓片；一串紅綠絲線盤成虎、蛇、蠍、蜘蛛、蜈蚣圖形的五毒索兒，但當檢出一枚青田凍石印章，希昭略略遲疑一下，還是點了頭。接著，阿潛便在盒中淘出一件小針線荷包，翠藍綾面上繡一隻黃毛鴨雛。阿潛拿在手裡左右看看，說：怎麼像是咱們家的東西？希昭紅了臉爭道：你叫它，看它應不應！阿潛說：我無須叫它，它自會說話。就拿到燈下仔細辨認，果然在一叢亂針繡的水草裡辨出「天香園繡」的字樣。希昭這才不說話了。阿潛得意道：原來早就收了我家的聘禮啊！希昭低頭點了阿潛要去的凍石印章，說：這不又被你們家討回去了！阿潛這才知道凍石印章也是出自他家，不由想起前晚與哥哥阿昉的夜話，關於「緣」的說法。希昭到底與他有緣，遠兜近繞地進了家門。看她這一盒小玩意兒，件件都有趣，他怎麼就沒有？可見她有見地又有心，說來比他還要小一歲呢！阿潛竟然有相見恨晚的心情。兩人埋頭檢看盒裡的東西，阿潛就覺有一股異香，漸漸瀰散開來。不像花草植物的香，亦不是麝香，從來沒嗅見過，特別的輕盈飄逸，不是嗅見，而是通體可感。阿潛問希昭口裡含了什麼，就要她張嘴看。希昭不解，張了嘴給他看，阿潛卻上去親她一下，兩人都紅了臉，閃開來。此時，阿潛發現那股異香不止來自希昭的口，還是髮上、衣上、插戴上、以至全身，就問希昭到底被什麼熏了。希昭回說是抹香鯨的香，人稱「龍涎香」。阿潛恍然道：就是南宋詞人王沂孫詠物詞〈天香〉所寫到的？「孤橋蟠煙，層濤蛻月，驪宮夜采鉛水」！希昭點頭稱是，誇獎阿潛記的書多。阿潛握了希昭手驚呼道：你身上有「天香」，正好入我家「天香園」，可不是「于歸」了？希昭就想起爺爺說的話，不由也很驚異。

阿潛可說是在「閨中」長大，與人親膩得很。希昭呢，爺爺有些當男兒養，性情爽脆明快，適時適處止住，不由著阿潛纏綿，實是相配。小綢冷眼旁觀幾日，暗中也服了氣，面上卻矜持著，並不與希昭多語。阿潛雖然娶了媳婦，依然一貫地黏小綢，「大娘大娘」喊個不停，什麼都要與大娘說。從希昭處得的東西，統要獻寶般地傳給大娘看。小綢哪會稀罕這些小孩兒家的玩意兒，只是對那枚凍石印章略留意了，又聽阿潛說了來歷，就知道，這枚章是由蓮庵的石佛盤下的碎料製成，可當作一尊小佛看，就囑阿潛收好了。阿潛說：希昭給我的，自然會好好收著！小綢聽了不免有些醋意，想到「有了媳婦忘了娘」的俗諺，可又經不得阿潛一會兒捏肩一會兒捶背地巴結討好，心便軟了。在阿潛，從來以為大娘是最親，如今再加上希昭，他們三人是大家中的小家，要廝守永遠的。所以，並沒有什麼隙罅，一切都因情而動，自然而然。成親的日子真是他的美日子，兩邊都是親，希昭又是另一樣完全不同的親。他那一派歡喜的樣子，倘若不看他是個長不大的孩子，就要被人笑話輕薄了。

春暖花開，昉、潛兩對年輕夫妻來到園子，乘一艘採菱人的船，由福哥划槳，在池子裡遊玩。水上正是繁忙時間，一條船栽藕節，一條船種紅菱，一條船收拾殘荷斷梗，另一條船疏浚淤泥。池水一時攪渾，又一時澄清，鏡子似地映出水面上的船和人。一數，多出一條船，老鴨四划的槳，船上坐著落蘇帶阿暆，還有蕙蘭坐在她乳母身前。兩艘船相交時，母親拍手喚蕙蘭，卻不應聲，莊嚴地坐著，看四方美景。阿暆呢，用一束柳，紮成一柄小槳，在水裡划來划去，算是助艄公的力。船的互往穿行之間，游來一群鴨，穩穩地浮在水上，一動不動，但等水清的一刻，便看見鴨掌在水裡左翻右翻，十分輕捷靈敏。鴨掌下是魚群，針尖大的小魚兒。明眼人還能看見無數細絲般的水草與藻類，漂移滾動，看久了，就覺得水底又是一個大世界。

繡閣的窗戶全推開了，湖波幾乎映到樓閣內，小綢倚在窗邊，看著湖上繁榮活潑，顯見得又一輪興旺來臨。她想起自己做新媳婦的時候，在園中擺市開店，還有那一架羊車，得得地撒著小蹄子。如今，羊車上的人嫁的嫁，娶的娶，羊車也不知在了哪裡，八成當劈柴點火燒了。福哥領的那艘船，愈走愈遠，去了蓮庵背後的白蓮涇，涇邊的百花園一定姹紫嫣紅。過了好大一會兒，出來了，兩個媳婦頭上都戴了花。阿昉媳婦戴的是牡丹，好大的一朵，斜在腮旁；阿潛媳婦則是蔓草連成遮眉勒，額中間垂一朵倒掛金鐘花，定是出自阿潛的手。那希昭也經得起妝點，並不顯嬌媚，那一朵花就像觀音額上的一隻眼，洞察人世的，於是就變得端正安寧。小綢從上向下打量兩個媳婦，阿昉的那個，一眼便可看出大家富戶出來的女兒，福窩裡長大，難免有些憨傻，不知人事不知愁。雖是做母親的人了，可自己還像個孩子，蕙蘭一落地就交給了乳母，也就是福哥的媳婦，所以，蕙蘭也與她不親。阿潛的希昭則不同了，小綢自己不覺得，旁人都看出新娘子的長相有些與當年的小綢相像。同是牙白的膚色，方正的額和下頷，大眼直鼻。希昭的眼梢更長，略微上翹，就顯得眼仁圓大；嘴型不如小綢秀氣，闊了些，似乎有幾分男相，其實是平添一股英氣。小綢心中暗暗驚歎，想，沈希昭是個什麼人啊！

漫想中，那船人已到了繡閣底下，阿潛喊著「大娘」，手裡擎一大球芍藥花，船上人都仰頭看，滿眼望去，全是粉雕玉琢的人。綺綾衣裳，金銀釵環，一船的錦繡，好看得令人擔心，擔心世事難料，若要有半點變遷，這金枝玉葉都驚動不起。小綢想，如今自己年過四十，柯海還要長兩歲，公公已是花甲之年，護這一家子還能護幾時？再說，天災人禍全是命定，又是誰能護得了誰？小綢心裡不禁陰鬱起來，自萬曆年來，蘇松地方就不安靖。乙亥年大水；丙子年饑；丁丑年六月寒；戊寅還好，己卯則又是大水；再歇兩年，壬午年又不好了，七月大雨，十月劇風；磕磕絆絆過了三載，到這一年，先是冬雨木冰，再是黃沙蔽日，四鄉里莊稼毀壞無數，饑民遍地。連年來，中家的田地只有一半產出，乙亥和壬午兩年，僅收繳上一成租子。今年如此開春，秋收又能指望多少？進賬是這樣，出賬呢？也可從萬曆年算起，丫頭采萍出閣，頡之、頏之出閣，三大樁費用；阿奎娶，阿昉娶，再是阿潛娶，又是三大樁。小綢並不管家，也不會算細賬，但大出入是明白的。她也知道輪不著她發愁，只不過是看著這些嬌兒嬌女，不由得要想到將來。到底是上了歲數，免不了瞻前顧後，因為知道時間的迅疾，幾十年不過一晃眼的工夫，也知道天有不測風雲。

樓板上一陣動響，珠簾一掠，兩對男女魚貫進入，喜盈盈的笑臉，頭上身上的花還帶著露水，方才那些灰心的想頭便不揮而散。阿昉的媳婦已經跟著學繡，這是個沒心的人，所謂學繡不過是依葫蘆畫瓢，一針一針地跟著描。就像阿昉最初時說的，繡得很呆。說她，她也不生氣，反掩著嘴笑，小綢和閔都拿她沒法。希昭是頭一回上繡閣，「天香園繡」她早就聽母親說過，慕名已久，那一個小荷包可算得百聞中的一見。如今，對了閔姨娘花綳上這一件做了三四成的繡活，方才知道那荷包又只是滄海一粟。閔繡的是一幅萱草，米白緞底，只一色靛藍，卻有無數層深淺，交替過渡；莖葉或長或短，或舒或捲，或剪或連；上下應合，左右勾連，迂迴轉折，像是有無窮盡的繁衍生息，鋪陳足有七尺寬，丈二長。希昭心裡「呀」了一聲。又看花綳上方竹架，垂掛千絲萬縷，不像是從線裡辟開，而是蟬翼、竹衣、花瓣覆的一層膜，遠山上的煙波。分開看，千差萬別；合起來，分明是一色藍；迎著光，透明無色；影地裡，一重霧，漸次濃上來，又漸次散下去……阿潛喚她多少聲，她都沒聽見，小綢看她入了神，心裡生出喜歡，想這一個要是學繡，天香園繡便後繼有人了。上前按了希昭的肩，希昭這才回頭，眼神茫茫的，停了一時，說道：聽吳先生說，北宋宮裡有一種汴繡，繡的是畫，可繡成一整幅《清明上河圖》，後來，到了南邊，就失傳了。小綢的手慢慢收回來，冷笑一聲道：元都滅了，哪裡還有宋？希昭聽出大伯母的諷意，曉得說話冒犯了，不再做聲，轉身隨阿潛他們下樓去。看了希昭的背影，小綢想：這丫頭的心可是高得很，針還沒拈起來，就要繡畫！

希昭入門不久，已看得出小綢在家中地位。祖父母年事高，家中事雖說由大伯掌管，實際上卻是大伯母的意思為先。其中的過節希昭不知道，就知道大伯很怕大伯母。阿昉和阿潛是由大伯母帶大，俗話說，生恩不如養恩，兄弟二人自然十分孝賢。阿潛尤其得寵，事事離不得大伯母。要是分父黨和母黨的話，大伯母這一黨至少是人多，大伯母又心性強，主意大，大伯的氣勢顯見得就比下去了。並且，不知怎麼的，並沒有人向希昭透露，可希昭就是知道，大伯母不怎麼贊成她和阿潛的婚事。怎麼說，在家時，爺爺日日等一個人，等到後來，以為不會來了，可是卻又來了，等的什麼人？就是希昭的提親人！其中的過節也不知道，就知道事情起了頭，可是不順利，雖然收了尾，卻藏下芥蒂。要說，大伯母對她比對嫂嫂用心在意，她看見過大伯母訓斥嫂嫂不會抱孩子，讓剛吃飽的蕙蘭回出奶來。對她卻不曾有一句重話，正是這，使希昭覺出生分。大伯母看她的眼光裡有一種謹慎，因此，她對大伯母便也小心起來，敬而遠之。無奈阿潛總黏著大伯母，希昭想遠也遠不得。她給阿潛的東西，他要拿去給大伯母看；她在房裡寫的字，他要覺得好了，也要拿去給大伯母批。小綢看出希昭所臨歐陽詢體，筆力尚可，在阿潛之上，臉上只淡淡地，說了聲「很好」，就打發了。希昭的針線，在阿潛看起來，也是好得不得了，又要拿出去顯擺，這一回希昭無論如何不讓了。天香園繡是什麼？幾近神工，她這點針線哪裡見得了人？拉扯了幾下，阿潛生氣不理她，她也不哄，由他去。果然，只半個時辰，就忘了，自己來找希昭說話，問去不去大娘院裡拾無花果吃？

上年，小綢在院子牆根下，壓了一條無花果枝，眼看著抽發開了，翻過年，春上頭成樹，夏末便結果，一場颱風過去，落了滿地。那果實綿軟的一球，入口即化，糖稀似的。其實算不得上品，幾乎是野果子，可就是新鮮呢！家中的桃林，城內外多少人羡慕，這無花果枝就是采萍替她婆家拿來換桃樹枝的。可再是極品也經不得年年吃，吃了鮮桃，吃桃乾，吃了桃乾吃桃醬，早就膩味了。所以，大人孩子一窩蜂地來拾無花果。此時，阿潛拉著希昭過來，晚到一步，地上的無花果都拾盡了，阿潛就要用竿子打樹上的。希昭說，好好的果子還沒熟透，打它作什麼，沒聽說過俗諺：強扭的瓜不甜？阿潛便罷了手。小綢其實趁早就收下一批，用桂花蜂蜜醃漬在罈子裡，專留給阿潛的，等人走散，就招呼這兩個進屋裡去。

采萍出閣後，小綢就重新收拾了屋子，那些錦囊彩匣收起了，纓絡流蘇也收起了，清簡和端肅許多。案子上是大方硯，素瓷筆洗，青釉香爐，一迭春蠶紙和一柄鼠鬚筆——希昭聽爺爺描繪過，說是王羲之所用的紙和筆，卻頭一回親眼見。希昭的眼睛流連過來，最終停在床上方的帳屏。這是屋內唯一有顏色的物件，格外顯得燦爛。丈二横幅的祥瑞圖，十種花卉走獸連成，以牡丹為左首，向右依次為雲龍、祥鳳、山虎、蒼鳥、瑞鹿、天馬、松鼠、鸕鷀，靈芝收尾。牡丹是藕荷色，龍為青龍，祥鳳雜翠藍與薑黃，虎是黑斑虎，蒼鳥褐與綠，鹿是白鹿，馬是棗紅馬，鸕鷀為五色，靈芝雨後彩虹七色。希昭看繡屏，小綢看希昭，等她開口說要學繡，思忖如何回答她。希昭眼睛終於從帳屏上移開，並沒有說什麼。過後的日子裡，也沒有任何意欲學繡的動靜，小綢漸漸灰了心。

日子繼續花團錦簇地往下過。阿昉娶妻生女，放過了乙酉年的大比，如今靜下心來讀書，備考戊子年鄉試。年長幾歲，又聽過大伯的教誨，阿昉不再像少時驕矜，一味地要過人取勝，反倒從書中得了樂趣。四書五經之外，他喜歡讀些本朝本鄉賢達的文章，因與一己所居所處有關，讀來頗覺親近，時有同感，時又有意外之得。鄉賢中他最著意的是震川先生，從小聽說震川先生與祖父有交往，離開安亭去南京上任前，祖父專在天香園設宴送行。父親，那個在青蓮庵修行的人，年輕時常去聽先生講學。他晚生幾年，不得親耳聆聽，好在學中市中都流傳先生的文章。震川先生雖是外鄉人寄居內家，但一石一木都有記銘，比本地生人更稔熟而有情。阿昉讀先生《思子亭記》，其中，寫當年攜婦將雛來到安亭江上，眼前是「震澤之水，蜿蜒東流為吳淞江，二百六十里入海」，何等蒼茫！其時，長子九歲，日日與兄弟遊戲，「穿走長廊間」，倏忽間七個春秋，已是堂堂少年，竟然「去而不返」，「足跡隨履而沒」，從此「山池、草木、門堦、戶席之間，無處不見吾兒也」……讀到此處，阿昉不禁大慟，因是為人父的緣故，一旦想到女兒，未能涉及離亂生死，已是柔腸寸斷。震川先生筆下的「山池、草木、門堦、戶席」，幾乎就是描摹阿昉的家園，可謂感同身受，深覺得骨肉至親才是人生第一要義。同時，體會到母親亡故，父親出家的心境，不再以為是無情。也所以，對功名淡了許多。

阿潛呢，當然也讀書，只是以往跟大伯讀，如今換了老師，跟希昭學了。仗著希昭是大伯主張的人，更壯了膽子，再不往大伯那裡去了。說起來，阿潛其實是得了書的真諦，他不以為白紙黑字才是書，還有多少無字書，藏在一動一靜之中。要不，古人怎麼說：讀萬卷書，行萬里路？那萬里路上，偃伏著多少未可知的事理，只是不得知遇，所以不成篇章。可惜，阿潛自小被嬌養，過不來粗糙的日子，再說，大伯母也不會放任他出去遊蕩。可是不要緊，不是還有禪機的說法？所謂道無不在，遇事即禪，所以，最尋常的日子，僅止是食和衣這兩項，耐心過著，亦會生出學問來。這不是嗎？沈希昭說了，西湖裡有一種睡蓮，人稱水葵，葉片如酒盅大小，春夏時分最為肥厚，家家都採來調羹湯。阿潛聽了道：這倒像是阿姊的名字，「采萍」，合該生在我家的。接著又思忖著在天香園池子裡放一片，於是急忙忙遣福哥去杭城採種。那邊沈希昭家一旦知道姑爺喜歡，即刻四下裡去尋覓。這水葵是湖中野生，沒人聽說家養，更不知哪裡賣種，幾乎將杭州城翻了一個身。最後，還是老太爺親自上城隍山，找賣茶的鄉人朱老大。朱老大說，這有何難為的，到湖裡撈去啊！於是，雇了船，到湖心水葵密厚處，拖根扯藤，連葉帶花，打了水淋淋的一船。就這麼走錢塘江到黃浦江，進上海城，直接傾到天香園池內，漸漸沉底。十幾日後，又漸漸浮上來，卻是與水葫蘆纏在一起，分不出誰是誰了。阿潛將它們忘了的時候，水上卻開出紫紅色小花，活了。阿潛忘了水葵的時候，在做什麼呢？養蠶。

阿潛要養蠶，就不止是與希昭同道了，多少人獻計獻策。家中人都是與蠶事有瓜葛的。小綢的乳名就叫蠶娘，除去柯海，那一個知道的人已經故去，就是阿昉阿潛的親娘；也唯有小綢知道，他們的親娘乳名就叫小蛾，親手調治過桑麻；阿昉尚記得，小時候跟了姊姊采萍養過蠶寶；如今又加了一個落蘇，她娘曾在人家蠶房裡做工，她上樹摘過桑葉。因此，都爭著要與阿潛幫忙。形勢紛亂，由不得小綢不出來調停分工，先遣福哥帶幾個人蓋蠶房。養蠶所忌甚多，忌臭又忌香，總之是忌「味」。避臭容易，避香就難了，天香園裡少說有幾十上百種花，此花謝了彼花開，長年花香繚繞。勘察幾日，最後定在竹林裡起屋。原先是大老爺的園子「萬竹村」，後來歸了二老爺，與天香園有通有隔。曾經是間墨廠，照理也不可以，因為有煙熏，是蠶一大忌。但墨廠已經熄火，趙墨工置地買房，自己開了墨廠，距今有十多年。那墨廠的梁和柱還立得好好的，就在這舊骨架上，紮木格為頂，鋪竹爿為地坪，四壁糊上好的綿紙。福哥方才從杭城找水葵回來不久，此時又忙著蓋蠶房，蠶房蓋定，時辰已近清明，趕緊去嘉興進蠶種。阿潛再三再四要上品，並從希昭那裡得知，有一種早雄配晚雌的，種氣極佳，出絲格外亮白，可染諸般顏色，只是所配蠶家極稀少，還是要尋覓。總之，福哥被支使得陀螺似地轉。天香園這頭，採桑的採桑，剪葉的剪葉，除塵掃席，好比迎候天皇娘娘。一片熱火朝天，等蠶種請進，便「刷」地靜下來，斂聲屏息，大氣都不敢出，因蠶又是忌吵鬧。

蠶事繁忙，闔家上下為之鼓舞。柯海眼見得墨廠易為蠶房，想當年，那墨廠也是苦心經營，意氣滿腹，最興旺時，幾千盞熏燈齊燃，燭火洞明。如今改成另一番景象，很有些白雲蒼狗的意思。他並無異議，小綢高興就行，只在私底下半譏嘲半逗趣地對阿潛說：如今親力「治亂」「經綸」，猶「黃帝、堯、舜垂衣裳而天下治」——也可算是帝業了！伯侄二人共同想起關於帝業與霸業的一席話，都笑起來，阿潛隨即想到，已有多時沒跟大伯讀書了。

蠶寶二眠之後，一家人已應付不過來，不得不去鄉里雇了農婦。然後三眠，大眠，直至吐絲，作繭，擇繭——只取上好的，略差些便賤賣或直接送人織湖綢，製絲棉，十裡只留一、二。再治絲、調絲、過糊、染色……阿潛不動手只動口，動口必是好了還要好，精了還要精，再由小綢派活，分頭下去奔忙。等製成上等絲，就送去胥口閔的娘家上花機。閔師傅年已過半百，通常不上機，除非有宮中特貢。而這一回是申家的活計，必要親為不可的，親製花樣，親結花本，親上花機……凡此種種，人工、物力、錢財，費糜遠在市值以上，可是自家做與店肆買就是不一樣，不是說有黃帝之德嗎？織好的綾羅從胥口送到，池子裡的水葵正好舒葉開花。一動一靜，一息一止，希昭已來申家一年，娩下一個男嬰，阿潛也做父親了。

阿潛得子，老太爺很高興，正逢侍御史秦嘉楫在東北城門萬軍台上建丹鳳樓。那丹鳳樓本是南宋年間肇嘉浜邊上天后宮的主樓，幾經兵患，又有倭寇來犯，摧殘掃蕩，到嘉靖時已片瓦無存。秦嘉楫，先祖秦裕伯，本邑賢達，洪武帝敕封為上海城隍神。因此淵源，秦嘉楫起意重修丹鳳樓，一呼百應，紛紛捐資、捐工。當年收藏「丹鳳樓」匾額的，是本邑名士陸深，弘治十四年第一名舉人，十八年二甲一名進士，授庶吉士，曆官國子監祭酒，浙江提學副使，四川左右布使政，尤擅長書法，有小王羲之之稱，所以才有收藏石刻匾額的意趣和用心。這時，陸家的後人將匾額捐了出來。申明世不甘落後，趁興而追，一口氣捐了過半工價的銀子。新樓為二層重檐，巍然立於城牆之上，俯瞰黃浦江，成為上海制高點。波濤洶湧，江鷗亂飛，看古往今來，氣象極是浩蕩。

阿潛本心對生兒生女無所謂，但看全家歡喜，不由也十分得意，與希昭說：如今你是我們家的頭等功臣！希昭說：這算什麼功臣，生兒子誰不會？大嫂不也生了一個！阿潛不服：可是就有人不生子。希昭說：一個不生怕什麼，再納一個，兩個三個，終有一日會生！說話人無心，聽話者有意，阿潛變了臉色，手捂住希昭口，道：萬萬不可說這樣的話，讓大娘聽去不得了，又要傷心生氣。希昭也是一驚，放低聲問：大娘怎麼啦？阿潛便將聽來的那些小綢和柯海的舊事，一點一點地告訴給希昭聽。他其實也只知道斷續的鱗爪，但希昭已能聽出個大致，解了大伯與大伯母過節的疑惑。大娘能讓大伯如此生畏，希昭覺得佩服，也覺有趣，笑道：是你大伯活該！阿潛貼了希昭耳畔說：反正我是不會納妾了！希昭說：誰稀罕你納不納妾，你儘管去納，還有人替我做針線！阿潛貼得更緊：說不納就不納，勿管生兒生女，哪怕一個雞子兒不下，也絕不要旁人來睡咱們的枕頭。希昭知道他有一張蜜嘴，閉上眼睛不理會，由他說去。阿潛接著說：我本來不在乎的，可誰讓你偏偏生了兒子，爺爺高興得捐銀子造丹鳳樓，是替咱們的兒子捐功德呢！希昭閉著眼睛說：誰稀罕那功德，兒孫自有兒孫福，你爺爺讀一輩子書，連這都不懂！阿潛說：你稀罕什麼，說出來，我一點不差遞給你！希昭說：我不說，說出來你也辦不到！阿潛受了激將，偏要希昭說出來，要不說，就喊大娘來問，一逼三拷，怕你不說！希昭陡地睜開眼睛，看著阿潛道：我說了，你一定辦到？阿潛被一雙杏眼看著，不由畏懼起來，卻還硬撐著：你說我就辦！希昭直起身子，正色說道：松江府有一個香光居士，書畫極有名望，希昭想與他求教。

阿潛有什麼辦法請香光居士？還不是去與他大娘說。小綢聽了傳話，默了好一時，她一直等著希昭開口，請求學繡，知道這媳婦不是那媳婦，倘不是自己情願，任誰也迫她不得。小綢也看出希昭對天香園繡有意，終有一日會開口，如今開口了，卻不是學繡，而是學畫。

二十、香光居士

希昭未出閣時，便聽吳先生說，松江府有一位香光居士，為元時山水大師房山道人外家孫。房山本是西域人，生來有北風，氣勢豪邁。元與宋銜接，越過宋可望唐，越過唐再望漢魏，幾可通古。那香光居士便是從這一脈上而來，書法宗隸，山水畫師宋人。吳先生還說，這位香光居士性情倨傲，求其字畫十分不易，物以稀為貴，沽價極昂。就有一眾人專仿居士的畫，仿得好的，幾可亂真。再有一眾習畫者臨摹，待他興致高時，會添筆指教，於是，更加真假難辨。然後，猶如雞生蛋，蛋生雞，臨摹的臨摹，仿的仿，贗品生贗品。結果，比那些不吝筆墨的人還要多出幾倍，滿天下都是香光居士的字和畫，其實連十之一二的真跡都難說。吳先生感歎道：要是能看一眼香光居士的親筆都是大造化了。希昭就將此話記住了。

在閨中，希昭就臨倪瓚的山水，喜愛他的高古邈遠，懼的也是這高古邈遠，有一種虛無從空谷幽林中漫漫生起，一旦蹈入便難以拔足。這也是沈老太爺向來擔心的移性之徵兆。但希昭慕古歸慕古，生性其實還是世間人，看她那攢盒中的小物件就知道，有多少俗情喜好。所以也才會覺著倪瓚的山水惘然，歸其究竟，就是無人。真就是前不見古人，後不見來者，只有眼面前的紙上筆墨，盯久了一陣風就會吹跑了似的。與阿潛成婚，這又生了兒子，希昭一年來除偶爾寫些字，並沒有臨任何人的畫，那虛空似乎填滿了。卻又生出一種餘裕，飽足後的不足，向哪邊尋生計呢？還是回過頭來尋紙和筆。字和畫中，希昭歷來更傾心於後者，這還是與她的世間情有關聯。字，若不是有音與意，單是形，便虛枉了。而畫，即便是倪雲林那無人的畫，也是有人的，只不過是世外的人。從習字到習畫，在希昭，就是從虛向實靠近。這些日子，閒在月子裡，希昭不由動了作畫的心念。

杭城花牌樓西側，通一條小井弄，又稱小仙弄，因弄內住吳小仙，成化年間的宮廷畫師，無論山水還是人物，全畢肖似真，武宗賜名「畫狀元」。同為本朝，又在一城一街，卻也只可供遙想。弄裡的吳宅早移作他人居，倒是那幾口井，至今還在。自小希昭就以為，凡書畫家全是古人，每一代古人又都師從前代古人，無窮盡地向前推，直可推至堯舜，幾可稱天工，而非人為，所以要稱書聖和畫聖。希昭很覺納悶，不曉得此生還可不可親見作書作畫人。而吳先生所說的香光居士，聽來則是亦真亦幻，既像神仙傳奇，又像坊間閒話。希昭向阿潛說要向香光居士習畫，是要唬一唬阿潛，心裡隱隱的也有激他的意思，一半真一半假。沒曾想阿潛全當了真，去向大伯母說了，而大伯母，也真的與香光居士有一點淵源。

前面說過，小綢娘家為七寶徐姓，是有來歷的。追根溯源，徐姓是宋時康王的人，在南宋做過官，改朝換代，已湮入民籍，家業也漸蕭條，卻還是有名望。鄉鄰中若有紛攘爭端，又不願起訟，就由賢達士紳仲裁，而徐家老太爺，便是士紳中的一名，以身世與德行，說話頗有份量。香光居士祖上居住上海城西南董家宅柱頰山莊，資財豐厚，少說有十數家店鋪十數條里坊，鄉下還有田地，難免財大氣粗，做出淩弱欺貧的行徑。嘉靖年末，元宵放燈，宅第前搭了彩樓，層層點燈，足有五層還是七層，居上海城內最高，最亮，最紅火，引來無數人觀燈。那年一冬無雪，氣候十分乾燥，這日晚上，又颳起西南風，風助火力，燈光大明。看燈人興致更加高昂，萬頭攢動，人聲鼎沸。正興奮中，不知有誰一聲喊：不好了！話音未落，就見一股火舌從燈閣最底部盤旋而上，層層環繞，眾人以為奇觀，發出陣陣歡呼。而燈樓最近處的一層人卻被燎烤得燙熱難熬，覺出不祥，折頭往回撤，外一層的則趁勢向前去。於是，外面的往裡湧，裡面的往外推，就有擠倒在地的，又帶倒一批，後來者再踩踏上身。而那火中彩樓通體透明，上千上萬盞燈大放異彩，只一霎時，合成一炬，躍上夜空，又落在房頂，沿了屋脊從西南向東北奔騰而去。半個時辰，就有無數人踏死踏傷，又有無數間民宅店鋪化為灰燼。坊間本來就對這一家妒恨，積怨很深，此時迸發出來，吵著要告官。平時，家中並不放小戶平民在眼裡，但這回是犯了眾怒，到底懼怕了，便去求地方名望出面調停。徐家原籍在北方隴西，香光居士外家則是西域人，本可以接續接續鄉誼，可平素並不往來，多少是出於嫌貧愛富。這時候卻想起來了，求上門去，竟有著萬般的謙卑。徐家人起心裡看不入眼，只是見不得人可憐，惶惶如喪家之犬，往日裡的威儀全部掃地。於是答應斡旋求情。看徐老太爺的面子，最終是不告官，但一月之內必遷出城外。於是，賣了幾頃地，在松江府另置了宅第，舉家遷移。如此出走，雖不至流離失所，但總是被驅逐，顏面盡失，狼狽不堪。從此再不向上海城內涉足，連帶著與徐家也斷了往來，倒不是忘恩，而是窘。所以，徐家也只當沒有這回事，從不對他人言。那一年，香光居士還是個孩子，十一二歲光景。少時的記憶中，對變故應有印象，推想起來，也是他格外奮發的緣故。

香光居士成年後，書畫的聲譽漸起，可說老少皆知。但在世家眼中，依然脫不了市儈一流。然而，畢竟是名士，蘇松地方大事要事，聚慶聚典，總也少不了他。世人之心免不了勢利，為求字畫，也少不了要與他交情，其中就有當年轟趕他們家的人。此時，自然另當別論。徐家一半是自恃身世的高潔，另一半也自慚於家道清貧，從來不湊熱鬧，倒是香光居士，偶爾會來通款曲。紅白喜事到個禮，請個茶，老太爺壽辰時，甚至送了一幀吉賀的尺頁，畫的是通常的俗套，松石鶴之類的，但筆力趣味確與人不同，又是真跡，實屬難得。徐家為避攀附誇耀的猜忌，只是捲起來藏著，並不懸掛示人，也是衰微世家的矜持。不過，心中還是有感念，體察到香光居士的知恩，有些父債子還的意思。所以，要是徐家人有求，香光居士十有八九會應允。上海人都知道，香光居士唯閨幃中是聽，就愛個紅粉綠鬟，因此便有成群的妻妾。旁人索字畫不得，妻妾凡開口都有斬獲，外界流傳的真跡，多是來自閨幃。所以，小綢要能和他家女眷說上話——淞滬地方，又是賢達名門，東遊西走，終能勾聯一繫親緣，那就百分之百不會受拒了。

可是，小綢並不願意，是出於世家的臭毛病。香光居士這般人家，沒名望還好些，不過是市井里坊，有名望卻跑不了小人得志，暴發的嫌疑。再說，不是為別的人和事去求他們，是因為侄媳婦希昭！本來希昭不是最得她中意的，論起來，原因不在希昭本人，而是在柯海身上，是他帶累了這樁媒聘，可情與理兩者之間如何辨得清楚，況且是小綢這樣的性情中人。後來，小綢倒是認了希昭，而且有幾分器重，由此看，小綢並不是完全不講理的人，還很有量，可卻輪到希昭任性了。她不接大伯母的茬，一字不提學繡的事，倒要去向香光居士習畫，還要走大伯母的人情，這就有些過份了。阿潛卻不以為有什麼不妥的，兩頭都是最好，他在中間互通有無，覺得自然而然，再對不過了。其實呢，兩頭的心思，阿潛都不懂，所以才無所顧忌。話說回來，不懂就不懂，懂多少也比不上阿潛的好心腸！只一味地求好，不分彼此，不問是非，不明青白，一人好大家好。看著阿潛孩子樣的臉，小綢忽就看見了柯海年少時候的樣子，她這才明白，申家人都是一種人，無邪、無憂、無慮，因此而無賴。

阿潛挨小綢坐著，一看見大伯母，說話不覺就絮叨起來。說著希昭的好處，他的喜歡，以及拜師香光居士的求請。小綢聽著聽著，忽打斷說道：市上米價一斗一千錢了！阿潛說：咱們不吃米，吃豆，吃瓜，吃麵！小綢又說：四鄉饑民遍野，街上都有餓殍。阿潛說：讓福哥去搭個粥棚放賑。小綢說：可是，米價一斗一千錢了！阿潛說：我們吃豆，吃瓜，吃麵，餘下米發放賑粥！說罷才覺出話又繞回來，說成車軲轆，就以為大伯母在哄他玩，忙著要把學畫的事扯回來。看他著急的樣子，小綢好氣又好笑，裝聽不見，俯身在花綳上繡活。兩隻手一在上一在下，一遞一送，轉眼間扎出一片亂針，眼睛一晃，卻是一叢蓊鬱的青草。阿潛卻沒心思看繡，一著急，竟伸手將大伯母的臉扳過來，離了繡繃，就好像幼年時，要讓大伯母看這個看那個。小綢不由心一軟，嘴上還硬著：渾鬧什麼，看我手裡有針！阿潛才不管有沒有針，一疊聲地叫大娘，大娘，大娘！小綢真地將手裡的針在阿潛額上點了一下，阿潛加倍撒潑道：帶我們去拜師！小綢冷笑一聲：「我們」是誰們啊？我和希昭呀！阿潛天真地說，小綢心中又不忍了，說：我不認識什麼師傅不師傅的！阿潛說：大娘家不是與香光居士有人情交往？小綢問：誰說的？阿潛道：大伯說的。小綢悻悻然道：他倒是什麼都知道，怎麼不求他？阿潛說：可是大伯家和香光居士沒來往啊！小綢譏誚說：申潛之也什麼都知道！阿潛說不出話，只是一勁地搖著小綢的膝頭。小綢就是不吐口，阿潛漸漸喪氣了，垂下頭來。小綢見不得阿潛的戚色，才說了一句：讓你大伯帶你去，就說是我的意思。後一句話不知是對柯海，還是對香光居士而言，總之，阿潛知道大娘答應了，愁容頓消。又廝磨一陣子，便告辭大娘，奔大伯院子去了。

柯海聽說希昭有意向香光居士學畫，不由生出一番感佩，想這女子果然不是尋常的心性。阿潛徒有聰穎敏慧，志向上恐怕不能與她相當。他還覺得希昭隱約有些像當年的小綢，都屬那類有氣度的女子，令人又敬又畏。娶了這樣的媳婦，又像是福份，又像是孽緣，就如小綢與他。柯海這一生，幾乎都被轄制著，伸展不開來，鬱結得很。可奇怪的是，這又是他情至所致，並無人逼迫強行，沒有反不能了。總之，是業障。這阿潛，又更比他羸弱纏綿，能消受得了嗎？阿潛見大伯不作聲，不知想什麼，靜等著。好一時過去，柯海抬頭看見阿潛，方才醒過神來，說：因何想起他來了？阿潛說：人心總是向古，但又有誰能親耳聆聽古人面教？緣木求魚，不如近水樓台，向今人求教。柯海聽這話就曉得出自希昭口，阿潛哪有這般深思。柯海點頭說：道理是對的，只是香光居士名聲固然大，有一半是眾聲喧譁，吵吵嚷嚷，要我看，他是雜百家為自家，多少有些濁氣。阿潛答不上來，停一會兒，冒出一句：水至清而無魚呢！在他是渾說的，可歪打正著，竟然很有理呢。柯海不禁笑起來，其實他自己也對香光居士好奇著，更要緊的是，小綢發了話，對他幾近聖旨，是絕不可違的。不過，希昭是媳婦，拋頭露面總歸不合規矩，柯海決定，由阿潛出面學，回來再傳教給希昭。阿潛將大伯的意思帶給小綢，小綢的回答是兩個字：隨便！可算是同意了。柯海也讓阿潛帶兩個字：好的。小綢說：廢話！這就不好再帶回去給大伯了，於是，到此打住。

香光居松江府城西北處的廣富林。南坐細林山，綿延九峰，北向十八里平川。宅第宏偉，連併三區，中區高聳，左右略低。縱深又有三進，第一進為廳堂，正廳兩側分別花廳、轎廳；二進為畫室，極為軒敞，三區橫通，廊柱獨立撐持梁架，畫案五六張，紫檀、花梨、海梅，規制甚巨，案面遼闊，鋪設無數紙硯筆墨，四下是繡墩、矮几、低案，一地蒲團；二進之後是花園，有各色奇木怪石，鑿三四池碧水，水上有曲橋，蜿蜒往第三進；第三進是家居之所，不知有多少屋舍，抬眼望去，只覺瓦行連綿，山牆重複，長檐短檐錯落，紅廊綠廊交替，滿目都是窗櫺、照壁、門楹、堂匾。因是遠近聞名的宅院，常有人流連觀瞻，加上各路過來求教求畫，漸漸碾踏出三五條道路。每日裡車馬盈門，你來我往，甚為喧囂。柯海攜阿潛前去拜訪的日子，正是秋闈方過，香光中正榜舉人，備考下年春試的當口，所以一應謝客。只見幾個僕役模樣的人，還有幾個學生模樣的人，忙著接客和送客。柯海本已不指望，只怪來得不是時候，報進名字身分，便要打道回府。傳話的人也是虛應差事，走一走過場，不料，僅半刻工夫，那人便飛奔而出，叫道等一等，香光居士要見客。不禁大喜過望，傳話的人態度恭敬下來，低頭弓腰，一溜小跑在前面領路，一眨眼間，做夢似地，進了宅子。

伯侄二人隨那侍從經過廳堂，走入畫室，見案上壁上全是紙縞，或著墨，或無跡。紙縞是素白，几案與窗櫺格子，還有墨跡，都是黑，好比太極，畫室就成了禪房。侍從的步履很快，於是匆匆掠過，到了園子。沒有天香園的旖旎，卻有十二分的蔥蘢，草木很深，因是借了山川野地的氣象。廣富林與上海相比，幾可稱荒郊，又像是遠古，蟄伏著一股地力，蠻橫得很，這時那時，這裡那裡，不防備間便破土而出。穿行於木石之間，池水之上，就走進那片屋宇。此時，兩人都忘了來路，彷彿走過無數屏障關隘，又進到重重樓閣，大門套二門，最終走入一扇門裡，迎面一股茉莉花蜜，撲鼻的香。不曉得有千球還是萬球茉莉花一時間盛放。然後是婆娑的珠簾，揭了一層又一層，來不及看，但聽見無數細碎的水珠子四處濺開，泠泠地響。珠簾裡是一具紗屏，繪有花鳥和仕女，大小形容都與實有無異，幾乎要開口鳴叫說話。轉過紗屏，滿視野錦緞綾羅，窗幔、帳幔、桌圍、椅披，一派暖軟嫵媚，就像婦人家的內室。只有那一具書案及案上的書，方才提醒這是書齋。案後面立起一位美髯公，就是香光居士。

香光身著一襲青底牡丹織金絲綢緞袍，褐色松江土綾腰帶，戴一頂貂鼠六瓣金縫小帽，袍底是黑麂皮軟襪。一應家居款式，卻極為華麗。房裡還有幾個美人，不知是妾還是婢，都穿著美豔，更是錦上添花。柯海阿潛伯侄二人，眼睛都不夠用，滿目金銀閃爍，紅綠交互。屋內又點了炭火，暖香裹身，一時上飄飄然的，不知身在何處。恍惚中，美髯公走近來，拱起雙手作揖道：原來是申公子，久仰了！隨後引領到案前，靠窗的椅上落座，窗台忽傳來婉轉一聲「上茶」！回頭一看，金鉤上站了一隻紅嘴鸚哥，也不用鏈子拴著，由牠任意在屋內或飛或停，羽翅間帶起一陣風和光。

在那細林九峰之下，田畦竹籬之後，幾乎聽得見蛙鳴與野唱，不料竟有如此流光溢彩的所在，住著一些麗人，真好比神仙降世。阿潛自不必說了，柯海都怔忡著，往日裡的能言善辯全不知去了哪裡，只是仰望著香光居士，花團錦簇中的一張臉。許是讀書累了，氣色有些沉暗，眼睛也略失了神，渙散著。柯海在心中算一算，想他當是三十四或五的年紀，比自己年少十餘歲，且過著這般華服美食的生活，理應更清朗一些，不免為他惋惜。坐安穩了，又喝會茶，柯海閒定些了，說出來意，阿潛立起來躬身一拜。香光看阿潛一眼，口裡說著「一表人才」，「青出於藍勝於藍」的溢美之詞，神情依然倦怠。柯海不禁又惶惑起來，覺著來得不是時候。停了一停，彷彿冷場的意思，幸而有那隻鸚哥，拉長聲道：「小乖乖」，然後「嘖」的一聲，聽來很像是男女間調情。阿潛年輕無有所察，柯海卻覺難堪，坐不住了。動了動身子，要想告辭，不料香光居士又開言道：少公子臨誰的帖？柯海趕緊坐定，答：臨的是歐陽詢。又讓阿潛將攜來的幾幅字展開。香光鋪在案上，來回看了兩遍，挑出一張〈九成宮醴泉銘〉，稱讚這幅臨得最好，卻是希昭所臨，其餘都是阿潛的。香光忽問：為何不臨趙孟頫？阿潛誠惶誠恐回答：歐陽詢更古。香光笑了兩聲：古不古還需看造化，趙體遙接魏晉，更向漢唐，世人只知他婉麗，實是不露骨，質厚。無論是笑，還是說話，聲音都顯乾枯。柯海看出香光很累，又已得了指教，緊忙捲起字幅，攜阿潛告辭出來。香光是真累了，虛留都不留，送至門前，便止步了。

乘車離去半里，伯侄二人衣袖上的熏香還散不去。阿潛說：香光居士的那隻鷯哥很古怪！柯海阻住話頭，斥阿潛道：丈夫的字都不如媳婦，好不好意思？阿潛「嘻」地一笑，有些害羞，又有些得意，說：媳婦好就是我好！柯海說：就不能更上進些個？阿潛答應了，轉頭四顧，樹林一層綠，一層黃，一層紅；遠處山巒，亦是一線綠，一線黃，一線紅，秋意盎然。路兩邊則有耐寒的野花，花朵不大，藏在黃綠的草叢中，星星點點，有一種疏朗的爛漫。幾隻野蜂在頭上盤旋，想是身上染的香招引的。趕車的福哥囑咐不能驅趕，愈驅趕愈要螫人，別理牠就是了。阿潛說：這麼由著牠倒反而不會螫嗎？福哥說：蜂子輕易不會螫，一旦螫了，拔了刺，就活不成，雖然是賤物，也知道惜命呢！耳朵裡是小主僕二人絮叨，柯海心裡想著的還是香光居士，總覺著骯髒。那香和暖，袍上的花樣，腮邊的髯，尤其是鷯哥兒，竟會吐那樣猥褻的音；可途中所經過的畫室，卻又是素白和素黑，都有些遁空的意思；而且，指點阿潛的「古不古看造化」的說話，分明是有見地，大約，這就是「異秉」吧！

回到家中，阿潛將求見的經過一五一十地報給希昭聽，然後說：看起來竟是個大俗人！希昭說：興許是大雅若俗也說不定呢。阿潛湊到希昭近前，悄聲道：他家的鷯哥兒很有趣，會這麼——就在希昭鬢上嘬一下，發出「嘖」的聲音。希昭紅了臉，推開阿潛：再不能去那個地方，都學壞了！阿潛回嘴：還不是為你去的，我自己並不想見他，什麼「香光居士」，分明是「臭光居士」，屋裡熏得那樣重的香，其實是為蓋氣味——阿潛又湊近來，小聲說：有狐臭！希昭這回真惱了：你告我這些個做什麼？別人家男人身上的味與我何干？說罷再不理睬阿潛，自己走開去做自己的事。阿潛一個人呆了一會兒，無味又駭怕，怕希昭真不和自己好，躡了手腳走過去，看希昭正在書箱裡翻找。翻找一時，取出兩本帖，隔幾步遠瞅過去，是趙孟頫的石刻本。就知道希昭聽進去方才的傳話，要臨趙孟頫了。希昭少時曾臨過幾筆趙體，但因吳先生不樂意趙孟頫降元歸順，就停了。如今聽香光居士所言：古不古看造化，又特推趙體，便重新拾起來。

希昭臨趙孟頫，阿潛就也臨趙孟頫。阿潛再唯媳婦是尊，內心還是知羞的，生怕別人以為他不如希昭，所以就分外用心。畢竟希昭是女性，易偏柔婉，阿潛呢，則柔中有剛。然而希昭多年臨柳體，氣質樸正，因此婉而不麗。阿潛臨帖不多，倒少受拘泥，就有另外的風氣。總之，兩人各有千秋，又都熬住氣地臨，倒把那出生不久的嬰兒冷落了。好在有小綢。希昭本來就乳不足，讓福哥剛生育的媳婦代哺。好比當年阿昉是吃福哥母親的奶，如今更替了一代。那嬰兒也就不大認希昭，在希昭手裡不一時就會哭，找奶奶或者找乳母。而希昭雖是做母親的人，卻還如同在閨中，概不過問家務，人都說這媳婦被寵壞了。

兩人這麼你追我趕地臨著帖，倒想再請香光居士裁決一番，可香光居士如此大的排場，能見教一回已屬例外，何能再提第二次。然而，事出意料，正月時，柯海忽收到香光居士的信柬，問候兩句，便開口索要天香園的桃枝，用於扦插，最後又問及少公子的字練得如何。前後都為寒暄務虛，要天香園的桃枝則是實。這一日，車載了兩綑桃枝，柯海攜阿潛，又登門了。除了近日所臨趙孟頫字，希昭還讓帶去一幅臨倪瓚的小圖。

接近春試，大多知道香光居士不見客，門庭比上回安靜許多。剛從冬日過來，草木尚未復甦，氣象有幾分寂然。香光居士清瘦了，但面色卻較上回爽潔。屋內多為裘暖，顏色沉著。妾婢則大減，只留一個生相呆笨的，顯見得是粗使丫頭，鸚哥兒也不見了。柯海看出香光居士是有所忌憚，生恐胭脂污穢了書卷。索要桃枝一半是慕名天香園的水蜜桃，另一半也是取桃符上寫佳句的吉意吧！總之，香光居士多少祛了浮麗，雖是出於功利，但也讓柯海覺得自在了些。香光居士看了阿潛帶去的字和畫，圈點幾張，有希昭的，也有阿潛的。對希昭所臨倪瓚，不作可否，只泛泛說，畫法其實就是書法，草隸可視為字，亦可視為畫；景物中又都有字：樹如曲鐵，山如畫沙，全在字裡，所以，還是以練字為大要。阿潛得香光居士的教誨，如同領了聖旨，速速地回家傳給希昭，兩人再接著臨帖。

四月十五放杏榜，香光居士榜上有名，中會元。又經殿試，舉進士。再入朝考，終授翰林院庶吉士。於是，新納二妾，離松江去京師上任。再與其邂逅，已經數十年的光陰過去，又是另一種際會了。

二十一、罔陷

不久，家中出了件不大不小的事故，事情出在阿奎身上。阿奎這年二十八歲，已有一子一女。先前說過，阿奎媳婦是城裡尋常人家的女兒，品貌極一般，但向來女子無才便是德，倒安份老實，謹守婦道。跟了小綢學繡，當然談不上穎慧，卻並不是木訥難教，因有十二分的耐心與仔細，所以也不乏可稱道之處。要說這樣的秉性配阿奎不錯，可將他那三不著兩的浮躁矯過來一些。不巧偏有個婆母小桃，催長阿奎的自大，再貶抑兒媳。那媳婦本來就未必敢說什麼，如此更是岑寂下來，夫妻之道亦了無意趣。雖有小兒女一對，可阿奎天生不是能領天倫之樂的人，就也拖不住他。新婚的熱頭過去，阿奎又開始往外跑，去尋他那夥狐朋狗黨。那些人也都有妻室兒女，大半安靜下來，過起養家教子的規矩日子，卻有幾個格外不肖的，事業和家業都置之不顧，一逕地胡鬧。如今，阿奎所交結的，就是這類，可說人裡面的糟粕，比年少時的荒唐加倍不堪，因是成年人，沒了天真，心機不免卑劣。萬幸的是，阿奎膽小，不敢有大作為，一有風吹草動，拔腿便逃，就只是小打小鬧，捅下些小紕漏。但也因此而被同夥們鄙夷，看他不起，生出促狹的點子作弄他。阿奎也識不破，一頭往裡鑽，吃了虧又不敢翻臉，生怕人家從此不讓他入夥，只能回家對媳婦孩子撒氣。就這麼，他或者不回家，一旦回家，大人孩子噤若寒蟬，怕他如同怕鬼。在家裡憋悶最多不過三日，再出去找樂子，家人們便鬆下口氣，照常過日子。

阿奎曾經有樣學樣地要納妾，母親小桃也幫著挑人。挑的是她娘家村裡養茭白的農戶的小丫頭，十五歲，和她當年進申家的年紀一般。但等講給老爺聽，卻受了一頓訓斥。申明世說：阿奎何德何能，是中了舉人還是進士，一房不夠又要兩房！小桃不服，硬掙著回嘴：柯海一妻二妾，鎮海是自己不要，為何阿奎就不可？申明世不禁發怒：阿奎就是不能，因他不長進！不讀經書，不事稼穡，憑他如此能有妻子兒女，吃穿不愁，已是造化，足矣！申明世當年納小桃，是從蕎麥身上的移情，其實是遷就了。偏偏小桃又不賢良，興起的那些是非雖傳不到他耳裡，單就跟前的牢騷與攛掇，已經夠他生厭，多少帶累了阿奎。申明世自忖沒有虧待阿奎，從不以親出庶出而有別，無奈這阿奎就是稀泥和不上牆，每每叫他掃興，最終歸為劣根所至，再不抱指望。本來就揣著怨艾，無處發洩，小桃自找上門去，自然一股腦地向她而去。申明世年過花甲，精力體力不免有所減弱，原先興興頭的一個人，近年來聲色消沉了許多。阿潛生子，捐丹鳳樓，似有重振的跡象，可一起即過，越發頹唐下來，連園子也懶得去，只是在房裡讀書，倒有幾分申儒世的脾性了。

這家人向來分入世與避世兩種，先是申儒世和申明世，後是申柯海與申鎮海，如今，申明世以一己之身從入世到避世。其間自然有人事的原因，比如鎮海媳婦早逝，鎮海出家，柯海與妻妾間周旋乏術，子孫學仕上成績平平……但又不至於消沉如此，所以更像是一種盛極而衰，衰極又盛的陰陽轉合，周而復始，也是命的意思。活該小桃碰釘子，也是忒不解人意，在這樣的時候開這樣的口。阿奎納妾的事本出於無聊，也就不了了之，從此不提。

實際上，家裡人，包括母親小桃都不知道，阿奎有一個相好，在西城薛家巷內。西城一帶，就是穿心河那一彎圈起的地面，街巷縱橫，曲折深長，相互彼此四通八達，大小樓閣鱗次櫛比。每到黃昏日落，笙管便悠揚而起來，紅燈籠這裡那裡點亮了，所以有個別號，叫作小秦淮。阿奎那幫子朋黨，自然不能錯過，隔三岔五地造訪，吃酒聽唱。人家都是走馬觀花，尋個樂子，消遣而已，可這阿奎卻動了心思。要說，阿奎比浮浪弟子有一般好處，那就是秉性還算篤實，是因為缺心眼，也因為到底富戶出身，沒受過磨練，就不解世事，因此將姑娘媽媽的逢場作戲全當了真。也是可憐，家裡家外多瞧不起他，有瞧得起的，又受他瞧不起了。唯有個母親，護犢般地護著，可也是個不解事的，不能教他識時務，反教唆討嫌，讓他加倍受輕慢。一旦遇著有人供他如同供一尊神，這尊神叫財神，那還有什麼話說？所以，沒過幾回，他就認定這一戶，紮下來了。前面說他不回家，其實是回這個家了，一住就是幾日。伺候阿奎並不難，幾句奉承，一些兒溫柔，再加酒菜彈唱一番熱鬧，就夠他心甘情願往外掏銀子的了。被窩裡他賭咒罰誓要替姑娘贖身，姑娘呢？早看出他在家中不作主，納個妾都納不成，但也口口應著，託付終身的樣子。過後兩下裡都不提，一個是愧疚不能兌現，另一個根本沒往心裡去，忘得一個乾淨。不能說姑娘無情，她們是將恩客當衣食的，也因此，他心裡只有姑娘一個，姑娘卻不能只有他一個，雖然知道那些個未必有這一個的真心。

這一天，阿奎的朋友們又聚過來吃酒。阿奎已經將這裡當自己的家，姑娘就是他媳婦，大包大攬，出銀子做東，坐了上首。喝酒，吃菜，唱曲子，微醺時，席間有人摸出一件東西，打開，原來是一卷畫。展開看，只見畫的是一個蓄鬚的老爺，坐交椅上，一邊各兩個仕女。仕女裝束未有不同，但左側的一個手持一束白牡丹，姿容形貌較其餘幾個生動，有言欲表的情態。圖上有詩：「善和坊裡李端端，信是能行白牡丹，誰信揚州金滿市，胭脂價到屬窮酸」落款為唐寅。喧譁聲即止，一片肅靜，有人小聲問：是不是真跡？持畫者說：如此行筆，除唐子畏，還有誰人？又有人質疑：當今吳派盛起，多有此輕逸風雅。持畫者又說：不止是輕逸風雅吧，這人物背後的屏畫，仕女的儀態，自有細密巧整之工，是從院派而來，除唐子畏，又有誰集吳派與院派一身？再有人說：唐子畏與李端端可謂人間佳話，才子們全仿著行事，以此作畫誰也礙不著誰！持畫者就笑了：畫李端端盡可以畫，誰又能畫出這等大範，你們看，眉不動眼不動，卻掩不住的風流，如是小家子氣的，不知畫出多少媚態，哪裡有這般沉靜從容，俗話道，大盜不動干戈，就是這個意思。人們便都歎服了。就在此時，忽又有一人說道：要真是原跡，怎麼能流落你我眼面前？嘉興項氏天籟閣鑒別最精，如何不收了去？於是，就有人應合：即便天籟閣不收，太倉王氏爾雅樓也當收了，再則，江西嚴的鈐山堂收藏最廣，嚴家人仗了嚴首輔的權勢，滿天下的好東西都一掃空，還能漏下什麼真貨色？持畫那人搖頭道：世人都知道「天網恢恢，疏而不漏」，卻不知道「天網恢恢，密而有漏」，如唐子畏的秉性，歷來不重仕途，不涉朝政，不務正業，只和個鄰人張生喝酒，喝到醉死，實是三生石上走錯了道，魏晉人生到了本朝！要我說，那鈐山堂，天籟閣，爾雅樓要有，必定是假，真的都在江湖上，好比是隱俠。這番話說得眾人們都紛紛點頭，然後再來看畫，莫不稱道，千真萬確，就是唐子畏的親筆。

阿奎哪裡懂畫，聽那人所說，也是雲裡霧裡，一知半解，只是見眾人叫好，就跟著覺得好起來，湊個熱鬧，問道：賣不賣？那人將畫捲起，莫置可否。阿奎見人不理會，心裡就有幾分急切，緊著再問：賣不賣？那人還是不答。阿奎著惱了：是東西就有個價，不妨說出來聽聽！那人不開口，眾人卻都發了言：要說唐子畏的真墨，還真沒價，不是有「無價之寶」的說道嗎？這時候，那人倒笑起來：說實話，這寶物本來是無價，可時運不濟，持寶物的人如今遇了急難，不得已割愛，卻是不肯開價，說只要真喜歡的主，就虧不了它，看著給就是了！阿奎一聽可買得，脫口而出：我要了！那人笑對著他，似乎不甚相信的意思。阿奎頭一熱，伸出兩根指頭：二百銀子！那人還是笑，阿奎以為嫌少，再加二十，二百二十兩銀子。眾人都笑了：如此這般，像不像菜市上沽價，講斤計兩，加加又減減的。阿奎臉紅了，一逕吐出「三百」的數，眾人喝了一聲「好」！那人的臉終顯出猶疑之色，似有成交的跡象了，座上卻有人喊出一聲：三百三！

喊價的人姓蔡，家裡在景德鎮開窯廠，燒製過幾件上品，送進宮裡，給了個功生的名目，設在上海的瓷器行生意就很興隆，有些小錢。這蔡公子也算是阿奎姑娘的恩客，雖然姑娘和媽媽很會周旋，兩頭不漏，可總歸要留下些蛛絲馬跡。一個姑娘伺候幾個恩客是常情，誰讓阿奎是個死心眼，一棵樹上吊死的勁頭，咬了牙要蓋過蔡公子。憑什麼？憑銀子。為了阿奎的銀子，姑娘自然就偏倚了。蔡公子一是不如阿奎家有銀子，即便有，也不如阿奎肯拿出來；二是不像阿奎那麼憨傻，那姑娘並非國色天香，珠簾十里，哪一處沒有溫柔鄉！所以，蔡公子對阿奎，又是瞧不起，又是憋氣。這時候與阿奎競價，並不是真要那畫，只為了激阿奎，曉得是個花冤錢的主，讓他冤得再大些。果然，阿奎就上了套，喊出個四百。他也不真的要畫，是氣不過蔡公子壓他的風頭。本來就有夙怨，此刻便是火上澆油。蔡公子又喊了「四百十」，也沒人嘲笑菜市沽價了，屏著聲氣看阿奎如何應對。阿奎識不破形勢，也不會避重就輕，只是一味地氣急，直接喊到「五百」，生生翻了一倍還多。蔡公子卻還不饒他，又喊了個「五百十」。阿奎被頂到壁角，不可翻身又沒處逃，只得喊了「五百五」。眾人們到底看不過去，齊聲拍了案子，才算截住喊價，定奪了買賣。說好三天後再到薛家巷，一手交銀子，一手交「李端端圖」。

意氣過後，阿奎便腿軟了。五百五銀子不是個小數，他到哪裡去籌呢？在薛家巷裡的花費，一半是從媳婦孩子身上盤剝，另一半是母親私房錢裡支出。他自知兩頭都有限，媳婦是敢怒不敢言，母親則時常要追問銀子究竟哪裡去了。他一頭發威，一頭哄騙，總算一日一日維持下來，剛剛好遮蓋過去，如今陡然一個五百五的大豁口，哪一頭都扯不過來填的。阿奎先想過賣東西，他自己沒什麼東西，眼睛在母親房裡來回搜尋，無非是些衣物佩戴。從中挑了八件一套頭飾：一件金絲絞紗挑心頂花，一對西番蓮梢銀簪，一對金玉梅花，一對金絞絲燈籠簪，一支犀玉大簪，兩朵點翠卷荷——大如手掌，綴大珍珠六顆，一雙珠嵌金玉丁香耳墜，一對寶嵌大環。這一套頭飾是小桃受寵的時候得的，金銀匠依申明世指點畫了圖樣特製的。阿奎拿了去典當，只估價二兩銀子。阿奎與人爭，說上面的金銀珠玉都不止二百兩，人說這一款是隆慶六年時興圓褊髮髻所用，如今都是萬曆十八年，早已變了風氣，圓褊髻改鵝膽心髻，亦不分鬢，全後垂，有個稱謂，叫墮馬髻，頭飾也從簡，以雅潔為崇尚，這一套老古董有人要沒人要還不知道呢！阿奎偷拿了母親的東西，心中膽怯，更不敢如此廉價出手，就又拿了回來。爹爹房裡有些好東西，他連邊也沾不著。家裡院裡梭行幾遍，正一籌莫展，遇到侄兒阿昉走過來。

阿昉看叔叔神情惶然，就問遇什麼事了。這家裡，眼中有阿奎的也只有這個侄兒，從小一同上學堂，朝夕相處，廝磨間的艾怨，也算是一種交情了。苦悶之極的阿奎，聽阿昉一問，便如知遇一般，竟有些鼻酸，不禁一五一十，將事情原委道了出來。阿昉耐心聽完，說道：酒桌上的荒唐事，無須理睬。阿奎說：定好三日之後交割，銀貨兩訖。阿昉說：叔叔不去赴約不就結了？阿奎則正色道：這怎麼成？君子一諾千金。阿昉好笑道：那叔叔就踐約吧，還有什麼可躊躇的？一甩袖子走了，留下阿奎自己。

最後，阿奎是借貸了事。告貸的那一方，是薛家巷的媽媽牽線。據媽媽稱，很是下功夫通了款曲，可誰知道呢？說不準就是那姓蔡的也未可知。因蔡家人除開瓷器行，還放貸取利。不管怎麼說，總之，那個五百五銀子的大豁口，如今又加上了利錢，便愈擴愈大。阿奎也顧不了那些，先取了畫再說。三日期到，又在薛家巷擺了酒，慶賀成交，酒席錢還是阿奎的，不過，這一次是記在姑娘媽媽的賒賬上。

阿奎取了畫，先拿去給侄兒阿昉看；倘若阿昉看了說好，就給哥哥柯海看；興許哥哥很喜歡，願意用銀子換；然後把銀子還了，阿奎就無債一身輕，還在哥哥那裡記了一功。阿昉展開來，細細地看了幾遍，也覺得很好，字和畫都像是傳說中的唐子畏。唯一的猶疑是在叔叔身上，他就不敢信叔叔能得唐子畏的真跡。不是對阿奎有成見，而是阿奎夥著的那幫人，很難說有什麼正經的。阿昉建議請人鑒識，倘是真跡，那五百五銀子雖說也忒貴了，但總不至太虧——說到這裡，阿昉忽然想起了，問最後是哪裡籌來的銀子。阿奎支吾著說母親給的，阿昉沒有再問，一是不便，二是不敢，裡面真要有個大錯，他知道該怎麼補？也正是這個「問不得」催促著，阿昉急切於找人鑒識。

阿昉的同學中，還有一個長他幾歲的知友，姓趙，據傳是嚴嵩黨屬趙文華的後人，但無法據實，只能視為流言。所傳原委有那麼幾條：一是姓趙；二是同為浙江慈溪人；三則是趙家亦有鑒識的傳統。世人都知，趙文華長於鑒識，嚴嵩鈐山堂中收藏，多是由趙文華拍板定奪。阿昉私底下問過趙同學，是否嚴嵩有惡名，恐世人不齒，所以隱匿身家。趙同學說並非，同籍慈溪，同姓趙，也興許是多少代前同宗同祖，無論是與不是，也都分支分叉，遠開十八三十六代。就好比天下姓王是一家，天下姓錢是一家，姓趙就也是一家。趙文華得勢時不攀附，失勢了也犯不著受誅連。至於鑒識，慈溪人多有精於此道的，並不是趙文華獨出。不過話也須說回來，大約是宋代趙氏皇帝多有鍾愛詩詞書畫，趙姓者自覺有陶冶，舞文弄墨的確實不在少數。這時候，阿昉就請教趙同學來了。

趙同學看了畫，說不出有什麼不妥，但他坦言自己稱不上鑒識，不過聽家中夥計教過幾手，在旁張過幾眼，至今只學得粗辨紙、墨、印章的幾招。僅從這幾項看，是唐子畏似乎不錯，但辨識中卻有著無窮的機巧，是無法明言的，所以他並不敢判斷真假。或者——趙同學說，讓他家夥計看看！再看不出虛實，最後就拿去給他家老太爺看。老太爺高壽，將鑒識行一應生意交給兒子，也就是趙同學的父親，自己在家中頤養天年，一般不給人鑒識，只除了特別古的東西，魏晉、兩漢，如唐子畏這樣本朝的新墨，在老太爺眼裡，如玩意兒一般。這一說，阿奎阿昉不由畏縮起來，說：要不就到行裡鑒識罷了。趙同學就笑了：一進行，就要銀子，你們家雖然不缺這些，凡事也由不得自個兒作主吧！叔侄二人都臉紅了，尤其阿奎，人都矮下去一截。趙同學趕緊又添一句：咱們有人情，何必花那個冤枉錢？

趙同學要叫的那夥計也姓趙，原籍卻是河北，九歲時來到行裡，掃地擦桌，端茶倒水。趙同學三歲斷乳，之後就負在他背上玩耍。那年他十二歲，主僕二人情誼猶如兄弟。趙同學說的那幾招，便是從他那裡學來。其時，趙夥計三十九歲，正當精壯，業內有「趙一眼」的別號，意思是一眼定乾坤。趙同學遣去叫趙夥計的人回來說，行裡正忙著，來幾個荊州的客人，帶了好幾軸東西，正看著，讓哥兒等等。等了一個時辰，已近正午，再遣人去叫，還是一個人去，一個人回，讓哥兒再等等。趙同學臉上就有些掛不住，著惱地說：難道要我自己去叫嗎？阿昉趕緊按捺住趙同學說：我們這麼倏忽間來到，可謂不速，讓人家怎麼照應，叨擾了這半天，家裡人也等我們回去吃飯，還是下回吧！阿奎還想說再等一會無妨的話，硬讓阿昉的眼珠子瞪回去了。約好了時間來，那趙夥計已經等在廳裡。趙同學坐著，趙夥計站著，一高一低正對嘴呢！趙夥計穿一身青，戴皂色小帽，腰間所繫織帶卻是純白細葛，領和袖也鑲白綾，素雅大方，就知不是尋常的夥計。

趙同學說：上回請你不來，今日就不放你走，現世現報！趙夥計說：不走就不走，我也喜歡和哥兒一起。趙同學說：瞎話吧，當年怎麼不陪著去讀書！趙夥計不由喊冤：是我不願還是老太爺不許？要和哥兒一同去塾學，如今也識文斷字，考個童生什麼的！趙同學嗤鼻道：讀書有什麼用？大不如學本事。趙夥計說：書和手藝到底不同，書是放之四海而皆準，手藝是必親力親為，釘是釘，鉚是鉚。趙同學說：這話大有差池，俗話不是說「三百六十行，行行出狀元」！趙夥計卻道：不還有一說「隔行如隔山」？書是任哪裡都不隔，都通！趙夥計一口北地話，清脆爽俐，抑揚頓挫。阿奎阿昉正聽得有趣，趙夥計卻話風一轉，說：今天又是什麼樣的差使，正「隔」到哥兒這裡了？這「隔」又是那「擱」，用得很巧，主客就都笑了。一邊笑一邊展開畫卷，趙夥計就伏下案來，方才對嘴的油滑一時間全褪去，神情變得肅穆，眼睛銳亮著，都能看透紙背似的。阿奎與阿昉心跳著，屏住聲氣，四下裡很靜。

看了一時，趙夥計吁出一口氣，說了聲：不真！這一聲在阿奎猶如晴天霹靂，阿昉也吃驚不小。略穩了穩神，阿昉問：確是不真？趙夥計說：確不真，但不在真之下。這話如何講？

阿昉追問。這麼說吧，雖是仿畫，筆墨卻毫不讓唐子畏！趙夥計說。這一會兒，阿奎醒過些神來了，直愣愣說一句：既不讓唐子畏，為何要仿人家！趙夥計聽他出言魯莽，就知道是蠢物，這假貨定是他的無疑。面上只是微笑，慢慢解釋：世人所知英名，其實只占人才十之一二，天命、時運、人脈，缺一不可，也就是天時、地利、人和的意思，還有十裡面的八九淹埋於草莽或是坊間，無名無姓；好比修煉者無數，有道行的亦無數，真能入仙籍的止在少數，比如八仙——趙同學將他話頭截住：這也扯得太遠，接著說畫成不成？趙夥計趕緊說：成，成！就又回到畫上。趙夥計微微一笑，刀條臉上的皺紋忽就撫平，顯得柔和有光：不說遠，只道近，湖州有一個王道士，其實並不是道士，家中開筆莊，從不染指書畫，忽就有一日，作起畫來，畫誰像誰，人都說是得了道，所以就叫王道士！趙同學不耐煩道：又跑野馬，說這些怪力亂神！趙夥計這回卻不讓了：句句篤實，馬上就到正題！這「馬上」兩字暗合他主子說的「跑野馬」，阿昉不禁一笑，趙夥計再往下說：王道士摹畫，不僅形似，而且神通，王摩詰畫裡有詩，王洽墨裡是山巒林谷，孫位水中有德，張南本火中則有道，趙子昂畫人似神，劉仲賢畫佛實是俗——這幅唐子畏就像是出自王道士手！為什麼？趙同學問。趙夥計答：風流！阿奎又急著問：為什麼就不是唐子畏自己畫？趙夥計回答：忒風流！

聽的人一時迷惑，面面相覷。趙夥計再解釋說：這就是仿畫的流弊了，凡仿他人之作，必著重原本風氣，而原本畢竟天成，增一分多，減一分少；仿作則是人工，不免患得患失，就漏餡了！也就是世人常說的，弄巧成拙。趙同學又將他喝斷：讓辨識東西來的，並不是聽講學問！趙夥計忙打住：不說了，不說了，倘若是在行裡，切不可說這麼些，言多必失嘛！因是和哥兒一起，禁不住就要說起端底來了。阿昉說：從未聽過這些，書上斷不會有的，甚是新鮮而有益處！師傅真就能夠決斷，非唐子畏作？筆墨的行運有時亦會偏倚，手自心出，心緒且常有變化。趙夥計看阿昉雖年輕，說話卻比那個大的有道理，便正色答道：這就應了萬變不離其宗一說，一人一性，變的只是一時一地的情狀，情又是從性發，性就是萬物萬事中的那個核；哥兒們細看看，衣褶的勾線多少刻意而為，非是率性所至，這就與唐子畏相悖了；仿家愈是要與唐子畏近，事實卻遠了，所以說，成也蕭何，敗也蕭何！趙同學一聲喝，再將趙夥計打斷，來不及地補上幾句道：還有個實證，業內都傳說，唐子畏的《李端端圖》彷彿是在南京，倘是從南京流出來，上頭多半會有主家藏鑒的印銘，所以——趙同學大聲道：還不快走！趙夥計這才看見客人臉上的窘色，自知忘形了，三步並兩步速速退下。

二十二、爭訟

出得趙同學家，阿奎讓阿昉自己回去，他還有事要辦。阿昉見叔叔臉色青白，神情恍惚，心中不安，扯住袖子，說回去吃了飯再論其他。阿奎一拔胳膊，上了一部轎，往西北方向去了。阿昉不知道叔叔是去什麼地方，但知道那不是個尋死的性子，如同先前大大小小的吃虧上當，這一回終也苟且得過去。於是轉身一個人走了，心裡一直想著那個趙夥計，其實第一眼就看出是個贋品，卻繞那麼大個彎子，說了那許多話，是給他們面子。不過倒學來了新鮮的知識，都是四書五經之外的。如他們這樣的讀書人，終日陷在故紙堆裡，其實只是管見，怪不得世人笑稱「書蟲子」。趙夥計，還有趙夥計說的那個王道士，都是名不見經傳的英雄人物，出入於江湖，正統中人可望而不可及。

自壬午年，阿昉被勸下，不赴秋闈，十來年裡，並沒有間斷讀書備考，卻遲遲未入鄉試。一來是對功名日漸淡泊，二來也是怯了場。當年大伯母嚇唬他的「擠和熱」，年年都成了攔路虎。每臨子、卯、午、酉，再到辰、戌、丑、未，秋闈與春闈，總有學子中舉，甚至中進士，地方便會熱鬧一番，萬人傳頌。阿昉也羨慕和欽佩，因為知道其中的不易，這不易逐步變成不值，科考的事情也就漸漸不提。有時候，柯海會叫他過去問幾句書，對答間揣摩出阿昉志向已偏離正途，書沒少讀，可八股文卻生疏了，策論也極少作，僅湊些試帖詩而已，難免會詫異。自小阿昉性格謹嚴，闔家上下都以為會繼祖父伯祖父而走仕途，也是世事難料。但其實早有人想到，柯海與鎮海，一世內，一世外，都不是競功立業的榜樣，又何求小一輩的呢？然而，阿昉的心思，人們未必真正懂得。

阿奎挾著那幅唐子畏的贗品，坐在轎裡，一勁地催促快走，轎夫們幾乎腳不點地。行人們但見一領轎載著一個人，一溜煙地穿過街市，向西北方向而去。阿奎到薛家巷姑娘家時，客堂裡媽媽正擺飯桌，見阿奎來，又囑咐廚娘添菜熱酒。阿奎並不理睬，逕直進了姑娘房裡，姑娘上午覺剛起來，在梳頭。阿奎覺著有些不對，定神左右看看，原來是屋裡的擺放改樣了。第一眼看見的是床頭換了方向，東西向換成南北向，床在了暗處，房間變得敞亮。再打量，就看出屋子裡多了一件東西，一具紫檀官皮箱，正夠嵌在床與北牆之間。几案移到窗下，梳妝桌不動，正與床相對，鏡裡是床的影，鏤花鈿螺，粉金帳幔，顯得錦繡繁榮。阿奎想到這幾日就為辨識那勞什子的真偽奔波，顧不上來這裡，竟有滄海桑田的意思。心中不由對唐子畏生恨，他與那姓唐的毫無瓜葛，只是因銀子的緣故纏上身來，惹下一堆麻煩。姑娘見阿奎一頭急汗，滿臉悽惶，便丟下篦子上前撫慰。他又覺得姑娘的手勢也改了樣子，雖然依舊溫存，卻是隔了一層似的。即便是阿奎這樣粗心的人，此刻也體味到一種勢將失去的傷痛，不由擁住姑娘，哭泣起來。

哭過了，姑娘的溫柔到底也喚回來些什麼，心下鬆快不少，媽媽又在喊吃飯。喝幾杯暖酒，幾盅熱湯，就睜不開眼了。姑娘扶他進屋裡床上，脫了靴子，拉開一床絲棉薄被蓋上，就再不知身在何處。醒來時，已經滿窗暮色。阿奎腦子裡木木的，就這麼怔忡著，天色又暗了一成。隔了帳幔，一盞燈點亮，光漫開來，點燈人顯身，是姑娘。阿奎招招手，姑娘揭開帳簾側身坐在床沿。阿奎看見姑娘穿了一身新，髮上的釵環也是新的，面上新敷了粉，比平時更俏麗幾分，就曉得晚上有一場宴。

姑娘在他身上拍幾下：還不起來，你娘等你吃飯了！阿奎說：你這是哄我走吧！姑娘就說：讓你走有什麼難，還用哄嗎？阿奎問：那你說，如何讓我走。姑娘半真半假地說：喊一聲「狼來了」，只怕你撒腿跑都來不及！阿奎說：難道姑娘養著狼？這一句無心的話卻令兩個人都心裡一跳，姑娘還笑著：就養著你這匹白眼狼，千般的好，回過身咬一口！阿奎不禁冷笑一聲：我能不被人咬就上上大吉了，怎麼咬得動別人？這句話又令兩人一心驚，阿奎就好像開了竅似的，一吐一句機鋒。姑娘收起笑，冷下臉：誰咬你了，難道是我不成？見姑娘有慍色，阿奎又怯了：我可寧願讓姑娘咬，恨不能叫姑娘吃了才好！姑娘又在阿奎身上拍一下：起來！姑娘一貫軟硬兼施，將阿奎調教得十分聽話，可今天卻有些反常，阿奎說：就不起，能拿我怎麼樣？這時姑娘發現，幾日不見，阿奎的性子也有改變。阿奎非但自己不起，還將姑娘的身子拉過去，扳下來。姑娘怕新梳的頭亂了，趕緊叫：小心，壓了你的寶貝畫！阿奎這就想起唐子畏來，徹底酒醒了。

透過珠簾，看得見簾外點了紗燈，紅光溶溶一團。媽媽和小廝人影晃動，忙著擺席溫酒。阿奎想：這席上不知有沒有自己一份？平素裡，他有銀子總是大家花，如今，他手頭緊了，卻不定能用得上別人的銀子。可他的窘迫，不就是他們害的嗎？那賣畫的主拿假貨蒙他；邊上的人作勢起鬨；蔡公子與他摽著勁，一氣把價喊上去；還有，姑娘——正想得心寒，外面就有聲音喊：蔡先生來啦！阿奎忽然渾身上下一機靈，他終於明白，前後一串，其實就是一個人在作祟，這人就是蔡公子！畫是他的；價是他抬的；放貸的人也是他！姑娘看不見燈影裡阿奎的臉，只覺得和平時不一樣，安靜得有點嚇人，就不敢硬叫他走。那邊客人又都陸續來到，姑娘有一時的慌亂，但立馬鎮靜下來，又拍阿奎一下，說道：叫你起來不起來，罰你酒不要賴我！起身吹滅燈，一打簾子出去了。阿奎聽出來姑娘給他下台階，一時還下不來，又賴一會，悻悻然起來，整整衣服出得屋子。一張八仙桌已坐了三面，空出下首一面，委委屈屈地坐下，彼此拱拱手，算打了招呼。阿奎眼睛並不向蔡公子看，卻覺得他在竊笑。

喝幾輪酒，姑娘彈撥著唱了一曲掛枝兒：熨斗兒熨不開眉間皺，快剪刀剪不斷我的心內愁，繡花針繡不出鴛鴦扣；兩下都有意，人前難下手；該是我的姻緣哥，耐著心兒守。唱畢，有人問：哪個是姑娘的姻緣哥呢？姑娘不說，只是笑，阿奎也覺得是在笑自己。接著曲兒的末一句「耐著心兒守」，就有人問，怎麼守？另有人答：我知道！於是就說了一個「守」的故事。說道是孤夜難眠時分，撒一把銀錢，落個滿地，月光照著，銀錢兒閃閃發光，蹲下身，一個一個拾起來。拾齊了，數一數，卻差一個，鑽床挪櫃地遍搜不得，上半夜就這麼過去。三更敲響，忽然靈機一動，將床下一排鞋，挨個兒翻轉過來磕磕，果不其然，一隻繡花鞋裡磕出了那一枚，止不住叫一聲：我的心肝肉啊！眾人們都笑起來，除了阿奎，低著頭喝悶酒。再有人也要說一個「守」的故事，這故事來自陶宗儀〈說郛〉，說一個丈夫出征，妻子手書一封，只四句詩：「垂楊傳語山丹，你到江南艱難；你那裡討個南婆，我這裡嫁個契丹」。這一回笑得比那一回更凶，阿奎則更氣塞。姑娘是什麼眼色？早看出不對勁，俗話說：一人向隅，舉座不歡，這阿奎，分明是來攪局。她心裡氣急，面上卻不能露，用眼睛囑媽媽加倍照顧。媽媽特為他剝了一殼蟹腿，巴巴送到跟前。這時蔡公子又要姑娘唱曲，並且點的是那一曲〈自矢〉。姑娘心中不由暗叫苦，哪一曲不能唱，偏要唱這一曲？也知道蔡公子是存心，但今日是蔡公子設宴做東，只能依著唱起來：「眉來眼去情兒厚，有一個惹厭的人擋住在前頭，因此上要成就不能勾成就。若還成就了，磕你一萬個頭。那一個負義忘恩也，就做桌兒地下的狗。」阿奎聽在耳裡，句句都是罵自己。推開蟹肉與酒盅，離席走了。媽媽追著送到門外，手裡捧著那遺下的畫匣子，交給他。阿奎抄過畫匣，一個主意定下了。

阿昉早早就睡下了，正在黑甜中，忽聽樓下砰砰地敲門，一房人都驚起了。守夜的女人開了楠木樓底的門，見是阿奎，叫了聲「叔叔」。阿奎不答應，逕直上了樓。阿昉只來得及披上件布衫子，迎出來。客堂裡方才掌上燈，影幢幢裡，立著臉色青白的阿奎，阿昉只覺得在做鬼夢。坐下來，喝了些茶，雙方略微定了神，阿昉剛要開口問叔叔出了什麼事，卻見叔叔將懷裡一件東西抽出，朝地上一摜，是一具畫匣。白日的情景浮上眼前，阿昉明白了一半。原本心裡是怪叔叔莽撞，不懂偏要裝懂，交的又是些不上道的朋黨，近乎是送上門去挨宰。但經這幾日在趙同學那裡見識，學得不少東西，都是平時聞所未聞。尤其是趙夥計這個人，簡直可說是草莽中的英雄。阿昉面前似乎洞開了一個天地，其間另有道行。所以，叔叔這一失手就稱不上是愚笨，換了他，大約也是同樣的遭際。此時，看見叔叔如此氣不過，不由勸道：俗話說，吃一塹長一智，經過這一場，就知道這一潭水深得很，不是凡人可以涉足，以後再不沾就是了。其實呢，阿昉只知其一，不知其二，阿奎的氣何止是買了贗品，花冤枉銀子，背一身債，更是在姑娘跟前失風。

阿奎不答侄兒的話，咬著牙，吐出兩個字：告官！阿昉一驚，說萬不可！阿奎說：有何不可？每歲出多少稅銀餵養縣府衙門，讓判個是非黑白，不是該當的！阿昉說：東西是你自個兒願意買下的，並不是刀架脖子不得已而為，一旦告官，等於昭示天下，人人皆知叔叔沒有眼力，還歪纏，告不贏不說，還失顏面！阿奎硬著脖子說：行詐不失顏面，受欺的反倒沒臉，這算什麼道理？阿昉又勸：他行他的詐，不上他那個套不就沒事了？說到底還是自己不謹慎！阿奎急扯白臉說：是不是朗朗乾坤？就容他們蠅營狗苟，還有沒有天理啦！阿昉也急了：叔叔交道的並不是正人君子，本就是天理之外，再要糾纏，只能愈來愈下道！阿奎青白的臉一下子脹紅了，指著阿昉說：叔叔吃了虧，侄兒倒替別人說話，我也看清楚了，這一家從上到下都嫌我，等著看我笑話，不會有一個人幫我，不與你說了！說罷，起身拾起畫匣，登登下樓去了。

阿昉被他這麼一鬧，瞌睡全沒了，怔怔坐著，心怦怦地跳，就覺得要出大事。再想是什麼大事，卻又想不出來，可並未因此安心，反而更加憂慮，因難以預料。阿昉想去告訴給大伯，方要起身，聽到更聲，一數，竟已三更，就不好去吵大伯。說不定，真不是什麼事，大伯會怪自己虛張聲勢。再說，這麼晚了，阿奎也無法作為，說不定已在睡夢頭裡，一覺起來，什麼事都沒有了。這麼一想，阿昉的睡意也上來了，於是便進屋上床，續接起先前的覺。睜開眼睛，天色大明，夜裡的事恍惚得很，如同做的一個夢。等他穿衣起床，那情景漸漸清晰，卻並不那麼嚴重了。但阿昉還是去了大伯的院子，大伯正在待客，是從蘇州來的，閔姨娘家的親戚。阿昉不好說什麼，退回來，再去找叔叔阿奎，沒找著，人已經出去了。宅子裡很清靜，隱約可見灶房裡的炊煙，攜了一股柴草的氣味，雖清淡，卻布了滿院。阿昉四處走走，就回樓上看書了。

阿奎抱著畫匣，乘一輛轎車，走在路上。第一程到宮觀，下轎先拜城隍神秦裕伯，再進岳廟拜岳將軍。前者是保一方平安，後者為天下第一忠臣，視奸如仇，定會主持公道。再繼續南去，過如意橋，向東到魁閣繞一繞，是為得魁星們文章援助，告官的那一紙訴狀是極要緊的。然後一逕去北邊武廟，拜關雲長。如此四面八方，文治武功拜了一遍，方才掉轉車頭，向縣署而去。

昨晚撞阿昉樓上去，本是請侄兒幫了寫訴狀，話還沒說到這一節，阿昉已有一百個不同意。阿奎一氣之下走出，在床上想了一夜也想不出個寫狀子的人。這一回，他終於明白，不能到那些朋黨中找人，寧可求不相干的外人，花點銀子也不礙的。阿奎在世面上混，多少得些旁門左道的見識，曉得有一種代書的行業，專是為那些考試落第的士子們謀求衣食。替人寫家書，節慶時的頌辭，送禮的表賦，欠債還錢的要約，亦包括寫訴狀。臨近縣署，阿奎便下轎車，徒步走過署前街。街兩邊多是紙筆鋪，進去一看，紙筆都是一般，鋪裡卻多有一名身著布袍，烏巾朱履的學生，就曉得名為紙鋪，實為代書。阿奎進出了幾家，挑選一名相貌順眼的，案前坐下了。

那學生年紀大約三十多，近四十，臉型消瘦，眉目卻還清秀，神色且十分安靜。阿奎直截了當問，寫不寫訴狀，學生並不回答是與否，反問訴什麼？阿奎將來龍去脈說了一番，那學生好一陣沉吟不語。阿奎催促快寫，學生卻低頭賠了個禮，說道：收藏書畫，本是世上頭等雅事，一旦涉訟，便俗了，兩下裡都掃興，我勸客人稍安勿躁，以和為貴。阿奎冷笑一聲：聽你說話，與我侄兒無異！雖然說的是實情，可因阿奎語氣粗魯，很像是占人便宜。那學生並不計較，做這一行，必見過各色各樣的人，態度依然和煦，繼續勸慰：客人當時決然買下這畫，一定極有中意之處，是和不是唐子畏所親筆，其實無關緊要——聽到這裡，阿奎不由怒起：照你的意思，吃虧上當反倒是賺便宜了？只這幾句話的來回，那學生已大致知道客人的生性品行，屬一種不可理喻的人，更不敢接手交易。阿奎罵了幾句，無奈人家就是不接，只得悻悻然退出。換了一家，有一老一少二人，聽了事情原委，都笑起來。阿奎困惑，但見是兩個人，不敢像方才跋扈唐突。兩人笑過後，方才告訴，古董業內自有行規，買真買假都得認，本來就是考眼力的，好比上試場，中就中了，不中就不中。所以，那買了假的，勢必稱是真的，一是為顧及臉面，二是等時機好再出手。因此，世上筆墨，可說一半真一半假。話裡明擺是恥笑的意思，阿奎逃也似地退出來，神色已委頓許多。街上來回走幾遭，重新振作了，進到第三家。這一回，阿奎是以先聲奪人的架勢，上來就說是申家的，然後說銀子不計，只要狀子寫得有理，打贏官司還另有賞。聽到是申家的人，已經嚇退三分，再聽說有銀子，更是膽寒。官司贏了好說，輸了可就吃不了兜著走！在縣署腳跟下吃代書的飯，怕的就是這號人。

連碰三家釘子，阿奎越發氣急，橫下一條心，非達目的不可。日頭已近中午，阿奎一頭油汗，就像一隻無頭蒼蠅，東撞撞，西撞撞，到底叫他撞開了一扇。一介書生淪落到這裡，大凡是萬不得已，急等著米下鍋，顧頭顧不得尾，做一筆是一筆，阿奎又肯出銀子。所以，阿奎究竟還是寫得狀子，而且措辭極狠，第二日卯時便遞進了衙署。回到家一個字不漏，因已經領教了阿昉的駁詞，以為家中人都是怕事的，唯有他申奎海有膽略。他自覺得是非清楚，既告了官就沒有判不明白的道理。從此，心中石頭落地，高枕無憂，就等著官裡有人來報他勝訴。只不過一旦起訟，友朋間就撕破了臉，連姑娘那邊的路都絕了。於是早晚待在家中，倒安靜無事。阿昉也以為風波平息，不再提及，逐漸就也放下了。

這一任的知縣姓楊，錢塘人，丙戌年進士，與沈希昭家互有些知道，但沒有往來。而希昭所嫁的申家，是地方上的淵源大戶，來上海就任時，曾設宴面見有宦跡名節者，申儒世申明世都到場，一一拜見。所以，見有申家的訴狀，便格外留意。然而狀子所訟，讓楊知縣頗覺得索然。臨安地方的人，得南宋遺風，大多崇古派，讀子曰的人，又往往感嘆今不如昔。因而在楊知縣看來，唐子畏極為輕薄，只是才藝精緻，純屬筆墨匠人。上海人卻如此擁戴，到底是商賈雲集的新埠，沒什麼根基的，就一味地求新。如此，竟為了一張唐子畏的畫，幾百兩銀子的事，鬧得不亦樂乎，豈不是無聊，與申家的身份臉面都不符。況且，無論輸贏，一旦沾上訟事，都不是什麼光彩的事。想了想，楊知縣決定與申家通融，讓這個申奎海自行撤訴算了。

前面說過，申明世如今蟄伏在家，凡事不管不問。前幾日閔的父母來，多年裡，閔師傅常將供內用的錦緞送申家，讓申府作節禮人情往來，不得已撐持著陪了一陪，過後竟覺著耗費千鈞之力，無限的疲憊。吃了幾服煎藥，好容易歇過來，重又焙茗讀書，閒起閒落，忽卻收到縣署送來的帖子，楊知縣請面見。只得再打起精神，更衣繫帶，穿靴戴帽，出得門去。轎子向南而行，轎裡的申明世只當又是要募捐。這一年十分多事，六月大水，七月海溢，傳言遍起，說倭寇將朝鮮晉州城夷為平地，正從海上向崇明梟水過來，因此城門日夜緊閉，草木皆兵。到縣署跟前，轎子偏了偏，從院牆邊巷子裡進去，繞到縣署背面，跨一條橫街，進一所宅院，是楊知縣的官邸。院內種一片牡丹，花事已經式微，餘下幾朵還燦燦地開著，格外亮眼。申明世知道楊知縣是錢塘人，那一地多有宋室南遷過來的北人，喜歡富麗光耀的顏色形狀。下轎入室，申明世不禁感到意外，廳堂裡並無別人，只他自己。正惴惴不安，楊知縣迎出來了。落座，上茶，寒暄，楊知縣曉得申明世狐疑，並不多繞彎子，直接就將阿奎的訴狀取了出來。

申明世看見狀子，已經頭暈眼花，強撐著看了幾行，身上便觳觫起來，狀子也拿不住，落在地上。楊知縣見狀不好，急忙寬解道：小孩子淘氣淘過了頭，及早替他收了場，就沒事了。

申明世欲說話，卻岔了氣，咳嗆起來，一發不可收拾，直咳到臉紅筋脹。楊知縣加倍安撫：誰都是從小時候過來，做下無數荒唐事，要如此動氣，大人可不都氣死光了！又從地上拾起狀子，兩下三下撕成碎片。申明世緩過來，又羞又惱，說了一聲：丟死人了！楊知縣笑道：沒什麼大不了的，實在恨不過，回家餵他一頓肉筍子！申明世聽楊知縣說話有趣，性情也通達，心中真是有無限的感激，由衷說道：不知如何謝楊大人才好！楊知縣說申老爺幫襯我，為地方上捐糧捐款，一直想著要回報，不曾想天上掉下來個機會，到底成全了。申明世只恨不得地上有個洞好讓他鑽進去了事，楊知縣不忍看他難堪，遂轉了話題：不過有一件事極想請教，上海人為何如此偏寵唐子畏？申明世答道：就上海這一圈地，原是纖歌牧笛，桑田人家，自元代始商船流通，即成繁榮之地，本朝更以烈火烹油之勢，愈演愈劇，但根基陋淺，實是個市井無疑，惡語謂之鄙俗，好言則稱新派，看和聽都喜好悅耳悅目，也就是聲色犬馬吧！那唐子畏輕俏活潑，自然得人歡心。楊知縣道：然而，書畫之道，無論如何是古雅為大要！申明世不禁笑了：在此地，唐子畏就算是個古人，還有更新的，怕大人聽都沒聽過，有個香光居士，已丑年中進士，做官去了，他的筆墨已經有無數的仿品贗品，藏家們競相追逐，紅火得了不得！楊知縣道：聽是聽說過，也看了三五件，彷彿是個雜拌兒，哪一家的都有一點。申明世又笑了：楊大人的品味極高，在上海難免會覺寂寞了，不妨略伏就下來，不是說雜樹生花嗎？或許也能看出些妙處。楊知縣就請申明世指點，申明世說：還是回到唐子畏，渾是渾了些，其實宋室南遷以後，凡事就都漸次偏離道統，如唐子畏這般，始於成化，跨弘治、正德，抵嘉靖，正是院派隆盛而浙派吳派即起之交迭，得天獨厚，古今南北合一體，倒又生出一流，似乎有些看頭。楊知縣點頭道：被申老爺這麼一說，或許真是成見作祟了。談了一席書畫，告辭時，申明世已經氣平。出門，上轎，愈近自家院子，煩惱就愈上來。此時，他不由生出哀戚，想自己花甲之年，身單力薄，動怒都動不得了。回到家中，並不和人言說，只讓人將柯海叫來。

申明世早已不住小桃房中，申夫人上了歲數，這些年更受不得累，所以，申明世常住的是二姨娘的偏院。柯海進二媽的院子，見一院的藤草養得碧綠，水缸裡游著大眼睛金魚，有些枯木逢春的景象。歷來二太太最難當，大太太有敬，三太太得寵，申明世對二太太也談不上有多少喜歡，不曾想到老來靠的竟是她。柯海進屋，看見父親斜靠榻上，夏末秋初，已鋪了一床皮褥子。申明世望著柯海，看他兩鬢亦白，面有蒼色，但依然長身玉立，眼睛也有光，曉得今後這一家，都得由他扛了，悲欣交集。父子倆有一時相對無語，靜了靜，申明世讓柯海坐下，將事情交代於他。

柯海先還清阿奎的高利貸，繼而囑桃姨娘監督阿奎，不許外出，要和那幫朋黨再有一絲兒勾連，就拿桃姨娘是問。最難辦的是如何答謝楊知縣，送什麼都是一個「輕」字，人家不定肯受，還有賄賂的嫌疑。思來想去，愁苦了幾日，結果是落蘇的主意，扦一批桃枝給楊知縣，無論他種在何處，官邸院子裡，或送回錢塘老家，心意終將成蔭成林。後來，楊知縣把桃枝栽到南門外數十里的義田，第二年即成樹，第三年掛了果。但天香園的桃林自這一回大批的扦枝，狠傷了元氣，結出的果實色香味都淡薄了。

二十三、停船暫借問

閔師傅來上海走親家，是因得了二十兩郁金。一名客商從蜀地來，贈予他，自家捨不得用，想想唯有上海的親家消受得起，便特特地送過來。除了郁金，照慣例還帶了幾十疋織錦緞、大絨、葛布；成筐裝的萬壽果、桔柚、佛手柑；八盒燕窩菜；八盒真降香，還有一頭龜——是從門前溪裡舀水，一瓢舀上來的。這龜其他地方與平常龜無大異，奇就奇在尾部，如同一柄葵扇，展開來，數一數，有九個襉折，人稱九尾龜。於是裝了一個缽，帶過來給阿暆玩。船沒有停在大門前碼頭上，而是提前雇了幾條手划舢板，分開裝了東西，然後從方浜下了支流，繞過前門，沿廊道間的隙縫，搖進灶房跟前的小碼頭，再卸船上岸。這就是閔師傅識趣的地方，自知女兒是偏室，出身亦不可相媲，凡事種種就都壓低了聲色，申府上反而敬重他。那九尾龜，阿暆很稀罕地捧進捧出，叫柯海看見，即刻想起《爾雅》所道：「天下神龜有四，各居一方，其龜皆九尾。在東方者，能吐火，得之，家可致富。」雖不知能不能吐火，但想奇相不是凡人能見，說不定就是東方神龜。於是，就用好吃好玩的與阿暆交易，換了來奉上給父親。申明世見了果然歡喜，令人放在天井青石板上，露水苔蘚，又有幾棵藤草，攀附壁上，好比一個小世界。

申明世留閔師傅住幾日。上回來是頡之頏之出閣，距今有七八年。這七八年城內外添了好幾色景，街市也繁華許多，可四處逛逛玩玩，又囑柯海好生款待。閔師傅僅去了宮觀，拜了拜城隍老爺，除此哪裡也沒去，就在天香園裡走走看看。湖上蓮花半開半謝，殘荷來不及收拾去，看上去就有些雜亂。水草卻挺茂盛，尤其水榭跟前，積有極厚的一片浮萍。沿湖岸向東北，接近蓮庵，庵門掩著，曉得裡面是申家二爺出家修行的地方，聽女兒說，原本那個瘋和尚早兩年又遁去了，不知所終。因此，庵後面那一片百花園也荒蕪下來，只有柳林依然婆娑，白蓮涇兀自東流，遙遙接上哪一條水道，再向海口匯去。涇對面卻平地起來一片屋舍，隔水聽得見雞犬聲。閔師傅立了立，原路退回，經積翠崗，就上了碧漪堂。廳堂閉著門，斗拱下的燕巢空了，卻有蜘蛛在結網。繞堂一周，「砰」一聲響，閔師傅嚇一跳。原來是一扇後窗窗軸鬆動，窗扉便閃開了。扶著窗往裡看，見案椅都用暗紅的幔子罩著，地上也還乾淨，想必有人常來打掃，只是長久不用了。離開碧漪堂向西，漸漸遠了蓮池，雖是日頭高照的上午，天色卻漸漸沉暗下來，原來有竹子從兩邊合來，夾成一條狹道，氣象便趨森然。竹子高而且密，只見竹梢在頭頂上極高處，一動不動，遮擋了天光。腳下時不時被竹根絆著，一路踉蹌。閔師傅心跳著，幾次要回頭，腿腳卻不自主地向前，正愈走愈黑，惶然著，忽然豁朗，日頭騰地躍到中天，才知走出了竹林。面前空地上有幾處傾塌的竹棚和木屋，看那倒勢便知是竹根蔓延生長，拱起地基。走近去，就見棚內棚外，有新發的青竹。空地向南有路，閔師傅沿路走去，又看見湖了，但只是一角，可見崎曲的湖石，綠水回流，幾桿荷葉，幾瓣荷花，有幾分嫵媚，惹人憐愛。這時，遠遠望得見桃林，不似先前的繁榮，而是凋敗了。又走一陣，到林子邊上，俯下身細看，就見方才扦枝的新痕。閔師傅撫撫樹幹上的青印，知道是扦狠了，恐怕傷根。不知道究竟用於何處，但總歸是極要緊的用途。從桃林出來，閔師傅對申家的境況已了然幾分。心下哀悽著，走回池子邊，卻是南岸，不知覺中，繞園子一周。躊躇片刻，沿岸向西，其實是向回折，又到了竹林的對面，腳停在一幢玲瓏的小樓前，抬頭一看，是白鶴樓。

樓宇臨池子，檐翹翹地伸向水面，二樓窗開著，有一些清泠泠的動響，似乎是釵環的叮噹聲。正看著，樓下門裡出來一個年輕女人，喊他閔家爺爺，邀他上樓玩，自己急急地沿湖向北岸走去，手裡捧著一疊綾羅。那綾羅不時要從臂彎裡淌下來，就要騰出手去摟回來，衣袂在彩綾間翻騰著，看起來就十分活潑。閔師傅按指點進樓，上梯級，樓板與扶手上的紅漆很勻亮，又很光滑，閔師傅好似看見許多雙足與許多雙手從上面點過。上了樓，隔一條走道，一排木屏，可收可放，木屏上下都是鏤空雕花，所以，就透光，看得見綽約的人影。閔女兒正從屏後迎出來，引父親進去，眼前陡然一明。窗下安置有三四張花綳，有一人一張，也有兩人相對共一張。身上的繡衣襯著綳上的繡活，花團錦簇。恍惚中，閔師傅認出正中那夫人定是大太太無疑，其餘便不再能辨清。但心中卻生出一種踏實，彷彿那園子裡的荒涼此時忽地煙消雲散，回到熱騰騰的人間。閔師傅舒出一口氣，笑道：好一個繁花勝景！小綢說：讓閔師傅見笑，充其量不過雕蟲小技，倒敢班門弄斧！閔師傅早知道大太太的厲害，倒也喜歡她的快人快語，煞是爽脆，回言道：世上一技一能，全是天地造化，哪裡敢論大小！小綢見閔師傅不卑不亢，出語大方，不覺點頭道：閔爺爺很有見識。閔師傅說：終年身在機房，眼見的盡是梭來梭往，談何見識？小綢說：有言道，千條江河歸大海；又有言，萬變不離其宗；總之，大千世界歸根結柢只是一、二，閔爺爺還是有見識。閔師傅難得見如此知書善辯的婦道人家，不由興味盎然，自擇了個凳子坐了。小綢抱歉道：閔爺爺在此只得乾坐著，因生怕氣味和水汽蒸了綾子絲線，繡閣上向不備茶。閔師傅說：無須客套，早晨起來吃了喝了，此時不飢也不渴，只是不知哪裡來的清規戒律？拘緊得慌。小綢說：綾子和絲最易受潮受味，還不是怕骯髒了！閔師傅說：又不是煙火油膻人事而為的，天地五行之內哪有什麼骯髒！小綢笑道：我說不過閔爺爺，不過多年定下的規矩，也不能從今日起就改，不論骯髒不骯髒，不留神染上茶漬就不好辦了！閔師傅也笑：不說了，不說了，俗話道，一家有一家的規矩！

說話間，閔師傅已辨清了閣中的人物。與大太太相對一張繡綳的小媳婦很愛笑，不論聽說什麼，都笑得花枝亂顫。大太太每看她一眼，頂多止住一會兒，又樂開了。前面綳上的媳婦略年長些，眉眼神情都顯呆板，一針一線地做著活，是個老實人。極有趣的是正中間又置放著一張小綳，坐著個小人兒，梳兩個抓髻，穿一身水紅，像模像樣地拈著針，也在繡。閔家女兒是在大太太背後一張綳上，女兒身邊還坐著個年輕媳婦，手裡並不拿針，只是看。閔師傅好奇，不由多看她幾眼，她也抬眼回看了閔師傅。只見她眼眸清亮，顧盼極有神采，像是會說話。閔師傅忽生一念：這媳婦不可小覷。也方才發現，這一閣的人，要是沒了她，精氣神就會差許多了。閔師傅一生憑一雙手吃飯，不相信神，但相信人中有龍鳳，那是鐘靈毓秀，也可歸為天工開物。移開目光，漸漸想道，方才園子裡走一遭，險些兒以為申府氣數差不多了，如今看來，還難說得很！

那邊，小綢又發話，讓閔師傅說些蘇州城裡的見聞聽聽，說：這裡都是足不出戶的姑娘媳婦，耳目蒙塞得很，要能知道外頭的稀罕，不曉得有多麼高興！閔師傅道：這就難了，要我說，這園子就是個大稀罕物，身在稀罕裡頭，什麼都是平常。小綢說：我不和閔爺爺爭，就算這園子是個仙界，可日日在裡面也覺著悶，有句話叫作「入蘭芝之室久而不聞其香」，還是央閔爺爺說些外頭的世面。閔師傅笑了：這句話我愛聽，天香園是個仙界，我就說些凡間的傳聞，不過，醜話說在前頭，多是村話野話，有冒犯，姑娘奶奶不興生氣的！小綢一拍手：說吧，說吧，一個個眼巴巴地看著您老的嘴，以為那裡有金豆子滾出來呢！閔師傅四下一打量，果然，多少雙眼睛都朝向他，亮晶晶的。就又看見了那一雙，好比星星裡的月亮，情不自禁暗道一聲：這丫頭子！

閔師傅正正身子，開言了：蘇州東山有一座庵堂，金黃黃地聳出在果樹林之上，像一頂金冠，所以就叫「紫金庵」。庵堂裡面有金桂和玉蘭，也有稱謂，叫做「金玉滿堂」。這兩項還在平常，稱得上「稀罕」的是一堂羅漢，南宋的匠人們塑成，形態逼真，神情生動，自是不消說了，斗膽問姑娘奶奶們一聲，塑像最難是什麼？小綢笑道：聽好了，閔爺爺在考咱們呢！閔師傅趕緊說：哪裡敢，分明是奶奶姑娘們在考我們鄉下人呢！小綢說：考就考，咱們不怕！眼睛向眾人掃一遍，靜了片刻，還是小綢答：最難描摹的是眼睛，不是常說「畫龍點睛」嗎？閔師傅只是笑，不置可否。這時就有一個聲音說：最難的是衣襉！閔師傅循聲看去，那丫頭，眼眸一轉不轉地望著，閔師傅暗叫一聲「好！」那就是希昭，多少有些搶白的意思。幸而小綢是個大度的人，並不難堪，只是不服，力爭說：還是眼睛，眼睛裡有精氣神。希昭也不服，再說：衣襉裡有風！閔師傅早猜出這丫頭是誰的媳婦，看婆媳二人爭辯，又好笑又感佩，到底是新埠的風氣，也是這家人不拘舊禮，無論換了誰家，都是不成體統。相持不下，小綢說：咱們聽閔爺爺往下說。閔師傅只得往下說了：都是最難，眼睛裡的精氣神是人為，衣襉裡的風是天工。二人這才不說話，但誰都聽出閔師傅是判希昭贏。

第二個故事是在蘇州城東北的花橋。蘇州的織工都是聚集在花橋上等雇主，這一日，人們正等著有人來傭工，橋上卻走來一個縫窮婆，不小心，手裡的針線包掉落到橋下河裡，急得她嗚嗚直哭。一橋的人都笑話道，丟個針線包有什麼了不起的，值得如此傷心。唯有一名姓沈的窮織工，想道，縫窮婆的針線包就好比織工的織機，也是吃飯家什，於是就跳下河去撈起了針線包，交給縫窮婆。沒想到，縫窮婆其實是天上的織女，很快就來報答好心人了。第二日，天沒亮，沈織工又來花橋等活計，卻見東邊天上的彩霞忽落到河面，沈織工跑下橋，在河邊探身一撈，竟撈起一疋彩綢。要知道，在此之前，蘇州只出素綢，就是從這時候起，有了彩綢。閔師傅說罷，繡閣裡都靜悄悄不語，似乎有些不盡興，停了停，小綢說：這一個不免落了俗套，不外乎善有善報，到底也沒說那彩綢是如何織出來的。閔師傅看見那丫頭動了動，似乎有話要說，又止住了。接著，又說了第三個。

第三個故事也是說一個織工，因家中排行第二，人都叫他老二。老二住在蘇州閶門，在他的機房外面，種了一片牡丹花，每日裡澆水施肥，侍奉娘老子一般。那牡丹園裡，一到春天開出花來，真是萬紫千紅。老二摘一朵牡丹插在機頭，配好五色絲線，埋頭織起來。可是牡丹花是複瓣，重重疊疊，每一瓣的顏色由淺入深，由明到暗，細分起來，竟有幾千幾萬種顏色，不知從何織起。老二苦惱得很，茶不思，飯不想，晝夜坐在機前發愁，就這麼愁著愁著睡著了。睡夢中忽然驚起，就看見織機邊上立了一個女子，笑盈盈的，說：老二啊，你想把牡丹花織到綢上嗎？老二說：想歸想，可無論如何做不成呢！女子說：老二不要洩氣，不是有一句老話，只要功夫深，鐵杵磨成針？我送你個花本本，你拿去琢磨琢磨，或許就得機巧了。老二又是一驚，這一回是真醒了，方才知道做了一個夢，可是織機上真放了一冊花本，打開一看，是各色花樣，浮經糾緯，提梭放梭，一五一十全畫在本上。老二仔細照了花本，一梭一梭織起來，竟然織成一行牡丹——說到此，閔師傅已看見小綢不屑的表情，搶在前面說道：大奶奶又要嫌我入俗套了，可在我們這一行中，就以為如今所用花本是那牡丹仙子偷給老二，然後流傳下來；聽我們的行話，打樣叫做「結花本」，織機上提線的木架閣叫作「花樓」，原都出於此因；天機不可洩漏，那是要遭天譴的，所以，一夜之間世上牡丹全絕；那正是武則天當朝的時候，武皇帝最愛牡丹，提筆寫下一道聖旨，令天下牡丹一夜開放；武皇帝其實是天上專司花草的王母，於是，死絕的牡丹又盛開了。

小綢點頭道：這麼說來還有趣。閔師傅說：雖然都是些閒話野談，倒是有幾分道理，人世間每一事每一物哪一件不是天生成？不過是借了俗人的手，一夜得道是說故事，得天意卻是實情，也就是人們常說「謀事在人，成事在天」。四下裡都停了針，聽閔師傅說話。小綢聽得興起，再問道：要說老天借人手，挑揀不挑揀呢？為何有人做那種事，又有人做這種事？閔師傅的談興也越發上來了：這就要說到人了，又有俗話說了，「鴨吃五穀，人分九等」，老天如何選人，雖然不得而知，可確確是有挑揀，有人選去種田，有人選去讀書，就像府上的老少爺們，那是最上等的人——小綢撇嘴道：在我看，竟是最無用之人，不是說，「百無一用是書生」嗎？閔師傅笑起來：此一用非彼一用，倉頡造字，不是天上下粟米，徹夜鬼哭嗎？那可是一個大造化。小綢說：是大造化不錯，卻也是大害人！多少人一生一世不事稼穡，一頭栽進書裡，終於熬到入試場，那才叫幾家歡樂幾家愁，才有幾個中科的？餘下的就全是廢物！家裡有財資的還混得過去，貧寒的就只可乞討了——閔師傅道：所以說是個大造物，非極上品的人才萬萬不可入它的門——小綢還沒說完：僅只是學而無用倒也罷了，受窮受罪是自找的，自己活吞下肚裡去了事，可恨就可恨在，本來天有一理，書卻能再生一理，因此造出許多謬誤；比如說，天地間原本有山有水，有樹有花，可偏偏人還要再造一份，就像閔爺爺方才說的老二，要將牡丹花織成錦緞，然後花開花謝地亂一陣；也像咱們這園子，要重修天地，結果如何我不敢亂說，單是人力物力，就是造孽！閔師傅大笑道：依大奶奶的意思，我們手藝人就沒飯吃了！小綢說：

閔爺爺的手不是借老天用的，那可是天工開物！

閔師傅趕緊擺手：不敢當，不敢當！然後止了笑，正色道：無論讀書人手藝人，真通天地的萬里不定能有一二，其餘都是庸才，不過仿著前人，學一點做一點。那萬里之一二又是誰呢？小綢問。閔師傅說：木作裡的魯班，就算一個；要我說，近在眼前，遠在天邊有一人，就是松江烏泥涇人黃道婆！那麼嫘祖呢？有人問，閔師傅不回頭，就知道，是那希昭，答道：那是天地神，我說的是人世間。那人不說話了，小綢則「哦」一聲，服氣了。

閔師傅出繡閣時，太陽已近中天，樹蔭投了一地，其間無數晶亮的碎日頭，就像漫撒了銀幣。有一股生機勃勃然，遍地都是，頹圮的竹棚木屋；雜亂的草叢；水面上的浮萍、殘荷、敗葉間；空落落的碧漪堂；傷了根的桃林裡……此時都沒了荒蕪氣，而是蠻橫得很。還不止園子自身拔出來的力道，更是來自園子外頭，似乎從四面八方合攏而來，強勁到說不定哪一天會將這園子夷平。所以，閔師傅先前以為的氣數將盡，實在是因為有更大的氣數，勢不可擋摧枯拉朽，這是什麼樣的氣數，又會有如何的造化？閔師傅不禁有些膽寒。出來園子，過方浜進申宅，左右環顧，無處不見桅帆如林，頂上是無際的一爿天，那天香園在天地間，如同一粒粟子。閔師傅曾在揚州一位客商家中，見過一具西洋鏡，安置在紫檀木匣子裡，鏡下有一粟米。從鏡中看，那粟米粒上竟是一個園子，山川樹木，殿宇橋梁，人物舟楫，栩栩如生。離開鏡子，復又變回一粒粟子。

晚間，希昭將閔師傅說的話告訴給阿潛，阿潛也覺得甚為有趣，很想親耳聽一回，閔師傅卻已經離開。並沒怎麼驚動地，白日備了船，夜裡一個人悄悄走了。阿潛很是懊惱了一陣，過後便忘了。而希昭自此更是常往繡閣去，倒不是專等閔師傅來說話，閔師傅這一去不知什麼時候會再來，大有可遇不可求之勢，希昭去繡閣，是看閔姨娘繡活。閔姨娘添了歲數，性情卻與年少時無異，緘默少語，鎮日埋頭在花綳上。希昭也不問什麼，同是靜默著。就在這凝神矚目之下，一朵花或一葉草在綾面上浮出。希昭就想起阿潛曾和她說起，大伯年輕時冶遊四方，曾結識過一個西洋人。西洋人有一具泥金匣，匣中有半枝紅燭，點燃後，滿屋生香。然後，燭焰中升起一縷細煙，漸漸環繞，呈出亭台樓閣，花卉鳥獸。原來，這製蠟的油脂是從南洋爪哇島採集而來，爪哇島向有海市蜃樓奇景，由風氣露濕凝結形成，取其精華又經百錘千煉，不知多少工才能製一燭，這燭就叫「蜃蠟」。希昭當時以為阿潛胡編來哄她玩，絕不相信，可如今想起來，就彷彿親眼看見了似的。

希昭看閔姨娘用針：接、滾、齊、旋、搶、套、摻、施、斷、網、編、蓋、紮、平、直、釘線、冰紋、打子、結子、環子、借色、錦紋、刻鱗、斜纏、反搶、平套、集套——比用筆有過之無不及。雖無六技六法，卻自有路數定規；無一字一句，卻也有理有節；無文章大義，卻是心境意境情境。希昭看得入神，不知有人也看她看得入神，這人就是大伯母小綢。這婆媳二人從開初起，之間就植下了罅隙，先是柯海的夙怨，後是阿潛這個人。這還在明裡，內裡更有一重原因，在於這兩人的秉性與天份。那一日閔師傅在繡閣談天說地，一閣的人裡面，小綢是搭得上話的，希昭是聽得進話的，二人可說不分上下，正打個平手。要說相知相識，就是這兩個人；相怨相嫉，也是這兩個人；相敬和相畏，更是這兩個人。結果呢，通著的就是隔斷的；近著的就是遠著的；同道的就是陌路，這兩人就愈來愈生分。

小綢早存心思讓希昭習繡。天香園繡聞名上海，是申家的一品，家中女眷人人皆繡，卻無人能趕上閔氏，也無人有小綢的才情。這一個希昭方入小綢眼，心裡便是一動，說不準就是這個人，能集閔和小綢之大成，讓天香園繡更上一層樓！無奈希昭就是不拈針。儘管有萬般的念想，小綢也不向希昭開口，一是驕傲所至，做婆婆的還能求兒媳婦？二也是深知這媳婦和自己原是一種人，愈說愈不聽；不說了，興許自己就撞上來了。

先前也說過，希昭從小在詩書中長大，爺爺將她當孫兒養。出於女孩兒本性，自然愛擺弄些脂粉絲線，但心儀並不在此。幼年時就給自己起過一個號，「武陵女史」，如今無論寫字還是臨畫，落款必是此。早在閨中，便耳聞申家天香園有繡閣，還得過一個精緻的香囊，無比喜愛。進了申府，親眼見那繡藝風氣，可謂百聞不如一見，那香囊實在只是邊角之邊角。以希昭的聰慧，何以看不出大伯母的心思？迂迴曲折地引她入閣。可希昭就是不接這個茬，一面是多少心懷成見，覺著絲繡終是女紅，免不了小女兒俗情；二方面則是小孩子家見識了，她不想由大伯母調遣——大伯母調遣阿潛一個不成，再要調遣她？所以，原本還不妨繡上一針二針的，如今卻連針都不碰了。就這樣，成了一盤僵局。希昭偶爾地來繡閣裡玩，東看看，西看看，也看出繡藝是閔姨娘一等，但大伯母卻有畫意，境界勝一籌。任何一種花樣，經大伯母略修改，或添筆或減筆，煥然不同尋常。天香園繡所以勝過天下無數而獨樹一幟，先在於大伯母的設樣設色，再是閔姨娘繡針出神入化。那繡閣裡的樣樣件件，都是採世間精華。粉本上的花朵草卉，是鏡中月，水中花；一色線，辟成百色絲，則是煙霞氤氳；然後，千針萬針，水中，鏡中，煙裡，雲裡，破壁而出，雨霽天開，一片耀然。希昭聽阿潛說過香光居士的畫室，像個禪房，是一幅太極圖，這裡呢，是錦繡天地。不知覺中，希昭人不來腿自來，愈來愈走得勤，於是，有一日，就遇見閔師傅。

閔師傅有些像一個人，就是城隍山上的茶人家朱老大。倒不是說長相，長相相差何止十萬八千。朱老大是山裡人模樣，黑、瘦、鐵鑄的筋骨；閔師傅則白面長身，彷彿是羸弱了，實際上並不然，而是內斂。這兩個不同的人卻有一種共同的儀態，就是氣定神閒，並且呢，又都各有別一路的見識。閔師傅讓希昭想起朱老大，道理尚可說得通，奇怪的是，他還讓希昭想起另一個人。這個人與希昭只是匆匆一面，早就已經忘得差不多，可這時候卻躍然眼前，清晰可辨。就是在她幼年時，母親帶她去太平坊高銀巷珠子市場，那乘敞蓋轎的美夫人，袖籠裡一股茉莉花香倏忽間撲鼻而來，眼前又顯出那挑珠子的手，大而豐碩，玉白肌膚，遞給希昭一個耳墜子。這耳墜子至今還藏在寶貝匣子裡，小紅豆子一球，垂一粒透明珠。閔師傅與美夫人有什麼關係，讓希昭牽連著想起來？倘若借閔師傅的說法，也可算作天工開物之一種吧！

此時，閔師傅的船已過吳淞江，走運河，正在夜行中。水面上，漁火點點，隱約聽得見弦歌，唱著南音和北調。當空一輪明月，好一個春江花月夜！

二十四、九尾龜

閔師傅送的九尾龜，在申明世的天井裡住下了。天井只半爿屋大，兩壁山牆之間，南牆和北牆均無門，各開一扇花窗，其實是個穿廊。東山牆上留一扇門，過隔間，通申明世書房；西山牆上也留一扇門，接的是臥房。山牆上布著長春藤，直蔓生到南北牆，將兩扇磚砌花窗遮得綠影婆娑。南牆的牆頭上又格外長出幾株草，春夏結小紅果子。所以，這天井別看小，卻甚是繁榮。九尾龜初來，頗有些怕人，終日藏在壁腳的草叢亂石間，無影無蹤。夜深人寂時，佇神靜凝，有窸窣爬行聲，那就是牠。

這一日，阿暆忽上門來，說是探九尾龜，神情極為理直氣壯。因從他手中哄走九尾龜時，說的是放在祖父處養著，東西仍是他的。申明世就也不好阻攔，只得放人進來，由那阿暆穿堂入室，去了天井。申明世望著阿暆的背影，有一股軒昂的氣宇，不知道是像誰。身不由己，也跟隨而去，走過隔間，隔間裡從南到北一排窗，全是木板鏤刻，透進光來，眼前一亮。申明世立在門邊，看那阿暆蹲在天井中心，俯首看著腳下地上，一頭九尾龜正仰起小頭，一上一下，眼對著眼，好像舊識相逢。申明世這回才將九尾龜看明白，那龜頭如同棗核一般大小，頸是細長，背殼形狀十分纖巧，圖案對稱完整，紋路清晰。那尾如今合著，隱約可見襉摺，半藏半露，是一頭精緻的小龜。阿咝與小龜相視一陣，然後將一隻手攤平朝上，送到龜跟前，上面是一小團飯粒。龜將頭碰碰阿咝掌心，卻不動飯米粒。申明世說話了：龜不吃糧食。阿咝回頭看一眼祖父，問：龜吃什麼？申明世說：食天上露。阿咝說：單吃水，不吃食，怎麼活命？我娘說，人是鐵，飯是鋼！申明世早聽說柯海所納落蘇是個滑稽的人，但不曾直接與她過話，這時從阿咝所說看來，果然不錯，不覺好笑道：牠並不是人啊！阿咝說：雖不是人，也是生靈，凡生靈，秉性都一樣！自出生，阿咝就沒見過祖父幾回，更沒說過話，卻一點不生怯，從容自若。申明世有些意外，亦有幾分喜歡，認真說道：龜是格外的一種生靈，露也不止是水，天地萬物經一夜沉靜養息，醞釀陶冶，破曉時分凝結為流體，方才稱作露。阿咝問道：人喝露能飽腹嗎？申明世說：人是世間最為粗糙的生靈，雜食而且量大，方才可以生存，但有些方劑卻必要以露研合調製。阿咝沉思道：那麼說來，龜比人貴。申明世聽了倒有一時間躊躇，慢慢地說道：不是有千年龜的說法？人間不知道有多少輪迴更替，龜還在一生一世。阿咝又說：還有更賤的，螢火蟲只一晝一夜的壽命。申明世竟答不上來。阿咝將手中的飯米粒擲在地上，起身鞠一躬，走了。

這年阿咝十五歲，自小就不像申家的人，如今依然不像。身個不是頎長，而是敦實，雖還是少年，肩、背、腰就已見輪廓，挺拔有力。臉型也不是申家人的勻長，以及修眉秀目，卻是圓頭大眼，眉間寬寬的，鼻翼也有些寬，笑起來嘴角一咧，顯出短而闊的兩排牙，就有一種璨然的表情。他早在塾中讀書，不外四書五經，學業平平，不是因為天智欠缺，而是過於活躍多思，先生謔稱他「異端」，其實呢，是「野逸」。比如，「七月在野，八月在宇，九月在戶，十月蟋蟀入我床下」，他偏說促織一生在土，以野為家，十月的促織已是暮年，更不會移居。再比如，楚漢之爭。他以為項王敗就敗在不渡烏江，所謂「英雄」實是一時意氣，沒有大智大勇，不像勾踐，臥薪嚐膽，養精蓄銳，有朝一日東山再起。這也就是江北人和江南人稟性之不同，江北人是硬木，剛直是剛直，可是一折就斷；江南人是蒲草，任憑百折千迴。他的這些胡思亂想，一半來自母親落蘇的村俗見識，另一半是因父親縱容。中年得子，柯海格外寵愛，本來就對功名淡薄，就更不求雛兒讀書入仕，見他一派草莽，生氣勃勃，反覺十分有趣。阿暆獲這些方便，愈加不約束，由著天性，自生自長。申明世第二日早起，穿隔間而入天井，那龜又不見了。天井中心，阿暆撒下的飯粒兒也一粒不見，乾乾淨淨。申明世不禁懷疑起來，大約那龜確是食飯的。

下一回，阿暆來探九尾龜，不單是他一個人，還攜了五歲的蕙蘭，小叔侄二人在天井待了很久。申明世在房內，聽得見有片言隻語，知道龜又出來了，看來牠不避孩童——蕙蘭要用手撚開龜尾，阿暆不允，說不可強牠所願，於是便等著，最終也不知等著沒等著開屏。二人走時，臉凍得通紅，吹彈得破的樣子。立冬已過，火爐還未生著，皮褥子也沒想起來鋪上，申明世覺著身子裡的火力似乎在回來。再下次，來的除阿暆、蕙蘭，還有個更小的，讓乳娘抱在懷裡，是阿潛的兒子阿英。一行人從書房經過，走入隔間，去到天井探九尾龜。一去又是許久，卻不聽動靜。申明世好奇，在隔間向天井張望，看見那龜停在阿暆的掌心，其餘人都凝神專注。申明世走出去問：做什麼？蕙蘭豎起一指貼在唇上，「噓」了一聲。阿暆側頭低聲道：等神龜吐火。申明世不由肅然，躡足退回房裡。由於阿暆們要探龜，申明世的居處人跡紛雜許多，幾乎成小孩子的樂園。也就是這年冬季，申明世身體精神都健旺矍鑠起來，興致也高強了。

臨到新歲，先是青蓮庵裡祭祖，接著除夕家宴，然後大年初二，申明世邀四方交好來聚，天香園裡再宴賓客。這場宴，從臘月初就著手準備。先將碧漪堂、阜春山館，幾處樓閣修葺一番；水榭、畫舫、迴廊、以及蓮庵的門面油了新漆；疏浚了池塘；清掃了落葉；修剪常青灌木；又從蘇州香雪海買來上百盆栽臘梅，放在園子各處，於是，冬日的肅殺裡，就有一種疏闊的鮮麗。宴席擺在碧漪堂內，四壁和穹頂裝飾一新，門扉與屏連全部拆走，一律以繡幕作隔斷。第一重是鵝黃底上碧蘭；第二重湖綠上粉荷；三重幕絳紅上白菊；最內一重是盈尺寬窄的淺紫繡幅，條條縷縷，百垂千垂，上面是小朵的紅梅，略一動搖，就好比天女散花，落英繽紛。因是寒冬，所以修葺時專做了夾層和煙道，東西兩頭砌了地爐，燒柴火，熱從地磚下貫通，煙則隨煙道排出。是從北邊請來的師傅，師傅的師傅是高麗人，據說在順天府紫禁城做過炕道。如此取暖比炭火多有幾般好處，暖和不生煙，免去炭毒之虞，且無祝融之患。照明一律琉璃燈，懸在梁下，齊齊的雙排。燈罩是特製，罩面菱形格子花，名菠蘿紋，燃的是青油，火苗澄淨，再經琉璃稜面折射，真是光輝交互，晶瑩剔透。

座上客第一位便是楊知縣；第二請的是愉園親家老爺——彭老爺年前復出，去安徽任知府，來的是二老爺和三老爺；三是松江府香光居士，香光居士卻在京師未歸，只得略過；接下去的是當年建丹鳳樓捐匾額的陸家大公子；其時，正在為陳進士家建日涉園的築山大師張南陽客居本城，亦請為座上客；再有新中的舉人和退隱的鄉紳；叨陪末座的則為一名新人，極年輕，僅三十歲，照理當入座柯海一輩的桌上，因與楊知縣有交情，所以便在了首席，他就是太卿坊的徐光啟。徐光啟出身農家，並非望族，萬曆十年取秀才，之後屢試屢敗，但楊知縣卻預言其人前途未可估量。不止是刻苦勤奮，讀書求知，還在徐光啟有書外功夫，格物而致知，然後又學以致用。他曾向楊知縣獻策，將山地作物甘藷移種於松江地方，因甘藷極易著土，著土便蔓生蔓延，以根塊為果實，結於地表之下，大風難以摧折，旱澇無大礙，果實碩大，產出高又耐饑，可作災年之補。江南素以食米為習俗，一時不便推行，但楊知縣從中看出徐光啟的務實心，頗為賞識。他中等身量，形容一般，緘言寡語，甚而至於有些木訥。然而，身處前賢高輩之中，卻沒有一絲瑟縮，不卑不亢，倒叫人不由生出器重心來。

柯海這一桌頭名客人自然是維揚阮郎；接下去是錢先生；阿潛的大媒張太爺；鎮海是吃齋人，就不出來了，但當年有二三個同窗，柯海代為邀請上桌；阿奎本應是這一桌的，但他自來畏懼柯海，不久前又折騰出訴訟那一檔事，很吃了教訓，再不敢見人，所以寧願降一輩，與侄兒阿昉們同桌。這一桌就有阿奎、阿昉、阿潛；阿昉的朋友趙同學，妻兄彭同學；阿潛沒正經上過學，就沒有同窗友好，事先與大伯母訴說，一個男人世上沒有朋友，難免被人恥笑，於是小綢就遣人到泰康橋他外婆家，請來一個舅表兄弟，一個姨表兄弟，算作阿潛的交道，一併入座，希昭笑稱作「哼哈二將」；末座是阿暀。

原本家中女眷是不必見客的，但申家的女眷不比別家，天香園裡的桃林、墨廠、竹園，相繼蕭條，唯繡閣一枝獨秀，遠近聞名，今日的碧漪堂是以繡為題，所以女眷堪稱巾幗英雄，就在堂中專設一桌。申夫人告病，以小綢為首，領二夫人、桃姨娘、閔姨娘、阿奎媳婦、阿昉媳婦和阿潛的媳婦，再加上蕙蘭，花團錦簇的一席人，增添不少喜氣，祥瑞得很。除此四桌而外，又有數桌為朋友的朋友，交道的交道，絡絡繹繹，鋪滿軒庭。每一桌中央，是紅漆木架，一層一層疊起，架上是瓷碟，裝各色冷葷素、鮮蔬果，一周一周盤旋，足有幾十碟。架頂上立一絹人，也是天香園繡閣中的手工。人物為八仙，第一桌是鐵拐李；第二桌為漢鐘離；第三桌張果老；第四桌正是小綢這一桌，就是何仙姑……每一仙的器物上都有一樣繡件，比如鐵拐李的枴杖頭上吊一香囊，拇指大小，卻繡了一朵花，細瓣長蕊，還有張果老身下的鞍墊、藍采和的一隻靴、何仙姑的花籃、漢鐘離的扇面、呂洞賓漁鼓上的鼓套、韓湘子的牡丹花、曹國舅的道袍。賓客驚歎聲連連，哪裡是針線女紅，分明神仙點化。

主桌上，人們正問詢張南陽為日涉園所堆疊大假山，據說足可以亂真，張南陽笑道：大假山並不為亂真，恰是造假，是要為真山不可為之山。人們就問：什麼才是「真山不可為」處？張南陽道：其實是假山不可為，真山是任情任性恣意漫長，遇水則讓，或穿岩或懸瀑或辟石，大塊自然，人力如何仿得來？所以只能夾縫裡求生，另闢蹊徑，或漏石，或虬結，或為一幕屏，或為一堆壘。人們又問：莫不是將真山微縮了，盆栽花木的用心？張南陽又笑道：那還是仿真，我亦沒有如此雄心，只敢於造假，以假襯假——石之硬襯土之軟；石之固襯水之流；石之肅殺襯草樹之繁華；石之凌亂襯木造之方圓；石之空漏襯壁障之嚴整，凡此種種，不一而足。人們沉思道：是應景？張南陽大笑：那景也是人造，都是假，假中假，假上假，假對假，唯有一樣是真，就是物之理，縱是造假，亦必循物理之真；因此，假是假，卻是真亦假時假亦真的「假」；也因此造園子——不止造園子，所有製器，都不為仿造外形，實是形化物理，將每一種物的質，強調誇大；事到此時，就已經看山不是山，看水不是水了！話一落音，四座皆吁出一口氣，歎服了。唯有下手徐光啟不動聲色，楊知縣知道他有異議，鼓動道：光啟後生有何意見，說出來讓前輩指教指教！於是，眾人都轉向末座的年輕人。

徐光啟並不避讓，目光直向張南陽道：張大師所說，晚輩確有未敢苟同之處，比如天地大塊任情任性恣意生長這一節；光啟以為世上萬物都以有用而生，無用而滅，無有一件無用之造物，只是人不可全知而已；日月星辰為晝夜轉換，四季更替輪迴，晝夜與四季供莊稼種植作休憩成長，莊稼種植且為人道生息繁衍，人道則以識天文地理為德，於是相應相生，綿延不絕；依光啟鄙見，山水旖旎也不止單是為觀瞻冶遊，而是調節氤氳，使之乾濕有度——但凡有用之物，因合天地紋理，皆和諧適度，勻整寧靜，所以就都美顏，實是因用途而生美意！在座是看楊知縣面子，才耐心聽徐光啟說話，雖有幾分意趣，總覺狂妄了，難免帶些調笑，請他舉出事例佐證。

徐光啟說：比如，甘薯——眾人不禁大笑，連楊知縣都笑起來。徐光啟青白的頰上浮起紅暈，變得年輕，倒顯出天真來，急辯道：前輩們千萬莫小覷了甘薯，西域地方，是以甘薯為食糧，與稻米無異，同是天工開物；稻米有千年稼穡，是有德之物，甘薯卻也非荒蠻野遺，南洋閩粵，甘薯與麥米各為一半江山，往往稻麥歉收，而甘薯還在，聊解饑饉之苦痛，藤蔓還可飼養家畜，來春又是豬羊滿圈，五穀豐登又一年，猶是德中之德；看那甘薯壟子，一行一行，筆直往天邊去，遠看如日出之光芒輻射，甚是壯觀；因此，凡有用之物皆美，不是華美，而是質美！眾人還是笑，於是，徐光啟還要辯解，楊知縣忍笑道：光啟後生的意思是不錯，只是舉甘薯為例有一些小題大作，不甚妥當！這話題就算過去了。

下一桌上的阮郎問柯海，那瘦黃臉的後生是誰？柯海並不認得，只道是楊知縣的人。阮郎說：此人有草根蔬筍氣。柯海問什麼意思？阮郎搖頭：不好說，極多數是凡夫俗子，少數再少數，幾百年裡出一個的，會成大器也未可說。柯海笑道：這又如何預計得來的！阮郎也笑：可不是，咱們的造化已很了得，能夠認得彼此你我，哪有再遇數百年才出一個的際會？不過，自古英雄出草莽，真人不可貌相。桌上人就說阮郎冶遊四方，一定有奇遇，說一二則來聽聽，也不辜負今日碧漪堂的華宴美食！阮郎說：奇遇談不上，草包倒碰上過幾個。就說了一二個笑話，都是些賴漢的事蹟。比如某街市裡，一個無賴，專往轎車底下滾，然後訛人家撞他，定要賠個一百二百錢才甘休。再比如饅頭店來了個買主，沒有一文錢，但有一技之長，什麼技長？吃饅頭，一口氣可吃百十個，店主自然不理會，偏有好事者應承付賬，只任他吃，看他吃下吃不下！結果，竟然吃有二百，那好事者就不認賬，說他包的是一百饅頭，如今二百，就算是毀約，連一百也不付了，原來也是個無賴。聽起來，好像出自《太平廣記》，眾人不答應，要阮郎再說。阮郎只得又說了一則，說的是荊楚地方，某年大旱，邑令命道士設祭壇求雨，邑令親自前來，披頭跣足，上香叩拜，觀者無不大慟！忽然間，人群中挺身而出一名莽夫，躍上祭壇，拔起道士旗劍，朝向炎炎日頭揮揚砍劈。久而久之，將旗劍竭力一拋，以頭向地撲下祭壇，頓時七竅血流，當場斃命。二日之後，天降大雨，田坂畦壟全得灌溉，秧苗返青，瓜豆存活，大麥小麥拔節灌漿，一片豐收景象。故事說完，在座感歎不已，稱頌一時，卻以為更像是出自英雄傑烈志傳，還是要說個親歷來聽。阮郎說：親歷其實都是常事常情，非是像錢先生家老太爺，本是個奇人，才可將常事常情點化為奇。人們說：那就說個尋常的親歷！不得已，阮郎只得說了一樁。

就在本地某鎮，忽然風言風語，出來一個神和尚，就棲在一棵樹下，頂一領草席，會診病。每每有人問病，不由分說，從地上抓一撮土，以香灰調和，囑病家回去煮服，三日則癒。等阮郎聞訊而去時，樹下的土已撮空，成一個大坑，四周都是香炬灰堆。阮郎與神和尚對答幾句，聽出神和尚是西北地方口音，一問，果然是高昌人。阮郎恰恰去過高昌，兩人就好似有了鄉誼。那神和尚其實是個韃靼，少年時候跟商隊往內地送馬匹，途中遇沙塵暴，又遭盜賊搶，總之，三災六難，終於失散。幾十年漂泊流離，也曾經落戶成家，但因生性閒散，不慣安居，到頭來還是孑然一身，浪跡天涯。阮郎問，真有神技能治百病嗎？神和尚密語道：人們非說我能，我無從推諉，只得能。阮郎大樂，神和尚又說：本鄉土治本鄉病，原也錯不了，你看我一身疥瘡，倘要有西北高昌土，煮一壺喝了定好，信不信？阮郎聽了不由悽然，天下病大多是鄉愁，和尚他離家千萬里，迢迢路遠，想回也回不得了，這就是人之常情！四下裡皆有些淒愴，喝了幾盅酒，方才好些。

阿昉一桌，同學少年意氣風發，有幾個即將入壬辰年春闈，其中就有趙同學。座上紛紛敬酒，祝仕途亨通，切莫遺忘故舊。那受酒的人則自稱俗人，不過是追逐世間名利，哪裡比得上諸位閒雲野鶴，自由自在，自有追求。於是，又是一番自嘲與反駁，說無才是真，避世是假，說什麼陶淵明「羈鳥戀舊林，池魚思故淵」，其實是欲求不得，只好說說大話。那幾個人少勢薄，敵不過眾口嘈嘈，退將下來喝酒。消停一時，想過來，指了首桌上的徐光啟：看見沒？那不過一個秀才，卻與前輩平起平坐，憑什麼？不是功名，是人才！少年們都往那桌看，看一時回頭說：誰知道呢？說不定劍在匣中，待而不發，抑或乾脆就是個蠢才！話轉到徐光啟身上，就有人說：坊間議論徐家貧寒，本是種田，然後到上海城裡，做些針頭線腦的買賣，急巴巴地供了讀點書，再多也不能了，中個秀才實屬不易，吃奶的勁都使上了。又有人說：就因為家貧，不得已去外鄉做塾師還是幕友，倒走了些地方，見了世面。接著就有人搶了說：所以從不知道什麼地場帶物種來——什麼物種？人們問。那人答道：甘薯。一聽這兩字，滿桌轟笑起來：既不是「種豆」，也不是「採菊」，何以出來一個「甘薯」？這時，阿昉說話了：大家莫笑，英雄不論出身，太祖還賣過白薯。眾人更笑，煞也煞不住，終於笑停了，阿昉接著說：黃浦江這塊灘地，蠻荒得很，卻藏龍臥虎，不說遠，就說近，趙兄家的那夥計——眾人又笑了一輪，怎麼連「夥計」都出來了！引得那幾桌都轉頭看，不曉得笑的是什麼，只以為少不更事。阿昉卻堅持要說趙夥計，這一回，趙同學也附和了，人們才靜下來，聽他們說。只有阿奎不自在了，因這趙夥計牽連著他那一檔子事，生怕會說出來。本來他在這一桌上就有些窘，高出一輩，又不出息，這時更坐不住了。趁人們都聽阿昉說話，起身離席，去女眷那一桌，找他母親和媳婦去了。不料，這桌上已有一個男客，也是來自他那一桌，就是阿潛。

阿潛擠在大伯母和希昭之間，轉過來喝大伯母杯裡的酒，掉過去吃媳婦箸上的菜。要換作別人，就會招恥笑了，可這是阿潛呀！從小到大得伯母寵愛，一是不敢笑他，二是見怪不怪，由他如何黏纏都無人可說。阿潛喝著吃著，絮叨著將那幾桌上的話揀中聽的傳過來。多是誇天香園裡的繡品，稱天下第一針。小綢不免得意，說別家針線不過是閨閣中的針黹，天香園繡可是以針線比筆墨，其實，與書畫同為一理。一是筆鋒，一是針尖，說到究竟，就是一個「描」字。筆以墨描，針以線描，有過之而無有不及。小綢這話既是說給眾人聽，更是說給希昭聽，知道她一心只在書畫上，又將書畫看得比繡高，骨子裡是男兒的心氣。小綢自己也是男兒的心氣，所以愈加不服希昭。這婆媳倆犯頂，多少是像江湖上有本事的好漢，誰也不讓誰。

說到繡，桌上人都有要說的。阿昉媳婦道：娘家時，從小就聽說申家有繡閣，母親常與父親說，咱家的園子雖然氣派，可天香園有出品，就好比山不在高，在有名寺。二太太說：天香園的繡，追根溯源，是從閔姨娘起始的。閔姨娘說：這繡已不是那繡，原先不過繡些衣裙鞋帽，來這裡以後，才繡大件，帳幔屏罩，無奈從僅有的針法裡，逼出許多變法，所以早和蘇州娘家的繡活不相干了！人都以為閔姨娘說的是謙詞，但至少有一半實情，一樁樁細論，果然，滾針是從接針裡套出來，旋針又從滾針裡套出來；再派生出套針、集套、單套；摻針裡套出施針，施針裡套出施毛針……可謂針針相連，環環相扣。正說得熱火，阿奎忽然發聲：嘉靖年大理寺評事，本邑顧硯山，家中就有繡女如雲，其中有名叫萍娘者，曾繡成一幅《西村賽社圖》，人物牲畜，栩栩如生，頂有趣的是一名村婦，攙一個乳臭未乾小兒，正解開裙帶上荷包，取出一枚錢買炸果子，小兒垂涎的樣子十分好笑。方才說得興致勃勃的人們，猶好像被潑一盆涼水，頓時無言，靜下來。略停一時，小綢冷臉問道：你見了嗎？阿奎不由囁嚅起來：雖沒親眼見，卻聽親眼見的人說來著！阿昉媳婦說了句：叔叔認識人多，也許真有親眼見的人！小綢冷笑：你叔叔就是認識人多！阿奎的娘和媳婦面有羞色，都低下頭去，阿奎自己也覺不自在，起身回原先那桌去了。

二十五、武陵繡史

晚上，希昭對阿潛說：大伯母也忒厲害了，當了人家親娘媳婦，還有小輩的面搶白叔叔，讓叔叔一家都下不來台！阿潛就說：叔叔向來就會掃興，別人只是不說，不像大伯母一口氣說出來了！希昭說：你總是護你大伯母！阿潛伏在希昭耳畔笑著：我心裡最護你，可是不好意思。希昭推他不開，只得任他纏綿一回。阿潛看她若有所思，便問出什麼神呢？希昭說：叔叔所說的《西村賽社圖》，或真有其事，隱約中，彷彿吳先生也說過有一種繡畫，早在北宋，開封都裡遍傳汴繡，宮裡也設繡閣，曾繡過一整幅長卷，《清明上河圖》，後來遺失在南遷途中，要是能看一眼多好！阿潛不以為然：後朝想前朝，不曉得有多少繁榮勝景，是懷古心所致，事實上未必，只怕大不如今。希昭反詰：你又怎麼知道，難道你有過親歷？阿潛說：讀書啊！書中說，「上古穴居而野處，後世聖人易之以宮室」，可見古時蠻荒。希昭說：上古時候，一團混沌，後經三皇五帝夏商周，十二諸侯春秋戰國，秦王漢武，魏晉南北朝，到唐宋已是一片新天地。阿潛說：為什麼擋不住蒙古人？那食腥膻的人種，和上古時候只怕差不多，倒將一個盛世王朝夷為平地！希昭駁道：這就是盛極則衰，如月滿則虧，怪不得人事，而為天道。阿潛有些說不過，耍賴了：你崇古你卻回不去，我崇今恰恰生在現時，還是我便宜！希昭翻個身，不與他理論，阿潛興致倒上來了，十分得意：我就覺得現時最好，真所謂聖人言，「食不厭精，膾不厭細」，是人間之大德！據說你們杭城有一道菜，是將極嫩的肉切成極細的絲，再穿進綠豆芽中，咱家還沒有試過。希昭嗤道：這不是吃，是折騰人，刁鑽古怪，還「聖人之德」呢！阿潛說，你不是崇古嗎？古人說，「食必常飽，然後求美；衣必常暖，然後求麗；居必常安，然後求樂」，古人所說難道也不屑？希昭再不說話，以為她睡著了，湊過去細看，卻見睜著眼。再要叫她，一閉眼，睡了。

以後的幾日，希昭對阿潛都淡淡的，以為是那晚說話不合，生氣了。但也不頂像，起居都正常，只是不大跟阿潛玩了。要說跟阿潛有什麼玩的？不外是讀書寫字作畫。如今呢，還是讀書寫字作畫，卻是一個人，拉上幔子，事先多了一道洗手，再又焚上一枝香。有幾次，阿潛進到幔子裡，與希昭說話，見她神情肅然，有一種虔敬，便又退出了。阿潛心裡不安，恍惚中，這情景似曾相識。在他極幼小的時候，有一個人，也是焚香洗手，凝神端坐，漸漸地就離開了他們，那就是父親。四季祭祖，闔家一併進到蓮庵，庵中主持，一個青衣披髮人，添油點燭燃香，默然無語。每當祭祀完畢，便在祖父祖母跟前伏地叩首，又向大伯父大伯母作長揖。阿昉阿潛從小怕他，離他遠遠的，覺著是另一個世界裡的人。阿昉的乳母告訴他們，這就是父親，就更可畏了，因為知道與自己有關聯，就要牽自己去那虛無之中。平時在園子裡玩耍，他們從不走近庵子。庵子後面的白蓮涇，已讓柳林遮得婆婆娑娑，照理是美景，他們卻感到森然，而且悽然。他想起希昭曾和他說過的，出生那月的朔日早晨，一個廟姑敲門問路。以杭城習俗，這日裡第一個敲門人是女，嬰兒便是女；是男，嬰兒則是男，一個姑子，又是何兆呢？阿潛不覺鬱悶起來。大伯母看出了些，問他哪裡不妥？他搖頭說沒什麼不妥。又問他為什麼一個人來來往往，希昭到哪裡去了？回說在寫字作畫。小綢戲謔道：阿潛娶了個才女！阿潛不作聲，小綢正奇怪，見侄兒已悄然而去。

三月裡，上海遍傳，一頭白鹿，身高丈餘，從吳淞江上游過來，穿蘆葦蕩登岸。大人孩子擁簇尾隨十數里，只見愈走愈快，漸漸跟不上，終於絕跡。人都說是祥兆。回顧近三年內，天無災，人無禍，風調雨順，國泰民安，城內城外喜氣洋洋。四月初八，是為釋迦牟尼誕日，龍華寺、大王廟、水仙宮、廣福寺、靜安寺，子夜時分便開寺敲鐘，香燭齊燃。肇嘉浜、方浜、香花橋、穿心河，兩岸都是活魚活蝦、龜鱉蛇蟹，專供放生用。又有馬、牛、羊，雞、鴨、鵝，散放於河灘曠地。一時間牛馬嘶鳴，魚蝦跳躍，橋上橋下一片歡騰。其時，日涉園已呈大半輪廓，三十六景有二十四告成，爾雅堂、來鶴閣、明月亭、桃花洞、殿春軒，等等等等，規模不在愉園、天香園之下，從此並稱上海三大園。愉園的壯美，日涉園的雅麗，皆不動之景，唯有天香園繡千變萬化，是園子的神韻。如今，又有一說，就是九尾龜。不免以訛傳訛，說是園中池子裡撈起來的東方神龜，對日吐火。虛虛實實，天香園聲名大振，竟超過前期：桃林、墨廠、蓮庵，遍地花開的全盛之時。因此，世人將其列為三大園之首。

這一年，阿奎和阿昉各添一女，因天香園從繡閣得名，所以申家並不視弄瓦為輕，甚至更器重些，闔家上下都很歡喜。那蕙蘭已交九歲，卻與阿奎十二歲的長女采藻齊肩，形貌端肅，坐在花繃前，拈一枚針，上下穿行，不一時就有一朵小花呈出綾面。其時，繡閣中足足三代人，第一代小綢、閔姨娘為首，勉強算上阿奎媳婦和落蘇；第二代阿昉媳婦、采藻、偶回娘家的采萍、頡之、頎之；第三代即蕙蘭。滿滿當當，綿綿延延，小綢卻總覺得有一個空，少了一個人，就是希昭。

遭希昭冷淡的日子裡，阿潛結交了一個朋友。正月初二宴請本邑名門賢達，造山大師張南陽攜來陳進士家一名孫輩，陳俊再，坐在阿昉阿潛他們席上。俊再年少阿潛兩歲，這年二十五，家有一妻二子，卻還是少年模樣，極為清秀，生性也十分天真，每每見申家女眷，不由得便面紅耳赤。那日宴上，阿潛或是去與大伯母希昭糾纏，或就是與這位俊再說話。阿潛長年糗在家中，人們又寵他，對外頭的人和事其實是生畏的。而這陳俊再比阿潛更膽怯，不時地回頭去望帶他來的張大師，想過去又不敢，因那一席是比這一席更可畏的。由此，阿潛便負起照顧的義務，桌上的話題他本也插不進嘴，就專和俊再應酬。一席下來，兩個靦腆的人便生出幾點兒情義。數天之後，俊再遣人送給阿潛一封書信，素白紙背有藍雲隱花，極娟秀的小字寫有三四行，是為感謝款待，又讚揚對方人品，甚感三生有幸，諸如此類。阿潛接信後，幾近狂喜。二十七年來，唯有的交際即是年少時，三天打漁兩天曬網的半年塾學，所謂同窗在阿潛看來，無一不是粗鄙與魯莽，而今這一個好比天外來客，如此這般的風雅。趕緊鋪紙研墨，要回信過去。落筆時在措辭間遲疑好幾回，熱情了怕狎昵，客套了怕生分，來去掂量，方才定在以地域人文比興，稱頌對方品德，引鄉賢文章開頭：「嘗觀名都巨區，莫不得大賢豪傑而益彰。如公爽之江漢，羊祜之襄陽，陶侃之江陵，嚴武之成都……」王顧左右而言他，最終不知指向何處。不幾日，又得俊再一紙信箋，吟的是河川地理，也是一篇論說。如此這般，兩人愈寫愈多，古往今來，天南海北，洋洋灑灑，穿梭似地互相往來。文章寫畢，接著是詩詞，一首對一首。還有畫，一幅尺素，題一曲小令，蓋一枚印，於是又得去找人刻印。大約二三個月以後，春暖花開時節，俊再發出一封請柬，誠邀阿潛去「敝舍」喝茶面教。此一生，有誰請過阿潛啊！雖然言辭一掃過去數月裡的開闔瀟灑，復又回到怯生生的。阿潛又看見了那白皙面容上的羞赧，滿面紅暈裡一雙細長的眼瞼。

這一日，阿潛換了新衣新帽。紫花細布袍，繫白色杭綾腰帶，紫綢白底矮靴，六爿圓帽，不嵌玉，綴六粒小珍珠，雅緻而不奢華。向大伯母討了一件小繡作上門禮，出客去了。福哥早與他雇一領小轎，乘上去，半打了轎簾，顛顛向南，過方浜，再過肇嘉浜，水仙宮前永泰街，剛入街，便看見一道粉牆，牆頭覆著黑瓦，牆面有鏤空花窗，透出青綠。行行走過半里，方才看見黑漆大門，門上有匾，題「日涉」二字。門對面隔一條石板路，卻是一座磚雕門樓，底下有三步深的門洞，立一尊石獅，守兩扇朱紅銅釘門。就知道陳宅到了。己丑年的進士，一片新氣象，蒸蒸日上。阿潛方出轎，就有雜役裝束的男人沿著街一路小跑過來，引阿潛繞牆角從側門進，才兩步，聽有人稱「哥哥」，迎面看見俊再，穿一身藍布素花袍，拱手作了個長揖，袖口直垂到靴面。除去家中那幾個小的，哪有人正經叫過阿潛「哥哥」？簡直心花怒放，就地回了一個長揖，那邊再回一個，這邊就也要回，到底被扶住了。兩人手執手，多少有些不自在，都羞紅了臉，拘泥得心慌，說不出一個字，趕緊錯開眼睛，一個領，一個隨，向宅第深處走去。過幾個穿堂和天井，兩人方才齊肩，互看一眼，又閃開，一個前一個後地走上一具木樓梯，進到一間廂房。朝東有一排窗，從窗裡可見到一片綠蔭，掩一角飛檐，就曉得那是日涉園。兩人窘了一會，喝些茶，漸漸安心，再互相看一眼，眼睛裡都有了笑意。這廂房其實是俊再的書房，案上有書硯筆墨，燃了一炷蘇合香，滿屋清氣。這些不過是略比旁人潔淨纖巧，倒也稱不上別致，饒有異趣的是牆上掛有一把弦子和一管竹笛，於是，這書香裡就有了另一番意緒。

兩杯清茶，幾句寒暄，又有一回冷場；相視一眼，又笑了，是知己的笑。阿潛指了牆上的物件，問：俊再擅長吹彈嗎？俊再起身摘下弦子，橫在膝上，雙手撫了撫，反問阿潛：哥哥喜不喜歡曲子？阿潛坦言：沒大聽過，也不懂。這一個就說：俊再也不懂，只是愛聽絲竹之音。說著撥了一下弦子，就有一聲顫音漾起來，久久不息，迴蕩一周，愈來愈弱，終至銷聲匿跡，畢靜。俊再說：世上聲響絕多為噪音，唯絲竹是清音，好比俗人中的君子。阿潛質疑道：詩中所說「呦呦鹿鳴」，是噪音還是清音？俊再笑道：就知道哥哥會如此問，鹿鳴鳳吟是天籟，人工何能相比，只可盡其所能模仿，「呦呦鹿鳴」二句之後是什麼？「我有嘉賓，鼓瑟吹笙」，就是仿的意思；周成王也只能仿，何況我輩呢！阿潛問：那麼貓叫與狗叫算不算天籟？俊再樂了，幾乎笑不可抑，半天才強忍住說出話來：哥哥怎麼想起來的！阿潛也笑：貓和狗不也是禽畜類嗎？答不出來了吧，本來話裡就有漏洞呢。俊再耐心釋解道：貓和狗都是被人馴化了的，算不得天籟，凡經人手的，都已是世間物，從此不歸。阿潛略不以為意：人就如此不堪嗎？怎麼一經手便成濁物了！俊再說：人手當是天工開物頭一樁，唯有人手，才可仿天籟，要說貓狗，大約是仿虎鹿，雞是仿鳳，蛙仿蟾蜍，蛤蟆仿蛙——阿潛說：為什麼仿物都很賤，而且一仿不如一仿？俊再沉吟道：不是有言為「天地不仁，以萬物為芻狗」，不過也還有精緻的仿物吧。比如說呢？阿潛問。俊再細細的眼睛忽一亮，雙手托起弦子：比如管弦之音，也就是「鼓瑟吹笙」的瑟與笙。管弦從絲竹而來，絲竹原本都為野物，屬天籟，為人習得，千錘百鍊，漸近神功；那絲其實是蠶的口涎，蠶是天龍所傳，所吐之涎可謂龍涎，好比你家園子的名，「天香」，是從龍涎香來，那絲便是天香之顯形；竹呢，常比君子之德，不止是形容比興，還是物理，草木無數，何以能有竹的直、堅、節節有律，竟是德之所化身；兩樣都是極精微的人工天然，這是其一——俊再沉浸於思緒之中，紅暈布了滿頰，好像忘了阿潛這個客人——其二，管弦且生自絲竹的本性，竹節長短有致，與音律相合，絲且細長柔韌，猶餘音繞梁，是為韻，這還是在於器，器又歸於人，由樂師操縱，便是其三；太史公作刺客列傳，送壯士刺秦王，不是「高漸離擊筑，荊軻和而歌」，歌什麼？「風蕭蕭兮易水寒，壯士一去兮不復還」，就是這絲竹所製器用，可作變徵之聲，慷慨心胸！

聽到此，阿潛也紅了臉，血脈賁張。俊再又緩和下來：歌亦是仿天籟而得。何為聲之天籟？阿潛顫聲問。人聲！俊再答，又細緻辨析：猶如鳥語、鹿鳴，歌就是將人聲話語作誇張，或長或短，或高或低，於是，話語便成為歌唱！一旦成歌，就是天人交道。俊再不妨試唱一曲？阿潛誠心邀道。俊再方才散去的紅暈又浮起來，回到先前那個靦腆的人：不是不願意給哥哥唱，實在是不能！阿潛問：為什麼？俊再說：凡事都需天時、地利、人和，歌曲必在萬籟俱寂之時，大白天的，四下裡嘈嘈一團，骯髒得很；歌曲又必臨水，方可一波三折，回聲蕩漾；人和則是指笛、弦、板，三齊，有音有節有韻。阿潛不由失望說：不知今生有沒有這般耳福呢！俊再立時安慰：每逢月圓之夜，定會在水軒聚齊了演練，到時候，只怕哥哥不肯賞光！於是，二人說定了日子時辰，屆時只要好天氣，不見不散。

回到家來，阿潛心思全在天氣，每晚都要望月，見半輪月漸漸消下去，再漸漸滿起來。倘要是雲遮月，便歎息不止，風清月霽，則笑顏逐開，不免忽略了希昭。希昭呢，本也有祕而不宣的事，猶恐避阿潛不及，所以兩下裡不聞不問，反倒相安無事。只是有一日，阿潛忽對希昭說：咱們的楠木樓才是真正的天香閣，滿是龍涎香味。希昭說：怎麼想起的？不是說久入蘭芝之室不聞其香。阿潛說：也不知怎麼的，倏忽間有一股奇香襲來，所以說是「天香」嘛！希昭說阿潛自美，阿潛說：原先是自美，現在卻不敢說了。希昭問為什麼？阿潛道：過幾天，將會目睹一樁天上人間絕無僅有的美事。希昭問是何事，阿潛說：不告訴你！希昭也不再問，知道愈問愈不說，要不問了，熬不過一個時辰，自會找上門來說。可是，這一回卻不靈驗了，隔日的早上也沒聽他說。一天內，盡是看天邊雲，到了晚上一個人出門去了。

阿潛來到陳家新園子，有僕役樣的人領路。月亮還未升起，月色卻已染上來。亭台樓閣本是新漆，此時就打上一層釉，熠熠發亮，清麗異常。壘石格外顯出青森，好比筆下留白，映襯出草木蓊鬱，則是黑濃的濕墨。阿潛不由恍惚，猶如走在畫中。前方平地而起一片氤氳。逐漸瀰漫過來，氤氳中升起亭軒——琉璃瓦，雕花樓，飛翹檐，玲瓏閣，又以為走入海市蜃樓。就在這時，一輪滿月騰地上了中天，遍地白亮，園子頓時換了顏色。一聲清音蕩水面過來，阿潛禁不住打了個顫。樹叢間看見池面，立一座水軒。

軒亭上橫了匾，匾上書三個字：明月堂。果然，軒口正對明月，伸延出軒台，圍三面短木籬，頗像一個小戲台。台上鋪了絲絨氈，放一張案，幾把椅，椅上人吹管撥弦。先還是些散音，東一聲，西一聲，撒得水面上都是，無數漣漪，逐漸地聚攏過來，左牽右挽，接成一串。一串接一串，又錯落重疊，鑲嵌壘砌。此時水面忽卻紋絲不動，無波無湧，其實是潛深流靜，有看不見的穿行回互，奔騰跳躍。不知多少個時辰過去，剎那間水面鱗光閃閃，像有無數條魚一併齊地翻身，再一剎那，魚躍陡地息止，浮出一池星星，原來弦管收了音。再一看，月亮還在原處，只是更大更圓。阿潛所在的水榭，處於明月堂的東側，相距有半畝水面。堂中沒有掌燈，望過去，只見幢幢幾個人影。但等明月高升，繁星閃爍，人影顯出輪廓，愈來愈清晰，連五官都鮮明起來。阿潛認出其中有俊再，不是彈弦子，也不是吹笛子，而是單手持一疊三片長方檀板，以底板叩擊中板，中板連帶敲擊上板，於是發三連音。清脆悅耳，間在管弦聲中，間離出上下句，長短句，快和慢，舒和緩，因此有了起承轉合。阿潛出神中，第二曲又歇了，水面上下躥著千萬針似的小東西，也歇了，水平如鏡。那樂音本是轉瞬即逝，無影無痕，卻在曠夜渺水之間得了魅，變成有形。月亮更豐潤了，盈盈欲滴，似乎池子都是它注滿的。板子憑空打了兩響，阿潛渾身一機靈，那板子愈來愈急驟，弦管聲起來。雖只三人，卻好像遍地皆是，滿池的蓮花都開了，真是華麗啊！阿潛幾乎落下淚來，三曲奏畢，月兒方才偏西，軒內人復又隱入暗處，魚兒回家，蓮花謝了，星星升上天穹，高而且遠。阿潛醒過神，俊再等人已不見，引他進園的僕役又在了身邊，再領他原路返回。園子就像在清水中，路徑、亭台、樹叢、山石都發出動響，一待阿潛走來，霎時止住，大氣不出，走過去，又在身後活過來。阿潛懵懵地走出園子，園門外已有一領轎子等著。這一晚，阿潛沒與俊再說上話，但隔水遙望，彷彿比平素更親近，這就是知音的意思了！

接下去的幾日，阿潛都魂不守舍。希昭問他話，也答非所問，不免有些奇怪，但想不纏我就好，隨他去罷了。阿潛有時神志回來，就覺奇香滿室，左嗅嗅，右嗅嗅，自問自答道：真是龍涎香啊！希昭看他糊塗的樣子很可笑，調侃道：不是龍涎香，是蜃香。阿潛傻傻地問：蜃香？希昭更好笑了：不是你聽來的天外奇談？從海南採幻化之氣，凝為燭香，點燃之後，放射出海市蜃樓！阿潛就像是第一回聽說，混沌間卻又想起日涉園內的那一幅夜景，不覺又入了神。希昭在他額上點一下：海市蜃樓中的人，可算上你一個！阿潛便笑了。

下一次與俊再碰面，阿潛就央求學一招，或吹或彈或打板子。俊再取下笛子、弦子、板子，讓他試。不想，笛子和弦子都成了啞子，無論如何地吹與撥，都動它不動。板子呢？倒是一碰即響，讓他驚了一跳，可俊再卻說此是最難，實是樂音之骨架，尤其南曲，有言道：「北力在弦，南力在板」！因南音多是宛轉和緩，這又和南邊地方話語聲腔有關聯，不是和哥哥說過，歌就是說話之擴大與著重？幽長之音全憑板子間斷隔離而成曲式，因此，板子不僅要諳熟自己，還需了然笛子和弦子，何況南音裡的板子，更是非一日之功可達。阿潛見吹彈擊三樣都不可輕易拿下來，又生一奇想：那我專工唱如何呢？俊再忍不住笑出聲來，笑了一時，才慢慢與阿潛解說：那三件頭再難還可練得，唱呢，單是練怕也不成，更需有一個好嗓子，那嗓子說是爹娘給的，其實天生成！阿潛喪氣道：看來幹什麼都不成了！俊再止不住地笑，說：哥哥這樣鍾情，定是有十二分的天資，比許多操琴吹管人都與曲親近，倒無須拘泥於一技一藝，全心領悟便能得其道。聽了這話，阿潛才好些。忽又想起一事，好奇問：那夜怎麼無人唱曲？俊再說：因是逢單月，凡單月只練樂，雙月才唱曲，又並不是每個雙月，只是六、八、十，仲夏至仲秋的雙月，風清氣朗，因人聲是肉聲，比絲竹更近天籟，經不得一點濁雜的干擾。

阿潛屈指算一算，下月即是六月，佳期有望，但俊再又說：下月祖父還家，園中要宴賓客，所以，延至再下一個雙月，即八月十五，卻是中秋，家中人想必還要用園子，不得已，大約要到半年後，才可練唱。阿潛就又喪氣，俊再說：世間萬物怕的都是一個濫字，尤其是精緻物件，寧可缺，不可過足，因實在是極有限，多出來的都是贅物，倘若不節制，魚目混珠，就不可收拾了，那真東西也變成假東西，算是絕跡！阿潛知道急了沒用，又慶幸如今是五月，倘是十一月，可不要等上大半年還難說了，只得安下心來。俊再到底不忍讓阿潛太掃興，紅了臉說：如果哥哥不怕糟踐了耳朵，俊再練曲時，請哥哥面教。阿潛本來落到底的心，又提上來，急切切問：什麼時候？俊再說：如我們這些淺薄之輩不敢有太多講究，只要逢月初與月尾的雙日，風和日麗即可。阿潛又一屈指，就是今天。

俊再又紅了臉，返身揀了一炷香燃著，又喚人送溫水來，在盆裡洗了手，再端下去，方才從櫥裡取出一個冊子，翻開在案上，背對阿潛端身坐正，凝神片刻。然後抬手向案面一拍，遂發出一聲女音，極高極細，幾乎難以為繼，卻持續不斷，良久，轉折而下，低到無從低下處，慢回緩旋，漸漸收束。聲止了，四下裡的氣息尚在波動，消散殆盡時，又一拍案，另起一聲。更要高上一階，如在刃上，又如游絲一縷，絡絡繹繹。再一拍——阿潛只覺身心虛空，而且無限，窗內窗外一併遁遠。其實是自己遁遠了，遁入化外，那化外之境就是聲聲拍拍，高高低低，延延止止。一炷香燃盡，餘音消散，兩人都靜著不動，聽得見時間逝去的汩汩聲，俊再說一句：丟醜了！阿潛強笑一下：俊再要把哥哥的淚催下來了！俊再沒有回身看阿潛，阿潛起身對俊再的後背鞠一躬，走了。

阿潛今天回來得早，推門見裡間屋的幔子拉開了，架上的香燃到根處，香煙卻越發瀰漫。希昭坐在案子跟前，轉頭看他。兩人神色迷離，都是遁遠了不及回來。阿潛恍惚間走近希昭，看見那案子其實不是案子，而是一張花綳，綳上附了一張絹畫，墨色清遠，氣息高古，分明是元人小品，又多有一種新鮮，是今人風氣。再近些了看，墨色是為絲色，不由詫異萬分。再看落款，針線繡成四個小字：武陵繡史。

二十六、重重疊疊上瑤台

夜裡，希昭和阿潛說，自小就覺著「武陵」這兩個字與她有關聯。杭城古稱武林，在她看，許就是晉太元桃花源那「武陵」，一個是今生，一個是前世。阿潛不以為意，說那桃花源武陵地方本是無中生有，就好比三生石、西方極樂世界、阿彌陀佛淨土，生自於理念，構自於人為之烏有鄉。希昭說：不怕你不信，我一句一句對給你聽，桃花源所說那武陵捕魚人「緣溪行」，那溪即是錢塘江，江浜一帶至今為漁浦地，五代時，錢王抵擋劉漢宏，水兵就由此地出發，可為證明；下一句是「桃花林」，蘇東坡有詩說，「沙河塘上插花回」，又有「沙河燈火照山紅」，那沙河塘從錢塘江引水，花樹夾道，至宋時還很繁榮；接著，「林盡水源，便得一山」，就是鳳凰山；入山即有平原人家，說的是，「自云先世避秦時亂，率妻子邑人來此絕境」，「秦時亂」大約只是借名，其實就是靖康元年女真人入開封，然後宋室南遷！說到此，說的人和聽的人都一驚。停了停，希昭說：可不就是武陵！阿潛慢慢緩過來，道出一聲：穿鑿附會罷了！希昭冷笑：讀書人的臭毛病，因會寫幾篇文賦，就以為天下書都是杜撰，也不怪有此謬誤，實在是自倉頡造字以來，世人揮霍過度，寫下了多少爛文章，結果連自己都不信了，不懂得惜物，難免傷之於濫！阿潛聽希昭這話，竟和俊再所說如出一轍，便不與她爭，只專心聽著。希昭接著說：前人為什麼總要求通古，因那「古」最是近原初，近天地，往後不過是從中套；好比《公羊》從《春秋》套，再套出東漢《春秋公羊解詁》，唐《公羊傳疏》——這還算嚴謹的，我最煩那八股文，愈套愈虛枉，套到後來，只剩個空殼！聽著聽著，說話人就變成了俊再，阿潛不由笑出聲來。希昭以為是笑她，背過身不再理他。阿潛看她生氣，趕緊扳她回來，將俊再的話以及近來所見所聞一一說出來。

希昭聽完，說道：原來這些日子你在忙著這個！阿潛說：你不理我，我只好自己消遣。希昭撇嘴：我不理你，你找大娘去呀！提到大娘，阿潛一個翻身起來：大娘還沒看過繡畫呢，咱們這就過去給大娘看！希昭按下他：別！大娘未必喜歡。阿潛問：為什麼？希昭說：這繡不是那繡，在大娘眼裡，不過是旁門左道。阿潛不服：凡天下技藝只有高下之分，有什麼正的偏的？希昭也不服：凡天下事確都有正的和偏的，一棵樹，有主幹與支幹；山水有主脈和支脈；日頭有正日頭和偏日頭；筆有中鋒偏鋒；史有正史軼史；家有正室與偏室——說到此，不由想起閔姨娘，便止住了。阿潛也已經想到了，心下有幾分悽然，停了停說：其實要追根溯源，天香園繡本是由閔姨娘傳進來的。希昭不語，默然著，阿潛又說：要論親疏，我並不是大娘嫡親，可從小我在大娘房裡長大，倒不記得親娘是何模樣。阿潛幾乎要落淚的樣子，希昭伸手在他頰上撫了撫，方才好些，接下去說道：無論偏正，只要好，便是上乘，上上乘！希昭這時發話了：即便是這樣說，我也不願意阿潛再納娶的。阿潛又要翻身起來，詛咒罰誓：這是一萬萬個不可能，盡可放一萬萬個心！希昭說：阿潛是個多情的人，又愛美，如今是沒遇上，一旦遇上，只怕身不由己！阿潛嘆了口氣：希昭忒小看我了，我雖多情並非濫情，我愛美，才知美不可多得，哪裡俯拾即是！希昭說：倘若偏巧拾得一個呢？阿潛笑了：三生有幸，得希昭做妻，又有俊再為友！希昭譏誚道：這可算是一正一偏？阿潛就要掌她的嘴。多日來，兩人不曾這般親昵，如今彷彿重回到人間。

次日早起，阿潛又要送希昭的繡畫給大伯母看，希昭還是不情願：那日叔叔說顧硯山家有一個萍娘繡《西村賽社圖》，大伯母就斥責叔叔「胡說」，看了這繡畫，不是要說「胡繡」了！阿潛說：不管叔叔是不是胡說，如今可是千真萬確，就在眼前，由不得大娘不相信。希昭說：我繡我的，管大娘信不信呢！阿潛說：你不知道，天香園繡雖是閔姨娘傳進，卻是因大娘的文氣書香而從娟閨女紅中穎脫，聞名上海；大娘被大伯辜負，一生用心就都在繡閣中，恨不能小子們都拈起針來，倘看見希昭一等的人物也在作繡，真是要高興死了！希昭聽了這話，卻更不願意：我繡畫是因自己喜歡，並不為巴結大伯母的！將阿潛的手從繡畫上撣開，不讓他碰了。阿潛悻悻走開，心卻不甘，趁希昭不防備，兀自取下繡畫，去了大伯母的院裡。

小綢一早起來，見阿潛攜一卷綾子，興沖沖一頭扎進門裡，來不及問，已經將綾子打開在案上，裡面是一幅畫。小綢望一眼說：是倪瓚的小品不是？阿潛得意道：大娘你細看。小綢近前去，看出了繡跡，頓時沉靜下來。畫上是一抹青山，一泓遠水，泛一葉舟。以斷針替皴法，滾針替描，難的是水波，用的是接針繡。小綢將滿幅繡上下左右看遍，最後停在落款，問：武陵繡史是哪一個？阿潛說：我！說罷就掩嘴笑開了。小綢就知道，定是希昭繡的無疑，並不說什麼，從繡前走了開去。阿潛扯住大伯母的衣袖，急辯道：這也可算天香園繡中一品吧？小綢冷笑一聲：武陵繡史與天香園繡有何干係？她是自成一家。阿潛說：希昭是咱們家的人，她的繡就是咱們家的繡！小綢說：天香園繡是為器具衣冠文飾，說是繡品，實是用物，務實方是工藝之大要，比如木造、織造、冶鑄、陶埏、種植，等等，如此抽離物用而自得，不免雕琢淫巧，流於玩物，終將無以立足，不是有言道，皮之不存，毛將安附？有違天香的風氣。阿潛不服氣，反駁道：大娘不也愛寫字作畫，那字和畫不也於實際無功用？這一回，小綢是真笑了：難道阿潛不懂得，造一物必有一用，一器必有一功？字畫是紙墨之用功，紙墨本是為承字與畫，好比舟之載人，水載舟，泥沙載水；絲繡綾綢，綾綢為衣被，衣被天下！阿潛說：那也忒道學先生了，古人其實並不拘泥於實用，北宋宮中就有一種汴繡，繡出一整卷《清明上河圖》！小綢嗤了一聲：又是聽你媳婦說的吧？我與宋儒沒干係，稱不上道學先生，不像武陵人，是得南宋遺韻，可通古的！快快地將「古物」拿走了，別玷染了迂腐氣。就這麼，阿潛幾乎是被他大娘攆出了院子。

東楠木樓上，希昭發現繡畫沒了，就知道是阿潛拿去給大伯母看。正生著氣，阿潛回來了，見他垂頭喪氣的樣子，不問也曉得碰了一鼻子灰，也不好再說他。拿過繡畫，放回去收好，什麼也沒問，兀自在案上臨一幅小品，果真是倪瓚的《雨後空林》，身後的博古架上燃了一炷香。阿潛方才明白多日來室中香熏的來處，不覺想起了俊再，也是要燃香的。再想大娘剛說過的話，俊再的唱曲算不算雕琢淫巧，流於玩物？那言語聲音是用來說話的，唱曲則是額外之用，稱得上過奢，連俊再也說，「唱」不過是「說」的誇張著重。但其實，那一種高拔與低走，清越與沉重，已與說話無關乎，也似乎於任何用途無補益。然而，阿潛想，真是醉人啊！那絲竹弦管，在大娘來看，大約也是暴殄天物。可是，阿潛忽然想到，紙與墨不也是由竹木所造？與弦管原是同根生，紙墨載字畫，弦管則載清音；字畫傳文理，清音傳天籟。再又想到絲線綾羅，可為衣被，衣被天下；亦可自為文華，華蓋天下。都可謂之物用，而且一用生一用，近用生遠用；近用於生計日常，遠用於陶冶教化，至遠則用於道。世上凡有一物降生，必有用心，人工造化，無一物是糜費。阿潛興奮起來，躍躍欲試，好像再要去大娘院裡，好好理論一番，可那香煙熏得他暖暖的，懶得動彈，就又躺回去，不知覺中睡著了。

此時，小綢還在房內，破例沒上繡閣。方才將阿潛嗤走，院子裡安寧下來，知了叫起來，鐺鐺鐺一片響。花石子地上一片蔭，蔭裡滿是銅錢大的小日頭。忽然，那濃蔭地變成一幅字，字是圍起來寫成團福式的，許多個團福又連成一個大團福，然後魚咬尾地轉圈，原來是璇璣圖——小綢心裡一動。璇璣圖又退進蔭地裡，卻化為百花盛開。不是開在地上，而是綾羅上，梅紅的綾面，粉色的西施牡丹，底下是鎮海媳婦的身子……多少時光過去了呀！小綢的心怦怦跳著，這麼多的時光幾乎就是用針線繡成的。世人只知道天香園繡，其實是錦心一片！如今，阿潛的媳婦也拈針習繡了，真是冰雪聰明。小綢是將詩書化進繡中，她則以繡作詩書，小綢怎麼會不懂呢？與阿潛辯的那一番理，並非出於本意，多少是強詞，也是意氣，都是因一件事，就是希昭沒有落款「天香園」，難道怕辱沒了你？小綢冷笑，只怕天香園還看不上！這麼左右想想，解了些氣憤似的，最後想定了：倘若落上「天香園繡」，就准她上繡閣。想罷了，便起身出了院子。

這一對婆媳別氣，阿潛夾在裡面，頭一回覺著了為難。兩個都是最親，原指望他們娘仨，再添上小子阿英，快快活活過一輩子。不想這兩個就像水與火，不能相容。多少回兩頭殷勤獻好，互通有無，結果適得其反，倒生出新的嫌疑：有什麼不能自己來說的，非要你阿潛從中傳話？是虧心不是！這下可好，原先希昭還常去繡閣，縱然不繡，也看和聽。大伯母呢？面上不開口，心裡卻等著她來拈針引線。眼看著兩頭愈走愈近，不想竟一觸即發，碰砸了！於是，阿潛再不敢多嘴。

正鬱悶著，偺再那邊來了好消息，七月十五這一日，本是練樂，但從江西來了一個唱曲的先生，慕日涉園的名聲，情願來唱幾曲弋陽腔。顧名思義，弋陽腔源出江西弋陽，起自草根，魯直簡約。聽曲人多為雅士，大半嫌土俗。近年來昆山腔起來，宛轉細膩，亦歌亦舞，幾乎霎時間傳遍大江南北，弋腔難免式微了，幾成絕唱。事實上卻有另一番古意，倘追根溯源，可至宋元，因此上，所餘幾班弋陽腔，又成稀缺，可遇而不可求。阿潛重又振作起來，天天掐著指頭盼月圓，將希昭和大娘且放下不提，由她們作對去。那兩人沒有阿潛在中間串，安靜許多，反倒無事。每日價，一個在閣上繡，一個在房裡繡，並不照面，漸漸地都氣平了。

七月十五日這晚上，阿潛同上回一樣，乘一領小轎往日涉園去了。天長了，日頭落下好一時，暮色卻大亮著。與上回不同，方入永泰街，就見有幾頂大轎進日涉園。大門開了半扇，有僕役迎候，紛紛往裡領人。天光裡看園子又是另一番景致，白晝的暑氣此時從石縫草間蒸上來，形成極薄的霧氣，收燥了一日的園子濕潤了些，於是，每一草每一木看上去都像線描過，連水上的漣漪也是紋理清晰。明月堂倒反變得遠了，挑出在池面上的軒口，除了幾把椅，沒有人。阿潛與賓客依然是在軒堂東側的水榭裡，一總約有十二、三，都是陳進士兒孫輩的朋黨。多半領略過些聲色，不像阿潛老實，又認生，互相間搭話的搭話，打趣的打趣，將個園子鬧得嘈雜起來。天暗一成，景物則深一成，四下裡忽有無數草蟲鳴將起來，嗡嗡一片，漸漸聽不見了，因細細密密將天地間灌滿。人聲不由斂住，默下來。天再暗一成，景物再深一成，淡墨變濃墨，星星從極高的頂上出來，悄沒動靜，不知覺間布滿天庭。

軒內有了人，坐在椅上，阿潛望去，見弦子、笛子、板子之外，又多一面單皮小鼓，立在一具架上。俊再依然打板子，擊鼓人是新面孔，只見他舉一雙細竹籤，一抖腕，那三件即跟上，一併作響。阿潛便知，今天擊鼓人才是眾音之首。而這一次的樂音也與前次迥異，是從高亢驟急中起來，似乎遍地的樹木山石都在鼓噪。那鼓與板忽作變徵，陡立於萬聲之上。隨即，弦管戛然止住，只餘鼓板夾奏，切切切。蟲鳴也息了，天地間好似揭去一層膜，倏然清亮起來，突顯出那兩種物件，一為皮，一為木；一為韌，一為堅，剛柔兼濟，水乳交融。二者又漸漸分離，變同氣為應答，變同聲為對峙，繁簡輪替，主次更迭，卻無一刻鬆緩，遲遲不得決斷。正無分無解，卻起一聲高腔，疑似從天而降，循聲去，見軒口還有一張椅，坐一條漢，著青布衫袍，紮青布頭巾，裝扮如雜役。垂袖扶膝，紋絲不動，無喜亦無悲。那一聲直抒胸臆，持恒良久，漸隨鼓板切切地下來，且有眾聲和起。原來軒口內暗處坐有一排人，看不清面目。那一條漢兀自起調，輾轉上下，眾人幫腔，翻雨覆雲，鼓與板一路盤旋，宛如流水繞礁，山風過林。水榭裡一片靜，人人瞠目結舌，魂魄全飛。哲言道：大音希聲，此地卻是大音大聲，無限喧譁，是匯天地人的噪噪一併，如同江河匯大海。眾聲愈響，非但不能掩蔽那一具高腔，反而將其托得愈高，周遊迴蕩，無拘無束，如同野唱。許多字音吐豆子一般吐出，並不能辨清字義，只聽那音律節奏，鏗鏗鏘鏘，像煞大喜，又像煞大悲，再像悲喜交加，遍地湧起，不是你我他的，是你我他全併作一起。正悵惘失所，高腔陡然煞住，眾聲收起，再然後，三擊鼓，一曲罷了。

如此幾番，腔與調有所不同，但全是激越亢進，一式樣的心驚。月亮移了，那漢子的臉清晰起來，亦是一張雜役的臉，瘦、長、疏眉淡目，一旦聲出，略有顰蹙，偶爾轉眸，卻見一瞥清光，是個亮眼人。

月亮移到更西，唱曲人的臉復又退進暗處，餘下輪廓，那身形像是削石而成，幾可見刀痕，巋然不動，卻可迸發金石之聲。聲腔又一回止住，鼓和板空自叩擊，彷彿打鐵人的小錘領大錘，切切一陣，漸弱，漸疏，漸消。軒口彷彿垂下一道簾幕，將唱曲人蓋住，明月堂全身在了影地裡。水榭裡的聽曲人躁動起來，起身的起身，說話的說話，有說過癮的，也有說是村俚，只有一人不動彈，任眾人從身前身後走過。水那邊明月堂傳來幾點動靜，也在走人，不一時便消聲，走淨了。有清園子的舉燈籠朝那人臉跟前一照，說：申家少爺，家去吧！阿潛周身一顫，醒了，木木地起來，眼睛裡只一盞燈籠，便隨了走去。那燈籠搖曳著，一個園子都在動盪，好像在水底。清園子的人說：今晚的唱曲與往日裡不同，忒鬧了！阿潛「哦」了一聲，清園人說：唱家多是粗人，憑力氣叫嚷罷了。阿潛還是一聲「哦」。那人湊了燈籠看阿潛一眼，心想這人竟是癡了，聽人說北地裡有一種拉魂腔，或就是今晚所唱的？自此不再說話，快快將人引出園子，扶上早雇好了的小轎，打發走了。

阿潛坐在轎裡，依然怔忡著，眼前是一條白花花的石卵路，轎夫們的腳板響，恍惚中是方才板子的回音。這一領小轎走得輕捷，抬轎的彷彿懷揣著什麼喜事兒，一溜煙地過去，先趕上一架馬車，載著高高的車篷，馬蹄子點地，脆生生的。阿潛的小轎過去了，又趕上一領藍布轎。藍布轎也過去了，再趕上一頂紅綢團花大轎。阿潛覺著這一行有些蹊蹺，轉頭望了一眼。紅綢大轎的轎簾沒放下，裡面正坐著方才日涉園裡的唱家，那個明眼人。阿潛喊了一聲「慢」，轎夫們放平腳步，與那大紅轎並行著走。阿潛探出身子，拱手作了個揖：先生好！唱家淺淺回了個禮：小後生也好！阿潛道：先生何方人士，唱腔又來自何方？聽上去簡直不像人聲！唱家哈哈一笑，問：不像人聲，像什麼？阿潛答：像禽獸！唱家這回正眼對了阿潛，定睛一刻，說：小後生是罵人還是誇人？阿潛又作了個揖：人聲為文，禽獸聲為質！我江南之邑，水肥地美，鶯飛草長，民風多半靡麗，如先生這般曠野之聲，真可謂振聾發聵！不敢說是誇，怕辱沒了先生。唱家道：小後生是讀書人，很會說話！要問是何方人，連自己都不知道，祖輩都唱曲，四海為家，但因姓白，有人說是蒙古人姓氏，大約總是漠北地方人；唱腔也是祖祖輩輩傳到至今，然而每到一地，必受一地話音濡染，所以，已距原初很遠。阿潛聽到此，想起俊再說過，唱曲本源於說話，不覺點頭，專心聽唱家接著說：世人都稱弋陽腔，以江西弋陽得名，如今都已失傳，說實在，自記事起，遍遊八方，卻再沒遇見過弋陽班子，大約天下獨我一家了！月光清色中，兩領轎子，一大一小，一雪青，一大紅，並行著上橋。不知什麼時候，早已過了方浜，並沒有向西去申府，而是一逕向東。又不知什麼時候，兩領轎剩一領，小轎兀自折回，大轎領了身後的轎車，出了玉帶門。

希昭等阿潛回家，一夜沒有入眠。天明以後，就著人去大伯母院裡去問，是不是歇在那裡了？小綢則著人去三重院裡問柯海，有沒有留阿潛過宿；柯海明知道不會，還是遣人往天香園蓮庵他生父那裡問。一圈問下來，家裡人都慌了，也不敢告訴老太爺申明世，就聚在申夫人房裡商議。多半以為年輕夫婦拌嘴，嘔氣跑出去的，可希昭咬定不曾有過任何齟齬，一直好好的，臨出門前還讓希昭等他，不想一去不回。說到「一去不回」幾個字，希昭便哽住了，人們也都有些酸楚。小綢其實比希昭更急，阿潛是她帶大，錦衣玉食，此時不知在何等地方，受凍挨餓也說不定。她定著神問希昭這段日子阿潛與什麼人有往來，問出口連自己都不信，阿潛能有什麼交際？正月裡宴賓客，還是她到泰康橋計他外婆家拉來兩個姨表舅表兄弟，陪他坐席。不料希昭卻回答，這幾日與陳家孫子很熱絡，聽曲子什麼的。不止是小綢，連柯海、申夫人都吃了一驚。柯海說：絲竹弦管本不是壞玩意兒，卻最容易移性，阿潛又是個乾乾淨淨的孩子，心無芥蒂，一旦要鑽進去就不好了！聽到「乾乾淨淨」幾個字，小綢也要落下淚來，跺了跺腳：還不趕緊去找姓陳的那龜兒子！

去的人只半個時辰便轉回來，說昨晚上是邀阿潛去園子裡聽唱了，唱畢就各自散了，還專為客人們都雇了轎。聽說阿潛丟了，陳家也很著急，正在罵那孫子呢！小綢說：罵有何用，要緊的是找到那領轎子，好問明阿潛究竟在哪裡下的轎，既是他家雇的轎就該知道哪裡去找！去的人又說，陳家已經遣人去找了，一旦打聽到立刻就來報告。近午時分，消息來了，陳家一名老僕傭領一長一幼兩個轎夫一同過來。年長的轎夫說：那小爺們趕上那老爺們就讓慢走，兩個爺們轎挨轎說著話，小爺們就上了老爺們的大轎，往玉帶門去了。問有沒有出城門，回說不知道。再問一路上兩人說什麼，回說聽不懂。年幼的轎夫此時插了一句：說到「禽獸」什麼的！眾人又是一驚，希昭反倒鎮定下來，說：阿潛說的「禽獸」未必是真「禽獸」，他們懂什麼！人雖沒找回來，畢竟知道了些去向，是跟了那唱曲的走了，所以就還要去陳家打問那唱曲的是什麼人，從哪裡來，往哪裡去。這一回，柯海親自上門去了。

柯海回家，已近黃昏，一眾人都迎上去。見他神色平靜，又像是頹唐，不敢問，只等著。柯海洗了手臉，更衣，坐定，喝了口茶，方才開口。柯海說陳家那孩子相貌極文靜，倒有幾分阿潛的神韻，眾人不禁黯然。柯海接著說，這樣的孩子想必不會有什麼壞交際，昨晚請的唱家是偶爾從此地經過，都是些同好們輾轉介紹，不知從哪裡來，亦不知往哪裡去，唱家好比仙逸，漂無定所；不過阿潛既是跟了他，吃喝睡總是有的，一行有一行的規矩，所以管教也是有的，必不會出什麼亂子。說罷，又添一句：陳家並不知道孩子在園子裡唱曲，看起來，那孩子吃過板子了，神情極其萎頓，也就不好再說什麼了！眾人默然無語，靜了半時，忽然聽希昭一聲泣，又強咽下，向長輩們告了不是，推門而去。

幾日過後，小綢上了東楠木樓，未進門，一股奇香撲面而來。定定神，走進去，希昭已聽見動靜，從幔子後頭走出來，喚了一聲「大娘」。兩人都消瘦了，希昭畢竟年輕，雖憔悴，還無大礙，小綢面上則有了霜色。彼此在對方臉上看見的都是阿潛，又都是秉性要強的人，一個字不提。希昭讓座，又吩咐人斟茶。小綢並不坐，對了幔子後頭抬抬下頜，問：繡什麼新東西？希昭遲疑一下，揭開幔子，請小綢進去。小綢先看見櫃上一炷香，方才知道那香氣從何而來了，說道：是龍涎香吧！繼而笑了說：不是一家人，不進一家門，希昭有龍涎香，正好進我家天香園！說到此話，小綢不由語塞，真是哪壺不開偏提哪壺。而希昭感觸更多一層，阿潛也說過同樣的話，亦都是出自王沂孫的詠物詞〈天香〉。小綢棄下「龍涎香」的話頭，走近繡綳，繡綳上已經描好一幅粉本，十幾竿墨竹，不露竹節，直貫天地。既有蘇東坡的清拔秉性，又格外含一脈纖心，透露出閨閣氣息。小綢看了一時，說：意境很好，可到底有些肅殺。希昭不語，小綢曉得她心裡不服，歎口氣道：人都道「青衿之志」，其實無非是進官進祿，一旦不成，便怒氣衝天，怪世道不均，君王不智，將自己比作菊啦，蘭啦，梅啦，還有就是竹，總之，專找那些時令偏的草木作比，方才氣平！其實，每一樣草木都自有繁榮熱鬧，就說竹子，那竹根在地下盤桓交錯，都能掀起一幢樓閣，哪是那麼潔身自好的性子！希昭不由笑了，小綢有些得意，再接著說：那屈大夫，讓楚懷王貶黜了，沒法子，不惜用蘭啊，蕙啊，芰荷，芙蓉，裝點自己，其實草木花樹另有志向，未必就是他所用的那個意思，結果倒是曲解了人家！希昭更笑了。小綢看見希昭的笑模樣，心想，她還是個孩子呢！阿潛真不是個東西。笑了一陣，小綢說：就是這志向害了他們，自以為頂天立地，四海為家，連阿潛這樣的都要去雲遊！希昭收起了笑臉，小綢也不向下說了。看了看綳架上辟成的絲，由極淺的灰至青藍，再至鐵灰，鋼藍，灰黑，墨黑，一疋烏雲。小綢說：上繡閣去繡吧，人多，熱鬧！希昭低頭說：這樣的繡，不知道大娘要不要！小綢笑了：希昭心裡說的是，繡閣裡的俗氣會不會玷污了！希昭臉紅了，要反駁，被小綢搶住：繡這樣東西，本是人間物，就是要有點兒世俗氣。希昭不再反駁。小綢四下裡看看，要走了，臨下樓時，回頭說：阿潛是我帶大，我最知道他，他吃不了外邊的苦，看著，他還得回來！希昭眼睛一亮，臉上有了喜色，嘴裡卻說：他回來我也不理他了！小綢說：我也不理他！說罷下了樓去。

下一日，希昭就去了園子裡繡閣上，閔姨娘和小綢之間，安下她那張繡綳。

二十七、亨菽

再說阿昉，甲午年的秋闈沒有進，等不到三年後的丁酉，丙申這一年，也即阿潛棄家出走的第二年，彷彿要趕什麼熱鬧似的，竟然在金龍四大王廟集上，盤下一間鋪面，開了個豆腐店。起先也是沒讓家裡人知道，只差遣福哥跑東跑西。福哥的娘是阿昉的乳母，他便是奶哥哥。一是得聽從奶兄弟的；二也是有他娘罩著，就生出膽子來了。阿昉的媳婦本是大家裡的千金，一貫的油瓶倒了不扶，絲毫沒有覺出阿昉有什麼動靜。家中人向以為阿昉穩重沉靜有自律，尤其阿潛出走之後，都慶幸還有一個阿昉，不至於像那一個出格。誰提防有一日，阿昉成了豆腐店主。那豆腐店開在大王廟集上最熱鬧的一條街，緊挨著鬧橋，在吳淞江邊。店名很古雅，為「亨菽」，顯然是從〈詩．七月〉中，「七月亨葵及菽」一句而來。大王廟集多是豆行米行，牛市馬市，魚肆肉肆，木器鐵器，飯鋪酒鋪。打出的招牌又無非直指，或者一個「肉」，或者一個「麵」，倒是醒目而且響亮。相形之下，「亨菽」兩個字，觀者就不得要領了，不知是賣什麼的。人們從店門前經過，探頭望望，只看見一個白淨臉的斯文後生立在櫃後面，著一身半長半短的袍衫，戴一頂六合一統圓帽，雖是一色青，卻是上等絹綢。臉上的笑挺殷勤，手腳卻有些笨，不是碰翻這個，就是撞倒那個。看上去，既不像掌櫃，也不像夥計，就猜是掌櫃的兒子。其實呢，這就是阿昉。

自從在趙同學家裡遇見過趙夥計，阿昉就覺著了書上世界的虛空。聖人之言可放之四海，上下幾千年皆通，唯其如此博大，才顯得人生渺小而且無常。阿昉就是從這無常中過來，只是不自知。年幼時，母親早亡，然後父親出家，雖只五歲，不能全懂，但也能體察到那一番淒涼。不像阿潛，有奶便是娘，從此認准大伯母不撒手，阿昉卻已辨得遠近親疏。家中人都說他早慧，事實上只是死讀書，一行一行背誦，意思也不頂懂的，字和字之間有一種連貫的節律，讓他自得。漸漸地，就也懂了意思，領會到理趣，背誦便更為輕鬆。他可真讀了不少書，父親的書，大半留下來，只將幾卷經文帶去庵子裡。讀著父親的書，阿昉常會生出恍惚，似乎沿著父親的路走，走著，走著，那一端卻陷入茫然。他聽人們誇他，這孩子秉性像父親，將來——說到將來，人們不由噤聲。顯見得，連他人都對「將來」茫然的。

阿昉究竟不是阿潛，沒有被嬌寵慣壞，還有些隨母親的性子，溫和敦厚，於是這種虛空茫然不曾氾濫失度，他一直在規矩中行事。又有一個誰都不留意的人，自小在照應著，用些最俚俗的玩意兒給他消遣，那就是阿昉的乳母。比如冬日下雪天，乳母讓福哥帶他在雪地裡逮麻雀。撒一把米，倒扣個笸籮，底下撐一根小竹棍，拴一條細繩，牽在阿昉的小手裡，麻雀到笸籮下覓食，福哥一歪嘴，阿昉手一動，笸籮覆了下來。有時候，麻雀驚飛了，有時候則扣住了，福哥握起來，傳到阿昉手裡，覺得到那熱呼呼的小身子，一動一動。乳母喜歡說些鄉間逸聞，誰家婦人口吐三寸長的小兒，又誰家圈裡產下六條腿的豬崽……都是「子不語」，多少排解了讀書的刻板與枯燥，並且，連阿昉都不覺到的，阻隔著父親留給他的虛無空寂。每臨子、卯、午、酉的年份，都會奮發鼓舞一番，功名心大作，可隨即卻頹唐下來，那一股茫然又來作祟了。如此日復一日，年復一年，少年的盛氣逐漸消磨。婚姻是個溫柔鄉，銷魂噬骨，意志又減去幾分。從此，科考的事也就不再提了。

後來，阿昉還專到趙同學家的古董行，去見趙夥計。趙夥計不在，說是去浮梁興西鄉景德鎮看陶去了。過數月，再去，趙夥計又不在，這回是去福建泉州看帖。又有數月，阿昉在香花橋街上看見趙夥計，追上去一拍肩，轉過身卻是個陌生人。正月裡趙同學赴宴來，阿昉問起趙夥計，趙同學說趙夥計早兩個月已經歿了。阿昉大吃一驚，如此活潑伶俐的一個人，怎麼說歿就歿了！趙同學告訴說，趙夥計是去河南安陽看一件銅器，途中客棧過宿，夜裡睡下就再沒有起來。房門是從裡面鎖上的，枕頭下的錢袋裡一個銅子兒沒少，人也不像受過驚動，睡得好好的，所以算得上是善終，只是忒短命，可惜了他一身的手藝。趙同學又說，趙夥計平生總是與古董交道，坊間的說法是陰氣太重，那些物件各自有一番閱歷，不曉得經過些什麼。像趙夥計這樣的人，得破其間機要，是要賠壽數進去的。這話讓人悚然，可是卻抵不過對趙夥計的想念，阿昉不由陷入悲戚。趙夥計的音容笑貌彷彿就在眼前，歷歷可見，而阿昉自己，反倒是在虛空中了。

豆腐店盤下的是一個院子，臨街鋪面，後進屋裡置一盤石磨，一口鍋，是作坊；兩側偏廈堆放豆子、鹵水、柴火，還有一個小牲口槽，立著一頭小驢；院子裡打一架木棚，底下是幾層木格子，專放點好的豆腐。什麼都是新的，牆粉得雪一樣，瓦列一嶄齊，青色磚鋪地，木頭上還留著新刨痕，那豆子幾乎一粒一粒揀出來，小驢身子上的毛刷得錚亮。子夜時分，作坊的煙囪就往外出白煙，豆汁的氣味溢出來，院子上頭好像頂了一團霧，接著，就響起霍霍的推磨聲。待到天明，熱騰騰的豆腐出來了，這時候，阿昉也到了——就是先前說過的那個人，喜盈盈的，又十分不好意思，張不開口招呼生意，只是笑。於是，人們也不好意思進門去，向這樣的人買豆腐，可不是挺失禮的？沒有買賣，阿昉並不著急，那一板板的熱豆腐，櫃面上的新賬本，一行字還沒寫上去，秤、戥子、劃豆腐的刀、托豆腐的荷葉——池塘裡新採下的，還有些散錢，叮叮噹噹裝在布荷包裡。店門外的街面上，車馬漸漸稠密了，馬蹄鐵踩在卵石路上，驢脖上的鈴鐺亂搖；再望過去些，就是船帆了，還有錨鏈入水的那一聲悶響。各種氣味也過來了，牲畜的糞臭，河水的腥，油鍋的煎炸香，瓜果的露水氣，魚肉的葷膻，染坊裡漿水的酸，鐵器淬火的辛辣……真是個轟轟烈烈的小世界。阿昉正為眼前的景色心曠神怡，忽有人在木櫃檯面上擊一聲：買豆腐！這才回過神來，一看，是他媳婦，穿了一身布衣布裙，藍花布繫個抹額，村姑似的，挎個竹籃子，還真擺出一個大錢。阿昉急急地去拿刀，齊齊切了一方，顫巍巍托起來，墊在荷葉上，送進籃子，拈起錢，也不問多少，收進荷包去。兩人禁不住都笑起來，尤其阿昉媳婦，深閨大院，哪裡碰過銀兩交道，簡直樂不可支。笑完了，正經起臉色，挎起籃子，回轉身出店門。門外停了一頂轎，上去轎，換下來個鄉下丫頭，是蕙蘭，穿一身花布，挎個細篾小籃子，買豆腐去了。乘著四人花轎買豆腐，世上也只有這一家了。

下一日，買豆腐的是小綢和希昭；再下日，是阿奎的妻女；阿暆隨母親落蘇是第三回；第四天，桃姨娘和閔姨娘；連申夫人都讓二姨娘陪著來買過一回；然後，就又輪到阿昉的媳婦了。這麼走馬燈地轉著，一輪又一輪，賣和買的都不厭足。小綢難免要想起多少年前，園子裡擺店肆作買賣玩耍。阿昉的父親開的是書鋪，如今，可就來真格的了，賣的卻是豆腐。事情傳到柯海耳朵，柯海笑道：也該輪到阿昉花銀子了！豆腐店就這麼開著，做豆腐是由福哥帶幾名夥計包下，阿昉專司賣豆腐，買家多半是自家人，還有親戚朋友。秤盤、戥子，都是玩意和擺設，說是賣不如說是送。只有一本賬是認真記著的，蠅頭小楷記著一分一厘，因字跡過於娟秀，又不是生意之道了。總之，正如柯海說的，怎麼也該讓阿昉任性一回了。所幸，豆腐這樣的小本生意，排場再大，資費終是有限，也虧不到哪裡去。

這一年，有一樁盛事，兩件傳聞。一樁盛事是松江府人張之象太學生為黃道婆立神像。黃婆廟屢建屢毀，從黃婆家鄉烏泥鎮一路遷到龍華，不是兵禍，就是天災。如今，江南平靖，三載豐年，海內外祥和。尤其上海城，市面繁榮，人口激增，買賣興隆。因此官府民間都有意將些舊祠堂破廟宇收拾起來，修葺的修葺，重建的重建，好有個祭祀的地場。張之象太學生捐地二畝，就在張家浜聽鶯橋畔的柳林，婆娑中立一尊神像，像背面建一座祠堂，將黃婆家的族譜重新修撰一遍，供奉堂中。不多幾日，四下便有香燭鋪和祭物店起來，祭物多為糕團粽子，然後又衍生出各類食鋪，再生發豆麥米麵，牛羊驢馬，漸漸成了一個大集。逢初一十五，車馬穿行，人群熙攘。香火就不必說了，也不問黃婆是哪一路神聖，什麼事都來求，求子求福，求雨水調和，求六畜興旺。紅彤彤的大蠟燭在案上擠擠挨挨，香是擠在香爐裡，燭油香灰堆積著，又有人求去治病療傷。本邑民俗沒什麼神明根基，就沒有厚薄，見廟就拜。是糊塗，也是務實，還有幾分天真。

兩件傳聞，一是關於徐光啟，一是關於彭家老爺。徐光啟這一年在廣東韶關做幕僚，認識了一個洋和尚，那洋和尚本是義國人，飄洋過海來到中國，還起了一個中國的表字，叫「仰凰」。急切要和中國攀親近，不外乎是為銀子，徐光啟卻與他結好，有人猜是被洋和尚下了迷藥。卻還有一種說法，說的是那洋和尚有祕器，一個玻璃球，朝裡一看，可看見前三世和後三世，是徐光啟想要他的玻璃球。彭家老爺的傳聞是一具沉香木觀音像。不是說彭家老爺回家後又復出嗎？這一回是任漕運使。這年開漕淮河，忽從上游乘水漂下一具沉香觀音，那觀音面容端莊，衣褶生動。也就在這一日，彭家老婦人做了一個夢，夢中恰看見一尊觀音，形容描述與那沉香木的十分相似。彭老爺一經知道，立刻送觀音往上海，如今正在中途，倘順風順水，無有意外，下年初便可抵達。所以，這邊愉園裡，專闢出一角，造一間觀音閣，轉眼間已架梁封頂。卻不料，淮河枯水，擱淺了；等到水漲，皖北又大寒，淮河成了凍河，還是不得行。三阻二阻的，事情就擱下了。

阿潛依然沒消息。希昭的繡畫，人物四開，說的是漢代邊寨故事，已繡成頭一開：昭君出塞。繡成那一日，繡閣中甚是轟動，圍攏了看。閔姨娘最羡那衣裯，如風鼓蕩，不知用的哪幾種針法。阿昉媳婦驚歎那馬和犬，輕盈奔走之勢，神氣活現。阿暆聽說了也來看，頭一眼看到的是呼韓邪單于，說是「垂涎欲下」，十分可樂！小蕙蘭喜歡那具琵琶，琴軸琴馬畢肖，玲瓏可愛。小綢看見的則是昭君的眼睛，分明是希昭的，含情且含怨。那王昭君的名字有一字與希昭相同，歷經的也是別離，只不過希昭是留下的那一個，眼巴巴望著阿潛離去；昭君則是走的那個，拋下大漢江山——小綢心想，這不單是負氣，也是一股心志吧，好似說：誰棄下誰啊！眾人們正讚歎不已，蕙蘭忽看出一個疏漏，那就是繡畫的落款為「武陵繡史」，而非「天香園繡」。人們其實早已看見，只是嘴上不說，蕙蘭一點破，不禁都有些尷尬。停一會兒，還是小綢解了圍：這僅是四開中的一開，待四開全繡完再題款也不遲。蕙蘭「哦」一聲明白了。

希昭來到繡閣，多少有些拘謹。素來心氣傲，和妯娌嬸娘無甚多話。繡藝上的事，總是看多問少。與閔姨娘還和諧，但閔姨娘本就是個寡言的人，兩下裡也說不起來什麼。這一回，阿潛沒一句交代地走了，人人都說阿潛不好，沒一句嘲笑她的，反而事事待她小心。可那是別人，自己呢？不說傷不傷心，單是顏面也傷得夠嗆，就更緘默了，也與眾人更生分。唯有一個人，相處起來稱得上自如，那就是蕙蘭。蕙蘭這年十一歲，半大不小，在別人家可算作大人，在這家，一家都孩子似的，她就是個極小的人，說話行事出自天然，沒什麼顧忌。就好比看「昭君出塞」繡畫，問落款的事，也就她問得出來，因不知其中人事的曲折微妙。正是如此，希昭對她也無防備，雙方都可直來直去，倒格外省心。這其實只是一重原因，另有一重，也是更要緊的，就是這一大一小兩個人，挺投緣的。

蕙蘭出生時候，正是天香園繡揚名天下，申家凡是女眷，都必學繡。蕙蘭幾乎一下地便摸針，是在繡閣中長大。申家兒女，總要讀書，蕙蘭也讀過《三字經》，還聽講過《列女傳》，僅此而已。對讀書始終不開竅，前續後斷，這一項，隨她媽，都有些混沌。可一旦到了花繃上，對著絲線繡針，頓時生出慧心，原本醬一般的腦筋，此刻一清二白，這一點就和她媽不像了。她媽是一路蒙到底，她卻是蒙塞中忽開一隙，透進光來，分外明亮。采萍小時候用過的針黹，早早就傳到她手裡，做了她的玩意兒。在繡閣中，往來都是女眷，穿花戴朵，蕙蘭眼睛裡就盡是姹紫嫣紅。小孩子總是喜歡搶眼的顏色，難免俗豔，就好像品味淺的人口重。漸漸地，有了鑒識，清雅下來，可時不時地，還會冒出村氣，像個鄉下丫頭。長相也是，豐圓的臉頰，眉眼濃濃的，鼻梁略平了些，鼻尖卻略翹起，就是個俏皮的鄉下丫頭，其實也是像她母親。大家子的人多少有些渾沌，是不更世事所至，別一種的嬌貴。也是這點渾沌，她還和叔叔阿暆很好。說到底，沒有和她不好的人，只是有幾個格外好一些的，比如阿暆；再比如，如今的希昭。不過，和阿暆玩在一處，還是個孩子；與希昭結好，就脫去稚氣，有些初長成人的心思了。所以，雖然是兩輩人，但更接近閨密。

背地裡，蕙蘭問過希昭，叔叔阿潛如何出走的，也只有她敢問。希昭說：小孩子別問大人的事。她不敢再問，兀自嘆一口氣，希昭好笑道：嘆什麼氣啊？蕙蘭道：我為嬸嬸不平！希昭更要笑：不平什麼？蕙蘭說：其實叔叔不如嬸嬸聰敏，本來就虧欠嬸嬸，不好好地過日子補還，這一走，再也補不回了！希昭不由收起笑，定定地看這丫頭一眼，這回真看出她是長大了，雖然形容依舊是個孩子，可那眼睛裡的神氣，卻相當正經懂事。心裡暗暗驚訝，嘴裡說：他走他的，誰稀罕！蕙蘭說：嬸嬸心裡還是有氣。說話如此直斷，倒不止是小孩子口無遮攔，更出自心底純良，一無芥蒂。希昭倒顧不得罵她，好奇道：我心裡有沒有氣，蕙蘭怎麼知道？回答是：嬸嬸自己說出來的！希昭更奇怪了，她又何時何地說過？蕙蘭眼睛直瞪瞪望著希昭，一點兒不躲閃：嬸嬸繡畫上不肯落「天香園」款，就是有氣！希昭心裡一動，依然辯駁：並不是因你叔叔走才不落款，原先也沒落的！蕙蘭執意道：原先是原先，現在是現在！希昭不由惱起來：和你說你怎麼不信？你可以去查！蕙蘭還是說：查不查都一樣！希昭氣急道：小小年紀這麼武斷，一根筋的，我不與你說話了！蕙蘭眼裡含了一包淚，住了嘴。兩人都不說話，各自走開去。僵持幾日，當然是蕙蘭先找希昭，一來是輩份高下的緣故；二來還是脾性所致。

小綢在旁冷眼瞅著，就要想起當年她和鎮海媳婦，也是這麼好好壞壞，吵是她們最凶，卻又是她們通款曲。鎮海媳婦一走了之，留給小綢的那塊空，怎麼也補不上。一空幾十年，故人的相貌已經模糊，可那空還在。阿潛出走，不過是將那空再擴一擴，不是新鮮的創痛，所以小綢還過得去，倒是更為希昭難過。希昭和蕙蘭好，也讓小綢覺著安慰，這一大家子裡總算有個人親近，就不至太孤單了！就像當年眾叛親離的小綢，有個鎮海媳婦。

不幾日，蕙蘭來找希昭說話，有言道，老天不打笑臉人，希昭就也不好太拒斥了。蕙蘭要說的是希昭繡畫的第三開：蘇李泣別。蕙蘭問：男人家家的，怎麼也像是婦人一般，兒女情長？希昭就說了：男人們的朋友都是自己選下的，可說千裡挑一，萬裡挑一，不像婦道人家，所遇所見都是家中人，最遠也不過是親戚，在一起是出於不得已；在家中又不過是些茶餘飯後，針頭線腦，能有什麼大不了的事故，老話說，危難之際見人心！又說，剖腹明志！家裡頭那點兒破事，用得著這麼大動干戈？人家蘇武李陵在塞外異族人那裡，單是聽聽彼此鄉音就動心動魄，再莫要說天寒地凍，山高水遠，既是客邊，又是敵中，有多少困苦，結成同心，一過一十九個春秋！一朝分手再無來日，怎麼不叫他們痛斷腸？蕙蘭聽了，若有所思，道：嬸嬸說男人同心我也信了，可是女流中也有肝膽相照的，聽家中人說，大伯母和我死去的祖母就是一對知己。希昭說：那就要有非凡的緣份，比夫妻還難得！禪家說，修百年同舟，修千年共枕；要我說，女子間結金蘭譜怕是要修萬年也未必成！蕙蘭又問：我和嬸嬸可算一對？希昭嗤之：我與你不是一個輩份上的，如何結得兄弟，你也太過妄想了！蕙蘭認真道：既是前緣，就與今世的人事無關，是另起一路。希昭倒駁不了她，只說她荒唐。蕙蘭又說：那李陵既是與蘇武情深，為何不跟了他一同歸漢？希昭說：連這個都不知道，蘇武是人質，李陵卻是降將，回不去！蕙蘭說：有什麼回不去的，上一回是漢降匈奴，這一回是匈奴降漢，不就兩清了！希昭笑她糊塗，國與國之間，哪有這樣翻手為雲，覆手為雨的？蕙蘭卻不服氣，說：那李陵一定另有回不去的隱情，比如已有妻室兒女，這才斷不下的。希昭不覺歎口氣：妻室兒女有什麼斷不下的？這是萬事萬物中最輕賤的一樁。蕙蘭說：世上也不全是叔叔那樣的——希昭氣惱道：怎麼又來了？蕙蘭想掩口也來不及，直著性子接著說：嬸嬸為叔叔生氣，不如在繡畫上頭大剌剌地落個天香園款，將來傳到園子外頭，說不定叔叔看見，臊死他！希昭一轉身，又不理她了。再下一日，蕙蘭卻來邀希昭一同買豆腐。希昭不去，到底經不得蕙蘭亦步亦趨地跟著，甩也甩不脫，只得去了。

兩人挎著柳條兒編的籃子，不像買豆腐，倒像採花。袖籠裡揣著小荷包，裡面裝了十來枚金燦燦的隆錢，叮噹作響。乘著一領敞轎，往大王廟去了。來到「亨菽」豆腐店，見門前已經停了一頂轎，藍布轎簾上繡著暗花，曉得是位夫人的轎。店堂裡一團白霧，又暖又潮，夥計們忙著往裡端新出的豆腐。氤氳中，果然見有一位夫人，身量高大，儀態端莊，著藕色衫，紫花裙，披雲肩，戴遮眉勒，素雅沉著，看來不是尋常人家。身邊隨一婦人，雖是僕傭裝束，也十分乾淨簡潔，托著瓦缽，與阿昉交割豆腐和銅錢。那夫人不說話，只在一邊看，聽見蕙蘭一聲「買豆腐」——亨菽裡多半賣的人不吆喝，買的人吆喝。夫人轉過頭來，眼睛一亮，嘴角掠過一絲笑，沒有停留，在頭裡走了。走到店門口，又回頭看一看，這才邁出去，上了那頂藍布轎，直向西南三牌樓方向去了。

夫人住三牌樓新路巷內一座宅院。宅院不大，前後兩進，院子裡栽一株梅花，一棵銀杏。人口也不多，主僕總共七八個。主家姓張，北方人，祖上做過正三品的官，元明鼎革之際遷來上海，家族已經零落。如今幾十畝薄地，百來卷詩書，一線香火，勉強可稱小康。近日裡，漸有些興起的聲色，就是他家兩個小子，張陞和張陛，年前二月裡雙雙通過縣試，四月，又通過府試，再過院試。這年，一個十六，一個十四，人稱兄弟兩秀才。那大的張陞，早已說定一門親，尋常市井人家；這小的，卻還沒有。自取了生員，多少人家來托媒妁，無不說得天花亂墜，夫人只是聽，不回答，心下的主意是，定要親選親定。一來是對小兒子格外溺愛些，二來多少也是懊惱大兒子的親事操之過急了，要在小的身上補回來。早聽說大王集上開了一爿豆腐店，取名「亨菽」，就覺著有趣。再聽說是申家大少爺的店家，更生好奇。申家是出了名的大戶，不止殷富，還因為家風獨特——男人們都喜歡稀奇古怪的玩意兒，往往一事無成；女人們的繡倒成天下一絕，聞名四方，人們多稱「陰盛陽衰」。夫人卻以為這家人有性情，就比如「亨菽」豆腐店。張家離開仕途多少代，染了些名士的脾氣，賞識散淡悠閒的人性。張夫人自己又是巾幗中的英雄，都沒裹腳，家中大小事由她作主，更不以「陰盛陽衰」為怪。一旦聽說「亨菽」的店主有個年將及笄的姑娘，不由就動了心思。私底下將申家的親緣關係理了理，就知道女孩兒的外婆家是彭府，又是本城一門赫赫大戶，比申家還有淵源，老爺正在任上。張夫人並不打怵，反倒激起雄心來，想，各往上數三代，申家彭家，還有張家，大約平起平坐；再數三六九代，說不準就是張家坐著，申彭兩家站著。上海人家多是經不起追究，風氣新，其實是沒根基。所以，論家世，張夫人是不怕的。弱就弱在當下，境況確實寒素了，然而世事難料，張陞和張陛照這般精進，前途當無可限量。想到這裡，張夫人就有了底氣。她獨自乘轎往亨菽去過兩回，看招牌上的字寫得如何，店主的儀態規矩如何，第三回，帶了傭婦來打豆腐，湊巧就碰上了姑娘。

這姑娘比傳說中顯得年幼，行動舉止還像個孩童。張夫人倒格外多看了同來那個媳婦幾眼，暗歎是個人才，氣度很不凡，不動聲色，卻令人不由瑟縮起來。倘是她，張夫人斷不敢娶回家的，於是反覺得那姑娘形容天真，與張陛恰是一對。回來之後，不幾日便遣媒聘，這回卻是讓張老爺出面，因請的是楊知縣。張家與楊家祖上通好過，稱得上世交，但因一方時運上升，一方則平平，為避免攀附的嫌疑，就淡淡的。幾年前，楊知縣棄宦回錢塘，張家才放開些拘束。捎了書信去錢塘，不料，楊知縣親自來了。楊知縣的大媒，自然沒有不成的道理，申明世作主，將蕙蘭定給了小童生張陛。一對金童玉女，眾人都覺著十分有趣。蕙蘭再要與希昭拌嘴爭執，希昭就問：「七月亨葵及菽」，下幾句是什麼？蕙蘭自然背不出來，希昭背給她聽：「八月剝棗，十月穫稻，為此春酒」——什麼酒知道嗎？蕙蘭傻傻地搖頭。希昭告訴她，是喜酒！停一會兒，忽地悟過來，臉刷一下紅了，狠狠丟下一個白眼。

二十八、沉香閣

萬曆二十七，乙亥年，七月，先是城外，無風的天，卻有風聲迴響，一夜不息。緊接著，城內也起呼應。不二日，城內外連成一片，嘯聲遍地，此起彼伏，綿延不絕。便有流言，說是鬼哭。松江府上海縣這塊地方，原是水域，積沙而後成陸地，其下有多少溺斃的性命，可說是白骨堆成的。到七月十五盂蘭盆會這一日，地方紳士醵金放焰口，辦超度；從靈隱、寧海等名寺請來高僧，焚香頌經；又有伶優扮成餓鬼，臉用圭粉塗得慘白，血盆大口吐出一蓬一蓬的火；還有扮成目連的，以武生裝束，披盔戴甲，佩劍持槍，也畫了臉，是紅白二色，在集市上巡遊。到了夜晚，凡河邊橋頭都是賣燈的，用蠟紙做荷花底座，芯裡點一枝小燭，放在水上，任其順流而下。一時間，成千上萬盞河燈下了水。上海本是水網縱橫，如今全成了燈河，就像天上銀河落下人間。岸上無數人追著河燈跑，那燈閃閃爍爍，擠擠挨挨，到了河汊交匯的地方，就要擁堵一時，然後又一併突破，幾成洶湧之勢。最終分成兩路，一是方浜，一是肇嘉浜，分頭浩浩蕩蕩向東。河道寬起來，流速加劇，人群漸漸追不上，落在後面，只見那兩路河燈，一從玉帶門益慶橋下，一從宗朝門蔓笠橋下，奔流過去。從此，鬼嘯息止，城內城外再無異響，終於安寧下來。

然而，人們依舊不夠放心，生怕再生出什麼動靜。雖則人氣逐年蒸騰，可畢竟蠻荒太久。護城的神祇無論金龍四大王，城隍爺秦裕伯，或是黃婆，都是些新人物，仙籍裡的根脈也不深。龍華寺裡有達果禪師請來的藏經七百一十八函，但方邑擴增，互往頻繁，早不能同日而語，大約已經罩不住了。所以，還須有一樣聖物鎮地，方是長久之計。這樣，便想起二年前，彭家老爺在淮河口打撈上的沉香木觀音。本是往家裡送的，結果那年冬日奇冷，凍了河，阻住了。一擱兩年，愉園裡的沉香閣早已造起，就也足足空了兩年。應是迎回來的時候了。於是，便推人到彭家商議。立時立刻，帶信去皖中，彭老爺一分鐘不耽擱，親自護沉香觀音南下。星月兼程，一月之後已到吳淞江。這邊呢，人們競相自告前往接應。

十月清秋，風高氣爽，多少人從北城門出去，從一早等起，直到午時。秋陽高照，吳淞江上好似鋪了金箔，一刻不停地翻轉。江鷗飛翔，喳喳叫得天響，其中雜著幾隻白鷺，高高低低地嬉戲。忽然間，江鷗與白鷺都散開不見，鳴叫聲也偃息了。不一時，水天之間現出桅帆，大小船隻總共有十餘艘，一點一點過來了。船隊沿吳淞江一直向東，向東，過閘橋入黃浦江。順江流向南，從城東玉帶門入方浜。方浜兩岸又有成千上萬人候著，彭老爺即上岸乘轎，幾艘大船停泊在玉帶門外，載著沉香觀音的龍首鳳尾船則順方浜向西。沿途盡是香案燭台，此時紛紛燃起，船如同走在香霧之中。店肆人家均開門點放炮仗，炸碎的火藥紙落英一般，流了一河的絳紅。廣福寺，城隍廟，岳廟，一併吟文頌經，木魚聲聲。船從香花橋下入侯家浜，北上愉園，使到了沉香閣。正值酉時，眾廟裡晚課的時辰到了，遍地鐘磬。

第二年春上，彭老爺歿了，終年七十。本當屬高壽，但比他父親彭老太爺少了十多歲，就算不上壽終正寢。坊間傳說，是因請沉香觀音折損了天年，菩薩是不能輕易挪動的。彭老爺減去壽數，是為保一方平安。鄉人們集資在香花橋，去愉園必經之路處，立一座亭，上書兩個字：「愛日」。

申明世與彭老爺同庚，兔死狐悲，不免想到身後。家務事早已經一併交給柯海，無所牽掛，如今卻發現尚有一件事沒著落，就是棺材，便著人去叫柯海來商議。柯海猛省到父親年過七十，早該備壽材，卻一點兒沒想到。一家人興沖沖地奔日子，只瞻前不顧後。這幾十年裡，只走過兩個人，一是老太太，二是鎮海媳婦，也都久矣，漸漸淡了，幾乎就把生老病死這檔事給忘了。聽父親吩咐，柯海一邊驚愕，一邊不由得悲涼。可看父親的神情，並無一點戚容，反頗有得色。心中忐忑，不知道是凶兆還是吉兆，不敢多想，只唯唯應道。

申明世說，棺材料通常用楠木，但楠木與楠木不同，分滇楠、紫楠、山楠、紅楠、滇楨楠，凡此種種，不一而足，雖然多生長於西南，但山地湖窪，向陽背陰各有所在，物性差別甚遠。柯海也想起來了，說：那年，鎮海進蓮庵做和尚，去青田請佛像，經過一條楠江，兩邊全是楠樹，參天蔽日，將江水遮得黑森森的，不知道是哪一種楠木？申明世接著說：世人都稱金絲楠木最貴，京師文淵閣大學士，府邸正堂中立有四柱金絲楠木，全是整木，削去枝丫根鬚，上下一般粗細，均是一人之半合，卯時與酉時，光從東西兩側來，便可見木紋間縷縷金線，可稱作木本中的九五之尊！柯海說：無論多麼貴重，咱們家還是用得起的。申明世笑著搖頭：木和人一樣，貴不在名，而在實，《玄中記》說，萬歲之樹精為青牛，千歲之樹精為青羊，百歲之樹其汁如血——並未標明何種樹，無論哪一種，百、千、萬年的修煉，自就有了德性。柯海歎了一口氣：縱然買得起，可哪裡去尋啊！申明世又笑：可遇不可求，就像鄉野間的智士，不知在哪一隅僻壤裡藏著！多少年前，從清江回家，舟過長江，不知什麼地名上，有一座無名山，無草無木，全是白森森的石頭，十分薄瘠，可那頂上就立了一棵樹，也是無名，是樹裡的高士！柯海說：爹爹要的就是這樣的樹材嗎？申明世哈哈一笑：且憑機緣！柯海好久未見爹爹如此興致，好比年輕十歲，而柯海的不祥之感早已一掃而空，只想著去哪裡尋一段奇木。父子兩人寂寞多日，終於找到一樁事情忙碌，都興奮起來。

第二日，柯海便乘轎去木材行巡遊，東門沿江一帶，停泊無數貨船，船上是裁好的方子。另有圓木紮成筏子，乘水而下，到岸後散在灘上收燥。樹脂流淌，染得江水通紅而且黏稠，拍在岸上，發出悶響。香氣撲鼻，竟比花香更濃郁而且持久。柯海這才相信，真有赤木和芳木。在這裡，他也親眼見識了連理樹，兩棵木樨，合抱為一體，互為盤旋，卻不黏連錯接。還有木中生蠹，吐脂凝凍，嵌入紋理，呈琥珀色，似木似石，堅硬無比。每日柯海都將見聞向爹爹傳舌，申明世評道：看起來，市肆裡的木頭不外兩種，一種是庸材，雖名也貴，卻流於平常，是漫山漫坡生長，再割下；另一種是怪材，稀奇是稀奇，但偏狹刁鑽，不是大道。柯海再下力搜索，搜索了幾日，又報上來幾種，依然脫不了申明世所說的那兩類窠臼。於是，便動了外出的念頭，也不定什麼地方，只是順水漂流，一座山一座山地找過去，不怕找不到正等著的那一棵！申明世說：俗話道，踏破鐵鞋無覓處，尋來全不費工夫。柯海說：必先要「踏破鐵鞋」，後才是「不費工夫」。申明世說：山不轉路轉，該得的總會得！柯海說：慧能在碓房踏碓八個月，方才得「直指」，庚桑楚也給老聃雜使，然後得道。申明世說：踏碓雜使，於道是罔顧左右而言他，似非而是，為求材而求材則似是而非。柯海聽明白了：照此說，我們只得守株待兔？申明世笑起來：照你，可不是刻舟求劍？父子二人就成了參禪。論了多時，還是柯海答應不去。因他這年五十一歲，不適宜遠行，申夫人也不讓。只得寫書信給阮郎幫著搜索，不幾日，阮郎有回音了。

宋太祖建隆年間，曾遣高仿治秦州。秦州本屬十六國時吐谷渾部赫連勃勃所建夏國，其地夕陽鎮連山谷有巨樹，高仿使夏人數千採木，建築城堡要塞，後被契丹耶律攻破，遂成廢墟。就有蒙古商人將木材裁截了往漢地販售。數百年來，早已四散，即便是有，也不知是誰。他家造園子時進木料，有幾方硬木，色如檀木，質如青銅，紋理細密如皮。有人說是海梅，又有人說是黃梨，看看總不像，不敢亂用，剔出來閒置著。不久前來了一個契丹客商，到園子裡逛，看見了那木頭，竟認出了！述說來歷，還指認木頭上的一個記號——本以為是疤節，又糊了泥，擦拭淨了看，原來是個契丹字：夏！客人說，凡夕陽鎮連山谷的樹，都刻有這個字，那樹名已經失傳，不知叫什麼，但族人都認得這個字，也另起了別號，叫作「金不換」。那客人說著說著幾乎淚下，好似見到故人。

柯海將「金不換」的事告訴給父親，申明世聽過後沉默良久，看起來動了心。然後就說要去個人看看，耳聽為虛，眼見為實。柯海就說他去，申明世又沉吟一時，囑他要帶個懂行的人同去。柯海說請董家渡木行的老闆走一趟，給他些銀子就行。說到銀子，申明世又不說話了，停片刻，自語道：若是真的金不換，簡直不知要多少銀子才打得住。柯海說：阮郎是多年的知交，價錢的事好說！申明世一起身，斷然道：正因為知交，才不可虧欠，而是要加倍報償，這金不換不是尋常木料，自有一段世事閱歷，可通天地人性，萬不可輕慢！總之一句話，不可省銀子。柯海答應了，與母親道別，又遣人去董家渡木行打點，雇船，備禮，二日之後就起身了。

柯海去了揚州，申家尋壽材的消息還在城裡流傳，而且愈傳愈烈。於是，引來眾多商戶兜售。不見柯海來街市周遊，就找到阿昉的豆腐店去了。於是，阿昉每一日都有聽聞要報給祖父，什麼稀奇古怪的都有。一名酉陽客商，是販豆子的，家中卻有一段木頭。說是漢武帝時有一座廟，廟裡有一口井，夜有湧泉聲，忽傳出金石之響。僧人們淘乾井，再掘深二尺，井水突如而升，裹一段白木，木上有赤字：盧山道士！此木頭經了許多曲折，如今正藏在酉陽客人的家廟中。還有木行裡人輾轉認得一名昆侖行販，曾經見某處廢城垣，西邊是珠樹、玉樹、璇樹；東有沙棠、琅玕；南有絳樹；北有碧樹、瑤樹，千年古樹，今已成林。又有海南烏木，入水則沉底；反之，是極輕的木，屬松類，一人可懷抱一大棵……說到後來，就好比譫妄，山精木魅，怪力亂神。申明世再不要聽了，阿昉對外推說有著落了，方才平息下來。就此，申明世一心等柯海那邊的消息，不作他想。

不多日，與柯海同去的木行老闆先回來了。一進城便到申府來見申明世，說果然是好木頭，這一生經手南北東西多少木頭，也還未曾見過。且不問它的來歷，只說外相，怎麼說？遠望去，就好像冶煉得來的，可鑄鼎。老闆捎來柯海一封書信，告之在阮郎處多留幾日，一是難得見一面，有許多舊話新題要聚談；二是阮郎不肯報價，他也不敢亂出，如何成交還有待時日。事實上，柯海延宕歸期還有一個緣故，現在不好說，那就是他尋到了阿潛的蹤跡。

柯海動身離家，是在三月，船行在水中，兩岸油菜花開，粉蝶飛舞。不由想起與阮郎初識，和錢先生三人一行去揚州的情景。一個是秋日，一個是春陽；一是北飛雁，一是雁南歸。就是這一路上，認識了閔師傅，糊裡糊塗成一門親，然後小綢反目，不知怎麼，妻妾卻又結好，將他一個人冷落下來，於是才有納落蘇這回事，竟意外得子阿暆……多少日子過去了呀！恩怨情仇，劍拔弩張且又似水柔情。豔陽下，歷歷在目，卻又無影無蹤。柯海沒有在胥口停船，恐怕生出許多人情，耽擱了行程，直接在下一程歇了夜。那是太湖邊，惠山腳下一個碼頭，沿岸停泊無數船隻，桅杆如林，船艙內無不燭火洞亮，聽得見琵琶聲聲。阮郎的朋友早候著了，木老闆要留在船上自便，就只柯海自己隨主人上岸去。從湖畔伸出無數條縱道，道口張著大燈籠，燈籠上寫著字，柯海才知道這碼頭名叫「芙蓉」。轎子行走了一程，柯海便覺有一股氣味撲面而來，什麼氣味？微酸微甜，微醺微膻，似酒酵，又似膏腴。氣味愈來愈豐肥，滿城皆是。柯海都有些暈眩，好像是醉，卻不完全像。轎簾被燈照得透亮，大燈籠換了小燈籠，如夏夜裡流螢亂竄。漸漸地，燈光沉靜了些，那膩香也略平息，柯海清醒過來，看轎子正走在一列粉牆下面，來到一個園子。轎子停住，阮郎的朋友攜他進去。

園子裡挑了無數串燈籠，一串都有十數盞，四下照得通明。這園子自然不如上海的曲折精緻，但因地方大，格局也大，卻不是上海的園子可比。草木深重，樓宇高廣，那一片水，其實是太湖一角，漸漸從燈光中遠去，暗下來，幾近全黑，又接住那邊岸的燈火，於是逐漸亮起，將園子擴得更為遼闊。阮郎的朋友在前引路，去向園子縱深，燈光最稠密處，有一個大軒堂。三面無壁，一面橫一道玉屏，梁上懸著大燈籠，地下擺了數桌酒餚，都已坐滿。阮郎的朋友領柯海落座，四下裡且一起舉杯，原來就是等他！此時，那一股子甜酸肥腴的氣味又來了，剎那間到處都是。柯海正疑惑，人們卻向他敬酒，於是酒香四合。等散去，那氣息便再襲來，於是又有醉意微醺。酒過三巡，忽聽一聲鼓擊，連一串板子脆響，全場畢靜。此時才見，坐北向南那一面玉屏，呈出人影，板鼓聲就是從那裡傳來。鼓聲一響接一響，板子間在其中，你呼我應，忽如雨疾風橫掃，愈來愈驟。響到不能再響，快到不能再快，幾乎屏氣，鼓板之中就拔起一聲高腔，又高到不能再高。陡一轉折下來，鏗鏗鏗數出一串字，擲地有聲，不知是說還是唱，只讓人魂飛魄散。一陣子激盪過去，板鼓擊了兩擊，靜下來，玉屏後的燈暗了，人影也沒了。於是，再一巡酒。熱菜上來，一大盆醬紫色的連骨肉塊，顫顫地放在桌面中央。柯海恍然大悟，那滿城皆是的氣味就是它！巴掌大的骨邊肉，入口即化，肥香滿頤。柯海才知道，那微醺不是酒醉，而是肉醉。阮郎的朋友告訴道，這是芙蓉的一味名菜佳餚。柯海問叫什麼名？朋友說：沒名，直接叫肉骨頭！柯海又問，方才唱的又是什麼腔？朋友說：那就不是本地的了，從外碼頭流落過來，據稱早已失傳，人叫拉魂腔！柯海說：純是糟糠之聲，江南竹絲太過文，這又太過質。阮郎的朋友笑道：我們都是些粗人，聽著覺得像嚎，倒也過癮！柯海也笑：這也是一般好處，聲色犬馬，直接了然！說罷此話，心中忽有一動，再問：仁兄方才說這是什麼腔？朋友說：世人稱「拉魂腔」，其實有個學名，叫「弋陽腔」，海老爺不曾聽說過嗎？後半句話已經被鼓板蓋住，立屏再一次亮起來，人影呈現，最中間的那個，坐得很直，比兩邊人高出半頭，巋然不動。

柯海等不及宴盡，拉了阮郎的朋友退席，然後將家中阿潛的事一一說明，請務必求班主放人，要多少銀錢都好說的。那朋友也是商賈，江湖上行走，性子很豪爽，立即應下來，讓柯海別著急，還是回席上去，曲終人散之後再行事。班子有班子的規矩，萬不可中途插進事端，這就叫鬧場了！柯海哪有心思再吃喝聽唱，就說在園子門口等。那朋友勸他不動，也知道是真著急，將柯海安頓在轎子裡坐著，兀自又回進去。

柯海坐在轎裡，半開的轎簾外可見一輪明月，清光中，一道粉牆。牆內的松樹矗立，伸出牆頭。牆下是一條砂石路，極寬極平也極遠。那砂粒受了光，瑩瑩發亮。園子極深，聽不見一點動靜。「芙蓉」這名字很嬌媚，其實，這鎮子卻有一股子肅殺。柯海心裡很靜，有一種空虛，感覺天地之大，莫說是一個阿潛，縱有一百個，一千個，亦不過是滄海一粟。他也覺得自己忒性急了，再是失傳，世上也未必只有一個弋陽腔班子。即便只有這一個，二三個年頭過去，什麼變故不會發生？想到時間如逝水，人事無常，又是一陣悵惘。漸漸地，柯海已經不急了，因為不抱指望。看人群湧出，再絡繹走淨，又過一陣，才見阮郎的朋友一人走來，心裡頗有些抱歉。朋友逕直走到轎前，一把將轎簾全打開，說道：果然！柯海的心一下子提起來，急忙就要下轎，卻讓朋友捺住了：且慢！人在哪裡？柯海問，聲音都有些變。人不在，朋友說。柯海只覺腳底一軟，坐了回去。朋友趕緊說：人在，只是不在班子裡！柯海這才緩過來。

方才，朋友先是去向今晚的東道打聽班子。東道主人說，並不直接是他請的班子，而是另一位朋友。再找那一位朋友，卻是朋友的朋友。轉了幾道，終於找到請班子的人。這人是又一家班子，昆山腔班的班主，聽了緣由，回答說，弋陽腔如今聽得見的就這一班子了。早在嘉靖年，弋陽腔已成絕唱，有個江西宜黃籍的大司馬特別憎惡，以為草莽，為教化民風，一意壓制，江南江北再無此聲，這一班不知是哪裡的漏網之魚。但是，昆山腔班主又說，自來班子不興扣人，全憑自願來去，所以那上海的公子倘不是萬分樂意，絕不會強留。阮郎的朋友曉得說話冒犯了，急忙作揖點頭，說只是打聽有沒有這麼個小哥，家人如今就等在園子外面，見上一面，餘下的事全由他們自己作主，就再也不過問了！那昆山腔班主這才悻悻然去與弋陽班主交道，只片刻工夫，便同弋陽班主一併回來。說到此，阮郎的朋友停了停，臉上流露出一股敬意：那班主氣度稱得上軒昂，且又十分從容，不卑不亢，沒有一般伶優俗媚習氣。朋友接著道：班主說那年在上海園子裡唱曲，是有一個小爺尾隨，沒有說姓名，班裡人都稱「上海爺」，跟了幾個碼頭；素常就與班子一同起居，開始還新鮮，日子長了，到底熬不住如此簡便的衣食住行，欲走欲留，看他萬般為難的樣子，還是勸回了；給了些銀子作盤纏，也給不了多的，須克勤克儉著花，勉強可到上海；臨分手時，還流了不老少的眼淚——班主不禁笑一聲，又收住，隨即驚詫道：難道並沒回家？阮郎的朋友問了分手的時間和地點，班主略想想，答是一年前，在淮河岸北，沫河口。阮郎的朋友得了消息，謝了又謝，就趕緊來回柯海了。

方才得到一線蹤跡，又剪斷了。柯海悶悶地往揚州去，眼前的景色都頹然變色，黯淡了。路上也無心逗留玩耍，乘風乘水逕直到了地方。先看木頭，再話舊，不由要將阿潛的事與阮郎訴說一番。阮郎聽了說道：柯海兄弟不必憂慮，阿潛侄兒已經成年，雖然沒離過家，總不至於不知道家在哪裡，一定是邊走邊玩，在哪裡絆住了；這樣，此刻便讓各地商行打聽！你家侄兒是個愛玩的，必不會去到窮鄉僻壤，定是在熱鬧鎮市，那裡多有我家店鋪客棧，人託人的，不怕找不到一個大活人！於是，柯海打發董家渡木行老闆先回家，自己則留下聽消息。十餘日過去，各路漸有回音。有在江西，有在浙江，最遠川蜀，最近松江。至於下落，或發跡，或淪落，煙花青樓，商賈販行，乞討役使，凡此種種。最離奇的則為入贅民家，生兒育女，說它離奇是因最不像阿潛。阮郎發話過去讓再再細考，三不著兩的就勿瞎傳了，免得混淆耳目，又將阿潛形容性情細述一番。柯海已等不得了，家裡那頭還有棺木的事牽著，便決定回家，阿潛就拜託阮郎了。臨走前一晚，阮郎備酒餞行，柯海再問木價，這一回，阮郎開口了。

阮郎說：你我交情，非一日二日，一年二年，談什麼交易？這塊木頭，擱在此處多少時日，不知道當作什麼用，能有出路，就是它的福份，緣份所至，萬不敢說價錢！但因是伯父壽材，也不敢說送，恐怕輕慢了老太爺，或者要一件東西，成兩全之美。柯海問：什麼東西，儘管說，上天入地也要為阮郎覓來。阮郎笑道：這一件東西遠在天邊，近在眼前。柯海也笑了：阮郎家有萬貫，勿論天邊眼前，有什麼得不到？阮郎正色道：倘是有價，千金萬金都可得，然而，這件東西卻是無價！柯海還是笑：如此的寶物，阮郎才有，我怎會有？阮郎說：這一件就只你家才有！柯海依然不信，說：倘若有，就用我家的無價換你家的無價，正好！阮郎道：所以說是兩全之美！柯海就急著要聽究竟是什麼東西，阮郎開口道：侄媳婦的四開屏！

柯海一怔，沒想到希昭的四開人物繡畫都傳到阮郎耳朵裡了。阮郎道：雖未親眼見，可誰不知道呢？那香光居士盛讚，「技至此乎，就可窺一斑而知全豹」！柯海笑說：過獎，不過是閨中針黹玩物，雕蟲小技！阮郎道：要這麼說，必是不肯割讓的意思了！柯海趕緊擺手：絕沒有這意思，只覺得太輕薄，抵不過阮郎的厚意。阮郎認真道：早先時候，兄弟房中人繡的那個香囊就已是神工，經幾十年精進，傳與侄媳婦這般的人材，定是入化境了。柯海歎一聲道：要說侄媳婦，那真是人裡的龍鳳，我家阿潛本就配不上，如今更辜負了，真是沒福份！阮郎笑道：俗話說，糊塗人有糊塗福；俗話還說，吉人天相，我看侄子和侄媳，都不像寡命的人，很快就會團圓！柯海愧疚說：這又是一樁拖累阮郎的事，區區繡畫，怎抵得上！阮郎說：實不相瞞，夢中有幾度見到那四開屏繡畫，都是雲裡霧裡，待雲開霧散，就夢醒了，懊惱得不成，要真得了，那就是替我圓了夢！於是，兩人說定。第二日，柯海便起身回程。

到家後，將壽材的事先交代了。至於繡畫，柯海不敢與小綢說，讓母親申夫人轉告；小綢卻顧慮希昭，就讓蕙蘭傳話。這麼周周折折，到了希昭那頭，還有什麼話說？只一晚上，次日早晨便由蕙蘭交到小綢手裡，再由小綢交申夫人，申夫人交柯海，柯海當眾展開，四下裡頓時肅靜。柯海不禁屏住聲息，生怕那錦繡人物吃一驚，飛回天上。小綢比旁人更多留一個心思，格外注意到落款，「武陵繡史」下面是「天香園」三個繡字。

又有數十天過去，阮郎來了消息。這一回比較像了，是在高郵湖八橋地方，有一個鬻字的，年紀、生相、態度，都與阿潛很合，就是不肯說名姓，這一點也像阿潛，愛面子。於是，由鴨四帶了福哥過去看人。鴨四自小在申府雜役，曾經極其淘氣，如今兒孫成行，性情沉穩許多，家中大小事都經他手打點。福哥呢，正在壯年，一身力氣，又聽招呼。這一智一勇，有什麼辦不成？果然，不多日就有信來，千真萬確，就是阿潛。不過，行程怕要慢幾日。一是要還一路阿潛的賒賬；二是需在夜間行船，為的是阿潛不好意思。又過了十數日，星月之下，雞犬都無聲息了，方浜裡過來一條船，悄悄走進申家側門，停在灶房邊的自家小碼頭，阿潛回來了。希昭說是不理他，最終還是理了。阿潛帶給她一枚嘉錢，是鬻字掙來的錢中，最新的一枚，一直藏在貼身衣袋，想著有朝一日交給希昭。

鴨四一走，阿昉自己哪裡應付得了豆腐店，於是，「亨菽」便關門了。

第三卷　設幔

二十九、九間樓

萬曆二十八年，上海的大事情都與徐光啟有關。一是徐家在原先的宅基破土動工，造新宅子。地處方浜以南，肇嘉浜以北，日涉園西，背依一條小河汊，名喬家浜，門開在正南，俞家弄內。新宅子總共三進，並排九間，上下兩層，人稱「九間樓」。宅子的樣式沒什麼新奇，也無奢華，在富戶雲集，風氣綺麗的上海，堪稱質樸。但就是這質樸，卻因占地廣大，建制充實，而有一種闊朗，還有一種端肅。要說造房子，本不算什麼大事情，但聯繫上另一樁，也就是第二件大事情，便未可小視了。也是這一年，徐光啟在南京，又結識一個義國人，利瑪竇。和仰凰一樣，也是洋和尚，卻是個大和尚，要去京師見皇上。皇上不喜歡洋教，可是喜歡洋玩意兒，利瑪竇帶了無數稀奇古怪的器物，晉見的路已經蹚平。這時，正走到南京，和徐光啟碰上了。這徐光啟，正途頗不得意，二十一歲中秀才，之後連連落第，丁酉年，好不容易中鄉試，而且第一名，隔年的會試卻又失利！年華就在這屢試屢敗中過去，和許多讀書人一樣，也許就在幕府中度過一生。然而，又有跡象，暗示事情並未到此結束。好比徐光啟躑躅科場多年，不期然裡一突進，誰能斷定，再下一輪躑躅之後又會發生什麼？在外交遊，竟先後與兩個義國人邂逅，千山萬水的，又非我族類，其中藏有怎麼樣的機緣？如今，九間樓起來了，坐地居中，登樓遠望，東邊一條黃浦江，奔騰向海。那義國人，不就是從海上來，應了變通亨達。因此，兩件事一貫穿，便成了大徵候。

這是祥兆，凶兆也有，不算大，小小的一樁。就是城南有一農家，大牛生小牛，生一怪胎，兩頭六足。有一時人心惶然，謠言四起，轉眼翻過年頭，入春便是霪雨不止，淹了麥田，都以為應了那兆頭，不會再有其他災變。也果然平定下來，風調雨順三載，就到了萬曆三十二年。也是方一入春，黃浦江上忽起兩股龍捲風，黑水騰起數十丈，在空中交匯，糾纏格鬥，沿江大樹連根拔起，茅舍盡毀。人們正議論，這才真是應了三年前兩首六足牛犢的象，不料，倏忽間天降喜訊，松江府兩士子中式，一是上海徐光啟，中進士，入翰林院；二是華亭喬一琦，中武舉，任京營兵把總。於是，坊間又改口，再不提那兩首六足犢，只說，江上二龍相會，實是大氣候，出將入相，將相和。

九間樓向北，隔喬家浜，過艾家弄幾條橫街，三牌樓南端新路巷內，一座小宅院，亦有著一樁喜事，張家二公子娶親。張陞這年二十一歲，媳婦十九，數年前就下了媒聘。按說是早二年就當迎娶，不防出了些事故。三年前，媳婦的祖母，也就是申家老夫人去世。張家北地人的籍貫上有規矩，嫁娶或不出喪事的當年，或就必是滿三年之後。申家一報喪，張家就緊鑼密鼓籌備起來，可申家卻推辭了，說姑娘年幼，家中一向慣養，不太懂事，再調教兩年出閣更好。

這是面上的原由，內裡則是銀兩緊促，一時辦不出像樣的嫁妝。

那年，申家老太爺四下裡採樹造壽材，一回三折，到底覓來好木頭，做了一套棺槨。木紋理細膩如凝脂膏油，紫光浮動，又有一股暗香。無論木材商還是大木匠，都認不出是什麼木。申明世不由想起當年造天香園的章師傅，興許能說出個大概，掐指算來也是七八十的年紀了，都不知道在還是不在。如今，最明眼的人只能說出產地，必是北方乾冷的寒帶，那裡凡物種都不容易存活，非是天擇不能落地生根。因生長極慢，數十年，甚而上百年一輪，質地緊密，猶如銅鑄。那香自然是樹脂的氣味，也是因緊實原故，初不散發，年深月久，芬芳緩緩釋出，如同霧起。如今有此異香，必在千年以上。坊間都傳聞，申家為尋木已花費大筆的銀子，等覓到木頭，就再拿不出了。要用田地抵，木主人不要，指名要天香園繡，不是一般的天香園繡，非是要出自武陵繡史之手。那一幅繡畫，耗時多少年，藏於閣中，無人可有面緣，木主人專用一艘鳳頭龍尾琉璃瓦大船請走。從此，天南海北，路遠迢迢，不得見其蹤跡。就這，可也看出申府的家底已抖落得大致差不多了。然而，世事難料，這還不算完。等那棺槨一層桐油一層漆地上去，紫光和暗香一層桐油一層漆地透出來，無數遍，木本的光色氣息依然占上首。終於完工，停在後重院專闢出的一間廳房，申明世繞棺走了幾遭，十分欣悅安慰，對兒子柯海說：就此可以長眠不醒！不想，一語成讖，只是長眠不醒的不是申明世，而是申夫人。

早十幾年，申明世就在二夫人房中起居，老夫人單住一個院，由僕傭侍候陪伴。這一日晚上睡下，早晨卻沒再起來，面色紅潤，神色安詳，那具棺槨就由老夫人睡了。申明世說：擇日不如撞日，夫人撞了這棺槨告成的日子，天意就是歸她！上下都說老夫人有德，一生安份，不爭不奪，又助老太爺亨達，所以才能善始善終。喪事辦得隆重，將蓮庵新漆一遍，添了兩個小和尚，輪值長明燈。銀子流水般花出去，不得已賣了幾頃水田——這回是真賣了，不是虛傳。做棺材辦喪事，是兩宗大開銷，小花費就數不清了：大孫子阿昉開豆腐店虧蝕的錢；二孫子阿潛在外遊蕩賒欠的賬；庶出的三孫子阿昢馴鷹養狗，一條大黃就是十數兩金子。一個園子一處宅子，加磚添瓦，修樹補草，清池子，砌甬道，此起彼伏，一刻不容遲緩，還是趕不上。好幾處景都荒廢了，宅子也明顯舊了。老夫人出殯，將院牆刷了一遍，八扇大門油了新漆，別的還只能繼續舊下去。

自大運河鑿通，江南一帶便是朝廷的錢糧地。元末時，張士誠割據蘇松嘉湖，與太祖爭霸，大明朝記著這筆賬，洪武開元，就課以重稅，無論天災人禍，一粒穀子也不能少，延續至今。這些年，遼東女真部出了一個努爾哈赤，勢力漸強，大有稱王的氣象，京師深感不安，暗中籌集兵力，加強戍邊。於是稅賦又加幾倍，不時增出種種捐募。所以，不止申明世一家，也不止申明世這樣揮撒，富戶們個個都覺手緊，不得已節約用度。申家算來算去，暫時能緩解下來的，亦只有蕙蘭出閣這一樁了。

之前，幾個姑娘，即便是閔姨娘生的頡之頏之，奩資都很可觀。田地、奴婢、金銀器皿、綾羅綢緞，單是各式各樣的銅鎖，就有一抬箱。到了蕙蘭，不由讓人犯了難。但申家人生性都很樂天，心想三年的工夫，怎麼湊不攏姑娘的一副嫁妝？再說，還有她外婆家呢。所以，一時難堪過後，又放下了，依著原樣過日子。老夫人歿了，更沒了管束，比先前還任性許多。小綢與柯海不齊心，商量不了什麼事，阿昉的女兒和她又隔一層；阿昉的媳婦呢，本來沒什麼心肺，倒也好，不愁不煩；卻是希昭，有時候會替蕙蘭著急。看一家人都沒事人一樣，以為三年時間過不完，閨女養不老，和阿潛說，阿潛道：我看她和你很好，要是出閣了，你不就沒伴了？像是有意留蕙蘭似的，就知道白說了。也和大伯母說過一回，大伯母低頭想一時，抬頭說：希昭一幅繡畫，能換一副棺木，還換不來一套妝奩？於是，家中就傳開二嬸替姪女兒掙嫁資的話，傳到蕙蘭耳朵裡，蕙蘭就來找希昭，發難道：二嬸你繡也白繡，我又不嫁！說罷便哭了。

這一年，蕙蘭改了模樣，原先圓鼓鼓的臉頰清瘦下去，成了長臉，圓眼也變長眼，眼梢細細地幾乎入鬢，雙臉便顯得越發深了。口唇還保持著幼年時方正敦厚的形狀，就這處地方，流露出天真嬌憨的神情，不至於寒薄。此時，淚眼婆娑，像小孩子耍橫，其實是有無限的委屈。希昭不忍說破，就也橫著口氣說：誰替你繡呢？申家何至於到這地步，要鬻女紅了！蕙蘭上前就奪希昭手裡的針：我不讓你繡！希昭躲著：我繡我自己的，管你讓不讓！蕙蘭硬奪，希昭非不鬆手，兩人繞了花繃追逐了幾圈，最後針是讓蕙蘭奪了，卻刺破她的手指頭，眼淚越發洶湧了。希昭握住姪女兒滴血的手指頭，任由她哭一時，漸漸平靜下來。希昭說：不過是你伯祖母一句玩笑，怎麼就當真了！姑娘出閣，縱然是砸鍋賣鐵，也要好好陪送的！蕙蘭淒楚一笑：咱們家怎麼就到了砸鍋賣鐵的田地了！希昭發覺說錯話，收回也來不及，只得極力補救道：當然不至於，松江地方，有的是咱們家的地，城裡城外，又有店鋪房子，又不是有幾個閨女的，正出只你一個，要虧欠了，連外婆家也饒不過的！蕙蘭不流眼淚了，眼圈還紅著，默了一會說：外婆家也在賣地。希昭又發覺說錯話，眾人都知道，自彭老爺去世，幾個舅舅便開始爭產，等不及見分曉，就比著花錢，將那園子修葺了幾遍，拆舊景，添新景，倒把沉香閣荒落了。沉香菩薩前的清燈，常常乾了油沒人去添。所以，那日新月異中，實已見得出潦倒。希昭也默了下來。

日光轉移，希昭和蕙蘭將花繃調了背向，希昭接著繡，蕙蘭在一旁看。這時，閣中就這兩個人，其餘人做別的去了，格外安靜。從窗戶可看見池水，浮著幾莖殘荷，池邊的花木也疏落了，已是入秋時分。蕙蘭說：難道非要出閣嗎？我就不嫁怎麼的！希昭笑道：新路巷那邊能放過你嗎？蕙蘭霎時紅了臉，佯裝又要奪希昭的針，希昭也佯裝著告饒：不嫁不嫁！蕙蘭恨聲道：我自己給自己掙吃喝，誰也不能攆我！希昭知道蕙蘭使氣，並不回答，她就又接著說：就看看咱們家的那些爺們，身無長技，單知道花銀子，說不定哪一天，真要靠咱們鬻針線養活他們呢！希昭抬頭說：聽說新路巷有個小廩生很是勤勉，日日挾著個青布書袋去縣學點卯，掙廩膳呢！蕙蘭又紅了臉，都知道，年前張陛補了廩生。她要再去奪針，卻只是虛抬一下手，說：不理你了！轉身就走。希昭追了她的背影說：你媽要是不出閣就沒有你呢！蕙蘭聽了這話站住了，回頭莞爾一笑：二嬸要不出閣，我也認不得二嬸！希昭點頭道：所以，出閣有出閣的好！蕙蘭應道：那麼就請二嬸讓一幅繡畫，替我換嫁妝。希昭橫她一眼：自己掙去吧！蕙蘭腆著臉說：「嬸何時替我備好嫁妝，我何時出閣！說罷，不容希昭回嘴，趕緊跑下閣去。

逗嘴玩笑，自可排遣鬱悶愁煩，卻也於事無補。時間如流水，一日一日過去，嫁妝的事依然不見眉目，家中人似乎都忘了，提也不提，事實上是一籌莫展。

做父母的，怎麼會不將女兒的婚事上心，只是阿昉素來與大伯母不親，又是內斂的性子，就開不出口。小綢自然也要替蕙蘭著想，終究是鎮海媳婦的兒女子孫，但因與柯海負氣，凡事都要他來請求商量。柯海不是沒有心，只是有心無力，不曉得對小綢說什麼，只好什麼都不說。這些人各自在心裡疼蕙蘭，就是不通氣。再則，申家的人在一處，從來是商量如何花銀子，如何缺銀子的事，彼此都覺得窘，就更難開口了。這麼又拖了一年，眼看著到了第三年上，幾乎是迫在眉睫，再也拖不下去了。最終，還是小綢起頭，讓阿潛帶話給大伯，讓賣幾畝田地。小綢與柯海傳話，向來不是商量，而是下令，因為曉得阿潛與大伯有些父子親，自然會宛轉款曲。阿潛帶回來的話卻令人沮喪得很，原來柯海早就在賣地，為的是家中幾項人情往來：阿昉阿潛泰康橋的外公外婆，也就是采萍的公婆，先後過世，相隔不過三日，俗稱「刀切豆腐兩邊倒」；希昭的祖父也在這一年做古；阿奎媳婦添子；采萍、頡之、頎之也添子添女。這些紅白事在別家也許能輕易打發，但在申家，卻非得興師動眾不可。一來是面子，二來也是習慣，不知該如何節制。徐光啟中進士，其實與他們家干係並不大，可依照舊例，還是要在園子裡擺宴席慶賀，自然就要再將園子整飭一遍，南北東西採辦食材。凡事一旦出手，必轟轟烈烈。然而，這一回賣地卻賣得不那麼容易了，事實上，至今沒有出手，不得已，在好幾處賒著銀子。所以，再要賣地，結果還是，賒賬。小綢讓阿潛再帶過話去，賒賬就賒賬！柯海回過來的話帶著商量的意思，那就直接用地作陪嫁？小綢就被噎住了。

成頃的地作陪嫁固然算得上慷慨，但嫁妝中的田地，往往是折成銀子。尤其像張家這樣的小戶，靠生員的月米度日，縱然有幾畝薄地，不過由人代耕，吃些零碎租子。猝然間，大塊田地歸於名下，憑空到哪裡尋人管佃戶，收租米，還要付稅付捐，豈不是陪送了一個大累贅，讓人覺得不誠心。就算田地作一份嫁妝，那還有別項妝奩呢，衣服、首飾、家什用具、哪一項能免？張家是貧寒些，可唯其如此更不能敷衍，申家又不是勢利眼。總之，還是要賣地。

方才說了，富戶們都手緊，顧不得買地。有新發起的，心思又多在商賈，海河路通，市肆興隆，而田地多半是要靠天吃飯。這時候，小綢也出手了，自己的娘家，多年不通聲息，如今走動起來；泰康橋那邊，是兩重親家，自然更要往來；還有蘇州胥口閔姨娘家，做了一世織工，大約也要置辦些產業——因是親戚，不能開門見山就談賣田，總要噓寒問暖，打點人情，預先又花銷了交際費用。此時此刻，闔家上下一條心地賣地，倒把蕙蘭的婚事擱放在一邊，時間又過去小半年。這一日，小綢向希昭打聽，她杭城裡的娘家親戚裡頭，有沒有想買地的，希昭不由冷笑道：大娘真是病急亂投醫，明知道沈家為市井百姓，哪裡攀得上置地置產的主，這不是嘲笑我嗎？小綢在這個侄媳婦跟前，本來就有些顧忌，不留意說錯話，竟瑟縮起來，囁嚅道：也不過是瞎問問，有當無的，不是火都上眉毛了嗎？希昭自覺著言語太犀利，也不好意思，緩和下口氣，說：要不再推遲一年半載？小綢嘆氣道：還有什麼藉口呢？喪期三年滿了，人家小子二十一，我家姑娘十九，總不能還是年紀小，人家就算有耐心了。希昭說不出話來，婆媳倆默不作聲坐著，希昭說：這幅《竹林七賢圖》快收尾了，再加緊些，找個買主，拿去換銀子！小綢不由也笑一聲：難為希昭有這個心，可是怎麼說呢？好比阮郎家的那堆方子，閒置多少年，正遇咱們家老爺奇思異想，要尋一段天外木頭；又正巧阮郎別的都不稀罕，偏只器重武陵繡史的繡畫，是彼此識貨，又是投緣，還是知音，高山流水的——話說到此，希昭已經明白。這兩人都是冰雪聰明，如若不是有層層隔閡，本應是最處得來。這一時，雖沒說話，但心領神會。靜了一會兒，希昭安慰道：大娘也不必太焦愁了，俗話不是說，船到橋頭自然直？小綢說：可是，究竟直在哪個橋頭呢？希昭噗哧笑道：再遇一個知音，買了咱們天香園的繡畫！小綢也笑了：希昭這樣的鬼精，空手套得白狼，白饒了一副好嫁妝！希昭嘴也不讓：大娘是瞧不上沈希昭的嫁妝，就說不要！小綢說：為什麼不要？不要白不要！小綢正色道：無論遇不遇知音，總之，咱們賣地的賣地，繡畫的繡畫，老天不負有心人，就能把這船頭直過來！希昭也正色道：照大娘的意思，蕙蘭與張家那小子要是有緣，就能成事！兩人說過這一番，彼此都鬆快些，分手各做各的去了。

張家這頭，早在等著迎娶。三年中，每逢年節總要上門，送各色禮。統不過是些茶果糕餅，布疋針線，但都是張夫人親來。平日裡，張老爺也常有書信問候，心意十分誠篤。中家越發難以為情，不知如何應對才好。頭兩年尚可說幾句兒女婚事，日子愈近愈不敢提，最後索性不談。張家人不免著急起來，不得已，回頭再求冰人楊知縣。楊知縣一聽情形，就已猜得個七八分。皇上一味斂銀子，江南豪戶全是大有大的難處，別人都在收縮，唯有申家張揚。楊知縣早看出申家硬撐場面，近幾年又出了那麼些事，囊中必然空虛。其實，張家自己單薄，並不在意親家的聘禮長短厚菲，但這話萬不可對申家去說，說了等於是激將，申家人不僅愛面子，還人來瘋。要知道有這一說，必當數倍數十倍地置辦，反落了更大的難處。楊知縣思忖幾日，有了主意，立時備船備轎，動身往上海，專去見申明世。

自從申夫人過世，入殮了那具好棺木，申明世就再不提棺材的事。柯海每每提議再覓一方好木頭，申明世便舉《莊子．內篇．大宗師》裡，「藏天下於天下」的意思，說，只需擇一張好席子，捲一捲，深埋地下，就哪來的回哪去了！柯海以為父親傷心，神情卻不像，極安寧，甚至於含幾分欣悅，且像是悟道，出世外，就也不敢多問。但見申明世身體日益健旺，精神爍然，愈過愈年輕似的，棺材的事便不再提了。這天，楊知縣忽然造訪，原本備了一套悼喪的言辭，然而，不料想申明世神態怡然，就只淡淡說幾句，再互問了近況，楊知縣就道明來意了。

楊知縣的來意是數年前他做的大媒，該擇定吉日了。因是他牽的線，所以必要過問不可。那姑娘極小的時候見過，就十分喜歡，倘沒有記錯，外婆家是上海名宦彭家。申明世點頭說正是，彭老爺過世，地方上集資，專造了「愛日亭」，銘記和緬懷。楊知縣嘆道，名門閨秀，金枝玉葉，原有一個想頭，如今看來分明是妄念！申明世追問什麼想頭，如何又成妄念？楊知縣笑著搖頭道：本想向申老爺要來做乾孫女兒，吃喜酒可坐上座，受新人們叩拜，現在一聽說家世淵源，可不敢提了！申明世說：這有什麼不敢的？那是丫頭子的福份，明明是抬舉了她！楊知縣只是擺手說「不敢！」申明世非說「敢！」兩人爭執半時，最後，少的聽長的，楊知縣只得服從，遂又調侃道：富貴人家的小兒女，多有認窮乾親的，為了好養活，本人就是如此的乾親一個！申明世笑道：隨怎樣說，從此擺脫不了干係，那丫頭就算賴上身了！說笑一番，又轉回正事，楊知縣道：這一來，真就要問一聲，小女什麼日子出閣？申明世一邊遣人去喚柯海，一邊嘆道：這丫頭的親祖父母，一個早夭，一個出世，凡事都是由大伯祖、大伯奶作主，可恨這大伯祖大伯奶做了幾十年的冤家，什麼話都不好商量；自己的父母又都無能，父親是個呆子，母親呢，大戶人家的女兒，嬌寵得很，難免不曉世事，是個長不大的孩子，不像她的嬸嬸——就是那個繡畫的？楊知縣問。你也聽說了？申明世頗感意外。楊知縣說：誰不知道「天香園繡」？誰又不知道「武陵繡史」，宋元書畫皆成繡品，天下一絕！要說，還是同鄉，錢塘杭城裡的娘家。申明世謙詞道：其實不過是些女兒家的針線，照理不該出閨閣的，露拙了不說，還壞規矩，偏巧新埠風氣輕薄，就喜歡淫巧的玩物，一來二去倒收不回了！楊知縣就不同意了：織造本就是天工開物一種，繡藝且精上加精，錦上添錦，天香園又是出神入化，老太爺千萬莫貶低了，傷自家人志氣事小，違拗天意罪過就大了！正說話，柯海就到了。

聽說蕙蘭的大媒上門，就知道是談嫁娶，柯海不由心中叫苦。但終也知道躲是躲不過的，遲早都有這一日，所以，反倒安下心來，神情很篤定。拜見過後，楊知縣直接就說下聘的事，明言道，張家不是殷富戶，聘禮恐怕單薄，奩資就也不必過奢，免得張家不自在。果不出所料，柯海的英雄氣概即刻上來：申家女兒陪嫁是有定例的，先不說張家，單是自己家裡，也不可厚此薄彼！蕙蘭總是依她姑姑采苹的尺度，否則，張家倒要以為我們鄙薄他們了。楊知縣不禁笑起來：方才你父親已認了我這門乾親，如此說來，申府發送孫女兒也是我發送，倘嫁資豪華，世人還以為楊知縣做官斂了大宗的銀子；再說，年景平淡，朝廷又加兵稅兵賦，萬不可招搖，無事生非。柯海這才勉強答應盡量儉樸些。楊知縣又非得添一筆妝奩，說當年得老太爺惠贈桃枝，插扦在南門外義田，如今一片桃蔭，何以回報？說罷，就在几上放下一張銀票，數字雖不大，面子卻大。接著就要柯海擇日子，由他報給張家，日內就來下聘。

這麼著，逼上梁山似的，蕙蘭的婚事緊鑼密鼓地開張。楊知縣的銀票，加上賤賣的幾頃旱地，她母親當年的陪嫁再補上些，小綢封了一盒古墨算作一份——私下囑咐，此墨不單為寫字，更可治產後血症，她祖母生叔叔阿潛時就憑了一角墨核度過險關，得了幾年陽壽。蕙蘭先是羞紅臉，然後又是煞白，小綢曉得將她嚇著了，趕緊說並不是每每發生，不怕一萬，只怕萬一罷了！蕙蘭這才緩過來。東西看起來也不少了，可七零八落的，顯見得是拼湊起來，到底侷促了。張家已來請尺寸單，要新娘裙襖的領口、身腰、款式，好著手做嫁衣，也是他家原籍的規矩。行聘之禮緊隨著過來了：簪、環、玉如意、金手釧；這邊勉強回過禮去：靴、帽、袍套、鞋襪，接著就要發奩了。事已至此，不成也成。

夜裡，小綢兀自坐在房裡，望著壁上的燈影。自己的洞房花燭夜還在眼前，燈火卻已經闌珊。院裡的香樟樹長成巨大的一株，滿庭的濃蔭，屋子都遮暗了。心中悵惘，不知所以，忽然門簾一動，進來一個人，是蕙蘭！小綢倒是一怔，將出閣的閨女，怎麼還四處亂逛著，就笑道：這就睡不著了？蕙蘭不回嘴，神情很正經。小綢收起笑，問：有事嗎？蕙蘭還是不說話，臉卻漸漸紅上來，眼睛裡似乎汪著淚，亮晶晶的。小綢心下不安，強又笑道：有什麼事快說，大伯奶好替你作主！蕙蘭的眼淚到底屏住在眼眶裡，吸一口氣，終於說出來：我向大伯奶要一件東西！小綢一驚，驚的是這丫頭真大膽，敢向她要東西，又不知她要的是什麼，給得出給不出？嘴上說：儘管要，只要大伯奶有，准定給你！蕙蘭說：大伯奶准定有，卻不定捨得給我。小綢不覺有些惱，想這丫頭人小鬼大，這麼會糾纏，沉下臉說：你不說，我怎麼知道捨得不捨得？蕙蘭的眼淚全收回去了，臉上呈出一絲笑意，一歪頭：說了啊？小綢被挑逗得氣急敗壞，伸手點在蕙蘭額頭上：我告訴你，要說趕緊說，過了這個村沒那個店，捨得不捨得都不給了！蕙蘭這才說出口來：我要天香園繡！小綢鬆下一口氣：當你要什麼寶貝！閣裡去挑，要多少儘管拿。蕙蘭搖頭說：我要的是天香園繡的名號。小綢只覺得心裡一沉，竟說不出話來。蕙蘭再說：凡我申蕙蘭繡下的活計，就可落款「天香園繡」。小綢回過神來，說：你出了這個閣，就不是申蕙蘭，是張家的人了！蕙蘭說：我不管，「天香園繡」這四個字，就算是我的陪嫁！提到「陪嫁」兩個字，小綢不做聲了，誰讓娘家對不起她呢？可是，小綢又想：這丫頭並不像看上去那麼憨傻，不知存著什麼心！

三十、張陛

　　張家所在新路巷，是三牌樓的背街上，頂著巷底的一處院落。似乎是從原先排好的台基上硬擠出來，正著擠不下，只得側過來。新路巷的院子本是南北排列，東西向，這麼一側，倒側成了坐南朝北。平時進出是從巷內的北門，南門臨街，閉得多，敞得少，偶爾推開，遠遠可看見九間樓的後牆。在這一片鬧市中，顯得十分靜穆。張家的院子多少是偏狹的，好在人口簡素。倘從北門進去，先是一方天井，一眼水井，年頭不小了，井壁上布了苔蘚。天井兩側各是灶房和僕傭的屋子。走過天井，便是正廳，北牆上橫一塊匾，書幾個大字：永思堂，匾下案上供一尊彌陀，一爐香，案兩側各置幾具桌椅。廳堂東西廂房是為老爺夫人居室與書齋。廳堂前是院子，院子兩邊各有連通的兩間側屋。東側是哥哥張陛一家三口，西側是弟弟張陛。

　　蕙蘭自小在大宅子裡，人多事多，中家又格外地有一番熱鬧，天天過年似的。來到張家，耳根子刷地靜下來，每日所見不過有數的幾個人。一日三餐節用得很，於是，家務便也是節用的。長年在家只兩個僕傭，一個女人，做張夫人貼身活計，也照管老少爺們幾個的起居，名字很奇怪，叫李大，彷彿是北地人的叫法。一個男廚子，兼顧採買、灑掃、種植花木，都叫他范小，可見出是年少時就來到家中，一路做下來的。張陞的媳婦年前生下孩子，又添了個奶母，這樣，李大就免去張陞房裡的雜役，多出的時間則放在張陞一處。張夫人特地叮囑李大多照應新來的媳婦，過慣呼奴喚婢的日子，初來乍到，自然會有種種不方便。李大和范小都沒有婚娶，大約這也是久留張家的緣故。

李大年紀在三十來歲，人長得很素淨，寬平的額頭，終年戴一條藍布遮眉勒，除此，再無任何頭飾。不裹腳，衣袖窄窄地繫起，腰帶紮緊了，做事走路都很俐落。初與蕙蘭見面時，雙方都很拘謹，在李大是對名門閨秀的敬畏，蕙蘭則因極少見自家以外的人。一旦說話，雙方又都釋然。李大看蕙蘭不過是個小閨女，來到陌生地方，手足無措，頗有些可憐，即便是可憐卻也不失大方，到底是大家子出來的。再說蕙蘭看李大呢？神情雖呆板，倒並無瑟縮，看顧她的一瞥中，還流露出慈和。再相處幾日，李大越發見出，這一個金枝玉葉其實不怎麼挑剔，固然出於蕙蘭自己的性情，但也還是因為大家子裡的人事終究是複雜的，所以孩子們也多有約束檢點，因而李大揪起的心便放了下來，態度也自如許多。蕙蘭就發現，李大原來是個挺風趣的人。張陞去點卯，穿一襲玉色鑲藍的袍衫，袍衫有一股森嚴凜然，越發襯得那小虞生豆芽般的細嫩。李大就說是「蒼蠅套豆殼」，蕙蘭看了也覺得很像，笑個不停。於是，李大就知道，蕙蘭是個活潑的小閨女。

范小則是個害羞的人，因沒娶妻，就特別不能見女眷。蕙蘭來了多日，都沒見過他。只在天曚曚亮時，聽到他的掃帚畫過院裡的青磚地，輕輕的「刷拉」一聲，「刷拉」一聲，也是很害羞的。李大知道他靦腆，卻偏要尋他玩笑，院子裡撞見時，就要說：讓太太作主，咱倆一起過日子！只聽得范小拖起掃帚就跑，李大還不放過，跺腳佯裝追他。范小這年是十九歲。

僕傭們是這般有趣，主子呢，當然是要矜持些，但亦有一種新鮮別致。老爺看起來是懼內的，終日聽不到響動。難得出來院子裡站一站，看看梅花，很喜歡，想要折一枝插瓶，定要夫人頷首才敢。就這樣，家中大小事都由夫人作主。許是因襲這樣的家風，長子張陞也是聽他媳婦的。他媳婦，蕙蘭稱大嫂的，娘家在吳淞江老閘橋碼頭開米行。近年來天災頻頻，饑荒年裡米貴，囤積居奇，買賣翻了幾番，家資迅速豐厚起來。但因出身低微，世輩沒有出過讀書人，所以並不嫌張陞清貧，反而敬慕家世淵源，幾方說合，就做成了這門親。張家這邊，多少有些豔羨親家殷實，究竟也還是覺得鄙俗了。因此，同是懼內，張夫人卻另有一番認為，覺得媳婦仗著娘家有錢而輕慢張陞。雖不至於形同市井人家攛掇慫恿，但對兒子的失望卻難掩其表。事實上，張陞對媳婦畏讓完全可能別有原委。那媳婦長得十分嫵媚，穿著打扮明豔，在讀書人家眼裡難免俗麗了，可在夫妻之道，與許卻有無限的意興。不論怎樣，就因為此，張陞的婚事，張夫人要親力親為。起先，蕙蘭心中也起著戒備，總是遠著這位大嫂。有一回，在院子裡，走在張陞那半邊，猝然間，門推開，大嫂雙手端一盆水，兜頭潑過來。兩人都嚇一跳，驚叫一聲，潑水人來不及縮回去，結果澆了一人一個半盆。兩個水淋淋的人面對面站著，正窘得不行，大嫂卻哈哈大笑起來，蕙蘭不由也笑了。當晚，李大就送來一條新裙子，說大嫂賠她的，一定得收下。新裙子是茜紅的綾子，蟹綠緞的滾條。蕙蘭從來沒穿過這樣大開大闔的顏色，又怕大嫂不高興，只得穿了，自己覺得像個鄉下人。

比起張家的女人，爺們的性子就比較悶了。父子三人像是一個模子脫出來的坯，一律不愛說話，問什麼答什麼。張陞尤甚，問什麼也未見得答什麼，難怪夫人要生氣。滿院子都是他媳婦的聲音，或喜或嗔，就是不聽張陞出一口大氣。這倒還好些，更讓夫人咽不下的是，木訥的張陞，在媳婦跟前竟有些活潑，並不是有什麼言語，而在於神情，眼睛裡多了幾分顧盼。夫人說：張陞，看什麼呢？張陞即刻又垂下眼睛，回到原先的木頭人一個。所以，張家的爺們其實是受了女人們的壓抑，才變得沉悶。張陛是寵愛的小兒子，可夫人的寵愛是有威儀的，那就是加倍的嚴苛。小孩子又有爭寵心，就越發地賣乖，什麼都要做得更好，得母親的誇獎。言行舉止，讀書文章，都有十二分的下功夫。結果，張陞是呆，張陛呢，小大人似的，看上去倒像是哥哥。難免費力勞神，身子就單薄。幸好骨架子在那裡，不至於太顯孱弱。臉盤子是長方型，眉眼開闊，頗為端正。就是下眼瞼常有一片青，像是有虛症。夫人中意蕙蘭多一半是為她的生相，如何的豐潤，而且喜慶，有了這樣的媳婦，丈夫定會健碩起來。所以很費周折說上這門親，雖有高攀的嫌疑，也不顧了。況且，還是那句話，此一時，彼一時，張陛少年奮發，前途未可限量，將來的事誰也說不準，就無所謂攀不攀的了。

自己選中的兒媳婦，夫人自然是偏袒的，新房裡的物件擺設都是親手歸置。張陛的房是坐西向東，再有一扇南窗。東窗外原有一棵柳樹，因柳樹最易生毛辣子，便讓范小放倒，另栽一棵木槿，一棵桂花。張陞的媳婦難免生妒，抱怨西窗下的薔薇花愛生蟲，也要換樹，讓張陞和夫人說，張陞不敢，她自作主吩咐范小掘了，再種一排美人蕉，夫人只作看不見。張陞的媳婦出了氣，任夫人怎麼給弟媳婦房裡添東西，也沒什麼了。夫人待蕙蘭好，蕙蘭卻還是怕夫人，因為張陞怕夫人。張陞稱夫人不是「媽」，而是「母親」，顯得很莊嚴，蕙蘭就也稱「母親」。張陞從府學回來，先要上母親房裡回報，有時說話說很久，蕙蘭不知道是不是也要去夫人房裡，又怕別人以為自己是想見張陞，左右為難。吃過晚飯，夫人說：張陞，回屋裡早點歇了。張陞就早早吹了燈，兩人並排摸黑躺著，什麼也不說，因為母親讓「早點歇了」。張陞對蕙蘭很客套，大約也是夫人教的，相敬如賓主。可總是生分了，不像張陞，再怎麼沒精神，與媳婦相處，自有一番熱情。蕙蘭不免覺著無趣，好在有李大，還有大嫂。大嫂固然是俗俚的，讓人有些不自在，但那一股豁辣，也帶來生氣，使這院子變得活躍了。所以，蕙蘭就與大嫂結交起來。

有一日，蕙蘭正與大嫂在院子裡說笑，一起逗弄嬰兒。張陞點卯回來，向母親告了安，兀自進屋。不一時，李大就來叫蕙蘭，原來是張陞要與她說話。蕙蘭很驚訝，張陞向來少言，不知這一回有什麼要緊事。張陞坐在案前，眼睛看著案上的書，蕙蘭站在身後，等了半刻，那看書人方才說道：妯娌間和睦即罷，不必太過熱切！蕙蘭聽出是對她和大嫂相處不滿意，卻不知所以然。半晌，回了一句：母親說話了嗎？張陞說：是我與你說話，賴母親什麼事？蕙蘭說：凡你的話，都是母親的話！張陞雖未回頭，聲音明顯不悅了：就算是母親的話，有何不好，難道你對母親不滿？蕙蘭委屈道：誰對你母親不滿了？張陛終於回過身來，看著蕙蘭：為什麼要說「你母親」，我母親難道不是你母親？蕙蘭一時辯不清，心裡急，竟落下淚來：誰說不是了？淚眼婆娑中，看見張陛的臉，滿是驚訝，不明白蕙蘭怎麼就哭了！所以又侷促起來，手足無措。蕙蘭見他慌亂，不覺又笑起來，張陛就更不安了。兩人這麼對望著，是成親以來頭一回。望了一會兒，轉過頭去，把要說的話倒忘了。

自家人是這樣，往來的交道又是怎樣？也是簡明的。不像申府上那樣，召四方賓客，笙歌夜宴。卻有兩名常客，幾乎日日上門，與老爺一杯清茶，半日聊天，臨到飯時便起身告辭。主家虛留幾句，送至門口，分手離去，下一日又來。也有老爺出門的時候，同樣，到飯時自會回來。兩名常客，其實也是街坊，一是陳老爺，一是喬老爺。陳老爺也是北方人，外家邵氏精通太素脈，永樂年鄭和下西洋隨行共三次，朝廷賜了封地與爵號。陳老爺雖不行醫，卻也學了些脈理，從脈理而論山河帝業，一落座總是滔滔不絕。喬老爺正相反，只聽不說。喬老爺和京營兵把總喬一琦喬公子是本家，應為喬公子父親喬懋敬同輩人，其實已出五服，形貌也相去甚遠。喬公子一族均魁偉俊朗，而喬老爺卻是短小瘦弱。但寫了一筆好字，香光居士都讚過，稱是「妍秀出入蘇米之間」。兩位客人身世背景都是旁出的淵源，風範亦是正統中略帶獨行，與張家的交際就也不落俗套，頗有名士的格調。以此也可見得張家老爺的性情，所謂懼內許不過是淡泊明遠，超乎世事。有幾回，三位老爺一同出遊。近的是去吳淞江邊看水，半日內便來去了；遠的是去湖州看紙，亦就是三日往返。宴請過一回，張老爺的壽辰。陳老爺帶一罎紹酒來，喬老爺則是一隻風鵝。家中只比平時多幾道冷葷熱素，再有一大盤饅頭，捏成壽桃的形狀，李大在桃尖上貼一片紅紙，出籠後，揭去紅紙，桃尖便是粉紅。還有一盤麵，筷子挑成一圈一圈，螺旋般旋上去，頂上是一個紅尖，也是紅紙染的。飯畢，喬陳二位老爺又留了很久，喬老爺寫字，陳老爺出句子：「室內姬粗醜，夜飯減數口，暮臥不覆首，所以壽長久。」張老爺讀了，哈哈大笑。喬陳二位不等墨乾，就要將墨紙團了，因怕張夫人不高興。張老爺卻不讓，非留下不可，次日就送字畫鋪裱了，掛在內室牆上。你們說，張老爺懼內不懼內？也所以，這二位客，又可說是至友。

縱然是平淡簡約，日光流年，亦還是有著隆重的大日子，那就是祭祖。張家的規矩，是從元旦午後起祭，一直到正月十八祭畢。早數十天，就開始準備，第一要覓一個大豬頭，豬鼻上起一疊皺，好像一個「壽」字。這樁事是交付給范小的。范小不是在肉市上找，而是去到養豬人家，專在等著挨宰的大肥豬裡挑。有看中的，預先定下，冬至前得到。然後就是李大的活，洗淨剔淨，搓上新鹽粒醃透，懸在廊下通風處陰著。此時，家中女眷們一併動手，裁了各色彩紙，剪成小旗，有三角形，有纛形，屆時插在豬頭上。剪了小旗，再紮燈籠，紅綠兩種，這就忙到了年底，范小又有事了。這一回是上魚市，覓兩尾極大的鯉魚。上海人多不吃鯉魚，嫌泥草腥，還因為鯉魚跳龍門的俗諺，惟恐食了鯉魚，壞了文運，跳不過龍門。但張家的規矩則非鯉魚不行，是取「鯉」字諧音：「利」。本意是要黃河鯉魚，可故土久遠，黃河是望也望不到，退而求其次，大極便可。兩條大鯉魚夠范小跑斷腿的，好不容易買回家，奉養在缸裡，那缸也是極大的一口，安在院子中央。蕙蘭和大嫂愛給牠們餵食，撒一把飯米粒下去，兩條魚立時左右游竄，水漲起來，幾乎撐破一口缸。這時候，范小就不怕人了，趕過來攔她們，怕把魚脹死。大嫂抱著孩子拉了蕙蘭繞著缸跑，范小繞著缸追，就像跑兵似的。追著跑著，過年的氣味就出來了。

儲櫃裡藏了一年的碗盞杯盤，一摞一摞取出來。臨時雇來兩個小雜役開始掃房子，換頂棚。范小一缸缸地揉麵，李大捏成牛、羊、馬、狗、雞、兔，排在籠屜裡，晝夜不停地蒸。酒開封了，原來張家有祖傳的酒麴，自己家釀了一地窖，地窖就在灶屋和堂屋背牆之間的夾道裡。十六盤擺開了：荔枝、桂圓、核桃、紅棗、柿餅、紅枯、荸薺、黃菱角、年糕、粽子、豆腐、羊血、鹽、米、香菇、木耳，左右各一束十雙筷子，紅線攔腰繫住。魚殺了，雞宰了，牛羊肉切成方，這才揭開供桌前的紅簾子。裡面高懸一幅祖宗像，穿著官服，頂上和腳下都是祥雲。祖宗像下面是一列牌位，牌位前正中站一具大香爐，兩邊各有小香爐、大紅燭、小紅燭。院子裡的魚缸挪走了，換上三足鐵架，擱置一具大圓爐盆，燒上火。紅燭點燃，香爐中沉檀熏起來，滿堂滿屋溶溶紅光，香霧瀰漫，祭祖開場了。

張家的規矩是男拜女不拜，夫人領著兩個媳婦站在一邊，看老少爺們拜。那剛滿周歲的小毛毛，也讓他父親摁在地上磕頭。小孩子不服，掙了幾掙，張陞下手就重了些，他媽媽變了臉，在蕙蘭耳朵邊嘀咕：他又不認識那些人，硬逼著拜！夫人裝沒聽見，蕙蘭站開半步，也裝沒聽見。

終於拜完了，拔下豬頭上的五彩旗，扔進院裡的火盆裡。再有一摞一摞的紙馬紙羊，一摞的金銀元寶，紙紮特別容易燃，火焰騰得老高，院子就像著了似的，裡外通明。燒完神馬元寶，就可以放炮仗了。打開臨街的前大門，大人孩子一擁而出，街上早有放炮仗的，東邊響一串，西邊響一串。張陞捏著小毛的手，握一炷香，他媽堵著他耳朵，就這麼點著信子，吱吱響一陣，「轟」一下飛上天，響一下，又響一下。張陞讓張陞點一個，張陞推讓著，說給小侄子玩。人們看出是他不敢，大嫂就推蕙蘭：捏著他的手點信子！兩人都不好意思，紅了臉。蕙蘭偷看張陞，心裡盼他點一回，堵住大嫂的嘴。可他就是不點，顯見得是真不敢，蕙蘭暗中嘆一口氣。這一點點悵然立時讓過年的歡喜沖跑得不見影了。

除夕夜守歲，老爺夫人過子時便進屋睡了。父母不在，小輩們自然活躍起來，新上了香，火盆添了炭，李大吩咐范小下餃子。瓜子盆滿上，花生盆也滿上，重沏一壺熏鹽豆子茶，李大就要開講。每年的這時候，李大都要開講，講的是老家的故事，也是張家的淵源。要說張家的原籍，誰也沒去過，但眾人都知是滄州府清池縣平安堡鎮麥家店波羅諾莊。家中原是耕戶，宋時舉恩科，入特奏名，做了官。仕途十分亨通，最高至翰林院，就是祖宗像上的那一位。後來女真人入侵中原，凡在朝中做官人家全斬盡殺絕。其時，滄州府清池縣平安堡鎮麥家店波羅諾莊的張氏已抽枝發杈，有百餘戶，族人們商議，不得不離血地奔生路。就以莊子中央一棵老槐樹的枝丫為方向，各戶循一枝所指，月黑風高之下，張氏家族便作了鳥獸散。你們這一枝——李大點了點張陞和張陞——原也有兄弟倆，本說好不分離，就循槐樹上一根長枝向南走，走了有幾天幾夜，就走到一個岔路口，立著一棵枯樹，一根杈向東，一根杈向西。兄弟倆說：這是老天給咱們指路，必分道揚鑣才能保存根脈。兩家人抱頭痛哭，灑淚而別。哥哥向西，弟弟向東。又越過千山萬水，寒冬酷暑，家中人凡老弱病都歿了，只餘七八口青壯年。有一日走到一個渡口，連擺渡的錢都沒了，就在此時，聽見有小兒唱歌謠，全是北地匈奴的音調詞語，稱王為可汗，方才知道，已經改朝換代，是蒙古人的天下，不禁大哭失聲，捶胸頓足。正痛不欲生，忽有一老者走來，見這些人全是宋時裝，曉得是被追兵一路驅過來的，便與其中略年長者道：江對面還有個宋室小朝廷，偏安著！張家人泣道：如何渡江呢？不如全投入水中，也算完節了。那老者長袖一揮，江上忽就過來一葉扁舟，無人無槳，老者說一聲：上船吧！七八口子張家人上了船，那船順風而去，搖搖曳曳到了江心。日光照耀，金水波動，無數江鷗飛翔，原來已是春暖。江那邊果然燕飛草長，一片明麗景象。下船問路，人道是「臨安」，終於安下身來。劫後餘生，又繁衍出數十戶，有耕田，有捕魚，有讀書，亦有經商。太平了一百五十年，蒙古人到底追過江來，於是，再走的走，亡的亡。可這張家人就是不絕，因根紮得深，枝才發得旺，還因什麼呢？愈是要絕它愈是不絕。人脈也像樹脈，種樹人都懂得，隔三差五地要用斧子砍上幾斧，愈砍愈抽條。所以，你們看，如今大江南北，就數張姓多而且廣，源起五湖四海，其中就有你們這一張！碰著了，認一認，說不定五百年前是一家。

雖然李大是年年講，小輩們年年聽，但總也聽不厭，十分入神。蕙蘭頭一回聽，更是新鮮。更聲不知敲了幾下，燈裡添了新油，紅蠟燭的燭淚淌了一堆，窗戶紙發白，不知道誰家的雞叫了一聲，以為天明了。心想夜竟如許短促，原來是下了雪，雪光映在窗戶上。李大再接著說，當年在老槐樹下分手，主要是五脈，分手時說好，金木水火土，各領一支，子孫們的名字裡都須有這個字或者意思！你們家——李大又點了點張陛和張陛，是「土」字。果然，張陛和張陛的名字裡都有了「土」。可是，小毛的名字裡沒有「土」！蕙蘭說。張陛就說話了：小毛的大名叫「平」，「平地」則為土，《周禮．地官．掌節》寫，「凡邦國之使節；山國，用虎節；土國，用人節；澤國，用龍節」，又有鄭玄注，「土，平地也」。李大就誇獎：二少爺讀書好！蕙蘭也覺得好，卻又在心裡笑張陛迂腐。李大說：倘若遇到名字裡藏著「金木水火土」意思的，就是五脈裡的人。大嫂說：也不見得張姓都是一家，有皇上賜的姓，還有攀附的，又有那些雞戶小家，憑空姓個張，誰能不讓姓？「金木水火土」也是任意起的，要憑這個認親，除非瞎貓碰死老鼠！李大不與她辯駁，只一笑，說：大嫂嫂說得很對，當然不能單憑名字，倉頡造字萬萬千，除了那些避諱的，誰不能拿來做個叫頭？可是，張家人除這個，卻還有個記認，萬萬錯不了的！大嫂和蕙蘭都問是什麼？李大只是笑。妯娌又轉向張陛張陛問是什麼？這兩人神情迷茫，也不知道。再向李大追問，李大笑得不得了，回說：回房上床，將自家男人的身子翻檢翻檢，連個腳趾頭縫也別漏掉，就知道了！張陛夫婦還好些，張陛和蕙蘭就撐不住了。蕙蘭避過臉，藏在燈影裡，張陛則認真生了氣，抬起身就走。推開廳堂的門，迎面是晶瑩剔透的白雪世界，不由一愣怔。就在這時，更樓上傳來敲梆聲，響了五響，五更天了。李大說：回去睡吧，還有一個好覺頭呢！於是，兩對夫婦各回各的房。李大和范小將殘香掃了，紅燭滅了，最大的一對燭足有數十斤，收起來，明年再接著燃。

接下去的日子，每晚祖宗像前點香燭，供酒果飯菜，供過後方才開飯。每晚供的皆不同，吃的就也不同。初一格外講究，魚圓、肉圓，表示團圓；春餅裹肉絲，意即銀包金絲；黃豆芽是如意菜；落花生謂之長生果；黃菱角、藕、荸薺、紅棗，一併煮甜羹，名為「有富」。初二是粽子，初三供年糕，初四任意，初五必供寸金糖——日進寸金的意思。張家的寸金糖不是去市裡買，而是由范小熬製。熬一鍋麥芽糖稀，澆在扁鍋裡，灑上黑白芝麻，半涼不熱時用快刀切成寸長的條。初六初七初八任意，初九必供素，全家也都吃素，因是玉皇大帝的生辰。十二設燈，女眷們一起動手紮燈，宮中制式，一色綾子，四方四正，正面用墨筆寫兩個字：永思。中間四盞大燈由老爺寫，左右兩列十六盞，張陞寫八盞，張陞寫八盞。十三點燈，供糯米湯圓，十四供餃子，十五又是一大祭：全雞，全鴨，最要緊不過是一隻全鵝！這隻鵝也是提前多少月四鄉裡查尋，打聽到誰家裡孵小鵝，買一隻來養著，養到這一日宰。宰鵝是由李大動手，因是范小養的，此時躲在灶屋裡落淚。雞、鴨、鵝，加上羊肉、豬肉各一方，總共為五牲。然後就是搓圓子，餡有核桃、花生、芝麻、雞油、棗子。祭完了再燒一輪元寶，放一輪炮仗。這一夜，院院都點燈，龍燈、鳳燈、兔子燈！九間樓前後各點九盞燈，也是一色的綾子，但是六角形燈，燈上無字，顯得一派端肅。

十六日，則是張家獨祭，甚為特別，祭的是床公床母，各房在床前設一張小几，几上擺煎餅、雞蛋、圓子、寸金糖，點小香燭，兩盞小宮式燈。蕙蘭猶覺得有趣，心想：要有了小孩，不論男女，小名都叫個「燈」。卻不敢與張陞說，張陞一臉莊嚴，定會嫌她輕浮。

再隔一日，十八日晨，供過年糕，便將祖宗像請下來。供桌前的紅幔子捲起來，燈籠香爐蠟燭火盆鐵架統統收進倉房，杯盤碗盞洗淨刷淨了，鎖到櫃子裡。魚缸空了，鵝舍也空了，院裡的樹，節骨點鼓起來，裡面是新綠。

三十一、張遂平

三月裡，蕙蘭有了喜，闔家高興，尤其是張夫人。張陛自小羸弱，娶親後，張夫人又怕他傷身，又怕他無後，可說提著一顆心過來。如今好了，張夫人掐指算一算，年末年初，家中就添人口。夫人著李大在張陛書房裡鋪了一張床，讓小倆口分室而居。又要李大每晚睡在蕙蘭床側邊的榻上，說是照應有身子的人起夜，也好端個茶送個水什麼的，其實是怕小夫妻倆起膩，對大人孩子都無益。蕙蘭倒很中意，與李大同寢要比和張陛有趣得多。與張陛常常一夜無話，行夫妻之道也談不上有太大的意思。她以為張陛也有同感，覺著自己是無味的，所以就沒有什麼怨艾。或許天下婚姻都是如此這般，父親母親是這樣，嬸嬸和叔叔有些聲色，可卻不怎麼像夫妻，而是像男人和男人，又有些像倒過來，叔叔是女，嬸嬸是男。蕙蘭想起未出閣時，和嬸嬸相處的情形，遠隔千山萬水似的。嬸嬸希昭就像是天上的人，此地則是人間，煙火蒸騰，轟轟烈烈。這李大是俗世裡的人得了道，方才成仙，就好比八仙，但不是何仙姑，而是呂洞賓。那麼張陛是誰呢？漢鐘離！因是受鐵拐李點化，然後上山學道，蕙蘭就覺著那是個小孩。鐵拐李又是誰？是范小！蕙蘭想到此，忍不住笑出聲來。李大聽見了，在帳幔外頭說：笑什麼呢？小心生出個豁嘴巴！蕙蘭更要笑。這時，外面書房裡的張陛咳出一聲，像是嫌她們吵他的覺。蕙蘭將頭埋在被子底下，不出聲地偷笑一陣，睡著了。

自從李大睡在房裡，張陛和蕙蘭更成陌路人了。本來同宿的人不得已說幾句話，如今連這幾句沒油沒鹽的對答也免去了。夫人卻對蕙蘭好上加好，親上加親。一個半月之後，蕙蘭害喜害得略好些，就讓范小每餐添菜。有幾次，親自下廚調羹做湯給蕙蘭吃。大嫂見了自然不樂意，對小嬸子說：你要下不出一個公蛋，吃進去的能吐出來嗎？蕙蘭已經曉得大嫂的脾性，見怪不怪。果然是，說歸說，行動上依然幫忙。慷慨地借她小毛給蕙蘭抱，取「抱子抱子」的意思。蕙蘭抱著侄兒張迎平，小孩子的乳臭、汗酸、尿臊，捂了一冬這時解開，直向她逼去，害過的喜又要回來了。且不敢掩鼻，就問大嫂，給張迎平洗個澡怎樣？於是，又生火又燒水，妯娌倆一起動手，將小毛剝光，摁進盆裡。蕙蘭捋著侄兒藕節似的胳膊腿，心裡說：我也要一個！大嫂看出弟媳的豔羨，無限得意，將那妒心平息了。

這一天，夫人讓范小雇了一頂四人抬三人座敞篷大轎，吩咐李大在家照看好小的，帶兩個媳婦去逛大王集廟會。大嫂搽脂抹粉，越發唇紅齒白，漆眉星目，穿一襲青地織金牡丹花裙子，寶藍嵌五色絲雲肩，耀目得很。夫人譏誚道：人以為是皇帝娘娘出行呢！大嫂沒敢回嘴，低頭回房要換衣服，夫人說一聲：不必了！轉頭又審視蕙蘭一番，說：這一個又忒素！蕙蘭的衣服多是淡雅，這就已經破了格的，穿一條藍地蓮花錦的裙子，也披了雲肩，卻是月白底嵌銀線，臉上也敷了粉。與大嫂站在一處，好比月亮和太陽，又好比白芍藥和紅芍藥，然而，互為映襯，相得益彰，一併的俏麗與鮮亮。夫人自己是一身五湖四海織錦緞，藍灰底上一大團一大團隱花，雍容華貴，率先上了轎。大嫂悄聲與蕙蘭說：今天是趁你的光，破天荒頭一回出去逛！

這乘大轎分前後兩排，夫人坐後邊，兩個媳婦挨著肩坐前邊，范小跟在轎後面。出了新路巷，從三牌樓走過，一路向北，上了無數頂橋，直出城門。人煙漸稀，路兩邊也逐漸空闊，田裡的油菜花黃了，粉蝶飛舞，橋下綠水分流，鴨群呱呱叫著。大嫂似乎被眼前美景震懾住了，不敢多一句嘴，變得怯生生的，蕙蘭倒活躍起來。方才經過候家浜，看見外婆家的園子；接著又望見娘家的三重院的翹簷飛閣。做姑娘的日子回到眼前，有快活，也有憂愁，可不是嗎？又愁嫁又愁不能嫁！如今好了，她是個小媳婦了，不禁有些個得意，直了直腰。夫人正在對大媳婦交代，到了集上，要護著蕙蘭，別讓弟媳婦受了擠，是有身子的人了。大嫂應著，一點兒刺頭都沒了。路上的人轎車馬又漸漸稠密起來，兩邊的房屋店鋪從無到有，從少到多，終於連成一片。道路也變得縱橫交錯。看得見大王廟煙火繚繞，鐘磬聲聲。過了一頂石板橋，夫人說了聲「停」，依次下轎，又囑咐一遍莫讓擠著蕙蘭，就走了在前邊。大嫂與蕙蘭手攙手跟在身後，范小押尾。這條街多是綢緞布棉，夫人一家家看過去，讓媳婦們各挑兩段夏季衣料。太陽升高了，明晃晃的，將屋瓦照得透亮，底下是各色車轎。出門的人都穿著鮮亮，鋪子裡又是堆紗疊縐，一條街遠望過去，好似一披五彩雲霞。夫人挑了幾疋紗綾做帳子用；再買幾疋秋羅，幾疋杭綾，幾疋湖綢，替家中父子三人做單袍；又挑幾疋細葛，給李大與范小做夏衣，買下的布疋都由范小紮成包裹揹著。大嫂挑的兩段各是雀藍刻絲綢和金蓮花紗綾；蕙蘭是藕荷色灑墨淡花綢與一段純白綾，夫人知道她喜素，但也太過肅殺，蕙蘭說她自有用度，於是夫人作主又代她多挑一段蜜色雲紋綾，大嫂並沒多嘴。再又配了些纓絡、繡補、膝襪。就此，范小已經揹負不了，放下來，重新歸置成兩大包，用一根扁擔挑在肩上。買下這些東西，就正到街口，蕙蘭恍然覺得這街口眼熟，好像來過。轉過去，再走幾步，認出來了，父親開「亨菽」就在此。那時候，常和母親嬸嬸乘轎來買豆腐。一回頭，夫人正看著她點頭笑，不由臉一熱。就是在這裡，夫人頭一回看見她，她卻懵懂不知情，提著個小竹籃，吵著要新出鍋的熱豆腐。如今，「亨菽」的牌子竟然還在，底下開的卻是鹵肉店，與「亨菽」大不相干。店主喜歡這兩個字，就留下了。

蕙蘭正在「亨菽」門前流連，忽聽有人叫她，兩人都嚇一跳，拉著的手緊一緊。回頭看去，竟是一個少年人，寬肩長身，面色紅潤，頭上紮了青色布巾，穿一身短衣，打著綁腿，腳底是雲頭靴。眼睛亮亮的，笑盈盈看著蕙蘭。蕙蘭也是覺著面熟，稍停片刻，認出了，是小叔叔阿暆。阿暆手裡握著一把槳，用紅藍漆畫成水文圖案，正要去賽龍舟。果然，翹首望去，可見吳淞江上龍舟的彩樓，龍頭太子立在船首，披金盔甲，戴銀護臂，舉一面彩旗。兩邊盡是旗幟、彩傘、十八般兵器，鑼鼓喧天。集市上人都往河邊擁去，夫人不讓過去，見兩人神情失望得很，便讓范小去找個臨高的茶樓。可茶樓已擠滿了人，窗戶都開著，伸出頭看龍舟。就只這一瞬間，四下裡就都是人。陷在人陣裡，想脫也脫不了身。范小護著婆媳三個主子，退進一家碗鋪，買了兩摞二十個碗，二十個碟子。店主做了買賣，又見是有身份的人家，特特搬出幾張方凳，讓夫人坐，媳婦們則立在凳上，往龍舟那邊望過去。

原來有四五條龍舟。龍舟的中艙裡，坐兩列水手，都是阿暆那樣的裝扮，手持彩槳。只是各條龍舟水手的頭巾顏色不同，分青、紅、黃、藍、紫。那紫青色的離岸最遠，看不清其中哪一個是阿暆。橋上岸上紛紛往河裡拋錢拋物，水手們便爭搶爭奪。一時間，就像開了鍋，沸反盈天。所拋物件最有趣的莫過於鴨子，一把沒逮住，下了水就游走了。所以，搶鴨子最熱烈。有個紫青頭巾的水手一連抓住幾隻鴨子，引來眾聲喝彩。蕙蘭覺得，那就是叔叔阿暆！

日上中天，主僕三人方才盡興而歸，買了滿抱的東西，又得了滿眼的見識，來不及地要與人賣弄。夫人自然要與老爺交代些來去，范小和李大說，大嫂和張陛說，蕙蘭呢，不和張陛又和誰去說？張陛正坐在書案前看書，蕙蘭對著他腦後說：我回來了。又說：買了好些東西，也有你的。再說：看龍舟了，我家小叔叔也在龍舟上。張陛一律回答一個字：是。蕙蘭再要說什麼，卻發現都已經說完，就不說了。自己回屋裡，將買來的東西檢點一番，一一收好，只留出那疋素白綾，裁成幾塊，上了花繃。她說有用度，原來是繡繈褓的用度。一面抽絲引線，一面在心裡說：不理咱們，咱們也不理他！「咱們」指的是她和肚子裡的人。

阿暆這日在集上遇見蕙蘭，看出有身子了。回家一說，小綢就也張羅著繡繈褓，一邊著人去張家送了一挑吃的和用的。送東西的人是福哥，蕙蘭聽到消息過來找，人正坐在灶間裡，范小給剝粽子吃。蕙蘭將家裡所有人問一遍，又問園子裡的花草池魚，太爺院子裡的九尾龜，福哥一一回答一遍。什麼都問完了，蕙蘭還不走，站在一邊看福哥吃粽子。李大找她回房裡去，怕灶屋的柴火煙熏了她，又怕站久了累著她。蕙蘭悻悻地走了，李大看出她想家。向夫人一說，夫人很大度，讓蕙蘭隨福哥回娘家。蕙蘭趕緊收拾起梳頭匣子，換洗衣服，還有要做的針線，說走就走。臨出門時，回頭看看張陛。張陛仍然坐在書案前看書，將個後背對了她，衣領過於寬敞了，更顯得脖梗細細的。蕙蘭心生一絲憐意，站住腳說一聲：我走了？回答還是一個字：是！蕙蘭一賭氣，轉身出門。

雖然福哥說家中樣樣都好，但蕙蘭回來一看，卻看出了凋敝。園子裡花木雜亂荒蕪，亭台失修，桃樹早就不掛果，竹子倒開花，結竹米後枯萎大半。青蓮庵主，也就是蕙蘭的祖父，二年前圓寂，之後，庵子便頹圮下來，如今只剩一堆亂石，幾堵斷垣。就這麼個破地方，竟還請班子唱戲，搭了台，掌了燈，演一齣全本的《還魂記》。一日三餐的飯食顯見得簡陋下來，時不時的，桌上卻出來一味極精緻刁鑽的——螺螄肉剔出來剁碎，和上肉醬，重又填進螺殼裡；又比如一方火肉，蜜糖裡漬幾天，桔醬裡漬幾天，然後蒸饅頭的大籠屜裡放了巴掌大一個瓦罐，天不亮起就不歇氣地蒸，直到晚飯時，不曉得燒掉多少柴火。太爺，太姨奶，伯祖父，伯祖奶，都老了。每一推門，門裡就坐了個白髮人。小孩子呢，都不懂事，光顧著淘氣。阿奎叔祖的小兒，阿潛叔的一個，加上蕙蘭自己的兄弟，叔侄幾個結黨，招朋聚飲，或與鄰爭毆，沒有一個讀書求仕，沒有一個經營桑麻。卻有一個遣詞造句尋詩覓文的，就是阿潛。自從出遊歸來，便老實待在家中，哪裡也不去。一是嘗到流離在外的辛酸；二是怕希昭再不收留。陳家的「賢弟」也斷了來往，難免地，希昭用來戲謔，就將臉藏在希昭袖子裡，眼看著一點一點紅到脖子根，實是羞愧極了的。如今，他鎮日坐在家中，專為希昭的繡畫作賦。

希昭的繡畫，是這通篇敗跡中的一脈生機。唯有這，方才鼓起蕙蘭的心氣，不至於對娘家太失望。繡閣頂上久不補瓦排瓦，雨季裡漏水，洇濕地和牆，黃梅天裡生了黴，所以繡繃都移到各人房中。東楠木樓上，專闢出一間屋，架起一張大繃，希昭正繡一幅《東山圖卷》。開卷甚為廣大遼闊，山巒間，江水分流；松石掩映中，一座亭閣，閣中是一盤棋局；兩先生從容對弈，二美姬憑欄閒望，一派怡然自得；橋那邊，卻有信使疾駛而來，馬蹄紛飛，當是傳送淝水之戰的佳音。一疾一徐，一張一弛，一動一靜，相映生輝，天地人渾然一體，氣象勃然。繡線已構成輪廓布局，細部僅十之一二，只在山石部分，就這點針線，好似水落石出，霧散月明。蕙蘭斂聲屏氣，眼睛都不敢眨一下，半天，方才說出一句：嬸嬸，你可不得了！希昭笑笑，說：這有什麼不得了，古人才不得了！不過以針代筆，依葫蘆畫瓢。蕙蘭不同意，堅執道：筆是筆，針是針，那筆才是依葫蘆畫瓢，針描卻出神入化！說罷就催希昭接著繡，好在一邊看。希昭說：怎麼？還要偷藝！蕙蘭說：何苦要偷？你的我的，終還是天香園的！希昭就說：白白得了天香園繡名號，又不繡什麼，空擔個名份！蕙蘭認真道：天香園繡是兩代人千針萬線織成，不能讓一個人損了聲譽，做不到十分像嬸嬸，至少也需有個三五成，才敢出手。希昭聽了這話，不再調笑，自去淨手，點一炷香，拈起針來，心裡想這蕙蘭正應了一句話：士別三日，即更刮目相待！於是，一個繡，一個看，並排在綳前坐著，一連數日。看著那一具馬首以及鮮紅的馬纓漸漸凸顯，好似要從綾面裡活脫脫鑽出來。正繡得興起，黃梅天來臨了，一時雨一時晴，或者不雨不晴，無論晴雨，一律濡濕得很，四處都可掐出水來似的。希昭趕緊將繡活收起，不再碰了，怕手裡的汗氣玷污綾子和針線。蕙蘭頗為掃興，但也無奈，忽又想起她在家時，希昭繡的那一幅《遊赤壁圖》，是據蘇東坡《赤壁賦》而作：崇山峻嶺之下，川流激盪中那一船人，老幼婦孺，個個形狀鮮明，面目生動，有趣得很。蕙蘭離家時，繡畫即將收尾，不知全幅是何樣情景，就向希昭討要來看。希昭卻說：沒了。蕙蘭一驚，問：到哪裡去了？希昭回說：到別處去了。聽起來像打禪語。蕙蘭心下有幾分明白，多半是又像四開屏那樣，去向某人換了什麼。家中竟然已到這般地步，要用閨閣中的針線作稻粱謀了嗎？

臨走前，大伯奶給蕙蘭看了幾式繈褓的花樣，問她喜歡哪一式。蕙蘭說花樣全歸她，她自己備繈褓，不用娘家送。曉得蕙蘭有主意，便不再爭，依了她，又另添幾式鞋面花樣，用一幅零碎綢子捲起，打在蕙蘭的包裹裡。看起來，這丫頭過得不錯，雖不是大富大貴的樣子，可小康有小康的安樂自在。不像申府，大是大，可四處都是漏，一面銀子如水流，一面連針線女紅都要算計進去。李大帶了頂小轎來接，那李大頭一回到申家，先是給震一下。宅子規制宏大，院落套院落，僕傭身上都穿著綢和紗。可李大在主家做大慣了，就不會畏縮，直直地站在那裡，臉上帶著笑，依了年齡穿戴，分長幼尊卑問候說話。也有錯了的地方，卻並不失大禮。本來申家人就不勢利，又喜歡見生人，因此紛紛上前，問長問短，十分的熱切。李大覺得這家人有趣，心中高興，可她到底是在市井裡出入，有一雙精明的眼睛，很快看出破綻。那宅院大是大，可角落牆根出入著老鼠，還有一隻黃鼠狼。燒柴濕了，滿院子裡煙，嗆得大人小孩咳喘不停。大門前的碼頭木地板朽爛了，拴船的石柱斷了，就知道有多久沒有貴客上門了。小綢率眾人送行，看李大將蕙蘭扶上轎，跟著撅了屁股也鑽進去，就一起笑了。笑聲中，轎子徐徐上了路，先沿方浜走一段，然後上如意橋，向北去了。

蕙蘭回到新路巷家中，先往夫人房裡報了到，然後就回自己屋去。剛下一陣子黃梅雨，地上濕漉漉的，西邊倒出了日頭，一半掩在雲後邊。蕙蘭走過院子，忽覺腹中胎兒一動，不由站停住，心想這些天把這小人兒忘了，所以生氣呢！自己笑起來，再繼續走。門開著，卻沒人，以為張陛點卯還未到家。再走進去，卻見張陛在裡間屋，正站在她床前，俯身嗅她的枕頭。蕙蘭悄悄退出來，咳一聲，說：我回來了！張陛這一回不是應「是」，而是「哦」一聲，著了慌的樣子。蕙蘭不想點穿他，趁他沒走出來，轉身去找大嫂了。

也跟嬸嬸學，濡濕的陰雨天裡，不沾綾子與針線，只是一件件翻看帶回家的花樣，在粉紙上臨。最後將幾式圖案全拼在一幅上：一條龍斜貫左右上下角，鳳從龍身上盤纏過去，空隙中是蔓草和大小花朵，四邊一周魚咬尾。等拼全，描好，天已出梅，入伏了。中午熱，兩頭涼，無論熱和涼，都是爽朗的。於是，打開花綳，將粉本上的樣式繪到綾面上。接著是辟絲，每一色線辟成十幾二十絲。怕大嫂和李大學了去，就垂下幔子，鎖上房門，反正張陛不會進來。辟成的絲披在花綳上方横架，風一吹，波光粼粼。然後就引線開繡了。一拈上針，做姑娘的歲月就好像回來了，耳朵邊是燕子的呢喃和人聲嘁喳，是在繡閣裡呢！池子裡的荷花幾乎映在窗櫺，知了在柳條上盪鞦韆。身前身後則是織錦和彩繡，細細密密，層層疊疊，絲絲縷縷，婆婆娑娑。那歲月好比珠簾，揭開一重，又有一重；揭開一重，又有一重，叮呤作響，就是看不到頭，分明是鏡中月，水中花。再又一重放下，閉上一重；一重放下，閉上一重，眼前一陣繚亂，好一時方才風平浪靜，眼前又是一張繡綳。針下是一朵長瓣子花，吐著蕊，都有花香撲面而來。

幔子後頭架這麼大張花綳，到底瞞不過李大，揭開綢罩子，李大吃了一驚，張大嘴，發不出聲來，半天才說：哪裡是個媳婦，分明是仙女下凡！蕙蘭捂嘴笑一時，又正色叮囑，不能告訴大嫂，因是天香園的祕笈，不可外傳。李大說：無礙，就是把著她的手，她也學不去一針半線。所以，大嫂就也知道了。進屋裡來看，也是合不攏嘴，驚道：早聽說天香園的繡是天上神工，可世人的嘴能將驢屎蛋說成牡丹花，誰能信呢？如今親眼看見，才真正服氣了！看了一時，大嫂卻跳將起來：弟妹你趕緊歇了針，萬不可再繡！蕙蘭也是一驚，問為什麼？大嫂說：自古花主女命，你日日繡花，跑不了的，花要入夢來，那就確定生女無疑了！蕙蘭問：倘若生男，夢裡入什麼呢？大嫂說：大牲口！我娘生我哥哥時，就夢見一匹大馬風一般駛過，馬蹄得得地響！蕙蘭見大嫂神情認真，不敢不信，但一想，生女有什麼不好？還可以穿花戴朵的，就笑一笑，繼續繡她的。夫人聽說了，也到蕙蘭屋裡看繡，看了片刻，就讓蕙蘭早睡，別太累著，提防動了胎氣。夫人朝外屋望一眼，說：就是懷二的時候，替龍華廟抄一部《金剛經》，用眼傷了神，所以，張陛是胎裡弱！蕙蘭聽這話，不免暗中心跳，想還是應當生男，否則對不住婆婆。又覺得這念頭不吉利，好像就只有這一個似的，有點駭怕，讓針刺了手指頭，流下一滴血，洇在綾子上，比米粒兒還小的一點紅。蕙蘭轉身找明礬打上遮住，半途中止住，索性繡上些什麼。繡什麼呢？繡一匹馬，像大嫂說的，就能生兒子，可龍鳳間怎麼也安置不下一匹馬。思忖一時，就繡了一條小龍，說不定能應上個男命。那一點血痕正在小龍的一片鱗裡面，蕙蘭就繡成一片紅鱗。

繈褓繡成時，李大要張陛看，張陛不肯看。蕙蘭看見過他嗅自己的枕頭，就曉得並不是有意冷淡，而是不好意思。最後，李大硬搬著他的臉對住那繈褓，就不再掙了。看了一會，指著角落上的「天香園繡」幾個字，說，不該落這款，好像張家人盜申家人的名義。這麼多人看，唯獨張陛看出這個，可見看得十分仔細。蕙蘭解釋說，這是娘家專許她的，算作嫁妝。張陛說：找們不要你的嫁妝！蕙蘭說：隨你要不要，反正我帶來了！張陛說：如何帶來的，就如何帶回去！凡性子悶的人，一律是犟性子，一旦犯上頂便拉不回來。張陛轉身出去，蕙蘭轉身進去，這是他倆頭一回鬥氣。本來也是不說話，如今不止不說話，還冷著臉，冤家似的。這冤家也是那冤家，其中就有另一番原委。

終有一日，張陛讓李大傳給蕙蘭一張紙，頂上四個字「滄州仙史」，底下三個字「天香園」。蕙蘭看了，不再分辨，將落款上原先四個字拆了，重新繡上七個字，這段官司才算結了。後來李大到夫人跟前學舌，說張陛和媳婦鬧架，能將屋頂掀翻，張陛這一對則無聲無息。

夫人問：依李大看，哪一對好些？李大沉吟一時，笑道：說不好，看上去，大的一對近，小的一對遠。夫人笑笑，說給老爺聽，老爺說：李大也對也不對，近是狎，遠是知。

自有第一回傳字，就有了第二，第三回。於是，不時地，李大傳過來一張紙，上面寫：備袍衫。蕙蘭就知道下一日要點卯，將袍衫吹吹曬曬，熨熨疊疊，放出來。或者李大傳過去一張紙，上寫：木槿花開。張陛探頭望望，知道那樹上的花是蕙蘭夠不著的，便踮腳援臂折上一枝，插在瓶裡，由蕙蘭自己端進去。蕙蘭身子越發沉了，眼看要生，就又傳過去一個字：名。張陛知道是要替孩子起名，回一個字：遂。蕙蘭再回去兩個字：何意。張陛回來的就多了：〈淮南子・精神訓〉，何往而不遂。蕙蘭又過去三個字：音如碎。意思裡有些不贊成。張陛過來兩個字：父旨。蕙蘭沒話可說，過一日，又傳去一紙：乳名燈。張陛沒有回話，是默許，也是不與相爭。

這日夜裡，蕙蘭夢見一匹通體雪白的馬駒子撞進院子，她去攔牠，牠不理，一頭頂在肚子上，不由叫出一聲，醒了，遍體大汗。李大聽見動靜，一骨碌爬起來，曉得是將臨盆。下半日天將暮時，果真娩下一個男嬰，時間在正月十五，家家點燈。應了乳名「燈」，又是乙巳年，屬蛇，應上繈褓上的小龍。真是樣樣如意，事遂所願。

三十二、阿暆

阿暆這個人是有些奇相的，下地的乙亥年夏四月己巳朔，天有日再旦，家中人都驚詫，不知何兆。即日，皇上下昭書，列十二事自警：謹天戒，任賢能，親賢臣，遠嬖佞，明賞罰，謹出入，慎起居，節飲食，收放心，存敬畏，納忠言，節財用。因此當視為吉祥，家中床、桌、椅、几案，四角都繫了紅。起名以「日」為偏旁，叫作「暆」。阿暆他自小身體結實，出言有趣，常在道統之外，這兩點其實是隨母親落蘇，可是，誰說得清呢？抑或是天賦異秉。等長成少年，形象日益俊拔彪煥，性情也越發風趣，全家都很喜歡，並不以庶出輕視。當然，多少也因為是長房中的獨子而器重。

五歲開蒙，讀寫都頗順利，再要精進卻不能了。不是天智混沌，而是遁離常理，塾師諱稱為「偏德」。看在申家長房晚年得子的面上，並不特別管束，於是，更放任了。阿暆的結交很廣，全不在同學間，而在於市井。有匠人的徒弟，有行販的夥計，有船上的縴夫，還有一個廟裡的香火，可謂三教九流。叫人寬慰的是，阿暆並沒有學壞，可見哪個行當都分上中下幾等人品，就看本人的秉性是正是邪。所以，家人們也就放縱他去了。過了二十，阿嚨又長了一尺，劍眉星目，髮濃膚潔，堂堂一表人才。多少人家過來攀親，他全是一笑了之。其時，父親柯海已過六旬，看這兒子總覺得還小，並不急催，母親落蘇就也不慌忙。家中其他人私底下猜測，阿嚨會不會有龍陽之癖，但見他行為磊落，往來大方，漸漸就也不往那一處去想了。一年二年過去，到這年，大王廟集上遇見蕙蘭時，已是三十，尚未婚娶。而龍舟上那一夥水手，便是他的結交。

家中接到蕙蘭生產的喜信，即要還禮。蒸了甜食，炸了饊子，再就要煮紅蛋。按規矩，因是生子，要回送倍加的紅蛋。張家的喜蛋有一百個，這邊至少要回二百。如今，申府上用蛋無須去市上買，去到天香園，青蓮庵的庵門一推，撲啦啦乍起來，一地的雞，全是阿嚨飼養的。俯首皆是黃燦燦的蛋，只垂手拾就得了。於是，當晚一邊煮蛋，一邊煎紅花草餅，再將煮好的蛋浸在紅湯裡，一夜工夫即成。第二日，就由阿嚨押了兩對抬子，走去張家了。李大見是自己走來的，以為是申家的僕役，又見這名僕役氣宇軒昂，生相十分喜人，就去稟報夫人。夫人出來一看，認出是那天集上見過的，媳婦的叔叔，立即請到廳堂。廳堂上已坐著賀喜的客人，就是喬陳二位老爺。阿嚨雖然年輕，但輩份高，因此便與客人們平起平坐，略寒暄一回，主客繼續先前的話題。

陳老爺正說著外家祖宗，隨三保太監下西洋事，船到麻六甲，拜見土著酋長，人稱甲比丹。席上所設菜餚，均有奇味，或是香或是臭，無從形容。特別是一種果子，有牛首大小，布了棕毛，操起長刀劈開，立時熏倒。那一股氣息，猶如屍腐，可當地人無不垂涎。聽者問如何吃法，答用手從殼中掏出果肉，如蒜頭般一瓤瓤裹緊著，卻黏稠稀爛，滿手流膿似的，直接送進口便大啖起來，欲罷而不能。在座人都覺噁心，掩口捂鼻。陳老爺說：可是，再也想不到，如此惡物卻有一個極美的名字，你們猜叫什麼？叫什麼？眾人一併問道。陳老爺微微一笑：叫榴槤。「流連」？人們問。陳老爺點頭：大約就是從「留戀」二字來，那榴槤結在高高的樹上，待人從樹下走過，便掉落下來，砸你一個頭，是留人的意思。眾人「哦」一聲，可是——喬老爺說，何苦這般留人，簡直是害人！阿暆也說：我家伯祖父在西南做官時，曾聽說有一種祕方，可調製「蠱」，常是女子用於遠行的丈夫，或者情郎，服下之後，倘說定的期限不能回來服解藥，或死或瘋，絕無好下場！陳老爺說：這就是化外之地，方才有如此刁鑽邪毒！沿長江一路，山巒奇峻，形狀各異，有多少處彷彿婦人獨立，人都命名「望夫石」，可見一條江上有無數情郎得已或不得已一去不歸，登高遠眺到化石，入天地山河，情至深而德至敦厚。張老爺說：激奮的也有，比如松江孟姜女，為萬喜良往秦地送寒衣，沒見到人，一哭傾圮長城數十里，即天怒人怨！陳老爺又道：就算是私怨，亦可正大光明，《詩．衛風》中那一首〈氓〉，即便如此不義不信，憤恨交集，卻是一聲「亦已焉哉」，從此算了吧，了斷！阿暆又插言道：其實凡是「道」都是小道，凡是「德」統是小德，《淮南子．原道訓》所說，「生萬物而不有」，「莫久知德」，索性回到元初，一無教化，倒大千世界，日月昭明。這時，幾位老爺回頭認真看阿暆一眼，阿暆並不生怯，笑笑。陳老爺說：這位叔叔讀的什麼書？阿暆如實說：在塾學裡讀

《論語》、《詩經》、《公羊》、《爾雅》，自己私下又讀了《淮南子》、《莊子．內外篇》，每一種都只讀了十之一二。陳老爺說：這就險了，讀書無須多，但要全，這樣東拾一點，西拾一點，最易誤入歧途。阿詭就說：謝謝指教，回家再好好讀。

這一個話題結束，夫人命李大奉上點心，紅糖饊子，每一碗裡打四個蛋，是北地人的習俗，同喜的意思，但要追根溯源，卻又說不清緣故了。喬老爺就說：南北遷徙，風物混雜，來龍去脈不免有錯接；比方喬姓，說是脈出本邑，但喬懋敬喬一琦這一支祖上在安陸做官，地處荊湖，為楚地，楚風驃悍，從周到秦，屢犯漢地，就可想而知了；那喬一琦身材魁偉，相貌奇俊，多少帶些個突厥氣血，已和本宗大相迴異；喬一琦自小擅長騎射，也像北人，鞍與臂套都繡鳳，是楚民所信奉，由此演變，雞便是聖品；上梁要以雞血祭，出殯要以雞血開路，婚聘要有紅冠大公雞，生子互送小雞仔，於是才有蛋之所用……喬老爺難得說這麼多，還是叫陳老爺打斷：大約還是取「雞」之諧音「吉」！喬老爺略辯道：這止是坊間習俗，難免牽強附會，依鄙人見，還是從鳳來——陳老爺又打斷：《漢書．藝文志》上說，「禮失而求諸野」，莫小看了坊間！十二諸侯國時，吳越尚是蠻荒，為鳥耕之地，所以，江南的雞許是從鳥耕之「鳥」而來，此雞與彼雞不同宗！喬老爺還要辯，卻讓陳老爺止住了：「鳳」這類東西，並非實有，而是出自妄念，楚國屈大夫被楚懷王貶逐，悵然行吟於洞庭湖一帶，哀歌〈涉江〉，其中有「鸞鳥鳳皇，日以遠兮；燕雀烏鵲，巢堂壇兮」，全為詩中的比賦興，比賢俊與奸邪，倘真有實物，又從何分鸞鳥與燕雀為高下尊卑？再要說到荒蠻，大禹在會稽山慶功治水時，十二諸侯國又在哪裡？說不定楚地的鳳是吳越的鳥，幻化而成！這一席話，說得喬老爺無言以對，半日才喃喃出一聲：所以我說是錯接！主人張老爺便出來打圓場：俗言道，山不轉水轉，數千年來，不知有多少物種陰陽交匯，背反貫通，滅了舊的，生出新的，由物種到人，再到國朝，不外出此物理。此時，阿暆又接上話來：稻粱秫麥，瓜果蔬菜，非要錯接才能生良種，然而，一次錯接，必要再再錯接，一旦停住，即刻退回，比原初還不如，好比那一句話，逆水行舟，不進則退！三位老爺回頭看他：這回又是哪本書裡的說道？阿暆靦腆一笑：不是書上說的，浦東三林塘有一戶農家，專事育秧，每每稻熟，便往各塊地裡覓種，專挑稗子和孽生，凡他家育的秧苗，產出倍多於平常稻畝。老爺們都笑了，說：這倒和小叔叔很像，年經日久，可著一部「稗史」。阿暆羞紅了臉，也笑。時候已到中午，灶上早備了飯，款待來賀喜的客人，喬陳二位和阿暆都留下了。

未出正月，席上多是年裡的菜食，雖然平常，卻極豐厚。單臘肉就有幾種：里脊、蹄膀、夾心肉；筍菜也有數種：醃筍、燜筍、煮筍；火肉燉桂圓紅棗與鰻鯗焐肉則是客人送的喜禮；再有一大個炭鍋，湯裡汆羊肉、牛肉、豆腐、各色蔬菜，配韭菜餃和芝麻醬餅，是張家獨有的吃法，廳堂裡頓時熱氣騰騰。開了一罎酒，暖透了斟上來，酒香繞梁。席上，陳老爺新起一個話頭，就是九間樓的徐光啟。據說，此時，徐光啟在北京翰林院，將那位義國和尚利瑪竇引見給神宗皇帝，送上無數新奇玩意。有一具西洋自鳴鐘，皇上尤其喜歡，專造一間亭閣供起來，於是，利瑪竇得許在北京傳洋教。徐光啟和利瑪竇往來頻繁，結下不小的交情。喬老爺迷惑道：這些洋和尚不遠萬里，飄洋過海來到中華，究竟是為什麼？張老爺說：所謂洋教，亦是義國人的道，他們自以為是替天行道罷了！陳老爺說：據傳，洋和尚們的船走的正是永樂年間三保太監下西洋同一條線路，從麻六甲經過，就是方才說的「榴槤」地方，不過一是向東，一是向西，相向而過，到蠔鏡落腳，那也是一塊蠻荒之地，暑熱、瘴氣、又多毒蟲毒草，疾病流行；那洋和尚多半會醫術，便以行醫而為行道，得了人心，再往大陸來。

座上都問，西洋醫術與本國有何同異？陳老爺答：全不一樣！比方，麻六甲一帶，多是熱症，易起癰疽，我國醫道是以清熱解毒、活血化瘀診治；西洋人則操起一刀切開，放血引膿，一是由裡及表，一是由表及裡。座上又問：哪一種更有益處？陳老爺說：利弊皆有，一是根治，一是速解肌膚苦痛。眾人都說還是治根要緊，喬老爺說：治病需循理而為，又不是打仗，要動干戈！阿暆就又插嘴：《後漢書．華佗列傳》中說，有針藥不可及病症，便「刳破腹背，抽割積聚」！老爺們又都笑了：東漢莫如說是小朝廷，王氣式微，沉渣泛起，少不得怪力亂神，只可作野史看！阿暆爭道：李時珍《本草綱目》中有鎮痛藥草延胡索，或就是華佗用來製麻沸散，合酒服下，便不覺疼痛，於是操刀……張老爺止住他的話：千百年間，出一二個異能人也是有的，終非大統。喬陳二位便笑道：小叔叔走的是偏鋒！這與塾師說的「偏德」不約而合上，阿暆只得住口了。

回到原先的話題，徐光啟。徐家本是貧寒人家，無論種田還是經商，都不過糊口而已，不料此輩出了一個人物。又說，也並非憑空而降，而是全力供奉，克苦勤勉。再說，克苦勤勉者遍地皆是，讀書都能讀出一個呆頭鵝，到底是有造化。然而，造化遲來太久，直至四十二年華方才中進士，所餘時間不夠成就大器的了。聽街坊中與徐家相熟的人說，徐光啟生性並不敏慧，但頗為求真務實，讀書、做事、奉親，全是有一做一，有二做二，毫不浮誇。座上又有人認識徐光啟同窗，一併為先生黃體仁校訂《四然齋集》，態度極為謹嚴，無一筆一劃容得馬虎隨便，決不通融。於是，人們恍然，就是這樣的人性，才和洋人投緣，刻板！釘是釘，鉚是鉚。同是格物，洋人講的是分毫畢肖，有一種西洋鏡，可將一根頭髮絲照出鱗爪角齒；而中國人循的是物理，一通百通。又聽說，徐光啟正和那義國洋和尚利瑪竇共事，校譯一本西洋經書，好比《禹貢》，還好比《河圖洛書》。說到此，不禁擔心長此以往會不會移性！那西夷多半有奇技淫巧——就像「蠱」一樣嗎？阿暆插嘴道。什麼「蠱」？眾人看著他，無邪的一張笑臉，忍不住也都笑起來。笑過後，親家公張老爺正色道：異類不比，西夷是另有一路，雖難免拘泥於形制，但總歸有來龍去脈，自成法度，那「蠱」先不說是有沒有，即便有，也是巫類，不入正道，都可施重罪。阿暆趕緊道：再不敢說了，只是從小在家聽大人說起來，將百種毒蟲飼養於缽中，讓自相殘殺，最終決出的一種毒中毒則為「蠱」，攻無不克……喬陳二位一併喝起來：怎麼愈說愈詳了，拖下去打個二百板子！阿暆急忙收住了。

這餐飯直吃到過午，正月裡天短，暮色漸起。客人們紛紛告辭，阿暆也要回家。臨走時去張陛房裡，李大將燈奴抱出來給叔公看。一卷錦繡緞被裡裹著個人，只露出一張臉，紅紅的，閉著眼。阿暆向張陛道了賀，便返去了。到家後，都問母嬰如何，回大小皆平安；又問像父還是像母？阿嚨即刻答：像蕙蘭！眼前出現張陛瘦削的臉和身子，眼瞼下面一片青。轉眼間，又被熱騰騰的炭鍋裡的火掩住，耳邊盡是賓主們的談笑。自此，阿嚨有時就會往新路巷去，十之八九，喬陳二位也在。雖然阿嚨常有駭人之見，但因其坦然大方，就覺得新鮮有趣，有些忘年的意思了。

阿嚨去新路巷，路經九間樓，不由仰頭看看，心想，徐光啟是個什麼人啊？再繼續走，就到了張家宅院。天暖的日子，見那蕙蘭抱著小兒坐在樹下，燈奴已大了一圈，奓著手腳，臉頰圓鼓著，真的像他母親，阿嚨就覺著心安一些兒。要是正好遇到張陛，少不得站住腳寒暄幾句。在阿嚨眼裡，那小張陛好比是個紙糊的人兒，沒什麼脾性，問候過了便兀自走過去。再回頭看一眼，卻見張陛還站在原地，眼睛望著他背後，微張著嘴，好像還要說什麼，卻沒來得及說出來。不防阿嚨回頭，就轉身走去了。阿嚨略想想：有什麼事嗎？接著向廳堂走去，喬陳二位早就在了，喬老爺在寫字，一邊站一個看。阿嚨站到對面扶紙，見個個神情肅然，也就不敢出大氣，只看那墨筆運走。寫一會兒，喬老爺抬頭看看阿嚨，問：小叔叔也寫字嗎？阿嚨紅了臉，一勁搖頭，老爺們卻非要他寫。無奈，只得取一枝粗筆，沾飽墨，一張斗方上寫下自己的名字，大大的一個「嚨」，稱不上什麼體，只是十分端正，每轉折處皆圓大飽滿，結實敦厚。老爺們紛紛說：真是字如其人啊！阿嚨臉更紅了，要將字紙團了，老爺們不讓，又說：很有福相呢！說罷便笑。喬老爺還收起來，要帶回家仔細賞。阿嚨說：難道羞死我才算數嗎？陳老爺正色道：羞什麼呀？是為了得小叔叔些氣。阿嚨愧道：我有什麼氣可予人得的？張老爺說：人間氣。陳老爺問是什麼意思？張老爺就說：書畫歷來崇古，卻也要通今才是。那二位都點頭，阿暆的愧色便也褪去些。

阿暆說：今天來，本就是邀親家公與二位先生走一趟人世間，去法華鎮看牡丹花，今年春暖，花開得極盛。喬老爺說：牡丹本是北地的物種，到江南只怕會變性。阿暆說：不過是提早一季開花，只要是花草樹木，無不喜歡暖濕，所以只怕是越發嬌豔！喬老爺就說：嬌豔並不是牡丹的秉性，牡丹是大王朝的氣象，富貴堂皇！來到江南，好比王室南渡，成了小朝廷。張老爺卻有異議：蘇松地方的氣候是暖濕，卻非小朝廷氣象，你們說，有哪一朝曾在此偏安過？因是另一種天下，不是王天下，而是稼禾天下！楊知縣在上海做官時，就在官邸種了一院牡丹，品相毫沒有流俗。陳老爺說：北地水土嚴酷，若不是有十二分的根力，萬萬開不了花，凡開花的無不驚豔；南方雖溫暖濕潤，但野物競爭，蟲蛇傷擾，亦需要無限的鼎力，方能從雜蕪草莽中脫穎！所以兩地各有艱難，生機都是莊嚴的。阿暆道：不論怎麼說，江南牡丹免不了是「舊時王謝堂前燕，飛入尋常百姓家」，咱們也不管它門第高下，自取個「賞心樂事」！眾老爺笑道：小叔叔很喜歡吟句啊！阿暆又羞紅一回臉。

次日，阿暆帶了幾領轎子，自己則騎一匹棗紅馬來到。轎子停在院門外的街上，棗紅馬則逕直進了院子。阿暆下了馬，韁繩拴在玉蘭樹幹上，就去廳堂接老爺們。等再回到院子，那馬已被媳婦們圍住了。蕙蘭和大嫂握住小孩子的手去觸馬背，剛要觸到，馬尾巴一甩，大人小孩一聲尖叫，退了回來。阿暆先抱起張陛家的小毛送上馬背，扶坐一時，再抱張陛的燈奴上馬。

燈奴到底還小，直不起腰骨，於是阿嘸翻身上馬，將燈奴扶在胸前，高高坐著，一院子的人和物都在他腳下似的。這時便看見張陞從窗戶探出頭，臉上流露好奇的表情，於是阿嘸就喊了一聲：張陞！張陞嚇一跳，收回身子，再不出來了，阿嘸不由哈哈大笑。這時，三位老爺從廳堂下來，經過院子出門上轎。於是，阿嘸一馬當先，領三頂轎子，向南門外法華鎮去了。日頭高照，馬蹄得得地敲著石板路，行人無一不駐步張望，目送他們遠去。

法華鎮的牡丹起始於何時何由，已難考證，據坊間傳是北宋開寶年間有和尚建法華鎮寺，寺院內栽了牡丹。法華寺幾頹幾興，盛時大殿裡還有過趙孟頫的題額。如今且只是一座小廟，廟裡住二三個和尚，供幾座長生牌位，種一片菜地，自給口糧，看不見一株牡丹。倒是寺周圍的人家，門前門後都栽牡丹，最簡易也有零散著的幾叢，繁盛的幾戶，則稱得上牡丹園。每年穀雨前後，到花事季節，法華鎮便熱鬧起來，遍是賞花的人，車馬濟濟。也就這幾日，法華寺裡有些香火。近法華鎮，三位老爺便下了轎，阿嘸也下馬步行。沿途農家籬笆裡，果不然都開著牡丹，有的間在菜畦裡——陳老爺說：是不是很有些個陶淵明〈歸園田居〉的意境？喬老爺應和著：可不是，直接就是〈飲酒〉中的「採菊東籬下，悠然見南山」，只需將「採菊」換成「採藥」，牡丹的花型不是很像芍藥？芍藥的根塊不是可入藥？張老爺則道：如此意境便大兩樣了，菊是清雅，卻不免寂寞，牡丹卻熱鬧多了，原是富麗的，到這柴門泥徑，好似變得俗豔，卻生出一種鄉氣的好看，歡歡喜喜的。那兩位聽了也說是。

阿嘸牽著馬，引來小孩子們，鄉下孩子都不怕牲畜，爭著撫弄牠。有調皮的，拽了馬鬃毛打ㄓ鞦韆；還有安靜些的，就折了花草餵馬，棗紅馬只嗅著並不吃。有一個三四歲的小子，格外蠻橫，拖著馬尾巴攀繩一樣往上攀，也不怕尥蹶子踢著他。阿暆一心驅趕小孩子，也顧不得看花，錯過好些好景致，不由要發怒。可那蠻橫小子一點不怕，還向他吼一聲，齜出小白牙，阿暆只得笑了。小子頭頂上紮一個沖天炮，四周碎髮散下來，好像哪吒。臉頰紅得像蘿蔔，胖脖子上套個銀鎖圈，鎖圈上纏著紅線繩，就曉得是嬌兒，所以養得這麼野。

終於有大人出來喊了，才擺脫小孩子的糾纏，繼續向前。賞花的人流多是湧向那幾家擅栽牡丹的園裡，因是農家，以稼穡司花事，就如種菜般地一畦一畦，園裡也沒其他的點綴，一色的牡丹。老爺們都笑：鄉下人的一根筋，說種牡丹就種牡丹，養得又如此壯碩肥大，都結得出果實了！阿暆說：莊戶人家的口味，喜歡厚重。老爺們道：這就是本義了，怎麼說？不是正史，亦不是稗史，是漁樵閒話！那牡丹花只是紅、紫、白三種本色，並無奇麗，一味地盛開，紅的通紅，白的雪白，紫的如天鵝絨緞。農家人惜地，在花畦裡插種了蠶豆，正結莢，綠生生的，真是有無限的生機。太陽暖洋洋，撲拉拉地撒下光和熱，炊煙升起來，攙著柴火的氣味。阿暆率老爺們往回去，棗紅馬拱著花畦，拱了一頭的花瓣和葉片，跟在最後。一扇院門敞開著，門口坐個農婦，半掩著懷餵奶。吃奶的小子腳站在地上，撅起屁股蛋鑽在他媽懷裡，就像牛犢子吃奶。阿暆看見小子頸上的銀鎖圈，認出就是那個欺負棗紅馬的小子，忽然間不知想到什麼，站住腳，與那鄉下女人說，能不能買小子頸上的銀鎖圈？那婦人推開吃奶的小子，掩好懷，說出兩個字：不賣！阿暆賠著笑臉還要買，婦人說：自己打去！口氣很蠻，鄉下人的作派。阿嚦有幾分生氣，高了嗓門，也是蠻蠻地說：不是看你家小子養得好嗎？想借些福氣，怎麼連商量都不商量？婦人聽到誇孩子就笑了，說：這拴命的物件，賣它好比賣兒子，不賣！口氣卻緩和了好些。三個老爺都站住腳，看阿嚦與村婦交道，覺著怪有趣的。

阿嚦再次放緩聲氣，幾近哀求：就是想買你家兒子不成，才要買鎖圈的！婦人笑道：要兒子自己生去！阿嚦說：那就請阿嫂替我生一個！老爺們不禁唾道：愈說愈下道了！婦人卻更笑了：好得很，我很喜歡這位阿叔呢！鄉下人的諧謔就是這般辣豁豁的，只是不知道阿嚦從哪裡諳熟此道。說來說去，那村婦竟從小子頸上卸下鎖圈遞給了阿嚦，卻不肯收銀子，說不賣，送阿叔做個念想。阿嚦終究不好意思白拿，從帽子上摘下佩玉，交給婦人。婦人剛接住，小子就來奪，順手給了他。完成一項交割，再走幾步，到了停轎的地方，老爺們上轎，阿嚦上馬，往回去。只小半個時辰，已進城過橋到新路巷。蕙蘭抱著燈奴還在院裡曬太陽，阿嚦將討來的銀鎖圈戴在侄外孫子的頸脖裡，告辭回去了。人們這才明白阿嚦要鎖圈的用意。

就在這年仲夏，張陛染了傷寒，陳老爺請來外家祖父診脈。先有七日不用藥，只少食靜養；七日後用大柴胡湯一方，再靜養；然後繼用一方輕清配劑，日夜服用，這就到了初秋。人瘦得真就成一片紙，終日躺在帳裡，沒有一絲動響，靜極了。這時，張陛已經挪進裡間屋，因怕傳給孩子，燈奴由李大抱走，晚上跟祖母睡。房裡只有他和蕙蘭，二人卻也無話。張陛或睡或醒，醒時便將兩隻眼睛睜得大大的，不曉得望在什麼地方。夜裡，蕙蘭扶他餵藥，喝過了，他在蕙蘭臂上停了停，臉向裡側，偎在她懷裡似的。蕙蘭覺得張陛比燈奴還小，就像燈奴的弟弟，應該好好疼他才對！輕輕放回枕上，蕙蘭將他的一隻手捂在胸口，想她一身的火力，還暖不過他來？可是，多少時間過去，張陞的手沒有暖熱，蕙蘭的身上也涼了。

下一回，陳老爺帶老太醫來診脈，老太醫出了張陞房到廳堂就坐，沉吟半時，對張老爺與夫人說，傷寒為百病之長，表症裡症，陰陽皆病，所以，用藥極難。以厥陰論治而進桂附，是火上加油；以少陽論治用苦寒，則助其冰擱之勢。老太醫道：令郎體質猶為虛弱，只能無為而治，以清為主，亦是以守代攻；然而到底正不壓邪，熱與寒均固結，萬藥難攻，至今已不敢用任何方子，只好仰賴造化。話未說完，老爺與夫人皆熱淚盈眶，默了一陣，方才想起送客。經過院子，春花秋樹都已謝盡，寒梅又未到開時，顯得格外清寂。枝葉疏闊中，可見西窗上的雙喜字還豔紅著。

又捱過一月，寒露時，夜裡，沒有一點聲息，連睡在一邊的蕙蘭都沒驚動，就如活著時一樣悄然，張陞走了。至此，蕙蘭進門兩年整，張遂平滿半歲。白髮人送黑髮人，喪帳不能用黑，一色青布幔子，一口櫸木棺材。起靈時，燈奴由他大伯張陞扶著手捧孝子盆，再抱起來，頭前領著，送去北門外張家祖墳埋了。

三十三、九畝地

萬曆三十五年，九間樓的老太爺過世，於是徐光啟向皇上報請丁憂，回家來守孝。隨同一起下船上岸的，竟有一個義國人，穿著官服，但不帶補子，戴六合一統圓帽。初看和漢人無異，走近細瞧，不禁大駭。碧眼黃髮，五官突兀，會說漢話，但四聲不分；亦會漢人禮，拱揖鞠躬，形狀終有些奇異。一時上，滿城風傳就是那位利瑪竇，送給萬曆皇帝無數珍奇，如今來到上海，也有車拉船載的寶物，一併進了九間樓。不過數日，就有人在街市看見這名洋和尚，也不坐車，也不乘轎，而是徒步，身邊跟隨有一個北方人，說說笑笑，走進一間刻書鋪。聽刻書鋪的夥計說，那義國人是要刻一部自寫的經文，落款為「仰凰」，顯然是表字。看他官服下的鞋襪，以及隨身的包書手帕，全是粗布，而且陳舊，並不像傳說中的奢華，人們便生疑，會不會是又一個義國人？事實上，這既不是利瑪竇，也不是又一個，而是更早些年，徐光啟在廣東韶關結識的第一個，漢名叫做郭居靜。跟隨的北方人，則是徐光啟從京師雇來專門管理田租的。這些年，徐老太爺在淞滬地方購置了數十頃田地，家道殷實了不少。再隔幾日，恩師黃體仁家又傳出消息，徐光啟要在城裡買地。買地作什麼？種甘薯，人們笑道。坊間的流言總是混雜的，不可全信。勿管用來種什麼，徐光啟要在城裡買地的事不久便得到證實了。

立夏前，申明世無疾而終，終年八十四。那口好棺材八年前讓申夫人睡了，之後，再沒有提過棺材的事。但凡小輩有人問起，申明世便說不必，只一領席子捲捲即可。現如今，雖不至於真的席子捲捲，但也睡不上好棺木了。那一口欅木的，只怕比張陛的還薄削些呢！也是武陵繡史的一幅繡換來的，只是，換來的銀子不能單用在棺木上，一應喪事用度全包裹在裡面，餘下的幾兩，則被阿潛要去刻書。這些年，他專為希昭的繡畫題跋，自稱繡佛主人，題跋集於一冊，取名《天香》。一直就念著去刻，苦於拮据，日常家用都難，哪來這閒錢？一旦見喪事有盈餘，及早與大娘說好了。小綢向來寵慣阿潛，不度分寸，再說，她也知道申家所匱缺的不止一兩二兩，只將眼前的度過去就罷。反正補不齊，索性趁個興，隨他去了。

楊知縣專從錢塘過來弔喪，帶著徐光啟。仰凰也想來，為逝者做超度祈福，楊知縣沒讓跟來，雖然是一片虔誠，但總覺得有失莊重，讓喪家誤以為不敬。靈堂設在府上，青蓮庵早已傾圮，碧漪堂也四壁漏風，牆倒樓塌，池子淤塞了，花木凋零，家中人都不大去了。所以，老太爺就近在三重院的正廳裡停靈，頭七過後直接起喪往墳地去了。申家終究是落魄了，然而子孫們倒都不顯出頹唐，生來個個好相貌，女眷們也都端莊秀麗，穿了一色的孝服，濟濟一堂，依然讓人覺得老太爺有福氣。

楊知縣與徐光啟相繼在靈前憑弔，一個頭磕下去，四周伏下一片。白袂飄兮間，楊知縣認出當年親做大媒的那蕙蘭，自己還認了乾孫女兒的。幾年不見，姑娘已是媳婦，又成新寡，滄海桑田，人事無常，不禁傷感起來。弔過之後，柯海專引二位進一間內廳吃茶，原是老太爺的書齋，如今用作待客。書案上筆墨紙硯依舊，壁架滿當當的書還在，一排木板鏤刻長窗分出一道隔間，一面通書齋，另一面通天井，苔蘚綠森森的，透過門直映到隔間的窗戶。柯海說：父親原先養一頭九尾龜，自老太爺去世，那龜再不肯露面，不知藏哪裡去了！楊知縣嘆息道：龜這樣生靈，最是通人情。徐光啟也說：世間萬物皆有知有情，唯德者能互通。柯海看一眼徐光啟，形貌似乎依然，還是多年前家宴上那位叨陪末座的書生。即便是在那不甚得意的時候，目光還是從容鎮定，如今添上了歲數和閱歷，還有許多不凡的見識，自然多幾分自信，神情明快，倒顯得年輕而有生氣。柯海想起近日坊巷傳聞，心中好奇，問道：據說府上有一位遠客，來自西洋，是長住還是短留呢？楊知縣就說，方才還說要來行禮，攔下了，非我族類，怕犯老太爺忌諱。柯海說：其實並沒什麼的，父親是個開通人！雖是謙辭，但也真流露出些個憾意，楊知縣就說：改日讓他來補禮！柯海先說不必，後又問：咱們的飯食義國人用得慣嗎？徐光啟不由笑了，答道：並沒什麼大不同的，糧食裡無非米和麵兩種，菜餚中大體是葷和素兩類，論起來，還是義國人比我國人簡樸，這位仰凰先生又是義國人中的最簡樸。這時，連楊知縣都來了興致，問道：是教規所限嗎？聽說那是個義國的和尚。徐光啟說：仰凰確是耶穌會的教徒，倒不是受教規限制，而是耶穌會向來克勤克儉，服務眾人，所以，教徒們都頗能吃苦；想他們飄洋過海，經印度果阿、麻六甲、澳門，暑熱瘴氣，艱難險阻，一路死病無數，非有超常的堅韌莫可支持。聽到此處，柯海忍不住又發問：大老遠的，又非是同宗同族，耶穌會何苦必來我國不可？徐光啟說：這就好比我國大唐鑒真法師，天寶元年東渡，幾起幾落，雙目失明，終於將戒法傳入日本國。楊知縣則問：依光啟兄看，這耶穌教與中華道統有何高下短長？徐光啟說：互為補益，一為務虛，一為務實，虛實倘能結合，世上再無難事！這麼著追問一氣，問的和答的都覺著過於急迫了，笑著喝些茶，舒緩下來，換了話題。

柯海問道：徐大人丁憂在家，除讀書做文章，還做些什麼呢？楊知縣代答說：正與另一個義國和尚，名利瑪竇的，譯寫一本書，類似中國的《河圖洛書》。徐光啟釋解道：那書的本名為《幾何原本》，非一人所能譯寫，而利瑪竇先生正在北京傳教，譯書的事便不得不停下，正在謀措做些其他的事。柯海問：什麼樣的事呢？徐光啟說：種幾畝甘薯。柯海失聲笑起來：果然！楊知縣不明白，問：果然什麼？柯海說：城中一徑在傳徐大人買地種甘薯，看來並非空穴來風！又問：地買在哪裡？徐光啟道：還沒買下，因是實驗，所以需在城內，好照顧些，可是人煙稠密，每一寸地都有主，起樓的起樓，造園的造園，不亦樂乎，無一隙空閒，正為難呢。楊知縣調侃道：就在天井裡「實驗」吧！三人都笑，柯海忽一擊掌，說：有了，就在我家園子裡「實驗」好了！徐光啟眼一亮，楊知縣說：天香園裡種甘薯，坊間又多一件流言！三人又笑一陣，柯海說：無礙，那園子早就荒得可憐，不是說務實嗎？看哪一處合適就「實驗」哪一處。徐光啟問：當真了？柯海說：當真！立即遣人叫阿暆來，見了面，日後就由阿暆與徐家接洽，看園、闢地、定方位，因阿暆是家中頭一個會辦事，也就是「務實」的人。

阿暆是第二回見徐光啟，頭一回見時還小，並不記得什麼，後來盡聽說傳聞，又常從九間樓走過，就想，這是個什麼樣的人？此時到了眼前，卻十分平常，就是一個鄉下讀書人，又有些上歲數了。然而，誰都知道，這不是平常的讀書人，所以，暗暗驚詫。徐光啟向阿暆問詢幾句，也是平常的寒暄，阿暆一反往日灑脫不羈，拘謹得慌，說話都不流利了。徐光啟好像猜出阿暆的心思，就移開目光，不再多說。阿暆不禁吁出一口氣，如釋重負，徐光啟微微一笑，阿暆臉紅了，兩人卻似乎通了款曲。

老太爺出殯，又滿了七七四十九日，大事完畢，九間樓那邊就來人了。來的是徐光啟帶回上海管事的北方人，自稱老趙，說一口北京話。也穿一身袍服，但為行動方便，將前襟撩起掖在腰上，看起來就像一個衙役。這一日，天氣晴朗，阿暆領老趙過方浜，上園子裡去了。池子周邊，繡閣、碧漪堂幾處樓台雖敝舊，卻還未倒，倘有財力，尚可修葺；桃林不怎麼掛果，但按季開花，是園中殘存的一絲生氣；墨廠一帶早夷為平地，但竹根漫延過來，將地面全部拱成丘陵一般；餘下青蓮庵一處，只剩一圈院牆，圍了幾堵斷壁，不是說過，成阿暆的養雞場。那蓮庵地方有限，但接著庵後的白蓮涇河岸，早些年瘋和尚闢為百花園。如今白蓮涇淤塞成一條溝，倒讓出大片河灘地，丈量丈量，就有約十來畝，而且肥得很。庵裡邊的雞糞，庵外邊是百花園草葉的漚泥，河灘地則有魚蝦貝殼，整平了都是好地。老趙看了就很喜歡，當場要下定金。阿暆攔住了，說：地又跑不了，等回去和主家商量妥了，再談交易。其實是阿暆決斷不下收不收銀子，父親是說送給九間樓，反正是塊閒地，阿暆知道家裡不缺地，可是缺銀子。只隔一天，老趙來了，還帶著銀子，用主家的話說，就是親兄弟明算賬。得著這樣好的一塊地，怎麼給付也給付不過來，略表心意罷了。說是略表心意，但卻是市價的一倍還多，阿嘸想到家中母娘嬸嬸手中的針線，也不回稟父親，自己就收下了。那一片地，掐頭去尾，也為好聽，就叫作了九畝地。不日，老趙便帶人過來平地了。

交道中，阿嘸和老趙相熟了。阿嘸生性不拘泥，北方人又大多豪爽，老趙尤其直性子。所以，沒幾個往返，阿嘸知道老趙原本是個生意人，從關外往關裡販皮毛，再將關裡的茶葉綢布販出關外。那年，京師流行瘟病，不巧染上，客棧老闆都要往城外扔人了，卻遇上仰凰先生。老趙說他當時燒得眼睛都花了，就見一個毛猴子湊過來，湊到臉前，卻不是毛猴子，而是閻羅殿的無常，扒開嘴往裡灌湯，這才知道，不是無常，是陰陽橋上的孟婆，灌的是迷魂湯，叫都叫不出聲，直挺挺死過去。不想一覺醒來，頭腦水洗過似的，一片清明，再看眼前那張臉，實在就是菩薩的臉。從此，一日好過一日，終於痊癒。他就認下那菩薩，作了菩薩的信徒。阿嘸問是什麼菩薩？老趙告訴道：那菩薩的名字叫耶穌，母親受上天神的孕，獨自生下他來，所以就叫作聖母。阿嘸說，是不是類似觀音？老趙說：觀音是男女同體，聖母單只是女身。阿嘸說：聖母受孕於大塊自然，其實也就是男女同體的意思。老趙看看阿嘸，說：你很聰明，要不要與仰凰先生說說，也入耶穌會來？阿嘸笑而不語。下一日，老趙真把仰凰給帶天香園裡來了。阿嘸沒敢引仰凰進府上，只在九畝地邊見面。

正逢秋季，太陽高照，翻起來的泥地散發出土腥氣，轉眼間揮發了水分，變成乾燥的灰白色。一些無名的小蟲，猛然間見天日，疾促地爬行著，整塊地都在動似的。平整下來的這一片地顯得格外寬廣，回頭再看那亭台樓閣，山石池塘，就只是些坑窪瓦礫。老趙差遣人用竹爿搭了個涼棚，放一張桌幾把椅，專為監工用。此時，阿嘸便和仰凰坐在棚下，喝著老趙的茶。碧綠的茶葉上浮著茉莉，揭蓋便濃香撲面，不像是老趙的茶，可也像是老趙的茶，老趙的粗獷裡就是有一股子嫵媚。阿嘸不由得微笑，老趙以為笑他的茶不好，解釋說：北京的水硬，只有沏花茶方才沏得出味來，所以就喝慣了。仰凰四下裡望望，神情十分舒坦，說來到這裡，不自主想起他在義國的家鄉。也是澤國，水網縱橫，船兒在水道裡穿行。阿嘸說：仰凰先生是思鄉了！仰凰說：我們義國人是思鄉的人，有許多思鄉的歌！說罷就揚聲唱起來，那聲音起伏不定，無限悠長，空氣都在顫動，十分誇張。阿嘸雖聽不懂，卻很奇怪地一激靈，又覺好笑又覺酸楚。仰凰好像忘記了時間，兀自唱著，忽引頸，忽低頭，眼睛忽開忽闔，忽拔上一個極高極強的音，持續良久，漸漸低弱，終於弱到無聲。停一時，阿嘸說：我國人也有許多思鄉的歌，比如「昔我往矣，楊柳依依，今我來思，雨雪霏霏」！仰凰不甚瞭解，阿嘸解釋給他聽，聽完後，仰凰沉思不語，過了片刻，說：我與歌中人不一樣。阿嘸問：為何不一樣？仰凰說：歌中人離鄉多年又返回，而我永不歸去！阿嘸又問：為什麼？仰凰說：我把自己奉獻給上帝了！阿嘸「哦」一下，忍著不笑出聲來。那仰凰的生相、姿態、發音的聲腔，還有這一句「奉獻給上帝」的話，都十分可樂，有一股幼童的稚趣，唯有那一段唱，令人感懷，卻又矯揉了。

接著，仰凰便給阿嘸說了幾則上帝的神蹟。無非是得病的人不治而癒，惡人受到懲戒，行船遇風浪化險為夷，聽起來與釋迦牟尼有同功同德，都是普度世人。但阿暆聽起來還是想笑，因仰凰的形貌音調，讓那些故事也變得憨稚。仰凰看出阿暆不以為然，嘆口氣說：你這人很聰明。阿暆不禁生出幾分愧意。不知什麼時候，地邊上多出七八個人，都是申府上的，以女眷為多，其中也有蕙蘭攙著燈奴，不遠不近地站著，做出無事的樣子，卻都往這裡望，是來看仰凰的。阿暆向燈奴招手，蕙蘭手一放，燈奴便向叔公跑過來。剛會走不久，小腿軟軟的，跑了一時方才跑到跟前。阿暆讓給仰凰請安，燈奴抬起頭，看了那張異族的臉，嘴扁著，很害怕的神情，終於「哇」一聲哭了。阿暆又笑又氣，向仰凰致歉道：小孩子沒大見過世面，很欠大方的，讓先生見笑！仰凰卻並無窘態，只是笑，一張馬似的長臉上漾起一括一括的笑紋。就在這時，發生了一件不可思議的事情，也不知從什麼地方，傳來一串說話聲。聲音很古怪，可千真萬確，就是說話聲。說的是異族的言語，又間著本國話，是在仰凰身上響起來。可他分明是笑著，並沒有動口，再則，聲音也不是從他嘴裡發出的。就好像，在他身體裡還藏著一個人，一個義國人。那隱身的義國人說了一段，忽又止住，仰凰接過去，似乎是在回應它，說的也是義國語。說一段，停下來，隱身人再接過去。就這麼，一裡一外，一起一落地唱和著。燈奴早已顧不上害怕，瞪大眼睛，連阿暆都瞠目結舌的。嘁嘁喳喳說了好大一會兒，仰凰用漢話說道：再見，再見，走好，走好！那腹中人呢喃一陣，不再做聲，息止了。這邊一大一小還在夢中，滿臉惘然，仰凰朗聲大笑起來。即便是在這張迥然相異、無從辨識表情的臉上，依然覺得出一種天真無邪的善意。他的淡藍眼珠斜乜著，嘴角翹上去，狡黠而得意地咯咯笑著，燈奴竟也笑起來了。

阿嚨說：是鬼附身了吧！仰凰收起笑，正色道：萬不可如此說，我們的主和你們的子同樣，不妄語怪力亂神！阿嚨趕緊道歉，仰凰則慢慢與他釋解，這是他們義大利的一項古老技藝，叫作「腹語」，就是在腹肚間運氣發聲。阿嚨道：是天生成，還是後天練就呢？仰凰說：自然是要練習，可並不是人人都能練成，還是需要天分！在他們從小居住的街區，常有一個演偶戲的藝人巡遊，名叫「利寇」，不僅會腹語，還可用腹語說出各種聲調語氣，孩子們紛紛練習模仿，最終練得的卻只有他一個！阿嚨問為什麼沒有去演偶戲呢？仰凰又一回正色道：我已經把自己奉獻給上帝了！說話間，人們漸漸走攏來，就站到跟前，聽兩人說話。燈奴也回到母親身邊，偎在蕙蘭膝上，手牽著手。日頭已到中天，秋陽底下，四處乾得起煙。遠望過去，這一景奇異得很，一群穿孝服的女人，圍著一個異族人，彼此靜靜地觀看。此時，阿嚨與仰凰的話也說完了，靜默下來，阿嚨無意間學仰凰半闔上眼睛，迎日頭抬起臉，享受這暖烘烘的空氣。

這樣，阿嚨，仰凰，再加上老趙，結成朋友，三人常常聚飲。免不了地，那兩個要說服阿嚨入耶穌會，阿嚨便推託說：君子群而不黨。然而，他卻也不反對聽兩位傳道，並且時有感悟。比如，仰凰布經〈箴言〉第七句，「敬畏耶和華是知識的開端」！阿嚨便想起《論語・季氏》孔子語，「君子有三畏：畏天命，畏大人，畏聖人之言」；諾亞方舟的故事與鯀、禹治水有異曲同工之處，看起來，無論何地何族，都必經天地劫數，脫生於混沌；〈出埃及記〉中，神在西奈山與子民立約，又極似中國的《禮記》；《耶利米書》中諸王之爭，則可類比春秋大戰；耶路撒冷和巴比倫就像楚漢相爭……凡此種種都讓阿峗感到有趣，但只有一件，就是老趙有時會說，侄婿的病倘是在耶和華手中，興許是有救的！此時此刻，阿峗不禁一陣惘然。並不是說他真相信耶和華有什麼神術，但是想到一個年紀輕輕的人竟然無論如何也拉不回了，心中就有萬般的不甘。要說是命，他阿峗又是不信命的。那張陛就好像沒長熟便落了蒂的一顆青果子，可就是這麼半生不熟、自顧不暇的一條命，還下了種，傳下血脈，蕙蘭不至於變成《路得記》中的那個摩押女人，孤寡一人，最後和族人結親，生下兒子，兒子生孫子，孫子生曾孫，就是以色列王大衛——阿峗這時候發現耶穌會的奇異之處，那就是，他們的神聖，家世都很低下，耶和華名份上的父親約瑟是木匠，他母親直接就將他生在馬槽裡。而華夏先祖，出身皆是王貴：伏羲、神農、黃帝；少昊、顓頊、高辛、唐堯、虞舜，夏禹、商湯、周武王，只是不受而孕這一點，卻依稀有所相仿。《輿地志》裡說，少典國君妻名附寶，在曠野裡見天光閃爍繞北斗，「感而懷孕」，二十四月之後生黃帝。《秦本紀》中則說，顓頊之裔孫名女修，吞玄鳥之卵，生大業，大業娶少典國的女子，再生柏翳，然後生生息息，有了軒轅黃帝——說起來，都來自於茫茫虛空，不過，光環北斗與玄鳥之卵終究是有來歷，因此，還是有貴賤之別了。

阿峗對耶穌會多少有些不以為然，但他依然以為仰凰是他有生以來認識的人中，頂頂有趣的一個。這兩人相差十五歲，可算作兩代人，異族人又特別顯老，看上去幾乎像是祖輩，可雙方都不存有什麼隔膜，且並非世人所稱的忘年，而彷彿生來就是的兄弟，甚至於，阿峗還當仰凰是弟弟，覺著他就像個大孩子。不止是他說漢話語音稚拙造成的錯覺，更是他生性裡有一股天真，他的近乎無色透明的眸子——現在阿嚨已經能夠辨識異國人的表情，一旦能夠辨識表情，竟不覺得仰凰是個異國人，看上去沒什麼大不同似的——他的眸子就像嬰兒，澄澈寧靜，映出自己的睫毛，密叢叢的睫毛裡有一個人，就是阿嚨。仰凰有一種無名的歡喜，不是聖人至知而明的慧智的喜歡，亦不是道莊物我兩忘的逍遙喜樂，再不是釋家空明的禪悅，而就是初生嬰兒一般單純的喜悅。吃到好吃的就會咂舌讚歎，看見好看簡直心花怒放，大聲唱起歌來，聽到美妙或者悲慘的故事，便久久不語，流下眼淚。阿嚨漸漸明白，仰凰所皈依的教義，其實也是一種天真的教義，那些聖經故事，亦是孩兒氣的。就是這一股憨稚，讓阿嚨好笑又感慨，有時候，卻也覺得可怕。

九畝地平好了，深翻細刨，東西向打成壟，拍實了，準備過冬。景色難免肅殺。老趙搭的涼棚頹圮了，老趙也不常來了，而是去往南邊陸家浜交易另一片地，是要修聖墓和聖墓堂。仰凰便也隨老趙看地與規畫，偶爾過來，兩人喝一回酒，說一席話。仰凰曉得阿嚨不入會，本已經放棄，可一旦人在跟前，就又不甘心，要再試一試。這一回，仰凰開門見山，直接挑起奉獻上帝的話題。阿嚨則問，人本是父母生，父母養，為何卻要奉獻給上帝，豈不是不孝？仰凰說，中國人不是有忠孝不能兩全之說？所以奉獻上帝也可說成是一個「忠」字。阿嚨說，做官人喪父母，便可辭官丁憂，好比徐光啟這樣，可見得忠與孝是必左右兼顧。仰凰承認忠孝之比不妥，忠與孝是對不同人而言，而上帝是神界，在上帝面前，世上每一個人都是罪人！阿嚨又不懂了，問這是哪一樁公案？為什麼人人都有一份干係！於是仰凰就又回到先前說過的，上帝發洪水懲戒世人的一節。阿嘛以為水火本是大塊自然，即「天地不仁，以萬物為芻狗」的意思，就和他說鯀和大禹的故事。往常也說過同樣的人和事，可情急之下，仰凰全沒了聆聽的耐心，他打斷阿嘛的話，兀自切切地往下說，不免夾雜了義國的話語，以及言辭顛倒，就變得難懂。阿嘛也還是聽出大概，世人的罪，都是從胎裡帶出來的，與後世所為無關，怎麼辦呢？耶和華釘上了十字架上，兩腳滴血，就是為眾生贖罪，因他是眾生的父。阿嘛的眼前現出陰曹地府刀山火海，那是母親落蘇慣常說的，聽著只覺得好玩，此時此刻卻不由毛骨悚然。仰凰無色透明的眸子，忽像淬了火的青銅一般熾熱著，阿嘛以為他病著，斟一盅茶遞過去。仰凰避過茶，將臉逼到阿嘛跟前，這張臉上溝壑縱橫，布著褐色和紅色的斑點，眼睛則下陷成兩口深井。阿嘛從井底又看見自己，變了形的，兩頭尖，中間鼓，令他自己都駭然。他們這兩個異族人，誰不怕誰啊！

開春季節，甘薯的葉子披在壟上，一行一行碧綠，白蓮涇淤灘上的蘆葦，抽出一片白葉。凋敝的天香園又有了生機，是鄉野的生機，與原先的玲瓏瑰麗大相徑庭。殘餘的幾處亭閣越發舊損和矮小，草木雜蕪，遮掩了甬道，又被老趙的役工大刀橫斧破出一條直徑，供作田的人往來。這一日，徐光啟來看甘薯地了。

先到申府問了安，柯海便同阿嘛陪了前往。徐光啟與柯海各乘一領敞轎，肩挨著肩。阿嘛，老趙，還有仰凰，都騎馬。一行人浩蕩而來。隔過一冬，這三人不覺疏遠了，老趙自然是跑前跑後為眾人開道引路，仰凰和阿嫵並駕齊驅一段，一時沒什麼話說，兩下裡有些窘。阿嫵偶一回頭，仰凰正看他，瞇了瞇眼，過去的一些情景又回來了。可是，畢竟時過境遷，依然不再有話說。不約而同，兩人都緊了緊轡繩，卻是各向一側，跑過去。甘薯在壟裡長個兒，空氣中已經有絲絲沁甜瀰漫開來。阿嫵的棗紅馬在壟邊上小跑一陣，忽又返身跑回去，在敞轎跟前站住，與徐光啟打了個照面。這個人，曾是祖父席上客，一意推崇甘薯，在場全笑不可抑，以為諧謔。如今，祖父過世了，同席還有幾位也成故人，阿嫵呢，從孩子長成大人，而甘薯真的就在了眼前。就在那一道一道的地壟裡，好像嬰兒在母腹中。阿嫵閃過馬首，避開那人，從旁看一眼。那人雖穿著官服，可膚色黑黃，筋骨堅韌，更像是一個農人，日頭下苦作，種什麼吃什麼。風吹日曬雨淋，辛勞是辛勞，卻心中踏實，所以就有一種鎮定自若的風範。地頭上開了些無名的花，引來野蜂飛舞，螫了仰凰胯下的褐色馬，馬尾甩打著，又驚了老趙的黑馬，一聲長嘶，撒腿跑將起來。老趙轄制不住，只得伏在馬背上，由牠上了積翠崗。阿嫵一拍鞍，追逐過去，抓住絡口，兩匹馬打著旋，噴著響鼻，沉寂已久的園子瞬間歡騰起來。

三十四、蘭生幽谷

張陛在世的時候，沒什麼動靜，走之後，家中卻陡然生出一個大虛空。張老爺頹唐下去，喬陳二位至友如何勸解，與他消遣都無用，止是沉寂著。三人默然相坐，意氣消沉，漸漸，那兩人也不敢來了。楊知縣從錢塘來申府弔唁，又來看望張老爺，張老爺索性謝客。張夫人本是五內俱焚，張陛是她最疼愛的小兒子，恨不能跟了他去，可是慮著張老爺，到底不能由了性子，只得鎮靜下來。要說可憐莫過於蕙蘭與燈奴，從此成了孤寡。可蕙蘭更可憐張陛，總覺著他一生中大氣都沒出過一口，本來隨年紀增長，或許就逐漸舒展開，不料卻沒時間了。燈奴呢，蕙蘭也覺得可憐不到哪裡去，因為有自己。至於她能怎麼將燈奴帶大，並沒仔細去想，反正她不會讓兒子吃虧。倘是倒過來，自己不在了，將兒子留給張陛，那才叫人不放心呢！張陛和媳婦自然是難過的，張陛和張陛自小一起長大，一同起居，一同讀書。夫人偏向小的，大媳婦只生婆婆的氣，對小叔子卻從無芥蒂。但年輕的夫婦總有自己的快樂，也覺著與大家庭的氣氛不和諧，壓抑著過一陣子，藉口岳丈有恙，先是媳婦住回娘家，然後張陛也過去了。家中人就又減去幾口，更加冷清。餘下的一老一小是指望不上了，就靠婆媳二人撐持，一日一日過下去。

白日裡雜事打擾，宅院裡多少有些動靜，一入夜，各回各的房，閉門掩窗，一家人就止了聲息。獨有那灶房裡還點一盞小燈，范小在磨上推豆子，預備下一日要吃的豆漿，李大做針線。幸而有他們倆，維繫三餐一宿，日子才不至於顛倒。李大說著一些家務事，難免要發感慨，再有替未亡人將來的擔憂，或就是論幾句天理倫常的無情。回答她的是石磨的轆轆聲。於是，李大就說起張夫人在申家豆腐店看見蕙蘭的情景，那時，她年方及笄，行動舉止還是個小丫頭，提著個小籃子，採花似地買豆腐。夫人第一眼就喜歡上了，做成一段姻緣，誰能想得到，竟是如此倉促，被窩都沒暖熱呢！張陞和張陛全是她一手帶大，小兄弟難免有個爭執，張陛爭不過張陞，有夫人罩著，比起來，倒是張陞吃虧些。可是，到底人意強不過天意，一池子魚，能爭食的就能活下來！回答她的還是石磨的轆轆。李大接著說，要論天意，張陞是弱了，可蕙蘭卻不該命薄，生相那麼喜人，性格也活潑，生下的那個小子敦實有力，虎崽似的，范小你說蕙蘭會不會再嫁？聽了一陣石磨聲，李大自答道：許是不會。石磨聲彷彿緊了些。月亮才到中天，連灶房外一線天似的夾弄裡都盛了清光，小院子就像浸在水裡。

蕙蘭睜眼躺在帳裡，月光將屋裡屋外照得透亮。她聽過許多守寡的煎熬的故事，有一則是將一把銀錢撒個滿地，然後一枚一枚拾起來，就這麼捱到破曉。蕙蘭也睡不著，卻不是煎熬，她心裡清明得很，於是，張陞的形貌便呈現眼前，甚至比他在世還要清晰。他的後腦勺，細脖梗中間那一道淺槽，他多是背對著蕙蘭；他伏下身在蕙蘭枕上嗅一嗅；他讓李大傳遞過來的墨跡……這些稀疏與澹泊的片刻此時鮮明起來，蕙蘭終是可憐他。蕙蘭還想到讓張陛等了很久的婚期，萬幸，真是萬幸，沒有更久，他們還有時間生下燈奴，所以，他還算是有福，自己也是有福。這樣想來，可憐他的心便好些了。側目看看身邊的燈奴，心裡說了一句：不理咱們，咱們也不理他！翻個身，睡了，一覺就到天明。如此，蕙蘭憔悴幾日，又變得唇紅齒白，因照料病人瘦削下去的臉頰，漸漸鼓起來，奶水依然飽滿。所以燈奴就也紅潤肥胖，並無失怙的形狀。曾外祖父過世，蕙蘭攜燈奴奔喪，事後，又在娘家住了數十日，直至張夫人遣李大去接來，已到了年下。

這一年的景象，淒楚得很。什麼都是照常規，點香燭，掛紅燈，供豬頭，蒸三牲，擺十六盤，一樣不曾少，雖然缺了一個張陛，可不是又多一個燈奴？就當是補齊了。然而，哪裡都透出勉強。燈燭的溶溶紅光裡，分明含著一包淚，影地裡都是故人的面容。張老爺由張陛扶著拜了祖宗，然後就進屋去躺下了。蕙蘭隔著一段日子頭一回看見公公，幾乎是不忍瞧的，竟然衰弱成另一個人。那燈奴軟著腿腳磕下頭去，本來是引人發笑的，如今卻讓憋了半日的淚潸然落下。年飯就在辛酸中開始，又過去，接著是守歲。夫人略坐了坐，進屋陪老爺，餘下小輩們，還有李大與范小。這情形似曾相識，卻又遠著千山萬水。燭芯結著花，嗶剝作響，李大用銀釺子一一挑去，廳堂裡亮一成，人心也豁朗一成，似乎生出些喜氣。街面上在放炮仗，一個一個高升躥上半空中，拖一道亮劃過去。大嫂先是熬不住，抱孩子到院子外面看人家放炮。停一時，張陞也去了。李大就對蕙蘭說，帶燈奴去聽聽響吧，好歹是過年！於是蕙蘭起身帶燈奴也去了。四下裡此起彼落，炸碎的火藥紙落紅雪一般，足有半個時辰，大大小小披一頭一身的硝煙紙屑回進來，相互拍打著，神情都有幾分活躍。再圍著一爐火坐下，話就多了。

由李大牽起頭，說的是九間樓裡那個洋和尚，隔三岔五聚起人來講經，秉燭點油，佛像畫的是一個女人。蕙蘭告訴道，那女人名叫「馬利亞」，兒子叫「耶穌」，才是真正的王。大嫂「哦」一聲：原來是王母娘娘啊！張陞則說應是女媧，又問蕙蘭，她家小叔叔與那義國和尚有交道，她有沒有見過呢？蕙蘭說，不止她見過，燈奴也見了呢！燈奴已經在他娘的臂彎裡睡熟，李大抱來一床緞被，鋪在兩把椅上，讓他睡平，那大的還在燈下抓盤裡的花生吃。蕙蘭將仰凰「腹語」的情形一五一十說給眾人，人們聽了不由悚然，以為是巫術無疑。蕙蘭再三辯解，說那義國人長相雖古怪，可待人祥和，而且性情有趣，燈奴一點不怕他！於是，眾人都說蕙蘭中了魅，大嫂還推蕙蘭到燈下，看有沒有人影，倘是沒影，一定就是被攝走魂魄。蕙蘭自然不肯，妯娌倆推搡嬉笑，在廳堂中間轉圈。李大喝止她們，道：別鬧了，聽范小說，他可是真見過鬼！大嫂與蕙蘭停下手，轉過身，兩雙亮晶晶的眼睛，一併望著范小，范小恨不能鑽到桌子底下。張陞催促趕緊說來聽聽，范小本來口訥，這時被人盯著，無論如何說不成話來，最後只得由李大代他講。

范小遇見的鬼是在鄉下的碓房裡。張家有幾畝極薄的地，由佃農代種，年成好還有幾斗穀，年成壞則顆粒無收，無論好壞都是由范小跑一趟。這一年秋季，范小又去收租，不好不壞，有五六斗，就地借了碓房碾成米，一氣便可揹回來。那碓房蓋在河上方，地下置了水輪，與石臼相連，以牛推碓，聯動機關，稻穀受力而殼落米出。那日牛興許是乏了，不肯用力，走走停停，停停走走，天色就暗了。忽看見碓房外的一棵樹下，根上發光，閃爍十數下，就有一團火躥出，圍碓房繞一周，只聽一聲「疼死了」，似乎是掉進臼裡面，再又聽「噗」的一聲，碓房底下的水面蕩了一下，沒聲音了。范小知道他遇見的是稻鬼，屬狐精那一脈的，無處不可藏身，而且隨藏隨變，藏木中為樹鬼，藏稻中為稻鬼，因碓房裡糠穀累積，不知潛了有多少年多少代！一席話說完，聽的人無不發怵，連張陞都覺陰森可怖。這時，李大就說了：大少爺不必駭怕，狐精專找童男子的。人們「哦」了一聲，都看著范小，范小臊得抬不起頭。大嫂忽然「嘻」地笑出來，人們問笑什麼，她有意不說，問得緊了，方才說出來：我看李大與范小是極好的一對！范小立起來要走出去，被張陞扯住了。李大卻毫不臉紅，說：我是願意的，只是范小不要，大約嫌年紀不配。大嫂說：天配不如地配，地配不如人配，我這裡就有一樁舊事，將最不配的做成最配！范小掙著要離去，李大道一聲：范小坐下，大奶奶有話說！范小立時不敢亂掙，坐下在板凳上，背卻對著大家。李大說：大奶奶你說你的，不必管他！大嫂笑著：我真說了？人們不知她要說什麼，心中不安又很好奇，看著她臉。紅燭下，大嫂的臉龐越發顯得嬌豔。說實在，此情此景很不像年內有過喪事的人家，真有些輕佻了，可是走的人走了，在世的人總也得有些樂子。

大嫂輕咳一下，說了。事情就出在她娘家街坊中，有一個公公和一個兒媳，婆婆早多少年死了，兒子是獨子，也死了。聽到這裡，人們都不自在起來，不敢看蕙蘭，也不敢喝阻說故事的人，那不就等於點明了？大嫂接著說：那兒子並沒留下一兒半女，這戶人家就算是斷了血脈，悽惶得很！人們不由都出了一口氣，到底不是太對應的，偷看蕙蘭一眼，見她在燈影裡兀自剝白果吃，神情頗安寧。大嫂說到興頭上，越發放開了，滔滔不絕道：那個兒媳卻是個賢媳，無論別人怎麼勸說往前走一步，終不動念，只是安靜度日，侍奉公公，每日早起，便替公公傾洗便壺，整床疊被；這一日，賢媳照常為公公傾倒尿盆，那尿盆底不是鋪有一層草木灰？這樣尿液就可不濺起了，賢媳看見草木灰上尿坑很深，知道公公力氣不衰，還很健旺——大嫂這一句未落音，張陞已經喝將起來：知道要說什麼了，趕緊住嘴！李大也發出斥聲：愈說愈下道了！連范小都嘟囔一句：要二少爺在，斷不能聽這胡話的。大嫂紫脹著臉，掙著分辯：你們都想邪了，事情萬不是那樣！張陞再一次喝道：不許說了！大嫂急了，賭咒發誓並非人們通常以為的那樣，而是別有一番原委。兩人急辯著，張陞愈不讓說，大嫂愈要說，不單是為交代事情下落，更是洗刷清白。最後李大出來仲裁，讓大奶奶接著說完，倘要失之倫常，就讓張陞掌嘴。如此，大嫂才得繼續往下說。

那賢媳傾洗完畢公公的尿盆，心中就有了一個主意，什麼主意呢？她有一個娘家姊妹，至今未嫁，其時，賢媳立志要撮合姊妹和公公，讓夫家的血脈傳繼下去。於是，她自去尋了媒人，說明用意，媒人先還不允，生怕兩頭吃釘子，可經不住賢媳苦求，還從自己的妝奩中取出金銀釵環作媒謝，只得答應試試。那媒人的嘴是什麼做成的？銅牆鐵壁都說得破，塹壕都說得平，結果真說成了。那賢媳的姊妹與賢媳的公公結成親，生下幾個兒子，斷了的香火就又續上了！因此就得一個美稱，叫作「父子兩連襟」！說畢後，大嫂看看李大，再看看張陞，意思是：還掌嘴不掌？張陞拿不定，也看李大。李大說：雖然不至太不堪，總歸不成體統，掌一下吧！張陞就在大嫂嘴上輕輕掌一下。掌完後，更樓上響起梆子聲，數一數，已是五更。一大一小兩個孩子都睡成泥一般，不由得倦意紛紛上來。留下范小收拾火燭，就各回各房。蕙蘭起身抱燈奴時，忽想起那年守歲，是李大講的古，說凡張家人都有個記認，讓回去在男人身上找找，沒待她找，張陞就歿了。可是再一想，既是張家人的記認，燈奴身上必也有的，於是安下心來，連被帶人裹起燈奴，出廳堂，過院子，進屋去了。

年過去了，張老爺的精神並不見好，一日一日萎頓下去。到清明時分，照例要祭奠故人，免不了觸景生情，萬般傷感，竟起不來床了。家中，一邊為逝去的張陞難過，一邊替老爺的身子擔憂，盡顧著傷心發愁，不期然間，生計的艱困迫到跟前，這可是比什麼都當緊，片刻誤不得，一家人都慌亂起來。

張家的經濟除去范小故事裡，佃給農家代耕的幾畝薄地，有當無地供些糧錢；還有張陞張陞的月銀，菲薄得很，勉強算上一份進項；其餘的，也是為主的，就是張老爺替人作文的潤筆。上海商賈雲集，禮尚往來交互頻仍，生辰、開張、嫁娶、悼唁，無不要有撰寫表賦文辭。張老爺雖無世族出身，但家世清白，文譽優良，所以不乏邀約，有一些主家又極慷慨。老爺病倒之後，開始還有上門請聘的，數回婉拒，漸漸稀少，直至斷絕，家中的積蓄也差不多見底了。一時上，還不至於有柴米之虞，但給老爺抓藥的錢卻沒了來處。不得已，張夫人翻了箱底，將些皮裘與金銀飾檢出來，讓李大去典當，方才續上藥。不料想，張陛的媳婦卻犯猜忌，以為動她的嫁妝了。當年，嫁張陛時，奩資相當豐厚，都有店號與鋪面，因張家無人經營，都由娘家代管，收的利潤租金單立一本賬，歸在她名下。這些是沒法動的，可不是還有木器、漆器、銅器、綢緞、布疋嗎？生孩子時，單是長命鎖，就有金銀銅一箱，都收在家中庫房。所謂庫房，不過是廳堂與後天井之間隔出的一個夾層，安上一道門，上了鎖，鑰匙在張夫人身上。有幾回，張陛媳婦一勁地糾纏李大，讓去向夫人討鑰匙，進庫房看看。李大曉得她生疑，一五一十告訴典當物的來歷，還是不能讓她放心。李大也知道張陛媳婦其實意不在妝奩，而是覺著在這個家裡她早晚是吃虧！就因為這，她一向壓著張陛，如今且不過是借題發揮。李大是什麼人？她只作不懂，就是不替她討鑰匙，不讓進庫房。於是，張陛媳婦便轉身找蕙蘭，攛掇一起去清點嫁妝。蕙蘭當然不能答應，說自己本也沒什麼嫁妝，要查大嫂自己去查。然而，「嫁妝」這兩個字，卻勾起蕙蘭一個念頭，那就是天香園繡！

當年出閣時，她向伯祖母討過一件壓箱的妝奩，天香園繡的名號，凡出自她手的繡件，都可落款天香園。為這落款，還與張陛吵過嘴，唯有的一回吵嘴，只不過二三個言語來回，可雙方都執拗得很。結果是，依張陛先落「滄州仙史」，再落「天香園」，這段公案才算了結。蕙蘭恍然想到，這個人，在的時候無聲無息，走了，倒留下不少物事，又是父母，又是妻兒，還有「滄州仙史」——如今倒是他自己入了仙籍，稱「仙史」的還在俗界。蕙蘭將不知覺中落下的一滴淚揮去，吁出一口氣，心裡說：我要與你養兒子了。進張家三年，陸續不定地，蕙蘭也沒斷過繡活，但多是些日常家用。香囊、針線包、桌圍椅套，繡的不外是花鳥魚蟲、松鼠葡萄，讓大人老爺充年節禮送親朋，無人不讚歎喜歡。卻還不曾換過銀錢，也不知上哪裡去交易。她又不像嬸嬸希昭，聲名遠揚，自會有人求上門來。正發愁，忽有一個人躍出在眼前，就是叔叔阿毗，不由一陣欣喜。阿毗叔交遊廣泛，哪一行裡都有朋友，拜託他尋個買主還不是輕而易舉？要緊的還是繡活，到時候，要讓阿毗叔拿得出手才是。蕙蘭起身在櫥櫃裡翻出一件帳屏，繡的是海棠花，蜂蝶陣中怒放著，瓣肥蕊長，用色十分鮮豔，物態又活潑熱鬧。蕙蘭不覺遲疑起來，於她守寡人的身份來說，這幅繡品，未免顯得佻躂了，莫說世人，她自己都覺著不忍。蕙蘭將帳屏放回去，與帳屏擱一處的，還有她昔日的衣裙。她已經是喜素不喜豔的，但那綾羅上繡著的百色花，終還是刺她的眼，也刺她的心。漸漸坐回到床沿，才覺得四下裡的靜，靜裡喳喳地起來許多噪聲，只喊著一個人的名字：張陞！他們其實還生分著呢，可卻是她的至親。

蕙蘭繡不成花，她就繡字。出閣時，嬸嬸希昭送她一幅字，臨的是香光居士所書〈晝錦堂記〉，筆力與筆鋒畢肖，且自有閨閣的清麗。蕙蘭知道這位香光居士與家中有世交，親批過叔叔嬸嬸的字畫。尤其對嬸嬸的繡畫，極為賞識。天香園繡盛譽，與香光居士的稱道有關聯。蕙蘭出生後，那居士已去京師做官，無緣面見，只是聽家中人傳說。所說卻多是詼諧，消遣茶飯，敬中有狎。彷彿是一個奇人，可入《世說新語》，亦可入《笑林》。蕙蘭讀書不多，〈晝錦堂記〉於她，興味僅在世人嫌貧愛富那一節，類似坊間閒談，而立功建業之主旨，則似懂非懂，至於文采辭藻，就更隔膜了。她只是喜歡那字，與其說是香光居士的字，毋寧說是嬸嬸希昭的字。她又不認識那個人，而嬸嬸，曾經朝夕相處，幾是閨中伴。做姑娘的光景，就好像上一世了。兩人乘轎去打豆腐，路邊的野花星星點點。蕙蘭想笑，眼淚卻下來了，趕緊擦去，生怕洇濕了字。

檢出一段米白綾子，覆在字上，找一截炭筆，一個字一個字地描。這時候，她又想起那個故事，將一把銀錢撒在地上，再一個一個拾起來。如今，她也在拾，拾的是字。那字蒙在綾子下面，透上來，並沒有模糊，反更清晰，有一種綽約的風流，讓人心中生憐。墨跡經米白綾子的折色，變幻成蟹綠藍，也叫人生憐。在家時，嬸嬸希昭教過幾筆字，臨過幾張帖，雖不成樣，但終究是摸過筆，描起來不至太生澀。那數百個字，每一字有多少筆，每一筆又需多少針，每一針在其中止可說是滄海一粟。蕙蘭卻覺著一股喜悅，好像無盡的虛空的歲月都變成有形，可一日一日收進懷中，於是，滿心踏實。

蕙蘭終將整篇〈晝錦堂記〉覆在綾子，繃上花架。字帖子另放一邊，打樣只是約略的輪廓，細部必要一針一比照。選一色靛藍，從靛藍裡分出黑、紫、綠、青、灰、黃，每一種都辟成數十絲，披在架上，望過去，由深入淺，又由淺入深。再挑一枚針，引上線，繡活就開始了。

李大進來看了，覺得繡字太過肅殺，一股青衫氣，不如繡花樣才是女紅的本份。李大的意思蕙蘭懂，可蕙蘭的心思，李大未必懂，就只笑笑不回答。大嫂進來看，說她勞神費工，有那閒心，不如想想自己的將來。大嫂的話中話，蕙蘭也懂，只是不想搭那個茬，所以也是笑而不答。後來，夫人聽說了，也來看蕙蘭的繡活，夫人只是看，並不說話。婆媳倆一個繡一個看，燈花爆了幾次，好一時過去，雖不說話，卻通了心思，就覺著辛酸。又過一時，夫人說：媳婦，太苦了你。蕙蘭停下針，抬起頭，說：媽，你放心。兩人眼裡都包了淚，可夫人是個硬性子人，蕙蘭呢，天生看得開，於是，兩個人的淚都忍回去了。夫人強笑道：等這幅字繡成，怕是燈奴已經入泮。蕙蘭也強笑說：燈奴娶媳婦時，用它作聘禮！想想燈奴長大成人的情景，婆媳倆就有些真歡喜。

夫人湊到花綳前，細看那繡到一半的「晝」字，竟然有筆觸起落的著力和飛白，十分驚訝。蕙蘭就將天香園繡的針法說給婆婆聽，又演示幾針，不禁羞澀起來，停下針說：就這幾下子，竟然敢往外說嘴，要讓嬸嬸聽見，不知要怎樣嘲笑呢！夫人說：你嬸嬸的繡畫，我們只是耳聞無從目睹，總之，天香園繡是海上一品，媳婦你從中家來，無論如何算得正傳！蕙蘭說：我們家女兒從小在花綳跟前長大，不會拿筷子就會拿針，但多是得其技，未得其神，天香園繡中，真正為其神的，就只有嬸嬸希昭。夫人說：事情大凡如此，莫說閨閣中女紅，就是三皇五帝也出不了這個大格；開天闢地，只有一個軒轅黃帝為聖王聖德，其餘人不過是稱王稱霸，能得承繼一二分已屬不易，不知要過幾百上千年，方才出來一個內聖外王的，所以，媳婦你切莫妄自菲薄，婆婆我都很為你得意呢！蕙蘭聽這麼說，真有些得意起來，「嘻」地笑一聲，夫人便想起在「亨菽」頭一回看見這丫頭的情景。靜了一時，夫人起身回房去，臨出門不自主地嘆了一聲：明天先生來開方子，又逢抓藥了。診脈的先生是陳先生內家的，連個腳錢都不收，可藥鋪卻不是陳先生家開的，一文也不可少。蕙蘭知道婆婆在為抓藥的錢發愁，這幅字不定要繡到猴年馬月，亦不定能沽得出去，可謂遠水救不了近渴。

這一回抓藥，是用了張陞的月錢，大嫂明裡不說，隔天卻帶孩子回去娘家，誰都看出意思來，就覺得欠了大嫂的。老爺的病則不見好，聽李大說，瘦得脫形，最讓人無奈何的是，老爺的心勁全消了，但凡有一絲求生的欲念，還有望撐持起來，而如今，看上去卻是但求速死。夫人是個要強的人，有幾回面上已帶出淚痕，但還極力鎮定著，遣張陞去接媳婦。本是給個台階下，不料，張陞這一去，媳婦沒接來，自己也不回家了。夫人這一氣非同小可，幾幾乎也要病倒，可到底不是別人，而是夫人，咬緊牙關挺住，暗地裡囑咐范小去鄉下，將那幾畝薄地不論幾個錢賣了。倒不是要還那張陞的月錢，夫人說：我養的兒子該當奉養我，可惜沒福氣，奉養不起，無奈何只得賣地！這些話也是李大告訴蕙蘭的。范小去賣地，李大晚上就坐到蕙蘭房裡，抱了燈奴，看蕙蘭繡字。李大不識字，但也看得出字的好處，說是「龍飛鳳舞」，可繡到哪裡是個頭啊！燈奴一日一日長大長結實，險些兒抱不住，冷不防就從李大懷裡躥出來，非用力才可轄制住。大人小孩這麼掙著，十分可笑。多虧有個燈奴，這家裡還有活氣。李大說，就像水缸底下的嫩草，有朝一日能頂穿缸底，是這家的指望。

三四日後，范小才回來，神色惶惶的，就曉得事不順遂。那地在川沙，臨了海塘，年初大風，數十里海岸坍塌，從此一片汪洋，所以，就沒地了，自然也談不上什麼買賣。范小手足無措地立在院子裡，忽想起什麼，就地一蹲，敞開懷，跳出兩團絨球，一黑一白，原來是兩隻兔子。燈奴一下子樂了，尖聲叫起來。范小說那佃農家的母兔正下崽，下了一窩，讓他挑兩個給小少爺作伴。就這樣，院子裡趔趄跑著一個小孩，加上兩個小不點，前後撒歡，滾成一地。

三十五、繡佛

這一日，阿軃來探病。因是親家叔叔，老爺勉強見了客，只半盅茶的時間，阿軃便退出了。夫人留他在廳堂裡坐，想不過一年半兩年之前，這廳堂還是一片歡欣，心中哀戚，面上卻只是寒暄，拉些家常。有幾回，夫人離座進屋照料病人，阿軃一人對了院子。已是夏初，蕙蘭窗外的木槿開了花，倒也添了幾點繁榮氣象。阿軃忽然一陣心驚，因看見那木槿從中齊齊分開一條界，只開半樹花。原來草木有情不止說說而已，真到了眼前，由你信不信！等夫人再回廳堂，阿軃便起身說去看看姪女和侄孫，然後在案上放下一個銀包，先搶了話說：夫人不必推讓，本當帶些補物，可不知當補什麼，不當補什麼，索性送幾兩裸銀子，不嫌俗氣就好！夫人笑道：實話說，當今已推讓不動，一個好漢還要三人幫呢，親家叔叔好比雪中送炭！阿軃情不自禁拱手作一個揖，說道：夫人真稱得上巾幗中的豪傑，氣度不讓鬚眉，敬佩！夫人搖手道：親家叔叔很會說話，倘要是個巾幗英雄，早就去出征打仗，輔佐朝廷，就像樂府中的花木蘭。阿軃道：花木蘭不過是魯勇，夫人則以治國之才治家！兩人就都笑起來。

阿嚨從李大手中接過燈奴，舉起來，跨騎在脖頸上，就這麼進了蕙蘭的屋。蕙蘭正在繡活，已落成「晝錦堂」三字，米白緞上靛藍的繡跡，精緻華麗，又不失大方，十分的堂皇。阿嚨說：這不又是一個沈希昭嗎？蕙蘭紅著臉說：叔叔是在嘲笑我。然後正色道：叔叔來得好，正有事相求。阿嚨問什麼事？蕙蘭就說：知道家中的繡品在市上沽售，不知能不能也派給幾件活計？實話告訴，如今家中男人，故的故，病的病，燈奴又不知幾時長大，憑著接濟過一日算一日，不是長法。阿嚨說：既是這般拮据，何不帶燈奴回家度日，這邊也好少兩張吃口！蕙蘭淒然一笑：大哥大嫂已經走了，我們再走，家中只剩孤老，張陛地下有知，不曉得多少心痛！再說了，你們那個家又如何呢？並不是不知道。阿嚨聽她說「你們」兩個字，就知道已經是人家的人了，笑笑說：這有什麼難的？市井中盡是些有錢財又好風雅的人，就喜歡出自娟閣的漂亮東西，有什麼拿來我替你換銀子！蕙蘭說：倘要不是漂亮東西呢？阿嚨剛要問為什麼不能是「漂亮東西」，一眼看見面前一身縞素的人，雪洞似的屋子，一色白的床帳，桌圍，花繃上的綾子，便噤了聲。停一時，說道：明白了。雙手舉著脖頸上燈奴的胳膊，走了出去。

阿嚨不是認識一個香火？那香火本是在陸家浜一座小廟，後來被人薦去龍華寺。龍華寺的排場要大許多，香火經管的雜務也繁冗許多，權柄自然就大了。這香火長得深目隆鼻，像西番，可自稱是道地的漢人，因此就得了個諢號，叫作「畏兀兒」。人很能幹，所以就能從無名小廟做到龍華名寺，又從普通香火升到總管。像他這麼個機靈人，從戎可做軍師，買賣可發大財，就地發願，都做得大和尚，可他卻甘願做個香火，實在是屈才，於是就有傳聞，說是避禍來到上海。傳聞歸傳聞，畏兀兒已經做了有十數年的香火，在這一行裡稱得上大老。他與阿暆結識是在松江府的驛館，阿暆去看馬，正遇畏兀兒。這畏兀兒原來有一個癖好，就是相馬。他蹲在馬廄前的院子地上，看馬吃草，有新跑到的馬，就起身幫著卸鞍。鞍子下面的馬背輕輕打著顫，皮毛被汗水漉濕，油亮亮的，好似一匹緞。畏兀兒撫著馬背，臉上流露出愛憐的神情。馬呢，也與他不見外，馬頭在他頂上繞來繞去，噴著鼻息。鬧一陣子，再吃草飲水。阿暆也學著與馬親近，畏兀兒叫出一聲：可不敢！已經來不及，馬蹄子朝阿暆尥了過去。阿暆從地上爬起來，撣著身上的土問：為什麼你敢我不敢？畏兀兒說：認人呢！阿暆再問：為什麼認你不認我？畏兀兒就說了：你別當牠是畜牲就不懂人事，凡活物都通性情，曉得是道中人或不是道中人，俗話說，人以群分，物以類聚，畜牲也是同情同理。阿暆十分好奇：難道師父你就與牠們同道同類？畏兀兒哈哈大笑。阿暆上前在他身上頭上嗅一遍，只嗅出一些兒乾草氣味，並不覺得異常。畏兀兒卻笑得眼淚都淌出來了，阿暆心裡已經喜歡上他。等笑夠了，阿暆也討足了他的好，方才慢慢地告訴道：馬這樣畜類，最是性靈，你要對牠敬，牠便與你近，你與牠狎昵，反近不得了；這敬又是從知裡得來，所以，要想與牠親，必得知牠！當日的傍晚，兩人一同往上海城裡回時，就交上了朋友。阿暆才知道那人並不是驛館裡養馬的，而是廟裡的香火。

從張家出來的下一日，阿暆便往龍華寺找畏兀兒去了。平常日子，寺裡比較清寂，只是早晚兩場課，其餘，僧人們各在禪房中打坐的打坐，念經的念經，畏兀兒自在庫房裡擦拭幾具銀燭台。庫房在寺內最底處，僧寮的側邊，後窗外是一片松林。阿暆從正門入，經龍華寶塔，過觀音殿，韋陀殿，大雄寶殿、天王殿，輪藏殿……只覺無數匾額從頭上過去，又有無數青石板從腳下過去，無數的白果樹、青松、飛檐、檐上的銅鈴，再有鴿子成群地飛翔，松針落雨一樣灑下，日光則像金針一樣灑下。陡一進庫房，景物全退到身後，眼前卻還有千萬道光線交互縱橫，一時上竟然什麼都看不見，只嗅得一股香燭的煙蠟氣。漸漸地，才顯出一個人形，著一身黑布衫，戴網巾，挽著袖口，朝他笑，這就是畏兀兒。兩人並不寒暄，開門就問來意，於是，直接說事。阿暆想從畏兀兒這裡領一些繡活給蕙蘭，因寺廟裡的用物多是清樸的，寡居人不避諱。畏兀兒說正好寺裡要做幾對蒲團，都是素色，或是讓他姪女兒繡些花樣，即便用素色線，也多少熱鬧些，不至於太枯索。阿暆一聽就說很好，又問繡什麼圖式？畏兀兒說你家天香園繡天下第一，繡什麼不能？阿暆說廟裡有廟的規矩，大概不能隨心所欲！畏兀兒笑道：那是俗世中人的約束，一旦進到阿彌陀佛淨土，便自由自在，無拘泥的。阿暆說：不拘泥是不拘泥，總還要切題吧！畏兀兒就說：倘要切題，就繡十六羅漢。阿暆說很好，可不知羅漢是何種形狀。畏兀兒說：那羅漢領了佛的命，下凡間來救世人，所謂真人不露相，依我說不必刻意去求，就是路邊常人即可。阿暆覺得很對，又由畏兀兒帶著去另一間庫房，向那一間庫房的管事領了做蒲團的綢緞，和幾丈滾條，再一路匾額、青石板、白果樹、青松、飛檐、鴿子、松針地出來。到山門時，鐘樓上敲鐘了，都走出有半里地，依舊餘音繚繞，久久不散去。

阿暆當天就將領來的活計交到蕙蘭手上，蕙蘭望了這幾疋素緞子，沉吟半日。第二天一早，她將燈奴託給李大照管，向夫人說回娘家找幾件東西，順帶看看爹娘，至多不超過三夜便回來了。夫人自然是放行，自古「夫妻本是同林鳥，大難來時各自飛」，何況是婆媳。但燈奴留下了，不謂不是半顆定心丸。蕙蘭曉得婆婆的心思，胸中自有成竹，所以並不辯解。簡單收拾幾件衣物，范小雇的轎子已停在巷裡後門外。因怕燈奴吵了要跟去，就沒讓李大送出來，自己上轎走了。轎子向北又向西，過幾座橋，就到方浜那邊。隔了方浜，經由天香園，只見園牆坍了有一半。望得到甘薯壟，壟間有農人刨地，大約是收甘薯，空氣中有黏稠的漿甜味。轎子向南一轉，停在申府門前。楠木樓上已有人看見蕙蘭下轎，不待敲門，門已經開了。門上剝落的漆沒顧上補，原來密集齊整的竹籬子也疏落斷離，蕙蘭心中感慨，大家子敗落也是大敗落，非市井小戶可比，竟加倍觸目驚心。開門的丫頭蕙蘭不認識，是新來的，梳兩個抓鬏，還沒成年。她也沒見過蕙蘭，滿臉狐疑。此時，蕙蘭的母親迎出來了，將女兒接進去，一邊吩咐丫頭，讓灶上給姑娘打兩個水潽蛋。蕙蘭說：家裡不景氣，還添使喚丫頭。母親回答道：再不景氣，也不差一口兩口，是你外婆跟前的人，還是硬討來的，我喜歡她那名字，叫戥子！說著就笑起來。母親從來不知人事不知愁，至今也脾性不改，倒應了一句話，「不是一家人，不進一家門」，就是與申家人很合。在母親的西楠木樓上坐一時，吃了戥子端上來的糖水蛋，蕙蘭就去了東楠木樓，這才是她回娘家用意所在。

登上楠木樓，便輕香撲面，蕙蘭就知道嬸嬸希昭在做繡活。果然，簾幕半垂，案上香爐裡燃著一炷綠香，窗前迎亮安一張大花繃，含胸低頭坐一個人。花繃上是《東山圖卷》，山水馬匹人物皆成，只剩零碎器物，石凳石桌、棋盤棋子、馬鞍馬纓，針線正在兩個美人依憑的紅欄杆處。蕙蘭大氣不敢出，也不敢太靠近，生怕驚了嬸嬸，錯了針法，就只依在簾子上，越過嬸嬸的肩背看繡活。一枚針引了一縷絲，上下傳遞，不知覺中，一截欄杆便橫在美人膝前。欄杆內那對弈的人，神情閒定，全神貫注於棋上，與橋那邊送信人的火急萬分正成對照。之間山石嶙峋，水流曲折，天地悸動中，唯有這一處靜謐從容。蕙蘭斂聲屏息，不料簾勾脫落，半捲紗幕忽地撒下來，著著實實地一驚！其實希昭早知道蕙蘭進來，此時正停針換線，回頭看了蕙蘭，說：做賊似的，一點動靜都沒有！蕙蘭說：可不是做賊，偷藝呢！希昭說：有什麼可偷的，你叔叔恨不能天下人人皆知，又寫賦，又刻書，唯恐埋沒了。蕙蘭說：知道也是白知道，嬸嬸是天工，學不去的。希昭嘆氣道：哪有什麼天工？哪一針哪一線不是出自人手。蕙蘭說：手和手卻不可比，我要是有嬸嬸這一雙手，什麼樣的難處都不怕了！希昭看她一眼，知道有事，便道：有話不妨直說！

蕙蘭也就不遲疑，將家中窘況說了一遍，坦言道出想用針黹接濟日用，又告訴阿暆叔從龍華寺接來一批繡活，繡樣定的是羅漢。說是羅漢化身世間人，然而總歸要有個圖式，不知從哪裡可索得樣本，就算不直接是羅漢，移過來也行。希昭聽了不禁默然，勉強笑道：天香園繡最終竟是養活生計了！蕙蘭亦覺得淒楚，說：出閣時向伯祖母要「天香園繡」銘記充妝奩，本是賭一口氣，也是爭臉面，誰曾想這回真用上了。希昭說：不過，自家繡著玩不當緊，一旦流傳到市面，這繡號可不能玷辱了，否則，咱家兩代人的功夫不就白費了！蕙蘭急著說：就是因為這，從來也不動念沽市，怕毀了聲譽，如今不是萬不得已嗎？希昭說：你急什麼，臉都白了，說不讓你繡了嗎？說罷，擱下針線，站起身，推蕙蘭到簾外邊，讓坐下。自己取鑰匙開了櫥櫃的鎖，捧出一個冊子，打開來，正是《羅漢圖》。

希昭一頁一頁翻給蕙蘭看，告訴給她羅漢的來歷。佛陀臨涅槃時，派遣十六大阿羅漢，往人世間去，普濟眾生。那大阿羅漢皆化身為凡人，然後受戒、修行，所以，圖上人皆為比丘形狀，著僧衣草履，因每一位阿羅漢各有名號與事蹟，姿態舉止與佩戴就有不同，但也不過都是世間物，不難認得的。蕙蘭問：嬸嬸怎會有《羅漢圖》？並不見吃素念佛。希昭說：我當然是個俗人無疑，但在杭城家，巷口有一座庵子，名「無極宮」，小時候常去玩，認識些師姑；其中一名出身好人家，學過書畫，很投緣，出閣前夕，送一本冊子來，就是這本《羅漢圖》；據蒙師吳先生說，像是從唐盧棱伽《羅漢圖》摹來，卻又有宋李公麟筆法，掃去粉黛，以白描見長，或可臨作繡本。

至此，蕙蘭已望而生畏，畏的不止是針線，還有此後要擔生計，就從這裡開始了。希昭說：我也幫不了你，你沒看見？這一家上下，凡姑娘媳婦，都在趕著繡活，衣食住行全憑藉它。蕙蘭抬起頭，望著嬸嬸，臉上無一絲笑，認真道：放心，既開弓，便無回頭箭，決不辜負嬸嬸。希昭倒笑了：怎麼像發願？蕙蘭自幼心靈手巧，有樣學樣，如今又有長進，只能愈來愈好，哪裡有辜負的道理！蕙蘭還是正色：有一句話我要說在前頭，任憑蕙蘭如何用心用力，終也不能與嬸嬸同日而語，所以，務必請嬸嬸包涵！希昭說：這也忒沒志氣了！蕙蘭說：不是沒志氣，菩薩造人，塑好的泥胎，吹一口氣便活了；我是塑胎，嬸嬸是吹氣，那一口氣是天派給的！希昭不禁也有些動容：無論你說得怎樣，也是燈前影下，一針續一針，一行接一行。兩人靜了片刻，再低頭看冊子。希昭說：我也沒繡過，但覺得，雖然人間相，畢竟是羅漢，有異秉的，還需莊嚴；不用色，只用黑、灰、米黃、米白，針法也要簡略，多用接針滾針勾線，工整大方，才是佛像的要義。

如此，蕙蘭在娘家住了三天，將《羅漢圖》繪成粉本，攜回家去。家中大人孩子正翹首以盼，尤其是夫人，見到人，竟紅了眼圈。蕙蘭這時發現，夫人憔悴許多，鬢髮都已飄白。這一段日子，子喪、夫病、長子一家一去不回，倘不是有過人的意志，萬不能挺住。然而，也再經不得一點摧殘了。接下去的時間還算平和，阿暆的銀子支撐著，又有兩家送來潤筆，是老爺病前所做的賀表與謝表，忙亂中早忘了，可謂意外之喜，就又接續上。李大和范小全心打理內外事務，夫人日夜侍奉老爺，蕙蘭開始繡活，燈奴在院裡和兔子玩。范小在桂花樹下蓋了個兔舍，磚砌的牆，架了木梁椽子，鋪瓦爿，開門窗，莫說兔子，都可住得人。小兔子已成大兔子，因養得好，毛色純淨，蓬蓬鬆鬆，在燈奴懷裡滿滿一大抱。就是尿臊味重，家裡院裡全是，燈奴也是一身腥，如何洗也洗不掉。這院子裡有了畜類的氣味，倒顯得有生機，不那麼冷清了。只是蕙蘭生怕染了繡品，就不讓燈奴挨近，晚上由李大帶了睡去，她趁此還能多做幾針活計。

蕙蘭閉著房門，燃起香，鎮日埋頭在繡繃上。李大難得推進看一眼，見素色緞面上是和尚，盤腿坐於松下溪畔，不由驚一跳，說：難道是在閉關？蕙蘭回道：我要閉關，叫李大這一撞門，不也破了戒？李大就說：你再想做姑子也做不成，上有老下有小，別指望脫個清靜！主僕二人說笑幾句，蕙蘭方才告訴說，是叔叔從寺裡找來的針線活計。李大挨近了細看，咂嘴道：這是什麼？真捨得讓那些骯髒和尚坐啊，造不造孽！蕙蘭趕緊止住：李大莫胡亂說，出家人怎麼是骯髒，冒犯菩薩現世報！李大看她一眼：聽說親家爺爺半路出家做了和尚，難道是有慧根，還又傳代？蕙蘭笑起來：我都沒見過我爺爺，看那一家人，哪裡像有一點覺悟？我爺爺止不過是個異數罷了！現如今手裡做寺裡的活計，菩薩就算是衣食父母，自然要敬著了。李大伸手在蕙蘭額上點一下：這就叫作臨時抱佛腳！蕙蘭來不及讓開：李大手上有尿臊味，別沾了我的繡活！李大說：菩薩是普濟眾生的，無論趕腳的還是苦力，一視同仁，還忌憚尿臊味！說歸說，手還是收回去。過後，與夫人說起蕙蘭繡佛的事，不免擔心：這麼年紀輕輕，守一盞孤燈，形影相弔的，到底叫人不忍！夫人低頭想一時，說了句：人自有天命，由她們去吧！李大知道，夫人說的「她們」裡，還有張陞媳婦。自她回娘家，張陞跟去後，直到七月十五盂蘭盆節方才來家看過一回，替故人放了河燈當晚就走了，藉口這邊房子沒收拾，牆腳都生黴，潮得很。臨走前，張陞期期艾艾流露出點意思，親家那邊有心招張陞入贅，與大舅子一同經營豆米行。夫人硬壓著性子，聲音都啞了：你和我說沒用，去和你父親說。手一指裡廂房：你父親就在床上躺著呢！張陞再不敢出聲，趕緊跨出門，門外的轎子裡，等著他媳婦，曉得沒辦成事，揭起來的轎簾一摔，打在張陞臉上。

阿晻過來看燈奴，只見燈奴大半個身子紮在兔舍裡，往外拖那白兔子，身後球著黑兔子，三下裡亂成一團。阿昉上去將人和兔撕扯開來，白兔子一轉身又往兔舍裡鑽進去。阿昉矮下身子一看，兔舍裡不知什麼時候，扯了兔毛做成一個窩。再看那白兔身子沉重，就知道要娩小兔子了。將燈奴驅開，燈奴已是一身兔毛，腥得嗆人。阿昉一笑，往燈奴後脖頸摸一把，摸到那銀鎖圈，纏的紅線繩，本就是浸透泥汗，如今又裹上一層新的，上了釉似的。扯起燈奴去蕙蘭屋，剛推門，裡頭就傳出聲音：別讓他進來，髒！趁阿昉一彷徨，燈奴脫了身，回到兔舍跟前，好在范小趕到，死把著門，阿昉這才放心進屋。

蕙蘭已繡成兩幅，阿昉不甚懂佛經，叫不出名，只見是一個和尚傍著溪流席地而坐，腿邊趴著個小沙彌，倒有點像燈奴。再一幅，也是和尚，坐在石上，正展開一卷經，身旁站一個人，披盔甲，頭頂一簇纓，手持法輪，應該是沙彌，可又像送信人，和尚手裡持的就是家書。畫面疏落清淡，細部卻唯妙唯肖，既是佛道，又是人世間。蕙蘭停下針，等叔叔批點，見沉默不語，便不安起來，問：是不是有俗氣，不合寺裡規矩？阿昉則說出與李大一樣的話來：怕的是他們不配！蕙蘭吁出一口氣：這就不怕了！阿昉又說：出家人清心寡欲，粗衣淡飯的，大可不必如此精緻求工，忒費神勞力了！蕙蘭就說：我恨不能更好卻也不能了，「天香園繡」譽滿天下，要砸在蕙蘭手下，從伯祖母到嬸嬸，一律饒不了，就也顧不上和尚不和尚的！阿昉趕忙說：砸不了，砸不了，這不，「天香園繡」又添一品，之前有誰繡過佛？蕙蘭笑了，又收住，抿著嘴，低頭拈起針來。這一幅繡的是麒麟，回頭向上，所望之處，也是一羅漢，炭筆勾了形狀，未著針，好像剛下凡來就要現身。麒麟通身白色，鬚尾與腳爪是黑，黑白對應，倒又有一種絢爛。阿嚨說：寺裡原本打算過年後四月初八釋迦牟尼誕辰日用這批蒲團，看起來趕不及了。蕙蘭「哦」一聲，又停下針來，怔忡著道：拚了不吃不睡，到四月能繡成八幅，已經了不得，還要縫、填、滾、緣，最終做成蒲團。說著就急躁起來，怪自己魯莽，冒失接下活，要誤大事！阿嚨勸她儘管寬下心繡活，由他到寺裡與畏兀兒交道，四月初八交八個，另八個下一年除夕前交到。蕙蘭問畏兀兒是什麼？阿嚨便將畏兀兒的來歷說了一遍。蕙蘭說：叫這樣的名，怪好玩的！停了停，對叔叔說：就和畏兀兒定下，四月初八交一半，除夕交一半，再快也不能了。阿嚨答應了要往外走，蕙蘭又叫了一聲「叔叔」。

蕙蘭說：能不能向家裡支個人，幫著打些下手？阿嚨不由為難了：家中閒人是不少，卻是什麼也不會，凡會點什麼的，則忙得披星戴月，真還支不出幫得上忙的人！蕙蘭說：我娘房裡新添一個丫頭，叫戥子，算我借娘的，用完就還！阿嚨答應帶話給蕙蘭娘，蕙蘭又補了一句：只借半天，下半天來，傍晚就回。阿嚨禁不住一笑，曉得是為了省一頓飯，又覺淒楚，這一家果然是到了量米下鍋的日子上，卻不得不佩服蕙蘭義氣，為難時不離不棄。只隔一日，戥子就自己來了。上回在母親房裡，被差遣得來回往互，沒看真切，此時在跟前站定，才見出這丫頭還小得很。個頭都沒長齊全，臉黃黃的，五官還在混沌中，顯不出美醜。身上穿的是蕙蘭小時候的舊衣服，倒也乾淨。雙手抱一個篾編的針線匣子，也是蕙蘭在家時用舊的。但憑她能自己摸到這邊來，卻是夠機靈和大膽的。蕙蘭帶她進屋，先讓洗乾淨手臉，再穿針引線，將前一日裁下的綢緞片，緣上邊。蕙蘭緣一行給她做樣子，再看她緣一行，見她拿針的手勢挺秀氣，就曉得是做過針線的。蕙蘭不由多看幾眼，又看出這丫頭長了一雙好手，雖還是孩子手，和她的臉一樣黃和瘦，但已經顯出勻長的手指頭。幹的是粗活，卻沒有一點趼子，指甲也整整齊齊。拇指和食指一提針，小指一翹，挑著線，扯直了，不鬆也不緊。蕙蘭放心了，兀自回到繃上繡活計。一炷香燃盡，起身換香，忽發現屋裡多一個人，這才覺著戥子的靜。再去看她的活，已繰了一片半，針腳長短深淺一律齊，毫不走樣。窗戶向東，日頭此時去到西邊，光就弱了，平下來。但因是晴朗的好天氣，足夠照亮，連線的毛頭都清晰可見。窗外聽得見燈奴的叫喊，原來大兔子已娩下四個小兔子，滿院子滾絨球。桂花開了，沁甜的香裡摻了兔子的尿臊，自家人慣了，不覺得。外邊人猛一進來，以為是莊戶人家。兔子進窩，門插上，燈奴又吵著要范小堵黃鼠狼的洞，喧嚷一陣子，天色暗了。蕙蘭說一聲：回吧！戥子就立起身，繰好的疊起放一邊，沒繰的放另一邊，又將線頭線毛擼起來，揉成球，案子上便乾乾淨淨，抱著針線匣，走了。

下一年的四月初，阿暆帶著八個蒲團去到龍華寺，畏兀兒見了都不敢接，怕玷污了。那拖延的八個也不催了，只說慢慢繡，不著急。帶阿暆到賬上領了銀兩，一刻也不耽誤的，阿暆立時送去張家，剛好接續上抓藥和過立夏節，還有李大和范小的工錢。這一年，燈奴已滿三歲，兔子生下好幾茬，送的送，賣的賣，燈奴的熱頭也熄了火，換上一隻大花貓。本來是讓睡兔舍裡的，卻偏要燈奴抱著睡，兔舍騰出來，做了李大的雞窩。院子裡嘰嘰喳喳遍地開花，全是黃、黑、白的小絨球，腳都插不下去。

三十六、戥子

蕙蘭的母親是個笨人，所以戥子的針線就不能是她教的，那又是從哪裡學的呢？姊姊們。戥子上面有三個姊姊，大的二的都嫁人了，三的自小在彭家做丫頭，長大後，就配給彭府上一個雜役，也嫁了。本來，戥子也要走這條路，可是不等她長到嫁人的年齡，做父親的患赤痢，一晝夜便拉死了。母親帶著底下兩個弟弟改嫁，繼父不肯收她，只得由三姊帶去。先在彭家灶火間裡打雜，後來就進房裡，替奶奶姑娘做些貼身的活，然後又被蕙蘭的母親要走，到了申府。

姊姊多，就有一般好處，總是針啊線啊，花兒朵兒的。貧寒人家，縱使沒有綾羅綢緞，縫補連綴的活卻少不了。女兒家都是愛美的，能將補丁做成一朵花。父親做過幾日買賣，生四的那一年，在市面盤下個鋪子，生意有興隆的跡象，巴望生個兒子，不料又是個丫頭，取名叫戥子，是稱銀子進財源的意思，又是「等」的音，表示等著生兒子的決心。到了下一年，真等來個兒子，可買賣卻不濟了。貨接不上，要就是貨交付了，卻收不回錢。不得已，便關了店，將鋪子又盤出去，回到肩挑手提，串街走巷，第二個兒子卻又來了。世人看來，就是福份淺，有家業沒兒子，有兒子沒家業。想不到還有更不濟的事，索性一命嗚呼歸了西，連兒子都姓了別家的姓。

到申家時，戥子十二歲，雖然年紀小，經歷遭際卻抵得上一個大人還多。本來就是家中最不疼的那一個，然後到姊姊姊夫家，即便自己親戚，也是寄人籬下。還要做使喚丫頭，做了這家又做那家，真是夠她應付的。她還沒長熟心智，也沒有爹娘教，只守著一條，讓做什麼就做什麼。如此，以不變應萬變，都頂下來了。也是自小看人眼色慣了，還沒開口，已經知道讓做什麼。看起來有些木訥，是變故給嚇的，生性裡還是有一股小聰敏勁。剛到彭府時，多少吃的用的，從來不曾見過，卻也沒有打碎過東西，或者傷了手腳。再從彭府到申府，又是多少不相同，也沒有攪混過。走了這兩家，都是城裡數得著的大戶，到底長見識，遇事更加不憚畏，木訥裡倒有幾分從容了。小心眼裡，會將這兩家作比較。彭家有排場，規矩也大；申家不拘禮，卻靡費些。做僕傭，照理是樂意不拘束的主子，可是在儉省人家出身的戥子，申家的隨心所欲卻讓她不忍，以為造孽！今天的百寶千珍，明天就棄之如敝屣。彭家也豪奢，卻還有長性，看起來也像是底子厚一些，就沉著，反不那麼張揚，像是過日子之道，底下人也覺牢靠安心似的。不過，待人自然也嚴苛了，不像申家，尊卑上下不怎麼分明，就有自由，人性呢，也風趣許多，卻難免有朝不保夕之虞。說是聽使喚的奴婢，也多少將主子的家當家，總是盼望長久安穩。所以，戥子評不出誰家更好，或者是兩家都好。反正，她總是讓做什麼做什麼。就知道，憑著一雙手，就有她的衣食。

自從每日到蕙蘭屋裡做半天針線，戥子卻漸漸喜歡上張家，因為有些像自己原先的沒潰散掉的家。雖然自家的院子沒這家的大，也沒那麼多棵樹，只有一棵棗樹。到掛果的時候，就結滿一樹的棗，兩個弟弟用竹竿打落一地，那個燈奴就像自己小些的弟弟。戥子記著的弟弟，就是燈奴這樣的大小，現在一定改了模樣，可是再沒見過。夫人和自己母親年紀差不多，自然是尊貴威嚴許多。老爺從來沒出過房，就也是尊貴和威嚴的。可是，還有李大和范小呢！總是忙碌著，進進出出，柴火炊煙。有一回，戥子看見范小在院子裡曬醃菜，和自己家一樣的東西和氣味：苤藍、蒜苔、豆角、青菜梗、蘿蔔條，就知道這家的日子怎麼樣，平常的，卻是從長計議。要是父親不死，她們家就會這樣一日一日往下過。姑娘，因戥子算是她娘家的人，就這麼稱蕙蘭，姑娘像誰？像大姊。大姊嫁在三林塘鎮，姊夫在鹽場記賬，寫一手好字，已經有一兒一女。大姊的針線也很好，當然不能和姑娘比，做的是粗活，可也是一樣的安靜，娟秀。戥子覺著高興的是，大姊教給的那一點女紅，姑娘並沒有挑剔出什麼，這更說明了，姑娘是像大姊的。

戥子不止是喜歡張家，她其實還喜歡針線。在彭府時，就知道申家的天香園繡，可是姑娘的母親，她服侍的大奶奶卻是不怎麼會繡的。雖是申家有規矩，丫頭們一律不讓習繡，但別人家房裡的，好歹還能打個絡子，做個滾條，或則像她如今這樣繰邊，在大奶奶這裡，卻連這點活都沾不上手。所以，挨了天香園繡，離針線反倒遠了。那天阿暆爺給奶奶帶來姑娘的話，叫她去幫忙，奶奶找出姑娘在家時用的針線匣交給她，戥子將針線匣裡的東西翻著看著，一晚上捨不得放手。各等樣的針，長長短短插在針插上；線軸上齊齊繞著棉線，一軸黑線，一軸白線，一軸藍線，一軸青線；一把尖頭彎彎翹起著的小剪子，專門剪線頭；一個銀頂針，戥子試了試，在指頭上打著轉，等她再長幾歲，就正好；幾塊碎綾子，幾粒鎦金鈕釦，一些珠子，一朵翠花，一條貂毛，鑲領子或是做抹額用的……摸著這些零碎物件，就好像摸著一雙手，姑娘的手。之前，戥子見過姑娘的面，如今，又看見姑娘的手，溫潤的，靈巧的，而且有恒心。

第二天，戥子捧著針線匣去往張家。她自小長在市井街面，從不懼車馬行人，也很識路，過橋穿巷，一逕到了地方。她按囑咐，走的是後門，那一條巷子，院門緊閉，肅然得很。一直走到巷底，橫頭半扇門，叩兩下，就開了，撲面而來一股藥味，就知這家有病人。往裡走，離灶房遠了，藥味漸漸散了，就有花香，還有太陽曬在樹葉上的青澀氣。再接著，貓和雞的腥臊也來了，再有燈奴身上，小孩子的油汗乳味，熱騰騰地逼近過來。可是，立刻，被攔在姑娘的房門外。

姑娘房裡熏了不知哪一種花和草，嗅不見香，卻好像將什麼都洗一遍，角角落落的積垢都掃除了，地方就變得空廓和軒敞。姑娘的屋子讓一幅幔子隔成裡和外，裡間屋的窗下，架了花繃。姑娘對了窗迎亮繡活，戥子呢，坐在側邊，借一角窗，做她的活。窗外是玉蘭樹，有大朵大朵的玉色花，經范小修剪，葉和花都讓過窗戶，不至於擋了屋裡的亮，還給這亮鑲上影的邊。「咕咕」的雞叫傳進來，貓被燈奴掐得咋呼一下，燈奴隨著也是一聲嚷，然後就有李大的走路聲，大腳板「啪啪」地拍著石板地，亮開了大嗓門。還聽見夫人的聲音，不知說什麼，總是吩咐辦事，但話音裡有一股憂愁，戥子認得出來。是愁家中的病人，還是衣食緊湊，總歸是過日子的難處。戥子心裡特別的靜，就好像回到從前，家道並不十分和美，卻也輪不著她耽慮。姑娘難得說話，她覺得是不讓她難堪，因為說話多了，她不知道該答什麼。所以，這不說話裡，就有一點知己的意思。日頭斜過窗戶，接著，餘光收斂起來，香也燃盡了，有一些雜七雜八的氣味從地上，天棚下，牆角裡漸漸起來，也不難聞，而是顯得暖和與熱鬧。姑娘起身，將繡活覆上一面絹，戥子就知道她該走了。收拾起針線匣，向姑娘鞠一躬，出門，穿過院子，循原路回去。

這家裡，頭一個與戥子相熟的人是燈奴。立夏那一日，戥子下午來，送給燈奴一個大鴨蛋，套著五色絲線網，底下垂一束纓子，掛在脖頸上，沉甸甸的。端午，又縫一串香包，每個顏色款式都不重樣，是用針線匣裡的碎綾子縫的，雞心形、粽子形、鎖形、錐形，又用雄黃替燈奴畫了臉，門神秦叔寶的樣子。天長了，向晚的時分也是明亮的，臨到走時，燈奴墜著戥子的手，要跟她一同去。戥子便牽著他，在街上轉一遭，再送回來。九間樓邊上在起廟，西洋廟，小主僕二人多是從那裡經過。九間樓的管賬老趙是認識的，因為常往天香園的九畝地看甘薯去，還到申府上送東西。有時也會遇見洋和尚仰凰先生，燈奴已經不記得，小時曾經逗過他玩，卻也不怕他，衝他一聲聲喊：老毛猴！俗話說：家貧養嬌子，這孩子多少是缺管教，性子有些野。戥子喝止不住他，撒開手就走。燈奴這才怕了，撲上來死命拽住，於是，兩人又和好了。

燈奴最喜歡看船，有載貨的，有載人的，有迎親的，有送葬的，響器順著水流，喧騰起來又沉寂下去，船老大搖著櫓，吱嘎吱嘎響。尤其在暮色裡，老遠的都聽得見。有一回，船上人還扔給他們一條活魚，戥子拾了根草繩穿過鰓繫著，由燈奴提回家去。起初家裡不讓走遠，後來見戥子很可靠，就略放手些，由他們去。這一日，兩人出門，過橋，穿弄，到縣署前街，有一個耍猴的北方人正拉場子，燈奴自然不肯走，那小猴穿一件紅坎肩，打鈸鐃，吹喇叭，拿大頂，翻筋斗，又去箱子裡摸出頂官帽戴上，兩臂背在身後頭走官步。因是在縣署門前，就分外的好笑。趁著熱鬧，小猴環場一周，趴地磕頭，拱手作揖，意思是要錢，到底有幾個扔了銅子，燈奴沒有錢，扔了一個土坷垃，再要扔，被戥子的眼神制止了。

耍猴人收了場子，兀自揹起箱子向西去，小猴也不繫鏈子，跟著一併走，真像爺孫倆。燈奴扯著戥子的手尾隨走過幾條街，戥子不讓跟了，再是晝長，也已經垂暮，天色沉下來，就要回家。走了幾步，忽然站住，戥子木呆片刻，陡地一返身，拉了燈奴的手跑起來。轉過街角，經過一座石板橋，沿河跑一段，進一條窄巷，巷裡有一口井，井邊有一扇柴門，虛掩著。戥子鬆開燈奴的手，撲開門，門裡是小得不能再小的院子，院裡有一棵樹，樹下滿地的棗，燈奴俯下身就拾起來。戥子站在院子當地，迎面兩間屋窗破門毀，一間披屋，原先大約是灶間，如今灶已坍成一堆土。戥子一動不動地站著，燈奴拾夠了落棗，起身看她，又動手拉她。一彎腰，抱住燈奴哭了。燈奴摟住戥子的頸，並不知道怎麼一回事，只是駭怕和難過，咧嘴嚎起來，嘴裡滿是嚼碎的棗。兩人抱著哭著，好一會兒，天東邊出來一彎淡淡的上弦月，戥子擦擦燈奴的眼淚，燈奴也擦擦戥子的，手牽手走出院子。那邊的家真著急了，從來沒出去過這麼久的。李大專跑去九間樓工地，砌廟的勞力都收工了，洋廟已經上梁，立在薄暗中。待李大走入巷子，戥子已經將燈奴送回來，兩人正在門口分手。剛要開口罵戥子，卻見戥子臉上似乎有淚痕，神情與往日不同。燈奴也像是哭過了，周身上下查一遍，沒什麼不對，只是兜裡裝滿了棗子，大而且紅，卻有些瘦乾了。

蕙蘭看戥子手巧，有意教她辟絲。先讓她立一邊看，看過幾日再上手試。因是單色，必要細分，才可從一種黑裡化出許多層，不至於呆板枯索。所以，一根絲非辟成十六，甚至三十二，猶如蛛絲。頭一辟，就要辟得極勻，如此，再二辟四，四辟八，略有一毫釐的偏倚，便無法辟下去。這裡邊的道理，蕙蘭不說，戥子也不問，只是一個做，一個看。眼見得一縷絲披成一披，霧似的，呵一口氣就要散得無影無蹤。戥子閉住氣地看，晚上睡覺前，自己取一根棉線學著辟。辟過棉線，再取一段絲線辟。半月後，姑娘讓她上手時，就已經有幾分樣子了。又練了半月，蕙蘭便將辟絲的活交給戥子，自己全心在繡。如此緊趕慢趕，到年根才趕得成那八張蒲團。蒲團上的羅漢有和鳳凰說話，有臨淵觀魚，有受童子蓮花，有乘法輪雲遊。每一種都各配石、松、竹、籬、芭蕉、松雞、靈芝、祥雲、流水，無色而繽紛。夫人看了，笑道：恨不得就要念佛吃齋了。李大說：雖不是吃齋人，也算是積功德，老爺怎麼會不好起來？夫人臉上不由開朗幾分。

老天幫忙，這一年恰逢乾黃梅，只下二三場雨，立刻收燥了。否則，濡濕的天氣裡萬不可動繡活的。一是絲色要變；二是緞面會伸縮；三是手上的汗氣難免玷污，還會有氣味。往年，一旦入梅，申府的女眷一律放下活計，無論繡到如何緊要關頭，再也不碰，直到出梅入伏。一年中，亦只有這十數日可歇得針。今年卻不必，收進去的活又擺出來，一刻也不誤。至於作田的人耽慮，乾黃梅多是預兆有災變，此時也顧不得了。蕙蘭這邊，一日接一日，不間斷地趕繡件，幾乎足不出戶。九間樓下的洋廟建成了，取名「敬一堂」。每七天一回，仰凰先生開堂講經，叫作「禮拜」。李大、戥子、燈奴，都去看過，說是堂裡供的女菩薩，懷裡坐一個小孩，是母子。母親叫馬利亞，小孩叫耶穌。夫人問為什麼不是父親與兒子，不是更名正言順嗎？回答是那小孩名義上的父親是個木匠，其實呢，是上帝，在天上，並沒有人形，就好比盤古氏。人們攛掇蕙蘭也去看一眼，蕙蘭笑說：哪有這個閒工夫和閒心呢？只有一件事讓她停下針，抬起頭怔了一時，就是李大說，老趙向她打聽阿暆叔叔，說久不見阿暆，不知跑到什麼地方，又忙著些什麼。蕙蘭想到，自從浴佛節前，叔叔阿暆收去蒲團，又過來交付銀子，至今有半年過去，沒再見過他。戥子說阿暆爺又新交了朋友，是在常州府，所以常往那邊去，家中人也見不著他。蕙蘭從小在家聽父親叔叔說起，常州有東林書院，宋時為龜山先生楊時的學堂，廢棄日久，直至本朝，退官顧憲成重新啟用，開門授學，講者有「東林八君子」之稱，家中爺們也去聽過。後來因講學牽涉世事，甚或抨擊朝廷，生怕惹事生非，漸漸就不再談起了。此時，朝中閹黨得用，大有壓倒之勢，連山高皇帝遠的江南一帶，都有造魏璫生祠的，坊間頗有議論。東林書院難免是風起雲湧的地場，阿暆叔偏偏往常州去得勤快，讓人不安得很。

入伏後，一日熱過一日，院子烤成鍋鏊，一盆水潑上去，遍地生煙。李大餵的雞熱死幾隻，又成雞瘟，最終全部告罄。燈奴的大花貓下小貓，得了產褥熱，噝氣前掙著將產下的小貓咬死，隨後跟著死去。燈奴哭得什麼似的，他爹走的時候還不懂事，都沒這麼哭過。蕙蘭覺得不祥，李大安慰說，畜類是可替人頂罪的，死淨就平安了。蕙蘭略安心一些，但從此再不讓養活物，免得死去時傷心。院子裡沒了這些畜類，清寂得很，尤其中午，日頭將石板地照得煞白，望出去都目眩，白日裡被夢魘著了似的。燈奴赤條條個身子，只頸上戴個從不摘的鎖圈，在樹底下挖土玩，就像六道裡的小鬼。

老爺病得沒了火力，畏寒，如此燥熱，還要罩床薄被，手腳卻是涼的。吃不下飯，只吃西瓜，又必要井水裡冰透，從這看，又像是內熱。如此粒米不進，熬過三伏，又挨過立秋後賽火三十天，終到了白露，人們方才喘出一口氣，以為有生機。其時，已有數月未下雨，城裡城外溝乾河枯，舟船擱淺，稻子得黃枯病，蝗蟲便起來了。饑年已呈兆頭，百業漸蕭條，唯有寺廟裡香火旺盛，求降雨，求消災，求收成，求水漲河滿，舟行船走。連向來不信這些的夫人，都遣李大去龍華寺燒一炷香，嘴上不說，但都知道是為老爺的病。一旦求到佛上，事情也就沒什麼指望了。

白露過後三天，老爺便歿了。臨走時，眼睛對著燈奴，看一會兒，又移過去，停一會兒，再移回來，就知道是在找大孫子。已經著人去親家報信，卻總也不見人影，等那張陞拖了兒子一步一跌，氣吁吁地趕到，老爺已經停靈。又過半時，張陞媳婦才姍姍來遲，身邊扶著個小丫頭。人們看出，張陞媳婦又有了身孕，不禁扼腕嘆息，倘若早一步，讓老爺看了，有多麼安心啊！到底是病得久，中間有無數次險情，如今去了，傷心是傷心，但也有一種踏實。人們都以為，老爺是為張陞病的，如此，可去張陞那裡，父子聚首，不謂不是慰藉。所以，家中還比較平靜，入殮，蓋棺，出殯，又做了水陸道場。和尚們敲了木魚念經，燈奴小兄弟倆在院裡，搶著拾香爐裡未燒化飛出來的紙屑，再扔進爐裡。哥倆都穿著粗麻孝衣，頭上繫著麻繩，在地上滾得稀髒，白變成了黑。也是叫人心寬，老的走了，還有小的，終究會一日一日長大，頂起梁柱。家裡人都振作著精神，將屋子刷新，點了長明燈，張著一排白紙燈籠，日夜守著，給弔唁的人磕頭。

陳老爺、喬老爺總是第一到，之後便絡繹不絕。張老爺在地方上雖不顯赫，但有著清名，與許多商賈鄰里寫過表賦，不敢稱天下文章，卻字義懇切，文理井然。兩個公子同年入泮，一對小童生曾傳為佳話。可惜那小的壽短，早早夭折，於是感懷中又添嘆息。連他們自家人都想不到，弔喪的人如此之多。無數的喪帳，無數的輓辭，又有留下奠儀，曉得原本單薄，一家之主故去，以後的日子如何過下去，一片茫然。兩親家自然也都來人，陸家浜的是父母兄嫂，申府上則是雙親扶著祖父一同到來。祖父來過的第二日，伯祖母與叔叔嬸嬸也來了，阿暆叔是在出殯那一時趕到的，一身風塵來不及撣掃，抽根麻繩繫在腰間，擠到棺木邊執紼。槓頭一聲「起」，只見一片白麻上一杆白幡，搖搖擺擺出了街。

喪期裡，張陞一家三口重新回到家中，那兩間東屋開了門窗，日裡有人，夜裡有燈。蕙蘭母親將戥子留下來幫忙，與蕙蘭睡一個屋。兩個小的多日不見，此時又廝纏住了。少了一口，多了幾口，院子裡擠攘攘的。夫人心想：可不是否極泰來的意思？然而，事情並不像夫人所想。三七過去第二日，張陞一家就要回陸家浜。理由是生意繁忙，媳婦又挺個大肚子，不宜在喪事中久留，那小的則已經上塾學，背不出書先生要打手板，總之是必回去不可。夫人先將母子二人放了，單留下張陞，就在老爺靈下，說道：張陞你講清楚了，到底是這家的人，還是那家的人！張陞竟撲通一聲跪下了，淚流滿面道：兒子已是大不孝了，看迎兒的面上饒了我！如今家中這般拮据，兒子又無能，連自己的妻兒都要靠岳丈家；我也想通了，不再讀什麼書，弟弟那樣的天智和勤勉，結果卻早夭；實話對母親說，我已退了月銀，一心學習買賣，今年恐又是大饑年，岳丈的貨棧裡囤積有數百石豆糧，又有數十條船候在吳淞江，但等水漲便入港，上下忙得不可開交，會有我們一家的飯吃；我不讀書，迎兒讀，他的束脩亦是岳丈擔負，我們也商定了，迎兒依舊姓張，以後生了再當別論。說罷，就往地上「砰砰」磕著響頭。夫人跌坐在椅上，只聽清前一半話，後一半不知在說些什麼。那張陞則是一勁地磕頭，夫人不說話就不停下。邊上的李大看不下去，拉扯他起來，張陞硬是不起，還要往地上撞，額頭已經出血也不覺得。拉小孩子打架似地拉扯一陣，才直起身子不再磕頭，卻也不起來。夫人靠在椅上，掩面許久，終於放下手，說了聲：走吧！張陞應聲從地上爬起，退到門口，跨過門檻，回過身去，一溜煙地走了。

東屋的門窗重又閉上，燈奴問了幾遍：迎兒哪裡去了？無人回答，漸漸作罷。從此，沒有人再提「張陞」兩個字。到五七與七七兩個大日子，張陞帶迎兒來，自己躲在灶間范小那裡，迎兒自己到祖父靈堂磕頭，起身時看見燈奴。兩個孩子雖不知道究竟發生什麼，卻都覺得生分，不由向後縮縮身子。院子回復寧靜，戥子一時還不回去，因喪事誤了工，需加緊趕上。到晚上，老的小的睡下，這屋裡掌起幾盞琉璃燈，燃的是上好的清油，無色無臭，將屋子照得通明。主僕二人埋頭做活，戥子辟絲幾成熟手，又在學上綳，描畫簡單的邊飾。一直到角樓上敲了三更，才收拾收拾熄燈。一覺到天明，還未睜眼，就聽見院子裡戥子和燈奴說話，教燈奴猜謎，「快快逃，快快逃，赤膊的逃去，穿衣服的拿牢」。正猜不出是什麼，忽聽到沙沙的落米聲，原來是范小在篩米，心頭一亮，謎底就有了。

七七過去，第二天晚飯後，夫人要蕙蘭留一時。又讓戥子叫來李大和范小，到跟前站著。人們不知有什麼事，都看著夫人，心裡擔憂，怕夫人氣糊塗了。夫人真是憔悴許多，卻更比先前沉靜，停了停，夫人開口了。先問李大來家有多久？李大說：我是家生子，落地就在你家，今年三十六，就是有三十六年了。范小呢？夫人問。范小說：七歲時過來跟王廚打雜跑腿，後來王廚走了，我留了，至今已有十七年。夫人輕聲道：很好，跟了張家這些年，應當好好發落才行啊！范小還不明白，李大聽出些話音，問：夫人什麼意思？夫人苦笑道：你們也看見了，如今這一家只剩孤寡三人，從此不能靠掙，只能靠省，且過一日算一日吧！這一回，連范小都明白了，說：夫人要攆我們走？夫人說：不是攆你們，是不敢拖累你們！那兩人神色茫然，一時無話可說。

夫人接著往下說：我也替你們想過了，從這裡出去後，也是兩個孤單人，不如兩家合一家！眼下我還是主子，比得上半個父母，就可作主這一份婚配，今天是九月二十四，雙日子，你們就在這裡磕下頭拜個天地吧！兩人還是愣著，半日，李大說出一句：我是願意的。夫人就問范小如何，范小臉脹得通紅，說不出一個字。蕙蘭禁不住想笑，又不敢笑，硬是忍著。李大說：我知道他是嫌我年紀大！范小此時才憋出一聲：不是！蕙蘭和夫人都笑了：那就磕頭吧！於是，兩人跪下去，按規矩，先拜天地，再拜夫人，然後對拜。拜過起來，夫人說：從此你們就是夫妻，老話說，夫妻本是同林鳥，不說患難與共，就說搭伴過日子。夫人取出半封銀子在桌上：再多我也不能了，盡著這些租下一間屋，謀畫做個小本買賣，你們都是勤快人，糊口總歸不難的！

萬沒想到，家道的哀戚中，還能成就一樁姻緣，人人臉上都有了喜色。蕙蘭心想，李大和范小這一對，實在有趣，夫人呢，竟然生得出這個主意，更是有趣！不由得，暗自又笑一回。回到房裡，掌燈做活，戥子猝然吐出一句：婚姻不是什麼好東西！蕙蘭一驚。難得聽戥子說話，出言竟如此莽撞。又才發現，從頭至尾，戥子一直沉著臉，一笑沒笑。想斥罵幾句，又止住，只說：做你的活！

三十七、求師

李大與范小就在新路巷口租了半間屋，本是院裡人家的柴屋，將舊門堵死，臨街重開一扇，就住下了。與張家一巷頭一巷尾，為的是好替老東家照應雜務。所以，雖然自己單立門戶，但一早一晚，或是李大或是范小，都要去張家院裡，送擔柴，挑擔水，醃一缸鹹菜，洗半盆衣服，灑掃庭除一番。張夫人勸阻不了便也不勸，由他們去來，因是養他們上半輩子，又安頓下半輩子，受惠顧心中坦然。家裡少了一個病人，也少了人情互往，餘下自家幾口，衣食都十分簡單。蕙蘭繡活，夫人照看燈奴，三頓飯婆媳二人聯手，燈奴也幫著剝豆、挑米蟲。三代人倒也過得不緊不忙，只是冷清些。

自從張陞入贅婦家，夫人就將燈奴看得很嚴，再不讓出門，一是怕走丟，二是怕學壞。又開始與他立規矩，每日要背書和描紅。燈奴才四歲，野慣了，一下子如何受得管束，急得亂叫亂跳，還有幾回，竟號啕起來。可夫人是什麼人物？多少個大男人都不在話下，何況黃口小兒，又是自己的孫子。隨你哭還是嚎，就是一個沒商量！三五日一過，便轄制住了。祖母當院一叫：張遂平，立刻起身乖乖走去。難免舉目顧盼求告，母親通常是不理的，看都不看他，要遇到戥子，情形就不同些。戥子的目光是同情的，四目相對，有一時停頓，無限的情義便在其間交匯。然後，各向各的地方去了。

幸好這家裡還有戥子。喪事辦完，戥子便回申府去住，依然是午後過來，但往往晚飯後再離去，讀完書的燈奴要留她玩耍。夫人不允出門，只能在院子裡。戥子替他梳小辮，分成許多股，編成豬尾巴細的無數條，有時披散著，有時合起來結一根，戴一頂圓帽。戥子用一塊麂皮，幫燈奴把銀鎖圈擦得鋥亮，污髒的紅線繩拆去，換上新的七色絲。大花貓死了，燈奴身上也沒了尿臊氣，穿上乾淨的藍布袍，袍角繡一朵紫花。是戥子的手藝，她家姊姊教的，平針繡成，有些死，卻整整齊齊。腰帶也是戥子打的絡子，兩頭各拴一顆珠子，是針線匣裡的存物，繫起來，正好垂在中間。這樣，燈奴真的就像一個斯文的讀書郎。燈奴纏著戥子不讓走，戥子不好意思白吃飯，就要去灶房幫著燒鍋，飯後又搶著洗碗。漸漸就成定律，戥子在張家晚飯，飯前搭把手，飯後刷鍋洗碗。有時，婆媳倆開玩笑，要將戥子說給燈奴做媳婦。燈奴只是咧嘴笑，戥子就不幹了，手一甩走開去，過後幾天不理睬燈奴。蕙蘭忍不住說戥子：莫說是玩笑，即便是正經，怎麼？咱們家娶不起你！戥子平素是說得起的，此刻卻立馬回嘴道：當我是李大呀！這孩子說話就是梗，讓人不順耳。蕙蘭說：李大怎麼了，你未必及得上她，再說，燈奴是范小嗎？戥子又頂回去：燈奴干我什麼事！蕙蘭真生氣了，手上的針一放，抬頭說：這是誰家的規矩？彭家還是申家，抑或是我們張家給放縱的，主子說一句，頂一句，不依不饒！我娘倒要怪我，看來只有打發你回去了。聽到要打發她回去，戥子的眼淚下來了，不再說話，看神情卻是不服輸。蕙蘭不再理她。於是，戥子不理燈奴，蕙蘭不理戥子。燈奴最沒骨氣，一勁地追逐，戥子只得搭理了，卻不肯向蕙蘭服軟，只是手下加倍地勤快。蕙蘭其實早已不生氣了，等著戥子自己與她說話。戥子就是不開口，並非不服氣，而是下不來台階，不知如何說謝罪的話，也是缺調教的緣故。蕙蘭暗自嘆息，少爹沒娘的孩子，真是有想不到的難處。

事情正僵著，這一日，戥子卻沒來。蕙蘭心裡記掛，臨街的大門敲響了。自老爺去世，家中就沒什麼賓客，那前門的鐵門幾乎都要鏽住了。婆媳二人，加上燈奴，一併跑過院子去迎客。進來的不是別人，竟是蕙蘭的母親，夫人趕緊引親家在廳堂裡坐。那廳堂久不待客，雖然打掃得潔淨，卻更顯得四壁蕭瑟。天已入冬，廳裡沒有生炭盆，桌圍、椅墊、帷簾也未單換棉，坐著只覺寒氣逼人。兩親家縮著手腳相對而坐，互問了些近況，夫人坦言家道不濟，實在委屈了蕙蘭，本是金枝玉葉，如今扶老將雛，針黹湯釜，無半點怨言，真是好爹娘好教養！夫人的話並非恭辭，確乎由衷之言。蕙蘭母親答道：這是她的命，縱然在家裡，也夠她忙累的！如今闔家上下，全指著女紅度生計，就這樣，該花的還要花，今天買馬，明天置車，倒不如在你家清省。這話也不止是謙詞，說的全都是實情。夫人看出親家母秉性率直，媳婦原來像她，便也放下寒暄，將家中尷尬事說出一二給親家母聽。蕙蘭母親自然又有更多可說的，婆家和娘家的，種種事故。她原是對人沒什麼防備，夫人呢，斷了一切交際，其實已憋悶很久，因此，兩人愈說愈多，冷也不覺得了。說到後來，不知在哪個節骨眼上，夫人想起來：親家母今日特特來到，不會有什麼事吧！蕙蘭母親「哦」一聲，這才恍然道：是有點事，她伯祖母想了，要蕙蘭回去住幾日，親家不知道，她伯祖母可說是一家之主，連她伯祖父都憚幾分！大伯祖母說的話，沒一個人敢違拗。夫人不等道出這一段的來龍去脈，立起身就說：親家今天就帶她走，怪我糊塗，蕙蘭久未回娘家了！說罷就領了親家到蕙蘭房裡，讓蕙蘭收拾東西。燈奴一聽要走親戚，幾乎狂喜，卻被母親按捺住，要他留下跟祖母讀書，怎麼說情都不行。蕙蘭是讓夫人安心不起疑，還是怕燈奴被娘家那些叔侄染上紈絝氣。最後，燈奴哭了一場，淚汪汪看著母親隨外婆出門去。

從午後起，蕙蘭就覺得有事，先是戥子不來，後是母親突然來到，接著就帶自己回家，又說是伯祖母的意思。一旦上路，蕙蘭倒安下心來，橫豎躲不過去，趁早水落石出。轎子一路小跑，轉眼到方浜南岸申家大門前，下轎進院，上東楠木樓母親房裡放下東西，忽抬頭看見戥子，在用撣子掃案子櫃子窗台。兩人都一怔，定睛看了一眼，什麼也沒說，又各自轉回頭去。不作停留，蕙蘭就下樓去伯祖母的偏院。穿宅子過去，看見幾個男孩聚在一處，用淘籮撲麻雀，形狀都與上回來家時的有改變，長大和長高，還多了一個極小的，圍著打轉轉，不知是誰家房裡新添的。

伯祖母的小偏院依然十分整潔，細白石子地上嵌的紅綠石子磨蝕了，顏色難免陳暗；但石桌石凳則磨亮了，銅似的；樹添了年輪，粗大壯碩；窗櫺上的漆早改了顏色，是土紅；門簾上的絡子是新打的，卻是素色；帳屏、桌圍還是緞面的，繡著同色的蔓草，貴而不矜，顯出是女人的屋子，且是上歲數有體面的女人。小綢今年五十五，因眼神退了，已不再拈針拿線，只是監管監察。細部雖看不甚真切，但格局色澤，尤其品級風氣，卻瞞不過她。如今繡品多是有定家，價格不菲，於是每一件要經小綢的眼方可出去，尚有一點粗疏便回去重來。唯有希昭，自可主張繡什麼，不可代她定買家，也不可催促。雖也需從小綢這裡過，而小綢唯有嘆息，哪裡挑得出一點不是？希昭的繡藝已非人工，而為天之所降，每每出神入化，世人不可評議。因此就會有無數盲目求索者，買通家中僕傭，一旦聽說將繡成時，也不問繡的是什麼，只要出自武陵繡史，便乘車乘船蜂擁而至，每日三巡，好比無頭蒼蠅。其實希昭亦不是有求必應，她反是要挑買家的。若是詩書人家，清情雅緻者，再要能道出眾人所不知的好處，略差幾錢銀兩也是肯讓的，這就有些知遇的意思了。

蕙蘭進伯祖母的院子，撲鼻是蠟菊的晚香。院牆底下，果然栽了小小一方菊圃，黃白二色。有它，入冬的景象也不至過於蕭條。蕙蘭叫聲：奶奶，我來了！雖是伯祖母，但因從來沒見過自己的祖母，所以是當親的稱呼。不等應聲，蕙蘭已進了屋，立在伯祖母跟前。屋裡也是蠟菊的香，黃白的菊是插在紫陶瓶中，蓬蓬亂亂，亦有一種繁榮氣象。蕙蘭說：好香的蠟菊！小綢說：菊香裡多少有些殷苦，不像你名字裡的那個「蘭」，苦裡有回甘。又說：還是你太伯爺爺的時節，從兩湖還是兩廣得知有冬蘭這物件，你太爺爺便滿城去搜來栽下，那東西不好養，許多日月無聲無息，偏在你娘生你那年，開起花來，所以才叫你蕙蘭！蕙蘭得意道：原來我白撿個好名字！小綢看她一眼，前二年瘦進去的兩頰漸漸又鼓起來，面色紅潤，眸子黑亮，倒有些回去做姑娘時的形貌，心中暗想：還不知道有多少苦處在前頭等著呢！就生出幾分憐惜，讓她坐下，著人上茶，又從瓷罈子裡取出幾枚糖漬的青梅。蕙蘭挑一顆最大的，兩個手指拈著，一鬆開，正落在茶盅裡，也是做姑娘時的吃法。小綢看著她捧了茶盅的手，想著：申家的女人都長了一雙好手，專為做針線來的，是什麼命啊！祖孫二人面對面坐著喝茶，小綢問：給龍華寺裡趕的活如何了？蕙蘭說：奶奶怎麼知道的？小綢說：不是阿暆給攬的嗎？蕙蘭就「哦」一聲。小綢又說：上海的和尚終有些俗氣，用女人的繡件，不怕褻瀆！蕙蘭說：他們給我衣食，是積善呢！小綢就問繡的什麼，蕙蘭答是羅漢，小綢點頭道：這還算切題。蕙蘭說：就是費工，幸而有戥子來幫忙。說出戥子的名字，兩人都一怔，打住了。

小綢喝口茶，放緩了聲音，說：今日你娘接你來家，原本是我讓的，要與你說一樁事，就是戥子。蕙蘭小心問：戥子犯什麼錯嗎？沒有！小綢趕緊說。那就是我錯了，蕙蘭說。小綢擺手道：誰的錯都不是，是天香園的錯！蕙蘭眼睛看住伯祖母，不明白是怎樣一回事。小綢繼續往下說道：你知道，天香園繡集兩代人心血，不知多少針多少線，方才到今日！古話說，「千秋之功，毀於一旦」，何況是閨閣中的針黹，談不上千秋大業，到底也有許多祕法，略一外傳，轉眼間鋪天蓋地；多還在其次，怕的濫，免不了魚目混珠，從此式微，因此，許多年來，從不讓外人染指繡活，你的采萍姑、頡之姑、頏之姑，閨中都學了繡，卻無一人可用「天香園繡」的印記，擅自繡活；唯有你——蕙蘭一急：難道伯祖母要收回？小綢笑道：你伯祖母雖是女流，卻也守君子之道，一言既出，駟馬難追，給出的從不會收回！蕙蘭鬆一口氣：我並沒有傳給外面什麼人，如今，家中只有我與婆婆，婆婆年歲已高，縱使想學也學不得了。小綢說：可是不還有戥子嗎？戥子的名字一出口，兩人又停一下。戥子不已經學會辟絲了？小綢說。蕙蘭不由有些慌，卻還強辯道：除去辟絲，再沒教什麼了！小綢說：伯祖母知道你難，一家子，老的老，小的小，再沒什麼來源，只靠你！可是，也不能壞規矩。蕙蘭流著淚說：我再不敢教她什麼了！小綢嘆氣道：這孩子人小心大，見她在桃姨娘房中，幫著辟絲，那手勢一看就是從家裡人來的，再多學幾樣，都可憑這糊口養家！當下是個孩子，過幾年成人，就要結親，一個丫頭，無非嫁個雜役，那天香園繡便落入下九流了。蕙蘭擦乾眼淚：伯祖母放心，我再不要她了！說罷起身告辭，離去了。

本來當即就要走的，因不想再見戥子，可母親定要留她。反正活計隨身帶著，打發戥子到別處去就是了。於是便在母親房裡，燃一炷香，挑一幅花繃，將繡活鋪展開，埋頭做起來。

戥子這一日被遣到這又遣到那，一會兒去灶房裡傳話添菜，一會兒去三重院內掃鴿子屎。再又到老太爺處送點心，老太爺讓送去老太太，老太太不屑於接，讓送給閔姨太，閔姨太也不收，讓送阿嘸母親，阿嘸母親不是和老太爺住一處？於是，點心轉一圈，又回到老太爺處。就在戥子腳不點地從一處到另一處的當兒，關於戥子的閒話也在一處院子一處院子地傳，轉眼間上下全知道。傳話總是錯中錯，就不曉得生出多少枝杈，最終，歸根結柢一條：老太太生氣了，要攆戥子出去，嫁個雜役！戥子耳朵裡刮到片言隻語，連想這一日的遭際：不讓去姑娘家；姑娘來了，又如此地支使，分明是不讓見姑娘的面。心突突地跳著，不知將會有什麼事發生。回到大奶奶的西楠木樓上，大奶奶四下裡瞧瞧，再找不出什麼可支開她的由頭，只得讓她在房門外樓梯口，用把細毛刷子，剔窗櫺鏤刻裡的灰。房間的門關著，熏香的氣味從門縫裡滲出一些，就曉得姑娘在繡活，也曉得家中人有心不讓她看。想到姑娘還生著自己的氣，這輩子再沒機會向姑娘澄清，戥子就落下淚來。

這時，希昭下了東楠木樓，再上西楠木樓，看見一個小丫頭在門廳裡，邊流淚邊做活，就問哭什麼，受了誰的委屈？戥子扭過臉不吭聲，就知道是個倔脾氣，不再理會，兀自推門進去，迎頭問：你房裡的丫頭在哭呢，是你打了她？蕙蘭母親說：誰打她？一定是想家了。於是將戥子的身世說了一遍。蕙蘭聽說戥子在哭，心中一動，不由將臉埋得更深。嬸嬸希昭走到身後，看著她繡，有一時沒作聲。蕙蘭抬頭看希昭的臉色，不知道是贊成不贊成。希昭沉靜著，說：你只管繡你的！再轉回頭繡一陣，心下略略安定下來，沉浸到活計裡頭。待繡完一雙僧履，希昭方才出聲：辟絲不必過細，太託實了反倒不像，還是簡約些才莊嚴。蕙蘭曉得如此就已是極大的褒獎，再看那一雙草履，果然太肖真，俗情就重了。希昭又看一時，沒挑出別的不是，而是說：別有一番韻緻。過得嬸嬸希昭這一關，蕙蘭吁出一口氣，然後說：這佛繡是我獨占，嬸嬸可不能染指啊，要不誰肯要我的？希昭批她一下，說：真是個吃裡扒外的東西！蕙蘭正色道：凡天下所有的人和物，嬸嬸都可繡，蕙蘭卻只得繡這一件。希昭看了素面素服的姪女兒，黯然道：又何必自定約束，也忒難為人了。蕙蘭一笑：並不是什麼約束，只是見不得有顏色的東西，就好像是愧對什麼似的。這些話她對娘都不曾說過，此時說了出來。不禁想起未出閣的日子裡，與嬸嬸如同閨密，無話不說。其實不過幾年的光陰，卻猶如隔了千山萬水。兩下裡都有些悽然，但也都是爽朗的人，蕙蘭一抬頭，說道：咱們君子約定，嬸嬸這邊不繡佛，我這邊再不讓戥子來！戥子是誰？希昭問。蕙蘭母親向門外努努嘴，就知道是方才哭的丫頭。

蕙蘭說了大概的原委，希昭卻不以為然：大伯母也過慮了，由她去學，能學成個什麼！蕙蘭默了一下，說：嬸嬸別小看這丫頭！希昭說：並不是小看她，只是咱們這繡，不比尋常女紅，單憑針線即可，是要有詩書畫作底，沒讀過書，心是蒙塞的，領不了其中的才情。蕙蘭說：那丫頭，心在手上。希昭一笑，不與她爭辯，顯見得心裡是不信。放下戥子不談，再回到佛繡上，希昭又說：佛像不用色，針法卻可活潑超脫些，接針、滾針、套針，毋須多，就這幾種，對調穿插著用，就不至於太呆板，莊中有諧，也是佛道的趣味。論一時繡活，希昭便告辭回去，蕙蘭送到門口。戥子還在剔窗櫺，背著身子，看都不看。但等希昭下樓，忽對希昭背影剜一眼，讓蕙蘭看見，心中一驚。木呆如戥子，眼中竟也會有這般鋒芒。猜想方才說話被她聽去，所以氣恨。蕙蘭回進屋去，掩上門，這回兩人誰也不看誰，陌路人一般了。

蕙蘭在娘家住了三天，又從嬸嬸希昭處得幾項繡活上的要領，就要回新路巷的家去。早上起來收拾收拾，上伯祖父，伯祖母，各房道了別，時候已到中午。母親又留飯，結果捱到午後方才出門。一旦往家去，心中便陡然牽掛起來，不知這幾日婆婆帶了燈奴如何應付過來？一老一小擦了或者碰了，灶間裡的柴火，缸裡的水，樣樣都可釀禍，不由得火急火燎。幸而路途不遠，不過隔幾道橋，幾條街。那轎夫一路小跑，一眨眼工夫就進到巷子。打發了轎夫，推門進去，李大正在灶上和麵，范小在挑水，夫人在屋裡睡晌覺。蕙蘭的心放下大半，穿過堂屋，尚沒進院子，就聽見燈奴高聲說話，也不知是對誰。從廳堂下去台階，眼前情景叫她大吃一驚。正午的日頭下，兩把小竹椅子，坐著燈奴和戥子，面對面挑綳玩。燈奴框著線繩，戥子小指一挑，就挑起一朵長瓣花，開在十個指尖上。輪到燈奴挑，便是一團麻。再亂的麻，戥子總能挑出花。蕙蘭吃驚過後，緊接是又急又氣，直跑過去，停在戥子跟前，竟說不出話來。戥子從竹椅上站起，通紅著臉，手上卻還挑著線繩，一絲不亂。蕙蘭見她如此鎮定，更加生怒，說聲：進屋來！轉身向屋裡走。聽見戥子在身後安撫燈奴，讓他自個兒用線繩打梅花結玩，又打了一個給他看，隨後才不緊不慢地跟進屋。蕙蘭向來以為她木訥，不知道其實是頂沉得住氣的，真是小看這丫頭了！蕙蘭坐在椅上，戥子低頭站在門邊，蕙蘭看她比剛來時躥了個子，至少高半頭，眉眼也清楚起來，卻還梳著抓鬏，看起來半大不小的，很是滑稽。

戥子你立馬回去，再不要進這個門！蕙蘭開口說道。戥子不應聲，也不動窩，只是低頭站著。蕙蘭又說一遍：回去吧，今後這裡不用你了！戥子還是不動，蕙蘭說：你到底聽見還是沒聽見？戥子這時抬起頭，說：燈奴在等我！蕙蘭說：你不必管他，走你的！戥子低下頭，又不出聲了。蕙蘭就知道，戥子不止沉得住氣，還是死犟。心中主意已定，看誰能犟過誰！於是，兀自燃上香，拉開花綳，穿針引線，埋頭做活，由她倚門站著，再不和她說話。其間，李大過來交代麵揉好了，放在盆裡餳著，水缸也滿了。看見戥子，打趣說：犯什麼錯處，罰站啊！戥子不理睬，看都不看李大。自從李大范小成婚，戥子就沒正眼瞧過這兩人。李大嗤一下鼻子，與范小二人走了。兩口子尋著的營生是賣砧板，到十六鋪木柴行，撿柳樹墩子，做什麼都不成器，極賤的價拉回來，劈劈改改，再挑出去，穿街走巷地賣，日子過得勤懇踏實。燈奴探過兩回頭，讓蕙蘭斥走，又叫祖母喊去背書。

戥子就這麼站著，不說話也不走，有幾度試圖走近來，要幫著遞剪子，讓蕙蘭的眼睛給逼回去，重又站倚到門邊上。天已深秋，晝短夜長，午後方兩個時辰，暮色都起來了，屋裡漸有些灰暗，主僕兩人卻還僵持著。蕙蘭不明白自己一個大人，卻對付不了一個孩子，只得甘拜下風。嘆一口氣，停了針，說：你和我鬧也無用，有本事和老太太鬧去！聽到「老太太」三個字，戥子就抬起頭了，眼睛看著蕙蘭，說：我知道你們怕什麼，我可向姑娘賭咒發誓，若這輩子結婚嫁人，天打五雷轟！蕙蘭嚇了一跳，站起身說：你發這麼個毒誓做什麼？你嫁不嫁與我們有何干係！戥子眼睛裡汪著淚：我都聽說了，老太太生怕我偷了繡技，出去嫁人自己做營生！蕙蘭一時和她說也說不清，又好氣又好笑：這與嫁不嫁人無任何干係！戥子走上一步，仰著臉說：無論有沒有干係，我反正是不嫁人！要我說，天底下最壞的人，就是嫁人的人，生下孩子任他們受苦受罪，嫁人就是造孽！說著，滿眶的淚直接瀉下來。蕙蘭曉得戥子是從自己身世得出的一知半解，覺出她的可憐，又聯想到燈奴。於是，頹然坐回椅上，待要拿針，天色卻昏沉沉，看不清絲路了。

靜了靜，蕙蘭說：任你嫁人還是不嫁，我總不能留你在這邊了！戥子急了，說：姑娘還是不信，我就剪了頭髮出家做姑子！說話間，一步躍到跟前，抄起剪子。蕙蘭一激靈，將剪子與戥子的手一併握住，說：你這孩子怎麼一根筋？和你說，不單是嫁不嫁人的事！不料想，戥子竟然跪下了，扶著蕙蘭的膝頭，說：我知道你們怕天香園繡外傳，憑戥子這樣沒爹娘教養的粗人，哪裡學得來一絲半點天香園繡，單就是喜歡針線，一拈針線，就好像回了家，心裡很親很親！蕙蘭握著戥子的手，曉得這手的聰敏和靈巧。戥子見蕙蘭不言聲，以為是意有所動，又向前膝行兩步，扒著蕙蘭的身子說：姑娘去向大太太要我來，大太太最疼姑娘，準定給！我會做米飯、蒸饅頭、挑水、洗衣、侍候夫人、照應燈奴，從此不必讓李大范小上門，骯髒院子裡的地！蕙蘭本還心軟著，聽到此不禁又來氣了，將戥子推開，斥道：李大范小怎麼得罪你了，說人家骯髒！戥子還要辯解，蕙蘭卻不聽了，站起身說：你不要逼我！兀自走出門，將戥子一個人留在地上。最後還是燈奴蜇進來，將她拉起的。

三十八、辟髮

臘月底近新年，蒲團終於完工，就等阿暆來取。來的卻不是阿暆，而是畏兀兒。那畏兀兒乍一見有些嚇人，深目隆鼻，虎背熊腰，還以為是仰凰先生那地方的人種。開口卻是漢話，且出聲極柔和。燈奴先是在膝下仰望他，轉眼識破他不可畏，等他隨蕙蘭進院，竟對了後背撩起一腳。那畏兀兒退縮道：別，別！一邊伸手將燈奴撩起的腿一握，正握在腳踝處，鐵鉗一般。燈奴眼看要倒地，畏兀兒腰一彎，手一送，腳又落地站住了。燈奴收斂起來，卻再不肯離開畏兀兒，緊隨身後，亦步亦趨。蕙蘭引畏兀兒在廳堂落座，由夫人照應著，自去房內取了那八個蒲團。畏兀兒點出銀子，比上回又多了有一半。蕙蘭說：師父，多了！畏兀兒說：不多，廟裡的主家說了，如此人工本是天價，就當作借塊福田種種！夫人見畏兀兒面目勇壯，貌似魯夫，又做著雜役的差事，未曾料到說話有理有節，態度和平，很覺不凡。起身敬了茶，畏兀兒一驚，站起來要接，將茶盅打翻，夫人與蕙蘭都被他的窘態逗笑。銀貨兩訖，夫人又留畏兀兒說會話，說話間問起親家叔叔怎麼不來，要師父自己親自上門。畏兀兒說，阿暆又去常州，走之前有交代，所以就直接過來，實在很貿然。夫人趕緊擺手，意思是過謙了。蕙蘭說：阿𠸄叔真是個大忙人，一時養狗，一時餵馬，一時耶穌會，一時又東林書院！畀兀兒一笑：與你叔叔就是在館驛結識的。夫人道：這就是男人，五湖四海交朋友，我們婦道人家，大門不出，二門不邁，猶如井底之蛙。畀兀兒說：不還有一句話，叫作「人在家中坐，便知天下事」！夫人笑道：那是要修練過的，如你們佛道中人，「洞中一日，世上千年」，覺悟才可到得的心境。畀兀兒點頭：夫人這話說得極是，不論仙俗，其實都是心境比地境大。話說到此，都有些像參禪了，畀兀兒便起身告辭，捧了東西出門。門外有一架馬拉車，罩著素色簾。放好東西，畀兀兒自己上了馭座，好歹哄燈奴鬆手，許諾下回專來帶他，一緊轡繩，再一鬆手，走了。

畀兀兒走後，婆媳二人難免議論一番，說阿𠸄結交多是奇人，道統之外，另有一路。蕙蘭就告訴道，阿𠸄叔出生之時，天有日再旦。夫人說：天有異相，即兆福又兆禍。蕙蘭說：追根究底，我家祖輩父輩都是這一路的，玩心大！讀書也罷，做官也罷，最終都歸一個「玩」字，阿𠸄叔也出不了這個格。夫人卻說：玩和玩又有不同，一般玩不過是怡情悅性，倘玩得凶了，就有大不韙！蕙蘭笑笑，不很信的樣子。夫人正色道：親家叔叔總是往常州去，就叫人不安得很，你公公在世時，陳老爺喬老爺常來聚談，說到東林，就覺出是個是非之地，雖然坐而論道，可言辭鋒利，招搖得很，自會有人不快，指責結黨；朝中最忌「結黨」二字，明是中傷之辭，卻也無從辯誣；那時候是如此，這幾年閉門守戶，聽不到什麼，但想來內裡還在躁動，不定是愈演愈烈，俗話說，「樹欲靜而風不止」，親家叔叔還是要小心！夫人的話，其實也正是蕙蘭所擔心，雖然不能像夫人那麼明白，多少有些懵懂，因朝廷之遠，遠在天邊，非是身邊人可涉足。可是，卻另有不祥的預感，近來時常籠罩心頭，那就是，她娘家，似乎走在了下坡道上，不是出自哪一個人哪一樁事，而是怎麼說？是一種命。因此，無可阻止。蕙蘭心中悽然，嘴裡只敷衍道：阿暆叔聽誰的啊！轉身做她的針線去了。

繡佛的活計交付了，蕙蘭騰出手接著繡〈晝錦堂記〉。一是為練針，二是為——說不定呢，哪一天有人沽了去。戥子隔三岔五地來，蕙蘭知道是背著人偷跑的，因阻不了她，索性睜眼閉眼，作不知道。起頭，還只在屋外面，掃院子，挑水，帶燈奴玩。漸漸地，就潛進來拿針遞線。於是，又回到原先的樣子，一個在花綳上繡，一個在花綳邊縫，辟絲的活又落到她手中。就這麼著，戥子大著膽子，挨著蕙蘭看她繡。蕙蘭見她看得專注，有意氣她：這上頭的字你認得嗎？戥子老實說：不認得。蕙蘭說：不認得還看！戥子說：我不是當字看，是當物件看。蕙蘭這就有些奇怪，問：什麼物件？戥子被問住，傻笑一下，說：針線的物件。蕙蘭回頭看她一眼，覺著她什麼都不懂，又什麼都懂。停一時轉回頭，說：看也白看，我不會教你。戥子不說話，還站著，蕙蘭隨她去。

過罷年，燈奴就滿六歲，婆媳二人商議送去塾學，受些管束。錢家塾學，彭、申二戶的子弟歷來都在那裡開蒙讀書，夫人和蕙蘭卻都有顧慮。那塾學中多是世家和大戶，紈綺風日益盛肆，小孩子難免受濡染。市中亦有商賈辦學，又是殷實人家簇擁，最易學得攀財比富的毛病。這事本來請教阿暆最好，可阿暆只是不露面。最後，夫人作主，送燈奴去九間樓，徐家塾學裡開蒙。徐家學堂與其他無異，只是每七日多開一門，入敬一堂聽講新經。夫人以為地方上既已允許建堂所，就是正道，所傳必是有用之學。九間樓離家近便，徐家門風又謹嚴質樸，況且束脩也要比通常低廉。說話間便行動起來，夫人託請喬陳二位，前往九間樓拜見先生，隔日就將燈奴送去了。從此往後，一家人的衣食中又要格外多出燈奴入塾這一份用度。如今，家裡生計唯有憑蕙蘭的繡活，先莫論繡活的千針萬線，也不是說有就有。自畏兀兒分先後取去十六個蒲團，就再沒有新的活計。時間如流水，一日日過去，婆媳二人能省即省，已苛減到不能再苛減。燈節時，燈奴要一盞兔子燈牽在手裡，都是范小看不過掏錢給買的。蕙蘭也思忖過去伯祖母那邊討要幾件活計，可再想那些帳屏帷幕、裙衫衣帶大凡婚慶喜宴的用物，色和款總是鮮豔明亮，自己的身份也會讓人覺得不吉祥，所以就打消念頭，只能坐等。莫說上海縣，即便松江府，龍華寺也是首屈一指的大廟，香火旺盛，又有皇上頒賜的經函和題額，方才能夠設置華麗。小庵小廟哪有這個餘裕，只怕和尚都要自做自吃。雖然目下還有積存，衣食自然是有的，卻經不得一點風吹草動。居安思危，終是愁人。

這年閏三月，二十四日一夜驟雨，河塘皆溢，稻麥全爛根。夫人說：陸家浜那一家又可囤積居奇，財源滾滾來。這是張陞一家走後，婆婆頭一回提起，且帶著戲謔，蕙蘭就曉得那個坎，夫人已經邁過，不以為意了。不禁佩服婆婆心氣高強，真是不下一個男人。果不出所料，清明過後，米價疾漲。夫人又與蕙蘭玩笑道：將院裡花草刨了，種糧食吧！蕙蘭說：早晚會有這一天，天香園裡都種甘薯了！婆媳二人一併笑起來。想來天無絕人之路，索性放下不計，照常過日子。

端午這一天，依然浸米泡豆，裹粽子，熏艾葉，調雄黃。正忙著，門拍響了，站著畏兀兒，牽馬穿一身短打，褲腳紮起，打著綁腿，是踐約帶燈奴騎馬。燈奴卻還沒放學，這才知道小子開蒙了。夫人請上廳堂坐，畏兀兒躬身一謝，說罷了，今天穿得不成樣子，很失禮的。又道，來府上還有一件事，就在這裡站著說了，看夫人允不允。夫人問什麼事，有什麼允不允的！畏兀兒說：寺裡得了那些蒲團，很有體面，都說酬勞菲薄了，但出家人又不可揮霍過奢，委屈了女師父；如今有一位施主，看見蒲團十分喜歡，就也想勞動大駕，給繡一幅佛……話沒說完，蕙蘭已擠到夫人前面，應道：如何大小寬窄，做什麼用度？畏兀兒說：無論什麼，幔子，簾子，只要是佛，絹子和絲改日便送來。蕙蘭說：絹子送來，絲不必了，天香園繡所用絲線是蘇州織造專製。畏兀兒領了吩咐，道別離去。直到那一人一馬走得看不見，這邊才掩上門。蕙蘭自是一臉的高興和得意，夫人看著她，說了聲：有你苦的！

這天的下半日，又來人，不是別人，是張陞和媳婦，帶著迎兒和新生的丫頭一同來到。如此一家四口，圓圓滿滿地上門，又已經在客邊，夫人就不好說什麼。那迎兒和燈奴都長了個頭，迎兒要單薄些，站在院子裡，不敢挪步，覺著生分，又分明是熟悉。燈奴也是，跟前的這個，是新人，又是舊人。兩人互相看一會兒，不知怎麼，一下子就黏纏在一處，扯也扯不開。夫人一逕淡淡的，張陞難免羞赧，不敢直面夫人，又看家中比以往清簡許多，更覺得愧疚。唯有他媳婦泰然自若，照例一口一個「媽」，對蕙蘭則一口一個「妹妹」。因有段日子不見，比先前又親熱十分。那媳婦本是個直性子，早把芥蒂拋到九霄雲外，也想不到別人心裡的難堪，只一味我行我素。蕙蘭實是覺得窘，怕礙了婆婆的面子，又不好冷臉人對熱臉人，辜負大嫂的心意。勉強應付一陣子，索性退到自己屋裡。不料，大嫂抱著丫頭也跟進來。她是真心與蕙蘭要好，有一肚子的衷腸要訴於舊日的姊妹。

蕙蘭見大嫂跟進屋，不禁忐忑，因怕婆婆生疑，以為她們有什麼私房話，又不能攆她走。萬般為難，只低下頭繡字，並不與大嫂說話。大嫂毫不察覺蕙蘭的冷淡，看她行針走線，看一時歎一時。蕙蘭倒有些慚愧，想這大嫂是最沒心機的人，所以行事才會無分寸，漸漸放下戒備，與她搭起話來。可是怕什麼就來什麼，沒幾個來回，大嫂就說出令她心驚膽戰的話來。大嫂說：妹妹想沒想過朝前再走一步！蕙蘭手上的針險些兒落下來，抬起臉看著大嫂：說什麼呀！大嫂的神情格外正經：妹妹這麼年輕，路長著呢，難道就這麼孤燈寡影一世！蕙蘭眼睛還在那人臉上，卻說不出話來。大嫂說：你別瞪我，我是為你著想！蕙蘭又吐出一句：說什麼呀！大嫂一不做二不休，將話兜底倒出來：你娘家是深門大戶，縱使心裡頭有，也不好說出來，其實是要誤你，張陞沒有功名，也封不上個誥命夫人，到頭來至多立個貞節牌坊，於事又有何補益？不如我們市井百姓，凡事都務實，名聲有什麼用，過日子才是真要緊！我們家街坊有戶人家，年前死了媳婦，那兒子讀過書，家中雖是經商，卻身世清白……蕙蘭不由己渾身打顫，針上的線也斷了，煞白臉啞著嗓道：你再不要說了！大嫂也急了，將懷裡的嬰兒往床裡一扔，雙手抓住蕙蘭的胳膊，搖著她說：這種話聽起來不堪得很，也唯有我與你說，還有誰會說？我當你是我妹妹，才如此不避嫌地勸你，讓婆婆聽到，都能一棍子甩死我！可她也不想想，硬留著你守空房子，還讓你養一家老小！蕙蘭掙出身子，推她出去：住嘴，趕緊地住嘴！昔日的妯娌如今扭在一起，推搡拉扯，彼此都變臉變色。孩子被驚醒，「嗷」一聲哭起來。兩人這才想起來，家裡還有人，可除那嬰兒啼哭，院子裡靜得沒一絲動靜。大嫂去抱孩子，蕙蘭終於脫身，兀自推門出來。一院的斜陽，沒有人，迎兒和燈奴不知去什麼地方鬧了，戥子也不知躲在哪裡。蕙蘭吁出一口氣，在玉蘭樹底坐下。那兔舍與雞窩早沒了，只剩那一片地，新長出無名的花與草。

稍停一時，蕙蘭穩住神，見大嫂攜嬰兒出屋，沉著臉走過去，叫張陞回家。張陞這才露頭，兩個小的原來在祖母房裡喝枇杷蜜糖水，此時一個被叫出來，另一個戀戀地跟在身後。一家四口就像來時那般唐突地又去了。剛出得院門，戥子卻躥出來，手裡提一桶水，「嘩」地衝了他們身後潑過去。蕙蘭心頭一團火陡地上來，跑過去將戥子一推，一併趕出去。回轉身，越過玉蘭桂花扶疏的枝條，看見夫人站在廳堂前的台階，神情極為平靜。蕙蘭臉上發燙，退進屋，帶上門，再不出去。

下一日，畏兀兒果然送來絹綢，還有兩錠銀子，說是針線燈油的錢，不在工錢裡面。展開絹子，見有五尺長，三尺寬，四邊留空，佛像便在四二寬長內，可作一幅大繡。繡什麼呢？還是要求請嬸嬸希昭。再回娘家，直接就往希昭的西楠木樓上去，說明來意。這日晨起就有霧，久不散，日頭出來便成氤氳，於是，希昭停繡，正好有清閒。見蕙蘭又來討要佛畫作粉本，就說：我又不信佛，釋家事蹟僅止道聽塗說，哪有多少積藏供你揮霍的！蕙蘭說：我才不問這些，就只管向你要！希昭道：這不是蠻橫無理嗎？蕙蘭耍賴說：我本是個蠻橫無理的人！兩人正打鬧，忽然進來一個人，竟是戥子，說：大太太聽到姑娘來了，要過去說話。主僕二人背了中家，兀自往來這一段，此時見面蕙蘭不免有些尷尬。那戥子倒無事人一個，臨走還向蕙蘭睞一睞眼，暗通款曲的意思。蕙蘭想罵又不敢，怕嬸嬸窺出什麼，只能作不看見。

希昭與蕙蘭纏不過，只得又拿出那本《十六應真圖冊》：我唯有這本經，多念幾聲佛罷了！於是，兩人一同翻看著，看一會兒，希昭說：選其中一幅化開來成不成？來回反覆又看幾遍，終看定兩幅。一幅是羅漢乘蓮花，蓮花載於一匹白象背上；另一幅的羅漢也是坐蓮花，蓮花卻載於牛拉車，有童子護駕。希昭沉吟道：或兩幅合一幅，羅漢蓮花童子，變牛拉車為白象駕車，更繁華吉祥；再添些幡旗、經幢、纓絡、雲紋、松石，便很壯觀了。蕙蘭大叫好，於是，在案上鋪開紙，用炭筆描摹。兩人埋頭其中，連吃飯都忘了。蕙蘭母親久等不來，先罵戥子不會傳話，然後索性自己過來了。見希昭描畫，立一邊看，也看得呆了。那蓮花托了羅漢，高高載於白象。白象的騎氈上布著小蓮花，額上鼻上各綴一朵蓮花，車輻為羽雀圖案，輪軸又是一朵蓮花。羅漢背披卷霞，衣褶為流雲，伸手向童子接經幢，經幢煙靄纏繞，花裡霧裡。童子們或為寬袍廣袖，或為垂帶束袂，四周上下飛鳥跑兔……僅只是個輪廓，細部還不及畫，就已經花團錦簇。蕙蘭母親脫口道：蕙蘭可別繡壞嬸嬸的畫！這話說得可笑，蕙蘭卻笑不出來，認真道：可不是叫我不敢繡了！希昭卻自嘲：愈畫愈離佛道遠矣，一派俗情，看來欺得自己欺不得佛。蕙蘭母親說：俗就俗，菩薩坐於人間，耳聞目睹的，單是那世人香火，熏也熏俗了！希昭說：你們母女都是蠻不講理！

直到向晚，約略規畫出細部的大體格局，希昭說：差不多了，該添該減，自己看著辦吧！立起身，推開窗，向外嗅了嗅，欣喜道：濕氣收斂了，明朝一定爽朗天！蕙蘭跟著走到窗前，一同向外嗅著，也覺有一股新澀，不像早上那般滯重。連綿的屋瓦上，雲已散去，露出清白的天，暮色變得明亮。希昭說：聽沒聽見？有蛙鳴。蕙蘭屏息凝神聽一會兒，似有似無。希昭說：小針似的，陣陣入耳呢！蕙蘭說：嬸嬸耳聰。希昭卻道：是江南氣輕，所以遠載而來。兩人憑窗而立，都不說話，靜著，那蛙鳴果然愈來愈近。希昭又說：天地間又要生出什麼來！

蕙蘭當晚就要回家，母親留也留不住，罵道：嫁出的女兒潑出去的水，就是個白眼狼！讓福哥雇頂小轎，護送上夜路去。福哥也是有子孫的人了，一直在申府裡做雜役。如今天香園大體廢了，用不著那麼些人，可並沒有打發誰，任其生老病死。所以，宅第中的人其實有大半是僕傭，蕙蘭看見的一簇簇的孩子，也大多是僕傭家的。天沒黑透，蕙蘭就到家，祖孫已吃過飯，也不點燈，坐在院子裡，等天上的星星出來，一顆一顆地數著。蕙蘭忽覺著無比安心，進屋換了衣服，也坐出來一同說話。鄰家院子裡傳來些柴煙蒸氣，熱騰騰的，顯出這邊的寂寥。好在有燈奴一聲遞一聲地叫喚娘和奶奶，多少生出幾分喧鬧。夫人問蕙蘭向嬸嬸索來什麼圖畫，蕙蘭就拿了展開給婆婆看。月亮升起來，星星也差不多出齊了，就好像有滿天的燈，照得清清楚楚。燈奴湊過來喊了聲：光頭大和尚！夫人則指了象車底下一個童子，說：這個很像燈奴！燈奴又指一個披髮沙彌說：這是范小！婆母倆仔細看，果然有些神似，就笑了。燈奴受大人們慫恿，越發起勁，再指另一個捧經的童子，說：這是迎兒！聽到「迎兒」的名字，婆媳二人不由都一愣怔。燈奴正在興頭，一味地指認下去，那是學裡的同伴阿二，這是街上拉車的老王。婆婆先說身上很乏，起身進屋去歇息，蕙蘭捲起粉本，也將燈奴扯進屋睡了。

夜裡，蕙蘭起來與燈奴接尿。月到中天，屋裡屋外一片明，院子裡恍惚有個人影，以為是晃了眼。不放心，再定睛看，卻真有個人，是夫人，坐在月下。蕙蘭一驚，覺醒了，趕緊披衣推門，喊了聲「媽」。夫人回過頭，眼眶裡有光，原來是淚。蕙蘭走近身邊，偎著夫人坐下，兩人都無話。多少件傷心事，此時都在靜夜裡浮起，無須問答，便心知肚明。坐了一時，蕙蘭說：回屋睡吧！夫人嘴裡答應，卻不動身子。又坐一時，夫人仰頭說：你看那月亮大的，都看見嫦娥了。蕙蘭也仰頭望月，真是明鏡一般。夫人又說：那嫦娥孤身一人，可憐得很！蕙蘭說：不還有玉兔和蟾蜍相伴嗎？夫人說：倒也是。蕙蘭看看夫人，亮晃晃的清光下，夫人鬢上的白髮絲絲可見。眼裡的淚乾了，變得枯槁，止不住心驚。夫人秉性強，凡事不向人求，其實是內耗，最終將心血一點點耗盡。蕙蘭又向夫人膝邊緊了緊，夫人看蕙蘭一眼，說道：你是好孩子，可惜張陛沒福份。蕙蘭也看夫人一眼：我有福份啊，有個好婆婆！夫人苦笑：婆婆有什麼的，憑空添累贅罷了！蕙蘭納悶怎麼說這話，隨即有疑團生起，難道那天大嫂說的話被夫人聽進耳裡？蕙蘭是個直性子，一著急，便說出口：媽，你千萬莫聽那些嚼舌頭的話！夫人將蕙蘭的嘴掩住，說：怎麼是嚼舌頭！蕙蘭掙著說：我是絕不理會一絲半點的！夫人扳起蕙蘭的臉，望著她道：第一眼看見，我就在心裡說，這丫頭我要定了！所以一意孤行，結果是害了你！蕙蘭說：是媽將我接來，才不至在閣中養老。夫人說：這麼好的孩子，怎麼能養老在閣中？只怕門檻都要踏破。蕙蘭說：那些年，家中事多不景氣，都將我忘了，是媽想著我！夫人說：媽是個要強的人，總是信事在人為，不知道人命強不過天命，你和張陛沒緣份！可是我和媽有緣份！蕙蘭的淚流下來：我和媽前世一定是母女，所以修得今生長相廝守。夫人的眼睛又亮了，這回的淚直流下來：難得我們婆媳如此投契，可實在太苦了你！蕙蘭忽從竹椅上站起，回身進屋，夫人正猜是去做什麼，人已經又回到院裡，手裡握一把頭髮，是方才一瞬間鉸下的。夫人幾乎跳將起來：你這是做什麼！做烈女嗎？蕙蘭說：我不稀罕烈女還是貞女，我只是要讓媽知道，再說這樣的話，我就去庵裡做姑子！

這一晚的情景後來誰都不提起，因是有無限的傷心，還有放心。自此，婆媳間再不說那樣肝膽相照的話，倒是常有戲謔。有一回，夫人正經問道：蕙蘭本是要去哪座庵子裡做姑師的呢？蕙蘭也正經答道：我嬸嬸杭城娘家巷口的那一個，名叫無極宮。夫人便「哦」一聲，恍然有悟的樣子。接下來，「無極宮」且成了婆媳倆的口頭禪，誰要是說狠話賭咒，不是說天罰，而是說：去無極宮！圖快活也是說到無極宮！旁邊聽的人不明白，大眼瞪著小眼，唯有這兩人會心，相視一笑。鉸下來的那一段頭髮，黑黝黝的發亮，足有二尺長，搭在花繃上的線架，也是不能駐目，駐目就會傷心。戥子並不知道其中的原委，有一日問這麼好的頭髮怎麼捨得鉸？又問鉸下來是做什麼用？蕙蘭頭也不抬地說：拿走吧！戥子真的拿走了。蕙蘭抬頭看一看，架上的髮絡不見了，心裡有些空，悵惘一陣，又過去了。

新圖樣展開在面前，覆上絹子，皤皤希昭的筆跡便從一片湖白中顯現出來。依著它一筆一筆地描，炭色在白絹上有一種鮮麗，正應了墨有五色的說法。蕙蘭邊描邊思忖，究竟用哪一色的線，才可有墨跡的沉著與潤澤，經久而不敗。這一幅佛畫，全在線描。人和物的形態表情，以單線勾勒，最適宜接針繡，一針到底，一色到底，以清晰明快取勝。既安靜，又不至呆滯；既活潑，又不至於太喧鬧。

蕙蘭足描了三日，略作些刪節，規整四角四邊。待要選色，卻又遲疑不決，反覆度量。先在黑灰中盤旋許久，就覺煙氣太重，抑鬱得很；再到青綠藍中，辟開合起，來回相配，總是浮麗；取來五色合併，取其深濃厚密，卻只是雜蕪繚亂。在躊躇中又度過三日，就是下不了針，忍不住心煩氣躁。夫人便讓燈奴不要惹她，由她自去無極宮！燈奴並不解無極宮是何樣地方，只知道是常人不可及處，便遠著母親。李大和范小來送柴送水，見她臉紅筋脹，亦不敢多嘴問什麼。李大已身懷六甲，走路行動，范小便左右護衛。看他們兩口子穿行院中，夫人與蕙蘭都有一時出神，相視一眼又趕緊避開。多少事是不能想的，一旦要想，情何以堪！於是各自回屋閉門歇了。

這時候，戥子來了，逕直進了蕙蘭屋裡，手裡握著一綹絲，舉到蕙蘭臉面前：姑娘看！蕙蘭看那黑亮亮的一握，不知為何種線與絲，問是什麼？戥子說：問姑娘自己呀！戥子在這裡廝混久了，漸漸沒得規矩，蕙蘭正要罵她胡攪，突然止住。她心跳著，接過那絲，輕盈盈，又沉甸甸，涼涼又暖暖，分明是個物件，卻又連著骨血！她認出，是自己的頭髮。那日一氣之下鉸斷，又讓戥子拿走的。可當時僅是一綹，如今卻千絲萬縷。戥子得意道：看這頭髮極好，就當絲來辟，練手藝呢！辟著辟著就想，姑娘何不當作線，繡它一幅！蕙蘭將髮絲掛上線架，一鬆手，散開來，活的一般！可不是活生生的，受自父母，養自父母，親得不能再親。蕙蘭的眼淚都要下來了，硬是忍回去，強笑著說了半句：戥子你——接著才又說道：叫人拿你怎麼辦！

三十九、拜嫘祖

屏息穿上針，那髮絲幾近無色無形，眼睛都捉它不住，千般萬般的小心，穿過絹子。剎那間，蕙蘭的心靜下來，氣息也勻了，可說是天配地配。湖白的絹面，好似風吹來一絲皺，走出一行針跡。就是它了！這一日，蕙蘭就沒出門，戥子也沒出門，一個繡，一個看，不知覺中，日頭從東到西。那大羅漢的眉眼輪廓漸漸顯出來，慈悲中帶著俏皮，好像在與世人說：沒什麼打緊的！湖白上的黑勾勒，如同青石上的鐫刻，肅然中且透出娟秀，就是出自閨閣裡的手和心。蕙蘭吁出一口氣，直了直腰，說：再不怕你變顏色了！這才看見天色，又看見戥子，不覺一驚：怎麼還不回去，我娘要找了！戥子說：不怕她！蕙蘭說：知道你有膽子，當今世上還怕哪一個！戥子「嘻」一笑，說：姑娘怎麼謝我？蕙蘭白她一眼：謝什麼？戥子說：辟髮呀！蕙蘭說：謝你個毛栗子！說著就屈起手指，指節在戥子頭上敲一下，「梆」的一聲。戥子趁勢拉住蕙蘭的手：教我學繡！蕙蘭抽手卻抽不動，斥罵道：不能給一點好臉，忒忘形了！戥子鬆開手，將臉一仰：我這就去向老太太和奶奶交代，姑娘一直在教我，我已學成大半！蕙蘭再想不到這丫頭如此作怪，竟然會訛詐，恨聲道：好心待你，不想倒成了把柄，用來要脅，告去吧，當我怕你！戥子說：好，我告訴過奶奶、老太太，至多挨幾句罵，姑娘就可光明正大教我。蕙蘭道：想得美，替你配個雜役嫁了才乾淨！戥子的臉騰一下紅上來，吵著說：把天香園繡的名號收回去才乾淨！蕙蘭不曾想到戥子會說出這一節，先是氣急，而後又笑起來，笑自己那麼沒身份，和個未及笄的小丫頭拌嘴，決計不再理她，站起來，將繡活罩上，收工了。不料戥子上前將架上的髮絲一把擼走：不給你了！蕙蘭這才真急了，曉得遇上纏不清的，回轉身重新坐下：戥子你到底要做什麼！戥子退後一步，直跪下來：姑娘教我！

蕙蘭默了好一時，不知道該怎麼對她說。戥子就是不起來，身子往下一坐，坐在後腳跟上，決心賴到底。斟酌一時，蕙蘭道：天香園繡不單是針黹女紅，幾近筆墨書畫，又多出一份娟心，不是想學就學得來。戥子說：姑娘說的那些我都不懂，我只依著葫蘆畫，總有一天也能畫出個瓢！天色暗了，燈奴在窗外喊點燈吃飯。蕙蘭急著要她回去好交差，戥子卻豁出去一般，毫不顧及前後左右，就是不起來。蕙蘭想了想說：你還未成年呢，等及笄了才可拜師求藝。戥子聽是鬆口的意思，立即從地上爬起來，道：姑娘說話要算話！蕙蘭再不敢滯留，逃似地出了屋。戥子隨在身後，穿過院子，一溜煙地走出去，燈奴看見了也沒叫她。自從燈奴上學，交了新朋友，就不再搭理舊玩伴。戥子是有脾氣的人，不搭理就不搭理。所以，這兩個人又成了不說話的人，面對面遇上，也作看不見似的走過去。

現在，燈奴最好的朋友是仰凰先生。在他不記事的時候，仰凰先生還表演過腹語給他看，如今，仰凰先生老了，說不動腹語了，那是非常耗力氣的把戲。燈奴當然也記不得腹語這碼子事，他只是不像別的孩子那樣，覺著仰凰形容可怖。非但不駭怕，甚至有幾分喜歡，就像是一個熟人，只是有段日子不見面了。塾學是在九間樓裡，最東邊的一間，自開一扇門，臨街。南北三進，間隔兩個天井，站在天井裡，就可看見敬一堂的山牆。每七天，仰凰先生是稱作一禮拜，第七天就是禮拜日，早上要去敬一堂聽講經半個時辰，再到塾學讀書。仰凰不像塾師那麼嚴厲，背不出書就要打手板，倒是反過來，要餵小孩子吃糖，還有糕餅——仰凰稱作聖餐。小孩子統是欺軟怕硬的貨色，便不把仰凰放在眼裡，將他的話當耳旁風，又取笑他的外國腔。仰凰並不生氣，從不呵斥，實在太喧嚷了，方才舉起一根手指貼在唇上，「噓」一聲。幸虧老趙很令小孩子生畏，如今他又掌管敬一堂的教務。生就一張大紅臉膛，眼睛像銅鈴，濃眉豎起，說出一口京片子，就像北地來的京官。惱火了，會用大掃帚驅雞般地驅趕小孩子。逢到這樣不開交的時候，仰凰反會幫著向老趙求饒。小孩子們被擁在他的身後，貼著他的布袍子，等他與老趙交涉。布袍子上有一股子氣味，由灰塵、鼻菸、柴火、香膏，還有異族人的體味一併合成，嗆得很，此時此刻，卻讓人覺得安心。

小孩子其實是喜歡仰凰的，這喜歡往往表現在戲弄上。他們極少遇見過一個大人，可以盡著被他們嬉鬧耍弄。他們偷走他的眼鏡，從那眼鏡裡望出去，四下頓時變成模糊一片，可仰凰離了它就成瞎子，兩隻手在空中抓撓，搖晃著身子。他們將仰凰的細辮子繫在椅背上，仰凰也留了一條辮子，灰白的顏色，毛毛糙糙，摸上去就像一束草——仰凰不提防一起身，又跌坐回去。唱聖詩的時候，「哈利路亞」他們是唱成「哈哈呀呀」，仰凰沉浸在自己的歌唱中，也聽不出來。要說，這是夥極討厭的東西，奇怪的是，仰凰卻很喜歡他們。別的勿論，只要看他對著他們的笑模樣，就知道了。臉上的笑紋路，一括一括地向兩邊蕩開著，真像個老猴子，善心的老猴子！遠離家鄉，在麻六甲海峽的暈船與熱病中傷了元氣；來到這人生地不熟的地方，由於水土不服，身上起著疹子，腸胃病常年困擾；夏天的暑熱，冬日的寒潮，再有思鄉病，侵噬著身體，使仰凰比五十三歲的實際年齡更顯得老邁。有幾次，病得起不來，躺在敬一堂的偏廈——仰凰就在這裡住，板壁的牆下，擱一張硬木床，鋪著單薄的褥子，木棉芯的枕頭已經睡扁了。仰凰躺在床上，床跟前站著小孩子，帶來各種草藥，有的是從大人處討來，有的則是自己去四鄉八野採摘。因此，屋裡充斥著藥草苦澀的氣味。小孩子們變得分外安靜，看著床上的人。由於光線的緣故，或許疾病會改變人的容貌，這人看起來有點不像。突出而誇張的輪廓平伏下來，皺紋也消失了。他不再是原先那個異族人，而是本地街巷市井中任何一個老人，不是因為衰弱，而是慈悲，才顯得和藹。他和孩子們互相看著，之間生出一股奇異的安寧，就是這安寧讓人害怕。一個最小的孩子忽然帶著哭音叫道：不要，不要到天堂去！所有的孩子都哭了。仰凰笑得更熱情了，他的眼睛又大又明亮，他說：放心，我不會去，我還有罪，沒有贖完的罪，我不夠好，不夠受苦，不夠愛……他進入譫妄，說著胡話，奇妙而可愛的胡話，孩子們掛著淚笑起來。

那個哭喊著「不要到天堂去」的孩子，就是燈奴。除去禮拜日，每天散學，從敬一堂前走過，都要探頭看看。那廳堂也是板壁牆，梁和椽子用的是原木，還散發著樹脂的清香。和所有本地的房屋一樣，天光照不進深處，白晝也暗著。牆上的聖母聖子像從暗中浮現起來，特別逼真，無論站在哪裡，都被那母親的眼睛看著。燈奴心怦怦跳著，朝裡喊一聲：仰凰！聲音是顫抖的，在四壁間迴盪。牆上，一人高的位置釘著木頭壁架，平時空著，有大事情，便放上燭台與燈座，由老趙舉著火撚子，一盞一盞點過去。清掃的日子，老趙會帶幾個教友將木連椅推到牆根，提清水刷洗木板地。清洗過的地板到下午已經乾了大半，木頭的紋理在夕照的光裡格外清晰，此時的敬一堂甚至比早晨更要明亮些。仰凰不在，出去了。下午，他會去教友家中拜訪，或者在茶館與教友會晤。仰凰喜歡茶館，讓他想起他的義國家鄉，同樣也是鬧嚷嚷的，每個人都在大聲說話。這兩地的說話有些像呢，都是快刀切菜，一連串不歇氣。區別是義國人說著說著就唱起來，而本地人再怎麼說都不唱。有時，仰凰會乘船去城外看田野草木，尤其是春夏的季節。船也是一樁聊解鄉愁的物件。不外出的時候，就坐在敬一堂一角，低頭默禱。聽見燈奴叫喊，便抬起頭轉過臉。看起來，並沒有怪罪燈奴的攪擾，反是歡迎，歡迎來到這裡，坐在身邊，與他一同默禱。

到底是小孩子，靜不太久的，稍過一會兒便動起來，推推仰凰，問：在想什麼呢？仰凰閉著眼睛回答：上帝。燈奴又問：上帝是誰？仰凰答：我們眾人的父親。燈奴說：我沒有父親。仰凰不知聽沒聽見燈奴的話，又說：我們每一個人的父親。燈奴就吵起來：我沒有父親，我父親死了！仰凰吃驚地睜開眼睛：你父親在天上看著你！燈奴就仰起頭，轉來轉去說：哪裡，哪裡？仰凰無奈地看著他，說不出話來。燈奴哈哈大笑起來，他就喜歡仰凰這樣的表情，拿他沒辦法，他盡可以耍賴，想怎樣就怎樣！這樣的對答在他們倆有無數次，百試而不厭倦。然後，仰凰會送燈奴回家。與一個異族人走過熙攘的鬧市，難免招致側目，燈奴也覺難為情，便甩脫仰凰的手，拉開一段距離，表示兩不相干。走一段，又覺對不住仰凰，再說也覺寂寞，就走回來，主動牽住那隻乾燥卻溫暖的大手。緊接著，又窘起來。回家的路程就在這迫窘的親暱中走過。仰凰將燈奴送到臨街的門前，看他進去，自己並不急著回敬一堂，站在路邊，有些茫然的樣子。太陽將要落到底，停在縱橫交織的街巷中，仰凰臉朝向天，抽動他的大鼻子，像要把什麼東西使勁吸進去！這時候，燈奴其實就在門縫裡看著他呢，止不住地要笑，卻又有一種憐意。這好笑和憐意到下一日，又變成對仰凰的戲弄。

有幾回，是孩子的母親出來開門，看見仰凰，也忍俊不禁。畢竟是大人，有著禮數，請仰凰進去吃茶。仰凰當然知道這個國度的規矩，兩代寡居的女人，是不可隨便接近的。為表示謝意，便深深地作著揖退去，不防碰著身後的騾車，險些兒坐到地上。等立定了，這邊的門已經關上。那扇門上，有野薔薇的花和枝葉，影影幢幢。仰凰有一時恍惚，不曉得身在何處？這裡有著極精微的雅緻，卻祕不可宣，他懷疑自己是否能真正瞭解這地方的人和事。那門裡的一家卻很確定他是個什麼人，一個好人。曾經是阿暆的朋友，如今又成燈奴的護佑。儘管並不知道耶穌會的教義，但夫人說：無論信什麼，有敬畏就是正道。夫人與蕙蘭商議，等阿暆回來，要請仰凰，還有畏兀兒來喝茶。可是，阿暆在哪兒呢？

這一日，吃過晚飯，收拾罷，夫人回房歇著了，燈奴也被蕙蘭哄上床，半睡不醒的。蕙蘭這才得清靜，做她的髮繡。忽聽通巷子的後門被人敲了兩下，心想這麼晚會有誰造訪，難道是李大臨盆了，來叫人幫忙？蕙蘭放下針，起身出門，穿過院子到後天井開門。門外站著兩個女人，一個在前一個在後，前面那個略有些面熟，像是在哪裡見過，又像與某人相似。後面的則掩在黑影地裡，看不出見過沒見過。前面的先向蕙蘭鞠一躬，後面的就也鞠一躬。前一個就開口了：得罪姑娘，貿貿然撞上門來，我是戥子的三姊！蕙蘭這才明白，原來像的是戥子，只是年長幾歲，大約與自己相仿。梳了髻，沒有插簪，眉眼比戥子細緻些，神情也要穩重。彷彿也在外婆彭家府上見過，這才想起來，戥子原就是她三姊帶去彭家，然後又被母親要到申家。蕙蘭「哦」一聲，問：是戥子有什麼不妥嗎？戥子三姊趕緊道：戥子很好！蕙蘭說：那麼是外祖母的事了！戥子她姊姊就笑了：所以說我們冒昧，姑娘莫猜疑，老太太安康得很，能活一百歲！是我們自己的事。蕙蘭也笑了，往門裡讓客，心裡道：倒是個大方人，難怪人們說大家的奴僕抵得上小戶的主子！戥子的姊姊略謙讓一回，便邁進門，那一個低著頭緊隨其後，貼著蕙蘭的身子過去了。蕙蘭不禁生疑：那姊姊口口聲聲「我們」，是連帶她嗎，那她又是什麼人，入夜時分來到究竟為什麼事？

蕙蘭臉上並不露聲色，帶她們從灶房夾弄間走出，穿過院子，進了自己屋。先將幔子拉上，燈移到外間，就請客人坐。三姊謝一聲坐下，那一個還站著，再三地請，方才挨著椅子的沿坐了，正擋在燈外面，影地裡，依然看不清形容。蕙蘭留意瞧瞧，只見一個輪廓大概，削肩、細腰，像是個俊俏人。眼睛轉回來，望了戥子的姊姊，說道：其實有什麼話，讓戥子捎過來便可，何必親自跑一趟。話出口便覺得不好，說漏什麼似的，補一句：不過，戥子長久不來了！這一句又彷彿此地無銀三百兩，要再說什麼，戥子的姊姊已經接過話去：我知道！十分體恤的意思，蕙蘭反倒窘了。那三姊穿一身藍布衣裙，繫月白腰帶，看來是自己的衣裳，主子是不允底下人如此淨素穿戴，卻並不寒磣，反顯出溫靜淡雅。戥子雖要差十萬八千里，但那昂然無畏縮，又是一般無二。蕙蘭暗自讚歎，貧寒人家，能走出這樣的女兒們，只有歸於天賦。三姊說：今天來府上叨擾，實是為我這一個妹妹。蕙蘭望過去，那一個受驚似地往後退了退，躲在燈影的更深處，越發看不清了。戥子的姊姊接著說：這是我的小姑，稱得上是妹妹，帶她來，是求姑娘教她學繡！蕙蘭嚇一跳，一個沒打發乾淨，又來一個！不等說「不」，那三姊又說：不瞞姑娘，戥子時常拿姑娘教她的顯擺本事——蕙蘭毅然打斷：戥子的瞎話，萬萬信不得，我並沒教她！戥子的姊姊語氣急切起來：戥子說得不錯，是真長進了！蕙蘭急得再要辯，被姊姊擋住：戥子成天誇姑娘，姑娘是她的恩師！如今，我這個妹妹也鐵心要與姑娘學——姑娘先別推辭，我這個妹妹比那一個心靈手巧何止十倍百倍，這是她仿著天香園繡做的，姑娘看了再說話！說著就伸手遞過來一個物件，拿到燈底下展開。是一個嬰兒的兜肚，繡了一隻白頭翁，立在海棠枝上，白頭翁的白肚腹，毛茸茸的。倘沒有事先說了仿的，真以為就是天香園繡。蕙蘭心中暗暗吃驚，萬不料及坊間流傳天香園繡到如此亂真的地步。再看燈影中人，悄靜無聲。

戳子的姊姊歎一口氣：我這妹妹有好命卻無好運！人家父母都盼養兒，唯有我公婆，因先頭生了三個兒，就盼個女兒，燒香拜佛，求來個閨女，又長得乖，父母兄弟都當寶貝，乳名就叫個乖女；三歲時候，我公公揹了出去集上玩，千小心，萬小心，卻不知怎麼，腳下絆個筋斗，將丫頭摔出去老遠，下巴正磕在鐵匠的砧子上。蕙蘭背上起一陣寒噤，輕輕叫出一聲「啊」。燈影裡的人頭低下去，身子縮得沒這個人似的。戳子的姊姊接著說：都以為這丫頭沒命了，可偏偏撐過來，就是破了相。屋裡一片沉寂，三個人都默著。停一時，蕙蘭問：妹妹今年多大？三姊說：比我家戳子長三歲，到了媒聘的年齡，上門提親的不外是殘了手腳身子，或者續弦，有更荒唐的，就是與無後的人做妾，好續接香火，這也忒委屈了，除去臉上留疤，哪一點輸給人了！此時，燈影裡的人出聲了，說：我不嫁人！聲音很輕，卻明明白白，意思則和戳子一樣。蕙蘭不由一動心，再看那人，卻從影地裡坐出來些，又出來些，停了停，彷彿穩穩身子，再出來，就到了燈下。蕙蘭咬住舌頭，提防自己出聲。那張臉，幾是從顎下去了一半，沒有下巴，只剩一片疤，直接就是嘴！可那雙眼睛，又大又明。蕙蘭滿心裡都是一個「慘」字，眼淚直流下來。乖女卻不哭，說：姑娘教我，就是收留我。蕙蘭說不出話來。乖女又說：姑娘給我手藝，我再不靠別人，自立天地。乖女的聲音很細，卻透出十分的鎮定。此刻完全到了燈下，站起來，屈膝要跪，被蕙蘭扯住，幾乎是求告道：你們不要逼我！然後又補一句：容我想好！

接下去的三天，戳子都沒來，蕙蘭曉得她是害怕，怕怪她多嘴又多事。蕙蘭果然在心裡罵了她三天。那夜間來客的身影縈繞不去，讓她坐臥難安。煩躁一回，就罵戥子一回。第四天下午，戥子來了，手裡捧一個大石榴，帶給燈奴。蕙蘭認得石榴，她外婆家與西路客商有往來，每到秋季便有大石榴送來。也曉得是戥子三姊的意思，其中就有了逼迫似的，冷著臉看也不看。戥子不敢進屋見蕙蘭，只在院子裡和燈奴說話。燈奴如今倨傲得很，愛理不理，問三句，答一句。戥子忍不住刺他，他就連聲都不出了。戥子討個沒趣，索性棄下燈奴，找個笤帚掃起院子來。李大待產，不大能動，夫人也不讓范小過來，這院子有多日不掃了。戥子又找來一柄鋤子，將些雜草刨去，殘根清除，露出一棵女貞，不知什麼時候樹種順風而來，紮下根，已長到齊膝。戥子跳起腳嚷一聲，眾人聽見，都從各處過來，只見碧綠一棵小樹，倚在桂花樹下，好比小依老。夫人不禁叫出一聲「好」，認定是個吉兆無疑。蕙蘭只覺著荒蕪冷清的院子，因有了新樹，氣象煥然。燈奴也來看一看，說占了他兔窩的地盤。仔細度量，果然正是當年兔子窩，難得他竟然還記得，多久的事了啊！戥子蹲在地上，抬臉望著眾人，得意而又賣好，只一觸到蕙蘭，便躲閃開來。蕙蘭一轉身，回進屋裡去。

戥子掃過院子，又去灶房擇菜、洗米、燒火做飯，一切停當後要走，過來院子敲了蕙蘭的門。門裡沒聲音，大著膽子推進去。姑娘並不抬頭，怯怯地站一時，然後問：替姑娘辟的髮絲夠用不夠用？蕙蘭從這話裡又聽出要脅來，停下手裡的針，冷笑道：差點兒忘了誰替我辟的髮絲，原來是這位大功臣，不知道如何謝呢！難道從此就被轄制住，由著擺布了？戥子低著頭，說：不敢！她這一年長得風快，個頭已經與蕙蘭平齊，骨架子又大，頭上卻還梳著抓鬏，看起來十分不相稱，就像個傻丫頭。蕙蘭就又心軟，口氣也緩和了些：明知道我身不由己，無奈何，還出難題！戳子答道：其實也不難！蕙蘭不由火起：不在你身上，當然你不覺難！戳子辯道：真的不難，姑娘別生氣！聽戳子犟嘴，蕙蘭怎能不生氣？這丫頭確實缺管教，與她說話平起平坐，沒個尊卑長幼。自己呢，也就將她當個人待，還與她認真論理，不覺冷笑幾聲，是笑自己的！而戳子卻不管不顧起來，因怕被打斷，於是一連氣放炮似地說：實在是不難的，姑娘就收我們作徒弟，又如何？現在收不收徒弟也不由她們了；天香園裡的那幫子人，整天大門不出，二門不邁，根本不知道外面世道，自以為鐵箍似箍得緊緊的，天不知地不知，俗話說「沒有不透風的牆」，早將天香園繡仿得滿天下！與其魚目混珠，不如真正傳給我們，多少貼近些，不至於太歪；我們自己學著，誰也不說，她們又怎麼知道？蕙蘭詰問道：「她們」是誰，「我們」又是誰？戳子頓一下，隨即又接口：「她們」是她們，「我們」是我和乖女姊！提到乖女，蕙蘭心裡就是重重一沉，擺一擺手，讓戳子出去。戳子拉開門，回頭叫了聲：乖女姊好可憐，我也好可憐！蕙蘭回頭瞪一眼：還不快走！

又過了兩日，是外婆七十歲生辰，蕙蘭帶燈奴過去拜壽。夫人早備下禮，一封上好人參，兩疋福字團花緞，再有一罎糯米白酒，暗藏「財」「福」「久」的吉意。即便在中等人家，這一份禮亦過得去了，何況是孤寡。蕙蘭接繡活這二年來，不自覺裡，家中優渥許多，漸有積蓄，方才備得下這份禮。話說回去，倘不是有一份禮，婆媳二人對祝壽這等熱鬧事就都不會有興致。蕙蘭久已不去外婆家，見那園子凋敝許多，廣庭以南幾乎全廢。本是以八卦圖為構架，如今去了一半。就像是要將那一半補回來似的，餘下的這一半格外堆砌，奇石屹立，樓閣新修葺，花事也繁榮，又逢外婆大壽，舅舅們在水上搭了戲台。宴席就擺在廣庭，張了無數盞燈，將河水都映紅。蕙蘭坐在人堆裡，隔老遠看見戳子的三姊。因是老太太的吉日，就也穿幾點紅，插了釵環，看起來不很像，但身姿行態還是那晚上的俐落簡潔，是個有主意的人，所以才敢將妹妹接過來養育。也不知是被什麼心事催的，蕙蘭走過去，叫她一聲：三姊姊。三姊姊聽見蕙蘭叫她並不覺有意外，淺淺一笑，說：燈奴這般高了，讀什麼書？燈奴對這位姊姊也生出敬畏似的，不敢像對戳子那般無理，老實回答道：剛讀完《三字經》。蕙蘭張張嘴，又收住，倒是三姊姊問道：姑娘有什麼事要吩咐？蕙蘭搖頭說並沒有，三姊姊就說：姑娘陪老太太說話，那邊又叫我呢！蕙蘭脫口說聲：等等！三姊姊站住腳，望著蕙蘭，蕙蘭囁嚅著問：那一個妹妹好嗎？三姊姊的眼睛在蕙蘭臉上停留一時，說：好不好就看她的造化。

這一晚，外婆不讓走，蕙蘭帶燈奴住了一宿。第二天晨起回家，走過無數迴廊、廳堂、夾道，不知有多少丫鬟僕役迎面過來，又屈身讓在一邊，由她牽了燈奴過去。蕙蘭不敢回眸，就覺著那都是三姊姊，等她走過，抬起眼睛望著她背後。終於走出彭府，出街門，上一乘小轎，方才舒出一口氣。轎夫一溜小跑，經過九間樓，放燈奴下去上學；再又一溜跑，就到新路巷張家門前。推門進院，婆婆便從廳堂台階上迎下來，滿臉喜色。原來昨日夜裡，李大生了，一個大胖小子！紅蛋已經送到，尖起的一籃，坐在堂屋案上。夫人說：外人看多有不般配，其實卻是好姻緣！一旦說出「姻緣」二字，夫人便覺不妥。又看蕙蘭神色有異，淒楚淡泊，心裡一沉，自責說錯了話，觸及媳婦痛楚，連帶出自己的傷感，便也黯然起來。蕙蘭全看在眼裡，曉得婆婆多心，待要再作歡欣，反變得欲蓋彌彰，讓婆婆更不忍。這婆媳二人之間，終是擱著一樁極傷心的事，略不留意，便碰上了。

這一日，兩人都是罩在辛酸裡，案上那一籃紅蛋，好似專用來襯托她們的不幸，眼光都不敢在上面流連。本是要與蕙蘭商議送李大禮的事，也按下不提。直等到燈奴下學回家，瞅見紅蛋，吵著要吃，又吵著要范小抱小伢兒來看，就這麼，李大生產的事才又提起來。夫人說，要送一對銀鎖，蕙蘭就說，她早已備下了。畏兀兒曾送給燈奴一副銀手鐲，燈奴大了，不肯戴，就送李大范小的新生兒。還有幾套單衣棉衣，一併裹上，夠禮了。說著話，兩人心裡就都鬆快些。吃罷飯，燈奴被打發寫字去，夫人要回房，蕙蘭卻叫一聲：媽，留步，媳婦有話說！夫人看她一眼，返回來重又坐下，問：什麼樣的事？

蕙蘭曉得婆婆又生誤會，不覺一笑，免去周旋，直接將那一晚戥子姊姊造訪的事說出來。眼見得夫人的臉色和悅下來，然後又變得凝重，說道：媳婦是為這事不安嗎？蕙蘭說：媽當是什麼事？夫人道：當是去無極宮做姑師的事了！婆媳都笑了，笑罷後，夫人正色說：天香園繡是家傳，不好洩漏，我們外姓人本是不好說三道四。蕙蘭說：媳婦也是萬般為難，才與媽來商量，媽要不肯說什麼，就無人再可說話了。夫人說：莫著急，我還未說完，其實，天香園繡，學是學不來的，所以漏也漏不去，如你希昭嬸嬸這般人物，鐘靈毓秀，多少年才得一個，亦是天工，終成絕傳；但倘若能悉心授教，再加克勤習藝，大約還可有末技存留，僅這等末技，讓人謀個立足之地也盡夠了；要說，咱們這個窮途末路的家，就是第一受惠的了！蕙蘭說：要論受惠，申府上才是第一，如今，大小用度都仗了女眷們的繡品開支，否則，真不知那日子怎麼過呢！夫人說：也難為你們，錦衣玉食的，結果也都撐持起來了！蕙蘭說：撐持不撐持的，一多半是個門面，不像那個妹妹，可是安身立命，生存大計！說到此，蕙蘭又愁上心頭：那麼說，到底是教還是不教？夫人說：其實也並不算破天荒的事，你不已經教了戥子？蕙蘭一驚：我可沒說教她！夫人笑起來：放心，我也不說！蕙蘭更急了：誰說我教她了，戥子說過嗎？夫人收起笑，復正色道：無論說不說，都是授藝，師是師，徒是徒，再是暗中，亦要有個規矩，好比童子開蒙，要拜孔子，燒香祭主。蕙蘭不禁羞怯道：不過是個閨中針黹，拜誰去？夫人說：拜嫘祖啊！嫘祖？蕙蘭一怔。是啊，嫘祖！夫人眼睛亮著，西陵氏之女，黃帝正妃，養蠶治絲就是由她而來，有了絲才有之後的紡、織、染、漿，衣被天下，繼而千針萬線，錦上添花！蕙蘭肅穆道：就拜她！夫人點頭：也稱得是認祖歸宗。

四十、拾孤

由夫人選了日子，將原先張陞住的東屋收拾出來。迎門設置供桌，嫘祖像是夫人藉淑女圖作畫樣，描摹出來。夫人學過幾筆書畫，雖然用少廢多，但跟了張老爺看字看畫，到底有積蘊，所以行筆用墨不出大法——描的是一幅立像，玉面長身，頭上的插戴去了，換成纓絡，衣褶簡略些，顯出素樸莊嚴。煩請喬老爺裱糊了襯底，張在壁上。底下擺一對紅蠟燭，一具香爐，焚的是蕙蘭陪嫁過來的龍涎香。祭品是繡件，最精緻的香囊、手帕、一座小四幅屏。還有一個錦盒，錦盒裡放一隻大蜘蛛，前一夜捉了來，早晨已結成一張網，是夫人從北地老家乞巧節上借來的一則習俗。下午時，戥子先來，一起灑掃庭除。等天黑下來，四鄰畢靜，巷內門上響了兩響，三姊姊帶著乖女到了。那乖女不像上一回畏縮避人，盡往黑影地裡藏，而是挺直腰背，見人則微微一頷首。齊鼻梁處繫了臉罩，遮住傷處，露出一雙眼睛，是會笑的。這樣，兩個學生都到齊了。

此時，燈奴已打發到床上睡了，主客師徒進到東屋。屋裡已掌起燈燭，紅彤彤的，如洞房一般。供桌兩邊各排三把座椅，往日是老爺待客的，此時從廳堂移到這裡，多少生出一些莊嚴的氣派。夫人坐左首，讓蕙蘭相對坐右首，蕙蘭不肯坐，夫人說：論年齡輩份，自然無人與我比，但今日是拜師會，師同父母，所以你又為長，大可平起平坐。其餘人也都推蕙蘭，蕙蘭只得坐了。三姊姊坐夫人下首，因那兩個都是妹妹，便可稱長輩。蕙蘭這邊，坐戥子和乖女。既是拜師會，就不以年齡為序，而是憑入門的遲早，戥子先學，便是師姊，理應排前。坐定後，相互看著，忽都有些不好意思，似乎太張狂，又太矯情了。先是蕙蘭笑一下，戥子也笑了，三姊姊要罵她，卻掌不住自己笑起來。最後，夫人笑道：我看最好笑的是戥子，這麼大的個頭，還紮著兩個角，牛犢似的！眾人看了戥子，又是一陣笑。

夫人又說：戥子已過十五，該梳頭了，或者三姊姊先替她梳了頭，咱們再行拜師禮，也鄭重些，要不，就像小孩子耍似的。這時，蕙蘭也想起曾經說過，等及笄了再教她的話。三姊姊說：本來是該娘替閨女梳頭的，可憐這丫頭缺爹少娘，姊姊我養她一時，養不得一世，還是要靠師傅！套一句俗話，「一日為師，終身為父」，就是「一日為師，終身為母」，還是請姑娘替她梳吧！戥子早已端張凳子，坐在當地，眼巴巴地瞅著，蕙蘭不得已，站起身，解了戥子的雙鬏。三姊姊立即遞上來梳頭匣子，原來早已經準備好的。先打散頭髮，篦通梳攏，挽起來在頂上盤一個扁髻，插上蕙蘭自己的一柄牛角簪，別緊了，又將劉海剪齊，梳下幾縷鬢髮，再貼一朵絨花，頓時變得俊俏了。眾人都說：這麼好的頭，出閣都夠了！聽到「出閣」兩個字，戥子即刻變臉，要與人急的樣子。三姊姊呵斥說：今天什麼日子，不許翻臉的！夫人斡旋道：出閣哪裡抵得上拜師，學了手藝，自撐一爿天地，從此無所求，頂得上個男人！戥子方才緩和下來。

梳好頭，收拾起東西，戥子回到原先的座位。三姊姊忽又想起什麼，從隨身攜來的幢籃裡取出一盤糕與一盤粽子，放在供桌上，說，童子開蒙，外婆家必送糕和粽子，她自可充當兩個學子的外家，所以特底備了帶來。夫人說：糕和粽子是求「高中」的口彩，如今我們拜的是繡師傅，與中不中無干係，既然帶來了，索性一起吃了它清靜！眾人也都贊成，給燈奴留下一份，分吃起來。一時上，米香滿屋，蓋過香燭的氣味。一邊吃著，蕙蘭不由生出疑惑來：咱們行事是否太輕狂，會不會褻瀆了嫘祖？夫人說：要我看，那些祭孔的人才是褻瀆，如此瑣碎，且虛偽，供這供那，最後還不是都吃進肚裡？又先逮來活魚公雞，再去放生，終究死的多活的少；如今我們只擇要緊與端正的作規矩，將那些累贅俗套都免去，才是誠心一片！於是放心地吃糕和粽子，吃罷，重新收拾了，洗過手，角樓上已傳來更聲。城裡城外寂靜一片，夜的森然進到院落，再進到屋裡，就有一股肅穆升起，似乎天地間萬物都噤聲屏氣，將有什麼大事情要發生。

拜吧，夫人立起身說道。那四個人也都立起來。兩個學生並排走到供桌前，屈膝跪地，向嫘祖像叩下三叩。起身，轉向蕙蘭，屈膝跪地叩下三叩。蕙蘭紅了臉，但並不退讓，而是從容受之，頷首回了一個禮。兩人還要拜夫人，則被止住：大可不必！二人只得遵命，回到座上。夫人說：童子開蒙，要跟先生讀幾句書，再由先生把手寫一篇紅仿，這規矩很好，不妨學來；

咱們是習繡，因此二人各繡一點活，讓師傅看了，倘過得去眼，才可算入師門。說畢一人分一塊綾子，又各自挑了線，蕙蘭燃上一炷新香，兩人埋頭繡起來。一炷香燃盡，二人的繡活完成大概，可見出輪廓。戥子繡的是一片枇杷葉，乖女是花，花瓣未及繡，只繡了蕊，看起來是寒梅。戥子在蕙蘭跟前看了三年半，繡得很真，葉面的釉綠都出來了；乖女是自家學的，針跡要木一些，可是到底要長幾歲，就有用意，那花蕊纖長纖長，好比女兒的心思。蕙蘭看過，點了頭，更樓上敲了三響，拜師禮畢。走出東屋，看不見月亮，院子地上卻一片光。

自此，乖女住進張家，就在東屋裡闢出一角，安一張鋪。免得每日早晚穿街過巷，駭著世人。也怕駭著燈奴，所以日裡從不出來，也不上桌吃飯。只等天黑人靜，有時到院子裡坐一坐，也戴著面罩。蕙蘭就也坐出來，與她說一時話。蕙蘭問她，「乖女」兩個字雖然不難聽，可總是乳名，難道就這麼叫到底？她笑道：家中父母哥哥從小這麼叫，反正她最幼，又愛嬌，等嫁入夫家自然就從夫家姓，以娘家姓代名，有了兒女，便是誰誰的娘，誰曾想到會是如今這樣，只怕「乖女」這二字真就要叫到底了！聽她說話，倒十分爽朗，並不因命運多舛而變得性情乖戾，蕙蘭不由生出敬重來。正說到此，西屋窗裡傳出燈奴的聲音，不知是沒睡著還是又醒來，問道：娘是在與哪個說話？蕙蘭回答：是嬤嬤！燈奴不歇氣地問：哪裡來的嬤嬤？天上掉下來的！蕙蘭說，兩個大人都笑起來。燈奴又問：這嬤嬤我認得不認得？乖女接口道：她認得燈奴，燈奴不認得她！燈奴說：我偏要認一認她！說罷就聽見衣被窸窣的聲音，曉得這小子是要下床出屋，乖女趕緊起身進了東屋。燈奴出來，月亮地裡，只有母親一人，身邊空著一把竹椅子。孃孃呢？燈奴問。飛了！母親答道。

日復一日，燈奴習慣與孃孃隔著門隔著窗說話。孃孃的聲音他聽熟了，空闕已久的東屋有了動靜，家中的寂寥漸漸驅散，這動靜他也聽熟了。這年燈奴十歲，讀了不少書。有一日，他讀著書，忽然噗哧笑出聲來，抬頭對母親說：咱們家奇不奇？有一個神龍見首不見尾的舅叔公，又有一個隻聞其聲、不見其人的孃孃！蕙蘭想一想，也笑了。

戥子不能像乖女那樣，住進張家，還是照過去的慣例，抽空往這邊跑，不過愈跑愈勤。中府裡多知道戥子是往這邊來，學不學的不清楚，卻也不深究。老太太已過六旬，到底精神衰減了，管不得這麼多。大太太本不是個管人的性子，二太太呢，據戥子說，二太太一心在繡畫，又有極新極好的出品。其餘的奶奶姑娘，也都是日以繼夜地趕繡，如今家中一應用度全憑繡活。雖是這樣，傭僕一個不少，還有新進的，或是朋友處不要了薦來，或是僕傭雜役老家投奔來。所以，人多活少，有她無她一個樣。戥子來到後，先捋袖紮腰將院裡院外灶上灶下收拾一遍，是習慣使然，也有用力氣抵束脩的意思。李大有了小毛，忙自家還忙不過來，范小養家的擔子又重一成，到這邊就來得稀了，除擔水送柴這兩項一直包著，其餘就是戥子的活了。做完雜務，戥子就進東屋，與乖女姊一同習繡。

東屋裡早架起三副花繃，一副大的是蕙蘭，兩副小的各歸乖女與戥子。乖女繡的是一幅帳屏，玲瓏石旁的虞美人；戥子繡的是桌圍，各種禽鳥。乖女用的時間與心思都多，漸漸趕上戥子；戥子呢，生性裡有一種天真，時不時會流露在針跡，就生出風趣俏皮。比如雞雛的回眸，燕子剪尾巴，鴛鴦喙對喙。兩人的針線都要高出一般女紅，細密與勻整不在話下，要緊的是有慧心，懂得物的妙處，於是就能夠活靈活現。蕙蘭看在眼裡，面上並不露什麼，怕兩個會浮躁；更是因為，她心知天香園繡的深淺，不要說這兩個，即便是她蕙蘭，至此亦不過是在外表——那絲的花色變幻，針的銜接轉折，都是可視可見，最容易眩人耳目，譁眾取寵。而內裡的本，本是什麼呢？蕙蘭都不十分明瞭，唯有嬸嬸希昭才觸及得到吧！那不止是對針線和對物有知覺，還是與天地相通，採自然靈秀精神。嬸嬸希昭針下的山水人物，是照了世間而來，卻又何止是照了來，分明是與山水人物共生共息又共滅。蕙蘭連十分之一二都及不到，又遑論傳授給他人。她唯有用心去教，成不成憑她們造化，不定過了數年、數十年、數百年，再有個希昭凌空出世。

戥子有時會問，繡成之後當署什麼落款？蕙蘭說：就以娘家姓為首。戥子姓倪，就署「倪媛繡」，乖女姓羅，屬「羅媛繡」。戥子又問，能否也冠「天香園」三字？蕙蘭便被問住。窺見乖女面罩上的一雙眼睛也正看她，曉得也是乖女的心思。停了停說：天香園繡哪裡是一朝一夕成就的，來日方長！戥子還要追問，被乖女姊的眼睛阻住，這一個是聽得懂的。

戥子如今大半時間在張家，院子裡進來出去，燈奴只作不看見。戥子追著趕著問他作什麼不理睬，他就是不搭腔。蕙蘭說：他是害臊，自小在跟前，什麼端底都瞞不過，所以故作清高，連我都愛理不理的！這倒也是，燈奴現在只與一個人好，就是他的孃孃。上學前，對東屋窗戶喊一聲：孃孃，我走了！下學到家，對東屋窗戶喊一聲：孃孃，我回來了！有時候，糾纏著要進東屋看孃孃，這邊堅執不讓，幾番來回，無奈何只得作罷。一日早起，燈奴對母親說：夢裡看見孃孃了！跑到院裡，東屋門窗照例緊閉，掃興而回，只得吃早飯上學去，可是卻看見，包書的青布皮上，一夜間生出一朵小豆瓣花。後來，慢慢的，燈奴不再吵著要見孃孃。東屋裡有說笑聲，聽不真說笑什麼，但知道是孃孃在說笑。他要在院子裡胡鬧，與母親對嘴，那窗戶裡聲氣悄然，也知道孃孃聽著呢，不自覺就收斂起來。夜晚，月亮地裡，有頎長的身影劃過去，一定是孃孃在看他，不知怎麼便睡熟了。為了孃孃，燈奴專去找過仰凰。他與仰凰不如小時候那麼親密，雖然每七天還是在敬一堂上主日課，主日課現今摻雜許多大人，是仰凰新收取的教民。二年前，老趙隨徐光啟回京師去了，由徐家一名未出閣的女眷主持敬一堂。徐家的姑奶在敬一堂裡，孩子們便不敢鬧著玩了，老老實實地念詩、聽講、唱「哈利路亞」。那日去找仰凰，是趁徐家姑奶不在，堂裡無人。燈奴走入敬一堂，堂裡的地板木頭變老了，又踩實了，好像鍍一層銅，黃亮黃亮；牆是新刷的，依然雪白；那一幅聖母聖子像也是有年頭，顏色愈加深，聖母聖子的臉就從很黑很遠的地方一點一點推到跟前，看起來有一股憂愁。燈奴心跳著，從聖像底下走過，進到偏廈，仰凰的睡房。

仰凰躺在床上，他變得更老，而且衰弱，時常是躺著。燈奴喊著「仰凰」，不等回答，逕直走進去。雖然往來不密切，可依然有著一種親近，無所顧忌。仰凰見他來，並不起身，露出欣悅的微笑，顯見得是歡迎他的造訪。手動了動，又止住，似乎是想摸摸來客的頭，可沒想到小孩子的個頭很高了，只得作罷。燈奴說起他家新來的孃孃，仰凰微笑著，那一雙近乎透明無色的眸子，不知看向什麼地方。燈奴卻知道他在注意地聽，於是絮絮叨叨，一樁一樁說來，然後停下。仰凰說：不要打擾她的安寧，上帝會護佑她。一老一小靜靜地待一時，燈奴退了出去。

三天過後，燈奴幾乎又要將仰凰忘記，仰凰卻到塾學門口，招手讓他過去。燈奴走到仰凰跟前，見地上放著一個草籃，仰凰示意他提起來。彎腰才發現，草籃裡是一卷花棉被，裡頭臥著一個嬰兒。敬一堂門前常常有遺棄的嬰兒，都是由徐家姑奶分送給殷富人家養育，今天這一個，仰凰說要送給他們家那個孃孃。於是，由燈奴提著草籃，仰凰一隻手扶在燈奴肩上，一同往新路巷去。這一日的天氣極好，向晚的時候，陽光依然充沛著。手裡的草籃很輕，還不如仰凰按在肩上的那一隻手重，有時候會發出幾聲輕微的啼哭，燈奴就笑起來：好像羊叫。仰凰說：我們每個人都是上帝的羔羊！燈奴回頭看仰凰，覺著他真像一頭羊，一頭從老毛猴子變過來的老羊。皮毛黃了，打著皺，無論怎麼老邁，眼睛總是溫和，與人沒有一點惡意。為遷就仰凰遲緩的腳步，這一段路他們走了很久，不時還要停下來看看籃裡的嬰兒，順便歇息一會兒。仰凰就仰起臉，鼻子向天上嗅著，嗅一陣說：這裡的空氣和威尼斯是一種，有水氣，水氣使得空氣潔淨，而且輕盈，像要飛起來似的！仰凰的話聽起來像譫妄，但在這江南明亮的柔媚的暮色裡，又因為說話人的天真無邪，這譫妄一點都不可怖。

終於走到臨街的院門前，薔薇花從院門攀援上去又垂掛下來，光影重疊。燈奴大聲喊門，仰凰讓小點聲，莫驚嚇了籃裡的嬰兒，可嬰兒卻睡熟著，臉紅紅的，不知花影映的，還是夕照的緣故。戥子開的門，看見仰凰先就唬一跳，再看燈奴手裡提的草籃和草籃裡的嬰兒，著了火似地返身進去叫姑娘。蕙蘭與夫人一併跑出來，頓時明白，二話沒說就接下籃子。無論如何邀謝，仰凰也沒進院裡，一個人按原路回去。看他蹣跚的背影，蕙蘭說：可是見老了。燈奴卻道：你看他老，可他會活得很長久！為什麼？戥子問。燈奴瞥她一眼，嫌她什麼都不懂，說道：他已經奉獻給了上帝。戥子待要問上帝是誰，燈奴早揚長而去，留她自己納悶著。

蕙蘭將草籃提進東屋，與乖女一起動手解開花棉被。是個女孩兒，剛出生不過三天，眼睛都未睜開。乖女發愁說：也沒個奶水，怎麼養得她大？蕙蘭說：米湯都喝得大，何況還不至於，那李大的奶水旺得很，讓她給餵著！乖女卻說：吃李大的奶，就認李大是娘了！蕙蘭輕輕「哦」一聲，明白乖女的心思，說：她認李大，李大未必認她，自己有個寶貝疙瘩，誰都替不了！乖女說：那就讓李大餵。兩人又一起替女嬰紮個繈褓，由乖女抱在手上，蕙蘭說：替她起個名吧！乖女說：姑娘起！蕙蘭說：乖女起！推來推去，最後說定請夫人起。隨即又商議衣服鞋襪被褥床鋪的事，乖女說：跟你睡！蕙蘭說：跟你睡！這一回，乖女不再推辭。蕙蘭說：燈奴小時睡的竹床還在，這就去搬了來。走到門口，又站住，回過頭正色道：乖女，我說，當這孩子跟前，一起頭就將面罩卸下，自然認了。乖女不料想蕙蘭說出這話，怔怔地看她，眼睛睜得極大。蕙蘭又道：老話說，「子不嫌母醜」，趁她還沒睜眼，卸下來，她以為娘就該是這樣；無論怎麼，這世上總有一個人，是乖女不必躲的了！乖女的眼睛裡蓄起淚，又一下子全瀉下來。蕙蘭見不得人傷心，也要流淚，硬撐著繼續說：這個人與你彼此不害怕，不忌諱，日日面對面，心貼心！說完話，拉開門走出去。院子裡還有一片光，薄薄地貼著地。蕙蘭站一會兒，心裡說：仰凰這個老頭，雖是番邦異族，說話也難懂，卻直指人心呢！

夫人作主，女孩兒隨乖女姓羅，名蓮送，意即蓮花所送，小名就叫送女。自此，一日裡李大過來三趟，由蕙蘭將送女抱給她餵奶。因給送女餵奶，戥子對李大也不那麼嫌棄，李大餵奶時，便幫著哄李大的小毛。只這三趟餵奶，乖女讓送女離開身邊，其餘時候，則是須臾不可分，時刻守在眼皮子底下。那三架花繃底下，就多一架竹床，睡著送女。案上燃著香，不是撲鼻的氣味，但角角落落，連帶著嬰兒都清新著。那送女睜著眼睛，不哭不鬧，分外安靜。偶爾與乖女的眼睛相遇，便露出笑靨，是在笑母親的面罩嗎？有外人在，乖女依然繫著面罩。花繃上，虞美人四周圍，落下一片彩蝶，枯石上生出茸茸的青草。戥子的禽鳥則在行雲流水之間。

蕙蘭的髮繡大致落成，如同書畫中的淡墨，極是細微雅緻，於佛像，又有一種清靜寧和。中間，畏兀兒來過幾回，這一位施主很大方，隔四五月便送一份針線燈油錢。每一回畏兀兒看見，回去都要向施主學說一番，施主再向親朋好友學說一番。於是，一傳十，十傳百，髮繡還未露面，已經被渲染得十分熱烈。就有人到龍華寺找畏兀兒，託請他訂製下一幅，甚至有莽撞急切的，直接上新路巷叩門問詢。街坊上則是從李大這邊索求，誰家女兒要出閣，繡一幅霞帔；誰家生了小子，要一件襁褓；或是老太太做壽，請製一具繡屏。天香園繡早已天下皆知，可卻是高山流水，平民百姓想見一眼也難得。如今卻彷彿落到市井人間，好比深閨中的女兒嫁作他人婦，終於得有面緣。難怪一時間風起雲湧，爭先恐後，天香園繡名聲大噪，比之前任何時候都富美譽。繡閣中自是一個清靜天地，外面世界卻已經吵嚷成一片。盛況之下，蕙蘭卻是日益憂懼，如此鼓譟，與天香園繡的娟秀清貴漸離漸遠，可說背道而馳。尤其想起嬸嬸希昭，便覺著有玷辱的罪過。再加上私自收徒，就更是罪上加罪，都該打！這些日子，蕙蘭猶如驚弓之鳥，日日等著申府上來人問責。稍有風吹草動，就以為門響。然而怕什麼有什麼，一天夜裡，都各回各屋歇下了，巷內後門卻真的敲響了。

蕙蘭披衣起來，穿過院子和夾弄，進到天井，隔門問是誰。門外應是「阿暆」！趕緊拔了門，拉開門，黑影地裡站了一個人，看不清臉，只有眼眸亮亮的，果然就是阿暆叔。蕙蘭引他進院，要去叫夫人，但被攔下，說不驚動了。叔侄二人就立在院子裡說話，東窗裡忽傳出一聲嬰啼，阿暆笑了，問：就是那送女？蕙蘭說：什麼都瞞不過叔叔啊！原來畏兀兒一直與阿暆通消息，也是阿暆托畏兀兒照料這一家老小。蕙蘭問阿暆叔這些時日究竟在哪裡，又做什麼，為何一點音信沒有？阿暆說：不當知道的還是不知道好！蕙蘭說：聽人傳阿暆叔是在蘇常一帶，入了東林黨。阿暆收起笑容，臉色沉下：說過不當問的不必問！蕙蘭卻執著道：姪女雖是婦道人家，又在家中坐著，可坊間傳言極盛，不想聽也要聽，都說朝中黨派林立，又是葉向高，又是徐兆魁，還有沈一貫，相互傾軋，叔叔千萬不要捲入過深！阿暆又笑了：放心，君子群而不黨，然而興天下事，卻難辭其任，所以不露面，也是怕連累大家！蕙蘭一聽，更是著急，道：我們並不怕連累，叔叔自己要珍重！阿暆又一笑，不再回答，只說要看燈奴一眼，這回上門就是想極了燈奴。蕙蘭引叔叔進屋，將燈盞移到床內，燈奴熟睡中，夢裡不知到了哪裡。阿暆看一時，說：腳都抵到床跟，長大這許多了。伸手將被角掖了掖，便闔上帳門，告辭了。

送走阿㕷，重新上門閂，走回院子，青石板上一層霜，蕙蘭好似做了一場夢。進屋上床，將燈奴伸出的手腳推進被窩，觸到一件東西，摸出來，是一頭九尾龜。不知什麼石材製成，呈紫金色，內有紅紋，絲絲可見。握在手裡，溫潤如玉。就是方才阿㕷叔掖進來的，曉得叔叔一心盼燈奴長大成人，是式微的家道中，勉力照應他們的一個長輩。繼而便想起燈奴說他舅叔公的那句話：神龍見首不見尾！

四十一、登門

蕙蘭想得到又想不到的是，嬸嬸希昭竟真的上門來了。午後時分，一頂藍布小轎停在臨街的門前，轎夫打起轎簾，希昭出得轎來。身穿靛青裙衫，裙幅上是同色線繡木槿花，冷眼看不出花樣，但覺著絲光熠熠，倏忽間，那花朵枝葉便浮凸出來，華美異常。日頭未有一點偏移，正正地照下來，讓人目眩，於是希昭抬手擋了擋，髮髻上的鳳頭釵搖曳一下，發出清泠的叮噹聲。就有一種窈窕，不是從她身上，而是在她周遭的空氣裡，生出來。希昭舉手叩了門，出來應門的是夫人，一時上瞠目結舌，說不出話來。等希昭深深一揖起來，方才喚一聲：嬸嬸來了！蕙蘭在東屋聽到動靜，針都刺了手，忙不迭跑出來，希昭已走到院子中央。正是仲夏時節，院裡的木槿在開花，美人蕉也開花，女貞長了一人半高，枝葉稠密，桂花樹，香樟樹全是新綠幢幢，將院子擠得更逼仄，卻又十分繁榮。希昭好似從花叢中走過，一頭一身的亮和影。夫人將貴客引到廳堂，蕙蘭尾隨身後。婆媳二人全是悽惶的神色，只當是問罪的人來了。希昭轉身看見，不由微微一笑。夫人依次問親家人平安，希昭一一回答都好。夫人略定下神，就喚戥子上茶，話一出口就覺不妥，收也收不回了。戥子應聲端茶過來，看是二太太，想退也退不下，硬著頭皮上前，放下茶碗逃也似地跑走，很失禮儀，蕙蘭不由滿臉羞紅。見一家上下侷促不安，希昭又一回想笑，但怕夫人見怪，忍住了，垂下眼睛喝茶。喝一會茶，然後道明來意：聽說蕙蘭姪女繡了一幅新品，是用頭髮辟絲繡成，百聞不如一見，所以按捺不下，直接就跑來了！行動魯莽，請親家母見諒。夫人說：哪裡的話，請也請不來的，實在是喜出望外，這才亂了手腳，讓親家嬸嬸見笑。說話時，蕙蘭就去取來髮繡。已從繃上卸下，隔了綿紙捲起，裝入錦盒，等畀兀兒來取。

夫人早知道這嬸侄二人情義不同一般，又像是母女，又像是姊妹，當有無數體已話要說，藉口晌午有一眠進屋內去，由她們自去紛爭協調。蕙蘭移開茶盤，解開錦盒，取出繡品，鋪在案上，將綿紙一揭，大佛小佛活脫跳出。希昭俯身看一時，又讓遠了再看一時，看了針跡，又看絲路，至上至下，至左至右，足有半個時辰。兩人都不說話，默著，任由日光挾著花影從繡卷上從東到西。希昭終於看完，說出一聲：果真不凡！蕙蘭不由吁出一口長氣，說道：為嬸這句話，這會兒就死也值得！希昭斜她一眼：莫高興過早，還有不中聽的在後頭！蕙蘭眼睛又睜人了，希昭看她一眼，心中不落忍得很，輕歎一聲：好，好得很，把心放回肚子裡去吧！蕙蘭卻不肯甘休了，扯住希昭的袖子說：嬸嬸要不說出實情，絕不放手！這一刻又好像回到往昔，蕙蘭做姑娘的日子，有多少時光與事故來了又去了，希昭的鬢腳約略見白，蕙蘭呢，素衣素裙，煢煢孑立。兩人相視一眼，不約而同有一股傷感，蕙蘭鬆了手。希昭說：是真的好，虧你想得出，也繡得出，堪稱世上一絕！蕙蘭不相信：是真的嗎？希昭說：什麼時候說過假話？不過——蕙蘭心裡一緊，怕就怕「不過」兩個字！希昭說：不是讓道實情的？蕙蘭一閉眼，橫下性命似的：說吧，說吧！

希昭說：畢竟太過刁鑽了！蕙蘭睜開眼睛，看著希昭，這話幾有振聾發聵之勢，已不止是好和壞的意思。希昭說：多少有些炫耀，自然讓世人耳目一新，然而，終究不是大道。蕙蘭此時心平氣和，嬸嬸的話字字入耳：髮繡果然有蘊含，因是受之父母，又是身體氣血，用於言志明心，可寄託寓意，但到底是在繡外，走的是偏鋒，偶爾為之尚可，不能成氣候！蕙蘭唯有點頭。希昭接著說：技藝這一樁事，可說「如履薄冰，如臨深淵」，稍有不及，便無能無為；略有過，則入「雕蟲」末流！蕙蘭這才開口，疑惑道：如何才能不偏不倚居正中？希昭笑道：這就不好說得很了！沉吟片刻，又說：大約要牽涉到繡之外了，不止是針線的事，天香園繡與一般針黹有別，是因有詩書畫作底，所以我常說，不讀書者不得繡！蕙蘭臉紅一下，想到私下傳授於民女婢女，不由阻斷希昭話頭：方才說髮繡偏入繡外，此時又說天香園繡也涉及繡外，都是繡外功夫，應是如出一轍！希昭嘆道：所以我說薄冰與深淵呢，這一轍不是那一轍，南轅北轍就是從此得來！先頭說的那繡外，是在技；後頭的繡外，則在心！

蕙蘭「哦」一聲，似有領悟。停了一時，喃喃自語說：嬸嬸的意思是先養心，方學技。希昭亦沉浸在思緒中，兀自說道：都知道天香園繡好，誰又知道天香園繡中有多少心事呢？你大伯祖母先要希昭學繡，其時萬般牴觸，後來幾乎是，看見大伯母就要繞道走，從小讀了些書，自視不是女紅中人，多少妄自尊大！希昭輕笑一下，笑自己年少時的輕薄，哪裡知道箇中深淺。日頭偏了，庭院裡的光和影都移了地方，徐徐地，互相錯著，錯著，然後停住，又有一長段的靜止不動。蟲啊，鳥啊，都在午眠。希昭看蕙蘭一眼：你知道咱家從誰開始這繡的？蕙蘭懵懂地望著希昭，她還以為天生就有。希昭說：其實是從閔姨娘起始的。閔姨太？蕙蘭眼前悄然浮起一個細瘦白皙的身影，坐於角落裡的窗下，埋頭在花繃。極少聽見她言語，甚至都難得與她照面，卻有一雙手，一上一下，遞針接針，轉眼間，一片彩雲，一泓流水，一朵花，一株草，顯現綾面上。真不敢相信！蕙蘭說。希昭耐心道：你看繡藝啊！閔姨娘的繡藝是最上乘，那些行針，辟絲，其實全出自閔姨娘的傳教。那閔姨太又從何處得藝？蕙蘭還是不甚相信。希昭老實說：這就不得而知了，大約是蘇州，蘇州向有衣被天下之盛名嘛！莫小看草莽民間，角角落落裡不知藏了多少慧心慧手，只是不自知，所以自生自滅，往往湮沒無跡，不知所終。蕙蘭「哦」了一聲。希昭說：大塊造物，實是無限久遠，天地間，散漫之氣蘊無數次聚離，終於凝結成形；又有無數次天時地利人傑相碰相撞，方才花落誰家！要追根問柢，恐怕一無所得，只好從有形之時說起。蕙蘭同意：好，那就從閔姨太說起！

希昭接著說下去：閔姨娘將繡藝帶來咱們家，倘不遇上大伯母，大約也就止是個針線女紅，無非是略精緻華美一籌，可大伯母卻是書香中人——說到此，希昭不免羞紅臉：年輕時不知天高地厚，只當自己讀過幾本書就當得上書香，豈不知山外有山，天外有天！莫看上海不過是商瀆之邦，幾近荒蠻，可是通江海，無邊無際，不像南朝舊都杭州，有古意，卻在末梢上，這裡是新發的氣勢，藏龍臥虎，不知有多少人才！你大伯母可是有淵源的，據說年輕時，大伯父納娶閔姨娘，大伯母心中鬱悶，作過璇璣圖，如今不知藏哪裡了，要我作可作不來；閔姨娘的繡藝裡摻入大伯母的詩心，就更上一層樓；除去這兩位，還有一個人，也注入過心思。誰？蕙蘭問。這個人你沒見過。我也沒見過，卻與你我都有親緣，就是我的婆母，你的親祖母！蕙蘭「啊」一聲，方才想起自己是當有一個親祖母的。希昭說道：極早的時候，她便去世，在世時，與大伯母最知心，閔姨娘也得她照應，是極為大度善解的一個人，若不是她，只怕大伯母和閔姨娘到今天還不說話，也談不上有什麼「天香園繡」了！她入殮時的裝裹，是閔姨娘與大伯母親手所繡，據家中老僕人說，此生此世，再不能有如此絕品，豔到慘處！可惜你我都無緣看上一眼。

此話說罷，兩人又是沉默，院中花影再移一回，又不動了。東屋裡悄無聲息，好像也在側耳聆聽。希昭說：所以啊，天香園繡中，不止有藝，有詩書畫，還有心，多少人的心！前二者尚能學，後者卻決非學不學的事，唯有揣摩，體察，同心同德，方能夠得那麼一點一滴真知！蕙蘭說：那些人，都是錦心繡手，可是嬸嬸，你也是天香園繡裡的添磚加瓦人，繡畫就從你起始！希昭笑道：究其柢還是藝，至多沾一些書香氣，前輩人的心事心知，與咱們隔了不知多少層。蕙蘭說：可嬸嬸集前輩人之大成，青出於藍勝於藍，推天香園繡而至鼎盛！希昭說：那也是時運，好比種桃，一茬青，一茬黃，終於熬到一茬紅熟，巧不巧從樹底下過，落進懷裡！蕙蘭說：樹底下過的人多多少，還是要個有緣的才能得，這就叫作知遇之恩呢！希昭聽見這話，倒是一怔，出會兒神，慢慢地說道：據說咱家園裡的桃林，當年幾可賽得過天上王母的蟠桃會，可一茬不如一茬，再經過無數次扦枝，不得已便枯萎下來，如今索性都不掛果了。蕙蘭說：可到底是傳開了，南門外，還有松江廣富林，都已成林，市中沽賣，最搶手的還是它們！希昭說：究竟不如最初，根子裡生出來的，好東西都不經多，一多便稀薄了。說到此，蕙蘭心裡暗暗一驚，覺著嬸嬸希昭影射她授教的事，可希昭並未把話說下去。

停一會兒，蕙蘭說：以後再不做這髮繡了。希昭笑了：何必如此沮喪，這髮繡自有一種肅然，在米白絹面上，切切懇懇的，於佛像倒十分貼合，但終是比不上絲啊！那絲是蠶吐命一般吐出來，經無數雙手調治，方才有它；那髮就過於現成，本不是用作針線，物各有用途，也是物裡的德性吧！蕙蘭說是，卻又不服，抬頭問道：那麼以繡作畫，難道不是物作他用？將針作筆，將絲作墨，算不算作偏鋒？希昭又一怔，說：我倒是被你問住了！蕙蘭得意地一昂頭，揚眉吐氣的樣子。希昭一邊想一邊說：繡與畫許是前世一家，繡就是畫，畫就是繡，陰差陽錯，分為兩家，再又幾度輪轉，陰陽遇合；好比觀世音是男女同身，到了凡間眾生，才分為男女，需修煉幾百幾千世，又可合二為一；畫人說「墨分五色」，大約就分到絲裡來了；書人所說「筆鋒」，其實是指「針」吧！所以，繡畫亦還是遵循物理，不脫原意！蕙蘭聽此說法，大覺有趣，興奮道：上古時候，天地混沌一團，自盤古開天地，各歸其位，各司其職，方才有了五行，金、木、水、火、土！希昭亦很興奮：然而五行相生，五行相克，終為一體；又好比春秋戰國，分久必合，合久必分！蕙蘭忽又冷靜下來：如此說，髮繡是在五行之外？希昭再是一怔，方才明白的事理，猝然間又被說亂，斥道：怎麼又扯上髮繡不髮繡的，正在說世間萬物呢！蕙蘭堅執要問：髮繡究竟該算在哪一門裡？希昭說：哪一門都不算，歪門邪道！蕙蘭道：你說的？希昭道：我說的！兩人撕扯纏磨的勁頭，又回到從前。鬧了一陣，希昭說：無論是不是正道，這髮要辟成絲，也算得一絕技，只是無關乎繡！提到辟髮，蕙蘭不禁畏縮起來，住了嘴。

希昭並未覺察蕙蘭的遲疑，繼續說道：絕技是絕技，然而究竟是單一的用物，除去線描，難作別用，這也是物性所限。蕙蘭小聲道：可是，這髮繡確有我蕙蘭的心在。希昭注意地看蕙蘭一眼，忽覺著一股剜心般的痛楚，緩和了口吻道：我很知道，我們這不是在說繡藝嗎？這物性多少是狹隘了，只拘泥於物本。蕙蘭問：哪樣物不是拘在物本裡，否則，何為此物，又何為彼物？希昭說：物有大小之別，小物只一生一，二生二；大物則道生一，一生二，二生三，三生萬物！不可等量齊觀。蕙蘭又問：比方說呢？希昭說：天，地，人，這三件本是造化，無從論起，凡議論都是犯上，單就說些常見常用的東西——螢火蟲，只一夜生息，亮過即滅；蜜蜂，生長之後，採蜜釀蜜，蜜可食，又可製蜂蠟照明；再有一年生的草本，僅一歲枯榮，回進土裡；而常年的果木，先生葉，後開花，又結果，饗食人間；還有石，可煉鐵，鐵可製鍋釜、鑄劍、鑄鼎，可祭天地！物性就好比物之德，有大德，亦有小德，甚至無德；咱們閨中的針黹，本是小物小德，但卻是有淵源的，淵源是在嫘祖，與黃帝齊輩份——聽到嫘祖兩個字，蕙蘭心頭怦然一動，神情就有些異樣，希昭不免看她一眼，蕙蘭定了定，聽嬸嬸說話：因是源遠流長，所以就能自成一體，自給自足，可稱完德，無所而不至。希昭停下話頭，對了蕙蘭，無盡地體貼與同情，緩緩說道：髮繡確是有你心在，可只在膚表，距深處還遠得很！

蕙蘭點頭。希昭說：一件物，倘若物表、物性、物本皆全而美，且又互為照應生發，便是上乘，缺一則不成大器。蕙蘭笑道：聽嬸嬸說來，都無法正眼看這髮繡了！希昭也笑道：不過是借題發揮，信口開河，凡繡成的，便已立於不敗之地，算得上功德圓滿！還是要說，辟髮是天下絕技，難為想得到，又做得到。蕙蘭心情已復平靜，坦言道：辟髮是戥子所為。希昭略想一想，不禁笑道：就是那個小丫頭？粗粗拉拉的。蕙蘭說：看上去是個粗人，可一雙手格外的巧。希昭說：那就是天賜了。蕙蘭又說：這些人就像路邊田間那類沒有姓名的稗草，嬸嬸方才說的，渾然不自知，但其實，也有她們的心事。希昭收了笑，認真聽起來，蕙蘭便一逕說下去：嬸嬸你看那些野花，無論多麼小或者賤，不過半日，便又化進地裡作了泥，可也有薄如蟬翼的瓣，纖長細緻的蕊，頂著一丁點兒的蜜，供蜂們去採集，那就是它們的心事吧！這些心事或都是粗鄙的，免不了爹死娘嫁人，或者缺衣少食一類的苦楚，可也是心事一樁，到底是女兒家，未出閣的，乾乾淨淨，就能將那些苦楚打磨成女兒心！再給嬸嬸看一件東西。蕙蘭說罷返身走下院子，進自己屋裡，將希昭一個人留在廳堂。

院裡的樹影一動不動，其實沒過去多少時間，半個時辰最多，卻像過了一世，翻山越嶺，都望不見來路似的。正出神，樹影中走來了蕙蘭，手裡捧一卷綾子，當希昭面前展開。米白綾面靛藍絲繡，「晝錦堂記」四個字題額，底下有二三行繡成，其餘還是炭筆所描字跡。那繡成的題和字，點頓撇捺，折轉斷續，猶如行雲流水，既有筆墨意趣，亦是絹秀格調。蕙蘭說：嬸嬸知道她們怎麼說？怎麼說？希昭問。她們只當這是草葉花瓣，絲練纓絡，或是燈影燭光，勿管字不字的，又勿管寫的是什麼，只覺得出神入化！希昭端詳一時繡字，說：你說「她們」是什麼意思，難道除戥子外還有別人？蕙蘭知道今天是挨不過了，既已開頭，只有和盤托出：還有一個妹妹。

蕙蘭將乖女的身世來歷一五一十說了一遍，希昭不作答，只是默著。蕙蘭道：我自己都沒學好，怎敢收徒，只是她們真心想學，又實在可憐，一生無所託寄，倘有一技在身，或可自食其力，糊個口吧！希昭淒然一笑：天香園繡竟要用於「糊口」！蕙蘭說：若大伯祖母與嬸嬸不答應，萬不許落天香園款！希昭又是淒然一笑：我是不在意的——蕙蘭道：可大伯祖母她——你大伯祖母多少糊塗了，希昭說，你知道，昨日裡她老人家叫我什麼？叫我「閔女兒」，「閔女兒」就是閔姨娘。蕙蘭說：那是因為嬸嬸和閔姨太是天香園繡中最好的。希昭說：落不落款又算得上什麼，天香園其實早已凋敝，空留個繡名！蕙蘭說：要我看，天香園繡很對得住天香園，那草木樓閣說朽就朽，繡品可是口口相傳，代代相傳，所以，那繡藝千萬不能讓它滅絕了。希昭看蕙蘭一眼，說：早聽說你開門授徒，卻不知道於天香園繡是損是補！蕙蘭苦笑道：世上沒有不透風的牆，早晚申府都會興師問罪，果然，嬸嬸來了！希昭說：並不是問罪來的。蕙蘭固執道：就是問罪來！蕙蘭我膽大包天，取天香園繡名做妝奩已屬出格，又要傳於坊間，毀天香園清譽！希昭說：是夠大膽的，但事已做下，問罪如何，不問罪又如何？我只好奇，收了些什麼樣的學生，有無造詣！

蕙蘭說：雖是背了天香園私自收徒，卻也不逾矩，拜了嫘祖！說到嫘祖，兩人相視一眼，會心而笑。蕙蘭再接著說：就按童子開蒙的式子，略改了改，變寫字讀書為繡活，亦是借用七月七乞巧會的沿習，所收這兩名，又均是鐵定心不嫁人，不出閣，一是免去濫傳之虞，二也是不至過於受生計之累，最終蹈入沽鬻衣食，棄道背義！希昭不覺點頭：你這丫頭倒是正經設帳了！蕙蘭正色道：可不敢有半點疏忽，這是樁大事情！希昭說：明知道大事情，還先斬後奏！蕙蘭一屈膝，跪下了。希昭說：起來，起來，最見不得這個！蕙蘭很害臊，起來了，卻手足無措，只低頭站著。希昭說：別看你又下跪又低頭，其實心裡有諸般的不服氣！蕙蘭說：不敢！還說不敢？蕙蘭就說：敢！希昭拍一下案子：把你的爪子剁了！嬸姪二人又戲謔起來。鬧一陣，希昭嘆一口氣道：大伯母已老了，我也半老，你呢，終也有老去的一日，再是捨不得的東西，握也握不住，隨波逐流罷了！蕙蘭聽見此話倒上來脾氣了：再怎麼隨波逐流，武陵繡史還是武陵繡史，怎麼也抹不去的！希昭苦笑道：這武陵繡史又像是我，又像是與我無關，如今，沒有一幅繡畫留在手裡的，都天南海北，不知在了什麼地方！蕙蘭說：無論天涯海角，總是在人世間！希昭又說：還是散出去乾淨，這天香園早晚夷為平地，申府又能有多久，哪裡會有千年不散的筵席！

兩人靜一靜，蕙蘭道：有一句話，說又不敢，不說又可惜，再想，豁出去說了吧，至多——希昭問：至多怎樣？蕙蘭說：嬸嬸罵我！希昭譏誚道：跪都跪過了，還怕罵嗎？蕙蘭說：嬸嬸去看一眼如何？不等希昭說是或不是，蕙蘭緊接著又說：也不能全怪我冒昧，是嬸嬸自己送上門來的，豈能放過呢！希昭又笑又氣：怎麼叫作「送上門來」？到姪女兒家坐一時，喝一盅茶，難道逾矩了？蕙蘭聽出「逾矩」這兩個字的來歷，分明是借用方才說拜嫘祖的話，無論怎麼冷嘲熱諷，反正今天嬸嬸是脫不出身了。蕙蘭也抱定一不做二不休，極力地慫恿，將那兩個說得花一般的，由不得希昭不動心。將手裡的茶盅放下，一起身說：看就看，長點見識，不定是天上哪一個星宿！蕙蘭上前一步擋住：要說星宿，嬸嬸才是，我是得了惠顧，那兩個卻是草根裡最苦的一味，竭力強掙著，或可吐一點芬芳，求嬸嬸寬待！希昭定定地看蕙蘭一眼，抬手輕輕將她撥開，出廳堂，下台階，向東屋走去。

日頭偏西，院子被切成兩半，一半光，另一半也是光，卻是從影裡透出，罩著一張網似的，不是模糊，而是寧和。推開門，門裡的人一起抬頭往這邊看。希昭不由一驚，那露在面罩上邊的一雙眼睛，還有戳子，平日裡從不注意，如今才發現她亦有一雙杏眼。從亮地裡進到屋內，陡地一暗中，那四隻眼睛顯得極清明，還有一種肅然。因為猝不及防，又因為敬畏，這兩個都忘記起身，只是望著希昭，傳說中的武陵繡史。漸漸適應屋內的光線，那些眼睛裡的光也柔和下來，身子動了動，要起來行禮，被希昭止住。走到花綳前低頭看繡活，不料先看見一個小竹床。床上睡一個嬰兒，也有一雙明澈的眼睛，同樣是肅然的，但因是嬰兒，就比大人更為逼人。希昭停了停，忽覺這間屋裡有一股凜冽，從四角上下聚攏來，心裡暗問道：這是什麼呀！定定神，希昭彎腰看那蒙面女的繡活，那針法都是從天香園繡來的，循規蹈矩，但看起來卻又不盡相似，仔細辨認，發覺差別是在用色。每一種色都要厚重一成，是辟絲不夠細分，還是有意為之，抑或二者皆有？希昭思忖一時，心中猶豫。如此用色，自有著強勁迸發的意蘊，於天香園繡的清雅倒是有另一派新鮮，可難免又粗疏了，稍有差池即落入鄉黜。希昭再又細辨幾番針法，才抬頭與蒙面女說出癥結：用針堆砌了！那女子「哦」的一聲，已是領悟。然後到戥子跟前。戥子比那一個學天香園更像，要不是針下禽鳥有一股野趣，幾可騙過希昭的眼睛，不禁笑道：比市裡那些贗品還更像些呢！眾人也都笑了。希昭看出這一個比那一個會仿，但不如那一個有主意，心思深。這一個至少不會貶損天香園繡，那一個卻不定會有如何的新進和錯接，將天香園繡引向什麼樣的去處！

希昭從花綳上起身，四下裡亮晶晶的眼睛都含了笑意，幾乎開出花來。光線更勻和溫潤，潛深流靜，這間偏屋裡漸漸充盈欣悅之情。希昭想起天香園裡的繡閣，早已成殘壁斷垣，荒草叢生，不想原來是移到坊間雜院，紆尊降貴，去盡麗華，但那一顆錦心猶在。那兩個站起身，直直地鞠下躬去，蕙蘭在前邊推開門。院裡地上花影團團，希昭走了進去。

四十二、遍地蓮花

萬曆四十六年，東北邊陲，努爾哈赤收復女真人各部，立國後金，開始發兵攻撫順。撫順守將李永芳投降，遼東巡撫李維翰派遣總兵官張承蔭赴援，戰死，全軍覆沒。邊城清河，全線崩潰。自此，後金突破天險，有進發中原之勢。朝廷一邊緊急徵稅徵賦，加派兵餉；一邊調兵遣將，緊急起用遼東事務官員楊鎬為兵部右侍郎。萬曆四十七年，楊鎬統率四十七萬大軍，分四路進伐後金。開原總兵馬林攻北；山海關總兵杜松攻西；遼東總兵李如柏直驅清河攻南；東南一路，由遼陽總兵劉綎、涼馬佃率領，朝鮮兵協助進攻；上海人喬一琦喬公子受命游擊將軍，領五百朝鮮軍從鴨綠江北岸寬奠口向劉綎靠近。二月天氣，遼境一片冰封，連日大雪紛飛，各路兵馬滯阻不前。努爾哈赤得此消息，遂定出作戰計畫：「憑你幾路來，我只一路去」，全力打擊西路，包圍薩爾滸營地，杜松戰死，西路全軍覆沒。努爾哈赤則急轉馬頭，向北而去，又打了個勝仗。東路軍劉綎正行軍到深河，距後金兵馬所據赫圖阿拉不遠，努爾哈赤心生一計，舉杜松部旗旌，易明軍衣甲，直入軍營。就在此時，喬公子率朝鮮兵迎戰數十起，越大鼓河，小鼓河，董鄂河，抵富察之野，等候劉綎、杜松會合。數日過去，無一點消息，遣一騎前往偵察，方才得知，劉、杜二部全潰！喬公子大驚，即刻改變戰術，率部下轉移，不料，已經重兵層層包圍。邊戰邊退，逼到鴨綠江邊，又逼上滴水崖頭。五百朝鮮兵盡數陣亡，喬公子亦中流矢，回顧身後屍身遍地，說一聲：吾不負天子！下得馬來，遙望京師方向拜三拜，墜崖自盡。乘騎名素駿，步後塵騰空一躍，躍入崖下。至此，唯有李如柏南路軍得以保全，楊鎬受軍法處決，其餘全部戰死。開原、鐵嶺被後金占領，東北一線全面敞開，異族人的鐵騎直撲中原。

喬公子死訊傳到地方，上海決議建忠義祠。無論官宦世家，名紳隱逸，販夫走卒，有錢出錢，有力出力。張府裡也出了一大份，喬公子忠義節烈，族人喬老爺又是張老爺生前至交，從公從私，於情於理，都有義務。張家已渡過危難時刻，家道逐漸殷厚，吃穿用度而外尚有盈餘。是蕙蘭媳婦勤力，也是得天地時勢惠顧，就當回報公益。忠義祠修在九間樓東邊藥局弄內，本是喬家舊祠堂，如今就在地基上重建。請畫師繪了喬一琦像，供奉於正中；堂入口列石人石馬兩行，夾道而立；大紅楝梁懸掛五色旌旗，猶如征戰威勢；橫匾豎聯不盡其數，少不了「忠」和「烈」二字。喬家人重修族譜，刻印成書，供於堂後二進樓上，題名為「藏書閣」。落成那一日，靈舟明燭，鐘鼓大鳴。蘇浙兩地均有前來參拜者，航船泊滿大溝小渠，桅帆林立。藥局弄四邊方圓二三里，車水馬龍，人潮如湧。停課，停市，停刑，停公事，而淞滬寺廟，全部水陸道場，超度將軍亡靈。誦經聲遍起，哀哀不絕。

這一年裡本還有幾樁逸聞軼事，在喬公子的英雄傳奇之下，不禁褪去聲色。比如，嘉靖丙辰禮部郎中趙灼後人趙東曦，萬曆四十六年戊午科取進士，在原宅第趙家弄造園。因臨河半段，就取名「半涇園」，園內多植桂樹，當年剛近九月，便桂香滿河，順流而往四面八方，全城皆聞。然而卻有無聊好事者，私下竊語道：此園不是吉像，因枕水之上，隨波逐流，非長久之徵兆！再從時局推論，女貞人大勝薩爾滸，自後可說是勢如破竹，雖說路途尚為遙遠，成化年又加築長城，從山海關，沿遼河至九連城鴨綠江，可那異族人另有一脈，不定哪一天就渡了黃河，倒還有心弄園子玩，本就已是敗像。然而，無論閒言碎語滿天飛，上海似乎又興起一輪造園子風氣。禮部郎中喬煒，也在喬家弄內闢地造園子，名字就叫個「也是園」，看似謙遜，其實是倨傲，意思好比「你造得，我也造得」！不止是造園，還起廟堂。烏泥涇鎮上破土起寧國寺，將黃道婆請進偏殿，專立黃母祠。敬一堂雖未擴建，但人數卻多起來，單只一年裡，皈依耶穌會就有七十二名新教民——就在這造園的造園，蓋廟的蓋廟，轟轟烈烈之中，京城裡換了皇帝，神宗換光宗，光宗又換熹宗，改萬曆為泰昌，再改泰昌為天啟。本來是山高皇帝遠，渾然不覺，卻有一變不覺也要覺，那就是，也在這一年中，到處起造魏璫生祠。那北地人魏忠賢，誰都不知道他是哪塊地裡的苗，剎那間四下裡開花，不知道要結出個什麼果子來。

接下去，天啟二年，三月與十二月，地震海嘯；天啟三年，三月十三日地震，十六日復震；天啟四年甲子科，松郡試場擠軋，文童死者十有三人，邑宰郭如闇祭文道：「人間業斷，地下文修；前花未報，後果須收」——此為人禍，天災卻也不消停：二月烈風暴雨沙塵，白晝如黑夜，整整三日；五月霪雨，禾苗皆淹，大饑；七月地震；十二月復震！就好比天怒人怨，惴惴不安。免不了燒香拜佛，投了和尚投道士，耶穌會又有無數人受洗皈依。過了一年，到天啟六年，禍事終顯端倪。

這一日夜間，畏兀兒忽到張府，府上正操辦燈奴的婚事，都以為畏兀兒是來道賀。燈奴這年二十歲，十七歲通過童試，入泮。因憐他自小無父，家世又清明，便將其父張陛生前所任廩生的額，配給了他。於是，家中又有個廩生，挾著書包，穿青布衫袍，去府學點卯。但這廩生非那廩生，燈奴至少要比父親身長半尺，肩厚背闊，氣血旺盛，是像外婆家人。遠近都有人來問親事，凡有意作親的，必取來這家女兒的針線，由他母親過目。蕙蘭不禁好笑，是娶媳婦，又不是收徒弟！可也擋不住世人們的心願。糾纏了整一年，最終定下喬家族中的女兒，少燈奴兩歲。倒不單是女孩兒針黹好，也不止模樣好，是因她從小失怙恃，隨祖父母長大。蕙蘭動了惻隱之心，覺著兩個孩子，一是半孤，一是全孤，不容易長大，又都長得齊整周全，是一對同命人。燈奴的婚事，李大范小都來幫忙，掃房子，掛幔子，殺豬宰羊，烹酒調醬。如今，學繡的人有十數，東屋擠不下，移到廳堂，只留一隅作待客用。東屋就做燈奴的洞房。

入夜，蕙蘭與李大在燈下揀花生紅棗，喜期來臨時撒帳用。蕙蘭忽想起一件事，問李大：剛嫁入張家頭一年除夕，守歲講故事，說張家人身上有記認，要我們回房裡去查！後來家中出了多少事故，也沒認真搜尋，如今，張陛作古那麼些年，燈奴也要娶媳婦，卻還不知道那記認是什麼！李大說：還不趕緊的，這一夜過去，燈奴從此就另有同眠共枕人，再近不得身了！

蕙蘭說：李大也說個大概方位，如此滿身上下地查，都要查到天明！李大說：往腰底下查！蕙蘭真就起身要去，李大卻笑起來，這才知道其中有詐，逼著李大快說。李大好不容易不笑了，說：腳趾頭有三節！蕙蘭也笑了：哪一個的腳趾頭少一節了！就在此時，畏兀兒敲門了。

門一開，畏兀兒閃身進來，蕙蘭剛要說來得巧，卻逕直往裡走去。蕙蘭這才覺著有事，平素若不是三邀四請，他必不踏入院子的。今晚上，卻是畏兀兒在前引路，穿過天井夾道，又走過院子，直接推開蕙蘭屋的門。蕙蘭要點燈，畏兀兒止住了，兩人就站在暗影地裡，幸好有月亮，從窗戶投進來。畏兀兒的眼睛灼灼亮著，他說：姑娘——因是阿暆的朋友，所以還是舊稱呼，姑娘，你阿暆叔出了點小事。蕙蘭心裡重重一沉，她曉得，倘是畏兀兒這樣舉重若輕的人，說「小事」，就必有大礙，啞著嗓問：多半與東林黨有涉！畏兀兒強笑一下：姑娘猜對了，東林書院遭禍，走的走，抓的抓！阿暆叔呢？蕙蘭急問道。畏兀兒說：入獄是入獄，但據說未上鐐銬，就還有救。蕙蘭又問：在哪一地的大獄？北京！畏兀兒答。蕙蘭不由一頓足：叔叔怎麼跑北京去了！接著想起多年前那一夜，也是這麼出其不意忽然而至，之後已有七八載沒有見過，也沒有一點音信。或許，就是要遠行，所以專來看一眼燈奴，如今燈奴就要娶妻成親了。蕙蘭不由流下淚來。畏兀兒安慰道：姑娘安心，這就北上，探索路徑，看有無法子早日脫身……蕙蘭聽到此，二話不說，轉身進裡屋，也不點燈，湊了月光，從箱底掏出兩整封銀子，再添幾件金銀釵環，又找出數幅天香園繡品，用一張包袱皮裹好。待要出去，又回來，從櫃子角落摸出一個銀鎖圈。是燈奴幼小時，他舅叔公不知從哪個野地裡尋來給戴上的，後來得著九尾龜石頭，蕙蘭穿了根紅線繩替他繫上，換下了銀鎖。倘他舅叔公能看著，抵得上見燈奴一面。蕙蘭將東西交到畏兀兒手上：阿暆叔就拜託畏兀兒叔叔了，若能見面，就將銀鎖給他，告訴說，燈奴很好，已經娶親！畏兀兒將東西收好，轉身出門，又照原路出院子，走後天井，如來時一般閃出。就見一騙腿一騰身，跨下突躍出一匹白馬，一陣風似地出了巷子。

申府裡對阿暆的事渾然不覺，一半是真不知，另一半是佯裝不知，知道又能如何？到後來索性就不提「阿暆」這兩個字。有人問起，便說在外遊玩，倘有多嘴多舌的人來傳話，則以誹謗自解。申柯海早在阿暆出事前，天啟三年便謝世，享壽八十，這也是他的福份，免去多少世事干擾。小綢晚一歲，也是八十終年，又少去一個操心人。餘下的，或是不管事，或是自顧自，外面看是一家，內裡其實已經各過各的。院落與院落間，因疏於往來走動，迴廊過道漸漸頹圮，殘磚爛瓦堆壘，又成隔斷。那大廚房以及廚房前的小碼頭也久不用而廢，塌下水裡。三重院有兩重是不住人的。兩處楠木樓還算完整，在一片頹敗中尚留些生氣，卻又顯得突兀，而且不可靠，早晚都會被瓦礫堆掩埋。阿暆的母親落蘇，是個寬心人，總說阿暆在外遊學，自己竟也信了，並不多慮，自在門前開了一畦地，種些菜蔬瓜豆，其中真的就有落蘇。得了收成，東鄰送送，西鄰送送，也夠一大家的日常食用。這一畦菜地，生出一股怡然自得，不把落魄當回事的樣子，頗合乎申家人的性情，就好比紫藤一類的花，開相好，敗相也好。

唯有蕙蘭知道阿暆的事，為他日不安，夜不眠。畏兀兒一去不回，無一點消息。倒是坊間時有傳說，東林黨如何受魏忠賢殘害，有六君子為東林之首，在獄中受杖，死去活來。說得極多極詳的是一名燕客，在京師四處活動，與衙門裡的馬夫、獄卒喝酒尋歡，混得透熟，得以潛入監房，撫慰囚人；又出銀子行賄，卸鐐解銬，或者送些酒菜；然而，終是不能解脫，六君子逐個斃命……蕙蘭聽得心驚，深恐六君子中有一個阿暆，因那燕客形狀頗似畏兀兒。傳聞所說六君子又各不同，今日姓張，明日姓王，最齊全的有道是：「應山楊大洪，嘉善魏廓園，常熟顧塵客，武定袁熙宇，桐城左浮丘，南城周衡台」，聽起來確鑿得很，蕙蘭的心略放下一些，可是叛黨多是隱名，誰知道真身是誰呢？況且，魏忠賢一個不放，即便是在六君子之外，又能有多少活路？愁緒就又上心頭。時間就在憂患中過去，燈奴娶妻生子，四世同堂。繡學擴張幾許，戥子與乖女已成師傅，送女都拈針引線了。所以，憂患之外，還有欣喜紛至遝來。悲悲歡歡，又換了皇帝，改了年號。

崇禎二年春，申府前方浜上行來一艘船，緩緩靠岸，下來一個人，長身瘦面，著布衫，足上一雙麻草鞋，隨身一柄雨傘。到申府門前，不認識似地打量一下，門上的竹籤子斷的斷，朽的朽，鐵釘子也鏽完了，門腳下生了青苔，顯見得長久不開。於是沿風火牆繞到側面，那裡有一扇小門，開著，逕直走進去。看來是一位熟客，原來是阿暆。

阿暆回來，從此深居簡出，或在屋裡看書，或幫母親種菜。偶爾過浜對面，去到天香園舊址。九畝地上的甘薯不知什麼時候已經歇種，斷垣之上，卻建起一排兵營，駐進崇明水師。穿了兵服的小小子，就地挖灶起炊，鬧得遍地煙熏火燎。園中央開出一片方場，鋪了細沙，供操練列隊。阿暆立得遠遠地看，聽那口令聲清泠泠傳過來，腳步聲則齊刷刷，有一股清新矯健。

歇息時，散了隊，有小兵速速地跑來，從地上草叢中拾了什麼，又速速地往回跑。阿毢叫住他，問他哪裡人，答過來的卻聽不懂，不知何方鄉音。

這年夏秋二季，接連海嘯，沖刷民房田地無數。冬時大饑，城內外凡殷實戶開明紳均開粥棚放賑濟。連張家都開一小棚，由范小幫忙主持，他家小子也已長成少年，一併掌勺。申府向來最熱衷公益，但此時自保都難，就顧及不了。阿毢新近學習看天象，庚午年熒惑入東井，非吉兆，果然又是大饑；辛未，熒惑再入鬼宿，次年大旱，冬大寒，黃浦江冰封。癸酉，徐光啟在北京逝世，次年，靈柩抵滬，千百人迎靈，暫停於南門外徐氏故地雙園。八年後，崇禎十四年，方才落葬。以耶穌會儀式，十字架引領，耶穌受難旗跟隨，再是四名青年手捧香爐，繼而眾人肩負木台，台中放金十字架，四周燭光熒熒，最後是一百四十名天主教徒，持白色燭，一路高誦玫瑰經，徒步至雙園，移靈，送葬於城西徐氏農莊別業北面的空地，後以徐家匯得名。

之前三年，仰凰往杭州開闢新教區，二年後，即崇禎十三年，亡故，壽八十。正應了燈奴所說，仰凰當活長久。臨去杭州前，張家繡幔以蕙蘭名贈仰凰一件繡品，是乖女與蕙蘭合繡，馬利亞與耶穌，聖子聖母像，設色用針全依著西洋畫法，如同一幅西洋畫。接替仰凰的也是義國人，漢名潘國光。

又過三載，崇禎十七年，李自成進京，天下響應。蘇松富家奴婢紛紛向主家索討賣身契，而申府上早已不堪僕傭之累，趁此時機，一眾遣散。有幾個實在不肯走的，阿奎、阿昉、阿潛房中各留一二名，阿毢不要，母親落蘇本是婢女出身，更不要。一下子清靜許多，而屋宇樓閣更顯空廓寂寥，真已到曲終人散時。

同年，明崇禎改清順治。次年，武陵繡史卒；閔女兒早在天啟年，與小綢同年卒。蕙蘭卒於順治九年，享壽七十。繡幔由其媳主持。

阿暀卒於順治十三年，無嗣。臨終那一年，既日蝕，又月蝕，家中老僕福哥，還記得生阿暀那日，正是日再旦，全蝕。

康熙六年，繡幔中出品一幅繡字，〈董其昌行書晝錦堂記屏〉。從蕙蘭始，漸成規矩，每學成後，便繡數字，代代相聯，終繡成全文共四百八十八字，字字如蓮，蓮開遍地。

國家圖書館出版品預行編目資料

天香/王安憶著. -- 二版. -- 臺北市：麥田出版：英屬蓋曼群島商家庭傳媒股份有限公司城邦分公司發行, 2022.12
面； 公分. -- (王安憶經典作品集；10)

ISBN 978-626-310-341-2(平裝)

857.7 111016885

王安憶經典作品集 10

天香

作　者　王安憶
責任編輯　林秀梅　陳淑怡

副總編輯　林秀梅
編輯總監　劉麗真
總經理　陳逸瑛
發行人　凃玉雲

出　版　麥田出版
城邦文化事業股份有限公司
104台北市中山區民生東路二段141號5樓
電話：（886）2-2500-7696 傳真：（886）2-2500-1967
發　行　英屬蓋曼群島商家庭傳媒股份有限公司城邦分公司
104臺北市中山區民生東路二段141號11樓
書虫客服服務專線：(886)2-2500-7718；2500-7719
24小時傳真服務：(886)2-2500-1990；2500-1991
服務時間：週一至週五09:30-12:00；13:30-17:00
郵撥帳號：19863813　戶名：書虫股份有限公司
讀者服務信箱E-mail：service@readingclub.com.tw
麥田部落格：http://ryefield.pixnet.net/blog
麥田出版Facebook：https://www.facebook.com/RyeField.Cite/

香港發行所　城邦（香港）出版集團有限公司
香港灣仔駱克道193號東超商業中心1樓
電話：(852)2508-6231　傳真：(852)2578-9337

馬新發行所　城邦(馬新)出版集團【Cite(M)Sdn. Bhd】
41, Jalan Radin Anum, Bandar Baru Sri Petaling,
57000 Kuala Lumpur, Malaysia.
電話：(603)9056-3833　傳真：(603)9057-6622
E-mail:service@cite.com.my

封面設計　朱疋
排　版　宸遠彩藝工作室
印　刷　前進彩藝有限公司

2011年03月01日　初版一刷
2022年12月01日　二版一刷
Printed in Taiwan

售價：NT$550

ISBN：9786263103412
9786263103597（EPUB）

城邦讀書花園
www.cite.com.tw